I0660579

TEA
BOOKS

Copyright © 2018 Jeffrey Archer
Translation copyright © 2022 Agencija TEA BOOKS
Copyright za ovo izdanje © 2022 TEA BOOKS d.o.o.

Naslov originala
Jeffrey Archer
Heads You Win

Za izdavača
Tea Jovanović
Nenad Mladenović

Glavni i odgovorni urednik
Tea Jovanović

Lektura / Korektura
Agencija Tekstogradnja / Agencija TEA BOOKS

Prelom / Dizajn korica
Agencija TEA BOOKS / Agencija PROCES DIZAJN

Izdavač
TEA BOOKS d.o.o.
Por. Spasića i Mašere 94
11134 Beograd
Tel. 069 4001965
info@teabooks.rs
www.teabooks.rs

ISBN 978-86-6142-031-3

DŽEFRI ARČER

PISMO-GLAVA

Sa engleskog preveli
Danko Ješić
Jovana Jelenović

Ova publikacija u celini ili u delovima ne sme se umnožavati, preštampavati ili prenositi u bilo kojoj formi ili bilo kojim sredstvom bez dozvole autora ili izdavača niti može biti na bilo koji drugi način ili bilo kojim drugim sredstvom distribuirana ili umnožavana bez odobrenja izdavača. Sva prava za objavljivanje ove knjige zadržavaju autor i izdavač po odredbama Zakona o autorskim pravima.

ZA BORISA NEMCOVA
Voleo bih da sam hrabar kao on

Zahvalnica

Zahvaljujem se sledećim ljudima na neprocenjivo vrednim
savetima i podacima:
Sajmonu Bejnbridžu, ser Rodriku Brajtvajtu,
Vilijamu Brauderu, Mariji Terezi Burgoni,
Džonatanu Kaplanu KS, kapetanu Rodu Fulertonu,
Munpalu Grevalu, Viki Melor,
ser Kristoferu i ledi Mejer, profesoru Kitu Mofatu,
Andreju Palčevskom, Melisi Pimentel,
Alison Prins, Ketrin Ričards i Suzan Vat.

PRVA KNJIGA

1.

Aleksandar

Lenjingrad, 1968.

– Šta ćeš da radiš kad završiš školu? – upitao je Aleksandar.

– Nadam se da će me primiti u KGB – odgovorio je Vladimir – ali neće me ni uzeti u razmatranje ako se ne upišem na državni univerzitet. A šta je s tobom?

– Nameravam da budem prvi demokratski izabran predsednik Rusije – rekao je Aleksandar smejući se.

– A ako uspeš – rekao je Vladimir, koji se nije smejao – možeš da me postaviš za načelnika KGB-a.

– Ne odobravam nepotizam – rekao je Aleksandar kad su prošli školskim dvorištem i izašli na ulicu.

– Nepotizam? – pitao je Vladimir dok su išli kući.

– Izraz potiče od italijanske reči za „nećaka", i prvi put se pominje u sedamnaestom veku u vezi s papama, koje su često davale novac svojim rođacima i bliskim prijateljima.

– A šta fali tome? – pitao je Vladimir. – Samo zameni pape KGB-om.

– Ideš li u subotu na utakmicu? – pitao je Aleksandar želeći da promeni temu.

– Ne. Kad je FK *Zenit* stigao do polufinala, neko kao ja nije imao nikakve izglede da dobije ulaznicu. Ali ti ćeš, pošto ti je otac poslovođa u luci, sigurno dobiti dva mesta na tribini rezervisanoj za članove partije?

– Neću, jer on i dalje odbija da se učlani u Komunističku partiju – kazao je Aleksandar. – A kad sam ga poslednji put pitao, uopšte nije zvučao optimistično u vezi s nabavkom ulaznica, tako da je ujka Kolja moja jedina nada.

Kako su išli dalje, Aleksandar je shvatio da obojica izbegavaju temu koja im je stalno bila na pameti.

– Kad misliš da ćemo saznati?

– Nemam pojma – odgovorio je Aleksandar. – Pretpostavljam da naši predavači uživaju gledajući nas kako patimo, sasvim svesni da poslednji put imaju neku vlast nad nama.

– Ti nemaš razloga za brigu – rekao je Vladimir. – Jedina nedoumica u tvom slučaju jeste da li ćeš dobiti *Lenjinovu stipendiju* za *Institut za strane jezike* u Moskvi, ili će ti ponuditi mesto na državnom univerzitetu da studiraš matematiku. A ja ne mogu da budem siguran čak ni da će me primiti na univerzitet, a ako me ne prime, moje šanse da se priključim KGB-u su *kaput*. – Uzdahnuo je. – Verovatno ću završiti radeći kao lučki radnik do kraja života, a tvoj otac će mi biti šef.

Aleksandar nije ništa rekao dok su ulazili u stambenu zgradu u kojoj su živeli i počeli da se penju izlizanim kamenim stepenicama do svojih stanova.

– Voleo bih da živim na prvom spratu, a ne na devetom.

– Kao što znaš, Vladimire, samo članovi Partije žive na prva tri sprata. Ali siguran sam da ćeš se, kad te prime u KGB, spustiti malo niže.

– Vidimo se ujutro – kazao je Vladimir ignorišući prijateljevu podsmešljivu opasku i krećući da savladava preostala četiri sprata.

Kad je otvorio vrata malog porodičnog stana na petom spratu, Aleksandar se setio novinskog članka koji je nedavno čitao u jednom državnom časopisu, u kojem je pisalo da je Amerika toliko preplavljena kriminalcima da svako ima najmanje dve brave na ulaznim vratima. Pomislio je kako je možda jedini razlog što toga nema u Sovjetskom Savezu činjenica da niko ne poseduje ništa vredno.

Otišao je pravo do svoje sobe znajući da se majka neće vratiti dok ne završi smenu u luci. Iz školske torbe je izvadio nekoliko listova papira na linije, olovku i prilično ofucanu knjigu, spustio ih na stočić u uglu sobe pa otvorio *Rat i mir* na 179. strani i nastavio da prevodi Tolstojeve reči na engleski. *Kad je porodica Rostov sela da večera te noći, Nikolaj je izgledao odsutno, i ne samo zato...*

Aleksandar je proveravao svaki red u potrazi za slovnim greškama i da vidi može li smisliti neku prikladniju englesku reč, kad je čuo da se otvaraju ulazna vrata. Stomak mu je zakrčao, pa se zapitao da li je majka uspela da prokrijumčari neke ostatke iz oficirske menze, gde je radila kao kuvarica. Zatvorio je knjigu i otišao da joj se pridruži u kuhinji.

Elena mu se toplo osmehnula dok je sedao na drvenu klupu kraj stola.

– Imamo li večeras nešto posebno, mama? – pitao je Aleksandar, pun nade.

Ponovo se osmehnula i počela da prazni džepove, vadeći jedan veliki krompir, dva paškanata, pola vekne hleba i glavnu premiju te večeri – odrezak koji je verovatno posle ručka ostao na tanjiru nekog oficira. *Prava gozba*, mislio je Aleksandar, u poređenju sa onim što će njegov prijatelj Vladimir jesti te večeri. Nekom je uvek gore nego tebi, često ga je podsećala majka.

– Ima li nekih vesti? – pitala je Elena dok je ljuštila krompir.

– Postavljaš mi isto pitanje svake večeri, mama, a ja ti kažem kako ne očekujem vesti još najmanje mesec dana, možda i duže.

– Tvoj otac bi bio tako ponosan da dobiješ *Lenjinovu stipendiju*. – Spustila je krompir i odložila koru na stranu. Ništa se ne baca. – Znaš, da nije bilo rata, tvoj otac bi upisao neki fakultet.

Aleksandar je to dobro znao, ali uvek je voleo da čuje kako je tata bio mlađi vodnik na Istočnom frontu, tokom opsade Lenjingrada, i mada je vrhunska oklopna divizija napadala njegovu jedinicu nepre-kidno devedeset tri dana, nije napuštao položaj dok Nemci nisu odu-stali i povukli se u svoju zemlju.

– Zbog čega je dobio *Orden odbrane Lenjingrada* – rekao je Alek-sandar u pravom trenutku.

Majka mu je tu priču ispričala sigurno stotinu puta, ali Aleksandru ona nije dosadila, mada otac nikad to nije pominjao. A sad, gotovo dvadeset pet godina kasnije, nakon što se vratio u luku, postao je drug poslovođa, i imao je tri hiljade lučkih radnika pod svojom komandom. Mada nije bio član partije, čak je i KGB morao da prizna kako je on pravi čovek za taj posao.

Ulazna vrata su se otvorila i zatvorila treskom najavljujući da je otac stigao. Aleksandar se osmehnuo dok je otac ulazio u kuhinju. Vi-sok i krupan, Konstantin Karpenko je bio zgodan muškarac za kojim su se mlade žene i dalje okretale. Na njegovom ogrubelom licu isticali su se žbunasti brkovi, koje je Aleksandar čupkao kad je bio dete, što se već nekoliko godina nije usuđivao da radi. Konstantin se sručio na klupu naspram sina.

– Večera će biti gotova tek za pola sata – rekla je Elena sekući krompir.

– Moramo da govorimo samo engleski kad god smo sami – rekao je Konstantin.

– Zašto? – pitala je Elena na ruskom. – Nikad nisam upoznala nijednog Engleza, i ne mislim da ikad hoću.

– Zato što će Aleksandar, ako dobije tu stipendiju i ode u Moskvu, morati tečno da govori jezik naših neprijatelja.

– Ali, tata, Britanci i Amerikanci su se u ratu borili uz nas.

– Uz nas, da – rekao je otac – ali samo zato što su nas smatrali manjim od dva zla. – Aleksandar je malo razmislio o tome kad je njegov otac ustao. – Da odigramo partiju šaha dok čekamo? – pitao je. Aleksandar je klimnuo glavom. Njegov omiljeni deo dana. – Poređaj figure dok ja operem ruke.

Kad je Konstantin izašao iz prostorije, Elena je prošaputala: – Zašto ga, za promenu, ne pustiš da pobedi?

– Nikad – odgovorio je Aleksandar. – U svakom slučaju, primetio bi da ga puštam i prebio me. – Otvorio je fioku kuhinjskog stola i izvadio staru drvenu tablu i kutiju sa šahovskim figurama, od kojih je jedna nedostajala, pa je svake večeri plastični slanik zamenjivao lovca.

Pre nego što se otac vratio, Aleksandar je pomerio kraljevog pešaka dva polja napred. Konstantin je odmah odgovorio pomerajući daminog pešaka jedno polje napred.

– Kako je bilo na utakmici? – pitao je.

– Pobedili smo tri nula – rekao je Aleksandar i pomerio konja s damine strane.

– Još jedna pobeda bez primljenog gola, čestitam – kazao je Konstantin. – Iako si najbolji golman koga je škola imala godinama unazad, još važnije je da dobiješ tu stipendiju. Pretpostavljam da ti ništa nisu javili?

– Ništa – rekao je Aleksandar i odigrao sledeći potez. Prošlo je nekoliko trenutaka pre nego što je otac uzvratio. – Tata, smem li da pitam jesi li nabavio ulaznice za subotnju utakmicu?

– Nisam – priznao je otac ne dižući pogled s table. – Veća su retkost od device na Nevskom prospektu.

– Konstantine! – rekla je Elena. – Možeš da se ponašaš kao lučki radnik kad si na poslu, ali ne i kod kuće.

Konstantin se široko osmehnuo sinu. – Ali tvoj ujka Kolja je obećao dve ulaznice za tribine, a kako mene utakmica ne zanima...

– Aleksandar je poskočio od radosti, a otac je povukao naredni potez, zadovoljan što je odvukao sinu pažnju.

– Mogao si da imaš ulaznica koliko ti je volja – kazala je Elena – samo da si pristao da se učlaniš u Partiju.

– To nije nešto što sam voljan da uradim, kao što dobro znaš. *Quid pro quo.* To je izraz koji sam naučio od tebe – rekao je Konstantin, gledajući sina. – Nikad ne zaboravi da ti ljudi uvek očekuju nešto zauzvrat, a ja nisam spreman da pustim prijatelje niz vodu za dve ulaznice za fudbalsku utakmicu.

– Ali godinama nismo igrali u polufinalu kupa – rekao je Aleksandar.

– I verovatno nećemo ponovo za mog života. Ali potrebno je mnogo više od toga da bih se učlanio u Komunističku partiju.

– Vladimir je već pionir i učlanio se u Komsomol – rekao je Aleksandar nakon što je povukao sledeći potez.

– Nimalo iznenađujuće – kazao je Konstantin. – Inače ne bi imao izgleda da radi za KGB, što je prirodno stanište takvih beskičmenjaka.

Aleksandru je ponovo popustila koncentracija. – Zašto si uvek tako strog prema njemu, tata?

– Jer je prevrtljivo malo đubre, baš kao njegov otac. Nikad mu ne poveravaj tajne jer će ih i pre nego što stigneš kući preneti KGB-u.

– Nije on tako pametan – rekao je Aleksandar. – Iskreno, potrebno mu je mnogo sreće da se upiše na državni univerzitet.

– Možda nije pametan, ali lukav je i bezobziran, što je opasna kombinacija. Veruj mi, prodao bi rođenu majku za ulaznicu za finale kupa, verovatno i za polufinale.

– Večera je spremna – rekla je Elena.

– Da proglasimo remi? – pitao je Konstantin.

– Nipošto, tata. Matiraću te za šest poteza, kao što znaš.

– Prekinite da se prepirete – rekla je Elena – i postavite sto.

– Kad sam te poslednji put pobedio? – pitao je Konstantin, dok je obarao kralja na tablu.

– Devetnaestog novembra 1967 – rekao je Aleksandar kad su ustali i rukovali se.

Aleksandar je spustio slanik na sto i vratio figure u kutiju, dok je otac uzeo tri tanjira s police iznad sudopere. Aleksandar je otvorio kuhinjsku fioku i izvadio tri noža i tri viljuške različitog izgleda. Setio se pasusa u *Ratu i miru* koji je upravo preveo. Porodica Rostov obično je imala obrok s pet jela (bolja reč nego „večera"... promeniće to kad se vrati u svoju sobu), a za svako jelo imali su poseban srebrni pribor. Ta porodica je takođe imala desetak slugu u livrejama, koji su stajali iza svake stolice da posluže obrok koji su spremila trojica kuvara, koji izgleda nikad nisu napuštali kuhinju. Ali Aleksandar je bio siguran da Rostovi nisu imali boljeg kuvara od njegove majke, inače ne bi radila u oficirskom klubu.

Jednog dana... rekao je sebi dok je završavao s postavljanjem stola pa seo na klupu naspram oca. Elena im se pridružila noseći večernji obrok, koji je podelila na tri porcije, ali nejednake. Debeli odrezak koji je, zajedno s paškanatom i krompirom bio „repatriran" – to je reč koju ju je Aleksandar naučio, isečen je na dva dela. – Ne rasipaj, pa ćeš imati – umela je da kaže na oba jezika.

– Imam sastanak u crkvi večeras – rekao je Konstantin dok je uzimao viljušku. – Ali neću ostati predugo.

Aleksandar je isekao odrezak na nekoliko komada pa svaki zalogaj polako žvakao i naizmenično uzimao hleb i vodu. Ostavio je paškanat za kraj. Njegov bljutav ukus ostao mu je u ustima. Nije bio siguran da mu se sviđa. U *Ratu i miru*, paškanat su jele samo sluge. Nastavili su da razgovaraju na engleskom dok su uživali u obroku.

Konstantin je popio vodu, obrisao usta rukavom sakoa, ustao i bez reči izašao iz kuhinje.

– Možeš da se vratiš svojim knjigama, Aleksandre. Meni za ovo neće trebati mnogo vremena – rekla je majka i odmahnula rukom.

Aleksandar ju je rado poslušao. Kad se vratio u svoju sobu, zamenio je reč „večera" rečju „obrok" pre nego što je okrenuo sledeću stranu i nastavio s prevođenjem Tolstojevog remek-dela. *Francuzi su napredovali ka Moskvi...*

Kad je napustio stambenu zgradu i izašao na ulicu, Konstantin nije znao da ga nečije oči posmatraju.

Vladimir je besciljno zurio kroz prozor ne mogavši da se usredsredi na učenje, kad je uočio druga Karpenka kako napušta zgradu. Bio je to treći put te nedelje. Kuda ide u ovo doba večeri? Možda bi trebalo da sazna. Brzo je napustio svoju sobu i na prstima pošao predsobljem. Čuo je glasno hrkanje iz dnevne sobe, a kad je provirio, video je oca skljokanog u prastaroj fotelji od konjske dlake, s praznom bocom votke na podu kraj sebe. Tiho je otvorio i zatvorio ulazna vrata, a onda se sjurio niz kamene stepenice i izašao na ulicu. Gledajući nalevo, uočio je gospodina Karpenka kako skreće iza ugla i pohitao je za njim, usporavajući tek kad je stigao da kraja ulice.

Provirio je iza ugla i posmatrao kako drug Karpenko ulazi u Crkvu Apostola Andrije. *Kakvo gubljenje vremena*, pomislio je Vladimir. KGB nije bio oduševljen Pravoslavnom crkvom, ali ona nije bila zabranjena. Nameravao je da se okrene i vrati kući, kad se iz senke pojavio još jedan muškarac koga nikad nije nedeljom viđao u crkvi.

Vladimir se trudio da ostane skriven dok je polako išao prema crkvi. Gledao je kako još dva muškarca dolaze iz drugog smera i brzo ulaze, a onda se ukočio kad je čuo korake iza sebe. Preskočio je preko zida i legao na zemlju pa sačekao da onaj čovek prođe i onda se odšunjao između nadgrobnih spomenika do zadnjeg dela crkve i ulaza koji su koristili samo članovi crkvenog hora. Pritisnuo je tešku kvaku i opsovao kad se vrata nisu otvorila.

Gledajući oko sebe, primetio je napola otvoren prozor iznad. Nije mogao da ga dosegne, tako da se, koristeći grubu kamenu ploču kao stepenik, odbacivao od zemlje. U trećem pokušaju je uspeo da dosegne okapnicu i uz ogroman napor se podigao i provukao mršavo telo kroz prozor, a onda doskočio na pod na drugoj strani.

Vladimir je tiho prošao kroz crkvu i stigao do oltara, iza koga se sakrio. Kad mu je srce počelo da kuca gotovo normalno, provirio je iza oltara i video desetak muškaraca kako, zadubljeni u razgovor, sede na stolicama za članove hora.

– Kad ćeš podeliti svoju ideju sa ostatkom radničke klase? – pitao je jedan od njih.

– Sledeće subote, Stepane – rekao je Konstantin – kad svi naši drugovi budu na mesečnom sastanku. Nikad neću imati bolju priliku da ih ubedim da nam se pridruže.

– Ni nagoveštaja nekim od starijih radnika šta imaš na umu? – pitao je neko.

– Ne. Iznenađenje nam je jedini izgled za uspeh. Ne moramo da obavestimo KGB šta smeramo.

– Ali sigurno imaju špijune u ovoj prostoriji, koji slušaju svaku tvoju reč.

– Svestan sam toga, Mihaile. Ali jedino što će dotad moći da prenesu svojim gospodarima je snaga podrške za formiranje nezavisnog sindikata.

– Premda ne sumnjam da će te ljudi podržati – rekao je četvrti glas – nema tih podsticajnih reči koje mogu da zaustave metke. – Nekoliko ljudi je sumorno klimnulo glavom.

– Kad u subotu održim govor – rekao je Konstantin – KGB će se brinuti da ne uradi nešto tako glupo, jer ako uradi, ljudi će ustati kao jedan, a oni nikad neće uspeti da vrate tog duha u bocu. Ali Jurij je u pravu – nastavio je. – Svi vi mnogo rizikujete za cilj u koji sam dugo verovao tako da, ako neko želi da se predomisli i napusti grupu, sad je trenutak da to uradi.

– Među nama nema izdajnika – rekao je neki drugi glas, dok je Vladimir prigušivao kašalj. Svi su ustali da pozdrave Karpenka kao svog vođu.

– Onda ćemo se ponovo sastati u subotu ujutro. Dotad moramo da ćutimo i čuvamo tajnu.

Vladimirovo srce je tuklo kao ludo dok su se ti muškarci rukovali i jedan po jedan izlazili iz crkve. Nije se pomerio dok nije čuo kako se zatvaraju velika zapadna vrata i ključ okreće u bravi. Onda je odjurio do crkvene riznice i, pomoću stoličice, provukao se kroz prozor, držeći se za okapnicu pre nego što je skočio na zemlju kao iskusan rvač. Bila je to jedina disciplina u kojoj Aleksandar nije bio bolji od njega.

Svestan da nema vremena za gubljenje, Vladimir je potrčao u suprotnom smeru od gospodina Karpenka, prema ulici u kojoj nije bio potreban znak ZABRANJEN ULAZAK, jer samo su partijski zvaničnici smeli da uđu u Aveniju Tereškove. Znao je tačno gde živi major Poljakov, ali pitao se ima li hrabrosti da pokuca na njegova vrata tako kasno uveče. U bilo koje doba dana ili noći, kad smo već kod toga.

Kad je stigao do te ulice sa olistalim drvećem i urednim kamenim pločnikom, Vladimir je stao i zagledao se u kuću, gubeći hrabrost sa svakom narednom sekundom. Na kraju je skupio dovoljno hrabrosti da priđe ulaznim vratima i taman je nameravao da pokuca kad ih je naglo otvorio muškarac koji nije voleo da ga iznenade.

– Šta želiš, dečko? – pitao je major, hvatajući neželjenog posetioca za uvo.

– Imam informaciju – rekao je Vladimir – a kad ste prošle godine posetili našu školu u potrazi za regrutima, rekli ste nam da je informacija zlata vredna.

– Bolje ti je da je to nešto dobro – rekao je Poljakov, koji je nastavio da drži dečaka za uvo dok ga je vukao unutra. Zalupio je vrata za sobom. – Pričaj.

Vladimir je detaljno izvestio o svemu što je čuo u crkvi. Kad je završio, zavrtanje uveta zamenjeno je spuštanjem ruke na rame.

– Da li si prepoznao ikog osim Karpenka? – pitao je Poljakov.

– Ne, gospodine, ali pomenuo je imena Jurij, Mihail i Stepan.

Poljakov je zapisao sva imena pre nego što je rekao: – Ideš li na utakmicu u subotu?

– Ne, gospodine, karte su rasprodate, a moj otac nije mogao...

Kao neki mađioničar, načelnik KGB-a izvadio je jednu ulaznicu iz unutrašnjeg džepa i predao je svom najnovijem regrutu.

Konstantin je tiho zatvorio vrata spavaće sobe, ne želeći da probudi suprugu. Izuo je teške čizme, svukao se i legao u krevet. Ako ujutro ode dovoljno rano, neće morati da objašnjava Eleni šta su on i njegovi sledbenici naumili, i još važnije, šta je planirao za subotnji sastanak. Bolje da misli da negde pije, čak i da ima ljubavnicu, nego da se optereti istinom. Znao je da će ona pokušati da ga ubedi da ne održi spremljeni govor.

Uostalom, nisu živeli ni tako loše, naprosto ju je čuo kako ga podseća. Stanovali su u stambenoj zgradi koja ima struju i vodu. Ona je radila kao kuvarica u oficirskom klubu, a Aleksandar je čekao vesti o stipendiji za taj prestižni *Institut za strane jezike* u Moskvi. Šta bi još mogli da traže?

Da jednog dana svi mogu da očekuju takve povlastice, rekao bi joj Konstantin.

Ležao je budan, smišljajući govor u glavi, jer nije smeo da ga zapiše. Ustao je u pet i trideset, ponovo se trudeći da ne probudi suprugu. Umio se ledenom vodom, ali nije se obrijao, a onda je obukao kombinezon i košulju od grubog platna, pre nego što je obuo iznošene, okovane čizme. Iskrao se iz spavaće sobe i iz kuhinje uzeo svoju kutiju za ručak: kobasica, kuvano jaje, glavica crnog luka, dva komada hleba i sir. Samo pripadnici KGB-a jeli su bolje.

Tiho je zatvorio ulazna vrata za sobom i krenuo niz kamene stepenice pre nego što je izašao na praznu ulicu. Uvek je hodao tih šest kilometara do posla izbegavajući prepune autobuse koji su vozili radnike do luke i natrag. Ako želi da preživi i nakon subote, mora da bude u dobroj formi, kao dobro uvežban vojnik na ratištu.

Kad god bi se na ulici mimoišao s nekim kolegom, Konstantin je uvek podrugljivo salutirao. Neki su mu uzvraćali salutiranjem, drugi su klimali glavom, a retki, kao loši Samarićani, skretali su pogled. Kao da su im brojevi partijskih knjižica bili istetovirani na čelima.

Konstantin je sat kasnije stigao pred kapiju doka i prijavio se. Kao poslovođa, voleo je da stigne prvi i ode poslednji. Hodao je dokom razmišljajući o svom prvom radnom zadatku tog dana. Jedna podmornica na putu za Odesu na Crnom moru upravo je pristala uz dok 11, da dopuni gorivo i zalihe hrane pre nego što nastavi plovidbu, ali to će se dogoditi tek za sat vremena. Samo najpouzdaniji ljudi smeće tog jutra da priđu doku 11.

Konstantinove misli odlutale su do sinoćnjeg sastanka. Nešto nije bilo kako treba, ali nije tačno znao šta. Možda je to bio neko, a ne nešto, pitao se, dok je veliki kran na suprotnom kraju doka počinjao da diže svoj teški teret i polako ga prenosi ka podmornici koja je čekala na doku 11.

Vozač krana bio je pažljivo odabran. Mogao je da utovari teret u potpalublje iako je sa strana ostalo svega po nekoliko centimetara prostora. Ali ne i tog dana. Tog dana je utovarivao burad s gorivom u podmornicu koja mora danima da ostane ispod vode, ali taj zadatak je takođe zahtevao veliku preciznost. Jedna srećna okolnost... tog jutra nije bilo vetra.

Konstantin je pokušao da se usredsredi da još jednom ponovi govor. Sve dok niko od njegovih kolega ne otvori usta, bio je siguran da će sve doći na svoje mesto. Osmehnuo se.

Vozač dizalice je bio zadovoljan svojom dobrom procenom. Teret je bio savršeno uravnotežen i miran. Sačekao je samo još časak pre nego što je pažljivo gurnuo dugu polugu napred. Velika stezaljka se otvorila i tri bureta goriva su spuštena. Pala su na dok. U dlaku precizno. Konstantin Karpenko je pogledao uvis, ali bilo je prekasno. Ostao je na mestu mrtav. Stravična nesreća za koju neće biti krivca. Čovek u kabini je znao da mora da nestane pre nego što dođe prva smena. Vratio je kran na svoje mesto, ugasio motor, izašao iz kabine i krenuo da se spušta niz merdevine.

Trojica kolega su ga čekala kad se spustio na dok. Osmehnuo se drugovima, a nije primetio petnaest centimetara dugo nazubljeno sečivo pre nego što mu se zarilo duboko u stomak pa se onda još nekoliko puta okrenulo. Druga dvojica su ga držala dok nije prestao da stenje. Vezali su mu ruke i noge pre nego što su ga bacili u vodu. Pojavio se triput pre nego što je nestao ispod površine. Nije se tog jutra zvanično prijavio prilikom dolaska na posao, tako da će proći neko vreme pre nego što neko primeti njegov nestanak.

* * *

Sahrana Konstantina Karpenka održana je u Crkvi Apostola Andrije. Ožalošćenih je bilo tako mnogo da se red protegao do ulice, mnogo pre nego što je hor ušao u brod.

Episkop koji je održao govor opisao je Konstantinovu smrt kao tragičnu nesreću. Doduše, on je bio jedan od retkih ljudi koji su verovali u zvanično saopštenje zapovednika doka, i to tek nakon što su je odobrili iz Moskve.

Tu blizu su stajala dvanaestorica koja su znala da to nije nesreća. Izgubili su svog vođu, a obećanje KGB-a da će sprovesti temeljnu istragu nije pomagalo njihovoj borbi, jer su državne istrage obično trajale nekoliko godina pre donošenja zaključaka, a tada će proći pravo vreme za njih.

Samo su rođaci i bliski prijatelji stajali kraj groba da odaju poslednju počast. Elena je bacila malo zemlje na kovčeg dok je telo njenog muža polako spuštano u zemlju. Aleksandar je naterao sebe da zadrži suze. Ona je plakala, ali pomerila se unazad i uhvatila sina za ruku, što nije radila godinama. Bio je iznenada svestan da je, uprkos mladosti, sada on glava porodice.

Pogledom je potražio Vladimira, napola skrivenog iza svih ostalih, s kojim nije razgovarao od očeve smrti. Kad su im se pogledi sreli, njegov najbolji prijatelj je brzo skrenuo pogled. Očeve reči odjekivale su u Aleksandrovom umu. *On je lukav i bezobziran. Veruj mi, prodao bi rođenu majku za ulaznicu za finale kupa, verovatno i za polufinale.* Vladimir nije mogao da odoli i rekao je Aleksandru da je dobio ulaznicu za sedenje na tribini za subotnju utakmicu, mada nije hteo da kaže ko mu ju je dao ili šta je morao da uradi da bi je dobio.

Aleksandar je samo mogao da se zapita koliko bi daleko Vladimir išao da ga prime u KGB. Shvatio je odmah da više nisu prijatelji. Nakon nekoliko minuta, Vladimir je odjurio, baš kao Juda u noć. Uradio je sve osim što nije poljubio u obraz Aleksandrovog oca.

Elena i Aleksandar su ostali da kleče kraj groba dugo pošto su svi otišli. Kad je konačno ustala, Elena je morala da se zapita šta li je njen muž uradio da izazove ovakav bes. Samo članovi Partije najispranijeg mozga mogli su da prihvate zvanično saopštenje da je nakon tragične nesreće vozač dizalice izvršio samoubistvo. Čak se i Leonid Brežnjev, generalni sekretar Partije, pridružio toj obmani, a portparol Kremlja je objavio da je drug Konstantin Karpenko proglašen za

Heroja Sovjetskog Saveza i da će njegova udovica primati punu državnu penziju.

Elena je već svu svoju pažnju usmerila na preostalog muškarca u svom životu. Odlučila je da se preseli u Moskvu, pronađe neki posao i uradi sve što može u korist karijere svog sina. Ali nakon dugog razgovora sa svojim bratom Koljom, nevoljno je prihvatila da mora ostati u Lenjingradu, i pokušati da nastavi kao da se ništa nije dogodilo. Imaće sreće ako zadrži sadašnji posao, jer su se pipci KGB-a pružali daleko mimo njenog nebitnog postojanja.

U subotu, u polufinalu sovjetskog kupa, *Zenit* je pobedio *Odesu* s dva prema jedan, i prošao u finale s *Torpedom* iz Moskve.

Vladimir se već trudio da smisli šta da uradi kako bi obezbedio ulaznicu.

2.

Aleksandar

Elena se probudila rano, još nenaviknuta da spava sama. Kad je spremila Aleksandru doručak i ispratila ga u školu, sredila je stan, obukla kaput i otišla na posao. Kao i Konstantin, volela je da hoda do dokova i da ne mora hiljadu puta da ponovi: *Baš ste ljubazni.*

Razmišljala je o smrti jedinog muškarca koga je volela. Šta su to skrivali od nje? Zašto niko ne želi da joj kaže istinu? Moraće da odabere pravi trenutak i pita svog brata, za koga je bila sigurna da zna mnogo više nego što je spreman da prizna. A onda je pomislila na svog sina, koji bi uskoro trebalo da dobije rezultate završnog ispita.

Konačno je pomislila na svoj posao, koji nije smela da izgubi dok je Aleksandar u školi. Da li je državna penzija nagoveštaj da je više ne žele? Da li je njeno prisustvo stalno podsećalo sve da je njen muž umro? Ali dobro je radila svoj posao, i zbog toga je radila u oficirskom klubu, a ne u radničkoj menzi.

– Drago mi je što ste se vratili, gospođo Karpenko – rekao je stražar na kapiji kad se prijavila.

– Hvala vam – odgovorila je Elena.

Dok je prolazila, nekoliko lučkih radnika skinulo je kape i reklo joj „Dobro jutro", podsećajući je koliko je Konstantin bio omiljen.

Kad je ušla na zadnji ulaz oficirskog kluba, Elena je okačila kaput, vezala kecelju i otišla u kuhinju. Pogledala je dnevni jelovnik, što je prvo radila svakog jutra. Supa od povrća i pita od teletine. Mora da je petak. Počela je da pregleda meso, a trebalo je iseći povrće i oljuštiti krompire.

Jedna nežna ruka spustila joj se na rame. Elena se okrenula i videla druga Akimova, koji joj se saosećajno osmehivao.

– Služba je bila divna – rekao je njen šef. – Ali Konstantin je to zaslužio. – Još jedna osoba koja je očigledno znala istinu, ali nije bila spremna da je izgovori. Elena mu se zahvalila, ali nije prestala da radi dok sirena nije oglasila jutarnju pauzu. Okačila je kecelju i pridružila se Olgi u dvorištu. Njena prijateljica je uživala u polovini jučerašnje cigarete, i dodala je opušak Eleni.

– Ovo je bila paklena nedelja – rekla je Olga – ali svi smo se pobrinuli da ne izgubiš posao. Lično sam se potrudila da jučerašnji ručak bude grozan – dodala je duboko udišući. – Supa je bila hladna, meso prekuvano, povrće gnjecavo, a neko je zaboravio da napravi sos. Svi oficiri su pitali kad ćeš se vratiti.

– Hvala ti – kazala je Elena i poželela da zagrli prijateljicu, ali sirena se ponovo oglasila.

Aleksandar nije plakao na očevoj sahrani. I kad je Elena stigla kući te večeri i zatekla ga kako sedi u kuhinji i jeca, shvatila je da to može biti samo jedno.

Sela je na klupu kraj njega i zagrlila ga.

– Stipendija nikad nije ni bila tako važna – rekla je. – Sama činjenica da su te primili na *Institut za strane jezike* velika je čast.

– Ali nisu me primili nigde – kazao je Aleksandar.

– Čak ni da studiraš matematiku na državnom fakultetu?

Aleksandar je odmahnuo glavom. – Naređeno mi je da se javim na dokove u ponedeljak ujutro, gde ću dobiti radni raspored.

– Nikad! – rekla je Elena. – Buniću se.

– Niko te neće slušati, mama. Jasno su rekli da nemam drugog izbora.

– A šta je s tvojim prijateljem Vladimirom? Hoće li ti se i on pridružiti na dokovima?

– Ne. Ponuđeno mu je mesto na državnom univerzitetu. Počinje u septembru.

– Ali bolji si od njega iz svih predmeta.

– Osim u izdaji – rekao je Aleksandar.

Kad je narednog ponedeljka pre ručka major Poljakov ušao u kuhinju, pohotno je pogledao Elenu, kao da je i ona na jelovniku. Major nije bio viši od nje, ali mora da je bio dvostruko teži, što je, šalila se Olga, bio kompliment njenom kuvanju. Poljakov je imao zvanje šefa obezbeđenja, ali svi su znali da radi za KGB i da je potčinjen direktno komandantu luke, tako da su čak i kolege oficiri zazirali od njega.

Ubrzo se taj pohotljiv pogled pretvorio u zagledanje Eleninog najnovijeg jela. Dok su ostali oficiri povremeno svraćali u kuhinju da štrpnu malo hrane, Poljakovljeva šaka je nju pogladila po leđima i zaustavila se na njenoj zadnjici. Priljubio se uz nju. „Vidimo se nakon ručka", prošaputao joj pre nego što se pridružio ostalim oficirima u trpezariji. Elena je osetila olakšanje kad ga je sat kasnije videla da žurno izlazi iz zgrade. Nije se vratio pre nego što je ona otišla, ali se bojala da je to samo pitanje vremena.

Kolja je krajem dana svratio do kuhinje da obiđe sestru. Elena je pustila vodu u sudoperi pre nego što mu je podnela detaljan izveštaj o tome šta je morala da istrpi tog popodneva.

– Niko od nas ne može da ti pomogne oko Poljakova – kazao je Kolja. – Ne ako želimo da zadržimo posao. Dok je Konstantin bio živ, ne bi se usudio da te pipne, ali sad... ništa ga ne sprečava da te doda na dug spisak žena koje se nikad neće žaliti. Pitaj svoju prijateljicu Olgu.

– Ne moram. Ali nešto što je Olga danas rekla navelo me je da shvatim kako sigurno zna zašto je Konstantin ubijen, i ko je odgovoran. Očigledno se previše boji da išta kaže, tako da je možda vreme da mi ti kažeš istinu. Da li si bio na tom sastanku?

– To je bila tragična nesreća – rekao je Kolja.

Elena se nagnula napred i prošaputala: – Da li je i tvoj život u opasnosti? – Njen brat je klimnuo glavom i ćutke napustio kuhinju.

Elena je te noći ležala u krevetu i razmišljala o svom mužu. Deo nje i dalje nije bio spreman da prihvati da ga više nema. Nije joj pomagalo ni to što je Aleksandar obožavao svog oca, i što se uvek trudio da zadovolji njegove nemoguće standarde. Ti standardi su sigurno bili razlog što je Konstantin žrtvovao svoj život, a istovremeno su njegovog sina osudili da ostatak života provede kao lučki radnik.

Elena se nadala da će njen sin raditi u Ministarstvu spoljnih poslova, i da će ona živeti dovoljno dugo da ga vidi kao ambasadora. Ali to se neće dogoditi. *Ako hrabri ljudi nisu spremni da rizikuju zbog onog u šta veruju*, jednom joj je rekao Konstantin, *onda se ništa neće promeniti*. Elena je samo žalila što njen muž nije bio plašljiviji. Ali opet, da je bio, možda se ona ne bi tako beznadežno zaljubila u njega.

Elenin brat Kolja bio je treći u hijerarhiji u luci, ali Poljakov ga očigledno nije smatrao pretnjom jer je zadržao svoj posao posle Konstantinove „tragične nesreće". Ono što Poljakov nije znao jeste da je Kolja mrzeo KGB više nego njegov zet, i mada je izgledalo da ne želi da talasa, već je spremao osvetu, koja neće uključivati držanje vatrenih govora, mada će zahtevati potpuno istu hrabrost.

Sutradan nakon radnog vremena Elena se iznenadila kad je videla da je brat čeka ispred kapije luke.

– Ovo je prijatno iznenađenje – kazala je kad su krenuli kući.

– Možda se predomisliš kad čuješ šta imam da kažem.

– Ima li to veze sa Aleksandrom? – pitala je zabrinuto Elena.

– Bojim se da ima. Počeo je loše. Odbija da sluša naređenja i otvoreno izražava prezir prema KGB-u. Danas je rekao jednom nižem oficiru da odjebe. – Elena se stresla. – Moraš da mu kažeš da se smiri, jer neću još dugo moći da ga štitim.

– Bojim se da je nasledio očevu nepokolebljivu svojeglavost – rekla je Elena – a ništa od njegove uzdržanosti ili mudrosti.

– A i ne pomaže mu to što je pametniji od svih oko sebe, uključujući i oficire KGB-a – kazao je Kolja. – A svi oni to znaju.

– Ali šta mogu da uradim kad me više ne sluša?

Neko vreme su ćutke hodali, a Kolja je ponovo progovorio kad je bio siguran da ih niko neće čuti. – Možda imam rešenje. Ali ne mogu to da izvedem bez tvoje pomoći. – Zastao je. – I Aleksandrove.

Kao da Elenini problemi kod kuće nisu bili dovoljno složeni, stvari na poslu su postale gore, jer je major počeo sve otvorenije da joj se nabacuje. Razmišljala je da mu polije nemirne šake vrelom vodom, ali nije se usuđivala da misli o posledicama.

Otprilike nedelju dana kasnije, dok je čistila kuhinju pred povratak kući, Poljakov se doteturao, očigledno pijan, i krenuo ka njoj otkopčavajući pantalone. Baš kad je nameravao da spusti znojavu šaku na njene grudi, jedan mlađi oficir je utrčao i rekao kako komandant mora odmah da ga vidi. Poljakov nije mogao da sakrije ljutnju pa je na odlasku prosiktao Eleni: – Ne idi nikud. Vratiću se kasnije. – Elena je bila toliko uplašena da nije izašla iz kuhinje više od sat vremena. Ali onog trena kad se sirena konačno oglasila, navukla je kaput i bila među prvima koji su izašli.

Kad joj se te večeri brat pridružio, preklinjala ga je da joj iznese pojedinosti svog plana.

– Mislio sam da si rekla kako je to previše rizično.

– Jesam, ali to je bilo pre nego što sam shvatila kako više ne mogu da izbegnem Poljakovljeve nasrtaje.

– Rekla si mi da bi mogla da podneseš čak i to, sve dok Aleksandar ne sazna.

– Ali kad bi saznao – tiho je rekla Elena – možeš li da zamisliš šta bi uradio? Kaži mi šta si smislio jer sam spremna na sve.

Kolja se nagnuo napred i sipao sebi čašu votke pre nego što je polako počeo da joj objašnjava svoj plan. – Kao što znaš, nekoliko stranih plovila svake nedelje istovaruje teret u luci, a mi moramo da ih okrenemo što pre kako bi drugi brodovi došli na njihovo mesto. To je moja odgovornost.

– Ali kako će nam to pomoći? – pitala je Elena.

– Kad se s broda istovari roba, počinje utovar. A pošto ne žele svi vreće soli ili sanduke votke, neki brodovi napuštaju luku prazni. – Elena je ćutala, a njen brat je nastavio. – U petak treba da stignu dva broda, koji će, nakon istovara robe, u subotu prazni napustiti luku. Ti i Aleksandar možete da se sakrijete u jednom od njih.

– Ali ako nas uhvate, završićemo u stočnom vozu za Sibir.

– Zato je važno da pokušamo ove subote, jer nam situacija ide u prilog.

– Zašto? – pitala je Elena.

– FK *Zenit* igra protiv *Torpeda* iz Moskve u finalu Sovjetskog kupa, i gotovo svi oficiri će sedeti u nekoj loži na stadionu, navijajući za Moskvu, dok će većina radnika navijati za domaći tim sa tribina. Imaćemo tri sata koje možemo da iskoristimo, a kad sudija označi kraj utakmice, ti i Aleksandar biste bili na putu u svoj novi život u Londonu ili Njujorku.

– Ili Sibiru?

3.

Aleksandar

Kolja i Elena nikad nisu ujutro zajedno išli u luku, i nisu se uveče zajedno vraćali. Kad su bili na poslu, nije bilo razloga da se sretnu, i trudili su se da se to i ne događa. Kolja je svake večeri silazio iz svog stana na šestom spratu, ali nisu razgovarali o onom što planiraju dok Aleksandar ne ode u krevet, a onda su samo o tome razgovarali.

Do petka uveče su više puta iznova razmotrili sve što bi moglo da krene po zlu, mada je Elena bila uverena da će ih nešto omesti u poslednjem trenutku. Nije spavala te noći, ali ni prethodnih mesec dana noću nije spavala više od nekoliko sati.

Kolja joj je rekao da su, zbog finala kupa, gotovo svi lučki radnici odabrali da rade prvu smenu u subotu ujutro – od šest do podneva – tako da će kad se sirena oglasi, u luci ostati samo najnužnija posada.

– Već sam rekao Aleksandru da ne mogu da mu nabavim ulaznicu, tako da je nevoljno pristao na drugu smenu.

– Kad ćeš mu reći? – pitala je Elena.

– U poslednjem trenutku. Razmišljaj kao KGB. Oni ne govore čak ni sebi.

Drug Akimov je već rekao Eleni da može da uzme slobodnu subotu zato što je sumnjao da će ijedan oficir doći na ručak, jer neće želeti da propuste utakmicu.

– Navratiću ujutro – rekla mu je. – Možda nisu svi ljubitelji fudbala. Ali otići ću oko podneva, ako se niko ne pojavi.

Ujka Kolja je uspeo da nabavi dve ulaznice za tribine, ali nije rekao Aleksandru da ih je žrtvovao kako bi bio siguran da njegov zamenik i vozač krana neće biti tu u subotu popodne.

* * *

Kad je narednog jutra Aleksandar ušao u kuhinju da doručkuje, iznenadio se kad je video da je i ujak tu, i pomislio da je uspeo da pronađe ulaznicu u poslednjem trenutku. Kad ga je pitao, Aleksandar je bio zbunjen njegovim odgovorom.

– Ovog popodneva bi mogao da se nađeš u mnogo važnijoj utakmici – rekao je Kolja. – Takođe je protiv Moskve, ali utakmica koju ne smeš da izgubiš.

Mladić je ćutke sedeo dok mu je ujak objašnjavao šta su on i njegova majka smišljali poslednjih nedelju dana. Elena je već rekla bratu da ako Aleksandar iz bilo kog razloga ne želi da učestvuje, čitava stvar otpada. Morala je da bude sigurna da njen sin nema nikakve sumnje u vezi s rizikom koji ga čeka. Kolja mu je čak ponudio mito kako bi bio siguran da je potpuno posvećen.

– Uspeo sam da obezbedim ulaznicu za utakmicu – rekao je, mašući njom – tako da ako bi radije...

On i Elena su gledali mladića pažljivo, kako bi videli njegovu reakciju. – Dođavola sa utakmicom – rekao je odmah.

– Ali to znači da ćete napustiti Rusiju i verovatno se nećete vraćati – kazao je Kolja.

– To me neće sprečiti da budem Rus. A možda nikad nećemo imati bolju priliku da pobegnemo od prokletnika koji su mi ubili oca.

– Onda smo se dogovorili – rekao je Kolja. – Ali moraš da shvatiš da ja ne idem s vama.

– Onda nećemo ići – kazao je Aleksandar, skačući iz očeve stare fotelje. – Neću te ostaviti da snosiš posledice.

– Bojim se da ćeš morati. Ako ti i majka želite da imate ikakve izglede za bekstvo, moram da ostanem i sakrijem vaše tragove. To je samo ono što bi vaš otac očekivao.

– Ali... – počeo je Aleksandar.

– Ništa ali. Sad moram da krenem i pridružim se jutarnjoj smeni kako bih mogao da nagledam istovar robe iz oba broda, i svi će pretpostaviti da ću, kao i oni, popodne biti na utakmici.

– Ali zar neće postati sumnjičavi kad shvate da te niko nije video na utakmici? – pitala je Elena.

– Neće ako sve uradim kako treba – kazao je Kolja. – Drugo poluvreme počinje negde oko četiri, a tad ću gledati utakmicu sa ostalim momcima, a uz malo sreće, kad sudija označi kraj, vi ćete napustiti teritorijalne vode. Samo se pobrini da se prijaviš za drugu smenu na vreme i, za promenu, radi sve ono što ti poslovođa naredi. – Aleksandar se osmehnuo kad je ujak ustao i čvrsto ga zagrlio. – Neka otac bude ponosan na tebe – rekao je pred odlazak.

Kad je Kolja izašao iz stana, sreo je Aleksandrovog prijatelja kako silazi niza stepenice.

– Imate li ulaznicu za meč, gospodine Obolski? – pitao je.

– Imam – kazao je Kolja. – Na severnoj tribini sa ostalim momcima. Vidimo se tamo.

– Bojim se da nećemo – rekao je Vladimir. – Ja ću biti na zapadnoj tribini.

– Srećniče – kazao je Kolja, dok su zajedno silazili niza stepenice, i mada je bio u iskušenju, nije pitao šta je morao da uradi da bi dobio ulaznicu.

– Šta je sa Aleksandrom, hoće li ići s vama?

– Nažalost neće. Mora da radi drugu smenu, i moram da ti kažem, prilično je ljut.

– Kažite mu da ću svratiti večeras i preneti mu sve kako je bilo.

– Lepo od tebe, Vladimire. Siguran sam da će ti biti zahvalan. Uživaj u utakmici – dodao je na rastanku.

Kad je Kolja krenuo ka dokovima, Aleksandar je imao još desetak pitanja za svoju majku, a na neka od njih nije mogla da odgovori, uključujući i to u koju zemlju idu.

– Dva broda će isploviti s popodnevnom plimom, u petnaest sati – rekla je Elena – ali nećemo znati koji je ujka Kolja odabrao, sve do poslednjeg trenutka.

Eleni je bilo jasno da je Aleksandar već zaboravio na fudbalsku utakmicu jer je hodao uzbuđeno po sobi, zauzet razmišljanjem o bekstvu. Zabrinuto ga je gledala. – Ovo nije igra, Aleksandre – kazala je odlučno. – Ako nas uhvate, tvog ujaka će streljati, a nas će prebaciti u neki radni logor, gde ćeš provesti ostatak života želeći da si otišao na tu utakmicu. Nije prekasno da se predomisliš.

– Znam šta bi moj otac uradio – kazao je Aleksandar.

– Onda bolje idi da se spremaš – rekla je majka.

Aleksandar se vratio u svoju sobu dok mu je majka pakovala ručak u kutiju koju je nosio svakog jutra. Ovom prilikom nije bila napunjena hranom već svim novčanicama i kovanicama koje su ona i Konstantin skupili tokom godina, nekoliko komada jeftinog nakita, osim majčinog vereničkog prstena, koji je stavila kraj svoje burme, i na kraju rusko-engleski rečnik. Sad je Elena želela da je bila pažljivija kad su Konstantin i Aleksandar svake večeri govorili na engleskom. Zatim je spakovala stvari u svoj mali kofer nadajući se da neće privući pažnju kad kasnije ode na posao. Problem je bio da odluči šta da ponese a šta da ostavi. Prvo je spakovala Konstantinove i porodične fotografije, jednu preobuku i komad sapuna. Uspela je da ubaci i četku za kosu i češalj pre nego što je na silu zatvorila poklopac. Aleksandar je želeo da ponese svoj primerak *Rata i mira*, ali uverila ga je da će moći da kupi nov primerak gde god da se iskrcaju.

Aleksandar je očajnički želeo da krene, ali njegova majka nije htela da pođe pre dogovorenog vremena. Kolja ju je upozorio da ne smeju da privlače pažnju na sebe stižući u luku pre sirene u dvanaest. Napustili su stan posle jedanaest, idući okolnim putem ka luci, gde su bili manji izgledi da sretnu nekog poznatog. Stigli su pred ulaz malo pre dvanaest, i susreli stampedo radnika koji su išli u suprotnom smeru.

Aleksandar se probio kroz gomilu a njegova majka, pognute glave, išla je za njim. Kad su se prijavili, Elena ga je podsetila: „Sirena će se oglasiti u dva za popodnevnu pauzu, a onda imamo dvadeset minuta, ne više, tako da se pobrini da dođeš do oficirskog kluba što pre možeš.“

Aleksandar je klimnuo glavom i krenuo ka doku 6 da započne svoju smenu, a majka je krenula u suprotnom smeru. Kad je stigla do zadnjeg ulaza u klub, Elena je oprezno otvorila vrata, promolila glavu unutra i napeto osluškivala. Ništa se nije čulo.

Okačila je kaput na čiviluk i otišla do kuhinje. Iznenadila se kad je zatekla Olgu kako sedi za stolom i puši, što nikad ne bi radila da je neki oficir bio prisutan. Olga joj je rekla da je čak i drug Akimov otišao nekoliko sekundi nakon podnevne sirene. Izduvala je oblak dima, što je bila njena ideja buntovništva.

– Da skuvam ručak za nas dve? – pitala je Elena, stavljajući kecelju. – Onda možemo da za promenu sednemo ovde i ručamo, kao da smo oficiri.

– A tamo je pola boce bugarskog crnog vina od jučerašnjeg ručka – kazala je Olga – tako da čak možemo da nazdravimo u ime tih prokletnika.

Elena se nasmejala prvi put tog dana, a onda krenula da sprema ono što se nadala da će joj biti poslednji ručak u Lenjingradu.

U jedan sat, Olga i Elena su otišle u trpezariju i postavile sto, stavljajući najbolji pribor i platnene salvete. Olga je sipala dve čaše crnog vina, i spremala se da otpije gutljaj, kad su se vrata otvorila i ušao je major Poljakov.

– Vaš ručak je spreman, druže majore – kazala je, ne trepnuvši. Sumnjičavo je pogledao dve vinske čaše. – Hoće li vam se neko pridružiti? – dodala je brzo.

– Neće, svi su na utakmici, tako da ću ručati sâm – kazao je Poljakov pre nego što se okrenuo ka Eleni. – Potrudite se da ne odete pre nego što završim ručak, drugarice Karpenkova.

– Naravno, druže majore – odgovorila je Elena.

Dve žene su odjurile u kuhinju. – To može da znači samo jedno – rekla je Olga dok je Elena sipala vruću riblju čorbu.

Olga je odnela Poljakovu prvo jelo i spustila ga na sto. Kad se okrenula, on je kazao: – Kad mi poslužite glavno jelo, možete da idete kući.

– Hvala vam, druže majore, ali jedna od mojih dužnosti nakon što odete je da počistim...

– Odmah nakon što mi poslužite glavno jelo – ponovio je. – Jesam li bio jasan?

– Da, druže majore. – Olga se vratila u kuhinju i kad je zatvorila vrata, kazala je Eleni šta je Poljakov naredio. – Rado bih ti pomogla – dodala je – ali ne usuđujem se da naljutim tog prokletnika. – Elena nije ništa rekla dok je u tanjir sipala teleći gulaš, repu i pire od krompira. – Možeš sad da odeš kući – kazala je Olga. – A ja ću mu kazati da ti nije bilo dobro.

– Ne mogu – rekla je Elena, primećujući da Olga otkopčava dva gornja dugmeta na bluzi. – Hvala ti – kazala je. – Dobra si prijateljica, ali bojim se da želi da proba novo jelo. – Dala je tanjir Olgi.

– Rado bih ga ubila – rekla je Olga, pre nego što se vratila u trpezariju.

Major je gurnuo u stranu prazan tanjir u kojem je bila supa, a Olga je spustila vruće jelo pred njega.

– Ako budeš ovde kad završim – rekao je – u ponedeljak te vraćam da poslužuješ one propalice u radničkoj menzi.

Olga je uzela prazan tanjir i vratila se u kuhinju, iznenađena time koliko je njena prijateljica smirena iako je sigurno znala šta će se dogoditi. Ali opet, Elena nije mogla da joj kaže zašto je spremna da istrpi čak Poljakovljevo nabacivanje, ako to znači da će ona i sin konačno moći da pobegnu iz kandži KGB-a.

– Tako mi je žao – rekla je Olga, dok je oblačila kaput – ali ne mogu da izgubim posao. Vidimo se u ponedeljak – dodala je, pre nego što je zagrlila Elenu duže nego inače.

– Nadajmo se da nećemo – prošaputala je Elena dok je Olga zatvarala vrata za sobom. Upravo je nameravala da isključi šporet kad je čula otvaranje vrata trpezarije. Okrenula se i videla Poljakova kako polako hoda ka njoj žvaćući poslednji zalogaj gulaša. Obrisao je usta rukavom pre nego što je otkopčao bluzu prekrivenu odlikovanjima koja nije zaradio na bojnom polju. Raskopčao je pojas i spustio ga na sto kraj pištolja, a onda izuo čizme, pre nego što je počeo da otkopčava pantalone koje su pale na pod. Stajao je tamo, ne mogavši više da sakriva salo koje je obično bilo prikriveno iza dobro skrojene uniforme.

– Postoje dva načina da uradimo ovo – rekao je načelnik KGB-a i nastavio da hoda prema njoj, dok im se tela nisu gotovo dodirnula. – Tebi prepuštam izbor.

Elena je prisilila sebe da se osmehne, želeći da završi s tim što pre. Svukla je kecelju i počela je da otkopčava bluzu.

Poljakov se zlobno osmehivao dok joj je nespretno mazio grudi. – Ista si kao sve ostale – rekao je, gurajući je ka stolu, istovremeno pokušavajući da je poljubi. Elena je osećala njegov smrdljivi dah, i okrenula je glavu da im se usne ne bi dodirnule. Osetila je njegove debele prste kako joj petljaju ispod suknje, ali ovog puta se nije odupirala, samo je tupo gledala preko njegovog ramena dok se znojava šaka pomerala po njenoj butini.

Gurnuo ju je na sto, podigao joj suknju i raširio joj noge. Elena je zatvorila oči i stisnula zube. Osećala ga je kako dahće dok gura, moleći se da se sve završi brzo.

Oglasila se sirena u dva sata.

Elena je podigla pogled kad je čula otvaranje vrata na drugom kraju prostorije i užasnuto je gledala kako Aleksandar ulazi i juri ka njima. Poljakov se okrenuo, brzo odgurnuo Elenu u stranu i posegnuo za pištoljem, ali mladić je sad bio udaljen samo jedan metar. Aleksandar je podigao lonac sa šporeta i sasuo ostatak vrelog gulaša u Poljakovljevo lice. Major se zateturao unazad i pao na pod, uz bujicu psovki za koje se Elena bojala da će se čuti na drugom kraju dvorišta.

– Obesiću te zbog ovog! – urlao je Poljakov, hvatajući se za ivicu stola, u pokušaju da ustane. Ali pre nego što je rekao još jednu reč, Aleksandar ga je udario u lice teškim gvozdenim tiganjem. Poljakov je pao na pod kao marioneta presečenih konaca, a krv mu je tekla iz nosa i usta. Majka i sin se nisu micali gledajući palog neprijatelja.

Aleksandar se oporavio prvi. Uzeo je Poljakovljevu kravatu s poda i brzo mu vezao ruke iza leđa, a onda uzeo salvetu sa stola i ugurao mu je u usta. Elena se nije pomerala. Samo je tupo gledala preda se, kao da je paralizovana.

– Budi spremna da kreneš čim se vratim – rekao je Aleksandar, hvatajući Poljakova za gležnjeve. Odvukao ga je iz kuhinje i niz hodnik, ne zaustavljajući se dok nije stigao do toaleta, gde je ugurao majora u poslednju kabinu. Upotrebio je svu svoju snagu da ga podigne na klozetsku šolju, a onda ga je vezao za cev. Zaključao je vrata iznutra i, popevši se na majorove noge, prešao je preko zida i spustio se na pod. Otrčao je do kuhinje i zatekao majku na kolenima, kako jeca.

Kleknuo je kraj nje. – Nemamo vremena za suze, mama – rekao je nežno. – Moramo da pođemo pre nego što taj prokletnik krene za nama. – Polako joj je pomogao da ustane i, dok je ona oblačila kaput i uzimala mali kofer iz ostave, uzeo je Poljakovljevu uniformu, pojas i pištolj i bacio ih u najbližu kantu za smeće. Čvrsto držeći Elenu za ruku, izveo ju je iz kuhinje do zadnjeg izlaza. Oprezno je otvorio vrata, izašao i pogledao na sve strane, pre nego što joj je dopustio da ga prati.

– Gde ćemo se sastati sa ujka Koljom? – pitao je, ponovo preuzimajući odgovornost.

– Kreni prema onim kranovima – rekla je Elena pokazujući ka suprotnom kraju luke. – Šta god da uradiš, Aleksandre, ne pominji ujaku ono što se upravo dogodilo. Bolje je da ne zna, jer sve dok svi misle da je bio na utakmici, neće biti načina da ga povežu s nama.

Dok je Aleksandar vodio majku ka doku 3, noge su joj bile tako slabe da je jedva hodala. Iako je razmišljala da u poslednjem trenutku odustane, sad je shvatila da nemaju drugog izbora do bekstva. Nije se usudila da misli o drugoj mogućnosti. Nastavila je da gleda u dva krana za koja je Kolja rekao da će im biti orijentir i, dok su se približavali, videli su kako jedna usamljena figura izlazi iza dva velika drvena sanduka kraj ulaza u pusto skladište.

– Zašto ste se toliko zadržali? – zabrinuto je pitao Kolja, gledajući na sve strane kao životinja u klopci.

– Došli smo što smo brže mogli – rekla je Elena, bez objašnjenja.

Aleksandar je zurio u sanduke i video u jednom od njih šest uredno spakovanih sanduka votke. Dogovorena cena za put u jednom pravcu do...

– Sad samo treba da odlučite – rekao je Kolja – želite li u Ameriku ili Englesku.

– Zašto ne bi sudbina to odredila? – rekao je Aleksandar. Izvadio je novčić od pet kopejki iz džepa i stavio ga na nokat palca. – Glava

Amerika, pismo Engleska – rekao je i bacio ga visoko. Novčić je skakutao po betonu pre nego što se zaustavio kraj njegovih stopala. Aleksandar se sagnuo i pogledao na tren, a onda uzeo majčin kofer i svoju kutiju za ručak i stavio ih na dno odabranog sanduka. Elena je ušla i čekala da joj se sin pridruži.

Čučnuli su i pribili se jedno uz drugo, dok je Kolja pričvršćivao poklopac sanduka. Mada mu je bilo potrebno svega nekoliko trenutaka da zakuca desetak eksera u poklopac, Elena je već pokušavala da čuje neki drugi zvuk. Zvuk teških čizama koje idu ka njima, čupanja poklopca i njih dvoje koje izvlače da se suoče s pobedonosnim majorom Poljakovim.

Kolja je dlanom potapšao stranicu sanduka i iznenada su osetili kako se dižu sa zemlje. Sanduk se nežno klatio tamo-amo dok se dizao sve više i više, pre nego što je počeo polako da se spušta prema potpalublju jednog od brodova. A onda, bez upozorenja, sanduk se spustio uz tresak.

Elena je mogla samo da se pita hoće li oboje provesti ostatak života žaleći što nisu ušli u onaj drugi sanduk.

DRUGA KNJIGA

4.

Saša

Na putu za Sauthempton

Saša je čuo glasno kucanje u stranicu sanduka.
– Ima li nekog unutra? – pitao je neki promukli glas.
– Ima – odgovorili su oboje istovremeno na različitim jezicima.
– Vratiću se kad napustimo teritorijalne vode – kazao je taj glas.
– Hvala vam – odgovorio je Saša. Čuli su udaljavanje teških čizama, a nekoliko trenutaka kasnije i glasan tresak.
– Pitam se...
– Ne govori – prošaputala je Elena – moramo da čuvamo snagu. – Saša je klimnuo glavom, mada je jedva mogao da je vidi u tami.

Sledeći zvuk koji su čuli bio je tutnjanje nekog velikog klipa koji se pokretao negde ispod. Zatim su osetili pokret kad se brod odvojio od doka i počeo polako da isplovljava iz luke. Saša nije znao koliko će im vremena biti potrebno da pređu tu nevidljivu granicu koju pomorsko pravo prepoznaje kao međunarodne vode.

– Dvanaest nautičkih milja do bezbednosti – rekla je Elena odgovarajući na nepostavljeno pitanje. – Ujka Kolja mi je rekao da će to trajati tek nešto više od sata.

Saša je hteo da pita kakva je razlika između kopnene i nautičke milje, ali je ipak oćutao. Mislio je na svog ujka Kolju i nadao se da je bezbedan. Da li je neko već pronašao Poljakova? Da li on uveliko smišlja osvetu? Saša je rekao svom ujaku da proširi glasinu kako je njegov prijatelj Vladimir osmislio bekstvo, za šta se nadao da će ugroziti Vladimirove izglede da se pridruži KGB-u. Mislio je na svoju domovinu i ono što će mu najviše nedostajati, čak se zapitao je li *FK Zenit* pobedio *Torpedo* iz Moskve i osvojio Sovjetski kup.

Činilo im se da je prošlo mnogo više od sat vremena pre nego što su se ponovo začuli oni teški koraci. Još jedan udarac u stranicu sanduka.

– Uskoro ćemo vas izvući – kazao je isti promukli glas.

Saša je stegao majku za mišice dok su slušali kako se vade jedan po jedan ekser. Poklopac je napokon podignut. Oboje su duboko udahnuli i ugledali niskog, neurednog muškarca odevenog u prljav kombinezon kako im se široko osmehuje.

– Dobro došli na brod – kazao je pošto je proverio da li je svih šest sanduka votke na mestu. – Zovem se Metjuz – dodao je pre nego što je pružio ruku Eleni. Načas se ukočeno protegla pa uhvatila njegovu ruku i nesigurno izašla iz sanduka. Saša je poneo mali kofer i kutiju za ručak i dodao ih Metjuzu pre nego što se pridružio majci.

– Rečeno mi je da vas odvedem do mosta kako biste se upoznali s kapetanom Pitersonom – rekao je Metjuz, pa ih poveo do zarđalih merdevina pričvršćenih za stranicu tovarnog prostora broda.

Saša je podigao majčin kofer i poslednji se popeo. Sa svakom prečagom sunce je sijalo jače, a na kraju je gledao u vedro plavo nebo. Kad je konačno izašao na palubu, zastao je na tren da pogleda svoj rodni grad, kako se nadao i od čega je strahovao, možda poslednji put.

Elena i Saša su pratili Metjuza ka spiralnim stepenicama, uz koje je on počeo da se uspinje bez osvrtanja. Brzo su ga pratili kao poslušni psići i trenutak kasnije, uz blagu vrtoglavicu, izašli su na most.

Kormilar koji je stajao za upravljačem samo ih je ovlaš pogledao, ali stariji muškarac u tamnoplavoj uniformi, sa četiri zlatne pruge na rukavu blejzera s dvorednim kopčanjem, okrenuo se ka slepim putnicima.

– Dobro došli na brod, gospođo Karpenko – rekao je. – Kako se zove mladić?

– Saša, ser – odgovorio je.

– Ne zovi me „ser“. Gospodin Piterson ili kapetan sasvim je u redu. Nego, gospođo Karpenko, vaš brat mi je rekao da ste dobra kuvarica, pa hajde da otkrijemo da li je preterivao.

– Ona je najbolja kuvarica u Lenjingradu – kazao je Saša.

– Stvarno? A šta ti imaš da ponudiš, mladiću, jer ovo nije turističko krstarenje. Svi moraju da učestvuju.

– Može da služuje hranu – kazala je Elena i pre nego što je Saša uspeo da odgovori.

– E, to će biti nešto posebno – rekao je kapetan.

I hoće, pomislio je Saša, koji nikad u životu nije bio u restoranu, a osim raspremanja stola i pranja sudova posle večere, retko je boravio i u kuhinji.

– Metjuze, je li kabina kraj Fergalove slobodna? – pitao je kapetan.

– Jeste, kapetane, ali nije dovoljno velika za dvoje.

– Onda smesti momka s Fergalom. Može da spava na gornjem krevetu, a njegova majka može da uzme praznu kabinu. Kad se raspakuju – dodao je, gledajući mali kofer – odvedi ih do brodske kuhinje i upoznaj ih s kuvarom.

Saša je primetio da se na te reči kormilar nasmešio, mada je nastavio da gleda okean pred sobom.

– Razumem, kapetane – kazao je Metjuz. Bez reči je poveo svoje štićenike niza spiralne stepenice i do glavne palube. Saša je opet pogledao ka dalekom horizontu, gde se Lenjingrad više nije video.

Pratili su Metjuza preko palube i spustili se još užim stepenicama do utrobe broda. Vodič ih je sproveo slabo osvetljenim hodnikom i zaustavio se pred dvema susednim kabinama.

– Ovde ćete spavati za vreme putovanja.

Elena je otvorila vrata svoje kabine i pogledala sijalicu koja se klatila i bacala slabo svetlo na uzan krevet. Ritmična buka brodskog motora garantovala je da, čak i da prethodnih nedelju dana nije spavala, sledećih svakako neće.

Metjuz je otvorio vrata susedne kabine. Saša je ušao i zatekao krevet na sprat koji je zauzimao gotovo čitav prostor.

– Ti si gore – rekao je Metjuz. – Vraćam se za pola sata, a onda ću vas odvesti do kuhinje.

– Hvala – kazao je Saša i odmah se popeo na gornji krevet. Nije bio ništa bolji od njegovog kreveta u Lenjingradu. Morao je da se zapita je li odabrao pravi sanduk.

– Slušajte me dobro – povikao je neko – jer ovo ću reći samo jednom.

Svi su prestali da rade i okrenuli se ka kuvaru, koji je stajao nasred kuhinje, s rukama na kukovima.

– Imamo damu na brodu, i ona će raditi s nama. Gospođa Karpenko je profesionalna kuvarica s mnogo iskustva, stoga ćete se prema njoj ponašati s dužnim poštovanjem. Ako iko od vas napravi pogrešan korak, iseći ću mu nogu i njom nahraniti galebove. Jasno? – Nervozan smeh koji je usledio nagovestio je da im je jasno.

– Njen sin Saša – nastavio je kuvar – takođe će putovati s nama, i pomagaće Fergalu u trpezariji. Dobro, vratite se na posao. Za dva sata treba da poslužimo večeru.

Mršav, bled mladić riđe kose došao je s drugog kraja kuhinje i stao pred Sašu.

– Ja sam Fergal – rekao je. Saša je klimnuo glavom, ali nije progovorio. – Slušaj – nastavio je odlučno podbočivši se – jer ovo ću reći samo jednom. Ja sam glavni poslužitelj, i možeš mi se obraćati sa „ser“.

– Razumem, ser – krotko je kazao Saša.

Fergal je prasnuo u smeh, rukovao se s novim regrutom i rekao: – Pođi za mnom, Saša.

Saša je krenuo za njim iz kuhinje i uz najbliže stepenice. – Šta treba da radim? – pitao je kad ga je sustigao.

– Ono što ti je rečeno – kazao je Fergal kad su stigli do vrha stepeništa. – Naš posao je da poslužujemo putnike u trpezariji.

– Na brodu ima putnika?

– Samo dvanaest. Mi smo teretni brod, ali ako imaš više od dvanaest putnika, onda si registrovan kao putnički brod. Kompanija poseduje nekoliko prekookeanskih putničkih brodova, ali mi smo deo trgovačke flote – dodao je pa gurnuo vrata i ušao u sobu s tri velika okrugla stola sa po šest stolica.

– Ali tu ima osamnaest mesta – rekao je Saša. – Kazao si...

– Vidim da si bistar – rekao je Fergal s osmehom. – Pored dvanaest putnika, tu su i šestorica oficira koji takođe jedu u trpezariji, ali sede za zasebnim stolom. Dakle, naš prvi posao – rekao je i otvorio fioku velikog kredenca pa izvadio tri stolnjaka – jeste da postavimo sto za večeru.

Saša nikad ranije nije video stolnjak, i gledao je kako Fergal vešto stavlja po jedan na svaki od tri stola. Zatim se vratio do kredenca, izvadio pribor za jelo i počeo da ga postavlja.

– Nemoj da stojiš i bleneš. Ti si moj pomoćnik, a ne jedan od putnika.

Saša je uzeo noževe, viljuške i kašike i počeo da oponaša svog mentora, koji je proveravao svaku postavku, kako bi sve bilo poravnato i na pravom mestu.

– Dobro, tvoj najvažniji posao za koji ćeš biti odgovoran – rekao je Fergal kad je stavio po dve čaše kraj svake garniture, a posude za so i biber na sredinu stola – jeste da slažeš stvari u kuhinjski lift.

– Šta je kuhinjski lift?

– Baš si tupan. Eno ga onde. – Fergal je otišao do drugog kraja prostorije i otvorio mala vrata u zidu pokazavši mu četvrtastu kutiju s dve police i debelim užetom na jednoj strani. – Spušta se sve do kuhinje – rekao je kad je povukao uže a kutija nestala. – Kad je kuvar spreman, poslaće lift gore s prvim jelom, koje ćeš ti spustiti na kredenac pored da ga ja poslužim. Ne obraćaj se nikom dok se oni ne obrate tebi, a i tad samo ako te nešto pitaju. Uvek se gostima obraćaj sa „gospodine" ili „gospođo". – Saša je klimao glavom. – Dobro, sledeća stvar je da ti pronađemo belu bluzu i pantalone koje ti odgovaraju. Ne možeš da izgledaš kao neki morski jež koga je more izbacilo na obalu, zar ne?

– Smem li da postavim pitanje? – pitao je Saša.

– Ako moraš.

– Odakle si?

– Sa Smaragdnog ostrva, naravno – kazao je Fergal. Saši pak to nije ništa značilo.

Kuvar je pogledao Elenu, koja je pravila sos od nekih ostataka. – Radili ste to i pre – kazao je. – Kad završite, hoćete li spremiti povrće dok se ja bavim glavnim jelom? – Pogledao je jelovnik pričvršćen za zid. – Jagnjeći kotleti.

– Naravno, gospodine – rekla je Elena.

– Zovite me Edi – dodao je pa otišao do frižidera i uzeo komad jagnjetine.

Kad je Elena spremila povrće i raspodelila ga u posebne posude, Edi ga je pregledao. – Dobro je što nas napuštate kad pristanemo u Sauthempton – rekao je – inače bih morao da tražim novi posao.

Ja ću tražiti posao, želela je da mu kaže Elena, ali zadovoljila se rečima: – Šta želite da sad uradim?

– Izvadite dimljenog lososa iz frižidera i spremite osamnaest porcija. Kad to uradite, stavite ih u kuhinjski lift, pozvonite i pošaljite ih gore Fergalu.

– Kuhinjski lift? – zbunjeno ga je gledala Elena.

– O, napokon nešto što ne znate. – Smešio se dok je išao ka velikoj kvadratnoj rupi u zidu.

* * *

Zvono je zazvonilo.

– Prvo jelo stiže – rekao je Fergal i nekoliko trenutaka kasnije, pojavilo se šest tanjira s dimljenim lososom. Saša ih je ređao po kredencu pre nego što će spustiti lift. Vadio je druga tri tanjira s lososom kad su se vrata otvorila i ušla dva elegantno odevena oficira.

– Gospodin Rejnolds, glavni mašinista – prošaputao je Fergal – i brodski ekonom gospodin Halet.

– A ko je ovo? – pitao je gospodin Rejnolds.

– Saša, moj novi pomoćnik.

– Dobro veče, Saša. Verujem da vama možemo da zahvalimo za šest sanduka votke, a oficiri i podoficiri će to i te kako umeti da cene.

– Da, gospodine – rekao je Saša.

Vrata su se ponovo otvorila, i putnici su počeli jedan po jedan da ulaze i sedaju na svoja mesta.

Saša nije prestajao da vuče uže gore-dole i sadržaj kutije spušta na kredenac. Fergal je posluživao petnaest muškaraca i tri žene opušteno i sa šarmom za koji je kuvar uveravao Elenu da potiče od redovnog ljubljenja kamena iz Blarnija. Bilo je to još nešto što je morao da objasni svojoj novoj pomoćnici.

Sat kasnije, pošto su poslednji gosti otišli, Saša se srušio na najbližu stolicu i rekao: – Iscrpljen sam.

– Ne, još nisi – rekao je Fergal, smejući se. – Sad moramo da raščistimo sve i postavimo stolove za doručak. Možeš da počneš od usisavanja tepiha.

– Usisavanja?

Fergal mu je pokazao kako se koristi ta neobična mašina pa se vratio postavljanju stolova. Saša je bio opčinjen usisivačem, ali nije želeo da prizna kako ga nikad ranije nije video, iako je to bilo sasvim očigledno jer je udarao u stolice i noge od stola. Fergal ga je pustio da se upozna sa usisivačem dok je on postavljao za osamnaestoro.

– To je sve za danas – kazao je Fergal – sad možeš da brišeš.

Saša je otišao do kabina i pokucao na majčina vrata. Nije ušao dok nije kazala: „Slobodno.“ Čim je ušao u njenu kabinu, primetio je da je raspakovala i svoj kofer i njegovu kutiju za ručak. Činilo mu se da je soba izgledala urednije nego što je se sećao.

– Kako ti se svidelo konobarisanje? – odmah ga je pitala.

– Bukvalno ne staješ – rekao je Saša – ali je veoma zabavno. Fergal izgleda drži sve pod kontrolom, čak i kapetana.

Elena se nasmejala. – Da, kuvar mi je rekao da je s godinama slomio nekoliko srca, i izvlači se samo zato što putnici na brodu retko ostaju duže od dve nedelje.

– Kakav je kuvar?

– Stari profesionalac, i toliko dobar u svom poslu da ne mogu da shvatim šta radi na ovako malom brodu. Čovek bi pomislio da bi *Barington lajnu* bilo bolje da ga prebaci na neki od velikih putničkih brodova. Sigurno postoji neki razlog što to nisu uradili.

– Ako postoji – kazao je Saša – Fergal ga sigurno zna, tako da ću saznati to znatno pre nego što stignemo u Sauthempton.

5.

Aleks

Na putu za Njujork

Kad je Aleks čuo da se zatvaraju vrata tovarnog prostora i da se brod odvojio od privezišta, počeo je da udara u stranicu sanduka stisnutom pesnicom.

– Unutra smo! – vikao je.

– Ne mogu da te čuju – rekla je Elena. – Ujka Kolja mi je rekao da neće otvarati tovarni prostor dok ne odmaknemo od sovjetskih teritorijalnih voda.

– Ali... – počeo je Aleks, a onda samo klimnuo glavom mada je počinjao da shvata kako izgleda biti živ sahranjen. Misli su mu ometali neravnomerna tutnjava motora negde ispod njih i kretanje. Pretpostavio je kako mora da konačno isplovljavaju iz luke, ali nije znao kad će biti pušteni iz zatvora koji su sami sebi nametnuli.

Aleks se nadao da će tog popodneva sa ujakom ići na fudbalsku utakmicu, a na kraju je završio s majkom u sanduku. Molio se bogovima da njegov ujak bude bezbedan. Pretpostavio je da su dosad pronašli Poljakova. Da li će pokušati da vrati brod u luku? Rekao je svom ujaku da proširi glasinu da mu je Vladimir pomogao da pobegne, s nadom da će to okončati Vladimirove izglede da radi za KGB. Počeo je da razmišlja o onome što je ostavio za sobom. Zaključio je da i nije mnogo toga. Doduše voleo bi da zna rezultat utakmice između FK *Zenita* i *Torpeda* iz Moskve, i pitao se da li će ga ikad saznati.

Na kraju je utonuo u polusan, ali probudio ga je tresak vrata tovarnog prostora, a zatim i nešto što je ličilo na lupkanje u stranicu susednog sanduka. Ponovo je stisnuo pesnicu i udario u zid svoje zatvorske ćelije pa povikao: – Ovde smo! – Tog puta majka nije pokušala da ga zaustavi.

Nekoliko trenutaka kasnije začuo je dva, možda i tri glasa, srećan što govore na jeziku koji razume. Nestrpljivo je čekao, a kad su konačno podigli poklopac sanduka, nad sobom je video tri muškarca.

– Sad možete da izađete – kazao je jedan na ruskom.

Aleks je ustao i pomogao majci da polako uspravi ukočeno telo. Držao ju je za ruku dok je oprezno izlazila iz sanduka. Zatim je uzeo njen mali kofer i svoju kutiju za ručak i pridružio joj se.

Tri mornara, odevena u tamnoplave, uljem umazane kombinezone, gledala su u sanduk da se uvere da je obećana nagrada tamo.

– Pođite sa mnom – kazao je jedan dok su druga dvojica vadila sanduke s votkom. Aleks i Elena su poslušno krenuli za muškarcem koji je izdao naredbu, pa zavijugao oko nekoliko drugih sanduka sve do merdevina na zidu tovarnog prostora. Aleks je pogledao uvis u vedro nebo koje ga je mamilo i prvi put počeo da veruje kako je moguće da su bezbedni. S koferom u ruci polako je išao za mornarom uz merdevine dok je majka držala kutiju za ručak ispod miške.

Aleks je izašao na palubu i duboko udahnuo svež morski vazduh. Zagledao se prema Lenjingradu nalik seocetu koje se topi na večernjem suncu.

– Ne zadržavaj se – zarežao je mornar, a njegova dva drugara žurno su prošla kraj njih, svaki sa po sandukom votke. – Kuvar ne voli da čeka. – Odveo ih je na drugu stranu palube, pa spiralnim stepenicama u utrobu broda. Aleksu i Eleni se već prilično vrtelo u glavi kad su stigli do donje palube, gde je njihov vodič stao pred jedna vrata na kojima je izbledelim slovima pisalo „Gospodin Streljnikov, glavni kuvar“.

Mornar je otvorio teška vrata, otkrivajući najmanju kuhinju koju je Elena ikad videla. Ušli su, a tamo ih je pozdravio jedan div odeven u prljavu belu bluzu kojoj je nedostajalo nekoliko dugmića, i plave prugaste pantalone koje su izgledale kao da je spavao u njima. Već je otvarao jednu bocu votke. Otpio je gutljaj, pa rekao promuklim glasom: – Vaš brat mi je kazao da ste dobra kuvarica. Bolje da jeste ili ću vas oboje baciti u more, a onda ćete plivati do kuće, gde ćete u luci zateći mnogo ljudi koji će vam poželeti dobrodošlicu.

Elena bi se nasmejala, ali nije bila sigurna da li je kuvar mislio ozbiljno. Posle još jednog gutljaja, pogledao je Aleksa. – A koja je tvoja svrha? – pitao je.

– On je obučen konobar – rekla je Elena, pre nego što je Aleks stigao da odgovori.

– Ne treba nam konobar – kazao je kuvar. – Može da pere sudove i ljušti krompir. Pod uslovom da ne otvara usta, možda ću mu krajem dana dozvoliti da uzme nešto od ostataka hrane. – Aleks se taman spremio da se usprotivi, ali kuvar je dodao: – Naravno, ako tvom gospodstvu to ne odgovara, uvek možeš da radiš u mašinskom prostoru i provedeš ostatak života ubacujući ugalj u vrelu peć. Prepuštam ti izbor. – Reči „ostatak života“ zvučale su veoma zlokobno. – Karle, pokaži im gde će spavati. Samo se pobrini da se vrate na vreme kako bi mi pomogli da spremim večeru.

Mornar je klimnuo glavom, i odveo ih iz kuhinje, ponovo onim uskim stepenicama i na palubu. Nije se zaustavljao dok nisu stigli do jednog čamca za spasavanje koji se klatio na povetarcu.

– Ovo je kraljevski apartman – rekao je, bez imalo ironije. – Ako vam se ne sviđa, uvek možete da spavate na palubi.

Elena je pogledala prema svojoj domovini koja je gotovo nestala s vidika. Već je osećala kako joj nedostaje oskudni komfor stančića u Hruščojovki. Misli joj je prekinuo Karl, koji je zarežao: – Ne dozvolite da kuvar čeka, da ne bismo svi zažalili.

Većina kuvara je povremeno probala hranu koju sprema, drugi su isprobavali svako jelo, ali Eleni je ubrzo postalo jasno da je brodski kuvar više voleo da proždire čitave porcije između gutljaja votke. Iznenadila se što su oficiri, a kamoli posada, uopšte ikad nahranjeni.

Ta kabina, koju je Elena brzo naučila da zove brodska kuhinja, bila je tako mala da joj je bilo gotovo nemoguće da ne naleti na nekog ili nešto kad krene na bilo koju stranu, i u njoj je bilo tako vruće da je bila mokra do gole kože nekoliko trenutaka nakon što je navukla ne tako belu bluzu koja joj nije pristajala.

Streljnikov je bio ćutljiv čovek, a retke reči koje je izgovarao obično su dolazile posle jednog prideva. Izgledao je kao da mu je pedeset, ali Elena je pretpostavljala da mu je svega četrdesetak. Mora da je bio težak preko sto pedeset kilograma, i očigledno je veliki deo plate trošio na tetoviranje. Elena je posmatrala dok je stajao iznad ogromnog šporeta i nadgledao svojih ruku delo, dok je njegov pomoćnik, jedan sitan Kinez neodređene starosti, čučao pognute glave u daljem uglu i neprekidno ljuštio krompir.

– Ti – zarežao je kuvar, jer je već bio zaboravio Aleksovo ime – pomoći ćeš gospodinu Lingu, a ti ćeš – kazao je, pokazujući na Elenu – spremiti supu. Uskoro ćemo saznati da li si tako dobra kao što tvoj brat tvrdi.

Elena je proverila sastojke. Neki od ostataka očigledno su sastrugani s tanjira od prethodnog obroka. Bilo je tu i kostiju neke životinje koju nije mogla odmah da prepozna i koje su plutale u jednoj masnoj šerpi, ali dala je sve od sebe da spase ono malo mesa što je na njima ostalo. Bacila je ostatak u kantu za smeće, a Streljnikov se namrštio, kao da nije navikao da išta baca.

– Neki od mornara smatraju kosti poslasticom – kazao je.

– Samo psi smatraju kosti poslasticom – promrmljala je Elena.

– I morski psi – prasnuo je Streljnikov.

Streljnikov se usredsredio na spremanje specijaliteta dana, a Elena je kasnije saznala da je to specijalitet svakog dana: pržena riba i pomfrit. Po tri ribe je istovremeno pržio u velikom, okruglom, zagorelom tiganju, a gospodin Ling je stručno sekao svaki krompir, čim ga Aleks oljušti. Elena je primetila da su na pult postavljene samo tri činije za supu i tri tanjira različitih veličina, mada je na brodu bilo dvadesetak mornara. Streljnikov je prekinuo s prženjem da bi probao supu, i kako ništa nije rekao, Elena je pretpostavila da je prošla prvu probu. Onda je kutlačom sipao mnogo supe u svaku od tri činije koje je gospodin Ling spustio na poslužavnik i odneo do oficirske menze. Kad je otvorio vrata, Elena je videla dugačak red namrštenih oficira, s metalnim porcijama u ruci, koji su čekali da budu posluženi.

– Samo po kutlaču svakom – progunđao je Streljnikov, kad je prvi mornar pružio svoju porciju.

Elena je izvršavala njegova naređenja i trudila se da ne pokaže koliko je zgranuta kad je Streljnikov spustio prženu ribu u istu porciju u kojoj je bila supa. Samo jedan član posade ju je pozdravio toplim osmehom i čak rekao „hvala" na ruskom.

Kad je obavila zadatak, poslužila dvadeset trojicu, kuvar se vratio do šporeta i počeo da prži tri najveća komada ribe, jedan po jedan, pre nego što ih je stavio na oficirske tanjire. Gospodin Ling je uz njih birao samo najtanji pomfrit, a onda je spustio te tanjire na poslužavnik i ponovo izašao iz brodske kuhinje.

– Počni sa čišćenjem! – zarežao je Streljnikov i seo na jedinu stolicu u prostoriji s napola ispijenom bocom votke u ruci.

Pošto se vratio s praznim supenim tanjirima, gospodin Ling je odmah počeo da struže velike lonce i dva tiganja. Kad je čuo da je Streljnikov zahrkao, široko se osmehnuo Aleksu i pokazao na posudu s prženim krompirom. Aleks je proždrao sav krompir, a Elena je nastavila da riba lonce. Kad je završila, pogledala je ka Streljnikovu. Čvrsto je spavao, tako da su se ona i Aleks izvukli iz kuhinje i spiralnim stepenicama popeli na palubu.

Elena je počela da raspakuje stvari iz malog kofera i uredno ih spušta na palubu, kad je iza sebe začula teške korake. Brzo se okrenula i videla visokog krupnog muškarca kako im se približava. Aleks je spustio rečnik, skočio na noge i stao između majke i tog diva. Mada je znao da bi to bila neravnopravna borba, nije nameravao da se preda. Ali muškarac ih je zatim iznenadio. Seo je na palubu prekrštenih nogu i osmehnuo im se.

– Zovem se Dimitrij Balančuj – rekao je – i kao i vi, ja sam izbeglica iz Rusije.

Elena se bolje zagledala u Dimitrija, a onda se setila da je on čovek koji joj se zahvalio na večeri. Uzvratila mu je osmeh i sela naspram njega. Aleks je prekrstio ruke i ostao da stoji.

– Trebalo bi da stignemo u Njujork za desetak dana – rekao je Dimitrij tihim, blagim glasom.

– Jeste li već bili u Njujorku? – pitala je Elena.

– Živim tamo, ali i dalje Lenjingrad smatram svojim domom. Bio sam na palubi kad sam vas video da ulazite u taj sanduk. Pokušao sam da vas upozorim da uđete u onaj drugi.

– Zašto? – pitao je Aleks. – Čitao sam mnogo o Njujorku, i mada je prepun gangstera, zvuči uzbudljivo.

– I jeste prilično uzbudljiv – kazao je Dimitrij. – Mada u Njujorku ima onoliko gangstera koliko i u Moskvi – dodao je i iskrivio usta u osmeh. – Ali nisam uveren da ćete uspeti da napustite ovaj brod bez moje pomoći.

– Hoće li nas vratiti u Lenjingrad? – pitala je Elena, zadrhtavši na tu pomisao.

– Ne. Ameri će vas dočekati raširenih ruku, posebno zato što ste izbeglice koje beže od komunizma.

– Ali ne poznajemo nikog u Americi – rekao je Aleks.

– Sad poznajete – kazao je Dimitrij – jer uradiću sve da pomognem zemljacima da pobegnu od represivnog režima. Ne, ne treba da se bojite Amerikanaca, nego Streljnikova. Zahvaljujući vama može da radi upola manje, tako da će uraditi sve da vas spreči da napustite brod.

– Ali kako može da nas zaustavi?

– Isto kao i gospodina Linga, koji se pridružio posadi na Filipinima pre šest godina. Kad god se brod približi nekoj luci, Streljnikov ga zaključa u kuhinju i ne pušta ga dok brod ponovo ne isplovi. A pretpostavljam da to planira i s vama.

– Onda moramo da kažemo nekom od oficira – rekla je Elena.

– Oni ne znaju da ste na brodu – kazao je Dimitrij. – Čak i da znaju, ni za živu glavu ne žele da naljute Streljnikova. Ali ne paničite jer imam ideju uz koju će, nadam se, kuvar biti zaključan u sopstvenoj kuhinji.

Iako iscrpljena, Elena dugo nije zaspala zato što nije mogla da se navikne na ljuljanje čamca za spasavanje. Nakon što je konačno odspavala sat vremena, možda i dva, otvorila je oči i videla gospodina Linga kako stoji kraj nje. Izašla je iz čamca i prodrmala Aleksa koji je čvrsto spavao na palubi. Sišli su do kuhinje s gospodinom Lingom i samo uz mesečinu. Bilo je jasno da neće videti sunce narednih deset dana.

Doručak se sastojao od dva pržena jajeta i pasulja na dvopeku za oficire, i bio je poslužen na ista tri tanjira kao sinoćna večera, uz šolje crne kafe, a posada je dobila dva komada hleba namazanih mašću i šolju čaja, bez imalo šećera. Samo što su Elena, Aleks i gospodin Ling raspremili kuhinju posle doručka, morali su da počnu pripremu ručka, a Streljnikov je počeo jutarnju dremku. Spavao je duže nego što je Elena spavala prethodne noći.

Elena i Aleks su dobili kratku pauzu posle ručka, ali nisu smeli da se vrate na palubu, jer Streljnikov nije želeo da oficiri vide da su oni na brodu. Sedeli su sami u hodniku, naslonjeni na zid i pitali se kako bi sve izgledalo da su ušli u drugi sanduk.

6.

Saša

Na putu za Sauthempton

Do kraja prve nedelje plovidbe, Saša je tako dobro savladao upravljanje kuhinjskim liftom da je čak imao vremena da pomaže Fergalu dok poslužuje putnike, mada nije smeo da se približava kapetanovom stolu. Kad bi uveče postavili sve za doručak, Saša bi otišao do majčine kabine i razgaljivao bi je onim što je čuo od putnika i onim što je on njima rekao.

– Ali mislila sam da ne smeš da razgovaraš s putnicima.

– Ne smem, osim kad mi postave neko pitanje. Sad svi znaju da radiš u kuhinji i tražiš posao u Engleskoj, a ako ga ne pronađeš kad doplovimo do Sauthemptona, nećemo moći da uđemo u zemlju i moraćemo da ostanemo na brodu. A imam i loše vesti. Kad ukrcaju robu i nove putnike, vraćaju se pravo u Lenjingrad.

– Svakako ne smemo da rizikujemo to. Da li ste čuli da je neko od putnika pokazao imalo zanimanja za našu nevolju?

– Ni abera.

– Šta ti to znači?

– U koknijevskom slengu to znači „ni reči“.

– Šta je kokni?

– Onaj ko je rođen u krugu zvonjave katedrale Sent Meri le Bou.

– A gde se ona nalazi?

– Nemam pojma. Ali Fergal sigurno zna.

– Ima li engleskih putnika na brodu? – pitala je Elena.

– Samo četvoro, ali retko razgovaraju međusobno, a nekmoli s nekim tako beznačajnim kao što je konobar. Oni su uštogljeni.

– Nikad ranije nisam čula tu reč.

– Fergal je često koristi, posebno kad priča o Englezima. Potražio sam je u rečniku. To znači uzdržan, hladan, neljubazan.

– Možda su samo stidljivi – kazala je Elena.

Samo tri dana pre nego što je brod trebalo da doplovi u Sauthempton, kuvar je obavestio Elenu da gospodin Halet, brodski ekonom, želi da je vidi čim završi posao.

– Šta sam pogrešila? – pitala je zabrinuto.

– Ništa. U stvari, mislim da je upravo suprotno.

Kad je kuvar tog popodneva raspustio kuhinjsko osoblje, Elena je otišla pravo u ekonomovu kancelariju. Pokucala je na vrata, a kad je čula „Uđite", ušla je i zatekla dva muškarca kako sede jedan naspram drugog uz veliki radni sto. Obojica su ustala, a ekonom, odeven u elegantnu belu uniformu s dve zlatne trake na rukavima, sačekao je da ona sedne pre nego što joj je predstavio gospodina Moretija i objasnio da je on putnik koji je zahtevao da je upozna.

Elena je bolje osmotrila starijeg gospodina odevenog u trodelno odelo. Obratio joj se na engleskom, s jedva primetnim naglaskom koji nije mogla da odredi. Pitao ju je šta je radila u Lenjingradu i kako je završila na ovom brodu. Ispričala mu je gotovo sve što se dogodilo u poslednjih mesec dana, uključujući muževljevu smrt, ali nije pomenula zbog čega je njen sin zamalo ubio lokalnog načelnika KGB-a. Kad je gospodin Moreti postavio sva željena pitanja, Elena nije znala kakav je utisak ostavila, mada joj se on ljubazno osmehnuo.

– Hvala vam, gospođo Karpenko – rekao je gospodin Halet – to je sve za sada. – Oba muškarca su ponovo ustala dok je ona izlazila iz kancelarije.

Vratila se u svoju kabinu sva zbunjena, i zatekla je tamo Sašu kako je čeka. Kad mu je ispričala o razgovoru s gospodinom Moretijem, rekao je: – To mora da je italijanski gospodin koji ima restoran u nekom mestu Fulam. Znam da je takođe tražio da vidi kuvara i Fergala, tako da moramo da držimo palčeve, mama.

– Zašto Fergala?

– Zanimalo ga je kako se snalazim u trpezariji. Mislim da se nada da će dobiti nas dvoje po ceni jednog. I zato će mu Fergal kazati da sam najbolji pomoćnik koga je ikad imao.

– Ti si jedini pomoćnik koga je imao.

– Sitnica koju Fergal neće pominjati.

* * *

Sastanci s kuvarom i Fergalom mora da su prošli dobro, jer je gospodin Moreti tražio da opet vidi Elenu, i ponudio joj je posao u svom restoranu u Fulamu.

– Deset funti nedeljno, sa smeštajem iznad restorana – kazao je.

Elena nije znala gde je Fulam ni da li je to dobra plata, ali je sva srećna prihvatila jedinu ponudu koju će verovatno dobiti ako ne žele da ih vrate pravo u Lenjingrad.

Brodski ekonom joj je onda postavio još nekoliko pitanja o tome zašto traži azil, dok je ispunjavao dugačak zvanični formular Houm ofisa. Kad je proverio sve odgovore, on i gospodin Moreti su se potpisali na dnu, pošto su pristali da joj budu pokrovitelji.

– Srećno, gospođo Karpenko – rekao je brodski ekonom kad je dao popunjen obrazac gospodinu Moretiju. – Svima ćete nam nedostajati, a ako ne ispadne sve kako treba, uvek možete da se zaposlite u *Barington lajnu.*

– Veoma ste ljubazni – odgovorila je Elena.

– Ali za vaše dobro, gospođo Karpenko, nadajmo se da nećete morati. Pre nego što odete, ne zaboravite da podignete platu.

– I platićete mi? – s nevericom je pitala Elena.

– Naravno. – Brodski ekonom joj je predao dva smeđa koverta. Onda je otišao do vrata kancelarije, otvorio ih i rekao: – Nadajmo se da se više nikad nećemo videti, gospođo Karpenko.

– Hvala vam, gospodine Halet – kazala je Elena, koja se propela na prste i poljubila ga u oba obraza, zbog čega je ekonom zanemeo.

Otišla je pravo do svoje kabine, jedva čekajući da ispriča Saši za ponudu. Kad je otvorila vrata, bila je iznenađena i oduševljena. Oduševljena što je zatekla sina, ali iznenađena zbog velikog paketa na krevetu.

– Šta je to? – pitala je, zaglédajući veliki paket umotan u smeđi papir i vezan kanapom.

– Ne znam – odgovorio je Saša – ali bilo je ovde kad sam došao s posla.

Elena je razvezala uzicu i polako odmotala papir. Zastenjala je kad je videla svu odeću koja je ispala na krevet, uz karticu na kojoj je pisalo: *Hvala vam oboma i srećno.* Potpisali su je svi članovi posade, uključujući kapetana. Elena se rasplakala. – Kako ćemo ikada moći da im se odužimo?

– Tako što ćemo biti uzorni građani ako se tačno sećam kapetanovih reči – rekao je Saša.

– Ali nismo još postali građani, i ostaćemo apatridi dok ne uverimo imigracione vlasti da smo prave političke izbeglice i da nas čekaju pravi poslovi.

– Nadajmo se onda da će biti malo ljubazniji od engleskih putnika na brodu, jer ako nisu, saznaćemo pravo značenje reči „uštogljen".

– Kuvar je takođe Englez – kazala je Elena – a veoma je ljubazan. Čak se izvinio što nije mogao da mi bude jedan od pokrovitelja.

– Nije se usudio – rekao je Saša. – Postoji nalog za njegovo hapšenje. Kad god brod stigne u Sauthempton, on mora da ostane na njemu. Fergal mi je rekao da se zaključa u kuhinju i pojavi se tek kad napuste luku.

– Jadnik – rekla je Elena.

Saša je odlučio da ne kaže majci razlog zbog koga je britanska policija želela da uhapsi Edija.

Sledećeg jutra su se Elena i Saša pridružili gospodinu Moretiju na palubi za putnike, ali ne pre nego što je Saša usisao pod u trpezariji, a Elena besprekorno očistila kuhinju.

– *Magnifico* – kazao je Moreti, kad je video Elenu u novoj haljini. – Kad ste imali vremena da odete u kupovinu? – zadirkivao ju je.

– Posada je bila vrlo darežljiva – rekla je Elena. – Ali ne govorite ništa o Sašinim farmerkama – prošaputala je. – Fergal nije baš visok kao on, a Saša i dalje raste.

Gospodin Moreti se osmehnuo kad se Saša nagnuo preko ograde posmatrajući dva lučka radnika kako namotavaju jedan od debelih brodskih konopaca oko stuba i čvrsto ga vezuju.

– Nadajmo se da će imigraciona služba biti podjednako blagonaklona – rekao je Moreti, podigao svoje torbe i krenuo ka rampi, a za njim Elena i Saša. – Ali jedna stvar vam ide u prilog... Britanci mrze komuniste koliko i vi.

– Mislite li da će nas pustiti? – pitala je napeto Elena kad su stupili na dok.

– Zahvaljujući brodskom ekonomu, možemo biti sigurni da su svi potrebni obrasci ispravno popunjeni, tako da treba samo da držimo palčeve.

– Držimo palčeve? – ponovio je Saša.

– Da se nadamo da ćemo imati sreće – kazao je Moreti. – Zapamti, Saša, ne govori dok ti se ne obrate, a ako ti imigracioni službenik postavi neko pitanje, samo kaži „da, gospodine", „ne, gospodine", „kako da ne, gospodine".

Elena je prasnula u smeh. Saša je sve vreme gledao oko sebe dok su išli dokom. Neke zgrade su izgledale kao da su vrlo skoro izgrađene, dok su druge jedva preživele rat. Meštani su izgledali opušteno, i niko nije hodao pognute glave, a žene su bile odevene u živopisnu odeću i razgovarale su s muškarcima kao jednake. Saša je već shvatio da želi da živi u ovoj zemlji.

Gospodin Moreti je krenuo ka velikoj ciglanoj zgradi, s rečju DOLASCI uklesanom u kamen iznad vrata.

Kad su ušli, dočekala su ih dva natpisa: BRITANCI i GRAĐANI DRUGIH ZEMALJA. Elena je držala palčeve dok su stajali u dužem redu i nije mogla da se ne pita hoće li ih ukrcati u brod koji se vraća u Lenjingrad mnogo pre nego što sunce zađe iznad ostataka britanske imperije.

Saša je gledao kako one s britanskim pasošima letimično pregledaju i ispraćaju uz osmehe. Čak ni turisti nisu čekali duže od nekoliko trenutaka. Karpenkovi će uskoro saznati kako se Britanci odnose prema ljudima koji nemaju pasoš.

– Sledeći! – kazao je neki glas.

Gospodin Moreti je istupio i predao svoj pasoš imigracionom službeniku, koji ga je pomno pogledao pre nego što mu ga je vratio. Moreti je onda predao nekoliko listova papira i dve fotografije, pre nego što se okrenuo da pokaže svoje štićenike. Službenik se nije osmehnuo dok je polako gledao svaku stranicu, i na kraju je proverio da li fotografije odgovaraju tražiocima azila koji su stajali ispred njega. Moreti je bio ubeđen da je sve kako treba i da je sve, da citiramo brodskog ekonoma, „kao bombona", ali morao je da se zapita da li će to biti dovoljno.

Elena je postajala sve nervoznija, a Saša je izgledao nestrpljiv da sazna šta se nalazi iza te barijere. Na kraju je službenik podigao pogled i pozvao dvoje budućih imigranata da priđu. Elena je bila zahvalna što nisu bili odeveni u svoju staru odeću.

– Govorite li engleski? – pitao je službenik Elenu.

– Pomalo, gospodine – odgovorila je nervozno.

– Imate li pasoš, gospođo Karpenko?

– Ne, gospodine. Komunisti ne dozvoljavaju nikom da putuje van zemlje, čak ni da poseti rođake, tako da smo moj sin i ja pobegli bez dokumenata.

– Žao mi je što ću reći – počeo je službenik... a Elena se snuždila – kako, s obzirom na okolnosti, mogu da vam izdam samo privremenu vizu, dok čekate odluku Houm ofisa da vam dodeli status izbeglice, a ja ne mogu da garantujem da ćete ga dobiti. – Elena je pognula glavu.

– I moraćete – nastavio je službenik – da ispunite nekoliko uslova pre nego što se vaša molba za sticanje državljanstva uzme u razmatranje. Ako ne ispunite makar jedan od njih, bićete deportovani natrag u... – pogledao je obrazac – Lenjingrad.

– Gde će provesti ostatak života u zatvoru – kazao je Moreti. – Ili nešto još gore.

– Budite uvereni – kazao je službenik – da će to biti uzeto u razmatranje kad u Houm ofisu budu primili njihove molbe. – Osmehnuo se Eleni i Saši prvi put, i rekao: – Dobro došli u Britaniju.

– Hvala vam – kazao je gospodin Moreti pre nego što je Elena stigla da odgovori. – A možemo li znati koji su ti uslovi?

– Narednih šest meseci gospođa Karpenko i njen sin moraju jednom nedeljno da se javljaju najbližoj policijskoj stanici. Ako ne urade to, izdaće se nalog za njihovo hapšenje, a kad ih uhvate, biće smešteni u pritvor. Tad će im verovatno molbe biti odbijene. Treba da dodam, gospodine Moreti, da ćete, kao njihov pokrovitelj, sve vreme biti odgovorni za njih, a ako ijedno od njih pokuša da pobegne, moraćete ne samo da platite visoku novčanu kaznu već ćete se suočiti i sa zatvorskom kaznom ne kraćom od šest meseci.

– Razumem – rekao je Moreti.

– A ako se ispostavi da je išta u njihovoj molbi lažno...

– Lažno? – pitala je Elena.

– Netačno. Ako se ispostavi da je tako, vaša molba će automatski biti odbijena.

– Ali rekla sam samo istinu – pobunila se Elena.

– Onda nemate razloga za strah, gospođo Karpenko. – Dodao je Moretiju jednu brošuricu. – Ovde ćete pronaći sve što je potrebno da znate.

Elena se stresla, i nije mogla da se ne zapita da li su ušli u pravi sanduk.

– Uveravam vas, službeniče – kazao je Moreti – da će gospođa Karpenko i njen sin biti uzorni građani.

– Hoće li i mladić raditi u vašem restoranu, gospodine Moreti? – pitao je službenik ne gledajući Sašu.

– Ne, gospodine – odlučno je kazala Elena. – Želim da nastavi sa školovanjem.

– Onda ćete morati da ga upišete u najbližu školu lokalne uprave. – Elena je klimnula glavom, iako nije imala pojma o čemu službenik govori. Službenik je prvi put pogledao Sašu i zagledao se u njegove gležnjeve. – Vidim da brzo rasteš – kazao je. Saša se setio saveta gospodina Moretija i ništa nije rekao. – Moraćeš da se potrudiš u novoj školi ako želiš da uspeš u ovoj zemlji – rekao je službenik i toplo se osmehnuo mladom imigrantu.

Saša je uzvratio osmeh i rekao: – Da, gospodine; ne, gospodine; kako da ne, gospodine.

7.

Aleks

Na putu za Njujork

Aleks je zurio u beskrajne kilometre ravnog, mirnog mora, i samo se pitao da li će ikada ponovo videti kopno, a njegova majka je nastavljala da radi. Jelovnik se nije menjao iz dana u dan, tako da je Elena brzo ovladala tom jednostavnom rutinom, i počela je da preuzima sve više odgovornosti dok su Streljnikovljevi popodnevni odmori postajali sve duži.

Ona i Aleks su se radovali slobodnom vremenu svake večeri, kad im se Dimitrij pridruživao na palubi i pričao im o životu u Velikoj jabuci, i svom malom stanu u Brajton Biču, u Bruklinu.

Elena je ispričala Dimitriju o svom mužu i bratu Kolji, i o tome kako je major Poljakov razlog što su pobegli. Aleks je pažljivo gledao Dimitrija i imao je osećaj da taj ljubazni Rus tačno zna ko je Poljakov, pa se zapitao i da li su doveli ujaka u opasnost. No tema koja ih je uporno zanimala bila je kako će Elena i Aleks napustiti brod kad stignu u Njujork. Aleks je nevoljno prihvatio da neće uspeti bez Dimitrijeve pomoći.

– Šta ćemo raditi ako nas Streljnikov zaključa u kuhinji dok se roba istovaruje sa broda? – pitala je Elena.

– Ima još nekoliko boca votke za koje on ne zna – rekao je Dimitrij – i možda će se tajanstveno pojaviti u brodskoj kuhinji pre nego što stignemo u Njujork. Uz malo sreće, kad se probudi, vi ćete biti na putu za Bruklin.

* * *

Narednih nedelju dana, Elena i Aleks su neprestano radili, ne žaleći se, iako je kuvar retko ustajao sa stolice.

Nekoliko dana pred dolazak, Streljnikov je ostao bez votke, što je značilo da nije onako lako tonuo u san, pa su oboje trpeli njegov bes.

Kao što je Dimitrij obećao, dve boce su se pojavile dok se Streljnikov odmarao onog popodneva pred dolazak u Njujork. Elena je morala da preuzme pripremu ručka, jer čim se probudio i video boce kraj sebe, Streljnikov je otvorio jednu i popio nekoliko gutljaja pre nego što je pitao: – Otkud su se stvorile?

Gospodin Ling je slegnuo ramenima i nastavio da seče krompire, a Elena da kuva supu. Streljnikov se više zanimao za ispijanje prve boce nego za kuvanje ručka. Elena je mogla samo da se čudi koliko taj čovek može da popije a da se ne obeznani, a tek posle večere utonuo je u dubok san na stolici.

Elena i Aleks su se iskrali iz kuhinje i otišli do palube, ali nisu mogli da spavaju pa su gledali na pučinu kao da će time ubrzati pojavljivanje Menhetna na horizontu, a svakog minuta su bili sve uvereniji da će Dimitrijev plan upaliti. Ali baš kad se sunce pojavilo iznad horizonta, neki glas iza njih je zagrmeo: – Mislili ste da ćete se izvući, zar ne?

Okrenuli su se i videli Streljnikova kako stoji iznad njih, s mesarskom satarom. Aleks je skočio na noge i prkosno ga pogledao.

– Samo izvoli – kazao je kuvar. – Ne bi bio prvi, a pošto ti galebovi oglođu kosti, uveravam te da nikom ne bi nedostajao, osim svojoj majci.

Aleks nije ustuknuo. Iza njih su se njujorški soliteri pojavljivali na horizontu. Streljnikov je zastao kad je spazio Aleksovu kutiju za ručak. Nagnuo se, otvorio ju je i stavio u džep njihovu ušteđevinu. Zatim je uzeo Elenin kofer i, nakon letimičnog pregleda, bacio sadržaj u more. – Ovo ti više neće biti potrebno – zarežao je.

Aleks se i dalje nije pomerao, sve dok Streljnikov nije zgrabio Elenu za ruku, stavio joj sečivo pod grlo i počeo da je vuče dole ne ostavljajući Aleksu drugi izbor do da ga prati.

Kad su stigli do donje palube, Streljnikov se pomerio u stranu i naredio Aleksu da otvori vrata kuhinje, pa gurnuo njega i Elenu unutra i zatvorio vrata za njima. Elena se rasplakala kad je čula da se okreće ključ u bravi.

Gospodin Ling se baškario na kuvarevoj stolici i držao bocu sa ostatkom votke. Nije ih čak ni pogledao dok je ispijao poslednje kapi, a zatim brzo zaspao.

Zvuk brodskih sirena kad su ušli u njujoršku luku odjekivao je u kuhinji, ali Elena i Aleks nisu mogli ništa da urade. Osećali su kako brod usporava, sve dok se na kraju nije zatresao i zaustavio. Ling je nastavio spokojno da hrče dok su Elena i Aleks bespomoćno sedeli na podu svesni da, kad se brod vrati u Lenjingrad, Streljnikov neće morati ni da ih zaključava.

Mora da je prošao jedan sat, možda i dva, pre nego što se gospodin Ling napokon pomerio. Protegnuo se, polako ustao s kuvareve stolice i otišao do radnog stola. Ali umesto da počne da ljušti novu kantu krompira, kleknuo je, podigao jednu od podnih dasaka i potražio ne-što. Nekoliko trenutaka kasnije na licu mu se pojavio širok osmeh. Polako je otišao do drugog kraja kuhinje, stavio ključ u bravu, okrenuo ga i otvorio vrata.

Elena i Aleks su stajali i zurili u njega. Aleks je konačno rekao: – Morate poći s nama.

Gospodin Ling se duboko poklonio. – Ne, nije moguće. Ovo je moj dom. – To su bile prve reči koje je izgovorio. Zatvorio je vrata, a oni su za sobom ponovo čuli okretanje ključa u bravi.

Aleks se oprezno popeo stepenicama. Kad je stigao do gornjeg ste-penika, pogledao je naokolo, kao da je osmatrač koji traži neprijatelja kroz periskop podmornice. Čekao je neko vreme pre nego što se uve-rio da su Streljnikov i ostali članovi posade otišli na kopno, a na brodu ostala samo najnužnija posada.

Nagnuo se i prošaputao majci: – Vidim rampu koja vodi do doka. Kad kažem „Sad", kreni za mnom i nipošto se ne zaustavljaj.

Aleks je sačekao još nekoliko sekundi, a kad se niko nije pojavio, popeo se na palubu i krenuo brzim korakom, ne trčeći, prema rampi, povremeno se osvrćući da vidi da li ga Elena prati. Baš kad je stigao do vrha rampe, neko je povikao.

– Zaustavite to dvoje!

Majka je protrčala kraj njega.

Podigao je pogled prema mostu i video nekog oficira kako grozni-čavo maše dvojici mornara koji su istovarivali sanduk iz tovarnog pro-stora. Odmah su prestali da rade, ali Aleks je već bio na pola puta niz rampu. Kad je stigao do obale, video je dvojicu mornara kako trče ka njemu, a Elena je ukočeno stajala kraj njega. Zatim je začuo neke ko-rake iza sebe i stisnuo pesnice, mada je znao da nema nikakve izglede.

– Neće biti muke s njima – rekao je tiho Dimitrij i stao pored Alek-sa. Kad su ugledali Dimitrija, ona dva mornara su se naglo zaustavila.

Oklevali su nekoliko sekundi pre nego što su se okrenuli i vratili uz rampu. – Dobri momci – kazao je Dimitrij. – Istina je da će radije izgubiti nekoliko dnevnica nego nekoliko zuba.

– I šta sad? – pitao je Aleks.

– Za mnom – rekao je Dimitrij i odmah krenuo očigledno znajući tačno kuda ide. Elena je stegla Aleksa za ruku. Njen sin nije mogao da sakrije uzbuđenje zbog mogućnosti da živi u Americi.

Aleks je primetio da putnici s drugih brodova idu u suprotnom smeru. Neki od njih su nosili kožne torbe, a drugi gurali puna kolica, neki su čak imali i pomoć nosača. Elena i Aleks nisu imali prtljag. Sve što su imali Streljnikov je ukrao ili bacio u more.

Išli su za Dimitrijem dok ih je vodio prema visokoj kamenoj zgradi iznad čijeg ulaza je upadljivim belim slovima pisalo DOLASCI.

Kad je ušla u tu zgradu, Elena se ukočila s nevericom posmatrajući nepregledne redove apatrida koji su govorili na tako mnogo jezika, a svi se nadali istom... da im se dozvoli da prođu tu prepreku i zakorače u novi svet.

Dimitrij je stao u najkraći red i pozvao Aleksa i Elenu da mu se pridruže. Aleks nije oklevao, ali Elena je ostala ukopana u mestu, nepokretna kao statua.

– Ostani ovde dok ne odem po tvoju majku – rekao je Dimitrij.

– Elena – kazao je kad je stigao do nje – želiš li da se vratiš u Rusiju?

– Ne, ali...

– Onda stani u red – prvi put je Dimitrij podigao glas. Elena kao da i dalje nije bila ubeđena, kao da je procenjivala koje je manje od dva zla. Na kraju je Dimitrij kazao: – Ako ne staneš, nikad više nećeš videti sina, jer se on sigurno neće vratiti u Lenjingrad. – Nevoljno je stala uz Aleksa na kraju reda.

Aleks je jedva čekao da krene, ali morao je da gleda kako velika crna kazaljka na ogromnom satu koja pokazuje minute pravi tri kruga pre nego što je konačno stigao do vrha reda.

Vreme je proveo obasipajući Dimitrija pitanjima o tome šta ih očekuje kad pređu tu belu liniju. Dimitrija je više zanimalo da usklade priče pre nego što ih ispita imigracioni službenik koji se svega naslušao. Elena je bila sigurna da će je, kad budu čuli njenu neuverljivu priču, vratiti pravo na brod i predati Streljnikovu, pa će krenuti na putovanje u jednom smeru prema Lenjingradu, na čijem doku će čekati major Poljakov.

– Pobrinite se da se držite dogovorene priče – prošaputao je Dimitrij.

– Sledeći! – viknuo je neki glas.

Elena je bojažljivo krenula napred, netremice gledajući čoveka koji je sedeo na visokoj stolici iza drvenog stola, odeven u tamnoplavu uniformu s tri zvezdice na reverima. Uniforme su Eleni značile samo jednu stvar – nevolju. A više zvezdica značilo je više nevolja. Dok su prilazili stolu, Aleks se probio kraj nje i široko se osmehnuo službeniku, a ovaj se namrštio. Dimitrij ga je povukao natrag.

– Jeste li vi porodica? – pitao je službenik.

– Ne, gospodine – odgovorio je Dimitrij. – Ali ja sam američki državljanin – kazao je i pružio pasoš.

Službenik je polako okretao stranice, proveravao datume i pečate pre nego što mu ga je vratio. Onda je otvorio jednu fioku u stolu i izvadio dug obrazac, spustio ga je na pult i uzeo jednu hemijsku olovku. Pogledao je ženu pred sobom, koja je izgleda drhtala.

– Ime i prezime?

– Aleksandar Konstantinovič Karpenko.

– Ne vi – odlučno je kazao. Uperio je olovku u Elenu.

– Elena Ivanova Karpenko.

– Govorite li engleski?

– Malo, gospodine.

– Odakle dolazite?

– Iz Lenjingrada, iz Sovjetskog Saveza.

Službenik je popunio neka polja obrasca pre nego što je nastavio. – Jeste li vi suprug ove gospođe? – pitao je Dimitrija.

– Ne, gospodine. Gospođa Karpenko je moja rođaka, a njen sin Aleks je moj nećak.

Elena se setila Dimitrijevih uputstava i nije ništa rekla, jer nije bila spremna da laže.

– I gde vam je suprug? – pitao je službenik, podignute olovke.

– Bio je... – počeo je Dimitrij.

– Pitao sam gospođu Karpenko, a ne vas – oštro je kazao službenik.

– KGB je ubio mog muža – rekla je Elena, ne mogavši da zadrži suze.

– Zašto? – pitao je službenik. – Da li je bio kriminalac?

– Ne! – rekla je Elena i prkosno podigla glavu. – Konstantin je bio dobar čovek. Bio je poslovođa u lenjingradskoj luci, i ubili su ga kad je pokušao da osnuje sindikat.

– Zar za to ubijaju u Sovjetskom Savezu? – s nevericom je pitao službenik.

– Da – kazala je Elena i ponovo spustila glavu.

– Kako ste vi i sin uspeli da pobegnete?

– Moj brat, koji takođe radi u luci, pomogao nam je da se ukrcamo u brod za Ameriku.

– Uz pomoć vašeg rođaka, naravno – kazao je službenik, podižući obrvu.

– Da – rekao je Dimitrij. – Njen brat Kolja je hrabar čovek, a uz božju pomoć, izvući ćemo i njega, jer mrzi komuniste koliko i mi.

Pominjanje božje pomoći i mržnje prema komunistima izmamilo je osmeh službeniku. Ispunio je još neka polja.

– Da li ste spremni da budete pokrovitelj gospođi Karpenko i njenom sinu? – pitao je službenik Dimitrija.

– Da, gospodine – odgovorio je Dimitrij bez oklevanja. – Živeće u mojoj kući u Brajton Biču, a Elena je sjajna kuvarica i neće joj biti teško da se zaposli.

– A momak?

– Želim da nastavi školovanje – rekla je Elena.

– Dobro – kazao je službenik, koji je napokon pogledao Aleksa. – Kako se zoveš?

– Aleksandar Konstantinovič Karpenko – ponosno je rekao.

– Da li si dobar učenik?

– Da, gospodine, najbolji u odeljenju.

– Onda sigurno znaš ime predsednika Sjedinjenih Američkih Država.

Elena i Dimitrij su izgledali zabrinuto. – Lindon B. Džonson – bez oklevanja je rekao Aleks. Kako je mogao da zaboravi ime čoveka koga je Vladimir opisao kao najvećeg neprijatelja Sovjetskog Saveza, zbog čega je Aleks pretpostavio da je to dobar čovek?

Službenik je klimnuo glavom, dovršio popunjavanje obrasca i potpisao se na dnu. Podigao je pogled, osmehnuo se dečaku i rekao: – Imam osećaj, Alekse, da ćeš se dobro snaći u Americi.

8.

Saša

Na putu za London

Saša je sedeo u uglu putničkog vagona kad je voz u 15.35 napustio stanicu u Sauthemptonu, na putu za London. Gledao je kroz prozor ali nije govorio jer su mu misli bile daleko, u domovini. Počeo je da se pita da li su napravili užasnu grešku.

Otkako su se ukrcali i dok je voz išao kroz seoske predele prema glavnom gradu nije rekao ni reč, a Elena nije prestajala da čavrlja s gospodinom Moretijem o njegovom restoranu.

Saša nije bio siguran koliko je vremena prošlo pre nego što je voz počeo da usporava i ulazi u stanicu po imenu *Vaterlo*. Saša se odmah setio Velingtona, i zapitao se postoji li stanica *Trafalgar*. Kad su se zaustavili, Saša je uzeo torbe gospodina Moretija s police i krenuo za majkom na peron.

Prvo što je Saša primetio bilo je koliko muškaraca nosi nešto na glavi: kačkete, šešire povijenog oboda i polucilindre, za koje je profesor u Rusiji tvrdio da jednostavno svakom ukazuju na njihov društveni položaj. Bio je iznenađen i time što mnoge žene hodaju same peronom. Jednom je čuo majku kako kaže da u Lenjingradu jedino lake žene idu same. Kasnije je morao da pita oca kakve su to lake žene.

Gospodin Moreti je na kapiji predao tri vozne karte, pa poveo svoje štićenike iz stanice, gde su ponovo stali u jedan dug red. Još nešto po čemu su Britanci poznati. Saša je razjapio usta kad je video prvi crveni dabldeker. Pre nego što je gospodin Moreti uspeo da ga zaustavi, ustrčao je spiralnim stepenicama na gornji sprat i seo napred. Bio je opčinjen panoramskim pogledom koji se protezao unedogled. Mnogo automobila raznih oblika, veličina i boja koji su se zaustavljali kad god se upali crveno svetlo na semaforu. U Lenjingradu nije bilo mnogo semafora, ali nije bilo ni mnogo automobila.

Autobus se zaustavljao i putnici su ulazili i izlazili, ali oni su se vozili još nekoliko stanica pre nego što je gospodin Moreti ustao i krenuo niza spiralne stepenice. Kad su stupili na trotoar, Saša se zaustavljao na svakih nekoliko koraka da zagleda izloge prodavnica. U jednoj trafici su prodavali mnogo različitih vrsta cigareta i cigara, kao i lula, što ga je podsetilo na oca. U drugoj prodavnici je jedan muškarac sedeo u velikoj kožnoj fotelji, a berberin ga je šišao. Saši je kosu uvek šišala majka. Zar taj čovek nema majku? Pa poslastičarnica koju je želeo bolje da pogleda, ali morao je da prati gospodina Moretija. Još jedna prodavnica u kojoj su izloženi bili samo satovi. Zašto bi ikom bio potreban sat kad ima tako mnogo crkvenih satova svud oko njih? Jedan ženski butik, pred kojim se Saša zaustavio kao opčinjen kad je video prvu mini-suknju u životu. Elena ga je čvrsto uhvatila za ruku i odvukla dalje. Nije imao vremena da se ponovo zaustavlja, sve dok nije ugledao znak koji se klatio na vetru: MORETI.

Ovoga puta je Elena provirila unutra da bi se divila uredno postavljenim stolovima, sa čistim kariranim crveno-belim stolnjacima, presavijenim salvetama i porcelanskim sudovima. Konobari u elegantnim belim sakoima hitali su naokolo i predusretljivo služili goste. Ali Moreti je išao dalje dok nisu stigli do sporednog ulaza, koji je otključao i pozvao ih da uđu. Popeli su se uza slabo osvetljene stepenice do prvog sprata, gde je Moreti otvorio još jedna vrata.

– Stan je veoma mali – priznao je i pomerio se da ih propusti. – Moja žena i ja smo živeli tu kad smo se venčali.

Elena nije pomenula da je veći od njihovog stana u Lenjingradu i mnogo bolje opremljen. Ušla je u dnevnu sobu okrenutu prema glavnoj ulici, baš kad je jedan motocikl protutnjao pored. Nikad ranije nije iskusila saobraćajnu buku ili gužvu. Pogledala je kuhinjicu, kupatilo i dve spavaće sobe. Saša se odmah uselio u manju. Legao je na krevet, zatvorio oči i zaspao.

– Vreme je da upoznate glavnog kuvara – prošaputao je Moreti.

Ostavili su usnulog Sašu i vratili se u prizemlje. Moreti je ušao u restoran i proveo ju je do kuhinje. Elena je pomislila da je u raju. Sve što je tražila dok je bila u Lenjingradu, i još više od toga, nalazilo se pred njom.

Moreti ju je upoznao s glavnim kuvarom i njemu objasnio kako je upoznao Elenu dok se vraćao u Englesku. Kuvar je pažljivo slušao svoga gazdu, ali nije izgledao ubeđeno.

– Zašto ne biste nekoliko dana posmatrali kako mi ovde radimo, gospođo Karpenko – rekao je glavni kuvar – pre nego što odlučim gde biste se uklopili.

Eleni je bilo potrebno svega nekoliko sati da počne da pomaže zameniku glavnog kuvara, a pre nego što je poslednji gost otišao, omalovažavanje na licu glavnog kuvara pretvorilo se u poštovanje prema dami iz Lenjingrada.

Elena se posle ponoći vratila u njihov stan, potpuno iscrpljena. Pogledala je Sašu, koji je i dalje ležao na svom krevetu, potpuno odeven i usnuo. Izula mu je cipele i pokrila ga ćebetom. Prva stvar koju ujutro mora da uradi jeste da mu pronađe odgovarajuću školu.

Gospodin Moreti je čak imao neke ideje u vezi s tim.

Elena je pokušala da se usredsredi i ne misli šta se događa u trpezariji, iako bi Sašina budućnost mogla da zavisi od toga. Nameravala je da pripremi omiljeno jelo gospodina Kviltera mnogo pre njegovog dolaska.

Gospodin Moreti je odveo tog gospodina i njegovu suprugu do stola u uglu koji je obično bio rezervisan za redovne ili važne goste.

Gospodin i gospođa Kvilter nisu bili redovni gosti. Spadali su u kategoriju godišnjica i posebnih prilika. Ipak, gospodin Moreti je rekao osoblju da se prema njima ponaša kao prema važnim gostima.

Dao im je jelovnike. – Da vam donesem nešto za piće? – pitao je gospodina Kviltera.

– Samo čašu vode zasad. Odabraću vino kad odlučimo šta ćemo jesti.

– Naravno, gospodine – kazao je Moreti. Ostavio ih je da proučavaju jelovnike i otišao u kuhinju. – Stigli su. Smestio sam ih za sto jedanaest – objavio je.

Glavni kuvar je klimnuo glavom. Retko je govorio osim kad je grdio nekog od pomoćnika, mada je, morao je da prizna, život postao mnogo lakši otkako je stigla najnovija zaposlena. Gospođa Karpenko je isto tako retko govorila, a svako jelo je spremala umešno i ponosno. Bilo je potrebno manje od nedelju dana da taj obično nepoverljivi glavni kuvar prizna kako se u restoranu pojavila osoba retkog dara, i upozorio je gazdu kako se boji da će ona uskoro poželeti da ode negde i upravlja sopstvenom kuhinjom.

Gospodin Moreti se vratio u restoran i prošaputao glavnom konobaru: – Đino, ja ću preuzeti narudžbine za sto jedanaest. – Kad je video da su posebni gosti zatvorili jelovnike, brzo je prišao njihovom stolu. – Jeste li odlučili šta želite, gospođo? – pitao je gospođu Kvilter vadeći malu beležnicu i olovku iz džepa sakoa.

– Da, hvala vam. Počeću salatom od avokada, a pošto je ovo posebna prilika, naručiću list na doverski način.

– Sjajan izbor, gospođo. A za vas, gospodine?

– Pršut i dinja, a i ja ću list na doverski. A možda možete da preporučite neko vino uz tu ribu?

– Možda *puji-fize*? – pitao je Moreti i pokazujući na treće vino na dugačkom spisku.

– To mi izgleda dobro – rekao je Kvilter pošto je proverio cenu.

Moreti je žurno otišao da kaže somelijeu da će gosti za stolom jedanaest uzeti *puji-fize*. – Onaj iz 1961 – dodao je.

– Iz 1961? – ponovio je konobar, a Moreti je samo kratko klimnuo glavom.

Moreti je otišao u ugao i gledao kako somelije otvara bocu i sipa malo vina gostu za probu. Gospodin Kvilter je otpio malo.

– Veličanstveno – kazao je pomalo zbunjenog izgleda. – Mislim da ćeš uživati u ovom, draga moja – dodao je dok je somelije punio čašu njegovoj supruzi.

Mada je restoran te večeri bio pun, gospodin Moreti je stalno motrio goste za stolom jedanaest, a čim su završili s glavnim jelom, otišao je da ih pita šta će za desert.

Osmeh se pojavio na licu gospodina Kviltera kad je probao krem brile koji je Elena napravila, i nije bilo sumnje koliko je uživao u tome. – Dostojno *Trinitija* – promumlao je kad su odneti prazni tanjiri, a Moreti nije znao šta da misli o tome.

Gospodin Moreti je ostao u uglu restorana dok posebni gosti nisu od jednog konobara zatražili račun, a tad je prišao stolu jedanaest.

– Kakav divan obrok – rekao je gospodin Kvilter dok je prstom gladio račun. Izvadio je čekovnu knjižicu, upisao iznos i dodao darežljivu napojnicu. Predao je ček gospodinu Moretiju koji ga je pocepao nadvoje.

Gospodin i gospođa Kvilter nisu mogli da prikriju iznenađenje. – Ne shvatam – zbunjeno je kazao gospodin Kvilter.

– Potrebna mi je jedna usluga, gospodine – rekao je Moreti.

Elena je popravila Sašinu kravatu i odmakla se da osmotri sina. Bio je odeven u najbolje odelo, nedavno kupljeno na rasprodaji polovne odeće u lokalnoj crkvi. Odelo mu je možda bilo nešto veće, ali sve je to sređeno iglom i koncem.

Gospodin Moreti je dao Eleni slobodno jutro, mada je bio podjednako nervozan kao i ona. Crveni dabldeker odvezao je majku i sina do susedne četvrti, gde su izašli ispred velike kapije od kovanog gvožđa. Prošli su kroz nju i ušli u dvorište, a Elena je pitala jednog od momaka gde se nalazi direktorova kancelarija.

– Drago mi je što sam vas upoznao – kazao je gospodin Kvilter kad ih je njegova sekretarica uvela u kancelariju. – Znam da nas gospodin Saton očekuje, pa krenimo da ne okasnimo.

Elena i Saša su poslušno pratili gospodina Kviltera kroz gužvu u hodniku punom elegantno odevenih, živahnih mladića, koji su odmah stali kad su videli da direktor ide prema njima. Elena je osetila malodušnost dveći se njihovim otmenim plavim uniformama s monogramom.

Direktor se zaustavio ispred jedne učionice gde je na mutnom staklu pisalo GOSPODIN SATON MR (OKSFORD). Pokucao je, otvorio vrata i uveo kandidata.

Kad su ušli u učionicu, muškarac u dugoj crnoj profesorskoj odori preko odela ustao je od stola.

– Dobro jutro, gospođo Karpenko – rekao je profesor matematike. – Zovem se Arnold Saton, i drago mi je što ste nam se pridružili danas. Ja ću voditi prijemni ispit.

– Drago mi je što sam vas upoznala, gospodine Satone – kazala je Elena dok su se rukovali.

– A ti si sigurno Saša – rekao je, ljubazno se osmehujući. – Molim te, sedi a ja ću ti objasniti šta sam smislio.

– U međuvremenu, gospođo Karpenko – rekao je direktor – možda možemo da se vratimo u moju kancelariju dok se ispit ne završi.

Kad su direktor i Elena napustili prostoriju, gospodin Saton je obratio pažnju na mladog kandidata.

– Saša – kazao je, otvarajući jednu fasciklu i vadeći tri lista papira – ovo je matematički ispit koji polažu učenici koji žele da upišu treći razred srednje škole *Latimer*. – Spustio je te tri stranice na sto ispred Saše. – Vreme za rešavanje ovog testa je jedan sat, i preporučujem ti da pažljivo pročitaš svaki zadatak pre nego što odgovoriš na njega. Imaš li neko pitanje?

– Ne, gospodine.

– Dobro. – Profesor je pogledao na sat. – Upozoriću te petnaest minuta pre kraja.

* * *

– Gospođo Karpenko – počeo je gospodin Kvilter dok su išli hodnikom – jasno vam je da taj ispit nije samo za učenike koji se nadaju da će se upisati u treći razred ovde u *Latimeru* već i za one koji se spremaju za koledž.

– To je upravo ono što želim za Sašu – rekla je Elena.

– Da, naravno, gospođo Karpenko. Ali moram da vas upozorim da je za upis potrebno šezdeset pet odsto uspešnosti. Ako ostvari to, biće nam zadovoljstvo da mu ponudimo mesto u *Latimeru*.

– Onda vas moram upozoriti, gospodine Kvilter, da ne mogu da priuštim ni školsku uniformu, nekmoli školarinu.

Direktor je oklevao. – Nudimo stipendije učenicima koji su, da se tako izrazim, u finansijskim teškoćama. I naravno – dodao je brzo – dodeljujemo stipendije izuzetno nadarenoj deci. – Elena nije izgledala uvereno. – Mogu li da vam ponudim kafu?

– Ne, hvala vam, gospodine Kvilter. Sigurna sam da ste zauzeti, pa vas molim da se vratite poslu. Sasvim sam zadovoljna da čitam neki časopis dok čekam.

– To je vrlo uviđavno s vaše strane – kazao je direktor. – Da, imam mnogo administrativnih poslova koji me čekaju. Ali vratiću se čim...

Vrata su se otvorila i gospodin Saton je uleteo u kancelariju pre nego što je direktor stigao da završi rečenicu. Brzo je prišao gospodinu Kvilteru i prošaputao mu nešto na uvo.

– Hoćete li da nas sačekate ovde, gospođo Karpenko? – rekao je direktor. – Ubrzo ću se vratiti.

– Ima li nekih problema? – pitala je napeto Elena, ali dva muškarca su već bila izašla.

– Kažete da je završio test za dvadeset minuta? To mi ne izgleda moguće.

– Ono što je još neverovatnije – kazao je Saton gotovo trčeći – imao je sto odsto uspešnosti i izgledalo je kao da se dosađuje. – Otvorio je vrata učionice i propustio direktora.

– Karpenko – rekao je Kvilter, nakon što je pogledao tačno rešeni test – smem li da vas pitam da li ste ranije videli ovaj test?

– Ne, gospodine.

Direktor je pomno pogledao učenikove tačne odgovore pre nego što je upitao: – Da li biste mogli usmeno da odgovorite na nekoliko pitanja?

– Da, naravno, gospodine.

Direktor je klimnuo glavom Satonu.

– Karpenko, ako bacim tri kockice – rekao je Saton – koja je verovatnoća da će zbir biti deset?

Kandidat za upis je uzeo olovku i počeo da piše različite kombinacije tri broja. Četiri minuta kasnije, spustio je olovku i rekao: – Jedan prema osam.

– Izuzetno – kazao je Saton. Osmehnuo se direktoru koji je, kao profesor klasične književnosti bio zbunjen. – Moje drugo pitanje je, ako bi ti neko ponudio opkladu deset prema jedan da ne možeš da dobiješ zbir deset bacanjem tri kockice, da li bi prihvatio to?

– Naravno, gospodine – rekao je Saša bez oklevanja – jer bih, u proseku, pobeđivao na svakih osam bacanja. Ali voleo bih da obavim bar sto bacanja pre nego što bih to smatrao statistički pouzdanim.

Gospodin Saton se okrenuo prema gospodinu Kvilteru i rekao: – Direktore, molim vas, ne dozvolite da ovaj dečak ode u neku drugu školu.

9.

Aleks

Na putu za Bruklin

Aleks je gledao u crnu rupu prema kojoj su hitale gomile ljudi. – Pođite za mnom – rekao je Dimitrij i poveo neodlučne štićenike niz uske stepenice, pa se zaustavio pred rampom za poništavanje karata. Kupio je tri karte, a onda su stigli do dugog i prljavog perona.

Aleks je u daljini čuo neku tutnjavu, nalik uvodu u oluju, a zatim se iz velike šupljine na kraju perona pojavio voz kakav nikad nije video. U Lenjingradu su stanice bile isklesane u zelenom mermeru, vagoni su bili čisti, a samo su putnici bili sivi.

– Navići ćete se na to – rekao je Dimitrij kad su se vrata otvorila. – Deset stanica i stižemo u Bruklin. – No zauzeti sopstvenim mislima, nisu ga slušali.

Aleks je pogledao po vagonu i primetio da nema dvoje sličnih ljudi, i da svi razgovaraju na različitim jezicima. U Lenjingradu su putnici retko međusobno razgovarali, a ako i jesu, bilo je to uvek na ruskom. Bio je opčinjen. Elena je izgledala zaprepašćeno.

Aleks je pratio imena stanica na maloj mapi iznad vrata vagona: nailazili su i prolazili *Bouling grin*, *Baro hol*, *Avenija Atlantik*, *Prospekt park*, a on nije prestajao da gleda putnike koji ulaze i izlaze. Kad je voz napokon stao u Brajton Biču, Dimitrij je izveo svoje dvoje štićenika na peron. Otišli su gore pokretnim stepenicama i kad su na vrhu sišli s njih, Dimitrij im je pokazao kako da ubace žetone u obrtnu rampu. Izašli su na sunčevu svetlost, a Aleks je bio zaprepašćen brojem ljudi koji neverovatno brzo hodaju pločnikom. Izgledalo je kao da svi nekud žure. Na kolovozu je vladala podjednaka gužva, a automobili veličine tenkova trubili su svakom ko bi se usudio da im stane na put.

Dimitrij izgleda nije primećivao svu tu buku. Aleks je bio zbunjen i drečavim bojama na zidovima, čak i na vratima. Grafiti, objasnio mu je Dimitrij, još nešto što se ne viđa u Lenjingradu. Neko brujanje ga je navelo da pogleda uvis i spazi avion koji kao da pada s neba. Ukočio se, užasnut, dok Dimitrij nije prasnuo u smeh.

– To je avion – rekao je. – Sleće na aerodrom *DžFK*, koji je udaljen svega nekoliko kilometara. – Pojavio se i drugi avion, za koji je Aleks pomislio da juri onaj prvi. – Viđaćete ih na svakih nekoliko minuta – objasnio je Dimitrij.

Elenu je više zanimalo da zagleda svaki kafić i restoran kraj kog su prošli. Nije mogla da veruje koliko ljudi doručkuje. Kako li mogu sebi to da priušte? Pitala se šta je to hamburger i ko je Pukovnik Sanders. Jedini pukovnik koga je upoznala bio je komandant luke, a on sigurno nije imao restoran. A *kola*? Zar nije to ono u čemu se voziš?

Nekoliko ulica dalje stigli su do ulične pijace, gde je Dimitrij zastao da razgovara s nekoliko prodavaca koje je očigledno poznavao. Kupio je malo krompira, šargarepe i kupusa, koje je platio gotovinom. Elena je sa sledeće tezge podizala voće i povrće koje nikad nije videla. Mirisala ga je trudeći se da im zapamti imena.

– Koliko želite? – pitao je prodavac.

Elena je spustila avokado i brzo se udaljila.

Dimitrij je otišao do druge tezge i rado prihvatio Elenin savet pre nego što je kupio pile koje je vlasnik tezge ubacio u smeđu papirnu kesu.

Dok su odlazili s pijace, Dimitrij je dao novčić jednom dečaku koji je vikao iz petnih žila nešto što Aleks nije mogao da razazna.

– Još Amera ubijeno u Vijetnamu!

Aleks je bio iznenađen što je dečak koji prodaje novine mlađi od njega, i ne samo što je smeo da rukuje novcem nego je i radio sâm.

Skrenuli su u jednu sporednu ulicu, ne tako punu ljudi, ne tako bučnu, s nizom velikih kuća s obe strane. Da li je moguće da Dimitrij živi u jednoj od njih?

– Živim u broju četrdeset sedam – rekao je. Aleks je bio zadivljen, sve dok Dimitrij nije dodao: – Iznajmio sam stan u suterenu. – Posle još nekoliko metara, odveo ih je niza stepenice. Stavio je ključ u bravu, otključao i ušao u stan.

Elena ga je pratila do oskudno nameštene dnevne sobe, i nije imala nikakve sumnje da je Dimitrij neženja.

– Gde ćemo mi živeti? – pitala je Elena pošto im je Dimitrij pokazao stan.

– Možda možete da ostanete sa mnom dok ne pronađete svoj stan – kazao je Dimitrij. Elena nije izgledala ubeđeno. – Imam dušek viška, tako da možeš da uzmeš gostinsku sobu, a Aleks može da spava na kauču. Samo ako izuje cipele.

– Hvala – rekao je Aleks, koji je smatrao da bi bilo šta predstavljalo poboljšanje u odnosu na drvenu palubu koja nije prestajala da se naginje i miče.

Dimitrij je konačno odveo Elenu u kuhinju. Elena je izvadila pile i povrće koje su kupili na pijaci i spustila ih na kuhinjski sto, a onda počela da sprema obrok. Iznad sudopere su bile dve slavine pa je opekla ruku kad je odvrnula prvu. Još više se iznenadila kad je Aleks otvorio malu belu kutiju i pogledao u nju.

– To je frižider – objasnio je Dimitrij. – Omogućava da se hrana čuva nekoliko dana.

– Videla sam frižider – kazala je Elena – ali nikad u nečijem domu.

Elena je zasukala rukave i sat kasnije spustila tri puna tanjira na kuhinjski sto, kao da i dalje poslužuje oficire. Kad je sela, nije mogla da prestane da priča o njihovom životu u Rusiji. Brzo je postalo jasno koliko joj nedostaje domovina.

– Ovo je najbolji obrok koji sam pojeo u mnogo godina – kazao je Dimitrij, oblizujući usne. – Neće ti biti teško da pronađeš posao u ovom gradu.

– Ali odakle da krenem? – pitala je Elena, a Aleks je napunio sudoperu toplom vodom i počeo da pere sudove.

– Od *Posta* – rekao je Dimitrij, prelazeći na engleski.

– *Posta*? – pitala je Elena. – Da li je to nešto kao pošta?

– *Brajton Bič post* – rekao je Dimitrij i podigao novine koje je kupio od uličnog prodavca. – Svakog dana imaju oglase za posao – kazao je okrećući strane dok nije stigao do oglasa. Ignorisao je računovodstvo, poslovne prilike, prodaju automobila, i zaustavio se kad je stigao do pripreme hrane. Prstom je pratio oglase dok nije stigao do „Kuvara".

– Kineski restoran traži kuvara – pročitao je naglas. – Mora da govori mandarinski. – Svi su se grohotom nasmejali. – Poslastičar potreban italijanskom restoranu – zvučalo je obećavajuće, ali je dodao – mora biti potpuno obučen pomoćnik šefa kuhinje. Poželjno znanje italijanskog. – Krenuo je dalje. – Pica...

– Šta je pica? – pitala je Elena, kad je Aleks ispustio vodu iz sudopere i pridružio im se za stolom.

– To je najnoviji hit – rekao je Dimitrij. – Testo u osnovi, s različitim dodacima, za raznovrsnost. – Pogledao je lokaciju. – To je svega nekoliko ulica odavde, tako da možemo sutra ujutro da odemo. Nude dolar na sat, što znači da možeš da zaradiš do četrdeset dolara nedeljno dok tražiš nešto bolje. Biće srećni ako te dobiju – dodao je.

Elena nije odgovorila jer je naslonila glavu na sto koji se nije pomerao. Zaspala je.

– Prvo što moramo da uradimo – rekao je Dimitrij pošto su doručkovali – jeste da vam nabavimo novu odeću. Niko vam neće dati posao dok ste tako odeveni.

– Ali nemamo novca – pobunila se Elena.

– To nije problem. Većina vlasnika tezgi rado će ti dati robu na kredit.

– Kredit? – začudila se Elena.

– Kupi sad, plati kasnije. Svi u Americi to rade.

– Ja ne radim – odlučno je rekla Elena i podbočila se. – Zaradi sad i kupi tek kad budeš mogao da platiš.

– Onda ćemo otići u prodavnicu polovne odeće u Ulici Hadson. Možda će biti spremni da vam daju nešto na poklon.

– Milostinja je za one kojima je to stvarno potrebno, a ne za one koji mogu da rade – kazala je Elena prelazeći na maternji jezik.

– Mislim da čak ni u piceriji nemaš mnogo izgleda da ti ponude posao ako izgledaš kao ruska izbeglica koja se upravo iskrcala s broda – rekao je Dimitrij.

Aleks je klimnuo glavom.

Elena je bila nadglasana.

Dimitrij je iz džepa izvadio novčanicu od pet dolara i pružio je Eleni.

– Hvala ti – rekla je Elena nevoljno je prihvatajući. – Vratiću ti čim se zaposlim.

– Prodavnica polovne odeće se otvara u devet – kazao je Dimitrij. – Moramo da čekamo ispred u minut do devet.

– Zašto tako rano? – pitao je Aleks, odlučan da govori samo engleski.

– Mnogo ljudi vikendom prazni ormare, tako da je najbolja ponuda uvek u ponedeljak ujutro.

– Krenimo onda – rekao je Aleks koji je jedva čekao da izađe na ulicu. Želeo je da vidi da li je onaj dečak koji prodaje novine i dalje na uglu, jer se nadao da će mu majka dozvoliti da potraži posao, možda čak i kao prodavac na jednoj od tezgi.

– A onda moramo da potražimo dobru školu koja će primiti Aleksa – rekla je Elena i raspršila sinovljeve nade.

– Ali želim da počnem da radim – molio je Aleks – kako bismo oboje zarađivali.

– Ako se nadaš dobrom zaposlenju i pristojnoj plati – rekla je Elena – moraćeš da nastaviš školovanje i pobrineš se da te prime na univerzitet.

Aleks nije mogao da prikrije razočaranje, ali znao je da njegova majka neće popustiti.

– Onda ćeš morati da zakažeš sastanak s referentom za obrazovanje u gradskoj većnici – kazao je Dimitrij. – Samo ne pre nego što oboje nabavite novu odeću i Elena ne dobije taj posao u piceriji, tako da je bolje da krenemo.

Kad su izašli na ulicu, Aleks je pokušao da vidi sve što se dešava naokolo. Pitao se koliko će mu vremena trebati da se i on, poput Dimitrija, potpuno uklopi.

Jedna od prvih stvari koje je primetio bila je da ne nose svi muškarci odela i šešire, a da su mnoge žene odevene u odeću jarkih boja, neke u haljine koje im nisu dosezale ni do kolena. Prodavac novina je stajao na istom uglu i izvikivao drugi naslov.

– Ubijen Bobi Kenedi!

Aleks se zapitao da li je Bobi Kenedi u srodstvu s bivšim predsednikom, za koga je takođe znao da je ubijen. Da je imao novčić, kupio bi novine. Kad su se vratili na pijacu, Elena je htela da se zaustavi i pogleda sveže pečen hleb, pomorandže, jabuke i drugo voće i povrće i pita za ono nepoznato. Kakav ukus ima avokado, pitala se, i može li se jesti s korom?

Aleks se zaustavljao svakih nekoliko trenutaka da gleda izloge prodavnica koje su nudile satove, radio-aparate, televizore i gramofonske ploče. Stalno mu je nešto odvlačilo pažnju, a onda je morao da potrči kako bi stigao Dimitrija i Elenu.

Najzad su stigli do prodavnice polovne odeće u Ulici Hadson, baš kad je jedna devojka okretala znak ZATVORENO i sad je pisalo OTVORENO. Dimitrij ih je uveo u prodavnicu, i dalje se ponašajući kao njihov zaštitnik.

Elena je neko vreme pregledala police i okačenu odeću pre nego što je odabrala jednu belu košulju i tamnoplavu kravatu za Aleksa. Zatim je pogledala niz odela koja su visila na dugačkoj šipki, dok je Dimitrij razgovarao s prodavačicom. Aleks je bio razočaran kad je njegova majka odabrala jedno obično sivo odelo, koje je naslonila uz njegovo telo da bi odmerila veličinu. Bilo je veliko, ali znala je da će on uskoro porasti. Kazala mu je da ga proba.

Kad je Aleks u novom odelu izašao iz kabine, morao je da primeti kako ga je devojka za pultom malo bolje zagledala. On se postiđeno okrenuo. Elena se pretvarala da to ne primećuje dok je birala odeću za sebe: jednostavnu plavu haljinu i plisiranu crnu suknju. Počela je da se brine da neće imati dovoljno novca kad je uočila par crnih kožnih cipela koje bi se savršeno slagale sa Aleksovim novim odelom.

– Neki muškarac ih je ostavio u subotu popodne – rekla je ona devojka. – Kazao mi je da više niko ne nosi cipele s pertlama.

– Savršeno – kazala je Elena kad ih je Aleks probao i prošetao se nekoliko puta po prodavnici.

– Koliko košta sve ovo? – pitala je Elena, skupljajući stvari i stavljajući ih na pult.

– Pet dolara – kazala je devojka.

Elena joj je dala novac, pomerila se unazad i s divljenjem pogledala sina koji više nije bio dete. Nije primetila kako je Dimitrij dao devojci još deset dolara, namignuo Aleksu i rekao: – Hvala vam, gospođice Maršal – dok mu je devojka dodavala kesu punu njihove stare odeće.

– Nadam se da ćete se uskoro vratiti – rekla je Adi. – Svakog dana dobijamo nove stvari.

– Sad moramo što je pre moguće da nađemo tu piceriju – rekao je Dimitrij kad je izašao iz prodavnice i bacio njihovu staru odeću u najbližu kantu za smeće. – Ne smemo da zakasnimo jer će neko drugi uzeti taj posao.

Elena je htela da uzme onu kesu, a Aleks je rekao: – Ne, majko. – Nevoljno se pridružila sinu, i ponovo su krenuli korakom koji su izgleda svi drugi pešaci smatrali normalnim, i nisu usporili sve dok Dimitrij nije uočio crveno-beli znak koji se ljuljao na vetru. Prešao je ulicu, vrdajući da izbegne automobile, a Elena i Aleks su ga sledili ne pokazujući istu samouverenost dok su kola jurila i trubila kraj njih.

– Prepustite priču meni – kazao je Dimitrij, otvorio vrata i ušao. Otišao je pravo do čoveka koji je stajao za pultom i rekao: – Želim da razgovaram s menadžerom.

– To sam ja – odgovorio je taj čovek podigavši pogled s poslovnih knjiga.

– Došao sam u vezi sa oglasom u *Postu*, za pica majstora – rekao je Dimitrij. – Nije za mene već za onu damu, i bićete srećni ako je zaposlite.

– Jeste li ranije radili u piceriji? – pitao je čovek Elenu.

– Ne, gospodine.

– Onda mogu da vam ponudim samo posao sudopere.

– Ali ona je kvalifikovana kuvarica – kazao je Dimitrij.

– Koji je bio vaš poslednji posao? – pitao je menadžer.

– Bila sam glavna kuvarica u jednom oficirskom klubu u Lenjingradu.

– U Kvinsu?

– Ne, u Rusiji.

– Ne zapošljavamo komunjare – procedio je prezrivo menadžer.

– Ja nisam komunista – pobunila je Elena. – U stvari, mrzim ih. Bila bih i dalje tamo... ali nisam imala drugog izbora.

– Ali ja imam – rekao je menadžer. – Jedini posao za komunjaru je pranje sudova. Plata je pedeset centi na sat.

– Sedamdeset pet – kazao je Dimitrij.

– Niste u prilici da se cenkate – rekao je menadžer. – Može da prihvati ili odbije posao.

– Odbićemo – kazao je Dimitrij. Krenuo je ka vratima, ali tog puta Elena nije pošla za njim.

– Gde je kuhinja? – samo je upitala i zavrnula rukave.

Kako Elena nije morala da počne s radom u piceriji pre deset sati, sutradan ujutro je otišla pravo u gradsku većnicu. Nakon što je u predvorju pogledala tablu sa obaveštenjima, otišla je liftom na treći sprat. Kad je nekoliko sati kasnije izašla, Elena je znala koja je jedina škola u koju želi da upiše Aleksa.

Nije zakazala sastanak s direktorom, ali je za vreme popodnevne pauze sedela u hodniku ispred njegove kancelarije dok konačno nije popustio i pristao da je primi.

Aleks se narednog ponedeljka nevoljno upisao u četvrti razred gimnazije *Frenklin*, a ubrzo je direktor morao da prizna kako gospođa Karpenko nije preterivala kad je rekla da će biti najbolji iz matematike i ruskog. Nisu to bili jedini predmeti u kojima je blistao, mada je Aleksa znatno više zanimalo nekoliko profitabilnih aktivnosti koje nisu bile na zvaničnom spisku školskih predmeta.

10.

Saša

London

Prošlo je najmanje nedelju dana pre nego što su dečaci prestali da zure u Sašu. Mada je tu školu pohađalo dosta učenika iz inostranstva, on je bio prvi Rus koga su videli. Saša se pitao šta li su nalazili tako različitim kod njega.

Kako mu je engleski bio drugi jezik, pretpostavljali su da će imati problema da prati nastavu. Ali za mesec dana, nekoliko đaka iz njegovog razreda odustalo je od nadmetanja s „Rujom", a kad je posredi bila matematika, njegov treći jezik, gospodin Saton je morao da prizna direktoru: – Uskoro će shvatiti da nije ostalo mnogo stvari kojima mogu da ga naučim.

Dok su se mnogi divili njegovim dostignućima u učenju, kod drugih dečaka je Saša bio posebno popularan zbog svoje sposobnosti da „zaključa vrata".

– Zaključaš vrata? – pitala je Elena. – Ali niko ne dolazi u našu kuću, kako ostali dečaci mogu znati da li zaključavaš vrata?

– Ne, majko, upravo sam postao golman prvog školskog fudbalskog tima, i odigrali smo tri utakmice bez primljenog gola. – Nije joj rekao da Moris Tremlet, dečak koga je zamenio na mestu golmana, nije mogao da prikrije gnev kad je prebačen u drugi tim... a još gore je bilo što je Tremlet predsednik učeničkog odbora škole.

Pred kraj prvog polugodišta Saša je osećao da ga je većina školskih drugova prihvatila. Ali bilo je to pre nezgode, kada je preko noći postao najpopularniji dečak u školi i stekao prijatelja za čitav život.

Ta nezgoda se dogodila za vreme fudbala u školskom dvorištu na velikom odmoru. Ben Koen, dečak iz istog razreda, koji je igrao u napadu za drugi tim, trčao je prema golu sa izgledima da će sigurno postići gol, kad je Tremlet jurnuo s gola, pa je Koen dodao loptu drugom dečaku, i ovaj ju je ubacio u nebranjenu mrežu.

Koen je onda pobedonosno podigao ruke, ali Tremlet nije usporio i naleteo je pravo na njega i oborio ga na zemlju. – Pokušaj to ponovo – povikao je – i slomiću ti vrat.

U nastavku utakmice Koen je nameravao da šutne kad je video kako Tremlet ponovo trči prema njemu. Pomerio se u stranu i lopta se dokotrljala do Tremletovih nogu. Namerno je potrčao prema Saši na suprotnom golu, a svi su mu se sklanjali s puta. Saša je izašao s gola kako bi mu skratio ugao, a kad je Tremlet ušao u kazneni prostor, Saša se bacio na zemlju i bezbedno privio loptu na grudi. Tremlet nije usporio i šutnuo je Sašu u leđa, kao da je lopta.

Saša je ležao nepomično na zemlji, a lopta mu je iskliznula iz ruku. Tremlet ga je preskočio i poslao loptu u nebranjenu mrežu. Pobedonosno je podigao ruke, ali niko mu nije klicao.

Koen je potrčao da podigne Sašu, ali zatekao je Tremleta kako stoji iznad njega.

– Nisi tako dobar kao što si mislio, ha, Rujo?

– Možda nisam – kazao je Saša – ali ako pogledaš sastav tima za sledeću nedelju, videćeš da si i dalje u drugom timu. – Tremlet je zamahnuo ka njemu, ali Saša se sklonio, i pesnica ga je očešala po ramenu. – A mislim da nećeš ući ni u bokserski tim – rekao je Saša.

Tremlet se zacrveneo i podigao pesnicu po drugi put, ali Saša je bio prebrz za njega i udario ga u nos, zbog čega se ovaj zateturao i pao na zemlju. Saša je nameravao da ga ponovo udari, kad je Tremleta spaslo zvono, koje ih je sve pozivalo da se vrate u učionice.

– Hvala – rekao je Koen dok su odlazili iz dvorišta. – Ali drži oči otvorene, jer Tremlet voli da izaziva nevolje.

– Neće biti nikakvih nevolja – kazao je Saša. – Nevolja je kad ti oficir KGB-a uperi pištolj u glavu.

Kad se Saša te večeri vratio kući, nije rekao majci za taj incident, jer ga nije smatrao tako važnim. Počeo je da jede špagete, kad je neko pokucao na vrata.

Elena je spustila viljušku, ali se nije pomerila. Kucanje na vrata moglo je da znači samo jednu stvar. Saša je skočio od stola pre nego što je stigla da ga zaustavi. Otvorio je ulazna vrata i zatekao visokog mršavog muškarca, elegantno odevenog u dug crn kaput s baršunastom kragnom i sa šeširom, kako stoji u hodniku.

– Dobro veče, Saša – rekao je taj čovek i dao mu svoju posetnicu.

– Dobro veče, gospodine – kazao je Saša, čudeći se kako taj neznanac zna njegovo ime. Pogledao je posetnicu, i učinilo mu se da je prepoznao ime. Svakako je znao adresu.

– Nadao sam se da ću razgovarati s tvojom majkom – rekao je gospodin Anjeli, čiji je naglasak otkrivao njegovo poreklo.

– Molim vas, uđite – kazao je Saša i odveo gospodina Anjelija do kuhinje.

– Dobro veče, gospođo Karpenko – rekao je ovaj skinuvši šešir. – Zovem se Mateo Anjeli i...

– Znam ko ste, gospodine Anjeli.

Osmehnuo se. – Žao mi je što sam vas uznemirio za večerom, tako da ću preći pravo na stvar. Glavni kuvar mi je dao otkaz jer želi da se vrati porodici, u Napulj, a ja nisam uspeo da pronađem prikladnu zamenu. Stoga bih voleo da vama ponudim to mesto.

Elena nije mogla da prikrije iznenađenje. Radila je za gospodina Moretija tek nekoliko meseci, i nije znala da je njegov najveći suparnik svestan njenog postojanja. Pre nego što je stigla da odgovori, gospodin Anjeli je razrešio tu misteriju.

– Jedan od mojih redovnih gostiju mi je rekao da je nedavno jeo kod Moretija i da se hrana neverovatno poboljšala, tako da sam odlučio da saznam razlog. Po mom uputstvu, naš šef sale je prošle nedelje večerao u vašem restoranu i posle toga me je upozorio da imamo pravog suparnika pred vratima. I zato bih voleo da vam ponudim mesto šefa kuhinje restorana *Rim*.

– Ali... – počela je Elena.

– Ne mogu da vam dam stan iznad restorana, ali spreman sam da vam udvostručim platu, što će vam omogućiti da iznajmite svoj stan. – Saša je počeo da sluša s velikim zanimanjem. – Naravno, izazov će biti ogroman jer imamo dvaput više gostiju nego Moreti. Ali prema onome što sam čuo, vi izgleda uživate u izazovima.

– Polaskana sam, gospodine Anjeli, ali bojim se da dugujem gospodinu Moretiju koji...

– A ako bih ja bio spreman da izmirim taj dug, gospođo Karpenko?

– To nije finansijski dug – kazala je Elena – lični je. Gospodin Moreti je omogućio da Saša i ja dođemo u ovu zemlju. To nije nešto što se lako može nadoknaditi.

– Naravno, razumem. I voleo bih da sam ja taj koji je putovao brodom iz Lenjingrada. – Gospodin Anjeli je dao Eleni svoju posetnicu. – Ali ako se ikad predomislite...

– Ne dok je gospodin Moreti živ – kazala je Elena.

– Uprkos glasu koji prati moje zemljake, nisam spreman da idem tako daleko – rekao je Anjeli. – Ali ako insistirate... – I sve troje su se grohotom nasmejali.

– Drago mi je što sam vas upoznala – kazala je Elena, ustala sa stolice i ispratila gospodina Anjelija do vrata.

– Hoćeš li reći gospodinu Moretiju za ovu ponudu? – pitao je Saša kad se vratila u kuhinju.

– Naravno da neću. Dovoljno mu je njegovih muka u ovom trenutku, i bez mojih pretnji odlaskom.

– Ali ako bi znao za ponudu, mogao bi da ti ponudi povišicu, čak i procenat od zarade.

– Nema zarade – rekla je Elena. – Restoran jedva opstaje.

– Još jedan razlog da ozbiljno shvatiš ponudu gospodina Anjelija. Uostalom, možda nikad više nećeš dobiti ovakvu priliku.

– Možda si u pravu, Saša, ali odanost nema cenu. Mora se zaraditi. U svakom slučaju, gospodin Moreti ne zaslužuje to. – Saša i dalje nije izgledao uvereno. – Ako ikad budeš imao sličnu dilemu – kazala je Elena – samo pomisli šta bi tvoj otac uradio, i nećeš mnogo pogrešiti.

– Direktor želi da te vidi, Karpenko – rekao je gospodin Saton kad je ušao u učionicu narednog jutra. – Odmah se javi u njegovu kancelariju.

Ton profesorovog glasa nije nagoveštavao ništa drugo do naređenje. Saša je ustao i napustio učionicu, bolno svestan da svi dečaci zure u njega. Dok je išao hodnikom pitao se šta li taj starac želi. Pokucao je na direktorova vrata.

– Uđite – rekao je prepoznatljiv glas.

Saša je ušao u kancelariju gospodina Kviltera i zatekao ga kako sav namršten sedi za stolom. Još jedan muškarac je sedeo naspram njega, i nije se okrenuo.

– Karpenko, ovo je gospodin Tremlet – rekao je direktor. Jedan krupan muškarac proređene riđe kose, koji zbog ogromnog stomaka nije mogao da zakopča sako s dva reda dugmića, okrenuo se i uputio Saši samozadovoljan pogled koji bi rekao svakom igraču pokera da ima dobre karte. – Gospodin Tremlet mi kaže da ste udarili njegovog sina tokom fudbalske utakmice juče i slomili mu nos. Da li je to tačno?

– Da, gospodine.

– Gospodin Tremlet me je uverio da njegov sin nije uradio ništa da vas isprovocira, osim što je postigao gol. Da li je to istina?

Još prve nedelje u školi *Latimer* Saši je objašnjeno značenje reči „doušnik", kao i pripadajuće posledice.

– U Sovjetskom Savezu se to zove kolaboracija – rekao je Saša svom prijatelju Benu Koenu. – Ali posledice su malo ozbiljnije nego slanje u Koventri.

Direktor je čekao objašnjenje, a njegov izraz lica govorio je kako se nadao da će ga biti, ali Saša nije pokušao da se odbrani.

– U ovim okolnostima – rekao je konačno gospodin Kvilter – ne ostavljate mi drugi izbor do da vam odrežem prikladnu kaznu.

Saša je bio spreman za zadržavanje posle nastave, dodatnu nastavu, čak i šibanje, ali zaprepastio se kaznom koju mu je direktor izrekao, posebno jer je značila da će i škola biti kažnjena koliko i on. Ali pretpostavljao je da to ne brine Tremleta. Ni oca niti sina.

– I ako se takav incident ponovi, Karpenko, neću imati drugog izbora do da vam ukinem stipendiju. – Saša je znao da bi to značilo napuštanje škole *Latimer*, jer njegova majka sigurno nije mogla da plaća školarinu. – Nadajmo se da će se završiti na ovom – kazao je na kraju.

– Zašto mu nisi rekao istinu? – pitao je Ben Koen kad mu je Saša objasnio zašto je do kraja sezone prebačen u drugi tim.

– Tremletov otac je u savetu škole, i ovdašnji je odbornik, i šta misliš, kome bi Kvilter pre poverovao?

– Ovo nije Sovjetski Savez – rekao je Ben. – A gospodin Kvilter je pravedan čovek. Ja to znam.

– Kako to misliš?

– Moj otac je jevrejski imigrant i nekoliko drugih škola me je odbilo pre nego što sam se upisao u *Latimer*.

– Oduvek te smatram Englezom – kazao je Saša.

– Siguran sam u to – rekao je Ben. – Ali Tremletovi ovog sveta me ne smatraju, i nikad neće.

* * *

Saša nije rekao majci da više neće braniti za prvi tim. Ipak, ostali učenici su bili bolno svesni ko je odgovoran što više nemaju utakmice bez primljenoga gola, a drugi tim je igrao sezonu iz snova.

Kad je direktor na polugodištu pozvao Sašu u kancelariju, ovaj nije mogao da se seti šta je ovog puta zgrešio, ali bio je siguran da će se pronaći nešto. Oprezno je pokucao na vrata gospodina Kviltera i sačekao dok nije čuo poznato „Uđite". Kad je ušao u kancelariju, direktor ga je dočekao sa širokim osmehom.

– Sedite. – Saša je osetio olakšanje. Ako ostaneš da stojiš, onda si u nevolji; ako te pozovu da sedneš, sve je u redu. – Želeo sam da razgovaram nasamo s tobom, Saša... – direktor ga je tad prvi put oslovio po imenu. – Pregledao sam probni test mature i mislim da treba da se prijaviš za nagradu *Ajzak Barou* za matematiku na *Kembridžu*.

Saša je ćutao. Nije znao o čemu direktor govori.

– *Ajzak Barou* je jedna od najprestižnijih nagrada na *Kembridžu*, a dobitniku se nudi stipendija za *Triniti* – nastavio je gospodin Kvilter. Magla se polako podizala, ali nije sve još bilo jasno. – Pošto je *Triniti* moj bivši koledž, bilo bi mi posebno zadovoljstvo da ti osvojiš tu nagradu. Ipak, moram te upozoriti da ćeš se nadmetati protiv učenika iz svih drugih škola u zemlji, tako da će konkurencija biti jaka. Moraćeš da žrtvuješ gotovo sve drugo ako želiš da imaš izglede.

– Čak i igranje u prvom timu naredne sezone?

– Znao sam da ćeš me to pitati – rekao je Kvilter – i zato sam razgovarao o tom problemu s gospodinom Satonom, i mislimo da ti možemo popustiti u tome, posebno jer kriket, nažalost, nije privukao tvoju pažnju, a kao kapiten školskog šahovskog tima nisi imao dovoljan izazov.

– Siguran sam da znate, direktore – kazao je Saša – da mi je već ponuđeno mesto na *Londonskoj školi ekonomije*, u zavisnosti od rezultata završnog ispita.

– To je ponuda koju treba da prihvatiš ako ne osvojiš stipendiju *Ajzak Barou*. Razgovaraj o tome s majkom i prenesi mi šta ona misli.

– Mogu odmah da vam kažem šta misli – rekao je Saša. Direktor je izvio obrvu. – Želeće da se nadmećem za tu nagradu. Ali ona oduvek ima veće ambicije za mene nego za sebe.

– Pa, ne moraš da odlučiš pre početka drugog polugodišta. Ipak, možda bi bilo pametno da ozbiljno razmisliš pre nego što odlučiš. Ne zaboravi školski moto: *paulatim ergo certe*.

– Trudiću se da ga ne zaboravim – kazao je Saša, usuđujući se da zadirkuje direktora.

– I dok razmišljaš o tome, molim te, upozori majku da ću u subotu uveče odvesti suprugu na večeru kod Moretija, na proslavu godišnjice braka, tako da se nadam da neće uzeti slobodno veče.

Saša se osmehnuo, ustao sa stolice i kazao: – Preneću joj, gospodine.

Rešio je da se prošeta školskim dvorištem pre nego što ode kući da kaže majci zašto je direktor želeo da ga vidi. Otišao je da pogleda kriket meč koji se igrao na terenu. Školski tim je vodio rezultatom 146 prema 3. Uprkos opčinjenošću brojevima, Saša nije savladao nijanse te igre. Samo su Englezi mogli da smisle igru gde logika ne odlučuje koji tim pobeđuje.

Nastavio je da hoda kraj terena, povremeno je pratio igru i začuo udarac palice u kožnu loptu. Kad je stigao do drugog kraja terena, odlučio je da ode iza paviljona kako ne bi uznemiravao igrače. Prešao je svega nekoliko metara, kad mu je sanjarenje prekinuo ženski glas koji je dopirao iz obližnjeg šumarka. Zastao je da osluša. Drugi glas koji je čuo prepoznao je odmah.

– Znaš da želiš to, zašto se prenemažeš?

– Nikad nisam želela da sve ode ovako daleko – pobunila se devojka koja je očigledno plakala.

– Prekasno je da mi kažeš to.

– Silazi s mene ili ću vrištati.

– Samo izvoli. Niko te neće čuti.

Saša je zatim čuo glasan krik zbog koga su čvorci s krova paviljona prhnuli u vazduh. Utrčao je u šumarak i video Tremleta kako leži na devojci koja se bacaka, suknje zadignute do struka i bluze i gaćica na zemlji pored.

– Gledaj svoja posla, Rujo – rekao je Tremlet kad ga je video. – Ona je samo lokalna drolja, i zato se gubi.

Saša je uhvatio Tremleta za ramena i svukao ga s devojke koja je još glasnije vrisnula. Tremlet je opsovao Sašu pa uzeo svoje cipele i, setivši se slomljenog nosa, išetao iz šumarka.

Saša je kleknuo kraj devojke i dodao joj bluzu kad su trener kriket tima i tri dečaka dotrčali iza paviljona.

– To nisam bio ja – pobunio se Saša. Ali kad se okrenuo očekujući da devojka potvrdi njegovu priču, ona je već trčala bosonoga preko trave, i nije se osvrnula.

* * *

– To nisam bio ja – ponovio je Saša, nakon što ga je trener kriket tima odveo pravo u direktorovu kancelariju i prijavio ono što je video.

– Ko je to onda mogao da bude? – pitao je direktor. – Gospodin Li vas je zatekao samog s tom devojkom, koja je vrisnula pre nego što je pobegla. Niko drugi nije bio tamo.

– Bio je neko drugi – rekao je Saša – ali ga nisam prepoznao.

– Karpenko, izgleda da ne shvatate koliko je ovo ozbiljno. Kako stvari stoje, nemam izbora do da vas suspendujem i prepustim stvar policiji.

Saša je prkosno gledao direktora i ponovio: – Pobegao je.

– Ko?

– Nisam ga prepoznao.

– Onda morate odmah da idete kući. Preporučujem vam da majci kažete šta se tačno dogodilo, i nadajmo se da će vas ona urazumiti.

Saša je izašao iz direktorove kancelarije i polako krenuo kući uopšte ne misleći o *Trinitiju* i *Londonskoj školi ekonomije*.

– Izgledaš kao da si video duha – rekla mu je majka kad je ušao u kuhinju.

Seo je za sto, uhvatio se za glavu i počeo da joj govori zašto se vratio ranije. Kazao je: – Kleknuo sam kraj nje... – kad je neko glasno pokucao na vrata.

Elena je otvorila i zatekla dva uniformisana policajca kako gledaju u nju. – Jeste li vi gospođa Karpenko? – pitao je prvi policajac.

– Jesam.

– Da li je vaš sin Saša tu?

– Da, jeste.

– Moram da ga odvedem u stanicu, gospođo.

– Zašto? – pitala je Elena i preprečila mu put. – Nije uradio ništa pogrešno.

– Ako je tako, gospođo, onda nema razloga da se boji – kazao je drugi policajac. – I naravno, slobodno možete poći s nama.

Elena i Saša su ćutke sedeli na zadnjem sedištu policijskog automobila dok su ih vozili do lokalne policijske stanice. Kad je dežurni oficir zabeležio Sašine podatke, odveli su ih u malu prostoriju za ispitivanje u suterenu i rekli im da sačekaju.

– Ništa ne govori – kazala je Elena, kad su se vrata zatvorila. – Jedno je školska suspenzija, a drugo je proterivanje u Sovjetski Savez.

– Ali ovo nije Sovjetski Savez, majko. U Engleskoj si nevin dok se ne dokaže suprotno.

Vrata su se širom otvorila i jedan sredovečan muškarac u tamnosivom odelu je ušao u prostoriju i seo naspram njih.

– Dobro veče, gospođo Karpenko, ja sam detektiv inspektor Medoks. Ja sam zadužen za ovaj slučaj.

– Moj sin je nevin i...

– I mi ćemo mu pružiti priliku da to dokaže – rekao je Medoks. – Voleli bismo da vaš sin učestvuje u prepoznavanju, ali pošto je maloletan, ne možemo da uradimo to bez pismenog odobrenja.

– A ako odbijem?

– Onda će biti uhapšen, i ostaće u pritvoru preko noći dok ne obavimo istragu. Ali ako ste uvereni da nema šta da krije...

– Nemam šta da krijem – rekao je Saša – molim te, mama, potpiši taj dokument.

Inspektor je stavio obrazac na dve strane ispred Elene i dao joj hemijsku olovku. Pažljivo je pročitala svaku reč pre nego što se potpisala.

– Mladiću, molim vas, pođite sa mnom – rekao je inspektor. Ustao je i otpratio Sašu iz prostorije i niz hodnik. Detektiv se onda pomerio da propusti Sašu u jednu dugačku, usku sobu s platformom sa strane. Na platformi je stajalo osam mladića, otprilike Sašinih vršnjaka, koji su očigledno čekali njega.

– Odaberite gde želite da stanete – rekao je inspektor.

Saša je stupio na platformu i stao između dva nepoznata mladića, kao drugi sleva.

– Molim vas sad se svi okrenite ka ogledalu ispred sebe.

Inspektor je izašao iz prostorije i otišao u susednu sobu, gde su ga čekale jedna uplašena devojka, njena majka i jedna policajka.

– Dobro, gospođice Alen – rekao je detektiv inspektor Medoks kad je povukao zavesu duž celog zida – zapamtite da, iako vi njih vidite, oni vas ne mogu da vide. – Devojka nije izgledala ubeđeno, ali kad je majka klimnula glavom, zagledala se u devet mladića. Bilo joj je potrebno svega nekoliko sekundi pre nego što je pokazala onog koji je bio drugi zdesna.

– Možete li da potvrdite da je to mladić koji vas je napao, gospođice Alen? – pitao je Medoks.

– Ne – prošaputala je devojka. – To je momak koji me je spasao.

* * *

Dvaput je pozvonila na vrata. Znala je da je kod kuće, jer je sedela u kolima poslednja dva sata i čekala da se on vrati. Kad je otvorio vrata, pogledao ju je i kazao: – Šta želite?

– Došla sam zbog vašeg sina.

– Šta je s mojim sinom? – pitao je ne pomerajući se.

– Možda bi bilo pametnije da razgovaramo unutra, odborniče – kazala je i pogledala stariju ženu koja je virila kroza čipkane zavese u susednoj kući.

– Dobro – nevoljno je rekao i odveo je do svoje radne sobe.

– O čemu se ovde radi? – pitao je kad je zatvorio vrata.

– Vaš sin je pokušao da siluje moju ćerku – kazala je.

– Znam sve o tome – rekao je taj čovek – i imate pogrešnog momka. Mislim da ćete videti da je policija već uhapsila krivca.

– Mislim da ćete videti da su ga pustili bez dizanja optužnice.

– Zašto mislite da je moj sin umešan?

Gospođa Alen je otvorila tašnu i izvadila sivu čarapu pa je pružila odborniku.

– Može biti bilo čija – kazao je i vratio joj čarapu.

– Ali nije. Savesna majka se potrudila da sa unutrašnje strane zašije traku s Kešovim imenom. Možda biste ponovo pogledali?

Nevoljno je uzeo čarapu, pogledao unutra i pronašao prezime TREMLET uredno izvezeno crvenim koncem na beloj traci.

– Pretpostavljam da imate još jednu.

– Naravno da imam. Ali ne mogu da odlučim da li da je predam policiji ili...

– Jedna čarapa nije dokaz.

– Možda nije. Ali ako je vaš sin nevin, moja ćerka neće moći da ga izdvoji na prepoznavanju, zar ne? Osim, naravno, ako svi ostali nemaju riđu kosu.

– Koliko? – pitao je Tremlet.

11.

Aleks

Bruklin

Kucanje na vrata u to doba noći za Elenu je značilo samo jedno.

– Ko li bi to mogao biti? – pitao je Dimitrij i ustao sa stolice.

Aleks nije skidao pogled s televizijskog ekrana kad je Dimitrij napustio sobu, tako da ni jedan ni drugi nisu primetili da Elena drhti.

Dimitrij je provirio kroz špijunku na ulaznim vratima i video dvojicu elegantno odevenih muškaraca u istovetnim sivim odelima, u belim košuljama i s plavim kravatama, obojica sa šeširom na glavi. Otključao je vrata, otvorio ih i rekao: – Dobro veče. Kako mogu da vam pomognem?

– Dobro veče, gospodine – kazao je stariji muškarac. – Zovem se Hamond, radim za graničnu policiju Sjedinjenih Država. Ovo je moj kolega Ros Travis. – Izvadio je legitimaciju i prineo je Dimitriju. Dimitrij nije ništa rekao. – Obavešteni smo da izvesna gospođa Karpenko živi na ovoj adresi.

– Prijavljena je ovde – kazao je Dimitrij ne pomerajući se.

– Svesni smo toga – rekao je Travis. – Verujemo da bi mogla da ima neke informacije koje bi nama mogle biti korisne.

– Onda je bolje da uđete – kazao je Dimitrij. Odveo ih je do dnevne sobe, prišao televizoru i isključio ga.

Aleks je mrko pogledao pridošlice. Radovao se mogućnosti da sazna da li će Džejms Kegni pobeći iz kuće uz pomoć svoje majke pre nego što ga FBI uhapsi. Zašto on nije imao takvu majku?

– Ova gospoda su iz granične policije – rekao je Dimitrij Eleni na ruskom. – Ne moraš da govoriš engleski ako ne želiš.

– Nemam šta da krijem – kazala je Elena. – Šta želite? – pitala je okrenuvši se ka dvojici muškaraca i nadajući se da zvuči opušteno.

– Jeste li vi gospođa Elena Karpenko? – pitao je Hamond.

– Jesam – odgovorila je Elena, pomalo drhtavim glasom.

Oni su se ponovo predstavili, a Aleks nije mogao da skine pogled s njih. Kao da su sa televizijskog ekrana sišli pravo u njihovu dnevnu sobu.

– Nema razloga za brigu, gospođo Karpenko – rekao je Hamond osmehujući se. Elena nije izgledala uvereno. – Samo smo došli da vam postavimo nekoliko pitanja.

– Molim vas sedite – rekla je Elena uglavnom zato što joj se nije dopadalo da se nadvijaju nad njom.

– Koliko znamo vi i vaš sin ste pobegli iz Lenjingrada. Zanima nas kako je to moguće s obzirom na to da Sovjetski Savez sprovodi strogu graničnu kontrolu.

– Misle da si možda špijun – kazao je Dimitrij na ruskom.

Elena se nasmejala, što je zbunilo onu dvojicu. – Mog muža je ubio KGB – rekla je, a Travis je otvorio beležnicu i zapisivao svaku reč. Hamond joj je onda postavio niz pitanja koja su očigledno bila dobro spremljena.

– Možete li se setiti imena i činova oficira KGB-a za koje ste kuvali, kao i njihovih dužnosti? – pitao je Hamond.

– Nikad ih neću zaboraviti – rekla je Elena – posebno majora Poljakova, šefa obezbeđenja u luci, mada mi je muž rekao da je on bio potčinjen direktno zapovedniku luke.

Travis je okrenuo stranicu pošto je podvukao „zapovednik luke“. Zatim je zapisao ime i čin svih oficira kojih je Elena mogla da se seti.

– Samo još nekoliko pitanja – rekao je Hamond. Otvorio je aktovku i izvadio plan luke, pa ga spustio na sto pred nju. – Možete li nam pokazati gde ste radili?

Elena je pokazala prstom oficirski klub.

– Dakle, niste bili blizu podmorničke baze – kazao je Hamond pokazujući na drugi kraj luke.

– Ne. Morali ste imati posebnu dozvolu da biste radili u tom delu luke.

– Hvala vam – kazao je Hamond. – Bili ste veoma predusretljivi. – Travis je zatvorio beležnicu, a Elena je pretpostavila da je razgovor gotov. – A ovo je vaš sin? – pitao je Hamond okrećući se prema Aleksu.

Elena je klimnula glavom. – Čujem da ti ide dobro u školi i da si se nadao da ćeš pohađati *Institut za strane jezike* u Moskvi.

– Da, jesam – odgovorio je Aleks na ruskom trudeći se da zvuči kao Džejms Kegni.

– Pitam se da li bi voleo da razgovaraš s jednim oficirom iz Lenglija – odgovorio je Hamond na ruskom.

– Nego šta – odgovorio je Aleks, oduševljen svim tim onoliko koliko se njegova majka toga gnušala. – Posebno ako će to pomoći da budu kažnjeni ljudi koji su ubili mog oca.

– Voleo bih da je to tako lako – rekao je Hamond. – Bojim se da to nije kao na televiziji, gde izgleda svako veče uspevaju da reše sve svetske probleme za manje od sat vremena, između dva bloka reklama.

Elena se osmehnula. – Potrudićemo se da vam pomognemo.

– Da li vas dvoje imate neko pitanje za nas? – pitao je Hamond.

– Da – kazao je Aleks. – Kako da postanem vladin agent?

– Oni rade za FBI – rekao je Travis. – Ako želiš da se pridružiš nama u graničnoj policiji, moraćeš vredno da učiš i položiš sve ispite.

Hamond je ustao i rukovao se sa Elenom. – Još jednom vam hvala na saradnji, gospođo Karpenko. Javićemo se vašem sinu u dogledno vreme.

Aleks je odmah ponovo uključio televizor, a Dimitrij, koji gotovo da nije progovorio ni reč, otpratio je dvojicu muškaraca do hodnika. Aleks je mislio kako je čudno što ih Dimitrij nije ništa pitao, ali više ga je zanimao film.

– Bio su u pravu, Dimitrij – rekao je Travis kad su izašli na ulicu. – Ona je pravo blago. A još važnije, mada je mlad, taj dečak bi mogao da bude idealan kandidat.

– Saglasan sam – rekao je Hamond. – Možda je vreme da mu ispričamo za Šahovski trg.

– Već sam mu ispričao – kazao je Dimitrij. – Tako da bi trebalo da pošaljete jednog čoveka tamo u subotu ujutru.

– Hoćemo – kazao je Hamond. – Onda ćemo se nadati da će pronaći jedan drugog.

– Veruj mi, neće moći da promaše jedna drugog. Biće kao magnet i gvozdeni opiljci.

Hamond se osmehnuo. – Kad se vraćaš u Lenjingrad?

– Čim pronađem brod kome je potreban treći oficir. Ne brini, obaveštavaću vas. Sad je bolje da se vratim pre nego što posumnjaju. – Dimitrij se rukovao sa obojicom, zatvorio vrata i vratio se u dnevnu sobu, gde je video da je Elena otišla u krevet, a Aleks nije skidao pogled sa Džejmsa Kegnija.

Zagledao se u tog mladića i zapitao se da li je rizik prevelik.

Elena i Dimitrij su ustali u šest narednog jutra i razgovarali o posetiocima prethodne večeri.

– Može li im se verovati? – pitala je Elena i izvadila dva meko kuvana jajeta iz lonca s ključalom vodom.

– U poređenju s KGB-om, oni su anđeli. Ali ne zaboravi, mogu da ti olakšaju ili otežaju izglede da dobiješ američko državljanstvo – rekao je Dimitrij kad je Aleks upao u prostoriju.

– Dobro, ljudi, zovem se agent Karpenko, i oboje ste uhapšeni.

– Koja je optužba? – pitao je Dimitrij.

– Ilegalna proizvodnja alkohola u podrumu ove zgrade.

Oboje su se nasmejali.

– Onda je bolje da popiješ mleko pre nego što kreneš u školu. A i ja moram da krenem ako želim da zadržim posao.

– Taj posao nije dovoljno dobar za tebe, mama. Trebalo bi da radiš u pravom restoranu, a ne u toj rupi od picerije.

– Zasad je dobar – kazala je Elena. – I to nije rupa. Plata nije loša, a juče su mi dopustili da napravim prvu picu.

– Pravi kuvari ne prave pice.

– Prave, kad je to jedini posao koji mogu da nađu.

Aleks je jedva čekao da razgovara sa specijalnim agentom CIA. Narednog jutra je iz biblioteke pozajmio knjigu pod naslovom *CIA i njena uloga u savremenom svetu*, i pročitao ju je od korica do korica, dvaput. Imao je toliko pitanja za pravog agenta.

Upravo je naredne subote išao prema pijaci kad ih je video prvi put. Odabrana grupa muškaraca i žena raznih starosnih doba i nacionalnosti, a jedna stvar im je bila zajednička: ljubav prema šahu. Setio se kako mu je Dimitrij pričao o Šahovskom trgu, i odlučio je da ga vidi. Oni su pognutih glava posmatrali table. Mora da ih je bilo desetak, možda i više, i svi su čekali naredni potez protivnika.

Aleks nije igrao šah otkako je stigao u Ameriku, pa se, kao narkoman kome je uskraćena droga, pridružio kibicerima i brzo prelazio s partije na partiju, sve dok nije naišao na krupnog sredovečnog muškarca odevenog u farmerke i džemper koji je sedeo sâm. Nijedan od igrača izgleda nije bio spreman da sedne naspram njega. Aleks je shvatio da postoji samo jedan način da sazna zašto je tako.

– Zdravo – kazao je. – Ja sam Aleks.

– Ivan – odgovorio je taj čovek. – Ali pre nego što sedneš, da li si spreman da izgubiš jedan dolar? Jer toliko ćeš mi platiti kad te pobedim.

Aleks je imao jedan dolar, u stvari dva, koje mu je Elena dala uz spisak namirnica potrebnih za vikend.

Seo je, izvadio dolar iz džepa i podigao ga. – A sad da vidimo tvoj.

Čovek se zakikotao. – Videćeš moj ako me pobediš. – Pomerio je pešaka ispred kraljevog lovca dva polja napred.

Aleks je odmah prepoznao otvaranje koje je često koristio Boris Spaski i uzvratio je kraljičinim pionom koga je pomerio jedno polje.

Neupitni prvak Brajton Biča pogledao ga je radoznalo pre nego što je pomerio kraljevog skakača ispred pionâ. Ivanu je bilo potrebno još svega nekoliko poteza da shvati kako će morati da se usredsredi da bi pobedio tog mladog izazivača.

Nijedan od njih nije primetio da je oko njih počela da se okuplja gomilica ljudi koji se pitaju da li je moguće da „prvak“ bude poražen prvi put nakon više meseci. Prošlo je četrdeset minuta pre nego što se prolomio aplauz kad je Aleks rekao „šah-mat“.

– Da igramo do dve pobede? – pitao je stariji muškarac i pružio mu dolar.

– Žao mi je, gospodine – odgovorio je Aleks – ali moram da idem. Moram da obavim nešto za svoju majku.

Zbog načina na koji je izgovorio reč „majka“, Ivan mu je postavio naredno pitanje na ruskom. – Zašto onda ne bi došao sutra, negde oko podneva, i pružio mi priliku da povratim svoj dolar.

– Jedva čekam – rekao je Aleks, ustao i rukovao se sa čovekom za koga je znao da ga neće iznenaditi i drugi put.

Aleks nije bio siguran koliko je sati, ali znao je da se njegova majka dosad vratila kući. Pohitao je s trga pravo ka pijaci, gde je kupio povrće i krmenadle koje je majka tražila. Brzo je naučio na kojim tezgama imaju najbolje meso i najsvežije povrće, ali najviše od svega je uživao da se cenjka s prodavcima pre nego što im dâ novac: to je nešto što, otkako se rodi, radi svaki Rus, osim njegove majke.

Pošto je platio za kilogram krompira, poslednju stvar s majčinog spiska, pošao je kući. Ne bi se zaustavio da je nije spazio kako ga gleda

kroz izlog. Oklevao je na tren, a onda ušao u prodavnicu polovne ode-
će kao da je to nameravao.

– Treba mi kaiš – naveo je prvo čega se setio.

– To nije jedino što ti je potrebno – rekla je devojka pa izabrala go-
tovo nov, smeđ kožni kaiš i pružila mu ga. Pokušao je da joj dâ novac
koji je upravo osvojio. – Sačuvaj ga – kazala je. – Možeš sutra uveče da
me odvedeš u bioskop.

Aleks nije znao šta da kaže. Nikad nije pozvao neku devojku da
izađu, a sad je devojka pozvala njega. Kegni ne bi to odobrio.

– Henri Fonda u *Bilo jednom na Divljem zapadu* – rekla je. Nikad
nije čuo za Henrija Fondu.

– A, da – rekao je. – Baš sam hteo da pogledam taj film.

– Dobro, sad ćeš ga pogledati. Naći ćemo se ispred *Roksija* u pola
sedam. Nemoj da kasniš.

– Neću – odgovorio je, a u sebi se pitao gde li je *Roksi*. Okrenuo se
da izađe iz prodavnice kad je rekla: – Ne zaboravi svoj kaiš.

Aleks ga je uzeo, ubacio u jednu od kesa i nehajno izašao iz pro-
davnice. Kako je skrenuo iza ugla potrčao je i trčao sve do kuće.

– Gde si bio? – pitala ga je majka kad je ušao u kuhinju. – Prošlo
je šest.

Pitao se da li da joj kaže za Ivana i šahovsku partiju (bilo bi joj
drago), dolar koji je osvojio (ne bi joj bilo drago) i drugi susret s de-
vojkom iz prodavnice polovne odeće (za to nije bio siguran), odlazak
u bioskop (za to je bio siguran). Elena je otvorila smeđu papirnu kesu,
izvadila kožni kaiš i pitala: „Odakle ti ovo?“

Aleks bi joj rekao, ali nije zapamtio devojčino ime.

Sutradan ujutro Aleks je opet otišao na Šahovski trg, ali tek kad
mu je majka pošla na posao.

Ivan je već sedeo kraj jedne table i nestrpljivo lupkao prstima po
stolu. Ispružio je stisnute pesnice čak i pre nego što je Aleks seo. Aleks
mu je lupnuo desnu pesnicu, a Ivan ju je otvorio i pokazao belog piona.
Okrenuo je tablu i čekao da Aleks povuče prvi potez.

Nakon sat vremena, okupljenima je bilo jasno da gledaju borbu
dva izjednačena protivnika. Ivan je pobedio u prvoj partiji, a Aleks je
morao da vrati svoj teško zarađeni dolar pre nego što su figure pono-
vo poređane za odlučujuću partiju. Poslednja partija bila je ubedljivo
najduža.

Na kraju su se Ivan i Aleks složili da je pat pozicija i završili remijem. Ustali su i rukovali se, što je izazvalo spontan aplauz običnih smrtnika oko njih.

– Želiš li da zaradiš pravu lovu, klinac? – pitao je Ivan kad su se okupljeni razišli.

– Samo ako je zakonito – odgovorio je Aleks. – Moje američko državljanstvo je i dalje privremeno, tako da mogu da me pošalju u Sovjetski Savez ako me osude za neki zločin.

– To ne bismo želeli, zar ne? – široko se osmehnuo Ivan. – Hajde da odemo na kafu, a onda ću ti objasniti šta sam smislio.

Ivan je poveo svog štićenika na drugu stranu trga i preko ulice do jednog restorančića. Ušao je i čoveku iza šanka rekao: – Zdravo, Lu – pa krenuo prema svom uobičajenom separeu. Aleks se zavukao naspram njega.

– Šta ćeš da naručiš? – pitao je Ivan.

– Isto što i ti – odgovorio je Aleks, nadajući se da nije sasvim očigledno kako nikad dotad nije bio u restoranu.

– Dve kafe – rekao je Ivan konobarici. Zatim je neko vreme objašnjavao Aleksu kako bi narednog vikenda mogli da zarade dodatni novac.

– A kakva je moja uloga u tome? – pitao je Aleks.

– Ti ćeš biti slepac, a ja ću ti govoriti koje poteze vuče tvoj protivnik.

– Ali ti si podjednako dobar igrač kao ja, možda i bolji.

– Neću biti kad završim s tobom. A u svakom slučaju, tebi je tek sedamnaest godina.

– Skoro osamnaest.

– Ali izgledaš kao da ti je petnaest, zbog čega će izazivači biti uvereniji da će te pobediti.

– Kad ćemo početi? – pitao je Aleks.

– Sledeće subote ujutru, tačno u jedanaest.

– Smem li da te zamolim za uslugu?

– Naravno. Sad smo partneri.

– Smem li da dobijem svoj dolar nazad?

– Zašto?

– Vodim jednu devojku u bioskop večeras, i tim novcem sam nameravao da kupim ulaznice.

* * *

Aleks je stajao ispred bioskopa petnaest minuta pre dogovorenog vremena. Nervozno je hodao tamo-amo po trotoaru, povremeno zastajao da vidi plakat kojim se reklamirao film. Pitao se da li će ikad upoznati nekog tako lepog kao što je Klaudija Kardinale, kad je osetio lupkanje po ramenu.

Okrenuo se i video Adi kako mu se smeši. Uhvatila ga je za ruku i povela do blagajne.

– Dve ulaznice za *Bilo jednom na Divljem zapadu* – kazala je pa se pomerila u stranu da Aleks plati. Prva lekcija iz udvaranja. Zatim ga je ponovo uhvatila za ruku i uvela u polumračni bioskop.

Mada je film, izgleda, bio samo uzgred povezan sa onim što je Adi imala na umu, Aleks nije mogao da skine pogled s Henrija Fonde, a ne s Klaudije Kardinale. Želeo je da govori tako, da hoda tako, da se odeva tako. Odlučio je da će ponovo pogledati taj film tokom nedelje, kad mu ništa ne bude odvlačilo pažnju, jer više nije želeo da bude Džejms Kegni.

Aleks nije želeo da Adi shvati kako mu je to prva poseta bioskopu, tako da je, kad je muškarac ispred njega prebacio ruku preko ramena svoje devojke, on uradio isto. Ona se privila uz njega. Uživao je u filmu, a onda ga je ona privukla k sebi te je iskusio i prvi poljubac. Nije bilo vremena za drugi jer se za nekoliko sekundi na platnu pojavio natpis KRAJ i svetla su se upalila.

– Hajdemo na koka-kolu – predložio je Aleks. – Znam lep restoran nedaleko odavde.

– Lepo zvuči – kazala je Adi.

Tog puta je Aleks nju uhvatio za ruku i poveo je preko trga do restorana u koji ga je Ivan odveo ranije tog dana. Aleks je ušao, mahnuo čoveku iza šanka i kazao: – Zdravo, Lu – pre nego što je otišao za Ivanov sto kao da je redovna mušterija.

– Dve koka-kole, molim – kazao je Aleks kad se konobarica pojavila.

Narednih pola sata Aleks je saznao mnogo više o Adi nego ona o njemu. U stvari, čuo je čitavu njenu životnu priču pre nego što ih je konobarica pitala žele li po još jednu koka-kolu. Naručio bi, ali ostao je bez novca.

Dok ju je Aleks pratio kući, Adi je neprestano pričala. Kad su stigli do njenih ulaznih vrata, propela se na prste, zagrlila ga je i poljubila. Drugi poljubac. Vrlo različit poljubac.

Otišao je kući sav slućen, ušunjao se u stan i otišao pravo u krevet ne želeći da budi majku.

* * *

– Dobila sam novu povišicu – pobedonosno je kazala Elena kad joj se narednog jutra Aleks pridružio na doručku. – Sad dobijam dolar i po na sat. Predložiću Dimitriju da je vreme da plaćamo deo stanarine.

– Mi? – pitao je Aleks. – Ja ne mogu da plaćam ništa, mama, kao što dobro znaš. Ali to bi moglo da se promeni ako mi dozvoliš da zarađujem preko vikenda.

– Kako?

– Uvek postoje poslići koji mogu da se rade na pijaci – rekao je Aleks – posebno vikendom.

– Dozvolila bih ti da potražiš posao vikendom, ali samo ako me uveriš da to neće uticati na tvoje školovanje. Nikad ne bih oprostila sebi da se ne upišeš na *Njujorški univerzitet*.

– To nije sprečilo mog oca...

– Tvoj otac je želeo da studiraš isto koliko i ja – kazala je zanemarivši upadicu. – A ako dobiješ diplomu, ko zna šta ćeš moći da postigneš, posebno u Americi? – Aleks je odlučio da nije vreme da kaže majci šta namerava kad napusti školu.

Mada je vredno učio tokom nedelje, Aleks je jedva čekao subote i priliku da zaradi novac.

– Hoćeš li da raspremiš sto? – pitala je Elena oblačeći kaput. – Ne želim da zakasnim na posao.

Čim je završio s brisanjem sudova, brzo je izašao iz kuće i potrčao ulicom. Kad se tog subotnjeg jutra bližio Šahovskom trgu, začuo je šale i povike košarkaša sa obližnjeg terena. Zastao je i gledao ih je neko vreme diveći se njihovoj veštini. Bilo mu je krivo što Amerikanci ne igraju fudbal, a to je još nešto o čemu nije mislio kad je ušao u onaj sanduk. Nije shvatio da u američkom fudbalu nema golmana. Izbacio je to iz glave dok je išao prema travnatom delu parka rezervisanom za šahiste.

Prvo što je tamo ugledao bio je Ivan, koji je stajao raširenih nogu, podbočen, u ofucanom džemperu i izbledelim farmerkama, s crnim šalom oko vrata.

– Kasniš – rekao je na ruskom i mrko ga pogledao.

– To je samo igra – kazao je Aleks – zašto ih onda ne bismo ostavili da čekaju?

– To nije samo igra – prosiktao je Ivan. – To je posao. Nikad ne kasni na posao. To protivniku daje prednost. – Bez reči je otišao do niza od šest šahovskih tabli poređanih jedna kraj druge, s praznom stolicom iza svake table.

Ivan je zapljeskao rukama, i kad je privukao pažnju okupljenih rekao jasno i glasno: – Ovaj mladić je spreman da izazove bilo kojih šest protivnika. – Jedan ili dva moguća protivnika izgledala su zainteresovano. – A da bude zanimljivije, imaće povez preko očiju. Ja ću mu govoriti svaki potez koji protivnik povuče, a onda ću čekati njegova uputstva.

– Kakvu opkladu nudite? – pitao je jedan glas iz gomile.

– Tri prema jedan. Uložite dolar, i ako ga pobedite, daću vam tri.

Nekoliko izazivača je odmah pristupilo. Ivan je uzeo novac i zapisao njihova imena u malu beležnicu, pa svakom od izazivača dodelio po stolicu. Nekoliko ljudi je izgledalo razočarano što nisu odabrani, a jedan od njih je doviknuo: – Smemo li da se kladimo?

– Naravno. Isti uslovi, tri prema jedan. Samo mi recite na kog igrača se kladite. – Nekoliko drugih imena završilo je u njegovoj beležnici. – Klađenje je završeno – rekao je Ivan kad je poslednja osoba uložila novac. Otišao je do Aleksa, koji je zurio u šest tabli, skinuo je šal s vrata, stavio ga preko Aleksovih očiju i vezao čvrst čvor.

– Okrenite ga kako ne bi gledao u table – kazao je jedan nepoverljiv čovek.

Aleks se okrenuo i pre nego što je Ivan stigao da reaguje.

– Prvo vi – kazao je Ivan, pokazujući na nervoznog mladića koji je sedeo za tablom broj jedan. – Pešak na C3 – rekao je Ivan na engleskom, i čekao Aleksova uputstva.

– Pešak na D6 – odgovorio je.

Ivan je klimnuo glavom jednom starijem muškarcu koji je zurio u tablu kroz naočari s rožnatim okvirima. – Pešak na E3 – rekao je pa, kad je Aleks odgovorio, prešao na treću tablu.

Gomila se okupila oko igrača i napeto gledala svih šest tabli međusobno se sašaptavajući. Igrač za tablom četiri priznao je poraz za trideset minuta, a nakon sat vremena, igralo se još samo na jednoj tabli.

Aplauz se prolomio kad je igrač za tablom tri oborio svog kralja i predao partiju. Ivan je skinuo šal sa Aleksovih očiju pre nego što se ovaj okrenuo okupljenima i naklonio.

– Hoćemo li dobiti priliku da povratimo novac? – pitao je jedan od poraženih igrača.

– Naravno – kazao je Ivan. – Dođite za dva sata, a da bude još zanimljivije, moj partner će igrati na deset tabli. – Aleks se trudio da ne pokaže zabrinutost koju je osećao. – Hajdemo, mali – rekao je Ivan kad su se ljudi razišli – da pojedemo tu picu koju je tvoja majka obećala.

Kad su ušli u *Mariovu piceriju*, bilo je jasno da Elena više ne pere sudove. Stajala je za velikim drvenim pultom i mesila sveže testo dok nije postalo ravno i ujednačene debljine. Bila je tako vešta da je pravila novu podlogu na svakih devedeset sekundi.

Zatim bi došao drugi kuvar, pogledao narudžbinu, pa prekrio testo sastojcima koje je odabrala sledeća mušterija. Tad bi ga treći kuvar pokupio nečim što je Aleksu izgledalo kao drvena lopata, stavio u otvorenu peć na drva i izvadio tri minuta kasnije na tanjir koji je čekao pored. Aleks je izračunao da na svakih šest minuta proizvode po jednu vrelu picu. Amerikanci očigledno ne vole da čekaju.

Elena se osmehnula kad je videla sina.

– Ovo je Ivan – rekao je Aleks. – Radimo zajedno na pijaci.

Elena je pokazala na jedan od retkih slobodnih stolova.

– Koliko smo zaradili? – pitao je Aleks kad su seli.

Ivan je pogledao beležnicu. – Devetnaest dolara – prošaputao je.

– Onda mi duguješ devet dolara i pedeset centi – rekao je Aleks i pružio ruku.

– Ne tako brzo, mali. Ne zaboravi da te čeka veći izazov ovog popodneva, tako da ćemo se razračunati na kraju dana.

– Ako je neki od njih dobar kao tip na trećoj tabli, možda izgubimo koju partiju.

– Što nije tako loše – rekao je Ivan, a konobarica je spustila dve pice i dve koka-kole ispred njih.

– Kako to?

– Ako povremeno izgubiš, naivčine će postati zainteresovanije. To je kockarska mana. Ako vide da neko drugi pobeđuje, uvereni su da su oni sledeći – objasnio je Ivan pa proždrao ogroman komad pice. – Moram da zapamtim da se zahvalim tvojoj majci – rekao je i pogledao na sat.

Aleks se obazreo na Elenu koja, otkako su stigli, nije prestajala da pravi savršene podloge za picu. Pitao se koliko li će vremena proći pre nego što počne da izdaje naređenja.

– Dobro – rekao je Ivan – vratimo se na posao.

* * *

Kad se Aleks tog dana vratio kući na večeru, iznenadio se što Dimitrij nije sedeo na svom uobičajenom mestu.

– Ponuđen mu je posao na jednom trgovačkom brodu koji plovi za Lenjingrad – objasnila je Elena. – Morao je da ode s plimom.

– Da li ti se ponekad čini da je Dimitrij suviše dobar da bi bio stvaran?

– Sudim o ljudima na osnovu njihovih postupaka – kazala je Elena i izvila obrvu – a on je bio izuzetno ljubazan prema nama.

– Tako je. Ipak, zašto se toliko zainteresovao za dvoje Rusa koje nije poznavao, i koji bi mogli da budu kriminalci?

– Ali nismo kriminalci.

– Nije to mogao da zna. Ili jeste? I da li je samo slučajnost to što nam se pridružio na palubi prve večeri kad smo se ukrcali?

– Ali on je Rus, kao i mi – pobunila se Elena.

– Ne kao mi, mama. Nije rođen u Rusiji nego u Njujorku. I mogu da ti kažem još nešto. Roditelji su mu živi.

Elena se okrenula ka Aleksu. – Zašto si to rekao?

– Zato što kad ti pomaže oko pranja sudova, ponekad skine ručni sat, a na poleđini su ugravirane reči: „Srećan ti trideseti rođendan, dušo. Mama i tata", a datum je 14. 02. 1968. Prošla godina. Tako da možda...

– Možda bi trebalo da se setiš da bez Dimitrijeve pomoći ne bismo imali krov nad glavom, i ne bi bilo mogućnosti da se upišeš na univerzitet – kazala je izgovarajući svaku reč sve glasnije. – I reći ću ti ovo samo jednom. Prekini da špijuniraš Dimitrija, jer ako to ne uradiš, mogao bi da završiš baš kao tvoj prijatelj Vladimir, kao usamljen, bolestan pojedinac bez morala i prijatelja.

Aleks je bio toliko zaprepašćen majčinim rečima da neko vreme nije progovorio. Pognuo je glavu, izvinio se i kazao joj kako više nikad neće to pomenuti. Kad je otišla na posao, ponovo je razmišljao o njenom besu. Bila je u pravu. Iako je uradio sve za njih, nije smeo majci da kaže kako se boji da Dimitrij radi za KGB.

12.

Saša

London

Premda je vredno učio od početka završne godine škole, kad je poslednja fudbalska utakmica odigrana Saša je odložio svoje golmanske rukavice i započeo sa strogim režimom koji je zadivio čak i njegovu majku.

Ustajao je svakog jutra u šest i pre doručka bi već dva sata učio. Trčao je do škole i od škole – to mu je bila gotovo sva fizička aktivnost – i dok su drugi dečaci na igralištu uživali u kriketu, on je ostajao u učionici da okrene novu stranicu nove knjige.

Kad bi zvono zazvonilo na kraju dana, i svi drugi otišli kući, Saša je ostajao u klupi i, uz podršku gospodina Satona, prianjao na još jedan test prethodnih *Ajzak Barou* ispita. Konačno bi otrčao kući i pojeo laku večeru pre nego što bi otišao da uči u svojoj sobi, gde bi često zaspao za pisaćim stolom.

Što se dan ispita više bližio, nekako je uspevao da radi još vrednije, pronalazio je dodatno vreme za učenje za koje čak ni njegova majka nije znala.

– Ispit će biti održan u Velikoj sali u *Trinitiju* – kazao mu je direktor. – Možda bi bilo pametno da u Kembridž odeš veče ranije, kako ne bi bio u žurbi i osećao nepotreban pritisak.

– Ali gde ću odsesti? – pitao je Saša. – U Kembridžu nikog ne poznajem.

– Udesio sam da prenoćiš u zgradi mog starog koledža.

* * *

– Možda bi trebalo da uzmem slobodan dan i pođem s tobom u Kembridž – predložila je Elena.

Saša je uspeo da odgovori majku od toga, ali nije mogao da je spreči da mu kupi novo odelo, za koje je znao da ne može da ga priušti. – Želela sam da izgledaš jednako otmeno kao i drugi kandidati – rekla je.

– Samo me zanima da budem pametniji od drugih kandidata – odgovorio je.

Ben Koen, koji je upravo bio položio vozački ispit, odvezao je Sašu do *Kings krosa*. Usput mu je pričao o svojoj najnovijoj devojci. Reč „najnovija" je navela Sašu da shvati koliko je propustio tokom poslednjih godinu dana.

– A tata će mi kupiti TR6 ako se upišem na *Kembridž*.

– Blago tebi.

– Menjao bih ga odmah za tvoj mozak – kazao je Ben, dok se isključivao iz Ulice Juston i zaustavljao u žutoj traci.

– Srećno – kazao je dok je Saša izlazio iz kola. – I ne vraćaj se praznih ruku.

Saša je sedeo u uglu prepunog vagona i gledao kroz prozor dok su predeli promicali kraj njega, i nije želeo da prizna kako žali što nije dozvolio majci da pođe s njim. Ako se ne računaju utakmice u gostima, bilo je to njegovo prvo putovanje van Londona, i bio je sve nervozniji.

Elena mu je dala novčanicu od jedne funte za troškove, ali kako je dan bio lep i vedar, kad je voz stao na stanicu u Kembridžu odlučio je da ide peške do *Trinitija*. Brzo je naučio da samo treba da pita ljude u togama gde se nalazi koledž. Uporno je zastajao da bi se divio zgradama kraj kojih je prolazio, ali kad je prvi put ugledao veliku kapiju iznad koje je stajao Henri VIII, odjednom je bio prenet u neki drugi svet, svet čiji je deo iznenada veoma želeo da postane. Poželeo je da je više učio.

Postariji portir ga je odveo na drugu stranu dvorišta i uz vekovima korišćeno kameno stepenište. Kad su stigli do najvišeg sprata, rekao je: – Ovo je bila soba gospodina Kviltera, gospodine Karpenko. Možda ćete vi biti njen sledeći stanar. – Saša se osmehnuo. Bila je to prva osoba koja ga je oslovila s „gospodin Karpenko". – Večera će biti poslužena u sedam u trpezariji na drugom kraju dvorišta – rekao je portir i ostavio Sašu u sobici koja nije bila veća od sobe iznad restorana. Kad je pak pogledao kroz dvodelni prozor sa stubićem, video je svet koji je izgleda prespavao prethodnih skoro četiristo godina. Da li bi dečak iz predgrađa Lenjingrada mogao da završi na ovakvom mestu?

Seo je za sto i ponovo pogledao jedno od pitanja za koje je gospodin Saton mislio da će se pojaviti na ispitu. Upravo je počinjao da radi nov zadatak kad je sat u dvorištu otkucao sedam puta. Ostavio je knjige, strčao niz kamene stepenice i u dvorište da se pridruži reci mladih koji su čavrljali i smejali se dok su hodali stazama po obodu uređenog travnjaka, na koji niko od njih nije kročio.

Kad je stigao do ulaza u trpezariju i virnuo unutra, Saša je ugledao redove dugih drvenih stolova prepunih hrane i klupe na kojima su sedeli veoma opušteni studenti. Iznenada se uplašio od priključivanja tako otmenom društvu, okrenuo se i izašao na Kings parejd kroz kapiju koledža. Nije se zaustavio dok nije video red ispred jednog kioska koji je prodavao prženu ribu i pomfrit.

Večerao je hranu umotanu u novine, svestan da njegova majka to ne bi odobrila, što ga je samo navelo da se osmehne. Kad su se ulična svetla upalila, vratio se u svoju sobicu da pogleda još dva-tri moguća ispitna pitanja, i legao malo iza ponoći. Spavao je samo povremeno i užasnuo se kad ga je probudio sat u dvorištu koji je otkucao osam puta. Bio je srećan što nije bilo devet. Iskočio je iz kreveta, umio se i obukao te otrčao do trpezarije.

Vratio se u sobu dvadeset minuta kasnije. Išao je do toaleta na kraju hodnika četiri puta u narednih sat vremena, pa ipak je stigao pred salu u kojoj se održavaju ispiti pola sata ranije. Kako su minuti prolazili, novi kandidati su pristizali u red, neki su pričali previše, neki nimalo, svako je iskazivao nervozu na svoj način. U 9.45, pojavila su se dva profesora odevena u duge crne toge. Saša je kasnije saznao da to nisu profesori nego nastavnici, i da je naziv profesor rezervisan za šefove katedri. Postojalo je toliko novih reči koje je trebalo naučiti – pitao se da li koledž ima svoj rečnik.

Jedan od nastavnika je otključao vrata i disciplinovano stado je pošlo za pastirom u salu. – Videćete svoja imena na stolovima – kazao je. – Poređana su po abecednom redu. – Seo je za sto na podijumu na kraju sale. Saša je pronašao natpis KARPENKO u sredini petog reda.

– Moj kolega i ja ćemo vam sad podeliti testove – rekao je nadzornik ispita. – Imate dvanaest pitanja, od kojih morate da odgovorite na tri. Imate devedeset minuta. Ako ne možete da procenite koliko vremena imate za svako pitanje, onda vam nije mesto ovde. – Nervozan smeh se proneo salom. – Nećete početi dok ne dunem u pištaljku.
– Saša se odmah setio prvog pravila za ispite gospodina Satona: *Osoba koja prva završi nije obavezno pobednik.*

Kad su ispitna pitanja spuštena licem nadole ispred svakog kandidata, Saša je nestrpljivo čekao da se oglasi pištaljka. Taj piskav, prodoran zvuk izazvao mu je jezu duž leđa dok je okretao papir. Polako je pročitao dvanaest pitanja i odmah štriklirao pet. Posle drugog čitanja, sveo je taj broj na tri. Jedno je bilo slično pitanju koje je ponuđeno pre sedam godina, a drugo se bavilo njegovom omiljenom temom. Ali pravi pogodak bilo je pitanje 11, koje je sad bilo štriklirano dvaput, jer njega je gledao upravo sinoć. Vreme je bilo za drugo ispitno pravilo gospodina Satona: *usredsredi se.*

Saša je počeo da piše. Dvadeset četiri minuta kasnije, spustio je olovku i polako pročitao odgovor. Mogao je da čuje glas gospodina Kviltera: *zapamti da moraš ostaviti dovoljno vremena da proveriš odgovore i ispraviš eventualne greške.* Napravio je nekoliko manjih izmena, a onda prešao na pitanje broj 6. Tog puta je radio dvadeset pet minuta, a onda je ponovo pročitao odgovor pre nego što je prešao na pitanje 11, ono dvostruko štriklirano. Upravo je pisao poslednji pasus kad se oglasila pištaljka, i uspeo je da završi u poslednjem trenutku pre nego što su papiri pokupljeni. Bio je bolno svestan da nije ostavio vremena da proveri odgovor. Opsovao je.

Kad su kandidati raspušteni, Saša se vratio u svoju sobu, spakovao stvari u mali kofer, sišao niza stepenice i otišao pravo do železničke stanice. Nije se osvrtao, bojeći se da nikad više neće ući u taj koledž.

Na povratku u London trudio se da uveri sebe kako nije mogao da uradi ništa bolje, ali kad je voz stigao u stanicu *Kings kros*, bio je siguran da nije mogao da uradi ništa gore.

– Kako misliš da je prošlo? – pitala ga je Elena, čak i pre nego što je zatvorio vrata.

– Nije moglo bolje – rekao je želeći da je ohrabri. Dao je majci jedanaest šilinga i šest penija koje je ona stavila u novčanik.

Kad je Saša sutradan ujutro otišao u školu, gospodina Satona su više zanimala ispitna pitanja nego da sazna kako njegov učenik misli da je prošao i, mada se osmehnuo kad je video označena pitanja, nije rekao Saši da je propustio pitanje u vezi s jednom teoremom koju su detaljno razmatrali svega nekoliko dana ranije.

– Koliko dugo ću čekati na rezultate? – pitao je Saša.

– Ne više od dve nedelje – odgovorio je Saton. – Ali ne zaboravi da i dalje moraš da položiš završni ispit, a moglo bi biti podjednako važno kako ćeš tu proći.

Saši se nije dopalo ono „moglo bi biti podjednako važno", ali vratio se svom mukotrpnom radu. Brinulo ga je što je smatrao zadatke za završni ispit prelakim, kao što maratonac smatra lakom trku na deset kilometara. Nije to pomenuo Benu, koji je mislio da je to mnogo teže od bilo kog maratona i više nije očekivao da će postati ponosni vlasnik TR6.

– Uvek možeš da budeš vozač autobusa – kazao je Saša. – Uostalom, plata je dobra, kao i dužina godišnjeg odmora.

– Imaćeš duži odmor ako se upišeš na *Kembridž* – rekao je Ben, otkrivajući svoja prava osećanja. – Uzgred, održaću zabavu posle ispita u svojoj kući u subotu uveče. Mama i tata putuju za vikend, tako da se pobrini da je ne propustiš.

Saša je obukao tek ispeglanu belu košulju, stavio školsku kravatu i obukao novo odelo. Čim je stigao u Benovu kuću, shvatio je da je napravio užasnu grešku. Ali pretpostavljao je da će na zabavi biti samo nekoliko školskih drugova koji će se nalivati pivom dok ne padnu ili ne zaspe ili oboje.

Otkrio je svoju sledeću grešku kad je ušao u hodnik koji je bio veći od njegovog stana. Na zabavi je bio isti broj momaka i devojaka, a niko od njih nije bio odeven u školsku uniformu, tako da je skinuo kravatu i raskopčao košulju pre nego što je stigao do dnevne sobe. Pogledao je oko sebe i osmehnuo se, sasvim nesvestan da izgleda svi znaju ko je on. Ipak se tek posle sat vremena upustio u razgovor s nekom devojkom, a ona je isparila gotovo podjednako brzo kao što se pojavila.

– On je s neke druge planete – čuo ju je kako govori Benu.

– Voleo bih da sam i ja njen stanovnik – odgovorio je njegov prijatelj.

Saša je želeo da ima Benovu sposobnost da opušteno razgovara s devojkom, i da učini da se oseća kao da je jedina žena u sobi. Seo je u jednu udobnu fotelju iz koje je mogao da posmatra oko sebe kao neki gledalac koji prati sport čija pravila ne zna.

Zaledio se kad je video da jedna posebno lepa devojka ide ka njemu. Koliko će vremena proći pre nego što i ona ispari?

– Zdravo – kazala je. – Zovem se Šarlot Dejndžerfild, ali prijatelji me zovu Čarli. – Probila je led, ali on je i dalje bio sleđen. Pokušala je ponovo. – Nadam se da ću se u septembru upisati na *Kembridž*.

– Na matematiku? – pitao je Saša pun nade.

Nasmejala se ljupkim smehom koji se razlio iz neodoljivog osmeha. – Ne, ja sam istoričarka umetnosti. Ili bih to volela da budem. – *Šta sad da kažem?*, pomislio je Saša trudeći se da ne zuri previše očigledno u njene noge kad je sela na naslon njegove fotelje.

– Svi kažu da ćeš osvojiti nagradu *Ajzak Barou*. A pošto ja nisam ni izbliza toliko nadarena, držim sve prekršteno, uključujući i prste na nogama.

Saša je očajnički želeo da nastavi taj razgovor, ali kako nikad u životu nije ušao u neku umetničku galeriju, jedino je uspeo da pita: – Koji ti je omiljeni slikar?

– Rubens – odgovorila je bez oklevanja. – Posebno rane slike, koje je naslikao u Antverpenu, kad možemo biti sigurni da je jedino on bio odgovoran za celo platno.

– Misliš da mu je neko pomagao da naslika one kasnije slike?

– Ne – rekla je. – Ali kad je postao poznat i kad je čak i papa poželeo da od njega naruči slike, dozvoljavao je svojim nadarenijim učenicima da mu pomažu. Ko je tvoj omiljeni slikar?

– Moj?

– Da.

– Leonardo da Vinči. – To je bilo prvo ime kog se setio.

Osmehnula se. – To nije iznenađujuće, jer je, kao i ti, bio matematičar. Koja ti se njegova slika posebno sviđa?

– *Mona Liza* – rekao je Saša. To je bila jedina koju je znao.

– Na leto idem s roditeljima u Pariz – kazala je Čarli – i radujem se što ću videti original.

– Original?

– U *Luvru*.

Saša je pokušavao da smisli šta da kaže, kad je ona skliznula u istu fotelju, nagnula se i nežno ga poljubila. Ni jedno ni drugo nije mnogo govorilo narednih sat vremena, i mada je Saša očigledno bio neiskusan, ona se nije ponašala prema njemu kao da je došao s druge planete.

Kad su, odmah posle ponoći, neki od njegovih drugova počeli da odlaze, Saša je skupio hrabrost da pita: – Smem li da te otpratim kući?

– Majka mu je rekla da je to ono što džentlmen pita kad mu se neka devojka stvarno sviđa. *Možeš da je držiš za ruku tokom šetnje, ali kad stignete do njenih vrata, treba da je poljubiš u obraz i kažeš: „Nadam se da ćemo se ponovo videti", kako bi znala da ti je stalo do nje. Ako sve prođe kako treba, možeš tražiti njen broj telefona.*

– Hvala ti – kazala je.

* * *

Kad je Čarli izvadila ključ iz torbe, nagnuo se ka njoj s namerom da sledi majčin savet. Usne su joj se razdvojile, a on je pomislio da će eksplodirati.

– Zašto ne dođeš po mene sledeće subote oko devet ujutro – kazala je Čarli dok je okretala ključ u bravi. – Onda ću te odvesti u *Nacionalnu galeriju* i upoznati te s Rubensom – dodala je pre nego što je ušla.

Dok se vraćao kući sigurno je bio na drugoj planeti, a za promenu – Njutn nije bio na njoj.

Uglavnom je Čarli govorila dok su metroom išli od Fulam brodveja do Trafalgar skvera, i jedina dok su se peli stepenicama *Nacionalne galerije*.

Saša je na početku samo želeo izgovor da provede malo vremena sa Čarli, a sve se pretvorilo u začetak velike ljubavi. Udvarali su mu se Holanđani, zavodili ga Španci, opčinjavali Italijani i očaravala Čarli.

– Ima li u Londonu drugih galerija? – pitao je dok su silazili stepenicama među golubove na Trafalgar skveru.

Čarli se nije nasmejala, jer je znala da će joj Saša uskoro postavljati pitanja na koja neće umeti da odgovori.

Kad su se vratili u Fulam, Saša je želeo da je odvede na ručak u *Moreti*, ali činjenica da nije mogao to da priušti nije bila jedini razlog zbog koga su otišli u lokalni kafić. Čarli je trebalo dati još malo vremena pre nego što upozna njegovu majku.

Čarli je i dalje bila u Sašinim mislima u ponedeljak ujutro kad ga je direktor pozvao telefonom i rekao mu da svrati kod njega. Nasmejao se zbog reči „svrati".

Mislio je da će ga noge izdati dok je prolazio kroz školsku kapiju i išao hodnikom ka direktorovoj kancelariji, bio je kao omamljen bokser koga čeka poslednja runda.

Gospodin Kvilter je na kucanje odgovorio prepoznatljivim „Uđite!". Saša je otvorio vrata, ali nije saznao ništa iz izraza na direktorovom licu. Odbio je ponudu da sedne, želeći da stoji dok ne sasluša presudu.

– *Proxime accessit* – kazao je Kvilter. – Čestitam. – Saša se snevese-
lio. Nije smatrao da je drugo mesto razlog za pohvalu. – Bolji od tebe
je bio jedan dečak iz *Mančesterske srednje škole* koji je imao sto odsto,
a ti si imao devedeset osam. Naravno – nastavio je direktor – bićeš ra-
zočaran, i s pravom. Ali dobra vest je da je, pošto su pogledali rezultate
tvog završnog ispita, *Triniti* spreman da ti ponudi stipendiju.

– Ali rekli ste da sam bio drugi.

– U matematici da. Ali niko nije mogao da se meri s tobom u ru-
skom.

Njegova prva misao je bila: *Nadam se da će Čarli...*

13.

Aleks

Bruklin

Ivan je dao dvadeset dolara Aleksu i rekao: – Još jedan dobar dan. Ne vidim razlog zašto ne bismo nastavili da zarađujemo ovako još dugo vremena. Vidimo se naredne subote tačno u jedanaest.

– Zašto da čekamo do tada – pitao je Aleks – kad možemo da zarađujemo ovako svakog dana?

– Zato što bismo onda ostali bez klijenata. A u svakom slučaju, sazna li tvoja majka šta radiš, sigurno će te sprečiti.

Aleks je gurnuo izgužvane novčanice u džep farmerki, rukovao se s partnerom i kazao: – Vidimo se naredne subote.

– I pokušaj, za promenu, da dođeš na vreme – rekao je Ivan.

Dok je hodao ka pijaci, Aleks je počeo da zviždi. Osećao se kao milioner – što je već rekao majci da će postati pre tridesete. Davao joj je po deset dolara svake nedelje uveče s objašnjenjem da je tokom vikenda obavljao razne poslove na pijaci. Istina je bila da mu je pijaca postala druga kuća, i posle škole, dok je Elena bila na poslu, muvao se oko tezgi i posmatrao prodavce, brzo shvatao kojima se može verovati i, važnije, kojima se ne može verovati. Voće i povrće je uvek kupovao od Bernija Kaufmana, koji nikad nije zakidao na kusuru nit je prodavao bajatu robu.

– Potreban mi je kilogram krompira, Berni, malo boranije i nekoliko pomorandži – rekao je Aleks pa pogledao majčin spisak za kupovinu. – O da, i cvekla.

– Tri dolara, gospodine Rokfeleru – kazao je Berni i pružio mu dve papirne kese. – I samo bih želeo da ti kažem, Alekse, da sam izuzetno uživao što si kupovao kod mene i ne sumnjam da ćeš se dobro snaći ako se upišeš na *Njujorški univerzitet.*

– Zašto bih išao negde drugde da bih kupovao voće i povrće?

– Moraćeš u budućnosti, jer za nekoliko nedelja prestajem da radim.

– Zašto? – pitao je Aleks, koji je pretpostavljao da je Berni sastavni deo pijace.

– Moja dozvola ističe krajem meseca, a vlasnik zahteva osamdeset dolara nedeljno. Po toj ceni jedva bih pokrio troškove. U svakom slučaju, imam gotovo šezdeset godina i više ne uživam u dugom radnom vremenu, posebno zimi. – Aleks je znao da je Berni svakog jutra ustajao u četiri da bi išao na pijacu, a retko se vraćao kući pre pet posle podne.

Aleks nije mogao da prihvati da će njegov prijatelj preko noći nestati. Imao je desetak pitanja za Bernija, ali bilo mu je potrebno vreme da razmisli. Zahvalio mu se i krenuo kući.

Prošao je pored prodavnice polovne odeće, sav zadubljen u misli, kad je Adi otvorila vrata i povikala: – Vrati se, Alekse, imam nešto specijalno za tebe.

Kad je Aleks ušao u radnju, s vešalice je skinula nešto što je izgledalo kao sasvim novo odelo i rekla: – Probaj.

– Kako si se dokopala ovoga? – pitao je Aleks dok je oblačio sako.

– Redovan kupac koji kupuje kao besan nekoliko dana kasnije nam obično vraća nešto što više ne želi.

Aleks je pokušao da zamisli kako izgleda biti toliko bogat. – Od čega je napravljeno? – pitao je opipavajući tkaninu.

– Od kašmira. Sviđa li ti se?

– Nego šta. Ali mogu li da ga priuštim?

– Tvoje je za deset dolara – prošaputala je.

– Kako to?

– Ušlo je u prodavnicu i izaći će iz nje pre nego što ga moj šef vidi.

Aleks je svukao farmerke, obukao pantalone – čak su imale i rajsferšlus – i ogledao se u velikom ogledalu. Bež boja ne bi bila njegov prvi izbor, ali to odelo je izgledalo kao da vredi sto dolara.

– Baš kao što sam i mislila – kazala je Adi. – Savršeno ti pristaje. Kao da je pravljeno za tebe.

– Hvala ti – rekao je Aleks i dao joj deset dolara.

– Hoćemo li u subotu u bioskop? – pitala je Adi dok je on oblačio farmerke.

– Džon Vejn u *Čoveku zvanom hrabrost*. Radujem se tome – rekao je dok je savijao odelo i stavljao ga u kesu. – Ne znam kako da ti se zahvalim – dodao je.

– Smisliću nešto – kazala je Adi dok je on izlazio iz prodavnice.

Dok se vraćao kući, Aleks je razmišljao kako da zaradi osamdeset dolara nedeljno koji su potrebni za najam Bernijeve tezge. Zarađivao je dvadesetak dolara od šaha vikendom, ali nije znao kako da zaradi razliku. Znao je da njegova majka nema toliko novca iako je upravo dobila novu povišicu. Ali šta je s Dimitrijem, koji samo što se vratio s najnovijeg putovanja u Moskvu? On sigurno ima neku ušteđevinu.

Aleks je smislio šta će mu reći i pre nego što je stigao kući, a kad je otvorio vrata, čuo je kako Dimitrij peva bez sluha. Pridružio mu se u kuhinji i slušao šta mu se dogodilo na putovanju u Moskvu.

– Zadivljujući grad – kazao je Dimitrij. – Crveni trg, Kremlj, Lenjinov mauzolej. Trebalo bi jednog dana da odeš u Moskvu, Alekse.

– Nikad – odlučno je rekao Aleks. – Ne zanima me Lenjinov mauzolej. Sad sam Amerikanac i biću milioner.

Dimitrij nije izgledao iznenađeno, ali već je mnogo puta čuo takve tvrdnje. Međutim, iznenadila ga je još jedna rečenica koju je tom prilikom Aleks dodao. – I ti možeš da mi budeš partner.

– Kako to misliš? – pitao je Dimitrij.

– Koliko ušteđevine imaš? – pitao je Aleks.

Dimitrij nije odmah odgovorio. – Negde oko trista dolara – kazao je konačno. – Dok si na brodu, nemaš na šta da trošiš novac.

– Šta misliš o ulaganju?

– U šta?

– Ne u šta nego u koga – rekao je Aleks. Napunio je sudoperu toplom vodom i kad je završio s pranjem sudova, objasnio je zašto mu je potrebno trista dvadeset dolara i zašto će ustajati u četiri ujutro.

– Šta ona misli o tome? – bio je jedini Dimitrijev komentar.

– Nisam joj rekao.

Aleksu je bilo teško da se usredsredi na nastavu narednog ponedeljka, ali s obzirom na to da je u odeljenju bilo samo šest dečaka koji su mogli da se mere s njim kad je bio napola budan, niko to nije primetio osim profesora.

Kad je zvono zazvonilo u četiri sata, Aleks je prvi istrčao iz učionice i trčao sve do pijace. Krenuo je pravo ka Bernijevoj tezgi. Kad je

povratio dah, počeo je da ispaljuje pitanja dok je stari trgovac usluži-
vao kupce.

– Ako bih ja iznajmio ovu tezgu – rekao je Aleks – da li biste na-
stavili da radite?

– Pokušavam da usporim s poslom, a ti bi želeo samo da ubrzaš
stvari – široko se osmehnuo Berni.

– Ali ako bih ja uvek ujutro dolazio na pijacu, vi ne biste morali da
počnete pre osam, a ja bih mogao da preuzmem posle škole.

Berni nije odgovorio.

– Plaćao bih vam četrdeset dolara nedeljno – rekao je Aleks dok je
Berni dodavao jednom kupcu kesu grožđa.

– Moram da razmislim o tome – kazao je Berni. – Ali čak i da pri-
stanem, i dalje bi imao jedan problem.

– Koji? – pitao je Aleks.

– Zaboravio si na nekog. Postoji još neko ko mora da se saglasi s
tvojim planom.

– Ko? – zahtevao je da zna Aleks. – Jer neću reći majci dok vi ne
pristanete.

– Ne brinem se zbog tvoje majke.

– Nego zbog koga?

– Čoveka koji je vlasnik moje tezge i većine tezgi na pijaci. Moraćeš
da ubediš gospodina Vulfa da imaš novac, jer samo on može da ti izda
dozvolu.

– Gde da pronađem tog gospodina Vulfa?

– Kancelarija mu je u Oušn parkveju 3049. Počinje s poslom sva-
kog jutra u šest, i nikad ne ide kući pre osam uveče. I samo da te upo-
zorim, Alekse, on je opak gad.

– Vidimo su sutra posle podne – rekao je Aleks pre nego što je kre-
nuo kući. – A dotad ću već biti vlasnik vaše tezge.

Dimitrij je namignuo kad je Aleks utrčao i pridružio mu se za
kuhinjskim stolom. Razgovarali su o svemu osim o onom što mu je
stvarno bilo na umu i nestrpljivo je čekao da majka krene na posao.

– Gotovo da ništa nisi jeo – kazala je Elena i pogledala na sat.

– Nisam baš gladan, mama.

– Radiš li večeras? – pitala je. Načas je Aleks pomislio da je uhva-
ćen, a onda je shvatio na šta je mislila.

– Da, moram da napišem sastav o osnivačima Amerike. Učim o
Džefersonu i tome kako je napisao Deklaraciju nezavisnosti.

– To zvuči zanimljivo. Ako ostaviš sastav na kuhinjskom stolu, pročitaću ga kad se večeras vratim kući – rekla je Elena dok je oblačila kaput.

– Tvoja majka nije glupa – kazao je Dimitrij kad je čuo da se zatvaraju vrata. – Ako sazna da te više zanimaju Rokfeler i Ford nego Hamilton i Džeferson, bićeš u velikoj nevolji.

– Onda je bolje da ne sazna.

Dok je hodao Oušn parkvejom, Aleks je ponovo razmišljao o tome šta će reći gospodinu Vulfu, a istovremeno je pokušavao da predvidi pitanja. Obukao je svoje novo odelo i mogao je samo da se nada da izgleda kao neko ko može da plaća osamdeset dolara nedeljno. Bio je toliko zaokupljen mislima da je prošao kraj broja 3049 i morao da se vrati. Kad je stigao do vrata Vulfove kancelarije, duboko je udahnuo i ušao, a tamo je za pultom zatekao uštogljenu, sredovečnu ženu. Nije mogla da sakrije iznenađenje kad je videla tog mladića.

– Želim da vidim gospodina Vulfa – rekao je Aleks pre nego što je progovorila.

– Imate li zakazano?

– Ne, ali želeće da me vidi.

– Kako se zovete?

– Aleks Karpenko.

– Videću da li je tu. – Ustala je od stola i ušla u susednu prostoriju.

– Naravno da je tu – promumlao je Aleks – inače biste rekli da nije. – Hodao je po prostoriji kao tigar u kavezu dok čeka da se ukrotitelj vrati.

Na kraju su se vrata otvorila, i pojavila se recepcionerka. – Može da vam posveti deset minuta, gospodine Karpenko – kazala je. To je prva osoba koja mu se obratila s „gospodine Karpenko"... da li je to dobar znak? – Ali ne duže – dodala je odlučno i pomerila se u stranu da ga propusti.

Aleks je ispravio kravatu i odsečnim korakom ušao u kancelariju gospodina Vulfa nadajući se da izgleda starije. Vlasnik tezgi ga je pogledao iza prepunog stola. Bio je odeven u maslinasto trodelno odelo i raskopčanu smeđu košulju. Nekoliko pramenova tanke kose češljao je preko čela u pokušaju da prikrije ćelavost, a podbradak je nagoveštavao da retko napušta kancelariju, osim da bi jeo. – Šta mogu da uradim za tebe, mali? – pitao je, dok mu je napola popušena cigara poskakivala u ustima.

– Voleo bih da preuzmem tezgu Bernija Kaufmana kad mu istekne zakup.

– A odakle tebi toliki novac? – pitao je Vulf. – Moje tezge nisu jeftine.

– Moj partner će obezbediti novac ako se dogovorimo o ceni.

– Već sam odredio cenu – kazao je Vulf. – Jedino je pitanje imaš li ti para?

– Koliko dugo će trajati zakup? – pitao je Aleks, trudeći se da povrati inicijativu.

– Pet godina. A ugovor mora da potpiše neko punoletan.

– Dvesta pedeset dolara mesečno, gotovina unapred – rekao je Aleks – i imamo dogovor.

– Trista dvadeset mesečno, mali. – Nije vadio nemirnu cigaru iz usta. – I tek kad vidim gotovinu.

Aleks je znao da nema toliko para i da bi trebalo da ode, ali, kao neki nepromišljen kockar, verovao je da će nekako pronaći novac, tako da je klimnuo glavom. Vulf je izvadio cigaru iz usta, otvorio fioku u stolu i izvadio ugovor, pa ga predao Aleksu. – Pročitaj ga pažljivo pre nego što potpišeš, mali, jer nijedan advokat pametnjaković nije dosad uspeo da ga raskine, a videćeš da svi penali idu u moju korist.

Cigara se vratila u Vulfova usta. Snažno je povukao dim, izduvao oblak i kazao: – Pobrini se da dođeš sutra rano ujutro, mali, s gotovinom u rukama. Ne bih želeo da zakasniš u školu.

Da je to bio neki krimić, Džejms Kegni bi napunio Vulfa olovom i onda mu preuzeo carstvo. Ali u stvarnom svetu, Aleks je pokunjeno napustio njegovu kancelariju i polako krenuo kući pitajući se gde da pronađe zakupninu za drugi mesec, ako ne bude imao dovoljnu zaradu od prodaje.

Iako mu je Dimitrij već dao trista dvadeset dolara za prvu mesečnu naknadu, Aleks je i dalje trebalo da dobije majčin blagoslov, i tačno je znao šta će ona tražiti zauzvrat. Bio je potpuno svestan toga da u poslednje vreme nije dovoljno učio i da je ošljario poslednjih nekoliko meseci, mada je i dalje bio među boljima u odeljenju. Ali uz većinu popodneva koja je provodio s Bernijem učeći zanat, i svakim vikendom koji je provodio pokušavajući da zaradi sa Ivanom dovoljno novca za preživljavanje, nije bio iznenađen kad ga je, nekoliko nedelja kasnije, direktor pozvao u subotu ujutro u vezi s nekim privatnim problemom.

Aleks je stajao ispred direktorove kancelarije u minut do deset, pošto je od četiri ujutro bio na pijaci i radio jedan sat za tezgom pre nego što je u osam Berni preuzeo posao. Pokucao je na vrata i čekao da mu direktor dozvoli da uđe.

– Da li se još nadate da ćete uspeti u Njujorku, Karpenko? – pitao je direktor pre nego što je ovaj seo.

Aleks je želeo da kaže: *Ne, nameravam da izgradim carstvo koje će parirati* Sirsu, *tako da neću imati vremena da studiram*, ali je samo odgovorio: – Da, gospodine. – Aleks je majci obećao da će se više truditi u školi i da će se pobrinuti da dobije ocene potrebne za upis na univerzitet.

– Onda ćete morati da posvetite znatno više vremena školi – rekao je direktor – jer vaši skorašnji rezultati nisu nimalo laskavi, a ja ne moram da vas podsećam da vas za manje od šest meseci čeka prijemni ispit, a ispitivača neće zanimati cena kilograma jabuka.

– Više ću se truditi – kazao je Aleks.

Direktor nije izgledao uvereno, ali je klimnuo glavom dajući mu dozvolu da ode.

– Hvala vam, gospodine – rekao je Aleks. Kad je napustio direktorovu kancelariju nije prestao da trči dok nije stigao do Šahovskog trga. Shvatio je da sigurno kasni nekoliko minuta kad je video Ivana kako hoda tamo-amo i gleda na sat. Dvanaest izazivača je već sedelo za tablama i nestrpljivo čekalo da povuče prvi potez.

– Koji si izgovor sad smislio? – pitao je Ivan.

Kad god bi se jedno od Dimitrijevih odabranih plovila privezalo u lenjingradskoj luci, on je išao pravo u kafanu na dokovima, gde je Kolja provodio većinu večeri.

Čim bi im se pogledi sreli, Dimitrij bi ustao i krenuo na drugi kraj grada, prema stanici *Moskovski*. Kupio bi kartu za lokalni voz, a onda otišao u čekaonicu između perona 16 i 17. Kad bi se Kolja pojavio, on bi već sedeo na sedištu u uglu, daleko od prozora i radoznalih očiju. Retki su bili ljudi, osim poneke skitnice koja se u čekaonici ne bi zadržavala duže od petnaest minuta jer bi je izbacili.

Kolja i Dimitrij su se isto ograničavali na petnaest minuta za slučaj da ih neki promućuran čuvar ili, još gore, neki agent KGB-a van dužnosti – mada oni nikad nisu van dužnosti – uoči i postane sumnjičav. Pravila susretanja su ustanovili još na prvom sastanku. Obojica su imala spremna pitanja, a često i po nekoliko odgovora. Tog puta je Dimitrij znao da će na prvom sastanku nakon Eleninog i Aleksovog bekstva Kolja očajnički želeti da zna kako su se njegova sestra i sestrić snašli u Novom svetu.

Čim je Kolja stigao, seo je kraj Dimitrija i otvorio novine. Nikad se nisu rukovali, ćaskali ni razmenjivali ljubaznosti.

– Elena i dalje radi u piceriji *Mario* – kazao je Dimitrij. – Već je triput unapređena, i sad je zamenica menadžera. Čak je i Mario nervozan. Njen jedini problem je što misli da se ugojila. Izgleda da o tome nije morala da brine dok je radila u oficirskom klubu.

– Ima li muškaraca u njenom životu?

– Osim Aleksa, ne znam da ima ikog.

– Aleks?

– Aleksandar. Sad insistira da ga zovu Aleks. Više zvuči američki, tako mi je rekao.

– A kako mu ide u školi?

– Dovoljno dobro, ali ne onako kako bi moglo. Već mu je ponuđeno mesto na *Njujorškom univerzitetu* na jesen, da studira ekonomiju. Ali ako bi se on pitao, preskočio bi fakultet i počeo odmah da radi. Vidi sebe kao narednog Džona D. Rokfelera.

– Rokfeler?

– Američki tajkun... čak su jednu zgradu nazvali po njemu – rekao je Dimitrij.

Kolja se osmehnuo kad je okrenuo stranicu novina. – Ali ako dobro poznajem Elenu, ona će želeti da dečak ide na fakultet, a onda da pronađe ono što ona naziva pravim poslom.

– Nema sumnje u to – kazao je Dimitrij. – Ali on je naumio da postane milioner. Čak me je nagovorio da uložim trista dvadeset dolara u njegov najnoviji poduhvat.

– Da li zna odakle ti pare?

– Ne, samo sam mu rekao da nemam na šta da trošim platu dok sam na moru.

– Samo je pitanje vremena kad će saznati. Ali moram da priznam da bih i ja uložio u tog momka kad bih imao novca – rekao je Kolja. – Ima očevo samopouzdanje i majčinu razboritost. Ko god da je taj Rokfeler, bolje mu je da se čuva.

Dimitrij se nasmejao. – Obaveštavaću te šta se događa s mojim ulaganjem.

– Jedva čekam – odgovorio je Kolja. – Prenesi im moje pozdrave.

– Naravno. Ima li nečeg što bi voleo da prenesem svojim prijateljima?

– Da, izgleda da bih ja mogao da budem naredni organizator sindikata lučkih radnika i stoga Konstantinov naslednik, mada nedovoljno dobar.

– Bio bi ponosan na tebe.

– Ne još. Ima nekoliko problema koje treba prevazići, a Poljakov nije najmanji od njih, mada ima svog kandidata za taj posao. Čovek koji je plaćeni član partije i koji će biti potčinjen direktno njemu.

– I uprkos tome što je Poljakov bio na dokovima kad su Elena i Aleks pobegli, nekako je uspeo da zadrži posao?

– Pretvorio je tu katastrofu u svoju prednost – rekao je Kolja. – Kazao je komandantu da nije otišao na finale kupa jer je dobio dojavu da će neko pokušati da pobegne.

– Zašto ih onda nije oboje uhapsio?

– Rekao je da je bio sâm protiv desetak ljudi i da bi, da nije bilo njega, još disidenata pobeglo tim brodom.

– I poverovali su mu?

– Mora da jesu. Ali čujem da u bliskoj budućnosti verovatno neće biti unapređen.

– Da li je pokušao nešto od toga da svali na tebe?

– Ne, nije mogao. Vratio sam se na stadion na vreme da gledam drugo poluvreme utakmice. Lunjao sam sat vremena po severnoj tribini, pa je na kraju utakmice hiljadu mojih kolega moglo da potvrdi da me je videlo, tako da sam oslobođen sumnje.

– To je olakšanje.

– Ne u potpunosti – kazao je Kolja. – Poljakov nije bio uveren, što je još jedan razlog zbog koga je odlučan da me spreči da postanem predsednik sindikata.

– A ko je pobedio?

– U čemu?

– U fudbalskom kupu. Aleks me stalno pita za to.

– Pobedili smo *Moskvu* dva prema jedan, uprkos tome što je sudija bio oficir KGB-a.

Dimitrij se nasmejao. – Imaš li da mi kažeš još nešto? – pitao je, svestan da im ponestaje vremena.

– Da – kazao je Kolja, okrećući novu stranu novina. – Aleksandra će možda zanimati da je njegov stari prijatelj Vladimir izabran u komitet univerzitetskog Komsomola. Neće biti iznenađenje ako postane predsednik kad se budemo ponovo sreli.

– Samo još jedno – rekao je Dimitrij. – Elenu zanima, ako bih uspeo da ti obezbedim vizu, da li bi došao u Njujork da živiš s nama?

– Hvala joj na ljubaznosti, ali Poljakov će se pobrinuti da nikad ne dobijem vizu. Možda možeš pokušati da objasniš mojoj dragoj sestri kako ovde imam još važnih poslova. – Presavio je novine, što je bio znak da nema ništa više da kaže, baš kad je uz peron 17 stigao voz i uz škripu se zaustavio.

Dimitrij je ustao sa svog mesta, pridružio se putnicima koji su se sad tiskali na peronu i počeo dugu šetnju natrag do broda, povremeno skrećući kako bi bio siguran da ga niko ne prati. Nije mogao da se ne brine za Kolju, i rizik koji je ovaj spreman da preuzme jer je mrzeo komunistički režim. Za razliku od većine ostalih Dimitrijevih kontakata, Kolja nikad nije tražio novac. Neke ljude je nemoguće kupiti.

14.

Saša

Univerzitet Kembridž

Kad je pročitao svoj esej i napravio nekoliko izmena, Saša je pogledao na sat, zatim brzo navukao crnu akademsku odoru, potrčao niza stepenice i preko dvorišta. Popeo se drugim stepenicama i zaustavio na trećem spratu, baš kad je čuo prvo od deset zvona.

Nije smeo da zakasni ni minut kod doktora Stritora, koji je počinjao konsultacije kad veliki sat u dvorištu otkuca deset, i završavao ih kad ponovo počne da kuca, sat kasnije. Saša je zadržao dah, pokucao na vrata, ušao na zvuk desetog zvona i zatekao dva studenta kako već sede ispred vatre i jedu prepečene pogačice.

– Dobro jutro, doktore Stritore – rekao je Saša i predao esej.

– Dobro jutro, Karpenko – kazao je Stritor na ruskom. – Propustili ste pogačice, ali dolazak na vreme nije jedna od vaših jačih strana. Ipak, mogu da vas ponudim čajem.

– Hvala vam, gospodine.

Stritor je sipao čaj u četvrtu šolju pre nego što je počeo. – Danas želim da razmotrimo odnos između Lenjina i Staljina. Lenjin ne samo da nije poštovao Staljina nego ga je i veoma prezirao. Ipak je shvatio da će mu, ako revolucija bude uspešna, biti potreban novac da bi se osigurao da će njegovi politički protivnici ovako ili onako biti uklonjeni. Na scenu stupa mladi probisvet iz Gruzije, koji je jedva čekao da obavi oba zadatka. Pljačkao je banke i nije se ustručavao da ubije svakoga ko bi mu stao na put, uključujući i nevine posmatrače.

Saša je beležio dok je doktor Stritor pričao. Nije mu bilo potrebno mnogo vremena da shvati koliko je malo poznavao rusku istoriju, i koliko su njegovi nastavnici u Lenjingradu samo kao papagaji ponavljali

reči iz knjige koju je odobrio KGB, u neprikrivenom pokušaju da se
prepravi istorija.

– Samo me zanimaju dokazane činjenice – rekao je Stritor – s
pouzdanim dokazima koji ih podržavaju; ne obična propaganda, be-
skrajno ponavljana dok je naivni ne prihvate kao istinu. Staljin je, na
primer, bio u stanju da uveri čitavu naciju kako je 1941. bio u Moskvi
i predvodio odbranu u vreme kad je nemačka vojska bila na tridesetak
kilometara od grada. A najverovatnije je pobegao u Kujbišev i vratio se
u Moskvu tek kad su se Nemci povukli. Zašto kažem najverovatnije?
Zato što nemam neoboriv dokaz, a za istoričara, verovatnoća od deve-
deset odsto nije dovoljna.

Saša je uživao u konsultacijama koje su održavane dvaput nedeljno,
i nikad nije propustio nijedno predavanje, mada je Ben Koen pokušao
da ga ubedi kako ima života i izvan akademskog. Ben se nedavno pri-
ključio studentskoj Uniji i počeo da se zanima za politiku. Posle mno-
go ubeđivanja, Saša je pristao da prisustvuje s njim narednoj debati.
Saša je retko napuštao *Triniti* osim ako je išao kod Čarli u *Njunam*.
Ali opet, doktor Stritor je na prvim konsultacijama jasno rekao kako
očekuje da sva trojica budu prvi u klasi iz matematike na kraju godi-
ne. Ništa manje od toga ne bi bilo prihvatljivo. Dok su ostali blistali
u sportu, Stritor je smatrao svojom dužnošću da razvija studentima
umove, a ne mišiće. Ipak, Saša je smatrao da odlazak u Uniju ne može
da škodi.

Onih sat vremena je prošlo tako brzo da je Saša, kad se sat ponovo
oglasio, nevoljno zatvorio beležnicu i prikupio papire. Namerava je
da krene kad je Stritor rekao: – Možete li ostati još malo, Karpenko?

– Da, naravno, gospodine.

– Pitao sam se da li ste planirali nešto za večeras?

– Idem u Uniju.

– Ova kuća se neće boriti za kraljicu i otadžbinu.

– Da, gospodine. Hoćete li i vi biti tamo?

– Ne, dosta mi je rata – kazao je Stritor, bez objašnjenja. – Ali kad
budete imali slobodno veče, možda biste mogli da mi se posle večere
pridružite na partiji šaha, tamo gde kraljeve, kraljice i skakače ne za-
tvaraju, ne pogubljuju ili likvidiraju, već se oni jednostavno kreću po
tabli i povremeno bivaju sklonjeni s nje. – Saša se osmehnuo. – Ali
moram da vas upozorim, Karpenko, imam skrivene motive. Ja sam
nastavnik zadužen za univerzitetski šahovski tim, i želim da vidim da
li ste dovoljno dobri da budete odabrani za meč protiv *Oksforda*.

* * *

– Jesi li spavao s njom?

– Bene, ti si najneotesanija osoba koju poznajem.

– To je samo zato što vodiš tako povučen život. Sad mi odgovori na pitanje. Jesi li spavao s njom?

– Ne, nisam. Iskreno, nisam siguran šta ona oseća prema meni.

– Saša, kako možeš da budeš tako pametan i istovremeno tako glup? Čarli te obožava, a ti si sigurno jedina osoba koja to ne shvata.

– Svejedno, to i ne bi bilo lako – rekao je Saša – jer *Njunam* ne dozvoljava svojim studentkinjama da im muškarci budu u sobi posle šest sati, a čak i onda, ako se dobro sećam pravila, moraju sve vreme da drže oba stopala na podu.

– Ovo će te možda iznenaditi, Saša, ali čuo sam da ljudi mogu da imaju seks pre šest sati, čak i sa oba stopala na podu. – Saša i dalje nije izgledao uveren. – Ali to nije razlog zbog koga sam želeo da te vidim. Dolaziš li na večerašnju debatu?

– Ova kuća se neće boriti za kraljicu i otadžbinu – rekao je Saša. – Da, iako mislim da je to besmislen predlog, za koji pretpostavljam da će biti velikom većinom odbijen.

– Ne bih bio tako siguran u to. Ima prokleto mnogo boljševika koji bi spremno podržali ideju da kraljica živi u opštinskom stanu. Ali postoji još jedan razlog zbog koga želim da dođeš. Da bi upoznao moju najnoviju devojku.

– Jesi li spavao s njom? – pitao je Saša široko se osmehujući.

– Ne, ali uskoro ću, jer znam da se pali na mene.

– Bene – zgađeno je počeo Saša – engleski je jezik Kitsa, Šelija i Šekspira, za slučaj da nisi primetio.

– Očigledno nisi čitao Harolda Robinsa.

– Ne, nisam – kazao je Saša i naglašeno uzdahnuo. – Ipak ću poći s tobom, ako ni zbog čega drugog, onda da upoznam tu nesrećnu damu koja se, kako si to elegantno opisao, pali na tebe.

– U stvari, prilično je pametna.

– Sigurno nije baš tako pametna, Bene. Razmisli o tome.

– I ona je jedino žensko u komitetu Unije – rekao je Ben ignorišući zadirkivanje.

– Mora da je previše dobra za tebe.

– Nijedna nije previše dobra kad je odvedeš u krevet.

– Bene, ti misliš samo na jedno.

– Zašto ne bi pozvao i Čarli, pa možemo kasnije da odemo zajedno na večeru?

– Dobro, pristajem. Sad idi, imam konsultacije za jedan sat i moram da proverim svoj esej.

– Ja ga nisam ni napisao.

– Nisam znao da je pisanje uslov za uporedno studiranje geografije, prava i ekonomije.

To je bio Sašin prvi odlazak u Uniju, ali čim su njih dvojica ušli u prostoriju za debatu bilo je jasno da je Ben tu već kao komad nameštaja. Zauzeo je dva slobodna mesta na klupi u prednjem delu prostorije i odmah se pridružio glasnoj raspravi koja se vodila u klupama oko njih. Prestala je tek kad su čelnici Unije ušli i seli na svoja mesta, na tri stolice s naslonom, na podijumu ispred njih.

– Onaj u sredini je Keri – prošaputao je Ben. – On je trenutni predsednik Unije. Jednog dana ću ja sedeti na toj stolici. – Saša se osmehnuo, a Keri je ustao i rekao: – Sad ću zamoliti potpredsednika da pročita zapisnik s poslednjeg sastanka.

Dok je Kris Smit čitao zapisnik, Saša je gledao po punoj sali i galeriji, ispunjenoj radoznalim studentima koji su se naginjali preko ograda čekajući da debata počne.

Kad je zapisnik pročitan i potpredsednik seo, predsednik je ponovo ustao. – Dame i gospodo, sad ću pozvati uvaženog gospodina Entonija Vedžvuda Bena, člana Parlamenta, da iznese predlog da se ova kuća neće boriti za kraljicu i otadžbinu.

Kad je gospodin Ben ustao sa svog mesta, pozdravili su ga glasni, oduševljeni povici. Osvrćući se oko sebe Saša je video da ga izgleda podržava većina prisutnih studenata.

– Gospodine predsedniče, oduševljen sam što sam pozvan da iznesem ovaj predlog – počeo je Ben. – Ne samo zato što svi znamo da Britanija nije demokratska država. Kako bi iko mogao da tvrdi da jeste kad naš šef države uopšte nije izabran? Kako možemo smatrati svoje zemljake jednakim pred zakonom, kad naš Gornji dom zauzima sedamsto naslednih plemića, od kojih većina nije ništa radila u životu i čiji je jedini doprinos da se pojave i glasaju kad neko zapreti njihovim nasleđenim pravima? A opet, baš to su ljudi koji mogu da odluče da li ćete ići u rat protiv svakog koga oni smatraju neprijateljem.

Benov govor često je prekidan uzvicima „Tako je, tako je!" i „Sramota!", izvikivanih sa istom žestinom, i mada se Saša nije slagao ni s jednom rečju koju je ovaj izgovorio, bilo je nesumnjivo da je Ben privukao pažnju celog skupa. Kad se vratio na svoje mesto odjeknuli su još glasnija klicanja i povici negodovanja nego pre.

Admiral ser Hju Manro, konzervativni član Parlamenta, ustao je da se usprotivi tom predlogu. Taj otmeni gospodin je istakao da bi, da se Britanija nije borila za kralja i otadžbinu u Drugom svetskom ratu, Adolf Hitler sad sedeo u Bakingemskoj palati, a ne kraljica Elizabeta II. To je dočekano uzvicima podrške iz dela publike koja je ćutala tokom govora gospodina Bena. Kad je admiral seo, još dva govornika su govorila s podjednakom strašću, ali Saši je i dalje izgledalo da je više onih koji su predlog podržavali.

Slušao je pažljivo sva četiri govora, i dalje zadivljen raznolikošću pogleda koji su smeli da se izraze tako otvoreno, bez straha od posledica. U Lenjingradu bi pola studenata već bilo privedeno, a najmanje dva govornika poslata u zatvor, ako ne i streljana.

Predsednik je ponovo ustao i pozvao prisutne da govore sa svojih mesta, pre nego što se pristupi glasanju. – Samo dva minuta – rekao je odlučno.

Jedan za drugim, studenti su izjavljivali da se nikad neće boriti za kraljicu i otadžbinu, a drugi su tvrdili da bi radije poginuli na bojnom polju nego prihvatili stranu okupaciju. Nakon govora gospodina Tarika Alija, bivšeg predsednika oksfordske Unije, Saša više nije mogao da se uzdrži. Bez razmišljanja je skočio kad je predsednik prozvao narednog govornika i zaprepastio se kad je ovaj pokazao prema njemu.

Saša je već zažalio zbog svoje odluke dok je polako hodao ka drugom delu dvorane. Svi su zaćutali, nesigurni koju će stranu on podržati. Uhvatio se za govornicu kako bi sprečio drhtanje.

– Dame i gospodo – počeo je gotovo šapatom. – Zovem se Saša Karpenko. Rođen sam u Lenjingradu, gde sam proveo prvih šesnaest godina života, dok mi komunisti nisu ubili oca. – Prvi put je zavladala tišina među okupljenima, i svi su gledali Sašu. – Njegov zločin je bio – nastavio je – što je želeo da osnuje strukovni sindikat kako bi njegove kolege lučki radnici mogle da uživaju u povlasticama koje vi u Britaniji uzimate zdravo za gotovo. To je jedna od privilegija života u demokratiji. Kao što nas je Vinston Čerčil podsećao, *Demokratija je najgori oblik vladavine ako izuzmemo sve ostale.* Odbijam da se izvinjavam što nisam rođen u ovoj zemlji, ali zahvalan sam što sam pobegao od komunističke tiranije, i što mogu da učestvujem u ovoj debati, koja nikad ne bi mogla da se održi u Rusiji. Jer da jeste, gospodin Vedžvud Ben bi bio streljan, a gospodin Tarik Ali poslat u rudnik soli u Sibir.

Nakon nekoliko povika „tako je" i „dobra ideja", začuo se razularen smeh. Saša je čekao da tišina zavlada pre nego što je nastavio. – Možete da se smejete, ali da smo u Sovjetskom Savezu, svi koji su večeras podržali ovaj predlog bili bi uhapšeni, a svaki student koji je prisustvovao debati bio bi izbačen sa univerziteta i poslat da radi u luci. Znam zato što se to dogodilo meni. – Saša nije bio svestan utiska koji su njegove reči ostavile na kolege.

– Moja majka i ja smo uspeli da pobegnemo iz te totalitarne države i imali smo dovoljno sreće da završimo u Engleskoj, gde smo primljeni kao izbeglice. Ali moram da kažem prisutnima, vratio bih se sutra u Sovjetski Savez da se borim protiv tog despotskog režima, i bio bih spreman da umrem ako bih verovao da ima i najmanje izgleda da isteramo komuniste i zamenimo ih demokratskom državom u kojoj bi svaki od mojih zemljaka mogao da glasa.

Klicanje koje je usledilo dalo je Saši priliku da sabere misli. Tek kad je zavladala potpuna tišina, nastavio je. – Uživanje je raspravljati o ovom predlogu bez pritisaka, glasati, a onda se pridružiti prijateljima u baru. Ali da sam održao ovaj govor u svojoj zemlji, završio bih *iza* rešetaka, i proveo mnogo godina, možda i čitav život, u nekom radnom logoru. Preklinjem vas da odbijete ovaj predlog, jer njegovo podržavanje samo bi pomoglo zlim despotima širom sveta koji diktaturu smatraju boljim sistemom od demokratije, sve dok su oni ti diktatori. Hajde da večeras iz ove kuće pošaljemo poruku da bismo radije umrli braneći svoju zemlju i njene vrednosti nego se priklonili tiraniji.

Kad se Saša vratio na svoje mesto, svi su ustali da ga pozdrave. Bio je dirnut kad je video da su i gospodin Vedžvud Ben i gospodin Ali ustali da se pridruže aplauzu. Kad su se svi smirili, predsednik je ponovo ustao i pozvao prisutne da se podele i glasaju.

Dvadeset minuta kasnije, potpredsednik je ustao i objavio da je predlog odbijen sa 312 prema 297 glasova. Sašu je odmah okružila gomila studenata, čestitala mu i želela da se rukuje s njim, dok se Ben zavalio na svom mestu i uživao u pobedi. Jedan član komiteta se nagnuo i prošaputao mu na uvo. – Predsednika zanima da li biste nam se vi i vaš prijatelj pridružili na piću u prostorijama komiteta.

– Nego šta – kazao je Ben pa izveo Sašu iz sale i odveo ga širokim stepeništem do mesta gde se održavala zabava predsedništva.

Prva osoba koja je prišla da mu čestita bio je gospodin Vedžvud Ben.

– Sjajan doprinos – rekao je. – Mogu samo da se nadam da razmišljate o karijeri u politici. Imate mnogo toga da ponudite.

– Ali možda neću sedeti na vašoj strani u Parlamentu, gospodine – kazao je Saša.

– Onda ću vas smatrati vrednim suparnikom, gospodine.

Saša je nameravao da odgovori kad im se pridružila jedna devojka koja je takođe želela da mu čestita.

– Ovo je Fiona – rekao je Ben. – Jedina devojka u komitetu.

Saša je bio zadivljen, ne samo tim dostignućem nego i njenom blistavom lepotom, kojoj nije bilo potrebno predstavljanje.

– Iznenađena sam što te ranije nismo videli, Saša – kazala je i dodirnula mu ruku.

– Retko se odvaja od knjiga da bi se pridružio nama smrtnicima – kazao je Ben koji nije primetio da Saša ne skida pogled s nje.

– Nadala sam se da ću te ubediti da se pridružiš UKK-u.

– UKK-u? – ponovio je Saša.

– Univerzitetskom konzervativnom klubu – rekao je Ben. – I mene je Fiona regrutovala.

– Čuo sam da je vaš govor u Uniji prošao prilično dobro – rekao je Stritor i pomerio topa da zaštiti kraljicu.

– Britanci su tako civilizovani ljudi – rekao je Saša proučavajući tablu. – Dozvoljavaju svakom da izrazi svoje poglede, koliko god besmisleni ili neobavešteni bili. Siguran sam da vas to neće iznenaditi, gospodine, ali u Lenjingradu nismo imali debatne klubove.

– Diktatori ne mare mnogo za mišljenje drugih ljudi. Podsećam vas, čak je i vojvoda od Velingtona, pošto je predsedavao prvom sednicom vlade kao premijer, bio iznenađen što njegove kolege nisu bile spremne da jednostavno izvršavaju njegova naređenja, već su želele da raspravljaju o drugim mogućnostima. Prošlo je neko vreme pre nego što je Gvozdeni vojvoda bio spreman da prihvati da njegove kolege ministri mogu da imaju sopstveno mišljenje.

Saša se nasmejao i pomerio lovca.

– Ali upozoravam vas, Saša, da koliko god da su civilizovani, ne treba da pretpostavljate da će vas Britanci, samo zato što ste pametni, prihvatiti kao jednog od svojih. Ima mnogo onih koji sumnjaju u prvoklasne umove, dok drugi ne donose zaključke na osnovu onog što kažete već na osnovu naglaska s kojim to izgovarate, a neki će biti protiv vas čim čuju vaše ime. Ipak, ako odaberete da ostanete na *Trinitiju* kad diplomirate, naići ćete na takve predrasude samo ako ste dovoljno glupi da napustite ove svete zidove.

Saši nikad nije palo na pamet da bi mogao da ostane na *Trinitiju* i podučava narednu generaciju. Pre svega nekoliko dana, jedan ministar ga je ohrabrio da razmišlja o političkoj karijeri, a danas je njegov mentor predložio da ostane na *Kembridžu*. Pomerio je piona.

– Imate prirodan dar – rekao je Stritor – i siguran sam da bi koledž želeo da vas zadrži. – Ponovo je pomerio topa. – Ali pretpostavljam da biste mogli nas profesore smatrati prilično dosadnim i misliti da vas napolju čeka mnogo uzbudljiviji svet koji treba osvojiti.

– Polaskan sam što ste uopšte pomislili na moju budućnost – rekao je Saša dok je podizao kraljicu.

– Obaveštavajte me o svojim planovima – rekao je Stritor – kakvi god da budu.

– U ovom trenutku imam samo jedan plan, gospodine. Šah-mat.

Telefon na stolu doktora Stritora je zazvonio, ali on ga je ignorisao.

– Odluka da se posle Drugog svetskog rata Berlin podeli na četiri saveznička sektora bila je običan politički kompromis. – Telefon je prestao da zvoni. – A kad su ti ljudi koji su živeli u onome što je 1949. postalo Istočna Nemačka počeli masovno da beže na Zapad, vladina reakcija je bila panika i izgradnja tri i po metra visokog zida koji je postao poznat kao Berlinski zid. Ta betonska grozota s bodljikavom žicom na vrhu, duga preko sto pedeset kilometara, imala je samo jedan cilj, da spreči građane Istočne Nemačke da pobegnu na Zapad.

Telefon je ponovo zazvonio.

– Preko sto ljudi je izgubilo život pokušavajući da se popne preko tog zida. Iako je zid bio spomenik vrlinama komunizma, izazvao je negativne reakcije javnosti.

Telefon je prestao da zvoni.

– Nadam se da će za mog života, a za vašeg sigurno – nastavio je Stritor – zid biti srušen, a Nemačka ponovo ujedinjena u jednu naciju. To je jedini način da se garantuje trajni mir u Evropi.

Začulo se glasno kucanje na vrata. Stritor je uzdahnuo, nevoljno ustao sa stolice i otišao polako ka vratima. Već je bio spremio prvu rečenicu za uljeza. Otvorio je vrata i ugledao starijeg portira kako stoji tamo, crven i očigledno postiđen.

– Perkinse, usred sam konsultacija, i ako koledž ne gori ili nas ne napadaju Marsovci, moraću...

– Gore je od Marsovaca, gospodine, mnogo gore.

– A šta je to, moliću lepo, Perkinse, gore od Marsovaca?

– Devetorica sa *Oksforda* čekaju na portirnici, spremni da se bore.

– Protiv koga?

– Protiv vas, gospodine, i članova kembričkog šahovskog tima.

– Sasvim je očekivano od njih da se pojave pogrešnog dana – rekao je Stritor. Vratio se do stola, otvorio rokovnik i kazao: – Bestraga.

Saša nikad ranije nije čuo profesora da psuje, a sigurno nikad nije mislio da će ostati bez reči.

– Bestraga – ponovio je Stritor nekoliko trenutaka kasnije. – Izvinjavam se, gospodo – kazao je i zatvorio rokovnik – ali moraću da skratim konsultacije. Dugujem vam – pogledao je na sat – devetnaest minuta. Vaš esej za ovu nedelju biće o ulozi koju je Konrad Adenauer odigrao kao prvi premijer Zapadne Nemačke nakon Drugog svetskog rata. Preporučujem vam da čitate knjige A. Dž. P. Tejlora i Ričarda Hiskoksa, koji imaju različita mišljenja o toj temi. Verujem da nijedan od njih nije sasvim u pravu, ali ne dozvolite da to utiče na vas – kazao je izlazeći iz sobe. – Karpenko – dodao je, gotovo kao da se naknadno setio – pošto ste član kembričkog tima, predlažem da mi se pridružite.

Portir je potrčao niza stepenice brzinom koju je koristio samo u najkritičnijim situacijama, za njim profesor, a Saša na začelju. Kad je Stritor ušao u portirsku kućicu, ljubaznim osmehom ga je pozdravio suparnik, profesor Garet Dženkins, Velšanin koga nikad nije previše cenio, i osam oksfordskih studenata koji su se trudili da se ne smeškaju prezrivo.

– Garete, tako mi je žao – kazao je Stritor. – Mislio sam da je meč naredne nedelje.

– Mislim da ćeš uvideti da je zakazan za četiri sata ovog popodneva, Edvarde – rekao je Dženkins, predajući mu pisanu potvrdu, s profesorovim potpisom nažvrljanim na dnu.

– Bi li mi dao oko sat vremena, staro momče, da okupim ostatak tima?

– Bojim se da ne mogu, Edvarde. Meč je zakazan za četiri sata danas, što nam ostavlja – rekao je, gledajući na svoj sat – šesnaest minuta pre početka meča. Inače će biti zabeležen kao poraz službenim rezultatom. – Oksfordski tim je već slavio.

– Ali ne mogu da okupim svoj tim za šesnaest minuta. Budi razuman, Garete.

– Možeš li zamisliti kakva bi reakcija bila da je Montgomeri rekao Romelu: „Da li biste mogli da odložite bitku kod El Alamejna za oko sat vremena, staro momče, pogrešno sam zapisao datum i moji momci nisu spremni?"

– Ovo nije El Alamejn – odgovorio je Stritor.

– Za tebe očigledno nije – kazao je Dženkins.

– Ali ovde je samo jedan član mog tima – rekao je Stritor, a zvučao je još razočaranije.

– Onda će morati da igra protiv osmorice naših – kazao je Dženkins, zastao, pa dodao – istovremeno.

– Ali... – pobunio se Stritor.

– Meni ne smeta – kazao je Saša.

– Ovo će biti zabavno – rekao je Dženkins. – Nije baš El Alamejn, ali je Juriš lake konjice.

Stritor je nevoljno poveo oksfordski tim iz portirske kućice i preko dvorišta do studentske sale, gde su dvojica poslužitelja brzo reðala šahovske table na trpezarijski sto. Stritor je stalno gledao na sat i onda prema vratima, u nadi da će se makar jedan član njegovog tima pojaviti. Meðutim, video je samo gomilu studenata koji ulaze da bi prisustvovali pokolju koji će uslediti.

Osmorica oksfordskih igrača zauzela su mesto za tablama, spremni za borbu. Saša je, kao Horacije Jednooki, stajao sâm na mostu, dok su Stritor i Dženkins, kao sudije, zauzeli mesta sa obe strane stola.

Kad je zidni sat otkucao četiri, Dženkins je izjavio: – Vreme je. Neka mečevi počnu.

Oksfordski igrač na prvoj tabli pomerio je kraljičinog piona dva polja napred. Saša je odgovorio pomeranjem kraljevog piona jedno polje, baš kad je kapiten *Kembridža* ušao u salu.

– Izvinite, gospodine – rekao je zadihano. – Mislio sam da je meč sledeće nedelje.

– *Mea culpa* – priznao je Stritor. – Zašto ne sednete za drugu tablu, jer je meč tek počeo?

– Bojim se da to nije moguće – rekao je Dženkins. – Naš čovek je već povukao prvi potez, tako da je meč počeo. Stoga vaš kapiten ne može da učestvuje.

Stritor bi se pobunio da nije pomislio da će se ime feldmaršala Montgomerija pomenuti uzalud i drugi put.

Igrač na drugoj oksfordskoj tabli povukao je prvi potez. Saša je odmah uzvratio, a još studenata je ušlo u salu da gleda meč, dok je on išao do sledeće table. U roku od nekoliko minuta, pojavila su se još dva člana kembričkog tima, ali i oni su mogli samo da posmatraju meč.

Saša je porazio prvog protivnika za dvadeset minuta, i dobio srdačan aplauz. Naredni tamnoplavi kralj oboren je jedanaest minuta kasnije, a tad je već bio došao čitav kembrički tim, ali sala je bila toliko puna da su morali da posmatraju meč s galerije.

Treći i četvrti oksfordski igrač su malo duže pružali otpor Sašinoj šahovskoj veštini, ali ipak su pokleknuli za sat vremena, a tad su u sali i na galeriji svi stajali, jer je sve bilo prepuno studenata, pa je došlo čak i nekoliko starijih nastavnika.

Naredna tri oksfordska igrača zadržavala su Sašu još pola sata, ali na kraju su i oni poraženi, a na bojnom polju je ostao samo njihov igrač na prvoj tabli. *Budi strpljiv*, čuo je Saša očev glas. *Na kraju će pogrešiti.* I jeste, dvadeset minuta kasnije, kad je Saša žrtvovao topa, a oksfordski kapetan je ostavio otvoren prolaz zbog čega je zažalio kad je Saša izjavio, sedam poteza kasnije, već osmi put: – Šah-mat.

Igrač na prvoj tabli je ustao, rukovao se sa Sašom i naklonio se. – Mi smo nedostojni – rekao je, što je dočekano spontanim aplauzom.

– Verujem da je to pobeda s nulom – rekao je Stritor kad je aplauz utihnuo. – I mislim da je pošteno da te upozorim, Garete, da je mladi Karpenko brucoš i da ću se pobrinuti da zapišem pravi datum tvoje posete naredne godine.

Saša se pitao da li će se ikad navići na to da žensko plaća rundu pića. – Jesi li razmišljao da se prijaviš za komitet Unije? – pitala ga je Fiona dok mu je dodavala pivo.

Otpio je gutljaj, što mu je dalo vremena da smisli odgovor. – Koja bi bila svrha toga? – pitao je. – Ne mogu čak ni da se opredelim koju partiju podržavam, pa ko bi onda želeo da glasa za mene?

– Mnogo više ljudi nego što možeš da zamisliš – rekao je Ben i otpio velik gutljaj. – Nakon tvog uzbudljivog govora o kraljici i otadžbini, a zatim razbijanja čitavog oksfordskog šahovskog tima, glasali bi za tebe i da se predstaviš kao ruski separatista.

– Hoćeš li se ti kandidovati, Bene? – pitao je Saša.

– Nego šta. A i Fiona se prijavila za potpredsednicu.

– E pa garantovano ti je najmanje dva glasa od odanih poštovalaca – rekao je Saša.

– Hvala – kazala je Fiona. – Ali ima mnogo muškaraca, uključujući i neke iz moje partije, koji i dalje misle da je ženama mesto u kuhinji.

– Sram ih bilo – rekao je Ben i podigao čašu.

– Da ne pominjem članove Laburističke partije, koji me smatraju većom desničarkom od Atile Hunskog.

Ben je spustio praznu čašu na sto. – Još jedna tura?

– Ne, hvala – rekao je Saša. – Moram rano da legnem ako želim da objasnim doktoru Stritoru zašto mislim da greši jer smatra da su Sovjeti bili najbolje prilagođeni životu pod totalitarnim režimom, čak i carskim.

– Odvažno – kazao je Ben. – Ne bih se usudio da se suprotstavim svom mentoru.

– Da li bi te uopšte prepoznao kad bi se pojavio na nekoj od njegovih konsultacija? – pitao je Saša.

Ben je prenebregao tu opasku. – A šta je s tobom, Fiona, hoćeš li ti još jedno piće?

– Koliko god to želim, Bene, i ja moram da legnem. Ne želim da zaspim na sutrašnjem predavanju iz krivičnog prava.

– Pridružio bih ti se – rekao je Ben – ali upravo sam primetio grupu liberala koje moram da umilostivim ako želim da imam izglede za izbor u komitet.

– Zapamti da i mene pohvališ – kazala je Fiona. – I ne zaboravi da ćeš biti diskvalifikovan ako im platiš piće neposredno pred izbore.

– Ben je u pravu, znaš – rekla je Saši dok su izlazili iz bara i išli popločanom stazom do Kings parejda.

– U vezi sa čim?

– S tvojom kandidaturom za komitet – kazala je Fiona. – Možda nećeš biti izabran prvi put, ali ljudi će te zapamtiti.

– Šta će zapamtiti?

– Da si se kandidovao za neku funkciju.

– Ne bih rekao. Prepuštam to tebi.

– Trebalo bi makar da razmisliš o tome. Jer kad budeš odlučio koju ćeš partiju podržati, mogao bi na kraju da postaneš i predsednik Unije.

– Mislio sam da je to tvoja želja.

– Jeste. Ali svakog semestra se bira nov predsednik, i zašto oboje ne bismo to ostvarili?

– Nisam razmišljao ni da se kandidujem za komitet – kazao je Saša – a kamoli da postanem predsednik.

– Onda je sad vreme za to. Hoćeš li me otpratiti do mog koledža?

– Naravno.

– Tako si divno staromodan – zadirkivala ga je Fiona, a onda ga je uhvatila za ruku.

Saša se još jednom iznenadio što je žena napravila prvi potez. Kraljičin pion se pomerio za jedno polje.

Dok su hodali ka Fioninom koledžu držeći se za ruke, morao je da se seti Čarli. Znao je da ona nije mnogo marila za Uniju, a posebno ne za Fionu.

– Hoćeš li umeti da se vratiš kući, Saša? – pitala ga je Fiona kad su stigli do ulaza u *Njunam*. Ali pre nego što je stigao da odgovori, dodala je: – Možda bi voleo da dođeš u moju sobu na piće?

– Kako da prođemo kraj portira? – pitao je Saša tražeći neki izgovor.

Fiona se nasmejala. – Pođi sa mnom. – Ponovo ga je uhvatila za ruku i povela ga iza zgrade. – Vidiš li požarne stepenice? Prozor na trećem spratu je moj. Kad vidiš da se svetlo upalilo, popni se do mene. – Bez reči ga je ostavila da stoji tamo.

Saša je pokušao da se sabere. Razmišljao je da se vrati pravo u *Triniti* kad se upalilo svetlo na trećem spratu. Otvorila je prozor i osmehnula se svom nesvesnom Romeu.

Saša se popeo uz požarne stepenice do trećeg sprata. Ušao je kroz prozor i video Fionu kako stoji kraj kreveta i raskopčava bluzu. Krenula je ka njemu, svukla mu sako s ramena i počela da mu ljubi vrat, lice i usne. Kad se odmakao, video je da je ona već svukla bluzu.

– Ali mislio sam da si s Benom – rekao je Saša.

– Odgovara mi da on tako misli – kazala je Fiona i povukla ga ka krevetu. – Ali moje zanimanje za Bena ima veze isključivo s njegovom sposobnošću da privuče jevrejske glasove.

Saša je odmah ustao i odgurnuo ju je.

– Šta sam pogrešno rekla?

– Ako to ne znaš, Fiona, ne vredi da ti objasnim. – Uzeo je sako s poda i krenuo ka prozoru. Osvrnuo se i morao da prizna da je Fiona, iako nije mogla da sakrije bes, i dalje izgledala prelepo. Tek pošto je sišao niz požarne stepenice i krenuo prema *Trinitiju*, odlučio je da se ipak kandiduje za komitet Unije.

15.

Aleks

Njujorški univerzitet

Kad mu je ponestalo novca, Aleks nije bio siguran kome da se obrati za pomoć.

Većina mladića koji su se tek upisali na univerzitet mogli su nekoliko nedelja da se navikavaju na kolotečinu dok je ne prihvate, ali Aleks nije imao nekoliko nedelja. Bernijeva tezga, kako su je meštani i dalje zvali, bila je na pozitivnoj nuli. Mada je Aleks pronašao načine da sreže troškove, Vulf im je i dalje disao za vrat i zahtevao svojih trista dvadeset dolara mesečno... i to unapred, kao što je redovno podsećao Aleksa, što je predviđeno ugovorom. Ali Aleks nije imao trista dvadeset dolara, a ako ne plati do ponedeljka ujutro, više neće imati tezgu. Od koga bi mogao da traži novu kratkoročnu pozajmicu?

Sedeo je u poslednjim klupama u slušaonici i žvrljao po beležnici. Studenti koji su sedeli oko njega mislili su da beleži predavačeve misli, ali on je bio prezauzet pronalaženjem rešenja kako da zadrži tezgu. Tog jutra za doručkom je uverio Elenu da su mu ocene uvek dovoljno dobre da bi bio u gornjoj polovini grupe, ali znao je da ne može da joj kaže za svoje druge brige.

– Da li je pad Vol strita mogao da se izbegne i da li su finansijski stručnjaci mogli da uoče znakove znatno ranije ili su svi bili samo...

Aleks je gledao svoje beleške i razmišljao o mogućnostima: mama, Dimitrij, Ivan. Razmislio je o svakom od njih. Majka je znala samo pola priče, i to bolju polovinu. Nikad nije upoznala gospodina Vulfa, a Ivana je videla samo iz daljine kad je otišao sa Aleksom na ručak u *Mario*. Nejasna figura čiji joj se izgled nije mnogo dopao, rekla je sinu više puta.

Aleks je odnedavno počeo da se pita da li je ona možda u pravu. Elena je pretpostavila da Ivan radi na pijaci, mada ga tamo nikad nije videla. Često je naglašavala kako se nada da joj sin neće biti ulični prodavac već advokat ili knjigovođa u nekoj klimatizovanoj kancelariji na Menhetnu, i živeti u Aper ist sajdu, a ne u Bruklinu.

Samo ti sanjaj, voleo bi da joj kaže Aleks. Ali znao je da ona nikad ne bi prihvatila da je on jedan od doživotnih uličnih prodavaca koji, kad obuče odelo, postane preduzetnik. Precrtao je njeno ime.

Dimitrij? Dokazao je da ume nesebično da daje. Čovek čije su poverenje i darežljivost bili naizgled bezgranični. Bio je odgovoran za to što Aleks i njegova majka imaju krov nad glavom, i prvobitno je obezbedio novac za zakup tezge koji mu Aleks još nije vratio. Da nevolja bude veća, Dimitrij je ponovo bio na moru i trebalo je da se vrati tek za deset dana.

Aleks je i dalje mislio da Dimitrij nešto krije. Možda je njegova majka ipak bila u pravu, i on je bio samo dobar čovek. Aleks je nevoljno precrtao i njegovo ime, tako da je na spisku ostala samo jedna osoba.

Ivan. Njihov odnos je postajao sve napetiji. Njegov partner bi često planuo ako bi Aleks zakasnio jedan minut na šahovski meč, a Aleks je odnedavno počeo da sumnja kako ne dobija pravičan deo zarade od vikend partija. Ivan mu nikad nije dopuštao da vidi šta zapisuje u beležnicu, a dok su ostali uplaćivali opklade, Aleksu su oči bile vezane.

Za godinu dana Aleks je saznao vrlo malo o Ivanu. Nije znao čime se bavi, osim da vodi neku malu firmu za uvoz i izvoz. Uprkos tome, Ivan mu je ubrzo izgledao kao jedina mogućnost da održi dogovor s gospodinom Vulfom.

Aleks je polako zaokružio njegovo ime i shvatio da je, kao i u šahu, napad najbolja odbrana. Pomenuće pozajmicu u subotu na pauzi za ručak.

– Želim da napišete esej za vikend – kazao je predavač – o tome da li je prvih sto dana na vlasti predsednika Ruzvelta bilo prekretnica...

Aleks nije nameravao da tako provede vikend.

– Dozvoli mi da pokušam da shvatim tvoj problem – rekao je Ivan na ruskom, dok su stavljali veliku picu ispred njih. – Trenutno iznajmljuješ tezgu...

– Imam petogodišnji ugovor.

– Za trista dvadeset dolara mesečno, a imaš samo malu zaradu.

– Nedovoljnu da pokrijem zakupninu.

– Ali misliš da će problem biti rešen ako dobiješ dovoljno vremena?

– Posebno ako se dokopam druge tezge.

– Iako ne možeš da plaćaš ni ovu koju već imaš?

– Istina, ali ako bismo postali partneri, uveren sam...

– Zaboravi na to – prekinuo ga je Ivan. – Kad bi iznajmio drugu tezgu, to bi ti samo udvostručilo gubitak.

Aleks je pognuo glavu i pogledao u nedirnutu picu.

– Ipak – počeo je Ivan, pošto je uzeo drugi komad – ako je to samo problem naplate potraživanja, možda mogu da ti pomognem.

– Uradiću sve.

– Prošle nedelje sam morao da otpustim jednog od svojih kurira i tražim pouzdanu zamenu.

– Ali to bi značilo da moram da napustim *Njujorški univerzitet*. Ako to uradim, majka će me se odreći.

– Možda možeš da imaš i jare i pare – kazao je Ivan – jer potreban si mi samo dva-tri puta nedeljno, i to samo na nekoliko sati.

– Ali ne mogu da zaradim dovoljno da pokrijem...

– Sve dok si uvek na raspolaganju, plaćaću ti sto dolara nedeljno, i tako ćeš imati i izvesnu zaradu.

– Šta očekuješ da radim zauzvrat?

– Ništa previše zahtevno. Ne zaboravi, ja sam imigrant, baš kao i ti – rekao je Ivan. – Možda nisam stigao poslednjim brodom, ali nisam tako dugo ovde. Ipak sam uspeo da napravim malu firmu za uvoz i izvoz koja posluje prilično fino, i uvek tražim dobre pomoćnike.

– Neću da radim ništa što ima veze s drogom – odlučno je kazao Aleks. To bi bio najbrži način da ga vrate u SSSR.

– Neću ni ja – kazao je Ivan. – Mada priznajem da posao nije ono što bi Jevreji nazvali košer, tako da je najbolje da ne znaš previše.

– Ukradena roba?

– Ne baš, ali s vremena na vreme poneki boks cigareta ispadne iz nekog kamiona na putu do luke, ili se neki sanduk viskija ne pojavi na otpremnici pošto se istovari s broda.

– Ali ja ne bih...

– I ne očekujem to od tebe. To nije deo posla u koji bi bio uključen. Samo tražim kurira koji bi prenosio poruke mojim radnicima na terenu. To ne bi trebalo da bude preteško za nekoga tvoje inteligencije.

– Ali kako je moguće da to vredi sto dolara nedeljno? – pitao je Aleks.

– Ti govoriš dva jezika, a većina mojih kurira govori samo ruski – kazao je Ivan. Iz zadnjeg džepa je izvadio svežanj novčanica od sto dolara, odvojio četiri i predao ih Aleksu, čime se zapitkivanje okončalo.

Elena je iza šanka gledala kako novac menja vlasnika. Niko ne plaća toliko za nešto zakonito. Još sumnjivije joj je bilo to što Aleks nije ni okusio svoju omiljenu picu.

Na samom početku, Ivan nije bio previše zahtevan. Bilo je kao da proverava novog regruta pa traži od njega da dostavlja bezazlene poruke različitim ljudima po gradu. Aleks je od svojih zemljaka retko zauzvrat dobijao išta više od gunđanja, a kad su i govorili, to je uvek bilo na ruskom. Ali Ivan je objasnio da su i oni imigranti koji su, kao i on, pobegli od tiranije KGB-a i nikom ne veruju. Aleks nije mogao da se pretvara da mu se sviđaju ljudi s kojima je imao posla, ali još više je mrzeo KGB i, što je podjednako važno, Ivan mu je uvek isplaćivao novac na vreme. Većinu novca je narednog jutra prosleđivao gospodinu Vulfu, a on je izgleda bio jedini koji zarađuje.

Aleks bi odlazio s *Njujorškog univerziteta* negde oko četiri posle podne pa bi se vraćao na pijacu na vreme da zameni Bernija u pet. Retko je zatvarao tezgu pre sedam uveče, kad bi otišao do *Marija* i pridružio se majci za večerom. Uvek je nosio nekoliko knjiga pod miškom ostavljajući utisak vrednog studenta koji se upravo vratio s predavanja. Doduše nije mu smetalo da prizna Eleni kako u predavanjima iz ekonomije uživa mnogo više nego što je očekivao.

Za večerom je čitao Galbrajta ili Smita, a kad bi se vratio kući, pisao je detaljne beleške pre spavanja. To je bila disciplina dostojna nekog jezuite, mada bi on bio protiv onog što je Aleks želeo da postigne.

Kad je upisao drugu godinu univerziteta, Aleks je iznajmljivao tri tezge. Voće i povrće, nakit (s trostrukom maržom) i odeća koju je kupovao od Adi, a ona je izdvajala na stranu sve što nije izgledalo polovno i što bi se narednog jutra pojavljivalo na Aleksovoj tezgi po dvostruko višoj ceni. Sa Adi je provodio svaku subotu uveče, povremeno bi prenoćio kod nje, što nije uvek bilo poželjno jer je morao da stigne na pijacu u četiri ujutro, kako bi se pobrinuo da ne dobije lošiju robu. U pet ujutro možeš samo da prebiraš po ostacima.

Do kraja druge godine, Aleks je Dimitriju vratio ceo dug i majci kupio krznenu bundu za njujorške zime; najbolji ulov godine u prodavnici polovne odeće: svega šezdeset dolara. Čak je razmišljao da nabavi polovan dostavni kombi kako bi mogao da ubrza isporuke i uštedi vreme, samo ne i dok ne diplomira.

Mada je radio po šesnaest sati dnevno, Aleks je uživao u luksuzu za koji nijedan student *Njujorškog univerziteta* ne bi mislio da je moguć. Ali prava nagrada je bila to što su tri tezge sad zarađivale dovoljno novca da je mogao da kupi četvrtu (kristal, što je bila najnovija moda).

Sve je išlo po planu, dok nije bio uhapšen.

16.

Saša

Univerzitet Kembridž

– Kad misliš da će objaviti rezultate? – pitao je Saša.

– Glasanje se završilo u šest – kazao je Ben – tako da kontrolor i njegov tim sigurno već broje glasove. Kladim se da ćemo saznati za pola sata, možda i pre.

– Ali kako ćemo saznati? – pitao je Saša ne želeći da prizna koliko je nervozan.

– Odlazeći predsednik će objaviti imena novog predsedništva, uz one koji su izabrani u komitet, a onda ćemo ili slaviti ili utapati tugu.

– Nadajmo se da ćemo obojica ući u komitet.

– Ti si siguran pobednik – rekao je Ben. – Ja se samo nadam da ću se provući kao četvrti.

– Ako te izaberu, kako ćeš proslaviti?

– Poslednji put ću pokušati da odvučem Fionu u krevet. Ako je izaberu za potpredsednicu, imam nekog izgleda.

Saša je otpio malo piva.

– A šta si ti planirao? – pitao ga je Ben.

– U svakom slučaju ću otići kod Čarli i pokušati da joj nadoknadim vreme koje sam proveo na ovom mestu.

– I ona je bila prilično zauzeta otkako se pridružila dramskoj sekciji – rekao je Ben. – Možda je trebalo da postaneš glumac, a ne političar. Onda si mogao da igraš Oberona njenoj Titaniji.

– Blago Oberonu.

Iznenadna tišina zavladala je u prostoriji kad je ušao odlazeći predsednik Unije. Zaustavio se nasred prostorije, nakašljao se i sačekao da mu svi posvete pažnju. – Rezultat glasanja za predsedništvo Unije u jesenjem semestru je sledeći. Sa sedamsto dvanaest glasova za predsednika je izabran gospodin Kris Smit s *Pembruka*.

Glasno klicanje začulo se kad su Smitove pristalice podigle čaše. Keri nije ponovo progovorio dok nisu svi zaćutali.

– Blagajnik će biti gospodin R. K. Endru s *Kajusa*, sa šeststo devedeset jednim glasom – a to je omogućilo pripadnicima Laburističkog kluba da kliču.

– A sa četiristo jedanaest glasova – nastavio je Keri kad je publika zaćutala – potpredsednik će biti – zastao je – gospođica Fiona Hanter, sa koledža *Njunam*. – Polovina prisutnih je poskočila, a druga polovina je ostala da sedi.

– Ona će biti sledeći predsednik – rekao je Ben.

– Izabrani su i članovi komiteta – kazao je Keri, uzimajući drugi list papira – gospodin Saša Karpenko sa osamsto jedanaest glasova, gospodin Norman Dejvis sa petsto četrdeset dva glasa, gospodin Džuls Haksli s petsto šesnaest glasova i gospodin Ben Koen za četiristo četrdeset jednim glasom.

– Čestitam – kazao je Ben, srdačno tresući Sašinu ruku – samo je pitanje vremena kada ćeš postati predsednik. Ali zasad, idemo da se poklonimo novoj potpredsednici.

Saša je nevoljno pratio prijatelja na drugi kraj prostorije, gde je Fiona bila okružena obožavaocima. Srdačno je zagrlila Bena, ali kad je spazila Sašu, okrenula mu je leđa.

– Trebalo bi da proslavimo – kazao je Ben. – Hoćeš li s nama na večeru?

– Ne, hvala – odgovorio je Saša. – Idem da vidim Čarli. Nadam se da će mi pružiti drugu priliku.

– Srećno – rekao je Ben – i čestitam ti na uspehu.

Saša je polako napredovao prema drugom kraju prepune prostorije jer je morao nekoliko puta da se zaustavi kako bi se rukovao sa onima koji su želeli da mu čestitaju, mada je već razmišljao o Čarli, i nadao se da će ona želeti da proslavi njegovu pobedu. Znao je kako bi voleo da proslavi. Poslednji put ju je video pre nešto više od nedelju dana, na čaju u njenoj sobi. Užasnuo se kad je video da je Čarlina soba na drugom spratu, tačno ispod Fionine. Bila je odsutna mislima... možda zbog toga što je glumila Titaniju, a premijera je trebalo da se održi za nekoliko dana. Ili je on previše pričao o Uniji.

Saša je potrčao kad je prošao *Triniti*, i trčao je sve do *Njunama*, gde je otišao iza zgrade.

Mada su zavese bile navučene, Saša je video svetlo u Čarlinoj sobi. Uhvatio se za donju prečagu požarnih stepenica i brzo se popeo na drugi sprat. Nameravao je da kucne na prozor, kad je primetio da su zavese malo razmaknute. Provirio je i ugledao Titaniju u krevetu sa Oberonom.

Isprekidani zvuk prodorne sirene praćen treperavim plavim svetlima naveo je vozila u Fulam roudu da stanu sa strane i propuste kola hitne pomoći.

Elena je istrčala iz kuhinje čim je čula da se gospodin Moreti onesvestio. Odmah je rekla glavnom konobaru da pozove hitnu pomoć, a ona je kleknula kraj njega i opipala mu puls. Bio je slab, ali je i dalje bio živ. Đino je potražio najbliži telefon.

– Doći će brzo – rekla je Elena držeći ga čvrsto za ruku. Nije bila sigurna može li da je čuje, ali onda je otvorio oči i pokušao da se osmehne.

Činilo joj se da su prošli sati pre nego što je začula taj željeni zvuk kola hitne pomoći, premda je prošlo svega sedam minuta.

Trenutak kasnije, dva mlada bolničara su kleknula kraj gospodina Moretija. Dok mu je jedan proveravao puls, drugi mu je stavljao masku s kiseonikom na lice. Zatim su podigli starog gospodina pepeljastog lica na nosila i odneli ga iz restorana, a zabrinuti gosti su se pomerali da ih propuste.

– Pozovi njegovu suprugu, Đino – kazala je Elena dok ih je pratila na ulicu i dalje držeći gospodina Moretija za ruku. Podigli su ga u kola hitne pomoći i vezali. Nekoliko sekundi kasnije jurili su ka bolnici.

Elena je pokušala da ostane smirena sve vreme se moleći bogu u čije postojanje više nije bila sigurna. Bolničar u zadnjem delu kola hitne pomoći radio je ono što je ponovio već nebrojeno mnogo puta; prvo je oko pacijentove desne ruke obmotao traku i povezao je s malim ekranom na kom je iscrtavana linija pokazivala brdašca i doline koji su poskakivali gore-dole. Iznenada, bez upozorenja, ta brdašca i doline pretvorili su se u ravnu, neprekidnu pustinju. Bolničar je odmah počeo s hitnim oživljavanjem, pritiskajući snažno pacijentove grudi na svakih nekoliko sekundi i povremeno zastajući da pogleda u monitor. Nakon nekoliko minuta, kad nije bilo reakcije, konačno je odustao.

– Izgubili smo ga – rekao je tiho i pomerio se unazad, svestan da dalji pokušaji oživljavanja nemaju svrhu.

– Ne! – kriknula je Elena ne želeći da prihvati njegove reči. Još nešto što je bolničar doživeo mnogo puta.

– Da li vam je to otac? – pitao je saosećajno i stavio čaršav preko lica gospodina Moretija.

– Nije. Ali nijedan otac ne bi mogao da uradi više za svoju ćerku.

– Da li si video Čarli u *Snu letnje noći*? – pitao je Ben dok su sedali za šank.

– U svih osam izvođenja – priznao je Saša. – Čak i matinee.

– Toliko je loše?

– Bojim se da jeste.

– I šta nameravaš u vezi s tim?

– Ne mogu mnogo da uradim dok Oberon nastavlja sa svojom ljubavničkom ulogom i van pozornice. Izgleda da sam dobio ulogu Nika Vratila.

– Mislim da ćeš saznati da je već prešao na sledeću ulogu.

– Ali video sam ih... – Saša je naglo zaćutao.

– To je bilo pre nego što su kritičari pohvalili Rorija kao buduću zvezdu, a Čarli gotovo nisu ni pomenuli.

– Ali mislio sam da je divna – rekao je Saša. – Podjednako dobra kao on. U stvari i bolja.

– Šteta je što se kritičari ne slažu s tobom – kazao je Ben. – Ali opet, oni ne znaju da ona voli nekog drugog.

– Postoji neko drugi?

– Ne, idiote. Iskreno, ponekad se pitam kako tako pametan čovek može da bude takva budala. Svaki put kad vidim Čarli, ona priča samo o tebi. I zato idi i razveseli je. Počni tako što ćeš joj reći koliko je bila divna kao Titanija.

– Ne verujem da će želeti da joj ja to kažem.

– Saša, zaboga, probudi se, digni dupe i uradi nešto u vezi s tim.

Prošla su još dvadeset četiri sata pre nego što je Saša digao dupe i uradio nešto u vezi s tim.

Saša nije mogao da se usredsredi tokom jutarnjih konsultacija. Nije ručao i preskočio je popodnevna predavanja, pre nego što je konačno prihvatio Benov savet i krenuo prema *Njunamu*.

Ovog puta, kad je stigao do koledža nije se odšunjao pozadi i popeo uz požarne stepenice, već je otišao na glavni ulaz. Prijavio se kod portira pre nego što se polako popeo stepenicama do drugog sprata. Nekoliko puta se gotovo vratio i možda bi to i uradio, da nije čuo Benov glas koji ponavlja: „Jadna budalo". Ponovo je oklevao kad je stigao do Čarlinih vrata, a onda je duboko udahnuo i pokucao.

Nameravao je da ode, kad su se vrata otvorila. Nekoliko trenutaka samo su zurili jedno u drugo.

– Zar i ti, sine Brute? – na kraju je rekla Čarli.

– Pogrešna predstava – kazao je Saša. – Došao sam da ti kažem da nema lepše devojke u čitavoj Veroni.

– Ali popeo si se na nečiji drugi balkon pre mog.

– Videla si me? – pitao je Saša i pocrveneo.

– Oba puta. I nije dobro uticalo na moj ljubavni život kad sam iskočila iz kreveta i otrčala do prozora, samo da bih videla kako si već nestao.

Saša se nasmejao.

– Rori je otišao gotovo podjednako brzo kao i ti. Ali uđi – kazala je i uhvatila ga za ruku – jer ono je bila samo generalna proba.

Kad se nekoliko sati kasnije Saša vratio na koledž, nikom nije mogao da promakne pobedonosni osmeh na njegovom licu, osim možda portiru.

– Telefonska poruka za vas, gospodine Karpenko – rekao je i predao mu cedulju.

Saša ju je razvio i kad je pročitao tu jednu rečenicu, pitao je kad je majka zvala.

– Pre jedan sat, gospodine. Otišao sam u vašu sobu, ali niste bili tamo, a niko nije znao gde ste jer ste propustili popodnevno predavanje.

– Ne, bio sam... Ako me neko bude tražio, molim vas recite im da sam hitno morao da odem u London, i da ću se vratiti tek za nekoliko dana.

– Naravno, gospodine.

Saša je sat kasnije izašao iz voza na Kings krosu. Kad je stigao u stančić iznad restorana u Fulamu, zatekao je majku uznemirenu kako je nije video od očeve smrti. Uzela je slobodno veče, što nikad ranije nije radila.

* * *

Veliki broj prisutnih na sahrani održanoj naredne nedelje u Crkvi Svete Marije u Fulamu svedočio je o tome koliko je popularan bio gospodin Moreti i mnogo šire od svoje lokalne zajednice. Sašin dirljiv govor naveo je gospodina Kviltera da primeti: – Kao što kažu u Jorkširu, momče, ponosio bi se tobom.

Posle obreda, kad je sanduk spušten u zemlju, Saša je otpratio majku do restorana, gde su porodica, prijatelji i mušterije došli da izraze saučešće. Mnogi od njih su pričali priče o ljubaznosti koju su iskusili, a najdirljivija je bila Elenina.

Kad je i poslednji gost otišao, Elena je otpratila ožalošćenu udovicu do kuće.

– Morate se vratiti na posao, Elena – rekla je gospođa Moreti dok se spuštao mrak. – Salvatore bi to očekivao.

Elena je nevoljno ustala sa stolice i poslednji put zagrlila staricu pre nego što je ponovo obukla kaput. Nameravala je da krene, kad je gospođa Moreti kazala: – Hoćete li biti dovoljno ljubazni da svratite sutra, draga? Mislim da bi trebalo da porazgovaramo o mojim planovima za restoran.

Saša se nije vratio u Kembridž sutradan, već je krenuo na drugu stranu i stigao u Oksford na vreme da se pridruži kolegama u *Mertonu*, pošto su svi dvaput proverili datum, vreme i mesto.

Međutim oksfordski tim se oporavio i čekao ih spremno. Kad je Saša shvatio šta nameravaju, bilo je prekasno, i *Kembridž* je izgubio meč sa četiri i po poena prema tri i po. U povratku je Saša objasnio doktoru Stritoru kako ih je Dženkins pobedio i pre nego što su povukli prve poteze.

– Šta je uradio? – pitao je Stritor.

– Gospodin Dženkins je prekršio nepisano pravilo da stavi svog najboljeg igrača protiv našeg najboljeg. Stavio je svog najslabijeg igrača protiv mene, očigledno spreman da žrtvuje tu partiju. I tako je njihov najjači igrač igrao protiv našeg na drugoj tabli, i imali su prednost u sledećih sedam partija.

– Velško đubre – kazao je Stritor.

– Ne brinite, gospodine. Ta taktika im neće upaliti dogodine jer ću se pobrinuti da mi zaskočimo njih.

– Dobro. Nego, Saša, nameravam da te naredne godine imenujem za kapitena, tako da će ti to biti poslednja prilika za osvetu. Ali pretpostavljam da ti to neće biti najveći izazov ako i dalje nameravaš da se kandiduješ za predsednika Unije i pobediš.

– Ponekad se pitam mogu li da postignem i jedno i drugo – rekao je Saša. – Čarli nikad ništa ne govori, ali znam da bi volela da se odreknem Unije i usredredim se na posao.

– Čujem da se iz istog razloga ona odrekla pozorišta – kazao je Stritor. Saša nije ništa rekao. – Ako se kandiduješ za predsednika, šta misliš, ko će ti biti najveći suparnik?

– Fiona Hanter, trenutna potpredsednica.

– Ako je povukla na oca, onda je strašan protivnik.

– Znate ser Maksa Hantera?

– Preciznije rečeno, znao sam ga. Maks i ja smo studirali u isto vreme na *Keblu*. Nikad mi nije bio drag. Uvek je tražio prečice. Korumpiran čovek, korumpiran političar.

– Ali postao je ministar.

– Ne zadugo – kazao je Stritor. – Dok se uzdizao zgazio je mnogim ljudima na žulj, pa kad je konačno pao u nemilost, niko od njih ga nije podržao dok je išao nizbrdo. Mogu samo da ponovim, ako je Fiona povukla na oca, drži oči širom otvorene jer pored nje će Garet Dženkins izgledati kao gospodin.

– Ne mogu da verujem da je baš toliko loša – rekao je Saša.

– Mleko i šećer, draga?

– Hvala vam – kazala je Elena. – Samo mleko.

– Želela sam da vas vidim jer me je računovođa nenadano pozvao prošle nedelje – rekla je gospođa Moreti. – Dobio je ponudu za kupovinu restorana koju je smatrao poštenom. I više nego poštenom ako se dobro sećam njegovih reči.

Elena je spustila šolju i pažljivo slušala.

– Stoga sam pristala na sastanak s mogućim kupcem koji me je uverio da je vaš veliki poštovalac. Uverio me je da želi da vas zadrži na trenutnom radnom mestu i nema ništa protiv da nastavite da živite u stanu iznad.

Elena nije mogla da sakrije olakšanje. Nije priznala čak ni Saši da je bila zabrinuta za ono što će se dogoditi s restoranom sad kad gospodina Moretija više nije bilo da se brine za svoju brojnu porodicu.

– Smem li da vas pitam za ime novog vlasnika? – pitala je Elena nadajući se da je to možda neki gost koga poznaje ili možda neko s kim je radila u prošlosti.

Gospođa Moreti je stavila naočari, uzela nedavno potpisan ugovor i pogledala ime na dnu. – Neki gospodin Moris Tremlet – kazala je i spustila još jednu kockicu šećera u svoj čaj. – Izgledao je kao tako divan mladić.

Eleni se sledila krv u žilama.

Moris Tremlet je ušao u kuhinju i povikao da nadjača galamu: – Ko od vas je Elena Karpenko?

Elena je spustila mesarski nož i izašla iza dugog čeličnog pulta. Tremlet je neko vreme gledao u nju pre nego što je rekao: – Želim da odmah napustite prostorije, i mislim odmah. A imate dvadeset četiri sata da iznesete svoje stvari iz mog stana.

– To nije pošteno – kazala je Beti skidajući gumene rukavice pa stala uz prijateljicu.

– Stvarno? – rekao je Tremlet. – Onda ste i vi otpušteni. A ako još neko želi da im se pridruži, samo neka izvoli. – Iako se nekoliko članova kuhinjskog osoblja nelagodno promeškoljilo, niko nije progovorio. – Dobro, to je onda rešeno. Ali pazite, ako iko od vas progovori reč s njih dve – rekao je, pokazujući na Elenu i Beti kao da su zločinke – može odmah da traži nov posao. – Okrenuo se i otišao bez ijedne reči više.

Elena je skinula belu uniformu, izašla iz kuhinje i popela se do stana ne progovorivši ni sa kim ni reč. Kad je zatvorila vrata prvo je potražila broj portirnice u *Trinitiju*. Tek drugi put će morati da prekrši zlatno pravilo da ne uznemirava Sašu za vreme nastave. Ipak je smatrala da je ovo, bez sumnje, hitna situacija. Uzela je telefon i nameravala da okrene broj kad je čula neko neprekidno zujanje. Telefon je već bio isključen.

Oštro kucanje na vrata navelo je doktora Stritora da zastane usred rečenice.

– Ili koledž gori – kazao je – ili sam ponovo zapisao pogrešan datum za meč protiv *Oksforda*.

Tri studenta su se nasmejala kad je njihov mentor ustao sa svog mesta kraj ognjišta, polako otišao na drugi kraj sobe, otvorio vrata i zatekao jednog muškarca ozbiljnog lica i jednog uniformisanog policajca koji su stajali u hodniku.

– Izvinjavam se što vas uznemiravam, profesore Stritore – (bio je polaskan unapređenjem) rekao je mladić u sivom odelu i s kolečkom kravatom koju je mentor mislio da prepoznaje. – Ja sam detektiv narednik Vorik – kazao je i pokazao legitimaciju. – Da li je Saša Karpenko s vama?

– Da, jeste. Ali smem li da pitam zašto želite da ga vidite?

Vorik je ignorisao to pitanje i, u pratnji pozornika, prošao kraj nastavnika u kabinet. Nije morao da pita koji je od trojice studenata Karpenko, jer je Saša odmah ustao.

– Moram da vam postavim nekoliko pitanja, gospodine Karpenko – kazao je Vorik. – S obzirom na okolnosti, možda bi bilo bolje da pođete sa mnom do stanice.

– Kakve su to okolnosti? – pitao je Stritor.

– Nemam ovlašćenje da kažem, gospodine – odgovorio je Vorik dok je pozornik čvrsto hvatao Sašu za ruku i izvodio ga iz sobe.

Stritor je ostavio svoje zbunjene studente i pošao za Sašom i dvojicom policajaca do hodnika, niza stepenice, preko dvorišta i na ulicu. Nekoliko studenata je radoznalo gledalo dok je Saša sedao na zadnje sedište policijskog automobila, koji je ubrzo otišao.

TREĆA KNJIGA

17.

Aleks

Bruklin

Aleks je ostao sâm u mračnoj sobici ispod gole sijalice koja je jedva osvetljavala sto za kojim je sedeo. Dve prazne stolice koje su se nalazile s druge strane stola bile su jedini komadi nameštaja u sobi. Jedno veliko ogledalo pokrivalo je zid pred njim, i pitao se koliko li se posmatrača nalazi s druge strane.

Mozak je počeo ubrzano da mu radi. Zašto je uhapšen? Za šta ga optužuju? Koji je zakon prekršio? Aleks nije mogao da poveruje da policiju zanima sitna zarada koju ostvaruje igrajući šah vikendom i mada je sad imao četiri tezge, i pristojno zarađivao, to sigurno nije bilo dovoljno da zainteresuje i najbednijeg poreskog inspektora. A sigurno nisu mogli da znaju za sto dolara nedeljno koje mu je Ivan plaćao, jer je to uvek bilo u gotovini. To sigurno nema nikakve veze sa univerzitetom, jer oni su imali svoje obezbeđenje, a u svakom slučaju, dekan mu je nedavno predložio da se prijavi za *Poslovnu školu* na *Harvardu*. Mada mu je taj predlog laskao, Aleks se nadao da će tamo završiti kao primer iz prakse, a ne kao student.

Misli mu je prekinulo naglo otvaranje vrata i ulazak dva dobro odevena muškarca. Prepoznao ih je odmah, ali ništa nije rekao. Seli su naspram njega. Nije zaboravio njihov prvi susret i pitao se koji će od njih igrati dobrog policajca. Bar ne može da bude gore nego u Sovjetskom Savezu, gde imaju samo lošeg i lošeg policajca. Čekao je da jedan od njih progovori.

– Zovem se Met Hamond – kazao je stariji – a ovo je moj kolega Ros Travis. Možda se sećate da smo se upoznali u vašem stanu pre nekog vremena.

– Kad ste tvrdili da radite za graničnu policiju – rekao je Aleks smirenije nego što se osećao.

– Mi smo iz CIA – kazao je Hamond i izvadio značku – i nadali smo se da biste mogli da nam pomognete oko jednog zadatka kojim se trenutno bavimo.

Zadatak, a ne istraga, mislio je Aleks. Zar nije uvek prva rečenica koju kriminalci izgovore kad se suoče s takvom situacijom u filmovima: „Moram da pozovem svog advokata?" Ali on nije kriminalac, zato je oćutao. Naredna Hamondova rečenica ga je potpuno zatekla.

– Nadamo se da ćete biti u stanju da sarađujete s nama, gospodine Karpenko. – Aleks se setio njihovog prvog sastanka. – Poslednjih šest meseci – nastavio je Hamond – dva naša agenta su vas posmatrala danonoćno, dok ste radili kao kurir za čoveka poznatog kao Ivan Donokov, koji je već neko vreme pod prismotrom.

– Ali Ivan me je uverio da se ne bavi drogom – rekao je Aleks.

– I ne bavi se – kazao je Hamond.

– Čime se onda bavi? – pitao je Aleks i prvi put osetio nervozu.

– Donokov je visoki oficir KGB-a koji vodi mrežu agenata širom zemlje.

Usledila je duga tišina, sve dok Aleks nije rekao: – Ali on mrzi komuniste čak više nego ja.

– Znao je da je to ono što želite da čujete.

– Ali upoznali smo se igrajući šah...

– Nije bila slučajnost – kazao je Travis – to što je Donokov sedeo sâm za tablom kad ste prvi put došli na Šahovski trg.

– Kako je mogao da zna...

– Mislimo da mu je major Poljakov dojavio kad ste vi i vaša majka pobegli iz Lenjingrada.

– Ali on nije znao da ja igram šah, i... – Aleks je naglo zaćutao.

– Ne, verovatno je vaš prijatelj Vladimir preneo Poljakovu tu informaciju – kazao je Hamond.

Još jedna duga tišina koju ni Hamond niti Travis nisu prekidali.

– Kakva sam budala bio – rekao je Aleks.

– Iskreno, Donokov je stari profesionalac s dosta iskustva i, kad ste upali u dugove, iskreno, bili ste spremni da poverujete u sve što vam kaže.

– Hoćete li me poslati natrag u Lenjingrad?

– Ne, to je poslednje mesto gde nam odgovara da budete – rekao je Hamond.

– Šta očekujete od mene?

– Za početak ništa previše zahtevno. Na kraju krajeva, ne želimo da vaš prijatelj Donokov zna da ga pratimo. Nastavite da prenosite njegove poruke, a povremeno će jedan od mojih agenata diskretno stupati u kontakt s vama. Samo mu recite kako glasi poruka za taj dan i onda nastavite kao i obično.

– Ali Ivan nije glup. Brzo će saznati šta nameravate, i onda će me se odreći kao poslovičnog vrelog krompira.

– Ili nešto još gore – kazao je Hamond. – Jer moram jasno da vam kažem da će vam život biti u opasnosti ako Donokov otkrije da radite za CIA.

– Ali, s druge strane – dodao je Travis – uz vašu pomoć, mogli bismo da razbijemo tu mrežu i pošaljemo Donokova i njegovu bandu na dugu robiju.

– Zašto mislite da bih uopšte i pomišljao da prihvatim takav rizik?

– Zato što je Ivan Donokov naredio ubistvo vašeg oca.

– Ne, grešite – rekao je Aleks. – Mogu da dokažem da je to bio Poljakov.

– Poljakov je samo pion na KGB tabli. Donokov pomera figure.

Aleks je ostao bez reči a onda je, gotovo sebi u bradu, kazao: – To bi onda objasnilo zašto je uvek tako dobro informisan. – Prošlo je neko vreme pre nego što je pitao: – Kako ste otkrili njegovu masku?

– Imamo agenta u Lenjingradu koji mrzi KGB čak više nego vi.

Aleks se te večeri kasno vratio kući. Sad je imao još jednu tajnu koju nije mogao da podeli s majkom, čak ni s Dimitrijem. Da li je moguće da Dimitrij takođe radi za Donokova? Uostalom, on mu je preporučio da ode na Šahovski trg. Ili radi za CIA? Aleks je bio siguran u jedno – nije smeo da rizikuje i pita ga.

Pokušao je da nastavi da radi za Ivana kao da se ništa nije dogodilo, ali naravno da jeste, i bio je siguran da je samo pitanje vremena kada će biti otkriven.

Dve nedelje posle sastanka s dva agenta CIA, dogodilo se prvo presretanje. Aleks je stajao na peronu na Kvinsboro plazi i čekao voz za Aveniju Leksington, kad je začuo glas iza sebe: – Ne osvrći se.

Aleks je poslušao to jednostavno naređenje, mada mu se čitavo telo treslo. Nekoliko trenutaka kasnije, taj glas je prošaputao: – Kako glasi današnja poruka?

– Paket stiže iz Odese u četvrtak, na sedmi dok. Pobrini se da ga preuzmeš.

Taj čovek je otišao bez reči. Aleks je preneo Donokovljevu poruku kao i obično.

Narednih nekoliko nedelja, agenti su se pojavljivali u podzemnoj železnici, u autobusima, a jednom i kad je prelazio neku prometnu raskrsnicu. Uvek je prenosio Ivanovu poruku za taj dan, a oni su onda nestajali, kao jutarnja izmaglica, i više ih nije video.

Aleks je mogao samo da se pita kad će Ivan otkriti da on služi dva gospodara. Ali morao je da prizna, makar samo sebi, da je uživao u izazovu pokušaja da ubedi agenta KGB-a kako nema pojma čime se ovaj bavi, mada je prihvatao da je Ivan podjednako dobar šahista kao i on, a da je njegova dama nebranjena.

Nije mogao da ga promaši. U stvari, Aleks se brinuo koliko je bio očigledan, dok je stajao na peronu na stanici podzemne železnice, u elegantnom tamnosivom odelu, beloj košulji i s plavom kravatom. Čak je i mirisao kao agent CIA.

Možda je to bila samo slučajnost. Nikad ne veruj u slučajnosti, upozorio ga je Hamond. Osmehnuo se Aleksu, a to nijedan drugi agent nikad nije uradio, zbog čega je samo postao sumnjičaviji. Možda je pogrešio, i to je bio samo neko ko je mislio da ga je prepoznao.

Aleks se udaljio, ali taj čovek ga je pratio po peronu. Njegova prva greška. Da je bio agent CIA, nestao bi jer bi pretpostavio da je uočen. Aleks je spustio pogled i spazio njegovu drugu grešku. Mada su mu cipele bile izglancane, bile su mokasine, koje CIA nije odobravala već je insistirala na pertlama. Tako glupa greška.

Aleks je čuo tutnjavu voza koji nailazi i odlučio da pokuša da uskoči i odmah iskoči, da vidi hoće li zbuniti čoveka koji ga prati. Kad se voz pojavio iz tunela, Aleks je krenuo ka rubu perona i čekao. Iznenada, bez upozorenja, osetio je dve velike šake na leđima, i neko ga je snažno gurnuo ka šinama.

Nije mogao da se zaustavi da ne padne pred voz. Ako mu je išta prošlo kroz glavu u tom trenutku bilo je da će umreti, i to ne prijatnom smrću. Nije primetio jednog mladog crnca koji je trčao ka njemu, i koji ga je oborio u poslednjem trenutku, kao da pokušava da spreči tačdaun u američkom fudbalu.

Taj mladi agent CIA ostavio je Aleksa da na stomaku leži na peronu, a sâm pojurio za napadačem. Još jednom je izveo obaranje kad je sustigao tog čoveka nasred stepeništa. Trenutak kasnije, drugi agent ga je pritisnuo na pod i stavio mu lisice. Napadač se okrenuo i pogledao Aleksa koji je ustajao s poda. Uprkos buci i zveketanju vrata voza dok su se otvarala i izlasku putnika, Aleks nije imao sumnje u to šta je taj čovek izgovorio: – Mrtav si.

18.

Saša

Kembridž

Saša je sedeo u maloj, loše osvetljenoj suterenskoj sobi o kojoj je prethodno samo čitao u romanima o Hariju Kliftonu. Poželeo je da okrene stranicu i otkrije šta će se zatim dogoditi.

Vrata su se otvorila i detektiv narednik Vorik je, u pratnji jedne policajke, ušao u prostoriju. Seli su naspram njega.

– Moram da vam postavim nekoliko pitanja – rekao je Vorik i uključio magnetofon kraj sebe. – Protiv vas je izneta ozbiljna optužba, ali želim da čujem vašu stranu priče pre nego što odlučim šta ću dalje.

Ono čega se Saša najviše sećao iz romana o Hariju Kliftonu bilo je to da je Derek Metjuz, korumpirani advokat čiji su redovni klijenti često bili u ovakvim nevoljama, uvek preporučivao da ništa ne govore dok on ne dođe. Ali Saša nije bio kriminalac, i nije imao šta da krije. Nestrpljivo je čekao da otkrije koja je to „ozbiljna optužba", svestan da time što ne otkriva ključne informacije detektiv pokušava da ga zabrine i unervozi. U tome je i uspevao.

– Prema izjavi gospođice Fione Hanter – rekao je konačno Vorik – datoj u četvrtak, šesnaestog novembra – prošlog četvrtka – popeli ste se požarnim stepenicama do njene sobe na koledžu *Njunam* negde oko dvadeset dva sata, ušli u njenu radnu sobu na trećem spratu i ukrali jedan poverljiv dokument. – Zagledao se pravo u Sašu. – Šta kažete na tu optužbu?

– Šta je bilo u tom dokumentu? – pitao je Saša.

Detektiv je ignorisao to pitanje. – Gospođica Hanter tvrdi da ima dokaz da ste ušli nelegalno u ovu zemlju, nakon što ste pobegli iz zatvora, jer ste ubili jednog policajca.

– Pobegao sam – rekao je Saša – iz najvećeg zatvora na svetu. Nisam ubio tog oficira KGB-a, ali voleo bih da jesam.

– To je možda istina, gospodine Karpenko, ali pošto je gospođica Hanter iznela tako ozbiljnu optužbu, morali smo da je proverimo. Da počnemo od toga gde ste bili prošlog četvrtka negde oko deset uveče?

Saša je tačno znao gde je bio u četvrtak uveče. Posle debate u Uniji, otpratio je Čarli do *Njunama* i, dok je ona ušla na glavni ulaz i otišla pravo u svoju sobu, on je otišao iza zgrade, popeo se požarnim stepenicama do drugog sprata i proveo noć s njom.

Probudio se nešto pre pet ujutro, i pošto su opet vodili ljubav, obukao se, sišao niz požarne stepenice i otišao do *Trinitija*. Bio je u svojoj sobi pre šest i proveo narednih nekoliko sati radeći na eseju koji je morao da pregleda pre jutarnjih konsultacija.

Jedini problem sa Sašinim gvozdenim alibijem bio je što će Čarli, ako potvrdi njegovu priču, biti odmah suspendovana s *Njunama* i poslata kući do kraja semestra, zbog čega neće moći da polaže završne ispite dok se istraga ne završi, a zaključak istrage će biti da je prekršila pravila. A Fiona će sigurno jedva čekati da prijavi šta je videla, ako njen prvi pokušaj propadne.

– Prošlog četvrtka uveče – rekao je Saša – bio sam na debati u Uniji, a nakon toga sam otpratio gospodina Entonija Barbera do hotela *Juniversiti arms*, gde je prenoćio, i vratio sam se na svoj koledž pre jedanaest. Sišao sam na doručak oko osam narednog jutra.

– Dakle nijedan od otisaka koje smo pronašli na požarnim stepenicama na koledžu *Njunam* neće odgovarati vašim? – pitao je Vorik i izvio obrvu.

Saša je iznenada zažalio što nije poslušao zlatno pravilo Dereka Metjuza i ćutao. Stisnuo je usne i kazao: – Nemam ništa više da vam kažem dok ne budem razgovarao sa advokatom.

Vorik je zatvorio fasciklu. – U tom slučaju, gospodine Karpenko, moraću da tražim od vas da nam, pre nego što odete, date otiske prstiju. Javićete se u ovu stanicu sa advokatom ili bez njega sutra ujutro u devet.

Saša se iznenadio kad je, pošto je isključio magnetofon, Vorik dodao: – To će vam dati sasvim dovoljno vremena da sredite ovo.

Naredno iznenađenje došlo je kad je Saša izašao iz sobe i zatekao doktora Stritora kako sedi na uskoj drvenoj klupi u hodniku i čeka ga.

– Ništa ne govori – rekao je – dok ne uđemo u moja kola. – Izveo je svog učenika iz policijske stanice i do druge strane ulice, gde je bio parkiran jedan stari volvo. – Dobro – kazao je, kad je Saša zatvorio suvozačka vrata – kaži mi šta se događa i ništa ne skrivaj.

Saša je gotovo stigao do kraja svoje priče kad su došli do profesorskog parkinga na *Trinitiju*.

– Očigledno je da detektiv ne veruje u priču gospođice Hanter, inače te ne bi pustio. Pretpostavljam da te je gospođica Hanter videla kako ulaziš u sobu gospođice Dejndžerfild i ugrabila priliku da ti ugrozi šanse da postaneš predsednik Unije – rekao je Stritor dok su se peli u njegov kabinet.

– Da li je Fiona stvarno tako surova? – pitao je Saša.

– Ne misli o njoj kao o Fioni, nego kao o ćerki Maksa Hantera, a onda ćeš dobiti odgovor na to pitanje. Ali nije sve propalo. Nema sumnje da će gospođica Dejndžerfild potvrditi tvoju priču, zbog čega će gospođica Hanter izgledati krajnje blesavo. – Stritor je očigledno uživao u toj mogućnosti.

– Ali već sam slagao Vorika kako bih zaštitio Čarli – kazao je Saša. – Zašto bi mi verovao ako iznenada promenim priču?

– Dovoljno je iskusan da shvati zašto si to uradio – rekao je Stritor i otvorio vrata kabineta.

– Ali ne želim da Čarli bude suspendovana, i da propusti ispitni rok.

– Očekujem da je Fiona sasvim svesna toga, ali ako ne kažeš Voriku istinu, tebe će suspendovati, što znači da je Fiona Hanter uklonila jedinog suparnika za mesto predsednika. A čak i kad te na kraju proglase nevinim, uvek će postojati oni koji će misliti da nema dima bez vatre, posebno ako razmišljaš o političkoj karijeri.

– Ali moram da zaštitim Čarli.

– Kažeš da si iz njene sobe otišao? – pitao je Stritor zanemarujući opasku. – I odmah si se vratio na koledž? – Saša je klimnuo glavom. – Da li si usput ikog video?

– Ne. U to doba nema mnogo ljudi na ulici.

– Zar te gospodin Perkins nije uočio dok si se ušunjavao na koledž?

– Nažalost, nije. Čvrsto je spavao, zbog čega sam tad bio zadovoljan.

– Stvarno? – Telefon na Stritorovom stolu je zazvonio. Podigao je slušalicu i slušao neko vreme, pa kazao: – To je Perkins. Kaže da mora da razgovara s vama.

Saša je zgrabio telefonsku slušalicu kao da mu život zavisi od toga.

– Izvinite što vas uznemiravam, gospodine Karpenko – rekao je Perkins. – Ali vaša majka je upravo pozvala i kaže da mora hitno da razgovara s vama.

* * *

– Svi u Uniji pričaju o tome – kazao je Ben dok je sedeo na rubu kreveta u Sašinoj sobi.

– Ispričaj mi sve.

– Uhapšen si jutros za vreme konsultacija, stavili su ti lisice, odvukli su te iz kabineta doktora Stritora, ubacili u policijski automobil, odvezli do najbliže stanice, optužili za provaljivanje u sobu jedne studentkinje i krađu poverljivog dokumenta, i ostavili da truneš u ćeliji do suđenja.

– Onda mora da je ovo ta ćelija – rekao je Saša.

– Tačno. Zato moramo da odemo pravo u Uniju i popijemo piće u baru, da vide kako nemaš nikakvih briga u životu.

– Mislim da to nije moguće.

– Mora da bude, ako želiš da imaš ikakve izglede da te izaberu za predsednika Unije.

– Žao mi je – rekao je Saša – ali moram da idem u London. Majci je potrebno da me hitno vidi.

– Šta bi moglo da bude hitnije od prikupljanja dokaza da si nevin za ono za šta te optužuju?

– Ne znam kakav problem je posredi – priznao je Saša – ali majka je poslednji put upotrebila reč „hitno" kad je umro gospodin Moreti.

– Onda mi makar dopusti da kažem Čarli šta se dogodilo, kako bismo mogli da raskrinkamo Fionu i oslobodimo te sumnje.

– Slušaj me pažljivo, Bene. Nećeš prići ni blizu Čarli, osim ako ne želiš da saznaš koliko je onaj oficir KGB-a bio blizu presecanja grkljana.

Ben se ukočio, i tek nakon nekog vremena je procedio: – Samo se pobrini da se vratiš sutra do devet jer ne smeš da propustiš sastanak s narednikom Vorikom. Inače ćeš biti prvi predsednik Unije izabran u zatvoru.

Kad je Elena čula kucanje na vrata, pretpostavila je da je to Saša. Već je zažalila što ga je pozvala tokom nastave, i gnjavila ga svojim problemima. Ličilo bi na njega da ostavi sve i pokuša da joj pomogne. Prestala je da se pakuje i otvorila vrata pred kojima je stajao Đino.

– Tako mi je žao – kazao je i zagrlio je. – Samo sam želeo da znate kako sam dao otkaz, uz još pet radnika iz kuhinje i tri konobara.

– Ne smete da uradite to, Đino. Ne želim da budem odgovorna za to što ste svi ostali bez posla.

– Većina nas shvata da ne bismo preživeli dugo kod tog prokletnika Tremleta. U svakom slučaju, moji motivi nisu sasvim iskreni, jer mi je već ponuđen drugi posao.

– Kod koga?

– Matea Anjelija.

– Kod neprijatelja! – rekla je Elena, smejući se.

– Više to nije. Ima stara italijanska poslovica: *Neprijatelj mog neprijatelja je moj prijatelj.* Ali gospodin Anjeli mi je ponudio posao pod jednim uslovom.

– Kojim?

– Da vi pođete sa mnom.

– A Beti?

– Siguran sam da će pristati na to.

– Ali gde ću živeti? – pitala je Elena. – Jer iznad restorana gospodina Anjelija nema stana.

– Uvek možete neko vreme da boravite kod mene, dok ne pronađete svoj stan.

– Ali šta je s vašim partnerom?

– On bi se bunio samo da ste muškarac – odgovorio je Đino. – Dakle, jeste li spremni da pređete preko puta i pridružite mi se u restoranu *Rim*?

– Trebalo je da se zovete Koriolan – rekla je Elena.

– Korio... ko?

Saša je morao priznati da se gubitak posla i krova nad glavom moraju smatrati hitnim slučajem. Samo mu je bilo žao što za Đinov predlog nije saznao pre nego što je seo u voz. Ali nije imao izbora kad su mu u telefonskoj centrali rekli da je telefon njegove majke isključen. Proveo je besanu noć na Đinovoj sofi i krenuo prvim jutarnjim vozom za Kembridž. Morao je da ispovrti gotovo celu funtu za taksi kako bi bio siguran da će stići u policijsku stanicu u 8.54. Jedan mlad pozornik ga je odveo pravo do kancelarije detektiva narednika Vorika, a ne u sobu za ispitivanje.

– Gospođica Hanter je povukla optužbu – kazao je Vorik čim je Saša seo.

– Molim vas, recite mi da Čarli nije bila kod vas.

– Koja Čarli? – pitao je nedužno Vorik. – Ne, jednostavno je detektivski postupak naveo gospođicu Hanter da se predomisli. Mogli smo da joj dokažemo da se vaši otisci prstiju na stepenicama završavaju na drugom spratu, a kako je tvrdila da ste napustili njenu sobu nekoliko minuta nakon krađe dokumenata, bilo je teško objasniti zašto vam je bilo potrebno pet i po sati da se vratite na svoj koledž, osim ako niste bili u krevetu sprat ispod.

– Ali kolečki portir, gospodin Perkins, nije mogao da potvrdi vreme kad sam se vratio na koledž jer je čvrsto spavao.

– Pretvarao se da ne vidi, bio bi tačniji opis – rekao je Vorik. – Da vas je video kako se vraćate u pet i trideset ujutro, morao bi da unese vaše ime u knjigu prekršaja kolečkog pravilnika, a onda biste morali da objasnite gde ste proveli noć.

– Dakle, Fiona se izvukla nekažnjeno?

– Ne u potpunosti. Gospođica Hanter je opomenuta zbog traćenja policijskog vremena. Iskreno, ja bih je ostavio da prenoći u pritvoru da njen otac nije razgovarao s načelnikom. Ipak, bolje je da krenete, jer mislim da danas imate mnogo posla.

– Kao što znate, Elena, već neko vreme želim da mi se pridružite – rekao je gospodin Anjeli – ali jasno ste mi stavili do znanja da nema smisla da vas pitam sve dok radite za gospodina Moretija.

– I možda i dalje nema smisla – kazala je Elena.

– Moja prethodna ponuda i dalje važi. Postaćete glavna kuvarica, i mogu da vam obećam da me nikad nećete videti u kuhinji. Daću vam dvostruko veću platu nego gospodin Moreti, i dobićete i deset odsto profita restorana. Ali moraćete da pronađete svoj smeštaj.

– A može li Beti da mi se pridruži? – pitala je Elena. Anjeli je klimnuo glavom. – A hoće li Đino biti šef sale?

– Da. Već sam se dogovorio s njim. Želite li još nešto?

Kad je saslušao poslednju Eleninu želju, gospodin Anjeli je kazao: – Moraću da razmislim o tome.

– To je ključna stvar – rekla je Elena ponavljajući Sašine reči.

Čim je izašao iz policijske stanice, Saša je otrčao do Unije, gde je zatekao svog menadžera kampanje kako pokušava da objasni jednom biraču gde je kandidat proveo poslednjih četrdeset osam sati.

– Glasanje je već počelo – rekao je Ben pošto mu se Saša pridružio za šankom i ispričao mu najnovije vesti. – Nismo imali vremena za gubljenje jer je Fiona svima pričala kako si proveo poslednja dva dana u zatvoru. Da se čovek prosto divi njenoj drskosti.

– A da ne pominjem to što je odabrala pravi trenutak.

– Šteta što je Vorik nije zadržao u pritvoru jedan dan. To bi nam sigurno pomoglo. Ali i dalje možemo da pobedimo.

Počeli su da razgovaraju s ljudima. Nekoliko birača se srdačno rukovalo sa Sašom, a ostali su mu okrenuli leđa – jednog ili dvojicu od njih smatrao je pristalicama, čak i prijateljima. Pokušao je da razgovara sa svima koji još nisu glasali iako je znao da nemaju nameru da ga podrže. Bilo je jasno da neki ljudi i dalje veruju u Fioninu priču, ili želeli da u nju veruju, a drugi su mu priznali da se možda i njihovi otisci prstiju nalaze na tim stepenicama. Saša nije posustao sve dok i poslednji birač nije glasao u šest sati, kad se pridružio Benu i Čarli u baru Unije. Fionine pristalice su bile na jednom kraju prostorije, a Sašine na drugom.

– Kad ćemo saznati rezultate? – pitala je Čarli dok je pijuckala pivo.

– Oko osam – odgovorio je Ben. – Nećemo dugo čekati.

Ispostavilo se da je Ben pogrešio u predviđanju, jer se negde oko osam odlazeći predsednik Kris Smit pojavio u baru i otišao do sredine prostorije, s jednim listom papira u ruci. Čekao je da svi ućute pre nego što je progovorio.

– Voleo bih da počnem objašnjenjem zašto nam je bilo potrebno toliko vremena da prebrojimo glasove. Bila su potrebna tri prebrojavanja pre nego što smo proglasili rezultat. Sad mogu da vam kažem da je, za svega tri glasa, novi predsednik Unije...

19.

Aleks

Vijetnam, 1972.

Aleks je i drugi put pročitao ono pismo pre nego što ga je pokazao majci. Elena se rasplakala jer je tačno znala šta će njen sin uraditi.

– Samo da smo otišli u Englesku, ovo se nikad ne bi dogodilo – kazala je, i morala je da zažali što su ušli u pogrešan sanduk.

Mnogi mladići koji su tog jutra čitali istovetno pismo već su zvali advokate svojih očeva ili posećivali porodične lekare, a drugi su samo cepali vojni poziv s nadom da će problem nestati. Međutim, ne i Aleks.

Elena nije bila jedina koja je plakala. Adi ga je molila da makar pokuša da dobije odlaganje ističući kako će mu, s obzirom na to da je apsolvent *Njujorškog univerziteta*, sigurno dozvoliti da diplomira. Iako je plakala čitavu noć, Aleks nije popustio.

I dalje je imao neodložan problem i trebalo je da ga reši pre nego što spakuje stvari i ode od kuće. Njegovih jedanaest tezgi sad je ostvarivalo veliku zaradu, a sigurno nije želeo da ih proda. No ko je mogao da vodi njegovo carstvo u usponu dok on nije tu? Na njegovo iznenađenje, majka je imala rešenje.

– Daću otkaz kod *Marija*, a Dimitrij i ja ćemo se brinuti o tezgama dok se ne vratiš.

Niko nije pominjao šta će se dogoditi ako se ne vrati.

Aleks je rado prihvatio tu ponudu, i jedanaestog februara 1972. ukrcao se u voz za Fort Brag, u Severnoj Karolini, da započne dvomesečnu osnovnu obuku, pre nego što ga pošalju u Vijetnam.

* * *

Svetla su se upalila. – Ustaj, ustaj, ustaj! – vikao je vodnik iz petnih žila dok je hodao između usnulih regruta i udarao pendrekom svaki krevet. Mladići su se, jedan po jedan, naglo budili i, nenaviknuti na ustajanje u to vreme, treptali i trljali oči, uz jedan izuzetak. Aleks bi u četiri ujutro već bio na putu do pijace.

– Vijetkongovci jurišaju na vas – vikao je vodnik – poslednji koji spusti stopala na pod biće ubijen!

Aleks je već jurio ka tuševima s peškirom u ruci. Otvorio je slavinu iz koje je tekla samo hladna voda.

– Svako ko ne bude istuširan, obrijan i obučen za petnaest minuta, neće jesti pre ručka. – Iznenada su svi trčali ka tuševima.

Aleks je prvi seo na jednu od dugih drvenih klupa u menzi. Brzo je postao svestan kako ga je tokom godina majka razmazila. Tek je trećeg jutra, kad je već postao očajan, prihvatio doručak od grumuljičaste ovsene kaše, masne slanine, pregorelog dvopeka i vrele crne tečnosti koju su u vojsci nazivali kafom.

Kad je počeo strojevu obuku, praćenu vežbama u vežbaonici, marševima i gacanjem kroz ledenu reku s puškom iznad glave, brzo je shvatio da nije toliko spreman koliko je mislio. Ipak je uspevao da ostane metar ili dva ispred ostalih regruta koji su dotad mislili da subotnje večeri služe za opijanje, a nedeljna jutra za dugo spavanje. Vodnik ih je ljubazno podsetio da Vijetkongovci nemaju slobodne vikende.

Iako je Aleks bio sasvim dobar u vežbaonici, na strelištu i u brdima tokom noćnih operacija, briljirao je u učionici, gde je oficir zadužen za nastavu pokušao da im objasni zašto se Amerika uplela u rat na Dalekom istoku.

Aleksa je opčinila istorija Vijetnama i time kako su se sever i jug, ujedinjeni od 939. godine, sad hvatali za gušu.

– Ali zašto žrtvujemo živote svojih vojnika za neku malu zemlju na drugom kraju sveta? – pitao je Aleks.

– Jer ko će biti sledeći ako komunisti sa severa preuzmu kontrolu nad čitavim Vijetnamom? – odgovorio je oficir. – Laos? Kambodža? I hoće li se neprijatelj uopšte zaustaviti kad stigne do Australije? To je domino efekat. Ako jedna padne, ostale padaju za njom.

– Ali Vijetnam je na drugoj strani sveta – ponovio je Aleks.

– Ne budi siguran u to – kazao je oficir. – S Kubom u rukama Fidela Kastra, komunisti su samo na puškomet od obale Sjedinjenih Država i, ako se dokopaju ičeg osim lukova i strela, Florida bi mogla da bude sledeća.

Aleks nije postavljao nova pitanja jer je bio sasvim svestan toga da je Crvena armija okupirala čitavu Istočnu Evropu dok su Saveznici mirno posmatrali.

Brzo se sprijateljio s mnogim regrutima, od kojih su neki bili, baš kao i on, prva generacija imigranata. Pomagao im je da pišu pisma svojim porodicama i devojkama, da popunjavaju obrasce, a jednog je čak naučio da vezuje pertle. Ipak, postojao je jedan – kao i obično – koji je bio protiv Aleksa od samog početka.

Veliki Sem, poznat i kao Tenk, bio je visok metar i devedeset, a kazaljka na vagi nije se zaustavljala dok ne bi stigla do sto kilograma, uglavnom čvrstih mišića. Sigurno nije smatrao redova Karpenka prirodnim vođom te jedinice. Većina drugih regruta izbegavala je Velikog Sema, a čak su i neki vodnici zazirali od njega. Aleks se takođe držao podalje, ali nije mogao da izbegne Velikog Sema kad su, tokom jedne vežbe, njih dvojica morala da uđu u bokserski ring i bore se. Veliki Sem nije to smatrao prijateljskim mečom. Svi ostali regruti su se okupili da prisustvuju neizbežnom pokolju.

– Ja sam najveći – šaputao je neuverljivo Aleks dok se provlačio kroz konopce s nadom da će ga reči Kasijusa Kleja nadahnuti i pomoći mu da makar preživi tri trominutne runde.

U prvoj rundi je Aleks nervozno plesao po ringu dok je njegov protivnik zadavao udarac za udarcem, a nijedan nije pogodio metu. Aleks je nekako preživeo do kraja druge runde, čak je i nekoliko puta udario Velikog Sema, ali ovaj to nije ni primetio. Ali Aleksove noge su brzo postale olovne. Nije to bio stiskavac u lokalnoj plesnoj dvorani s nekom devojkom.

Negde na polovini treće runde, Sem je uspeo da okrzne Aleksovu glavu. Aleks se teturao dovoljno dugo da ga Sem udari i drugi put, u bradu, pa se srušio na pod. Neki pametniji čovek ostao bi da leži. Ali ne i Aleks. Pokušao je da ustane dok je sudija brojao: – Pet, šest, sedam... – Još se oslanjao samo na koleno kad ga je sledeći udarac pogodio u nos. Pred očima je video samo zvezdice i pruge, i to mnogo više od pedeset. Veliki Sem bi bio diskvalifikovan da je to bila zvanična borba, ali, kao što je vodnik istakao, Vijetkongovcima niko neće imati vremena da objašnjava Kvinsberijeva pravila.

Kad se nekoliko trenutaka kasnije osvestio, Aleks se užasnuo kad je video Velikog Sema iznad sebe. Bio je spreman da primi naredni udarac, ali Veliki Sem je skinuo rukavicu i pomogao Aleksu da ustane; njegov novi najbolji prijatelj.

* * *

Tokom druge nedelje počeli su da idu na strelište i pucaju u nepokretne mete.

– Sutra ćete pucati u pokretne mete – rekao je vodnik. – A kad se naviknete na to, one će vam uzvraćati paljbu.

Tokom treće nedelje, dan je postao noć. Bez hrane, bez sna, a ako nisi već mrtav, želeo si da jesi. Tokom četvrte nedelje učili su borbu prsa u prsa, ali tek pošto nisu jeli ni spavali četrnaest sati. Kad im je konačno dozvoljeno da se sruše u krevete, nisu čestito ni zaspali a već im je naređeno da ustanu jer su Vijetkongovci krenuli u kontranapad.

– I ne zaboravite, za njih je to domaći teren.

Niko nije bio iznenađen kad je tokom pete nedelje Aleks unapređen u desetara i postao zadužen za deset kolega regruta. Odmah je odabrao Velikog Sema za zamenika.

Do kraja šeste nedelje, Aleksova desetina uvek je nadmašivala svoje protivnike. Svaki od vojnika bi ga pratio i u vatru i u vodu.

Tokom sedme nedelje, posle jutarnje smotre, poručnik Louel, zapovednik njihove čete, poveo je Aleksa u stranu.

– Karpenko, jesi li razmatrao ideju da zatražiš premeštaj u školu za oficire? Jer ako to uradiš, rado ću podržati tvoj zahtev. – Bio je razočaran Aleksovim odgovorom.

– Ja sam ulični prodavac, gospodine. Nemam želju da budem oficir. Ostaću i boriti se sa svojom jedinicom ako ste vi saglasni s tim.

Narednih nekoliko nedelja poručnik Louel je više puta pokušao da ubedi Karpenka da se predomisli, ali uvek je dobijao isti, nepokolebljiv odgovor.

Poslednjeg dana u Fort Bragu, Aleksova četa je dobila pohvalu komandanta. Veliki Sem je prihvatio nagradu u njihovo ime.

– Vi ste jedna od najboljih jedinica kojima sam ikad zapovedao – rekao je general dok im je predavao zastavicu.

– Pokažite mi ostale – rekao je Veliki Sem. General je prasnuo u smeh.

Petog juna 1972, poručnik Louel, desetar Karpenko i regruti iz 116. pešadijske divizije usred noći su se ukrcali u desetak kamiona, pa su iz Fort Braga odvezeni na aerodrom koga nije bilo ni na jednoj mapi. Četrnaest sati kasnije, nakon tri kratka zaustavljanja da bi se avion dopunio gorivom, mada ne i vojnici, konačno su sleteli na dobro obezbeđenu pistu negde u Južnom Vijetnamu. Više nisu bili regruti već obučeni pešadinci spremni za rat.

Neće se svi vratiti.

Sto šesnaesta je provela nekoliko nedelja smeštajući se u privremenu kasarnu, i još dve nedelje spremajući se za prvi zadatak. Dotad su svi oni bilo potpuno spremni. Samo za šta?

– Naša naređenja su jasna – rekao je poručnik Louel na jutarnjem sastanku. – Zadatak nam je da patroliramo u oblasti oko Long Bina. Vijetkongovci povremeno dolaze tamo u nadi da će pronaći slabu tačku u našoj odbrani. Ako su dovoljno nepromišljeni da to urade, naš posao je da ih nateramo da zažale i pošaljemo ih kući.

– A hoćemo li imati priliku da ih napadnemo? – pitao je Aleks.

– Verovatno nećemo – odgovorio je Louel. – To prepuštamo profesionalcima... marincima i rendžerima. Samo u izuzetnim okolnostima bićemo pozvani da im pomažemo.

– Dakle, mi smo samo saobraćajci – rekao je Tenk.

– Nešto tako – priznao je Louel. – *A Bogu služi i onaj koji samo stoji i čeka.* – Aleks je odlučio da će potražiti taj citat kad sledeći put bude u nekoj biblioteci, a to će se možda dogoditi tek za nekoliko godina.
– Dobre vesti su – nastavio je Louel – što ćete na svakih šest nedelja imati nekoliko slobodnih dana, kad možete da posetite Sajgon.

Začulo se mlako klicanje.

– Ali ne možete se čak ni tad opustiti. Moraćete da pretpostavite da je svako ko vam priđe agent Vijetkongovaca. Posebno se čuvajte privlačnih devojaka koje često nude seks u nadi da će saznati nešto što vi možda smatrate beznačajnom informacijom.

– Zar ne možemo samo da imamo seks i držimo jezik za zubima? – pitao je jedan vojnik.

Louel je sačekao da smeh utihne. – Ne, Bojle – rekao je odlučno. – Kad god ste u iskušenju, setite se da možete izazvati smrt nekog od svojih drugova.

– Nisam siguran da mogu da izdržim šest nedelja bez žene – kazao je Bojl. Mada su se ostali nasmejali, očigledno su se slagali s njim.

– Ne brini, Bojle – kazao je Louel. – Vojska se pobrinula za vojnike kao što si ti. Imamo javnu kuću na obodu logora. Vodi je dama koja se zove Lili, a sve devojke su proverene. Kad je Lili jednom otkrila da jedna njena devojka radi za Vijetkongovce, ta je sutradan ujutro pronađena kako pluta u reci. Svaka jedinica u ovom logoru ima jednu noć nedeljno kad njeni vojnici mogu da posete Lilinu ustanovu. Naš dan je sreda.

Niko nije morao da zabeleži to.

Aleks je otkrio da je patroliranje prilično dosadno, a uglavnom besmisleno. Prošlo je pet nedelja dok nisu primetili vijetkongovsku patrolu. Poručnik Louel je odmah naredio da krenu ka njima i zapucaju, ali nisu pogodili ništa osim poneko stablo, a neprijatelj se za nekoliko sekundi opet stopio sa džunglom.

Kad je Aleks opisao taj događaj u dugom pismu upućenom majci, pokušao je da je ubedi kako ima više izgleda da strada dok prelazi Aveniju Brajton Bič nego u patroliranju. Tu opasku su cenzori izmenili.

Aleks je redovno dobijao pisma od majke. Berni se konačno penzionisao i Elena je priznala da, nakon njegovog odlaska, jedva pokrivaju troškove. Aleks nije morao da čita između redova da bi shvatio kako ni njegova majka niti Dimitrij nisu rođeni trgovci. Elena je rekla kako jedva čekaju da se on vrati, mada je Aleks morao da prihvati kako se to neće dogoditi još izvesno vreme. Kako su se duge nedelje pretvarale u još duže mesece, pitao se da li je trebalo da posluša Adin savet i prijavi se za odlaganje. Sad bi završio poslednju godinu fakulteta i, još važnije, zaprosio Adi. Čak je bio kupio i prsten.

20.

Saša

London, 1972.

– Voleo bih da dobijem vašu dozvolu, gospodine, da zaprosim vašu ćerku.

– Kako predivno staromodno – rekao je gospodin Dejndžerfild. – Ali, Saša, zar ne misliš da ste oboje previše mladi da razmišljate o braku? Zar ne bi trebalo da sačekate malo pre nego što donesete tako neopozivu odluku?

– Zašto da čekam, gospodine, kad sam pronašao ženu s kojom želim da provedem ostatak života?

– Pitao bih te da li si uveren da i moja ćerka misli isto, samo kad već ne bih znao odgovor. – Saša se osmehnuo, svestan toga da Čarli sedi u susednoj sobi. – Dobro, kao tvoj budući tast, mislim da bi trebalo da te pitam za životne planove?

– Dobio sam tri ponude za posao kad napustim *Kembridž*, gospodine. Moj problem je što ne znam za koju da se odlučim.

– Bogataške muke – rekao je gospodin Dejndžerfild.

– Niko mi ne obećava bogatstvo – priznao je Saša. – A što je najgore, nijedna od njih nije ono što bih zaista voleo da radim.

– Sad si me zainteresovao.

– *Triniti* mi je ponudio nagradnu stipendiju ako ispunim uslove.

– Čestitam.

– Hvala vam, gospodine. Ali ne mislim da sam rođen za nastavnika. Više volim bojno polje nego učionicu.

– Neko posebno bojno polje?

– Jedan birokrata iz Forin ofisa mi se obratio i predložio da polažem prijemni ispit kod njih. Ali nisam siguran da li žele da budem diplomata ili špijun.

– Nisam znao da postoji razlika – kazao je Dejndžerfild. – Ali ne sumnjam da bi bio uspešan i u jednom i u drugom. A treći posao?

– Gospodin Anjeli, vlasnik restorana *Elena*, u kome je moja majka glavna kuvarica, pozvao me je da mu se pridružim. On nema svoju decu i nagovestio mi je da bih s vremenom preuzeo posao.

– Nastavnik na *Kembridžu*, špijun ili ugostitelj. Ne bi mogao da imaš raznolikiji izbor, mada je ugostitelj nešto najbliže bojnom polju, i najverovatnije najbolje plaćeno.

– Ne samo što bi plata bila bolja nego sam i prilično kvalifikovan za taj posao. Poslednjih pet godina sam za vreme raspusta radio u restoranu. Počeo sam kao sudopera, prešao na postavljanje stolova, a onda sam radio kao barmen i konobar. Ponekad mi se čini da sam istovremeno stekao dve diplome.

– Ali kažeš da nijedan od ta tri posla nije ono što bi voleo da radiš.

– Tako je, gospodine. Kao i moj otac, ja sam političar u srcu, a *Kembridž* me je samo učvrstio u odluci da postanem poslanik parlamenta.

– A jesi li odlučio pod koji bi se partijski barjak svrstao?

– Nisam, gospodine. Istina je da nikad nisam mario za ekstreme. Više volim sredinu jer sam često saglasan s gledištima drugih ljudi.

– Ali na kraju ćeš morati da se opredeliš ako želiš da imaš karijeru u politici – kazao je Dejndžerfild. – Osim ako ne odlučiš da se pridružiš liberalima.

– Ne, gospodine – nasmejao se Saša. – Ne verujem u unapred izgubljene bitke.

– Ni ja, i čitavog života sam glasao za liberale.

– Izvinjavam se, gospodine – rekao je Saša pocrvenevši.

– Nema potrebe, dragi dečače. Mislim da ćeš otkriti kako se moja žena slaže s tobom.

– Pre nego što se potpuno obrukam, gospodine...

– Suzan je stara konzervativka, mada ponekad mora da začepi nos kad ide na glasanje. Ona je gora od tebe. Ali zar Čarli nije rekla da si joj obećao kako se više nećeš kandidovati pošto te nisu izabrali za predsednika Unije?

– To nikad je trajalo svega nedelju dana, gospodine. Uprkos njenoj neverici, kandidovaću se za predsednika u sledećem semestru.

– Ali hajde da, na trenutak, budemo praktični – rekao je Dejndžerfild – ako prihvatiš ponudu gospodina Anjelija, gde ćete živeti ti i Čarli?

– Moja majka je nedavno kupila veliki stan u Fulamu, s više nego dovoljno prostora za nas troje.

– Ima li dovoljno za četvoro, možda petoro? – pitao je Dejndžerfild i izvio obrvu.

– Oboje mislimo da započnemo karijere pre nego što zasnujemo porodicu. Čarli se nada da će, kad doktorira, pronaći posao koji će nam omogućiti da zarađujemo dovoljno za dvoje, pa i za troje ili četvoro. Samo što se moja majka ne slaže s tim.

– Jedva čekam da je upoznam. Zvuči mi kao odlučna osoba. Ali reci mi, šta misli o tome da se njen sin jedinac oženi tako mlad?

– Obožava Čarli, i ne odobrava da živimo u grehu.

– A-ha, dakle od nje si nasledio te staromodne poglede na život.

– Bilo bi korisno kad bi znao kojoj partiji pripadaš – rekao je Ben. – Mada sam uveren da ćeš pobediti i kao nezavisni kandidat, život bi mi bio mnogo lakši ako bi se pridružio Konzervativnoj ili Laburističkoj partiji. Po mogućnosti Konzervativcima.

– To je problem – kazao je Saša. – I dalje ne znam koju partiju podržavam. Po prirodi verujem u slobodno tržište i manje državnog intervencionizma, a ne više. Ali kao imigrantu, bliža mi je filozofija Laburističke partije. Jedino u šta sam siguran je da nisam liberal.

– Pa, nemoj nikome to da govoriš, makar dok svi ne glasaju. Kao nezavisnom kandidatu, trebaće ti podrška pristalica sve tri partije.

– Imaš li ti *ikakva* načela ili uverenja? – pitao je Saša.

– Ne može se dopustiti takav luksuz sve dok ne dobiješ na izborima.

– Govoriš kao pravi torijevac – rekao je Saša.

– Drago mi je što ćemo provesti vikend s mojim roditeljima – rekla je Čarli – jer znam da otac želi da te pita za savet.

– Kakav bih savet ja mogao njemu da dam? Ne znam ništa o antikvitetima, a on je stručnjak u toj oblasti.

– I ja sam podjednako radoznala da to saznam. Ali upozorila sam ga da ti ne razlikuješ čipendejl od konrana.

– Znam šta od toga mogu da priuštim – rekao je Saša.

– Treba češće da čitaš Oskara Vajlda – kazala je Čarli – a ređe Majnarda Kejnsa. Uzgred, hoće li doći tvoja majka? Znaš koliko moji roditelji žele da je upoznaju.

– Namerava da dođe u subotu ujutro. Što će mi dati dovoljno vremena da ih upozorim da je ona već odabrala imena za naša prva tri deteta.

– Jesi li nju upozorio da se to možda neće dogoditi tako skoro?

Kad je Ted Hit seo posle debate, Saša nije bio nimalo bliži odluci koja mu je partija draža. Premijerov govor bio je vešt i profesionalan, ali bez strasti, iako je govorio o temi prema kojoj je osećao strast. Uprkos nedavnom uspehu njegove kampanje da se obezbedi članstvo Britanije u zajedničkom tržištu, neki ljudi i dalje nisu mogli da prikriju zevanje, uključujući i neke njegove pristalice.

Majkl Fut, koji se usprotivio tom predlogu u ime Laburističke partije, bio je u sasvim drugoj kategoriji. Njegova sjajna rečitost očarala je studente, mada očigledno nije imao isto opsežno poznavanje teme kao predlagač zakona.

Saša je, kao i Hit, verovao u jaku Evropu kao protivtežu komunističkom bloku, tako da je ignorisao Benov savet i glasao za predlog, a ne za čoveka.

– Mislim da je Hit bio sjajan – rekao je Ben kad su izašli iz zgrade posle večere.

– Ne, ne misliš – kazao je Saša. – Možda poznaje tu temu kao svoj džep, ali Fut je bio mnogo ubedljiviji.

– Ali kome bi pre poverio da upravlja zemljom? – pitao je Ben. – Sjajnom govorniku ili...

– Trgovcu? – rekao je Saša. – Još nisam doneo odluku, tako da sam i dalje nezavisan.

– Onda nas čeka naporan vikend.

– Šta ćemo raditi?

– Delićemo tvoj program po svim koledžima, lepićemo plakate na sve oglasne table, a kad niko ne bude gledao, skidaćemo suparničke plakate.

– Zaboravi na to, Bene. Kao što znaš, skidanje ili uništavanje suparničkih plakata protivno je pravilima Unije. Ako budeš dovoljno glup da to uradiš, biću diskvalifikovan. A ne bi me iznenadilo da Fiona priloži tvoju fotografiju dok to radiš, jer ništa je ne bi više usrećilo nego da dvaput doživim neuspeh.

– Onda ćemo se zadovoljiti lepljenjem tvojih plakata preko suparničkih.

– Bene, ne slušaš me, a najgore od svega je što neću biti tu da te kontrolišem.

– Zašto nećeš?

– Čarli i ja ćemo provesti vikend kod njenih roditelja da proslavimo veridbu, a moja majka će doći da ih upozna.

– Gde se odigrava taj istorijski susret?

– Zašto pitaš?

– Jer sam samo jednom probao jela koja kuva tvoja majka, i jedva čekam da ih probam i drugi put.

– Nećeš morati dugo da čekaš, jer bićeš mi kum na venčanju.

Saša je uživao u retkom iskustvu da njegov najbolji prijatelj ostane bez reči.

– Zovi me Majk – rekao je gospodin Dejndžerfild.

– Biće mi potrebno neko vreme dok se ne naviknem, gospodine – rekao je Saša, a njegov domaćin je zatvorio vrata radne sobe i poveo ga do fotelje kraj kamina.

– Saša, drago mi je što možemo da razgovaramo nasamo jer mi je potreban tvoj savet.

– Nadam se da to nema veze sa antikvitetima, gospodine, jer sam tek nedavno saznao koliko komad nameštaja treba da bude star pre nego što bi se mogao nazvati antikvitetom.

– Ne, nema veze sa antikvitetima, ali jedan moj klijent možda ima nešto što mi u ovom poslu nazivamo istorijskim otkrićem. – Saša je bio zainteresovan, ali je ćutao. – Nedavno me je posetila jedna ruska grofica, koja je ponudila da mi proda porodično nasleđe koje će, ako je pravo, uzdrmati tržište antikviteta. – Gospodin Dejndžerfild je ustao iz fotelje, otišao na drugi kraj sobe i sagnuo se ispred velikog sefa. Okrenuo je točkić prvo na jednu stranu, pa onda na drugu, i otvorio teška vrata, gurnuo ruku unutra i izvadio crvenu baršunastu kutiju koju je spustio na sto između njih. – Otvori je, Saša. A uveravam te da ti nije potrebno poznavanje antikviteta da bi shvatio da je to genijalna stvar.

Saša je oprezno pomerio kopču, otvorio kutiju i ugledao veliko zlatno jaje, optočeno dijamantima i biserima. Zinuo je, ali ništa nije rekao.

– A to je samo omotač – rekao je gospodin Dejndžerfild. Nagnuo se napred i otvorio jaje da bi izvadio predivnu palatu od žada, okruženu šancem od plavih dijamanata.

– Opa – izgovorio je Saša.

– Tako je. Ali da li je to, kao što grofica tvrdi, originalno Faberžeovo ili sjajna kopija?

– Nemam predstavu – rekao je Saša.

– Nisam ni mislio da imaš. Ali posle sastanka s njom, možda ćeš moći da mi kažeš da li je grofica original ili kopija.

– Anastasijin problem – kazao je Saša.

– Tako je. Već sam posetio *Britanski muzej*, *Muzej Viktorije i Alberta* i Sovjetsku ambasadu, i nema sumnje da je grof Molenski posedovao originalno jaje. Ali je li ta grofica stvarno njegova ćerka, ili samo vešta glumica koja pokušava da mi uvali kopiju?

– Jedva čekam da je upoznam – rekao je Saša ne mogavši da skine pogled s jajeta.

– A ako te i uveri da je prava – kazao je Dejndžerfild – zašto je odabrala mene, malog trgovca iz Gildforda, kad je mogla da ode kod bilo kog vrhunskog stručnjaka na Vest endu?

– Pretpostavljam da ste je pitali to, gospodine?

– Jesam, i rekla mi je da ne veruje londonskim trgovcima, i boji se da bi mogli kartelski da se udruže protiv nje.

– Nisam siguran da razumem šta je htela da kaže – rekao je Saša.

– Kartel nastaje kad se jedna grupica trgovaca udruži prilikom neke aukcije s jedinim ciljem da obori cenu nekog vrednog predmeta kako bi ga jedan od njih kupio za iznos manji od stvarne vrednosti. Onda preprodaju taj predmet uz veliku zaradu i podele novac. Na to se misli kad se ponekad kaže „nepošteno udruživanje“.

– Ali to je sigurno protivzakonito?

– Svakako jeste. Ali takvi slučajevi retko završavaju na sudu, jer ako ne postoje svedoci, to je nemoguće dokazati.

– Ako je ovo original – kazao je Saša pa ponovo skrenuo pogled na jaje – hoćete li moći da procenite vrednost?

– Poslednje Faberžeovo jaje koje je prodato na aukciji u *Sadebi Park Bernetu* u Njujorku dostiglo je cenu od preko milion dolara. A to je bilo pre deset godina.

– A ako je kopija?

– Onda će biti srećna ako za njega dobije više od dve hiljade funti, verovatno tri.

– Kad ću je upoznati?

– Sutra posle podne doći će kod nas na čaj. – Gospodin Dejndžerfild je ponovo pogledao jaje. – Ako je pravo, možda je došlo vreme da uradim nešto što mi nije svojstveno.

– A šta bi to bilo, gospodine?

– Da rizikujem – kazao je gospodin Dejndžerfild.

Ben je proveo vikend lepeći plakate GLASAJTE ZA KARPENKA na oglasne table svih dvadeset devet koledža, pa čak i na poneku usputnu ogradu, uprkos tome što je znao da Sašini suparnici imaju pravo da pocepaju svaki plakat zalepljen na nedozvoljeno mesto.

Dok je išao od koledža do koledža, postajao je sve uvereniji da će Saša pobediti, jer kad god bi zastao da razgovara s nekim, oni su mu ili pokazivali podignute palčeve ili ga uveravali da će ovog puta glasati za njegovog kandidata. Niko nije pomenuo Fionine lažne optužbe pred poslednje izbore, a nekoliko njih je priznalo da je zažalilo što poslednji put nije glasalo za Sašu. Samo dvojica su bila dovoljna, želeo je da ih podseti Ben.

Nevoljno je morao da prizna svima osim Saši da se ispostavilo kako je Fiona bila dobra predsednica Unije. Zahvaljujući vezama njenog oca u parlamentu, spisak gostujućih govornika bio je impresivan, a njeno upravljanje čvrstom rukom, uz neke inovativne ideje, hvalili su i prijatelji i neprijatelji.

Mada su ona i Saša retko razgovarali, Fiona je nedavno predložila Benu da njih troje odu na večeru, i zaborave sve što se dogodilo.

– Maslinova grančica? – pitao je Ben.

– Više smokvin list – kazao je Saša. – Možeš da joj kažeš da se to neće dogoditi dok ne postanem predsednik.

21.

Aleks

Vijetnam, 1972.

– Šta nameravaš da radiš kad se vratiš kući? – pitao je poručnik Louel dok su on i Aleks sedeli u rovu i jeli ono što se ovde smatralo ručkom.

– Da dovršim studije ekonomije na *Njujorškom univerzitetu,* a onda izgradim carstvo koje može da se meri s Rokfelerovim.

– Moj kum – kazao je jednostavno Louel. – Mislim da bi ti se svideo, a znam da bi se ti svideo njemu.

– Da li radite za tog velikog čoveka? – pitao je Aleks.

– Ne, ja sam generalni direktor jedne male banke u Bostonu koja nosi moje porodično prezime. Ali da budem iskren, ja sam direktor samo na papiru. Više volim da se bavim svojom prvom ljubavlju, politikom.

– Želite li jednog dana da postanete predsednik? – pitao je Aleks.

– Ne, hvala – odgovorio je Louel. – Nisam tako ambiciozan kao ti, desetaru, i svestan sam svojih ograničenja. Ali kad se vratim u Boston, nameravam da se kandidujem za Kongres, a jednog dana možda i za Senat.

– Kao vaš deda? – Louel je bio iznenađen i sigurno nije bio spreman za Aleksovo naredno pitanje. – Zašto niste pokušali da odložite vojsku? Mora da imate prave veze koje bi vam pomogle da ne završite u ovom paklu.

– Istina, ali moj drugi deda je bio general, i uverio me je da jedna tura u Vijetnamu neće naškoditi mojoj političkoj karijeri, posebno zato što će većina mojih suparnika da izbegne regrutaciju. Ali u pravu si, polovina mojih kolega s *Harvarda* pronašla je neki način da izbegne poziv.

Aleks je uzeo poslednje zrno pasulja s dna limenke i jeo ga je polako, kao da je to neka od najukusnijih poslastica njegove majke.

– Pa, mislim da je vreme da potražimo neprijatelja – rekao je Louel.

– Nadajmo se – kazao je Aleks.

Sredom uveče, dok je ostatak jedinice bio kod Lili, Aleks je boravio u kantini, a društvo mu je pravila knjiga. Već je pročitao Tolstoja, Dikensa i Dimu u originalu, a nedavno je posvetio pažnju Hemingveju, Belouu i Čiveru.

Adi mu je pisala svake nedelje, a Aleks nije shvatao koliko će mu nedostajati. Želeo je da je zaprosi, ali ne pismom. Međutim, kad se vrati...

Veliki Sem ga je stalno gnjavio da se pridruži autobusu koji vozi momke u bordel, ali Aleks je uporno odbijao, čak je Tenku pokazao Adinu fotografiju.

– Ne moraš da joj kažeš – rekao je Sem uz širok osmeh.

– Ali morao bih da joj kažem – kazao je Aleks dok se iz džuboksa u kantini čuo Prisli: *Uvek si mi u mislima.*

– Mislim da bi ti se svidela Kim – rekao je Veliki Sem, odbijajući da odustane.

– Nisam znao da voliš Kiplinga – kazao je Aleks uzvraćajući mu osmeh.

– Da li ikad razmišljate o uzaludnosti rata? – pitao je Aleks.

– Ne ako mogu to da izbegnem – rekao je Louel. – To bi moglo da mi oslabi rešenost, što ne bi pomoglo ljudima pod mojom komandom ukoliko se ikad nađemo u pravoj borbi.

– Ali mora da neki severnovijetnamski mladi vojnici sede u rovovima u blizini i, kao i mi, žele da se vrate kući i budu sa svojim porodicama. Zar nas istorija ničemu nije naučila?

– Samo da političari treba pažljivo da razmisle pre nego što uvedu narednu generaciju u rat. Kako se tvoja majka snalazi bez tebe? – pitao je Louel u želji da promeni temu.

– Kako se i moglo očekivati – rekao je Aleks. – Mojih jedanaest tezgi jedva pokriva troškove, ali istina je da ona jedva čeka da se vratim kući. Isteklo je vreme za obnavljanje zakupa, a majka ne može da se nosi s gospodinom Vulfom.

– Ko je on?

– Vlasnik tezgi.

– Zar ne može Dimitrij da posluje s njim? On mi zvuči kao prilično odlučan tip.

– Iskreno, nije to za njega. Dimitrij je mnogo srećniji kad je na moru.

– Dobro, ostalo ti je još svega nekoliko meseci do demobilizacije, što će obradovati svakog osim Tenka.

– Zašto? Zar on ne želi da ide kući?

– Ne, tražio je da ga prebace u marince, što ću rado podržati. Želi da ostane u vojsci i kad istekne godinu dana. Da ima tvoj mozak, na kraju bi postao general.

– Da smo morali da idemo u borbu – rekao je Aleks – radije bih imao njega kraj sebe nego nekog generala.

Četa je bila u rutinskoj patroli kad su dobili naređenje. Imali su svega sedamnaest dana službe do povratka u Sjedinjene Države po obavljenoj dužnosti.

Poručnik Louel je pitao glavni štab da ponovi naređenje pre nego što je spustio poljski telefon i okupio ljude oko sebe. – U okolini je neka bitka. Jedna od naših patrola je napadnuta pa nam je naređeno da odemo i pomognemo im.

– Napokon – kazao je Tenk. Njegovi drugovi nisu izgledali baš ubeđeno. Kao i Aleks, odbrojavali su dane.

– Tri helikoptera su već na putu prema bojnom polju, s naređenjem da evakuišu ranjene i prevezu mrtve u štab. – Reč „mrtvi" pojačala je Aleksovu svest da će Sto šesnaesta učestvovati u prvoj ozbiljnoj misiji.

Tenk je ustao prvi, desetar Karpenko odmah iza njega, a ostatak čete je oformio kolonu s redovom Bejkerom na začelju.

– Niko da ne govori osim mene – kazao je Louel kad su stupili na ničiju zemlju. – Čak bi i kašalj mogao da upozori neprijatelja i ugrozi čitavu jedinicu.

Sat vremena su se sporo i oprezno kretali kroz žbunje i kroz neprijateljsku teritoriju. Poručnik Louel je svakih nekoliko minuta proveravao mapu i kompas. Iznenada, zvuk mitraljeske vatre učinio je mapu nepotrebnom. Popadali su na zemlju i krenuli da puze ka bojnom polju.

Aleks je digao pogled i video prvi od tri helikoptera koji kruži iznad i traži u gustoj tropskoj šumi neki proplanak na koji bi mogao da sleti.

Uporno su puzili napred. Nikad u životu Aleks nije bio tako spreman. I pored toga, pitao se gde će biti za sat vremena. Barem više nije imao osećaj da je izgubio godinu dana života.

Iznenada je uočio neprijatelja stotinak metara ispred. Nisu primetili američke vojnike koji se približavaju jer im je pažnja bila usmerena na helikopter u koji su bolničari na nosilima unosili prve ranjenike, potpuno nesvesni da su Vijetkongovci skriveni u žbunju nekoliko metara od njih.

Louel je podigao ruku da pokaže vojnicima kako treba da promene smer kretanja i opkole neprijatelja. Svako od njih je znao da im je iznenađenje najbolje oružje. Ali kako su se primicali sve bliže, Bejker je kolenom stao na jednu grančicu. Slomila se i pukla kao petarda. Vojnik na začelju vijetkongovske jedinice okrenuo se i zagledao u Louelove oči.

– *Kéthù!* – povikao je.

Poručnik je skočio na noge i pripucao iz puške M16 jurišajući ka neprijatelju, a ostatak jedinice pratio ga je u stopu. Gotovo polovina Vijetkongovaca pobijena je pre nego što su stigli da uzvrate vatru, ali poručnik je pogođen, i pao je ničice u močvaru. Aleks je odmah zauzeo njegovo mesto, a Tenk je bio kraj njega.

Ta bitka, ako se tako mogla opisati, trajala je svega nekoliko minuta, a vijetkongovska jedinica je bila zbrisana kad se prvi helikopter polako podigao i poleteo ka bazi. Drugi je i dalje lebdeo iznad i čekao da zauzme njegovo mesto.

Aleks se setio obuke. Prvo, pobrini se da neprijatelj više ne bude pretnja. On i Tenk su pregledali šesnaest tela. Petnaestorica su bila mrtva, ali jedan je ležao u agoniji, krvario iz usta i stomaka, svestan da će umreti za nekoliko trenutaka. Aleks se setio drugog naređenja; podigao je pušku i uperio je pravo u mladićevo čelo, ali iako je to u priručniku bilo opisano kao ubistvo iz milosrđa, nije mogao da povuče obarač.

Treće naređenje bilo je da pregleda svoje ljude, evakuiše ranjene, a zatim i mrtve, koji moraju da se prebace u otadžbinu i budu sahranjeni uz pune počasti, a ne ostavljeni da trunu na nekom stranom polju. A onda i poslednje naređenje. Oficiri i podoficiri su poslednji koji napuštaju bojno polje.

Aleks je ostavio Severnovijetnamca na umoru i potrčao ka Louelu. Poručnik je bio u nesvesti. Aleks mu je opipao puls; veoma slabi otkucaji. Tenk ga je nežno podigao na rame i odneo kroz žbunje do helikoptera, pre nego što se vratio da pomogne pokretnim ranjenicima da odu na bezbedno. Kad se vratio na poprište bitke, zatekao je Aleksa kako kleči iznad Bejkerovog i Bojlovog tela. Oni su poslednji uneti u helikopter pre nego što je uzleteo.

Ostatak jedinice krenuo je uzbrdo prema malom proplanku, dok se treći helikopter spremao da sleti. Aleks je čekao da se svi ukrcaju pa se okrenuo i poslednji put pogledao bojno polje.

Tad ga je spazio. Nekako je onaj preživeli Vijetkongovac uspeo da se pridigne na kolena i uperi pušku pravo u Aleksa.

Tenk je iskočio iz helikoptera i potrčao nizbrdo prema njemu sve vreme pucajući. Aleks je mogao samo da gleda kako je onaj vijetnamski vojnik pao unatrag, pogođen punim okvirom metaka, ali je ipak uspeo da opali jednom.

Kao da gleda usporen snimak, Aleks je video Tenka kako se ruši na kolena, a onda ničice na zemlju pored mrtvog Vijetnamca. Nekoliko trenutaka kasnije, Aleks se nagnuo nad prijateljem. – Ne! – vikao je. – Ne, ne, ne!

Bila su potrebna četvorica da prenesu to beživotno telo uzbrdo i smeste ga u treći helikopter. Aleks se ukrcao poslednji, osećajući stid što je dopustio da mu najbliži prijatelj pogine.

22.

Saša

London

Kad je ta starija dama ušla u salon, retki su bili ljudi koji bi posumnjali da je grofica Molenski prava aristokratkinja. Njena duga uska suknja i kaputić podignute kragne bili su iz nekog drugog vremena, ali njen stav i držanje bili su ono što se ne može naučiti, čak ni u glumačkoj akademiji. Bila je jednostavno stara škola, i Saša i Majk su automatski odmah ustali kad je ona ušla u sobu. Kao i Elena.

Gospodin Dejndžerfild je osmislio ovaj sastanak tako da ništa ne bude prepušteno slučaju. Groficu su odveli do jedinog slobodnog mesta, na kauču kraj Saše, a Elena i ostatak porodice sedeli su na drugoj strani stola na kome je jaje bilo izloženo. Kad je gospođa Dejndžerfild sipala grofici čaj i ponudila joj komad kolača koji je ova odbila, Saša ju je upitao na maternjem jeziku: – Koliko dugo živite u Engleskoj, grofice?

– Duže nego što uopšte mogu da se setim – odgovorila je. – Ali uvek je lepo sresti zemljaka. Smem li da pitam odakle ste?

– Iz Lenjingrada. A vi?

– Rođena sam u Sankt Peterburgu – odgovorila je grofica – što govori koliko sam stara.

– Da li ste živeli u jednoj od onih veličanstvenih palata na brdu?

– U Lenjingradu nema brda, gospodine Karpenko, kao što dobro znate.

– Baš sam blesav – rekao je Saša. – Izvinite.

– Nema potrebe. Ali budući da ste očigledno dobili zadatak da me proverite, ima li još nekih testova koje moram da položim?

Saša je bio toliko postiđen da nije znao šta da odgovori.

– Da počnem pričom o svom dragom ocu grofu Molenskom? Bio je blizak prijatelj pokojnog cara Nikolaja Drugog. Imali su ne samo zajedničke lične učitelje nego i nekoliko ljubavnica kasnijih godina.

Saša je ponovo zanemeo.

– Ali ono što vas stvarno zanima – nastavila je grofica – jeste kako sam se dokopala ovog remek-dela koje vidite pred sobom i, još važnije, kako sam sigurna da ga je napravio Karl Faberže, a ne neka varalica.

– U pravu ste, grofice, bio bih očaran da to saznam.

– Nema potrebe da mi se obraćate tako zvanično, gospodine Karpenko. Odavno sam prihvatila da su ti dani završeni, i da sad moram da živim u stvarnom svetu, pa kao i svi drugi koji se nađu u oskudici, shvatila sam da nemam drugog izbora do da se odvojim od dela porodičnog nasleđa ako želim da preživim. – Saša je pognuo glavu. – Privatna umetnička zbirka mog oca bila je smatrana najboljom posle careve, mada je tata posedovao samo jedno Faberžeovo jaje, jer bi se smatralo nepristojnim da je pokušao da nadmaši cara.

– Ali kako možete biti sigurni da je to jaje napravio Faberže lično, a da nije, kako neki stručnjaci tvrde, kopija?

– Neki stručnjaci imaju svoje motive – kazala je grofica. – Istina je, ne mogu da dokažem to, ali mogu da vam kažem da sam prvi put videla to jaje kad sam imala dvanaest godina. Uistinu, moja mladalačka nespretnost odgovorna je za sićušnu ogrebotinu na postolju koja je gotovo nevidljiva golim okom.

– Pod pretpostavkom da je to original – rekao je Saša, gledajući jaje – moram da vas pitam zašto ste ga ponudili gospodinu Dejndžerfildu, koji je specijalizovan za engleske antikvitete – Šeraton, Heplvajt i Čipendejl su majstori koje poznaje, a ne Faberže.

– Ugled se ne stiče lako, gospodine Karpenko, ali mora se sticati s godinama i iskreno, više se ne sme olako shvatati, zbog čega sam prvi put dopustila da jaje napusti moj posed nakon dvadeset godina. Da sam ga poverila jednom od naših zemljaka, bilo bi mu potrebno svega nekoliko dana da zameni moje remek-delo kopijom. Postala sam svesna da takva misao nikad nije prošla kroz glavu gospodina Dejndžerfilda. Tako da ću prihvatiti njegov savet.

Saša je prekrstio ruke, što je bio dogovoren znak da njegova majka stupi u akciju i nastavi razgovor na ruskom. Ustao je, naklonio se grofici i otišao na drugi kraj sobe, gde je seo između Čarli i njenog oca.

– Pa? – pitao je gospodin Dejndžerfild, dok je grofica bila zauzeta razgovorom s Elenom. – Šta misliš?

– Nemam sumnje da je ona upravo ona koja tvrdi da jeste – počeo je Saša.

– Kako možeš biti tako siguran? – pitao je gospodin Dejndžerfild, čiji se čaj davno ohladio.

– Govori ruski dvorski jezik koji je iz drugog vremena, a na to retko nailazimo danas, osim kod Pasternaka.

– A to jaje, da li je i ono s Pasternakovih stranica?

Saša je izgleda bio jedina osoba koja se iznenadila kad je izabran – velikom većinom – da bude naredni predsednik Unije.

Fiona očigledno nije uživala dok je čitala rezultate prepunoj sali. Ben je konačno postao blagajnik, pa su on i Saša proveli zimski raspust planirajući debate za drugi semestar. Bili su oduševljeni kad je ministarka obrazovanja gospođa Tačer pristala da obrazlaže vladinu politiku u prvoj debati, jer bilo je dosta vodećih političara koji su jedva čekali da se usprotive „kradljivici mleka".

Mandat na *Kembridžu* traje osam nedelja, i mada je Saša pokušao da preživi sa što manje sna, i dalje nije mogao da veruje koliko je brzo njegovih pedeset šest dana predsednikovanja prošlo. Čim je sišao s te visoke funkcije, mentor ga je podsetio da se bliže završni ispiti.

– A ako se i dalje nadaš da budeš prvi u klasi – podsetio ga je doktor Stritor – predlažem ti da sad posvetiš istu količinu energije učenju kao izborima za predsednika Unije.

Saša je poslušao savet doktora Stritora i nastavio da spava svega šest sati noću, dok je ostale sate provodio ponavljajući gradivo, učeći za diplomski ispit, prevodeći duge Tolstojeve tekstove i čitajući svoje stare eseje, sve dok se nije popeo stepenicama do ispitne sale da uradi svoj prvi pismeni ispit.

Čarli i Ben su svake večeri išli s njim na kratku večeru, pričali o svojim naporima i o tome šta misle da će se desiti sledećeg dana. Saša bi se onda vraćao u svoju sobu i nastavljao da uči, i često bi zaspao za stolom osećajući se sve nesigurnije kako je vreme prolazilo.

– Što više učim – rekao je Benu – to više shvatam koliko malo znam.

– Zato ja uopšte ne učim – kazao je Ben.

Kad je u petak posle podne Saša ispitivačima predao svoj diplomski rad, njih troje su otvorili bocu šampanjca i slavili do kasno u noć. Saša je na kraju završio u krevetu sa Čarli, mada mu je bilo prilično teško da se popne uz požarne stepenice, a zaspao je i pre nego što je ona ugasila svetlo.

Zatim je došao onaj mučni period kad studenti moraju da čekaju dok profesori ne odluče koju će im vrstu diplome dodeliti. Četrnaest dana kasnije njih troje su otišli do Senat hausa da saznaju svoju sudbinu.

Tačno u deset je glavni proktor, u dugoj crnoj odori i sa crnom kvadratnom kapom, smireno naišao hodnikom s rezultatima u ruci. Žamor je utihnuo među studentima, koji su se razmakli pred njim da prođe, poput Crvenog mora pred Mojsijem.

Uz dosta pompe, okačio je nekoliko listova papira na oglasnu tablu, pre nego što se okrenuo i polako pošao u suprotnom smeru jedva izbegavši stampedo studenata.

Saša je zaštitio Čarli dok su išli napred. Ben se nije pomerao i ostao je na začelju gomile, nimalo siguran da želi da sazna šta profesori misle o njegovom radu.

Mnogo pre nego što je Saša izbio na čelo, nekoliko studenata se vratilo skidajući četvrtaste studentske kape, a neki su čak i aplaudirali. Najbolji student označen zvezdicom bio je retka pojava u bilo kom predmetu, a samo jedno ime se pojavilo na vrhu spiska za Savremene i srednjovekovne jezike.

Čarli je zagrlila Sašu, jer je prvo pogledala njegove rezultate. – Tako sam ponosna na tebe – kazala je.

– A šta si ti dobila? – pitao ju je.

– Ušla sam u prvih trideset odsto, što je ono čemu sam se nadala. To znači da i dalje imam priliku da mi ponude mesto u *Galeriji Kortold*.

Pogledali su i videli da se Ben još nije pomerio. Čarli se okrenula i prešla prstom preko spiska studenata uporedne geografije, prava i ekonomije. Bilo joj je potrebno neko vreme da pronađe prezime Koen.

– Hoćeš li mu ti reći – pitala je – ili ja?

Saša je otišao do prijatelja, odlučno se rukovao s njim i kazao: Ušao si u prvih pedeset odsto. – Nije dodao da je ime Koen stajalo pri samom dnu spiska.

Ben je uzdahnuo sa olakšanjem. – Ako iko ikad pita – rekao je uhvativši se za revere sakoa – reći ću mu da sam diplomirao uz pohvalu, i zaposliću se uz oca u firmi *Koen i sin*.

Njihov smeh je prekinulo razuzdano klicanje grupice studenata na drugoj strani hodnika koji su bacali kape uvis i nazdravljali svojoj junakinji šampanjcem.

– Fiona je očigledno bila prva – rekao je Ben. – Imam osećaj da ćete vas dvoje biti suparnici dugo i pošto odete s *Kembridža*.

– Posebno stoga što sam odlučio da se učlanim u Laburističku partiju – rekao je Saša.

23.

Aleks

Bruklin

Aleks je gledao kroz prozor kabine dok se avion polako spuštao iznad Menhetna. Jedan otvor u oblacima omogućio mu je da načas pogleda Kip slobode, a kako se nikad nisu propisno upoznali, šaljivo joj je salutirao.

Kad je prvi put plovio uz Hadson, nije mogao da izrazi poštovanje toj dami, jer su on i njegova majka bili zaključani u brodskoj kuhinji. No zahvaljujući jednom snalažljivom Kinezu i Dimitrijevoj hrabrosti i odlučnosti, pobegli su i dobili priliku da započnu nov život u Americi.

Vodnik Karpenko je sedeo u dnu aviona i veći deo leta do kuće proveo razmišljajući šta će raditi kad se vrati u Ameriku. Diplomira-će na *Njujorškom univerzitetu*, makar samo da bi zadovoljio majku. Mnoge žrtve je podnela kako bi bila sigurna da će on diplomirati. A u stvari, znao je da put kojim želi da ide u životu ne zahteva nikakva slova ispred imena, mada to majci nikad neće uspeti da objasni.

Moraće svaki slobodan minut da posveti svojim tezgama i pobrine se da ponovo počnu da zarađuju, a onda da proveri ima li još raspoloživih za iznajmljivanje. Kad je krenuo u Vijetnam imao je pristojnu zaradu i stalno je razmišljao o širenju posla. Možda će jednog dana otkupiti posao gospodina Vulfa i posedovati sve tezge na tom trgu.

A tu je bila i Adi. Da li joj je nedostajao onoliko koliko je ona nedostajala njemu?

Vojni avioni su neprestano sletali na pistu za koju čak ni Njujorča-ni nisu znali da postoji.

Sto šesnaesta pešadijska divizija, uz hiljade drugova, iskrcala se i okupila na pisti za završnu smotru. Kao i mnogi njegovi drugovi, Aleks je, izašavši na pistu, pao na kolena i sa olakšanjem poljubio tlo što se vratio kući.

Tad je prvi put pomislio na Ameriku kao na svoj dom.

Svi su čekali da budu raspušteni kako bi se vratili svojim kućama širom Sjedinjenih Država, ponovo kao civili. Međutim, tog jutra ih je čekalo iznenađenje koje Aleks nije očekivao.

Kad je pukovnik Haskins završio svoj pozdravni govor, prozvao je jedno ime. Vodnik Karpenko je istupio, zaustavio se ispred zapovednika i salutirao.

– Čestitam, vodniče – rekao je pukovnik, dok mu je kačio Srebrnu zvezdu na uniformu.

Pre nego što je Aleks stigao da pita za šta je taj orden, pukovnik je okupljenima objasnio kako je, usred bitke za brežuljak Bejkon, vodnik Karpenko preuzeo mesto pogođenog zapovednika, predvodio napad koji je zbrisao neprijateljsku patrolu i bio zaslužan za spasavanje života nekoliko svojih drugova.

I izazvao smrt svog najboljeg druga, bila je jedina Aleksova misao dok se vraćao da se pridruži svojoj jedinici.

Želeo je da kaže kako bi to odlikovanje trebalo posthumno dati Tenku, koji je podneo najveću žrtvu. Aleks će posetiti Nacionalno groblje u Arlingtonu u Virdžiniji, i položiti venac na grob svog prijatelja, razvodnika Samjuela T. Barouza.

Kad je smotra završena, Aleksa su okružili drugovi i čestitali mu svi slaveći prijateljstvo iskovano u ratu. Pitao se da li će opet videti ikog od njih pošto odu u pedeset različitih pravaca.

Kad su se ljudi razišli, otišli su da traže svoje porodice i prijatelje koji su strpljivo čekali iza barijere na drugom kraju aerodroma. Aleks se nadao da će Adi biti među njima. U poslednje vreme nije više tako često pisala, ali Aleks nije sumnjao da će ona i njegova majka biti među ljudima koji mašu i kliču. Majka mu je pisala svake nedelje, i mada se nikad nije požalila, bilo je jasno da ona i Dimitrij ne uživaju u ulozi privremenih preduzetnika. Sad je Elena mogla da se vrati onome u čemu je najbolja, a Dimitrij da se prijavi za sledeći brod za Lenjingrad.

Aleks se priključio uzbuđenoj grupi mladića kad su nestrpljivi okupljeni potrčali prema njima.

Pogledom je u velikoj gomili tražio Adi i majku. No uz toliko ljudi koji su skakali gore-dole, mahali zastavama i pokazivali prstima, prošlo je neko vreme pre nego što je uočio Elenu kroz gomilu, Dimitrija malo iza nje, ali od Adi nije bilo ni traga.

Elena je zagrlila sina i čvrsto ga držala, kao da želi da se uveri da je stvaran. Kad ga je konačno pustila, rukovao se s Dimitrijem koji nije mogao da skine pogled sa Srebrne zvezde.

– Dobro došao kući – kazao je. – Tako smo ponosni na tebe.

Bilo je tako mnogo pitanja koja je Aleks želeo da postavi i toliko stvari koje je morao da im ispriča da nije znao odakle da počne. Dok su se udaljavali od prepune piste, bilo je teško čuti išta do vesele graje koja je dopirala odasvud.

Tek kad su seli u autobus za Bruklin, Aleks je primetio da je sva radost nestala s majčinog lica, a da je Dimitrij pognuo glavu, kao neki školarac koga su uhvatili da beži sa časova.

– Nije valjda tako loše – pokušao je Aleks da ih razveseli.

– I gore je – kazala je Elena – mnogo gore nego što možeš da zamisliš. Dok si se borio za svoju zemlju, izgubili smo gotovo sve što si uspeo da izgradiš.

Aleks ju je uhvatio za ruku. – Ne može biti gore nego kad gledaš kako ti ubijaju najboljeg prijatelja. Kaži mi, šta mogu da očekujem kad se vratim kući?

Elena se bledo osmehnula. – Ostala nam je samo jedna tezga, a i ona jedva da zarađuje.

– Kako je to moguće? – pitao je Aleks. Iz pisama je znao da su Elena i Dimitrij imali teškoće, ali nije shvatio da stvari stoje baš tako loše.

– Ja sam kriv – rekao je Dimitrij. – Nisam uvek bio tu kad sam bio najpotrebniji tvojoj majci.

– Da, bio je – rekla je Elena. – Ne bih preživela bez njegove plate dok si ti bio odsutan.

– Ali sigurno je to bilo dovoljno da se snađete dok...

– Ni izbliza dovoljno za gospodina Vulfa.

– Šta je taj matori pokvarenjak uradio u mom odsustvu?

– Kad god bi ti jedna od dozvola istekla, on bi tražio dvostruku zakupninu – rekla je Elena. – Jednostavno nismo mogli da plaćamo ono što je tražio, i na kraju smo izgubili sve tezge osim jedne. Poslednji zakup ističe za dva meseca, a nedavno je utrostručio cenu za nove tezge.

– Tako se odnosi prema svima – kazao je Dimitrij. – Kad se vratiš, videćeš da je ta pijaca postala grad duhova.

– Ali to nema smisla – rekao je Aleks. – Te tezge su Vulfov glavni izvor prihoda, zašto onda... – ali nije dovršio rečenicu.

– Ono što je još čudnije – kazala je Elena – jeste to da je pristao da produži zakup za piceriju *Mario*, uz razumno povećanje zakupnine.

– To je prvi trag – rekao je Aleks.

– Ne razumem – kazala je Elena.

– *Mario* nije na Pijačnom trgu.

Kad je skinuo uniformu, okupao se i obukao jedino odelo, Aleks je izašao iz kuće i krenuo pravo prema prodavnici polovne odeće. Adi nije mogla da sakrije uzbuđenje kad je ušao, mada je bila zaprepašćena njegovom vojničkom frizurom.

– Prvo tvoje vesti ili moje? – pitao je Aleks grleći je.

– Moje. Tvoja majka me je obaveštavala o tome šta radiš. Drago mi je što si se vratio živ i zdrav.

– Nije trebalo – rekao je Aleks bez objašnjenja.

– Pođi sa mnom – rekla je i uhvatila ga za ruku. – Imam iznenađenje za tebe. – Povela ga je do skladišta na drugom kraju prodavnice. Aleks nije bio siguran šta da kaže kad je video stalak sa odelima, sakoima, jednim blejzerom, kao i elegantnim crnim kaputom. – Već sam rekla da ti prekroje pantalone kako bi ti savršeno pristajale. Nego – dodala je, gledajući ga – malo si smršao.

– Kako mogu da ti se zahvalim? – pitao je. Nadao se da i on ima iznenađenje za nju, mada će morati da sačeka da dobije pristanak od majke.

– To je tek početak – kazala je Adi, dok je pokazivala na policu iza gomile odeće, s desetak naslaganih košulja koje nisu bile izvađene iz kutija, tamnozelenim kašmirskim džemperom, tri para kožnih cipela i šest kravata koje su izgledale nenošeno.

– Šta bi još moglo da zatreba jednom muškarcu? – pitao je Aleks.

– Čekaj, to nije sve – rekla je Adi i podigla potpuno novu kožnu aktovku. – Baš ono što je mladom biznismenu potrebno kad ide na važne sastanke.

– Odakle ti sve ovo?

– Sve je poteklo iz istog izvora, od čoveka koji, iskreno, ima više nego što mu je potrebno.

– Koliko ti dugujem?

– Ni novčić. To je upravo ono što ratni junak zaslužuje. Svi smo tako ponosni što si dobio Srebrnu zvezdu.

– Pa, najmanje što mogu da uradim jeste da te večeras odvedem na večeru – rekao je Aleks i nagnuo se da je poljubi. Ali baš kad je trebalo da im se usne dodirnu, Adi se okrenula, a on joj je očešao obraz.

– Bojim se da večeras nisam slobodna – kazala je.

– Sutra uveče?

– Ni večeras nit ijedno drugo veče. – Počela je da slaže odeću i pakuje je u kese.

– Kako to?

– Tako što ću se udati za tog muškarca koji ima previše odela – kazala je Adi i podigla levu šaku.

Aleks je bio izašao s jednog predavanja na fakultetu kad ih je video kako stoje u hodniku nikako se ne uklapajući u okruženje. Bilo ih je teško ne primetiti, odevene u tamna, dobro skrojena odela i u uglancanim cipelama, među studentima odevenim u izbledele farmerke, ofucane majice i iznošene patike.

Aleks je odmah prepoznao jednog od njih. To nije bio čovek koga je moguće lako zaboraviti.

– Dobar dan, gospodine Karpenko – kazao je agent Hamond. – Sećate li se mog partnera agenta Travisa? Možemo li da nasamo razgovaramo s vama?

– Imam li drugog izbora?

– Da, naravno – rekao je Hamond.

Aleks je stavio ruke iza leđa i prošaputao: – Uhapsite me. Stavite mi lisice i pročitajte mi prava.

– Šta to pričate? – pitao je Travis.

– To će mi makar doneti malo ugleda kod ovih ljudi – spustio mu je Aleks kad se nekoliko studenata zaustavilo da ih pogleda.

– Ako nećete da sarađujete, Karpenko, moraćete da pođete s nama – rekao je Travis najglasnije što je mogao. Onda je uhvatio Aleksa za ruku i odveo ga hodnikom, a pratili su ih ruganje i povici. Zastali su pred vratima na kojima je crnim slovima na mutnom staklu pisalo DEKAN. Travis je otvorio vrata i gurnuo Aleksa unutra.

Nije bilo ni traga dekanu niti njegovoj sekretarici. CIA je izgleda imala dar da učini da ljudi nestanu, pomislio je Aleks. Travis ga je pustio čim su se za njima zatvorila vrata, pa su posedali za mali četvrtast sto na sredini sobe.

– Hvala vam – kazao je Aleks. – Sad će možda neki od njih želeti da razgovaraju sa mnom.

– Šta je s njima? – pitao je Hamond.

– Ako ste služili u Vijetnamu, ne drogirate se, ne pijete i nadate se da ćete ovde steći diplomu, mnogi ne žele da znaju za vas. Šta mogu da uradim za vas, gospodo?

– Prvo – počeo je Hamond vadeći neizbežne fascikle iz aktovke – želeli bismo da vas obavestimo šta se dogodilo s vašim bivšim šahovskim partnerom Ivanom Donokovim dok ste bili u Vijetnamu.

Na pomen Donokovljevog imena, Aleks je osetio mučninu i pokušao da spreči drhtanje.

– Zahvaljujući vama, uspeli smo da ga uhapsimo, kao i nekoliko njegovih saradnika. Sad su bezbedno iza rešetaka.

– Na koliko dugo?

– Devedeset devet godina, u Donokovljevom slučaju – rekao je Travis – bez mogućnosti uslovnog otpusta.

– Nadajmo se da mu je cimer u ćeliji velemajstor, inače će mu biti veoma dosadno – kazao je Aleks. Ona trojica su se prvi put nasmejala.

– To sigurno nije jedini razlog što ste želeli da me vidite.

– Ne, nije – kazao je Hamond. – Mislimo da vam dugujemo uslugu. Znamo da ste spali na poslednju pijačnu tezgu i da narednog meseca treba da obnovite zakup. Takođe znamo da će vlasnik, gospodin Vulf, pokušati da traži cenu koju nećete moći da platite.

– Ali ono što je još važnije – kazao je Aleks – znate li zašto?

– Da – odgovorio je Hamond. – Naše kolege iz FBI-ja imaju ormarić pun dokumenta posvećenih gospodinu Vulfu, ali nikad nisu mogle ni da ga taknu. Ipak, preneli su nam neke informacije koje bi mogle da vas zanimaju. – Glavom je dao znak kolegi koji je nastavio da objašnjava zašto Vulf mora da poseduje sve tezge do sedamnaestog juna u podne. – A vaša je poslednja koja je ostala.

– Hvala vam – rekao je Aleks. – Mada je trebalo da se i sâm setim toga.

– I, uzgred – kazao je Travis – postoji nešto čega ste se dosad verovatno setili.

– Dimitrij je jedan od dobrih momaka – kazao je Aleks.

Aleks je obukao jedno od odela koje mu je Adi dala, belu košulju i vezao plavu svilenu kravatu koju nikad ne bi mogao da priušti. Otvorio je aktovku i pogledao da li je sve na svom mestu, pa pogledao na sat. Bio je to sastanak na koji ne sme da zakasni.

Nije mogao da se suzdrži da ne zvižduće dok je polako hodao Avenijom Brajton Bič. Stigao je do Oušn parkveja 3049 nekoliko minuta pre devet sati, otvorio vrata i otišao do recepcije, gde ga je dočekala Moli, strpljiva recepcionerka, poznata među zakupcima tezgi kao đavolova vratarka.

– Sedite, gospodine Karpenko. Obavestiću gospodina Vulfa da ste stigli.

– Ne trudite se – rekao je Aleks ne usporavajući i ne zaustavljajući se da pokuca pre nego što je ušao u Vulfovu kancelariju.

Vulf je podigao pogled sa stola. Nije pokušao da prikrije nervozu što je tako zatečen. – Moraću da te pozovem kasnije – rekao je i tresnuo telefonsku slušalicu. – Dobro jutro, gospodine Karpenko – kazao je pa pokazao na stolicu naspram sebe. Aleks je ostao da stoji. Vulf je slegnuo ramenima. – Spremio sam nov ugovor za zakup vaše tezge.

– Koliko?

– Hiljadu dolara nedeljno, u naredne tri godine – rekao je sasvim prirodno Vulf. – I, naravno, očekujem plaćanje unapred. Ako samo jednom ne platite traženi iznos, zakup se automatski raskida. – Osmehnuo se, uveren da tačno zna kakav će biti Aleksov odgovor.

– To je pljačka – kazao je Aleks. – Ne moram da vas podsećam na klauzulu u našem ugovoru u kojoj stoji da porast zakupnine mora da odražava tržišne uslove.

– Drago mi je što ste pomenuli tu klauzulu – rekao je Vulf kiselo se smešeći – jer me je drugi zakupac nedavno tužio tvrdeći da sam naplatio previše i pomenuo je baš tu klauzulu. Sa zadovoljstvom mogu da vam kažem da je sudija presudio u moju korist. Dakle, presedan je uspostaljen, gospodine Karpenko.

– Koliko vas je to koštalo?

Vulf je zanemario taj komentar i gurnuo poznati dokument na drugu stranu stola, pa rekao, pokazujući na isprekidanu liniju: – Potpišite ovde i tezga će biti vaša naredne tri godine.

Ponovo je izgledalo kao da zna kakav će biti Aleksov odgovor. Ali na njegovo iznenađenje, Aleks je seo i polako počeo da čita ugovor, član po član. Vulf se udobnije smestio, izvadio cigaru iz kutije na stolu, upalio je i povukao nekoliko puta pre nego što je Aleks uzeo olovku s njegovog stola i potpisao ugovor.

Vulfu je cigara ispala iz usta i pala na pod. Brzo ju je podigao i obrisao pepeo s pantalona pa kazao: – Ne zaboravite da morate da platite četiri hiljade dolara unapred.

– Kako bih mogao da zaboravim – rekao je Aleks. Otvorio je aktovku i izvadio četrdeset novčanica od po sto dolara. Sve do poslednje pare koju su on, njegova majka i Dimitrij posedovali. Spustio je novac na papir za upijanje mastila ispred gospodina Vulfa, a onda stavio ugovor u aktovku, ustao i spremio se da krene. Upravo je nameravao da otvori vrata, kad je Vulf rekao: – Ne žuri toliko, Alekse. Hajde da razgovaramo o ovom kao razumni ljudi.

– Nemamo o čemu da razgovaramo, gospodine Vulfe – kazao je Aleks. – Radujem se što ću koristiti tezgu naredne tri godine, a kolika god da bude zakupnina kad ugovor istekne, ja ću je platiti. – Spustio je ruku na kvaku.

– Siguran sam da možemo nekako da se dogovorimo, Alekse. Šta bi rekao ako bih ti ponudio pedeset hiljada dolara da pocepaš taj ugovor? To je mnogo više nego što bi mogao da zaradiš čak i da imaš desetak tezgi.

– Ali ni blizu svoti od milion dolara godišnje zakupnine koju ćete dobiti ako pocepam ovaj ugovor. – Aleks je otvorio vrata.

– Kako si otkrio? – pitao je Vulf mrko gledajući u njegova leđa.

– Nije važno kako sam otkrio da vam je gradsko veće dalo dozvolu za izgradnju novog tržnog centra od sedamnaestog juna, ali ipak jesam. U poslednjem trenutku, mogu da dodam.

– Koliko tražiš?

– Neću se zadovoljiti svotom manjom od miliona – kazao je Aleks. – Inače buldožeri neće moći da počnu s radom bar naredne tri godine.

– Pola miliona – rekao je Vulf.

– Sedamsto pedeset hiljada.

– Šeststo hiljada.

– Sedamsto hiljada.

– Šeststo pedeset hiljada – izletelo je Vulfu.

– Dogovoreno.

Vulf je uspeo da se kiselo nasmeši jer je mislio da je ipak dobro prošao.

– Ali samo ako dodate i neograničen zakup piceriji *Mario* na uglu Šahovskog trga – dodao je Aleks.

– Ali to je čista pljačka – pobunio se Vulf.

– Tako je – kazao je Aleks. Seo je i otvorio aktovku i izvadio dva ugovora. – Ako potpišete ovde i ovde – počeo je pokazujući na isprekidanu liniju – građevinari narednog meseca mogu početi sa izgradnjom tržnog centra. Ako ne potpišete...

24.

Aleks

Bruklin

– Misliš li da sam sposobna za to? – pitala je Elena.

– Naravno da jesi, mama. Tvoj problem je što čitavog života potcenjuješ sebe.

– To izvesno nikad nije bio jedan od tvojih problema.

– Iskreno, previše si dobra da bi radila u piceriji – kazao je Aleks, ignorišući njen prekor. – Ali zajednički možemo da izgradimo brend, ojačamo ga, prodamo, a onda otvorimo tvoj sopstveni restoran.

– Velikim restoranima ne upravljaju kuvari, Alekse, nego prvoklasni menadžeri, tako da pre nego što uložiš i cent u mene, moraš da pronađeš iskusnog menadžera.

– Dobrih menadžera ima kao pleve, mama. Sjajni kuvari su mnogo ređa roba.

– Zašto misliš da sam sjajna kuvarica?

– Samo što si dobila posao u *Mariju*, uvek sam mogao da pronađem slobodan sto, u bilo koje doba dana. Sad su od jedanaest pre podne redovi ispred restorana. A uveravam te, mama, oni ne čekaju u redu da upoznaju menadžera.

– Ali to bi bio veliki rizik – kazala je Elena. – Možda je bolje da uložiš svoj novac u banku.

– Ako uradim to, mama, jedini koji zarađuju biće bankari. Ne, mislim da ću rizikovati malo svog novostečenog bogatstva na tebe.

– Ali ne pre nego što pronađeš menadžera.

– U stvari, već imam nekog na umu.

– Koga? – zahtevala je da zna Elena.

– Sebe.

∗ ∗ ∗

Elena je zurila u pozivnicu sa zlatotiskom koju je Aleks spustio na kamin tako da je svi vide.

– Ko je Lorens Louel? – pitala ga je dok je sedao da doručkuje.

– Sećaš se poručnika Louela. Bio je zapovednik moje čete u Vijetnamu. Iskreno, iznenađen sam da se setio mog imena, a nekmoli da je saznao gde živim.

– Mi se to uzdižemo na društvenoj lestvici? – zadirkivala ga je Elena dok mu je sipala kafu. – Pretpostavljam da među njegovim gostima neće biti mnogo menadžera picerija. Hoćeš li prihvatiti?

– Naravno da hoću. Ja sam menadžer *Elene*, najekskluzivnije picerije u Njujorku.

– Ekskluzivna u ovom slučaju znači jedina.

Aleks se nasmejao. – Ne zadugo. Već sam bacio oko na drugu lokaciju, nekoliko ulica dalje.

– Ali ni na prvoj ne zarađujemo – podsetila ga je Elena, dok je stavljala dva jajeta da se kuvaju.

– Na pozitivnoj smo nuli, tako da je vreme za širenje.

– Ali...

– Ali – kazao je Aleks – imam problem šta da kupim za trideseti rođendan čoveku koji ima sve – rols-rojs, privatni avion?

– Dugmad za manžetne – rekla je Elena. – Tvoj otac je uvek želeo dugmad za manžetne.

– Imam osećaj da poručnik Louel ima već dosta dugmadi za manžetne.

– Onda neka budu posebna.

– Kako to misliš?

– Daj da se naprave s njegovim porodičnim grbom, klupskim logom ili čak oznakom vaše stare jedinice.

– Dobra ideja, mama. Daću da se napravi par sa izgraviranim magarcem.

– Zašto magarac? – pitala je Elena kad je tajmer za kuvanje jaja zazvonio posle četiri minuta.

– Jesi li sigurna? – pitao je Aleks gledajući se u ogledalu.

– Ne mogu biti sigurnija – rekla je Adi. – To je poslednji krik mode. Iduće godine će svi nositi široke revere i zvoncare. Bićeš glavna fora na Brodveju.

– Ali ne brinem se za Brodvej, već za Boston, gde pretpostavljam da to neće biti u modi ni one tamo godine.

– U tom slučaju ćeš biti pionir nove mode, a svi ostali gosti će ti zavideti.

Aleks nije bio siguran u to, ali je ipak kupio to odelo, i nabranu nebeskoplavu košulju za koju je Adi insistirala da se slaže s njim.

Narednog jutra je Aleks ustao rano, ali umesto da ode pravo na pijacu da nabavi namirnice za taj dan, otišao je na stanicu *Pen*, gde je kupio povratnu kartu za Boston. Kad je pronašao mesto u vozu, spustio je svoj koferčić na policu iznad glave i seo da čita *Njujork tajms*. Vest dana bila je: NIKSON PODNEO OSTAVKU.

Kad je voz četiri sata kasnije stigao na *Južnu stanicu*, Aleks se pitao da li će predsednik Ford pomilovati bivšeg predsednika. Ušao je u taksi i rekao vozaču da ga odveze u neki jeftiniji hotel. Uprkos novostečenom bogatstvu, Aleks je i dalje smatrao da je bacanje para platiti apartman, kad može da spava i u jednokrevetnoj sobi.

Kad se prijavio u *Langam*, istуširao se pre nego što je probao dva odela koja je poneo sa sobom. U jednom se osećao kao Džek Kenedi, a u drugom je izgledao kao Elvis Prisli. Ali na naslovnoj strani *Voga* na noćnom stočiću nalazila se fotografija Džoan Kenedi, odevene u nebeskoplavu balsku haljinu, a *Vog* je mislio da će to biti boja godine. Aleks se ponovo predomislio. Poslednji put je pogledao vreme na pozivnici, od 19.30 do 20.30. Izašao je iz hotela negde posle sedam, zaustavio taksi i rekao vozaču adresu.

Pošto su se provezli oko parka Komon, Aleks je primetio da su kuće sve raskošnije kako se voze uz Bikon hil. Zaustavili su se pred kapijom jedne veličanstvene kuće, gde su ga dočekala dva čuvara koja su ga dobro osmotrila pre nego što su zatražila da vide njegovu pozivnicu.

– Možda je jedan od izvođača – kazao je čuvar dovoljno glasno da Aleks čuje dok je taksi krenuo dugačkim prilazom do kuće.

Aleks je znao da je napravio grešku čim je ušao u salu čiji su zidovi bili prekriveni hrastovim pločama i pridružio se dugom redu gostiju koji su čekali da se pozdrave s domaćinom. Želeo je da se okrene, vrati u hotel i presvuče u konzervativnije odelo, ali onda bi zakasnio. Nije bio siguran šta bi više uvredilo domaćina. Primetio je da se nekoliko gostiju okrenulo da ga bolje pogleda.

– Radujem se što te ponovo vidim, Alekse – kazao je Louel, kad je konačno bio u vrhu reda. – Drago mi je što si uspeo da stigneš.

– Ljubazno je od vas što ste me pozvali, gospodine.

– Lorense, Lorense – prošaputao je njegov domaćin, pre nego što se okrenuo da pozdravi sledećeg gosta. – Dobro veče, senatore.

Aleks je otišao do velikog salona prepunog gostiju, uglavnom odevenih u smokinge. Uzeo je čašu šampanjca od jednog konobara, pa nestao iza velikog mermernog stuba u uglu sobe, odakle je gledao sliku nekog slikara po imenu Polok. Nije se pomerao niti je pokušavao da razgovara s ljudima, dok se gong nije oglasio, a onda se potrudio da bude među poslednjima koji ulaze u trpezariju. Iznenadio se kad je video da je smešten za glavni sto, između Ivlin, s leve, i Toda s desne strane.

Aleks je brzo seo i osetio olakšanje što niko više ne može da vidi njegove zvoncare.

– Kako si upoznao Lorensa? – pitala je devojka s njegove leve strane, nakon što je bostonski nadbiskup očitao molitvu.

Aleks je prvi put u životu zamucao. – Služio sam... Služio sam pod poručnikom Louelom u Vijetnamu.

– A da, Lorens je pomenuo da te je pozvao, ali nije bio siguran da ćeš doći.

Aleks je već zažalio što je došao.

– A čime se sad baviš, Alekse?

– Posedujem lanac picerija – izletelo mu je, i odmah je zažalio zbog tih reči.

– Nikad nisam jela picu – kazala je, a Aleksu nije bilo teško da poveruje u to. Nakon duge ćutnje, dodao je: – A kako ste vi upoznali poručnika Louela?

– On mi je brat. – Još jedna duga tišina usledila je pre nego što se Ivlin okrenula muškarcu sa svoje leve strane i počela da mu priča kada će se vratiti u svoju vilu na jugu Francuske.

Kad je prvo jelo posluženo, Aleks nije bio siguran koji nož i viljušku da uzme od obilja pribora za jelo koji se nalazio pred njim. Pratio je Ivlinin primer, pre nego što se okrenuo ka muškarcu desno, koji je rekao: – Zdravo, ja sam Tod Halidej – i rukovao se s njim.

– Kako ste upoznali Lorensa? – pitao je Aleks, nadajući se da mu to nije brat.

– Studirali smo na *Čoutu* – rekao je Tod.

– Da li se i vi bavite bankarstvom? – pitao je Aleks, a nije znao šta je to *Čout*.

– Ne. Upravljam malom investicionom kompanijom specijalizovanom za startapove. A vi?

– Imam dve picerije i razmišljam da otvorim treću. Nismo baš *Pica hat*, ali to je samo pitanje vremena.

– Da li vam je potreban kapital?

– Ne – odgovorio je Aleks. – Prodao sam staru kompaniju za preko milion dolara, tako da mi ne treba finansiranje spolja.

– Ali ako se nadate da se takmičite s *Pica hatom*, pravi partner bi mogao da ubrza čitav proces, a ako ste zainteresovani...

Tod nije stigao da završi rečenicu, jer ga je prekinula poznata figura koju je Aleks odmah prepoznao, i koja je ustala sa svog mesta da nazdravi Lorensu. Aleks se divio opuštenosti s kojom se senator iz Masačusetsa obratio okupljenima, nijednom ne pogledavši u beleške, ali nije mogao da skine pogled sa žene koja je sedela kraj senatora, koju je upravo bio video na naslovnoj strani luksuznog časopisa u hotelu. Želeo je da je i on izgledao makar upola tako dobro u nebeskoplavoj boji.

Kad je senator seo praćen srdačnim aplauzom, Lorens je ustao da odgovori. – Oduševljen sam – počeo je – što je toliko mojih rođaka i prijatelja moglo da mi se pridruži na proslavi tridesetog rođendana. Posebno sam počastvovan što je Tedi mogao da pronađe malo slobodnog vremena da mi nazdravi. Nadam se da će jednog dana, u ne tako dalekoj budućnosti, razmisliti da postane kandidat Demokratske stranke za predsednika.

Nekoliko gostiju je zapljeskalo, što je Lorensu dalo priliku da okrene sledeću stranicu svog govora.

– Podjednako sam oduševljen što u svom domu mogu da dočekam čoveka koji je omogućio večerašnji skup, jer jedno je sigurno, da mi nije spasao život, ove zabave ne bi bilo. Kao što svi znate, dok sam služio u Vijetnamu ranjen sam, i bio bih smatran mrtvim, ali srećom, moj zamenik nije oklevao da zauzme moje mesto, i zbog njegovog vođstva i hrabrosti ne samo što je uništena čitava jedinica Vijetkongovaca nego nije napustio bojno polje dok svi američki vojnici nisu spaseni. Za svoja dela tog dana, vodnik Aleks Karpenko je ne samo dobio Srebrnu zvezdu nego mi je omogućio da održim večerašnji govor.

Lorens se okrenuo ka Aleksu i podigao čašu, a svi prisutni su ustali i pridružili se aplauzu, mada se Aleks odmah setio Tenka, i činjenice da još nije posetio njegov grob u Virdžiniji.

Čulo se još glasnije klicanje kad je Lorens najavio da će se na slede-
ćim izborima kandidovati za Kongres, kao predstavnik Demokratske
stranke. Kad je konačno seo, okupljeni gosti su glasno i bez sluha za-
pevali „Srećan rođendan, dragi Lorense..."

Čim su smeh i aplauz konačno utihnuli, Tod se okrenuo Aleksu i
nastavio razgovor tamo gde su ga prekinuli. – Ako odlučite da se širite,
javite se. Vaša kompanija je upravo onakva kakve volim da finansi-
ram. – Izvadio je posetnicu iz novčanika i pružio je Aleksu, koji je na-
meravao da pita koji iznos je imao na umu, kad mu je pažnju skrenula
ruka koja mu je dodirnula butinu.

– Pričaj mi malo više o svom malom carstvu, Alekse – kazala je
Ivlin ne pomerajući ruku.

Već drugi put je uhvatio sebe da ne uspeva da pronađe reči dok je
zurio u njene zelene oči.

– Upravo sam ga prodao.

– Nadam se za dobru cenu.

– Nešto preko milion dolara – kazao je uživajući u njenoj pažnji.

– Hoćeš li me upoznati s njim, Ivlin? – začuo je glas iza sebe.

Aleks je skočio na noge kad je video senatora kraj svoje stolice.
Ivlin ih je upoznala, a Tedi Kenedi je odmah opušteno počeo da ćaska
o Vijetnamu.

– Znaš, Alekse – prošaputao je Kenedi – ako bi mogao da izdvojiš
malo vremena da pomogneš Lorensu u kampanji, to bi moglo da po-
mogne, a znam da bi ti on bio zahvalan.

Aleksu nikad nije palo na pamet da bi mogao da pomogne Lorensu
u bilo čemu. – Bio bih presrećan da uradim sve što mogu, senatore –
čuo je sebe kako govori.

– Lepo od tebe, Alekse. Javićemo ti se.

Kenedijeve reči dale su Aleksu malo samopouzdanja, pa je postao
nešto odlučniji da pita Toda koliko bi mogao da investira u *Elenu*, i šta
bi očekivao zauzvrat. Ali kad je pogledao oko sebe, video je Toda kako
stoji iza njega zadubljen u razgovor sa Ivlin, i pomislio kako ne sme da
ih prekida.

Kad je seo, iznenadio se što vidi da gosti stoje u redu kako bi ra-
zgovarali i rukovali se s njim. Odgovarao je na sva njihova pitanja,
delimično i zato što mu je to omogućilo da ne ode na plesni podijum i
ne napravi potpunu budalu od sebe. Kad je primetio da prvi gosti od-
laze nakon ponoći, Aleks je odlučio da i on krene, pošto porazgovara s
Todom, ali prvo je pitao jednog konobara gde je toalet.

– Kreni za mnom – rekla je Ivlin koja se pojavila niotkud.

Aleks ju je rado poslušao. Uhvatila ga je za ruku i povela širokim mermernim stepenicama do prvog sprata i otvorila dvostruka vrata spavaće sobe koja je bila veća od čitavog Aleksovog stana u Brajton Biču.

– Idi u moje privatno kupatilo – rekla je pokazujući na vrata na drugom kraju sobe.

– Hvala ti – kazao je Aleks pa ušao u prostoriju u kojoj su se nalazili i kada i tuš. Osmehnuo se dok je prao ruke i popravljao kravatu, sad dovoljno samouveren da pita Ivlin da li bi mu pozvala taksi do hotela. Ali kad se vratio u spavaću sobu, nju nije video. Pretpostavio je da se sigurno vratila na zabavu, ali tada je začuo glas: – Ovde sam, Alekse. – Okrenuo se i video je kako sedi na krevetu, a njena veličanstvena balska haljina bila je na podu. – Dođi i pridruži mi se – kazala je Ivlin tapšući rukom po prekrivaču.

Aleks nije mogao da poveruje šta mu se događa, ali nakon kratkog oklevanja nervozno je svukao odelo i košulju, i legao na krevet kraj nje. Odmah ga je zagrlila i počela da ga ljubi. Pitao se da li je očigledno da je ona druga žena s kojom je u krevetu. Na kraju je legla, ispustila dug uzdah i kazala: – Vidim zašto neprijatelj nije imao nikakve izglede.

Nekoliko trenutaka kasnije zaspala je u njegovom naručju.

Kad se Aleks probudio narednog jutra, i pogledao Ivlin kraj sebe, i dalje nije mogao da poveruje da ga je ta prelepa i prefinjena žena uopšte pogledala. Bojao se trenutka kad će se ona probuditi, čarolija nestati a on morati da se vrati u stvarni svet.

Nežno je počeo da joj miluje riđu kosu. Polako se probudila i lenjo protegla ruke, pre nego što ga je zagrlila. Nakon što su drugi put vodili ljubav, Ivlin mu je spustila glavu na rame.

– Smem li nešto da te pitam? – rekao je Aleks.

– Bilo šta, dragi – odgovorila je.

– Šta možeš da mi kažeš o Todu Halideju, čoveku koji je sinoć sedeo s moje druge strane?

– Izrazito bogat, iz bogate porodice, ali voli da ulaže u nove kompanije.

– Misliš li da bi ga zanimalo...

– Pretpostavljam da ga je Lorens zato posadio kraj tebe – kazala je Ivlin.

– Ali moja kompanija je tako mala...

– Tod voli da se priključi na početku. Kaže da se tako zarađuje pravi novac. Samo bih volela da sam ga slušala kad me je savetovao da ulažem u *Koka-kolu*, *Mekdonalds* i *Volt Dizni*.

– Koje svote obično ulaže?

– Deset, petnaest miliona, a jednom je uložio i dvadeset pet miliona kad je stvarno verovao u tu osobu, a vidim da je tobom bio impresioniran.

– Ali šta bi očekivao zauzvrat?

– Nemam pojma – rekla je Ivlin – ali ovoga puta neću to propustiti.

– Kako to misliš?

– Biću među prvim ulagačima.

– Uložila bi u moju kompaniju?

– Ne u tvoju kompaniju – kazala je Ivlin – u tebe. Tod uvek kaže da ima hvalisavaca i pravih ljudi, a nije imao nikakve sumnje u koje ti spadaš, tako da sam mu rekla da ću uložiti pola miliona. U stvari – dodala je pa ustajala iz kreveta i obukla svilenu kućnu haljinu – ako je Tod spreman da te finansira, ja ću prodati Vorhola kojeg mi je deda ostavio testamentom. – Ivlin je stala pred jedan portret koji je visio na zidu. – Poznat je kao *Tužna Džeki*, jer je ovekovečio bolni trenutak kad je saznala da joj je muž mrtav.

– Ne bih mogao da ti dozvolim da uradiš to – rekao je Aleks i pošao za njom do kupatila.

– Ne razmišljaj o tome – kazala je Ivlin, svukla kućnu haljinu i ušla u tuš kabinu. – Vredi više od milion dolara, a ima nekoliko njujorških galerista koji jedva čekaju da mi daju pola miliona, možda i više. I odaću ti malu tajnu – nikad mi se nije sviđala.

Aleks nije mogao da se usredsredi kad je pustila vodu i dala mu sapun. Još jedna stvar koju radi prvi put. Tek kad je počeo da se briše, rekao je: – Ne mogu da ti dozvolim da prodaš Vorhola, posebno zato što mi Lorens ne bi oprostio.

– Neću mu reći ako mu ti ne kažeš – rekla je Ivlin, vratila se u spavaću sobu i otvorila plakar sa čitavim nizom okačenih haljina, suknji, bluza i cipela. Polako je birala garderobu. Aleks nije uživao u tome da obuče svoju staru odeću, dok ju je gledao kako se odeva.

– Zašto ne preskočimo posrednike?

– Možeš li da mi zakopčaš haljinu, dragi?

Aleks je otišao na drugi kraj sobe, zakopčao joj haljinu i, dok je to radio, sagnuo se da je poljubi u rame.

– Nisam sigurna da te shvatam – kazala je Ivlin okrećući se ka njemu.

– Ja ću biti galerista, ali na poseban način. Kupiću tu sliku za pola miliona, koje onda možeš da uložiš u moju kompaniju, a ja ću ti vratiti Vorhola kad mi platiš.

– Ali zašto da toliko rizikuješ? – pitala je Ivlin.

– Nema rizika, ako ta slika vredi milion – rekao je Aleks.

– A nećeš reći Lorensu?

– Ni reč.

– Onda smo se dogovorili – kazala je Ivlin i skinula malu sliku sa zida.

– Ne, neće biti potrebno da je uzmem dok ne sklopimo sporazum.

– Onda to neće biti moguće, jer idem na šest nedelja na jug Francuske, a ako dobro poznajem Toda, zaključiće sporazum s tobom mnogo pre nego što se ja vratim. – Ivlin mu je predala sliku. – Dovoljno ti verujem da ćeš se držati dogovora.

Aleks je nevoljno uzeo sliku, seo, napisao ček na petsto hiljada dolara i predao ga Ivlin.

– Hvala ti – kazala je i ostavila ga na noćnom ormariću. – Zašto ne dođeš u Boston narednog vikenda? Možemo da idemo na jedrenje i proslavimo novo partnerstvo – dodala je, pre nego što ga je nežno poljubila u usta.

Aleks nije mogao da poveruje da ona želi da ga ponovo vidi, i samo je kazao: – Voleo bih to.

– Mislim da je vreme da doručkujemo – kazala je Ivlin. – Ali ne govori Lorensu ništa o našem malom dogovoru.

– Radije ne bih dok sam ovako odeven – rekao je Aleks. – Dovoljno sam se stideo sinoć, a bilo bi gore za vreme doručka. Nego jesi li sigurna da želiš da tvoj brat zna da sam prenoćio ovde?

– Mislim da ga ne bi bilo briga.

– Ali mene je briga.

– Tako si divno staromodan – kazala je Ivlin. – Ali ako insistiraš, možeš da siđeš sporednim stepenicama i izađeš na ulaz za poslugu. Tako te niko neće videti.

– Insistiram.

Ivlin je slegnula ramenima i otišla do vrata spavaće sobe. Otvorila je vrata, pogledala u hodnik i pozvala Aleksa da dođe. Pokazala mu je stepenište na drugom kraju hodnika. – Ne zaboravi sliku – kazala je i dala mu Vorhola.

Nevoljno ga je uzeo i krenuo ka drugom kraju hodnika.

– Radujem se viđanju narednog vikenda, dragi – rekla je Ivlin i pošla na drugu stranu.

Kad je on otišao, Ivlin je sišla širokim stepenicama do trpezarije i pridružila se Lorensu na doručku.

– Dobro jutro, Ivlin – rekao je kad je ušla. – Nadam se da si lepo spavala.

Dok se vraćao vozom u Njujork, Aleks je morao povremeno da gleda onu sliku. Naravno da je čuo za Vorhola, ali nikad nije ni pomislio da će posedovati neku njegovu sliku, makar samo nakratko. Već je osećao krivicu što je uzeo sliku koju je deda ostavio Ivlin. Jedva je čekao da joj je vrati kad dobije svojih pola miliona.

Kad je stigao na stanicu *Pen*, otišao je taksijem do Brajton Biča jer nije nameravao da se vozi metroom s Vorholovom slikom. Čak i pre nego što ju je pokazao majci, rekao joj je: – Upoznao sam ženu kojom ću se oženiti.

Ivlin je stigla u hotel *Mejflauer* malo posle jedanaest. Tod je odmah ustao od stola u jednoj niši i mahnuo joj. Brzo mu se pridružila. Sve vreme se široko osmehivala, kao zadovoljna mačka.

– Na osnovu izraza tvog lica, draga, pretpostavljam da si se omrsila – rekao je Tod kad je sela naspram njega.

– I te kako – kazala je Ivlin, pa mu pružila ček na petsto hiljada dolara.

– Bravo – kazao je i stavio ga u džep. – Da li je bilo problema?

– Nikakvih. Savršeno si ga procenio. Ali ne možemo da se zadržavamo, jer ako moj brat sazna...

– Rezervisao sam avion u dva i četrdeset pet s *Logana* koji sleće u Ženevu negde oko sedam ujutro. Podići ću novac čim banka otvori vrata.

– Samo budi siguran da tražiš trenutnu isplatu i pozovi me čim novac bude prebačen na moj račun. Onda ću doleteti i pridružiti ti se u Monte Karlu pa ćemo proslaviti.

– Šta ćeš raditi narednih nekoliko dana, dok ja ne budem tu?

– Pobrinuti se da budem dostupna kad god Aleks pozove. Makar dok ne podigneš novac.

Tod se nagnuo i poljubio svoju suprugu. – Tako si pametna – kazao je.

Tog popodneva je Aleks pozvao Ivlin i razgovarali su gotovo čitav sat. Morao je nekoliko puta da je uveri da ga ništa neće sprečiti da joj se pridruži u Bostonu narednog vikenda.

U utorak ujutro, uhvatio ju je baš pre nego što je pošla u kupovinu. Obećala mu je da će ga pozvati, a tek kasnije se setio da ona nema njegov broj. U sredu ju je pozvao rano ujutro... rano za njene pojmove, jer već je bio na pijaci i odabrao najsvežije povrće i meso za restoran.

Imala je mnogo novosti. Tod je razmišljao da uloži najmanje deset miliona, možda i petnaest, u njegovu kompaniju, i javiće mu se krajem nedelje. Pitala ga je da li bi voleo da za vikend idu na jedrenje. – Mogli bismo da posetimo mog strica Nelsona u Čapakvidiku i uživamo u najboljoj ribljoj čorbi na svetu.

– Zvuči sjajno. Šta da obučem? – pitao je ne želeći da prizna kako nikad nije bio na jahti.

– Ne brini, već sam bila u kupovini i nabavila ti nekoliko odela.

Kasnije tog prepodneva pozvao ga je direktor banke i rekao da je dobio ček na iznos od petsto hiljada dolara, sa zahtevom za trenutnu isplatu. Kako je to bio veliki iznos, rekao je direktor, morao je da proveri to s Aleksom.

– Isplatite odmah – kazao je Aleks bez oklevanja.

– Posle toga će vam na računu ostati svega sedamnaest hiljada dvesta šezdeset devet dolara – rekao je direktor.

A uskoro ću imati nekoliko miliona, poželeo je da mu kaže Aleks, ali zadovoljio se sa: – Molim vas, isplatite tu svotu odmah.

Ivlin se javila na telefon.

– Novac je prebačen i putujem u Nicu prvim avionom. Kad ćeš moći da mi se pridružiš?

– Uz malo sreće, biću u Monte Karlu sutra uveče – rekla je Ivlin. – Ali prvo moram da saopštim bratu tužne vesti.

– Čovek mora malo da sažaljeva gospodina Karpenka – rekao je Tod.

– Ali ne previše. Mislim da će se sasvim lepo snaći u zatvoru, a onda možemo da zaboravimo na njega. Uzgred, Tode, ne zaboravi da rezervišeš naš uobičajeni sto.

Batler nije video Ivlin kako trči niza stepenice otkako je bila dete.

– Jeste li videli mog brata? – povikala je pre nego što je stigla do dna stepenica.

– Upravo je otišao na doručak, gospođice Ivlin – kazao je Kakston i požurio da joj otvori vrata trpezarije.

– Šta se dogodilo, Iv? – pitao je Lorens kad je njegova sestra upala u prostoriju.

– Jesi li ti uzeo onog Vorhola iz Džefersonove spavaće sobe? – pitala je i dalje zadihana.

– O čemu to govoriš? – kazao je Lorens i spustio kafu.

– Vorhol, nestao je. Nije tamo.

Lorens je skočio sa stolice i brzo izašao iz trpezarije. Preskakao je po dva stepenika dok se peo do prvog sprata, pre nego što je otišao hodnikom do Džefersonove sobe. Tamo gde je nekad visila Vorholova slika, zatekao je praznu kuku na zidu.

– Kad si je poslednji put videla? – pitao je dok je Ivlin zurila u bled trag slike na zidu.

– Nisam sigurna. Toliko sam se navikla da visi tamo. Ali sećam se da sam je videla one noći kad si pravio zabavu. – Usledila je duga tišina, pre nego što je dodala: – Sramota me je, Lorense, jer mislim da sam ja kriva.

– Nisam siguran da razumem.

– Malo sam se napila te večeri i dozvolila sam nekom da mi se pridruži u sobi.

– Kome?

– Tvom prijatelju, Aleksu Karpenku.

– Da li je prenoćio tu?

– Naravno da nije. Kad sam se probudila ujutro, nije bio tu. Nisam pretpostavila...

– Nikad i ne možeš da pretpostaviš – rekao je Lorens. – Ali ako je neko kriv, to sam ja.

– Možda da pokušam da ga pozovem, da vidim hoće li vratiti sliku.

– To je poslednje što treba da uradiš. Ako iko treba da razgovara sa Aleksom, to ću biti ja.

– Hoćeš li obavestiti policiju?

– Nemam drugog izbora – rekao je Lorens. – Kao što dobro znaš, ta slika ne pripada meni, deo je zbirke našeg dede, a kako vredi milion, možda i više, moraću da prijavim krađu policiji, kao i osiguravajućem društvu.

– Ali on ti je spasao život.

– Da, jeste. Tako da ako odmah vrati sliku, neću podneti prijavu.

– Tako mi je žao – kazala je Ivlin. – Izgledao je kao dobar momak.

– Nikad ne možeš biti siguran u nekog, zar ne? – rekao je Lorens.

Tog popodneva, Aleks je pozvao Ivlin, a javio se batler, koji mu je kazao da je gospođica Louel napustila kuću negde oko jedanaest, i da nije siguran kad će se vratiti. Nije mu uzvratila poziv, pa je Aleks ponovo pozvao uveče. Ovog puta se javio Lorens.

– Kakva divna zabava, Lorense. Bio si sjajan domaćin, i radujem se što ću sutra ponovo videti tebe i Ivlin.

– Nisam znao da dolaziš u Boston za vikend.

– Zar ti Ivlin nije rekla?

– Ivlin je jutros otišla u svoju kuću na jugu Francuske, a ja idem kod majke u Nantaket.

– Ali dogovorili smo se da večeram s vama u petak, i da idemo na jedrenje u subotu. – Usledila je duga pauza pa je Aleks pomislio da se veza prekinula. – Jesi li i dalje tu, Lorense?

– Izvinjavam se što te pitam ovo, Alekse, ali kad si napustio kuću u nedelju ujutro, batler je rekao da si nosio neki paket pod miškom.

– Vorhola – kazao je Aleks bez oklevanja. – Pomalo nevoljno, moram da dodam. Ivlin je insistirala da ga uzmem kao obezbeđenje.

– Za šta?

– Pozajmio sam joj pola miliona dolara da uloži s Todom Halidejem koji namerava da finansira moju kompaniju.

– Tod Halidej je njen muž i nema ni prebijene pare.

– Ivlin je udata?

– Godinama – kazao je Lorens.

– Ali kazala mi je da je Tod specijalizovan za startapove.

– Tod je specijalizovan samo za katastrofe koje uvek uključuju tuđ novac – kazao je Lorens. – Ovom prilikom tvoj.

– Ali Ivlin me je uverila da razmišlja da uloži deset, možda petnaest miliona u *Elenu*.

– Nisam siguran da Tod ima deset dolara, a kamoli deset miliona. Nadam se da mu nisi dao novac.

– Dao sam njoj – rekao je Aleks. – Moj ček je jutros unovčen. – Lorensu je bilo drago što Aleks nije mogao da vidi izraz njegovog lica.

– Ne brini, i dalje imam Vorhola kao obezbeđenje – dodao je Aleks.

Usledila je još jedna duga tišina pre nego što je Lorens kazao: – Ta slika nije njena. Deo je porodične zbirke Louelovih, koju uvek nasleđuje najstariji sin, a onda je prenosi na naredno pokolenje. Nasledio sam tu zbirku kad je moj otac umro pre nekoliko godina, i mada je Ivlin sledeća naslednica dok ne dobijem sina, otac je u svom testamentu jasno naglasio da, ako poginem u Vijetnamu, zbirka pripada Bostonskom udruženju lepih umetnosti, a ništa ne pripada Ivlin.

– Vratiću ti sliku odmah – kazao je Aleks.

– A ja ću ti platiti pola miliona dolara – rekao je Lorens.

– Ne, nećeš – odlučno je kazao Aleks. – Imao sam dogovor sa Ivlin, a ne s tobom. Hajde da ne sumnjamo toliko u nju i pretpostavimo da je uložila moj novac u neku vrhunsku kompaniju.

– Jedine vrhunske kompanije u koju ta žena ulaže su kockarnice. Ubuduće, kad god bude dolazila ovamo, moraću da zakujem sve slike za zid. Ali to nas ne sprečava da radimo zajedno, baš kao u prošlosti, i vidimo kako možemo da povratimo tvoj novac.

– Pomoći ću na svaki način – rekao je Aleks. – I naravno da ću vratiti sliku. Samo mi je žao što sam izazvao toliko problema.

– Trebalo je da me ostaviš da poginem na bojnom polju, Alekse. Onda nikad ne bi upoznao moju sestru.

– *Mea culpa* – rekao je Aleks. – Jezavelja, Lukrecija Bordžija, Mata Hari, a sad Ivlin Louel. Na prvi pogled je prepoznala naivčinu.

– Nisi prvi, a verovatno nećeš biti ni poslednji. Štaviše, bojim se da ću biti odsutan narednih mesec dana, jer majka i ja uvek provodimo avgust u Evropi. Zašto ti odmah ne bih poslao ček, a ti možeš da mi vratiš sliku čim se vratim. Onda možemo da odemo na jedrenje, i ostavimo Ivlin na suvom.

– Ne – rekao je Aleks. – Možeš da mi daš taj ček tek kad ti vratim sliku.

– Ako insistiraš. Samo se pobrini da je ne izgubiš, jer ako uradiš to, Ivlin će poreći da ti ju je ikada dala.

– Lorense, smem li da pitam zašto si pretpostavio da sam ja nevin i nisi odmah stao na sestrinu stranu?

– Obrazac. Kad sam imao devet godina, Ivlin mi je krala džeparac, a kad su je uhvatili na delu, okrivila je našu dadilju koja je dobila otkaz. A posle niza sličnih događaja u školi, moj dragi otac je morao da izgradi novu biblioteku kako ona ne bi bila izbačena.

– Ali to ne dokazuje da sam nevin. Ne zaboravi, i dalje kod sebe imam sliku koja vredi milion dolara.

– Istina, ali Ivlin je pogrešila kad ti je dala ulogu dadilje u ovoj prilici.

– Kako to?

– Rekla mi je da si napustio kuću pre nego što se ona probudila nakon zabave, uprkos činjenici da mi se pridružila na doručku negde oko pola devet.

– Ne razumem.

– Ti nisi otišao ranije jer si nekako u to vreme tražio od Kakstona da ti pozove taksi kako bi se vratio u hotel. Koliko god se divio tvojoj petlji, hrabrosti, drskosti, nazovi to kako želiš, Alekse, čak ni ti ne bi mogao da izađeš iz kuće noseći Vorhola pod miškom i očekujući da ti batler otvori vrata taksija.

Aleks se nasmejao. – Šta ćeš uraditi u vezi sa sestrom?

– Sačekaću da napravi sledeću grešku – kazao je Lorens – što će se, s obzirom na njenu prošlost, dogoditi uskoro.

25.

Saša

London

– Proglašavam vas mužem i ženom – objavio je vikar. – Možete da poljubite mladu.

Saša je zagrlio Čarli i poljubio je kao da su na prvom sastanku. Stotinak okupljenih ljudi je zapljeskalo.

Mlada i mladoženja su polako hodali prolazom i izašli u dvorište, gde ih je čekao fotograf, s već postavljenim stativom. Prvo je fotografisao novopečene gospodina i gospođu Karpenko, a onda je napravio grupne fotografije s roditeljima, ostatkom mladine porodice, a na kraju s kumom i svatovima.

Onda su se mladenci rols-rojsom odvezli do *Barn kotidža*. Saša je usput priznao svojoj ženi da je malo nervozan zbog govora.

– Ja bih na tvom mestu bila nervoznija zbog Benovog govora – rekla je Čarli. – Kad sam ga čula kako proba u kuhinji sinoć pre večere, bilo mi te je žao.

– Toliko je loše? – pitao je Saša. Kad su stigli u kuću, iznenadili su se što vide da Elena već proverava kanapee.

– Kako je stigla ovamo pre nas? – prošaputala je Čarli dok je nameštala muževljevu kravatu i skidala mu dlačicu sa sakoa.

– Blesavo pitanje – rekao je Saša, a gosti su počeli da pristižu u grupicama, pa otišli do šatora s hranom.

Saša je sasvim zaboravio na govore sve dok tanjiri nisu odneti, kafa poslužena i Ben ustao da održi svoj.

– Plemići, dame i gospodo – počeo je.

– Gde su plemići? – povikao je jedan od svatova.

– Samo razmišljam unapred – rekao je Ben i spustio ruku na Sašino rame.

– Tako je, tako je! – povikao je jedan od kolega iz kembričke Unije.

– Možda ćete se zapitati – nastavio je Ben – kako je jedan jadni ilegalni imigrant iz Lenjingrada mogao da osvoji srce jedne divne Engleskinje. Pa, ja se ne pitam. Istina je da se Čarli, kao dobrodušan stvor, sažalila na njega kad su se upoznali na zabavi koju sam priredio u svom domu na kraju školske godine. Jer Čarli je liberalka, i stoga vodi unapred izgubljene bitke, pa je Saša zato imao izgleda. Ali čak ni ja nisam mislio da će mu se baš tako posrećiti, i da će se na kraju oženiti ovako pametnim i lepim stvorenjem.

– Ali evo i loše strane, Saša, na koju moram da te upozorim. Čarli je bila kapiten hokejaškog tima u srednjoj školi u Fulamu, i dobio sam pouzdane informacije da je sa štapom u ruci bila spremna da pokosi svakog protivnika u vidokrugu. I zato se drži šaha, stari druže. I ne zaboravi da, dok kraljica može da se kreće svud po tabli, kralj može da se pomera samo za po jedno polje.

Ben je čekao da smeh i aplauz prestanu pre nego što je nastavio. – Bilo bi suviše skromno reći kako sam ponosan što me je Saša zamolio da mu budem kum, jer već neko vreme znam da mi je suđeno da hodam u senci ovog čoveka, i samo povremeno mogu da budem obasjan reflektorima. Zadivljeno sam ga posmatrao dok je osvajao stipendiju za *Kembridž*, postajao predsednik Unije, postajao kapiten studentskog šahovskog tima i na kraju završio *Triniti* kao najbolji u klasi. No sve to zajedno je opet manje u poređenju sa osvajanjem srca Čarli Dejndžerfild. Jer s njom kraj sebe, biće mu moguće da se popne na još više planine. Ali opet, iza svakog uspešnog muškarca stoji... iznenađena tašta.

Ben je ponovo čekao da se smeh utiša pa da nastavi: – Ali nisam potpuno digao ruke od sebe, jer sigurno ste svi primetili četiri predivne deveruše koje su pratile Čarli do oltara. Već sam tri pozvao da izađu sa mnom.

– I sve tri su te odbile! – povikao je neko.

– Istina – rekao je Ben – ali ne zaboravite da ih ima četiri, tako da još gajim nadu.

– Ne ako ona ima i gram mozga!

– Uprkos tome, molim vas da ustanete i nazdravite u Sašino i Čarlino zdravlje.

Svi su ustali, podigli čaše i povikali: – Za Sašu i Čarli!

– Hoćete li biti tako ljubazni da ostanete da stojite – nastavio je Ben – kako bih uvek narednih godina mogao da podsećam Sašu da sam dobio stojeće ovacije kad sam održao govor na venčanju.

Aplauz koji je usledio naveo je Sašu da shvati koliko se njegov stari prijatelj potrudio u pripremi govora, a posle njega je trebalo on da govori. Sad je shvatio zašto ga je Čarli upozorila da bi trebalo da bude zabrinut.

Polako je ustao, svestan da je njegov prijatelj visoko podigao lestvicu.

– Voleo bih prvo da se zahvalim gospodinu i gospođi Dejndžerfild, ne samo na darežljivosti i gostoprimstvu nego i na tome što su prihvatili ovog jadnog izbeglicu u svoju staru englesku porodicu. I to uprkos činjenici da tek treba da posetim Vimbldon, Lords i Tvikenam, i da ne znam pravila tenisa, kriketa ni ragbija. Ne samo to, i dalje nisam siguran da li da sipam mleko u šolju pre ili pošto sipam čaj. A hoću li se ikad navići na mlako pivo, strpljivo čekanje u redovima i onaj narodni ples oko iskićenog stuba? Kad razmotrite sve ovo, možda ćete se zapitati kako sam imao toliko sreće da se oženim pravom engleskom ružom, koja cveta tokom čitave godine.

– Odgovor je da je u mom životu uvek postojala još jedna, podjednako upečatljiva žena. Mislim, naravno, na svoju majku Elenu, bez koje ništa od ovog ne bi bilo moguće.

Dug aplauz dozvolio je Saši da se pribere. – Bez nje ne bih imao moralni kompas, zvezdu vodilju, stazu kojom idem. Nikad nisam mislio da ću upoznati ženu ravnu njoj, ali bogovi su – pogledao je u nebo – dokazali da grešim, i prevazišli sebe kad su me upoznali s Čarli.

– Nisu to bili bogovi – prekinuo ga je Ben – to sam bio ja! – Nakon čega su se svi grohotom nasmejali.

– Što me podseti – nastavio je Saša – da upozorim četvrtu deverušu, koja je izgleda pametna i lepa mlada dama, da postupi kao njene tri koleginice i odbije gospodina Koena. Može da nađe nekog mnogo boljeg. – Veseli povici odjeknuli su u sali. – Ali ja ne mogu – zaključio je Saša i podigao čašu – tako da vas pozivam da mi se pridružite u zdravici za deveruše.

– Za deveruše!

Prošlo je neko vreme pre nego što su svatovi posedali.

Ben se nagnuo ka Saši. – Dobro obavljeno – rekao je. – Posebno jer si nastupio posle onako sjajnog govornika. – Saša se nasmejao i nazdravio prijatelju. – Čim se vratite s medenog meseca – nastavio je Ben, iznenada ozbiljnije – moramo da planiramo naredni korak u tvom putovanju prema Donjem domu Parlamenta.

– To možda neće biti tako lako za jednog bednog izbeglicu – kazao je Saša.

– Naravno da hoće... posebno ako ti ja budem menadžer kampanje.

– Ali ti si član Konzervativne partije, Bene, za slučaj da si zaboravio.

– I ostaću to u svakoj izbornoj jedinici, osim one u kojoj se ti kandiduješ. Sa Čarli kraj tebe, ništa te neće zaustaviti. A imam još jednu informaciju za tebe pre nego što odeš u Veneciju. Znam da Čarli ne bi volela da razgovaramo o poslu na dan venčanja, ali juče je na moj sto stigao nenadan paket koji bi mogao da se pretvori u neočekivan svadbeni dar. – Saša je spustio čašu. – Zgrada u Fulam roudu 154 je na tržištu.

– Tremletov restoran? Kako je to moguće?

– Kao što verovatno znaš, poslednjih nekoliko godina je gubio novac. Pretpostavljam da je matorom konačno dozlogrdilo i odlučio je da smanji gubitke i proda sve.

– Koliko?

– Četiristo hiljada.

Saša je otpio gutljaj šampanjca. – Daleko izvan naših mogućnosti – na kraju je rekao.

– Šteta, jer ne sumnjam da tvoja majka samo treba da pređe ulicu i preokrene to mesto dok si trepnuo.

– Tako je, ali je to ipak prerano za nas.

– Dobro, makar možeš biti zahvalan što ti je najveći protivnik doživeo neuspeh. A po toj ceni, sumnjam da će neko drugi otvoriti restoran tamo. Upomoć – kazao je – vidim jednu zastrašujuću ženu koja ide ka meni, očigledno nezadovoljna što sam zarobio mladoženju. Izvini, ali moram da idem!

Saša se nasmejao kad je njegov prijatelj skočio i nestao u gomili. Ustao je kad se ta starica približila.

– Kakva veličanstvena prilika – kazala je grofica sedajući na Benovu praznu stolicu. – Stvarno ste srećnik. Hvala vam što ste me pozvali.

– Oduševljeni smo što ste mogli da nam se pridružite – rekao je Saša. – Moja majka je bila posebno zadovoljna.

– Ona je staromodnija nego ja – prošaputala je grofica. – Ali postoji još jedan razlog zbog kog želim da razgovaram s vama. – Saša nije dopunio svoju čašu. – Kao što znate, moje Faberžeovo jaje biće ponuđeno na *Sadebijevoj* aukciji u septembru. Pitam se da li biste bili ljubazni da me posetite kad se budete vratili s medenog meseca jer moram s vama da razgovaram o nečemu.

– Biće mi zadovoljstvo – rekao je Saša. – Možete li da mi nagovestite nešto?

– Mislim – počela je grofica – da bismo nas dvoje zajedno mogli da pobedimo i Ruse i Engleze. Ali samo ako se vi osećate sposobnim...

– Prokleto dobar govor, Saša. Ali opet, ne bih očekivao ništa manje – čuo se iza iza njega glas nekoga ko očigledno nije propustio da dopuni svoju čašu.

– Hvala vam – rekao je Saša, trudeći se da se seti imena Čarlinog strica. Kad je taj čovek otišao, otišla je i grofica. Ali njena uputstva nisu mogla biti jasnija.

Saša se družio sa svatovima dok je njegova žena – pitao se koliko će mu vremena biti potrebno da se navikne na to – otišla u svoju sobu da se presvuče. Kad se četrdeset minuta kasnije pojavila na stepenicama, setio se trenutka kad ju je video na Benovoj zabavi pre gotovo četiri godine. Da li je imala predstavu da se molio da ona krene ka njemu? Tek nedavno je priznala Benu kako se nadala da se Saša neće pojaviti na toj zabavi s nekom drugom devojkom.

Prošlo je još pola sata pre nego što su se pozdravili sa svima i ušli u Sašin stari MG, pošto su ostavili rols-rojs. Stigli su na stanicu *Viktorija* na vreme da se ukrcaju u *Orijent ekspres* do Venecije.

Oboje su se nasmejali kad su videli da njihova spavaća kola imaju samo dva uska kreveta.

– Trebalo bi da tražimo da nam vrate polovinu novca – rekao je Saša kad se uvukao pored supruge i ugasio svetlo.

– Postoji samo jedna stvar na kojoj insistiram – rekao je Tremlet kad ga je sin uputio u pojedinosti o prodaji zgrade u Fulam roudu 154.

– Koja je to stvar, tata?

– Ni pod kakvim okolnostima ne smeš dozvoliti da ta nekretnina padne u ruke Karpenkovima.

– To se neće dogoditi uz cenu od četiristo hiljada.

– Anjeli može to da priušti.

– U ovim godinama, Anjeli je prodavac a ne kupac – rekao je Moris. – Pored toga, znam da se u poslednje vreme ne oseća najbolje.

– Drago mi je što to čujem – rekao je Tremlet. – Zato što ti moraš da se baviš prodajom dok se ja usredsređujem na građevinsku dozvolu za stambenu zgradu u Stamford plejsu.

– Ima li nekih novih vesti o tome?

– Odbornik Mejson mi kaže da će to objaviti naredne nedelje, zbog čega sam ga pozvao da nam se ovog vikenda pridruži na našoj jahti u Kanu.

– To bi trebalo da obezbedi potpis – kazao je Moris.

– Posebno jer taj nesrećni čovek upravo prolazi kroz vrlo gadan razvod. Drugi put.

Gospodin i gospođa Karpenko su se vratili iz Venecije dve nedelje kasnije, a jedna od prvih stvari koje je Saša uradio kad se vratio u London bila je da se javi grofici. Pozvala ga je da joj dođe na čaj sutradan posle podne.

Malo pre tri pokucao je na vrata njenog stana u suterenu u Pimliku, ne znajući šta da očekuje. Vrata je otvorila služavka gotovo podjednako stara kao njena gazdarica. Odvela ga je do salona, gde je starica sedela u beržeri, sa ćebetom preko krila.

Stan je bio besprekorno čist, a sve površine su bile načičkane srebrnim ramovima s požutelim fotografijama rođaka koji nikad ne bi pristali da žive u suterenu. Rukom je dala znak Saši da sedne naspram nje i upitala: – Kako je bilo u Veneciji?

– Predivno. Ali da smo ostali malo duže, bankrotirao bih.

– Nekoliko puta sam bila tamo kao dete – kazala je grofica. – I često sam uživala u čokoladnoj torti i čaši limunade na Trgu Svetog Marka – salonu Evrope, kako ga je Napoleon jednom opisao.

– Sad je prepun turista kao što sam ja, kojima Napoleon sigurno ne bi bio zadovoljan – rekao je Saša kad se služavka pojavila noseći poslužavnik s čajem i keksom.

– Još jedan čovek koji je potcenio Ruse i zažalio zbog toga.

Kad je služavka sipala čaj i otišla, grofica je prešla na razlog sastanka.

Saša je pažljivo slušao svaku njenu reč i morao je da pomisli kako bi ta zadivljujuća žena, da je kojim slučajem rođena u dvadesetom veku, mogla biti vodeća ličnost na svakom polju koje odabere. Kad je došla do kraja te odvažne ponude, nije nimalo sumnjao da je spremna da se suprotstavi svakome.

– Pa, mladiću – kazala je. – Da li ste spremni da mi pomognete u izvođenju ove male prevare?

– Jesam – odgovorio je Saša bez oklevanja. – Ali zar ne smatrate gospodina Dejndžerfilda znatno kvalifikovanijim za to?

– Možda. Ali on ima britansku slabost jer veruje u poštenje, što mi Rusi nikad nismo razumeli.

– Moraću sve da uradim u pravo vreme – kazao je Saša.

– Naravno – rekla je grofica. – I što je još važnije, najbitnije je da znate kad da se zaustavite. Hajde da ponovimo pojedinosti, i ne oklevajte da me prekinete ako nešto niste razumeli, ili mislite da možete bolje. Pre nego što počnem, Saša, imate li neka pitanja?

– Da. Gde je najbliža telefonska govornica?

Aukcijska kuća je bila gotovo puna kad su gospodin Dejndžerfild i grofica zauzeli predviđena mesta u trećem redu.

– Vaše jaje je predmet broj osamnaest – rekao je Dejndžerfild kad je prelistao katalog. – Tako da neće biti ponuđeno na prodaju još najmanje pola sata. Ali onda ćemo brzo otkriti da li ga stručnjaci smatraju falsifikatom ili remek-delom. – Okrenuo se i pogledao grupu muškaraca koji su stajali zbijeni na drugom kraju prostorije. – Već su smislili odgovor na to pitanje – dodao je. – Ali opet, to im ide u prilog.

– Ne ide nam u prilog to što je sovjetski ambasador jutros izdao saopštenje za medije u kome tvrdi da je to jaje kopija i da se original nalazi u *Ermitažu* – rekla je grofica.

– Propaganda koja bi postidela i Gebelsa – kazao je gospodin Dejndžerfild. – A primetićete da, uprkos svojim rečima, njegova ekscelencija sedi nekoliko redova iza nas. Nemojte se iznenaditi ako pokuša da kupi vaše jaje po sniženoj ceni, a onda ono preko noći iznenada bude priznato kao davno izgubljeno remek-delo.

– Iako su mog oca ubili revolucionari – rekla je grofica okrećući se da mrko pogleda ambasadora – njihovi naslednici mi neće ukrasti jaje.

Ambasador nije dao na znanje da ju je primetio.

– Šta znači CNU? – pitala je grofica, gledajući svoj primerak kataloga.

– Cena na upit – objasnio je Dejndžerfild. – S obzirom na to da *Sadebi* ne želi da proceni vrednost predmeta, prepustiće tržištu da odluči. Bojim se da nam ambasadorova intervencija nije od pomoći.

– Gomila kukavica – rekla je grofica. – Nadajmo se da će se svi obrukati jer su gazili kao po jajima. – Gospodin Dejndžerfild bi se nasmejao, ali nije bio siguran da li je grofica hotimično upotrebila igru rečima. – I šta će se sad dogoditi? – pitala je.

– Tačno u devetnaest sati, aukcionar će se popeti stepenicama na podijum i ponuditi na prodaju predmet broj jedan. Zatim ćete, bojim se, prilično dugo i napeto čekati dok ne stigne do predmeta broj osamnaest. Od tog trenutka će sve biti u božjim rukama. Ili možda – dodao je, gledajući oko sebe – rukama nevernika.

– Ko su oni ležerno odeveni muškarci iza onog kanapa kraj podijuma?

– Gospoda novinari. Naoštrili su olovke i nadaju se nekoj priči. Ili ćete dospeti na naslovne strane ili ćete biti svedeni na fusnotu u umetničkoj rubrici.

– Nadajmo se naslovnim stranama. A oni elegantno odeveni ljudi na platformi, desno od nas?

– To je domaći tim. Njihov posao je da pomognu aukcionaru da uoči ponuđače. To se odnosi i na pomoćnike koji sede kraj telefona, desno od vas, koji će iznositi ponude u ime klijenata koji se javljaju telefonom iz inostranstva ili žele da ostanu anonimni.

Tačno u sedam sati, jedan visok, elegantno odeven muškarac u smokingu i s crnom leptir-mašnom ušao je u salu za aukcije na vrata iza podijuma. Polako se popeo stepenicama i osmehnuo dok je posmatrao prepunu salu.

– Dobro veče, dame i gospodo. Dobro došli na prodaju ruskih predmeta. Počeću s predmetom broj jedan u vašim katalozima. *Zimsko veče u Moskvi*, slikara Savrasova. Početna cena je deset hiljada funti. Vidim li da neko nudi dvanaest?

Mada je grofica tu sliku smatrala manje vrednom od Savrasovljeve slike koja je visila u biblioteci njenog oca, bila je zadovoljna kad je slika prodata po ceni od dvadeset četiri hiljade funti, znatno većoj od procenjene.

– Predmet broj dva – kazao je aukcionar. – Akvarel...

– Nadao sam se da će nam se Saša pridružiti – rekao je gospodin Dejndžerfild. – Ali upozorio me je da se u njegovom restoranu održava neka zabava i da nije siguran da će stići na vreme.

Grofica nije ništa rekla već je okrenula stranicu u katalogu do predmeta broj tri koji nije postigao najnižu procenjenu vrednost. Gospodin Dejndžerfild je pogledao oko sebe i video kako se slavi prvi dobitak.

Okrenuo se i video kako grofica nervozno lupka prstima po katalogu, što ga je iznenadilo jer dotad nije iskazivala nikakve emocije.

– Ta slika je pripadala jednom starom porodičnom prijatelju – objasnila je. – Bio mu je potreban novac.

Kad je aukcionar ponudio narednu sliku, gospodin Dejndžerfild je primetio da je grofica sve nervoznija sa svakim novim predmetom ponuđenim na prodaju. Čak mu se učinilo i da je primetio grašku znoja na njenom čelu kad su stigli do šesnaestog predmeta.

– Dve ruske lutke. Da počnemo od deset hiljada? – Niko nije odgovorio. Aukcionar je pogledao u more nezainteresovanih lica i predložio: – Dvanaest hiljada – ali gospodin Dejndžerfild je znao da su to uzaludni pokušaji. – Četrnaest hiljada – kazao je aukcionar trudeći se da ne zvuči očajno. No i dalje nije bilo odgovora, tako da je udario čekićem i procedio: – Povučeno.

– Šta to znači? – prošaputala je grofica.

– Da niko nije dao ponudu – odgovorio je gospodin Dejndžerfild.

– Predmet broj sedamnaest – kazao je aukcionar. – Važan portret istaknutog ruskog umetnika Vladimira Borovikovskog. Vidim li to ponudu od dvadeset hiljada? – Niko nije reagovao dok jedan iz grupe kupaca nije povikao: – Deset hiljada!

– Vidim li to dvanaest hiljada? – pitao je aukcionar, ali niko nije iskazao zanimanje, tako da je nevoljno udario čekićem i izjavio: – Prodato za deset hiljada funti, gospodinu pozadi – mada nije bio sasvim siguran kom gospodinu.

Dejndžerfild je smatrao da to nije dobro za njegovu klijentkinju, ali nije ništa rekao.

– Predmet broj osamnaest. – Aukcionar je zastao dok jedan službenik nije ušao u prostoriju noseći jaje na baršunastoj podlozi. Spustio ga je na postolje kraj podijuma i udaljio se. Aukcionar se dobronamerno osmehnuo zainteresovanoj publici i nameravao je da predloži početnu cenu od pedeset hiljada funti kad je neko s drugog kraja prostorije povikao: – Hiljadu funti – nakon čega je usledio smeh i uzdah neverice.

– Dve hiljade – rekao je drugi glas, pre nego što je aukcionar stigao da se oporavi.

– Deset hiljada – kazao je neko, dva reda iza grofice. Zbunjeni aukcionar je s nadom gledao po prostoriji i upravo je nameravao da lupi čekićem i proglasi: – Prodato ruskom ambasadoru – kad je krajičkom oka spazio podignutu ruku nekog od pomoćnika na platformi, levo od sebe. Okrenuo se ka devojci koja je sedela za telefonom i odlučno kazala: – Dvadeset hiljada.

– Dvadeset jedna hiljada – kazao je onaj prvi glas iz zadnjeg dela sale.

Aukcionar je pogledao onu devojku koja je izgleda bila usred telefonskog razgovora s klijentom.

– Trideset hiljada – kazala je nakon nekoliko trenutaka, što je grofici izgledalo kao čitava večnost.

– Trideset jedna hiljada. – Isti glas iz zadnjih redova.

– Četrdeset hiljada – ponuda preko telefona.

– Četrdeset jedna hiljada – stigao je odmah odgovor.

– Pedeset hiljada – telefon.

– Pedeset jedna hiljada – čovek iz zadnjih redova.

Usledila je duga tišina dok su svi prisutni gledali devojku kraj telefona.

– Sto hiljada – kazala je, što je izazvalo glasan žamor koji je aukcionar namerno zanemario.

– Imam ponudu od sto hiljada funti – kazao je. – Vidim li to sto dvadeset pet hiljada funti? – pitao je gledajući predvodnika kupaca koji mu je smrknuto uzvratio pogled.

– Vidim li to sto dvadeset pet hiljada? – drugi put je pitao aukcionar. – Onda je predmet prodat telefonskom kupcu za sto hiljada funti. – Upravo je nameravao da udari čekićem, kad se iz petog reda nevoljno podigla jedna ruka. Očigledno je ruski ambasador sad prihvatio da njegova izjava za medije nije postigla željeni rezultat.

Usledila je bujica ponuda pošto je ambasador priznao da je to jaje stvarno napravio Faberže, da nije falsifikat. Kad je cena dostigla pola miliona, gospodin Dejndžerfild je primetio da devojka kraj telefona žustro razgovara sa svojim klijentom.

– Naredna ponuda će biti šeststo hiljada – prošaputala je. – Želite li da nastavim da se nadmećem u vaše ime, gospodine?

– Koliko ponuđača ima? – pitao je onaj.

– Ruski ambasador se i dalje nadmeće i prilično sam sigurna da je zamenik direktora njujorškog *Metropoliten muzeja* iskazao zanimanje. A jedan trgovac iz Asprija lupka desnom nogom u pod, što je uvek znak da će se pridružiti.

– Dobro, onda ću sačekati dok ne procenite da je ostao samo jedan ponuđač.

Kad je cena dostigla milion, devojka je prošaputala u slušalicu: – Ostala su samo dvojica, ruski ambasador i zamenik direktora *Meta*.

– Milion sto hiljada funti – rekao je aukcionar i ponovo pogledao ruskog ambasadora koji je natmureno prekrstio ruke i pognuo glavu.

– Ostao je samo jedan – prošaputala je devojka u slušalicu.

– Kako je glasila poslednja ponuda?

– Milion i sto.

– Onda ponudite milion i dvesta. – Podigla je desnu ruku.

– Imam milion i dvesta hiljada preko telefona – rekao je aukcionar opet zagledan u zamenika direktora *Meta*.

– Šta se događa? – pitao je glas na drugoj strani veze. Zvučao je prilično nervozno.

– Mislim da ste ga kupili. Čestitam.

Ali pogrešila je jer je predstavnik *Meta* ponovo podigao ruku, doduše pomalo nesigurno.

– Ne, čekajte. Neko je ponudio milion i trista. Ali mislim da će biti vaše ako ponudite milion i četiristo.

– Siguran sam da ste u pravu – kazao je glas sa druge strane – ali bojim se da sam dostigao svoju granicu. Ipak vam hvala – rekao je pre nego što je spustio slušalicu. Izašao je iz telefonske govornice pa, izbegavajući vozila, prešao Bond strit.

Aukcionar je nastavio s nadom da gleda mladu pomoćnicu, ali ona je odmahnula glavom i spustila slušalicu. Aukcionar je glasno udario čekićem i kazao: – Prodato, za milion trista hiljada funti *Metropoliten muzeju* u Njujorku.

Publika je spontano zapljeskala, a čak je i grofica dozvolila sebi osmeh kad je Saša žurno ušao u prostoriju. Brzo je prošao između redova i seo na prazno mesto, kraj svog tasta.

– Bojim se da si propustio svu dramu – rekao je gospodin Dejndžerfild.

– Da, znam. Žao mi je, imao sam posla.

Saša se nagnuo i čestitao grofici. Nežno mu je stisnula ruku i kazala: – Hvala ti, Saša – pa okrenula narednu stranicu kataloga.

– Predmet broj devetnaest – rekao je aukcionar kad se publika smirila. – Lepa mermerna bista cara Nikolaja Drugog. Početna cena je deset hiljada funti.

– Jedanaest – kazao je neki poznat glas iz zadnjeg dela prostorije. Grofica se nije trudila da se okreće već je samo polako podigla ruku u rukavici. Kad je privukla pažnju aukcionara, kazala je, gotovo šapatom: – Pedeset hiljada – što je izazvalo uzdah svih oko nje. Ali ona je to smatrala malom cenom za remek-delo koje je poslednji put videla na stolu u očevoj radnoj sobi. Znala je i koji rođak je ponudio bistu na prodaju, kao i to da je njemu novac čak potrebniji nego njoj.

26.

Saša

London

– Izgledaš veoma elegantno, mama – rekao je Saša. – Je li to nova odeća?

Elena nije podigla pogled s knjige s rezervacijama.

– A kako je tri posle podne, sigurno ideš na čaj s nekom prijateljicom ili na razgovor za posao.

Elena je navukla rukavice i dalje ignorišući sina.

– Nadam se da nije razgovor za posao – zadirkivao ju je Saša – jer, iskreno, bez tebe ne bismo mogli da vodimo ovo mesto.

– Vratiću se znatno pre otvaranja večeras – odsečno je kazala Elena. – Da li su svi stolovi za prvi termin za večeru rezervisani?

– Osim stolova dvanaest i četrnaest.

Elena je klimnula glavom. Mada je restoran često bio rezervisan nekoliko dana unapred, gospodin Anjeli je naučio Sašu da uvek ostavi dva najbolja stola za redovne mušterije i ne daje ih drugima pre sedam sati.

– Lepo se provedi, mama, kud god da ideš. – U stvari, već je shvatio kuda ide.

Elena je bez ijedne reči više izašla iz restorana. Hodala je stotinak metara ulicom pa skrenula desno i zaustavila taksi. Nije želela da je Saša vidi kako se razmeće. Obično je išla autobusom, ali ne u elegantnoj novoj *armani* odeći, a u svakom slučaju na Loundesovom trgu nema autobuske stanice.

– Loundesov trg 43 – rekla je taksisti.

Elena je bila dirnuta kad joj je grofica poslala rukom pisanu poruku s pozivom na čaj, što će joj dati priliku da vidi njen nov stan.

Faberžeovo jaje im je svima promenilo život. Majk Dejndžerfild je podelio svoju proviziju sa Sašom i Čarli, što im je omogućilo da kupe stan nedaleko od restorana. Elena je bila tužna što više ne žive s njom, ali razumela je da mlad bračni par želi svoj dom, posebno ako nameravaju da zasnuju porodicu.

Saša je radio po čitav dan, a nekoliko puta nedeljno i noću, dok je pokušavao da uskladi rad u restoranu s pohađanjem kursa na *Londonskoj školi ekonomije*, a nije pominjao, bar ne Čarli ili Eleni, da se nedavno priključio lokalnom Laburističkom klubu. Morao je da se odrekne igranja šaha uveče.

Elena je postajala sve uspešnija, i ne samo zato što je, pošto je zatvoren Tremletov restoran, mogla da probere njihove najbolje konobare i kuhinjsko osoblje. Tremletovi, otac i sin, preselili su se na Majorku i otvorili agenciju za nekretnine nedugo pošto je odbornik Tremlet podneo ostavku, pravdajući se zdravstvenim problemima, nakon istrage o odluci gradskog veća da izda građevinsku dozvolu za novu stambenu zgradu u Stamford plejsu. Saša nije morao da čita između redova u članku lokalnih novina da bi shvatio da se oni neće vraćati.

Dok je Elena nadgledala ono što se događa u kuhinji, a Đino se bavio restoranom, Saša je strogo kontrolisao prihode i rashode, u čemu se njegova majka nije nimalo snalazila, mada je pokušao da joj objasni razliku između izbegavanja plaćanja poreza i plaćanja minimalnog zakonskog iznosa poreza. Većinu zarade je ubacivao u posao pa su nedavno kupili dva velika zamrzivača, industrijsku mašinu za pranje sudova i šezdeset novih pamučnih stolnjaka i salveta. Nameravao je da napravi bar kraj ulaza u restoran, ali ne dok ne skupe dovoljno novca.

Dok je sedela na zadnjem sedištu taksija, Elena je razmišljala o grofici koju odavno nije videla. Njeno dugo radno vreme u restoranu značilo je malo vremena za privatan život, tako da je poziv na čaj bio prijatna promena kolotečine. I radovala se da vidi taj novi stan.

Kad se taksi zaustavio ispred broja 43, Elena je taksisti dala veliku napojnicu. Nikad nije zaboravila ono što joj je rekao gospodin Anjeli, da ne možeš očekivati za sebe napojnicu ako sâm nisi darežljiv prema onima koji te uslužuju.

Pogledala je četiri prezimena uredno ispisana kraj interfona, pre nego što je pritisla dugme za najviši sprat.

– Izvolite – rekao je glas nekoga ko ju je očigledno očekivao.

Zazujao je interfon, a Elena je otvorila vrata i otišla do lifta. Kad je izašla na četvrtom spratu, videla je služavku kraj otvorenih vrata.

– Dobar dan, gospođo Karpenko. Dozvolite da vas odvedem do grofice.

Elena se trudila da ne zuri u fotografije cara i carice na godišnjem odmoru s grofičinom porodicom na Crnom moru, dok nije stigla do salona punog najlepšeg starinskog nameštaja. Mermerna bista cara Nikolaja II stajala je na polici iznad kamina.

– Baš je lepo što ste pronašli vremena u svom gustom rasporedu da me posetite – rekla je grofica i rukom dala znak gošći da sedne u udobnu fotelju naspram nje. – Ima toliko tema za razgovor. Ali prvo čaj.

Elena je bila zadovoljna što grofica sad živi u raskoši u poređenju s tesnim stanom u suterenu u Pimliku.

– A kako je Saša? – bilo je grofičino prvo pitanje.

– Kad ne radi u restoranu, uči za knjigovođu i poslovnog menadžera na *Londonskoj školi ekonomije*, što samo može da pomogne našem sve razgranatijem poslu.

– Neće se još dugo razgranavati, koliko sam čula. Kad sam poslednji put videla Sašu, pomenuo je glasine...

– Ali to su samo glasine, grofice – kazala je Elena – mada je Đino siguran da je video dvojicu sudija nedavno da ručaju u restoranu. Ali nismo čuli ništa određeno.

– Držaću vam palčeve – rekla je grofica kad se služavka vratila sa srebrnim poslužavnikom s čajem, keksom i čokoladnom tortom i spustila ga nasred stola.

– Mleko, bez šećera, ako se dobro sećam – rekla je grofica dok je sipala čaj.

– Da, hvala.

– Saša mi je rekao i to da razmišlja da se kandiduje za gradsko veće. Čujem da se iznenada upraznilo jedno mesto.

– Da, jedan je od kandidata za to mesto, ali nije uveren da će ga izabrati.

– Budite sigurni, Elena, gradsko veće Fulama biće samo prvi korak na stazi koja neizbežno vodi ka Donjem domu.

– Stvarno tako mislite?

– O, da. Saša ima sve vrline i slabosti neophodne za prvoklasnog člana Parlamenta. Pametan je, snalažljiv, lukav i ne boji se da povremeno rizikuje ako veruje da je cilj vredan toga.

– Ali ne zaboravite da je imigrant – rekla je Elena.

– Što mu čak može biti prednost u savremenoj Laburističkoj partiji.

– Nemojte mu reći – kazala je Elena – ali ja sam uvek glasala za konzervativce.

– I ja sam – priznala je grofica. – Ali u mom slučaju mislim da to ne bi bilo veliko iznenađenje. Dosta o Saši, kako se Čarli snalazi u *Galeriji Kortold*?

– Gotovo je završila disertaciju na temu: „Krojer, nepoznati majstor". Tako da će uskoro postati doktor Karpenko.

– Ima li naznaka...

– Nažalost ne. Izgleda da ova savremena generacija misli kako je važno stvoriti karijeru pre nego što dobiješ decu. U moje vreme...

– Izgleda, Elena, da ste vi staromodniji od mene.

– Saša sigurno tako misli.

– Draga moja, uveravam vas da vam se divi više nego ijednoj ženi – rekla je grofica i ponudila gošći komad švarcvald torte. Zastala je da otpije malo čaja pre nego što je rekla: – Dobro, moram da vam priznam, Elena, da sam imala skriveni motiv kad sam vas pozvala.

Elena je spustila viljušku i počela pažljivo da sluša.

– Istina je, imam tajnu koju želim da podelim s vama. – Zastala je radi dramskog efekta. – Zahvaljujući marljivosti i stručnosti gospodina Dejndžerfilda i snalažljivosti vašeg sina, dobila sam za svoje jaje znatno više novca nego što sam mislila da je moguće.

– Nisam znala da je Saša bio uključen u to – rekla je Elena.

– O da, odigrao je ključnu ulogu, na čemu ću mu večno biti zahvalna. Ta prodaja mi je omogućila ne samo da iznajmim ovaj ljupki stan nego i da kupim nekoliko lepih komada nameštaja od izvesnog prodavca antikviteta iz Gildforda. – Elena se osmehnula. – Ipak, i dalje imam problem kako da uložim ostatak novca, jer ostala mi je poprilična svota. Moj otac je govorio uvek ulaži u ljude u koje veruješ, i nećeš mnogo pogrešiti. I zato sam odlučila da uložim u vas.

– Nisam sigurna da vas razumem – kazala je Elena.

– Proteklih mesec dana pregovarala sam da kupim nekretninu u Fulam roudu.

Eleni je ruka zadrhtala tako da je prosula čaj. – Mnogo mi je žao – rekla je.

– To je potpuno nevažno – kazala je grofica – u poređenju s mojim pitanjem da li biste prihvatili da vodite dva restorana istovremeno.

– Morala bih da razgovaram sa Sašom pre nego što donesem odluku.

– Ne, bojim se da ne možete – odlučno je kazala grofica. – U stvari, nikad ne smete da pomenete ovaj razgovor Saši, iz razloga koje ću vam objasniti. Prodavac s kojim imam posla je gospodin Moris Tremlet, tako da ne smete ništa da pominjete Saši jer sam stekla jak utisak da on i vaš sin nisu u najboljim odnosima. On je očigledno ljubomoran na uspeh koji ste napravili sa *Elenom*.

– To seže i dalje u prošlost – kazala je Elena – do vremena kad su zajedno išli u školu, i Saša bio golman prvog fudbalskog tima.

– Bez sumnje je Tremlet potisnut u drugi tim, što me ne iznenađuje, jer upravo to nameravam da uradim s njim čim potpišemo ugovor. U pregovorima me je gospodin Tremlet dvaput pitao, možda i triput, da li sam ja zapravo zastupnik gospodina Karpenka, a ja sam iskreno mogla da kažem ne. Tako da vas molim da ništa ne govorite Saši dok ne položim kaparu. Ako Tremlet sazna šta sam naumila, sigurno će otkazati prodaju. Dobro, moram ponovo da vas pitam, Elena, možete li da vodite dva restorana istovremeno?

– Već sam jednom vodila taj restoran, tako da mi neće biti teško da ga ponovo pokrenem, posebno jer sam već zaposlila sve dobre radnike i konobare koje su tamo imali.

– I uvereni ste da možete da radite to dok istovremeno vodite *Elenu*?

– To će samo biti sto trideset mesta za stolovima umesto sedamdeset. Naravno, možda ću morati da sagradim most ili iskopam tunel ispod Fulam rouda između *Elene jedan* i *Elene dva*.

– Onda smo se dogovorile – rekla je grofica.

– Smem li da vas pitam šta tražite zauzvrat za svoje ulaganje?

– Postaću ravnopravan partner u novom restoranu, i moći da, kad god poželim, jedem u jednom ili drugom, i to besplatno. Ima nekoliko ruskih emigranata u Londonu koji vole dobru hranu, Elena, ali više nisu u mogućnosti da uživaju u tome kao što su nekad. Ipak, dajem vam reč da ću ih dovoditi jednog po jednog.

– U tom slučaju, morate da imate svoj sto u oba restorana – kazala je Elena – koji niko drugi neće smeti da rezerviše. Kada ću smeti da kažem Saši?

– Nećete dok ne potpišem ugovor i dok se mastilo ne osuši, zato što, Elena, moram da vam kažem, da je gospodin Moris Tremlet rođen u Sovjetskom Savezu, bez sumnje bi radio za KGB.

Elena se stresla, ali morala je da se saglasi s tim. – Hvala vam na čaju – kazala je – i, još važnije, hvala vam na poverenju koje imate u mene. Sad moram da se vratim u restoran jer volim da budem u kuhinji sat vremena pre nego što prvi gosti dođu.

– Kako ću samo dobro uložiti novac – rekla je grofica. – Imam još jednu molbu za vas pre nego što odete.

– Učinila bih sve za vas, grofice.

– Ubuduće me zovite Nataša. – Elena je izgledala neodlučno. – Ako me ne budete tako zvali, unећu tu klauzulu u ugovor.

27.

Saša

London

– Znamo li išta o njima? – pitala je Elena. – Prezime Rajkroft mi ništa ne znači.

– Samo to da je dama koja je zvala, gospođa Odri Kampion, rekla kako njih troje dolaze iz Sarija da razgovaraju o nekoj privatnoj stvari.

– Onda je to verovatno neki poseban rođendan ili nekakva godišnjica koju žele da proslave. Kad treba da dođu?

– Za desetak minuta – rekao je Saša pogledavši na ručni sat. – Želiš li da nam se pridružiš, mama?

– Ne, hvala ti – odgovorila je Elena. – Ti se mnogo bolje snalaziš u tim stvarima nego ja. Samo se potrudi da proveriš oba rokovnika.

– Već jesam – kazao je Saša. – *Elena jedan* je rezervisana do trinaestog marta.

– A *Elena dva*?

– Ako je za dvadeset ili manje ljudi, onda će sve biti u redu.

– Izgleda mi da si se pobrinuo za sve, tako da mogu da se vratim svom poslu. Moram da razgovaram s pomoćnim kuvarom o današnjem jelovniku.

Saša se osmehnuo, sasvim svestan toga da bi njegova majka uradila gotovo sve samo da ne mora da razgovara neposredno s gostima, ali i da se potpuno preobrazi onog časa kad uđe u kuhinju. Koliko se samo razlikovala od njega. On je po svaku cenu izbegavao kuhinju, tako da je podela rada oboma sasvim odgovarala.

Saša je gledao koje bi verzije menija mogao da ponudi gostima kad se oglasilo zvono na vratima.

Seo je za jedan popularan sto u separeu na drugom kraju prostorije, a Đino je otvorio vrata i pustio troje gostiju. Dok ih je on pratio do stola, Saša je pokušao, kao i uvek, da proceni potencijalne klijente.

Na osnovu starosti, mogli su da budu otac, majka i sin, ali ne i po poreklu. Ustao je da ih pozdravi zagledajući se u mladića, za koga se mogao zakleti da ga je već negde video.

– Dobar dan, ja sam Saša Karpenko.

– Alf Rajkroft – kazao je stariji muškarac i čvrsto mu stegao ruku.

– A ja sam gospođa Kampion – kazala je žena. – Razgovarali smo telefonom – dodala je autoritativno.

– Sećam se.

– Zdravo – kazao je mladić. – Ja sam...

A tada se Saša setio. – Drago mi je što te ponovo vidim, Majkle. Kako si?

– Dobro sam, hvala. I dirnut sam što me se sećaš. Ali, opet, rekao sam Alfu i Odri dok smo putovali do Londona kako si pobedio čitav oksfordski šahovski tim bez ičije pomoći, tako da ne bi bilo iznenađenje da se setiš mog imena.

– Šta sad radiš? – pitao je Saša. – Zar nisi studirao pravo?

Pojavio se konobar, a kad su naručili kafu, Majkl je odgovorio na Sašino pitanje.

– Advokat sam u Merifildu. Ali nije to razlog zbog koga sam želeo da te vidim.

– Naravno da nije. Kaži mi, kakvu zabavu planirate.

– Laburističku – kazao je Alf.

Saša je izgledao zbunjeno.

– Dozvolite mi da vam objasnim – rekla je Odri Kampion, istim autoritativnim tonom. – Sigurna sam da vam je poznato kako je donedavno član Parlamenta iz Merifilda bio ser Maks Hanter.

– Fionin otac – kazao je Saša. – Kako bih mogao da ga zaboravim? Video sam da je umro od srčanog udara za vreme lova na lisice.

– Tako je. Ali ono što ne znate jeste da je sinoć lokalna Konzervativna partija odabrala njegovu ćerku za kandidatkinju na izborima.

Saša je neko vreme ćutao, pa je promrmljao: – Dakle, Fiona će biti prva od moje generacije koja će sesti na zelene klupe.

– Sigurno nisi iznenađen time – rekao je Majkl – jer svi smo pretpostavili da ćete se ti ili ona prvi popeti uz tu namašćenu šipku.

– Ali i dalje ne razumem zašto ste došli čak ovamo da mi kažete nešto što ću pročitati u sutrašnjim novinama.

– Ja sam predsednik odbora Laburističke partije u Merifildu – rekao je Alf Rajkroft. – A Odri je predsednica izvršnog odbora.

– Neplaćena, moram da naglasim – odlučno je kazala.

– A moj odbor – nastavio je Alf – ne može da se seti nikog ko bi se bolje suprotstavio gospođici Hanter.

– Ali sigurno bi bilo pametnije da izaberete nekoga s više iskustva, ko makar poznaje biračko telo.

– Nemamo vremena da sprovedemo uobičajene stranačke izbore – kazao je Alf. – Pretpostavili smo da će konzervativci biti makar toliko pristojni da sačekaju sahranu ser Maksa pre nego što objave datum izbora, ali oni su iskoristili činjenicu da mi nemamo kandidata.

– Tipično za Fionu – rekao je Saša kad se konobar vratio s njihovim kafama, što mu je omogućilo da se malo sabere. – Polaskan sam – rekao je kad je konobar otišao – ali nevolja je u tome što jednostavno nemam vremena...

– Izbori će se održati za tri nedelje, u četvrtak trinaestog marta – kazao je Alf. – A kako je ser Maks imao većinu od dvanaest hiljada dvesta četrnaest glasova, nemate apsolutno nikakve izglede da pobedite.

– Zašto onda da traćim vreme?

– Zato što ćete – počela je gospođa Kampion – smanjite li razliku u torijevskom uporištu, u biografiji imati nešto što dobro izgleda kad se budete kandidovali u izbornoj jedinici u kojoj možete da pobedite.

– Ali ti si odatle, Majkle, zašto se ti ne kandiduješ?

– Jer sam se uvek nasmrt bojao Fione Hanter, ali kad sazna da si ti kandidat laburista, ona će, za promenu, morati da se čuva. Osim toga, znaš više o njoj od ikoga od nas.

– Potrebno mi je malo vremena da razmislim o tome – rekao je Saša. – Koliko vremena imam?

– Deset minuta – odgovorio je Alf.

– Predlog ispred opštinskog odbora jeste da Saša Konstantinovič Karpenko bude izabran za kandidata Laburističke partije za izbornu jedinicu Merifild. Ko je za? – pitao je predsednik pogledavši okupljene. Dvadeset tri ruke su se podigle. – Ko je protiv? – Nijedna ruka se nije podigla. – Onda proglašavam da je ovaj predlog jednoglasno prihvaćen – izjavio je Alf Rajkroft uz glasno klicanje dvadeset troje prisutnih.

Kad se Saša ukrcao u poslednji voz za London, znao je sva ta dvadeset tri imena, i nijedno od njih nije imalo izgleda da pobedi.

– Druga žena? – pitala je Čarli kad se ušunjao u spavaću sobu nešto posle ponoći, rešen da je ne probudi.

– Samo oko dvadeset osam hiljada njih – kazao je Saša i spustio glavu na jastuk pa joj objasnio zašto je tog jutra otputovao u Merifild, a vratio se uveče kao laburistički kandidat na izborima. – Tako da me u naredne tri nedelje nećeš često viđati.

– Čestitam, dragi – rekla je Čarli. Upalila je svetiljku kraj kreveta i zagrlila ga. – Šta znaš o protivniku?

– Sve.

– Kako to?

– To je Fiona Hanter.

Čarli je uzdahnula i naglo se uspravila pre nego što je rekla: – Ovog puta moraš da je pobediš.

– Nažalost to nije moguće. U Merifildu ne broje konzervativne glasove, mere ih u džakovima.

– Ovog puta neće – kazala je Čarli – zato što ću ja biti s tobom u tom vozu sutra ujutro, tako da će morati da pobedi nas dvoje.

– Ali moraš da završiš svoju disertaciju.

– Predala sam je prošle nedelje.

– I nisi mi rekla?

– Želela sam da sačekam da stignu rezultati. – Nagnula se i poljubila muža. – Lepo spavaj, dragi – rekla je i spustila glavu na jastuk. – Mora da si iscrpljen.

Ali Saša nije mogao da zaspi, jer je razmišljao o svemu što se u poslednje vreme događalo. Mislio je da se priprema da izabere jelovnik, a završio je sâm kao izabran.

Saša i Čarli su sledećeg jutra krenuli vozom u 6.52 sa stanice *Viktorija* do Merifilda i pre osam su stigli u mesni odbor Laburističke partije.

Predsednik je sedeo ispred u svom fordu alegra i čekao ih.

– Uskačite – rekao je kad je Saša predstavio svoju suprugu. – Drago mi je što sam vas upoznao, Čarli, ali nemamo vremena za gubljenje. – Ubacio je menjač u prvu brzinu i polako krenuo, a dok su se vozili glavnom ulicom i predgrađima sve vreme je pričao.

– U izbornoj jedinici Merifild ima dvadeset šest sela. To su ljudi koji uglavnom glasaju za torijevce, a Fiona Hanter ima mesni odbor u svakom selu.

– A šta je s nama? – pitala je Čarli.

– Mi imamo jedan mesni odbor – rekao je Alf – a čovek koji ga vodi ima sedamdeset devet godina. Ali u gradu Rikstonu, koji ima šesnaest hiljada stanovnika i fabriku papira, uvek možemo da računamo na glasove.

– Ima li dobrih vesti? – pitao je Saša.

– Ne mnogo – priznao je Alf. – Iako ser Maks nije bio naročito popularan među biračima, izgradio je ugled čoveka koji može da dopre do ministra i koji rešava probleme. Imao je dar da sazna šta će se dogoditi, a onda pripiše sebi zasluge za to. Klasičan primer je izgradnja nove bolnice, što je bio deo dugoročnog infrastrukturnog programa poslednje laburističke vlade, ali je slučajno završena u vreme vlasti konzervativaca. Kad je ministar zdravlja otvorio tu bolnicu, čovek bi pomislio da je ona ser Maksova ideja i da je on lično postavio kamen temeljac.

– To je dar koji je nasledila njegova ćerka – kazala je Čarli, prilično iznervirano. – Kako se ona snalazi?

– Vole je – priznao je Alf – ali poznaju je još iz dana kad su je u toj izbornoj jedinici vozili u kolicima. Priča se da su joj prve reči bile „Glasajte za Hantera!“, i ne bi me iznenadilo da joj je ser Maks testamentom ostavio izbornu jedinicu. Ne ide nam na ruku ni to što će se isto prezime pojaviti na glasačkom listiću.

– Pa kako da se branim kad me meštani optuže da sam politički padobranac?

– Laburisti nikad nisu imali bolju priliku da osvoje mandat – rekao je Alf.

– Ali već ste priznali da nemamo ni najmanje izglede – kazao je Saša.

– Dobro došli u svet realne politike – rekao je Alf – ili makar u njenu merifildsku verziju.

– I, kakvi su ti prvi utisci? – pitao je Majkl kad su se Saša i Čarli pridružili ostatku tima na ručku u *Rokston armsu*.

– Konzervativci možda imaju prednost u najbrojnijim biračkim jedinicama, ali laburisti imaju najbolje ljude – kazao je dok je jeo sendvič sa šunkom koji njegova majka ne bi ni pogledala.

– Dobro – rekla je gospođa Kampion pošto je Saša progutao pitu od svinjetine i ispio kriglu piva. – Došlo je vreme da vas nametnemo nespremnoj javnosti. Naši plakati i leci još nisu odštampani, tako da ćemo morati da se snalazimo nekoliko narednih dana. I zapamti, Saša, postoji samo jedna rečenica koju treba toliko često da izgovaraš dok ne budeš mogao da je ponoviš i u snu – dodala je Odri dok mu je kačila veliki crven bedž na rever.

Saša je u pratnji predsednika odbora, predsednice izvršnog odbora i nekoliko članova partije, izašao na glavnu ulicu. Kad je sreo prvog birača, kazao je: – Zovem se Saša Karpenko, i ja sam kandidat laburista za izbore u četvrtak, trinaestog marta. Nadam se da mogu računati na vaš glas? – Ispružio je ruku, ali taj čovek ga je ignorisao i nastavio da hoda. – Divno – promrmljao je Saša.

– Psst! – kazala je gospođa Kampion. – To ne znači nužno da neće glasati za tebe. Možda je gluv ili žuri.

Njegov drugi pokušaj je bio malo uspešniji jer je jedna žena s torbom za kupovinu bar zastala da se rukuje s njim.

– Šta ćete uraditi u vezi sa zatvaranjem lokalne bolnice? – pitala je. Saša nije čak ni znao da Rokston ima bolnicu.

– Uradiće sve što je u njegovoj moći da gradsko veće poništi svoju odluku – priskočio mu je Alf u pomoć. – I zato se pobrinite da trinaestog marta glasate za laburiste.

– Ali vi nemate nikakve izglede – kazala je ta žena. – Magarac s plavim bedžom mogao bi da pobedi u Merifildu.

– Laburisti nikad nisu imali bolju priliku da osvoje mandat – rekao je Saša trudeći se da zvuči samouvereno, ali žena nije izgledala uvereno, podigla je torbu i otišla.

– Zdravo, ja sam Saša Karpenko i kandidat sam Laburističke partije...

– Izvinite, gospodine Karpenko, glasaću za Hantera. Uvek to radim.

– Ali umro je prošle nedelje – pobunio se Saša.

– Jeste li sigurni? – pitao je taj čovek. – Jer moja žena mi je rekla da opet glasam za Hantera.

– Da li je istina da ste rođeni u Rusiji? – pitao je naredni čovek kome se Saša približio.

– Da – odgovorio je Saša – ali...

– Onda ću prvi put u životu glasati za Konzervativnu partiju – rekao je taj čovek i ne usporivši.

– Zdravo, ja sam Saša Karpenko...

– Ja glasam za liberale – kazala je mlada žena koja je gurala kolica – a ovog puta ćemo vas čak i mi pobediti.

– Zdravo, ja sam Saša...

– Srećno, Saša, glasaću za vas, iako nemate nikakvih izgleda.

– Hvala vam – rekao je Saša. Okrenuo se k Alfu i pitao: – Da li je uvek ovako loše?

– U stvari, ide vam prilično dobro u poređenju s našim poslednjim kandidatom.

– Šta se dogodilo s njim?

– Njom. Imala je nervni slom nedelju dana pre izbora, i nije se oporavila pre glasanja. – Saša je prasnuo u smeh. – Ne, istina je – rekao je Alf. – Otad je nismo videli.

– A kad samo pomislim da sam jedini kandidat koga želite! – kazao je Saša.

– Bićeš nam zahvalan kad pronađeš izbornu jedinicu u kojoj ćeš sigurno biti izabran i kad postaneš ministar – rekla je Odri ignorišući sarkazam. Tad je Saša prvi put pomislio da bi jednog dana mogao da postane ministar.

– Vidi ko je s druge strane ulice – rekla je Čarli i gurnula Sašu laktom u rebra.

Saša je pogledao i ugledao Fionu okruženu grupom pristalica koji su delili letke i držali natpise HANTER U MERIFILDU.

– Nisu čak morali ni da štampaju nove plakate – ogorčeno je kazao Alf.

– Vreme je da se suočim s neprijateljem – rekao je Saša i odmah prešao glavnu ulicu izbegavajući automobile.

– Zovem se Fiona Hanter i ja...

– Šta ćete da uradite povodom toga što se igralište u Rokstonu ruši zbog izgradnje supermarketa, to mene zanima.

– Već sam razgovarala s predsednikom veća u vezi s tim – kazala je Fiona – i obećao je da će me obaveštavati o tome.

– Baš kao i vaš otac, mnogo obećanja, šipak od rezultata.

Fiona se osmehnula i nastavila ostavljajući mesnog odbornika da se bavi tim problemom.

– Hoće li mi torijevci povećati penziju? – pitala je jedna starica, bodući je prstom. – To mene zanima.

– Uvek su to radili u prošlosti – srdačno je rekla Fiona – tako da možete biti sigurni da će to uraditi ponovo, ali samo ako pobedimo na narednim izborima.

– „Malo sutra“ treba da vam bude slogan – kazala je ta žena.

Fiona se osmehnula kad je videla da Saša ide prema njoj ispružene ruke.

– Drago mi je što te vidim, Saša – rekla je. – Šta radiš u Merifildu?

– Zovem se Saša Karpenko – odgovorio je – i ja sam kandidat Laburističke partije na izborima trinaestog marta. Nadam se da mogu da računam na vaš glas?

Prvi put tog dana osmeh je nestao s Fioninog lica.

28.

Aleks

Bruklin

– Kad vratiš Vorholovu sliku Lorensu a on ti vrati novac, da li si i dalje siguran da treba da uložiš u *Elenu*?

– Da, siguran sam, majko – kazao je Aleks. – Ali pošto sam ispao onakva budala, odlučio sam da se vratim u školu.

– Ali već imaš diplomu.

– Iz ekonomije – rekao je Aleks – što je u redu ako želiš da budeš direktor banke, ali ne i preduzetnik. I zato sam se upisao u večernju školu. Studiraću menadžment na *Kolumbiji*, tako da, ako naletim na još jednu Ivlin, neću napraviti istu grešku. U međuvremenu, zaposliću se kod *Lombardija* na Menhetnu.

– Ali zašto podržavaš konkurenciju?

– Zato što mi je Lorens rekao da oni prave najbolje pice u Americi, a ja nameravam da saznam zašto je tako.

Septembar je bio naporan mesec za Aleksa. Upisao se u večernju školu, a uprkos tome što je po čitav dan radio kod *Lombardija*, nije propustio nijedno predavanje. Uvek je predavao radove na vreme i pročitao je svaku knjigu sa obaveznog spiska, kao i mnoge druge. Ironično, ali Ivlin je uspela da postigne ono što njegova majka nije.

Znanje mu je raslo i preko dana, jer mu je Paolo, menadžer *Lombardija*, pokazao kako je restoran stekao svoj ugled. Uz Paolove savete, Aleks je počeo u *Eleni* da pravi male promene, a kasnije i velike. Želeo je da kupi pećnicu od *Antonelija* iz Milana, što bi im omogućilo da prave desetak pica na svaka četiri minuta, ali nije imao dovoljno novca za to dok ne vrati sliku, a Lorens mu ne preda pola miliona. Nedostajaće mu. Vorholova slika, ne Ivlin.

* * *

Aleks je krenuo ka večernjoj školi kad ju je video prvi put.

Stajala je na peronu u Pedeset prvoj ulici, u elegantnom plavom kostimu i nosila je kožnu aktovku. Pažnju su mu privukli njena uredno podšišana kestenjasta kosa i tamnosmeđe oči. Trudio se da ne zuri u nju, a kad je pogledala prema njemu, brzo je skrenuo pogled.

Kad je voz stigao u stanicu, bio je kao u transu, i seo je na prazno sedište kraj nje, iako je išla u suprotnom smeru. Otvorila je aktovku, izvadila jedan luksuzni časopis i počela da čita. Aleks je pogledao naslovnu stranu i video sliku umetnika po imenu De Koning. Zakleo bi se da je video sličnu u Lorensovoj kući, ali odlučio je da reči *Posedujem Vorhola* ne bi bile dobar početak razgovora.

– Da li je De Koning stalno slikao istu temu? – pitao je ne skidajući pogled sa slike.

Pogledala je Aleksa, a onda naslovnu stranu, pa odgovorila: – Da, jeste. Ovo je iz njegove serije *Žene.*

Njen odsečan izgovor ga je podsetio na Ivlin, mada ništa drugo nije. Oklevao je pre nego što je pitao: – Da li je moguće da sam video jednu njegovu sliku u nekoj privatnoj kolekciji?

– Moguće je. Mada je malo njih u rukama pojedinaca. Ima nekoliko njegovih radova u *Muzeju moderne umetnosti*, tako da ste možda videli neku tamo.

– Naravno – rekao je Aleks, mada nikad nije ušao u *Muzej moderne umetnosti* i samo je otprilike znao gde se nalazi. – U pravu ste, sigurno sam je tamo video. – Kad je voz stigao do sledeće stanice, nadao se da ona neće sići. Nije sišla.

– Ko vam je omiljeni slikar? – usudio se da pita kad su se vrata zatvorila.

Nije odmah odgovorila. – Nisam sigurna da imam miljenika među apstraktnim ekspresionistima, ali mislim da je Madervel potcenjen, a Rotko precenjen.

– Uvek sam se divio Polokovoj *Mesečevoj ženi* – kazao je Aleks, prilično beznadežno. U tu sliku je zurio pola sata dok se krio iza stuba na Lorensovoj rođendanskoj proslavi.

– Ona se smatra jednom od njegovih najboljih slika, ali videla sam je samo na fotografijama. Nema mnogo ljudi koji su imali sreću da vide Louelovu zbirku.

Voz je stao na sledećoj stanici, a ona opet nije izašla. *Lorens Louel mi je prijatelj, pa ako želite da vidite njegovu zbirku...* želeo je da kaže, ali bojao se da će ona pomisliti da sedi kraj ludaka.

– Radite li u svetu umetnosti? – usudio se da pita.

– Da, ja sam pripravnica u jednoj galeriji na Vest sajdu – kazala je i zatvorila časopis.

– To mora da je zabavno.

– Jeste. – Vratila je časopis u aktovku i ustala dok je voz ulazio u stanicu.

Skočio je na noge. – Zovem se Aleks.

– Ana. Drago mi je što sam te upoznala, Alekse.

Stajao je ukipljen dok je ona izlazila iz voza. Mahnuo joj je dok je išla peronom, ali nije se osvrnula.

– Dođavola, dođavola, dođavola – rekao je kad su se vrata zatvorila a ona nestala iz vidokruga. Morao je da izađe na sledećoj stanici, okrene se i vrati do Pedeset prve ulice. Bio je to prvi put da je propustio predavanje.

– Paolo, potreban mi je savet.

– Ako me pitaš kako da vodiš piceriju, ne mogu mnogo više da te naučim.

– Ne, imam problem s devojkom. Sreo sam je samo jednom, a onda sam je izgubio.

– Ništa te ne razumem, mali. Bolje da počneš od početka.

– Upoznao sam je u metrou. Pa, preterano je reći upoznao, jer je moj pokušaj da razgovaram s njom bio jadan. I baš kad sam ušao u štos, ona je izašla. Samo znam njeno ime i da radi u nekoj umetničkoj galeriji na Vest sajdu.

– Dobro, počnimo od stanice na kojoj si je video.

– Pedeset prva ulica.

– Skupe prodavnice, mnogo galerija. Hajde da malo suzimo pretragu. Znaš li za koji je umetnički period specijalizovana ta galerija?

– Apstraktni ekspresionizam, mislim. Makar je to pisalo na naslovnoj strani njenog časopisa.

– Mora da ima desetak galerija koje su specijalizovane za taj period. Šta još možeš da mi kažeš o njoj?

– Lepa, inteligentna...

– Godine?

– Dvadesetak.

– Građa?

– Vitka, elegantna, otmena.

– Zašto onda misliš da bi je ti zanimao?

– U pravu si. Ali ako postoji i najmanja šansa...

– Mnogo si bolja prilika nego što shvataš – rekao je Paolo. – Pametan si, šarmantan, obrazovan, a pretpostavljam da bi te neke žene mogle smatrati i zgodnim.

– Šta da radim? – pitao je Aleks zanemarivši sarkazam.

– Prvo, moraš da shvatiš da je umetnička zajednica mala, posebno elitna. Predlažem ti da odeš do *Marlboroa* u Pedeset sedmoj ulici i razgovaraš sa asistentkinjom koja je sličnih godina. Postoji mogućnost da se poznaju, ili da su se makar upoznale na nekom otvaranju.

– Kako znaš toliko o umetnosti?

– Italijani – kazao je Paolo – poznaju umetnost, hranu, operu, automobile i žene, jer imamo najbolje primere svih tih pet stvari.

– Kad ti tako kažeš – rekao je Aleks. – Počeću potragu sutra rano ujutro.

– Ne rano ujutro, to bi bilo gubljenje vremena. Umetničke galerije se obično ne otvaraju pre deset. Klijenti koji mogu da plate pola miliona dolara za jednu sliku ne ustaju rano kao ti i ja. I još nešto, ako se pojaviš tako odeven, misliće da si đubretar. Moraćeš da budeš odeven kao mogući kupac i da govoriš tako, ako želiš da te ozbiljno shvate.

– Gde si naučio sve to?

– Moj otac je vratar u *Plazi* a majka radi u *Blumingdejlu*, tako da sam završio životnu školu. I još nešto. Ako stvarno želiš da je zadiviš, možda bi trebalo...

Aleks je ustao narednog jutra, obukao se i u pola pet otišao na tržnicu da kupi povrće. Kad je odneo robu u restoran, vratio se kući i doručkovao s majkom.

Nije joj rekao šta planira do kraja jutra, i čekao je da ode na posao pre nego što se drugi put istuširao i odabrao tamnosivo odelo, belu košulju i kravatu koju mu je majka poklonila za Božić. Zatim je brižljivo skinuo Vorhola sa zida i umotao ga u smeđi papir pa smestio u kesu.

Otišao je taksijem do Menhetna, što je bio neophodan trošak jer nije smeo da nosi tako vrednu sliku po metrou, i rekao vozaču da ga odveze do Pedeset sedme ulice.

Kad je stigao do galerije *Marlboro*, svetla su se upravo palila. Pogledao je sliku u izlogu koju je naslikao neki Hokni. Kad je jedna devojka sela za sto, duboko je udahnuo i ušao.

Ne žuri, rekao mu je Paolo. *Bogataši nikad ne žure da se rastanu s novcem.* Polako je obilazio galeriju diveći se slikama. Osećao se kao da je ponovo u Lorensovom domu.

– Mogu li vam pomoći, gospodine? – Okrenuo se i video devojku kako stoji kraj njega.

– Ne, hvala vam. Samo razgledam.

– Naravno. Recite mi ako mogu nekako da vam pomognem.

Aleks se zaljubio po drugi put, ne u tu devojku nego u desetak žena koje je poželeo da odnese kući i okači na zid spavaće sobe. Pošto ga je očaralo jedno malo Renoarovo platno, setio se da je tu došao sa određenim razlogom. Prišao je devojčinom stolu.

– Nedavno sam upoznao devojku koja se zove Ana i radi u nekoj galeriji na Vest sajdu, a bavi se apstraktnim ekspresionizmom, i pitao sam se da li je poznajete?

Devojka se osmehnula i odmahnula glavom. – Počela sam da radim ovde tek pre nedelju dana. Izvinite.

Aleks joj je zahvalio, ali nije napustio galeriju dok nije ponovo pogledao onog Renoara. Nije gubio ni svoje ni njeno vreme pitajući za cenu. Znao je da ne može da priušti tu sliku.

Otišao je u drugu galeriju, a onda u treću, i proveo ostatak jutra uzaludno ulazeći u desetak drugih objekata, i raspitujući se kod desetak devojaka, sa istim ishodom. Kad su zvona s Katedrale Svetog Patrika zazvonila jednom, odlučio je da ruča pre nego što nastavi potragu. Uočio je omanji red ispred jedne sendvičare, i krenuo prema njoj, sve vreme stežući Vorholovu sliku. I tad ju je spazio kroz izlog restorana.

Sedela je u uglu i razgovarala sa zgodnim muškarcem koji je izgledao kao da je dobro poznaje. Snuždio se kad se taj muškarac nagnuo preko stola i uhvatio je za ruku. Aleks je očajan seo na obližnju klupu ne osećajući više glad. Upravo se spremao da krene kući, kad su oni zajedno izašli iz restorana. Muškarac se nagnuo da je poljubi, ali Ana je okrenula glavu bez osmeha. Zatim je otišla bez reči i ostavila ga da stoji tamo.

Aleks je skočio s klupe i krenuo za njom duž Leksingtona, držeći se podalje, dok nije ušla u jednu otmenu galeriju. Kad je prošao kraj *N. Rozentala i saradnika*, pogledao je unutra i video je kako seda iza pulta. Sačekao je nekoliko trenutaka pre nego što se okrenuo. Onda je ušao u galeriju ne gledajući prema njoj. Jedna mušterija je razgovarala s njom, a on se pretvarao da ga zanima neka od slika. Na kraju je ta brbljiva žena izašla, a Aleks je otišao do stola. Ana je podigla pogled i osmehnula se.

– Mogu li da vam pomognem, gospodine?

– Nadam se. – Izvadio je Vorhola iz torbe, skinuo papir i spustio ga na sto. Ana je pažljivo pogledala sliku, a onda Aleksa. Na trenutak je izgledalo da ga je prepoznala.

– Nadao sam se da ćete mi pomoći da je procenim.

Ponovo je pogledala sliku pre nego što je pitala. – Da li je vaša?

– Ne, pripada mom prijatelju. Zamolio me je da je odnesem na procenu.

Ponovo ga je pogledala pre nego što je rekla: – Nemam dovoljno iskustva da vam dam realnu procenu, ali ako mi dozvolite da pokažem tu sliku gospodinu Rozentalu, sigurna sam da on može da pomogne.

– Naravno.

Ana je uzela sliku, otišla do drugog kraja galerije i nestala u jednoj prostoriji. Aleks se divio slici Lija Krasnera *Oko je prvi krug*, kad je sedokosi gospodin otmenog izgleda, u tamnoplavom odelu na dvoredno kopčanje, ružičastoj košulji i s crvenom leptir-mašnom na tufnice izašao iz kancelarije sa slikom. Spustio ju je na Anin sto.

– Zamolili ste moju pomoćnicu da proceni vrednost ove slike? – rekao je pomno zagledan u Aleksa. Reči „polako“ i „odmereno“ pale su mu na pamet. To nije čovek u žurbi. – Bojim se da vam moram reći, gospodine, da je to kopija. Original je u posedu gospodina Lorensa Louela u Bostonu, kao deo Louelove zbirke.

Dobro sam svestan toga, želeo je da mu kaže Aleks. – Zašto mislite da je kopija? – pitao je.

– Ne zbog same slike – rekao je Rozental – za koju moram priznati da me je načas obmanula. Odaje je platno. – Okrenuo je poleđinu slike i kazao: – Na početku karijere Vorhol nije mogao da priušti tako skupo platno, a pored toga, pogrešne je veličine.

– Jeste li sigurni? – pitao je Aleks iznenada osećajući prvo bes pa mučninu.

– O, da. To platno je dva centimetra šire od originalnog u Louelovoj zbirci.

– Dakle, to je falsifikat?

– Ne, gospodine. Falsifikat je kad neko pokuša da prevari ljude koji se bave umetnošću tvrdeći da ima originalno delo koje nije zabeleženo u umetnikovom katalogu. Ovo je – kazao je – kopija, ali izuzetno dobra.

– Smem li da vas pitam koliko bi slika vredela da je original? – pitao je oprezno Aleks.

– Milion, možda milion i po – kazao je Rozental. – Njeno poreklo je besprekorno. Verujem da ju je deda gospodina Louela početkom šezdesetih kupio direktno od umetnika, kad ovaj nije mogao da plati stanarinu.

– Hvala vam – kazao je Aleks koji je potpuno zaboravio zašto je prvobitno i došao u galeriju.

– Izvinite – rekao je Rozental – sad moram da se vratim u kancelariju.

– Da, naravno. Hvala vam.

Rozental ih je ostavio, a trenutak kasnije Aleks je shvatio da Ana zuri u njega. – Upoznali smo se u metrou, zar ne? – pitala je.

– Da – priznao je. – Zašto nisi nešto rekla kad sam ti pokazao sliku?

– Jer sam se na trenutak zapitala da li si lopov.

– Nisam ništa tako glamurozno – odgovorio je Aleks. – Danju radim u *Lombardiju*, a uveče studiram menadžment.

– Margarite u *Lombardiju* bile su mi glavna hrana dok sam studirala.

– Moja majka pravi opake kalcone – rekao je Aleks – možda bi želela da ih probaš?

– Želim – odgovorila je Ana. – A onda možeš da mi ispričaš kako si došao u posed tako fine kopije *Tužne Džeki Kenedi*.

– To je bio samo izgovor da te ponovo vidim.

29.

Aleks

Bruklin

– Sad mi ispričaj – rekla je Ana – da li si me pratio kad sam ušla u metro?

– Da, jesam – priznao je Aleks – iako je išao u pogrešnom smeru.

Nasmejala se. – To je tako romantično. Šta si uradio kad sam izašla?

– Nastavio do sledeće stanice, a pošto je bilo prekasno za predavanja, vratio sam se kući.

Konobar je prišao i dao im jelovnike.

– Šta preporučuješ? – pitala je Ana. – Uostalom, ovo je tvoj restoran.

– Moja omiljena pica je kapričoza, ali ti biraj jer su dovoljno velike za dvoje.

– Hajde onda da naručimo jednu. Ali nećeš se izvući tako lako, Alekse. Posle tvog jadnog pokušaja da me smuvaš, pošao si u potragu za mnom.

– Proveo sam jutro obilazeći galerije na Menhetnu. Onda sam te slučajno primetio kako ručaš u nekom skupom restoranu sa zgodnim starijim muškarcem.

– Ne toliko starijim – kazala je Ana izazivajući ga. – Onda si me pratio do galerije sa izgovorom da želiš procenu slike, a sigurno si znao da je kopija.

Aleks nije ništa rekao dok je konobar spuštao veliku picu nasred stola.

– Opa, izgleda sjajno.

– Mora da ju je moja majka lično spremila – rekao je Aleks pa isekao komad i stavio ga na Anin tanjir. – Treba da te upozorim, neće moći da odoli i doći će ovamo da te upozna. I onda ćeš morati da joj kažeš kako je to najbolja pica na svetu.

– Ali jeste – rekla je Ana pošto je pojela zalogaj. – U stvari, mislim da ću dovesti dečka ovamo. – Aleks nije mogao da sakrije razočaranje, ali tada se Ana široko osmehnula. – Bivšeg dečka. Video si ga u restoranu. – Aleks je želeo da sazna više o njemu, ali Ana je promenila temu. – Alekse, bilo je očigledno da si iznenađen kad ti je gospodin Rozental rekao da je tvoja slika kopija. I zato me zanima kako si je nabavio.

Aleks joj je polako ispričao čitavu priču – pa, skoro čitavu priču – srećan što napokon može da podeli tu tajnu s nekim. Kad je stigao do njihovog susreta u galeriji, Ana je pojela gotovo celu svoju polovinu pice, a njegova je ostala nedirnuta.

– A zašto će ti prijatelj dati pola miliona dolara za sliku koja ne vredi više od nekoliko stotina?

– Jer ne zna da je kopija. Sad ću morati da mu kažem istinu, a što je još gore, ne mislim da će mi Ivlin vratiti i centa od onog novca.

Ana se nagnula preko stola, dodirnula mu ruku i kazala: – Tako mi je žao, Alekse. Da li to znači da nećeš moći da otvoriš drugu *Elenu*?

– Retki su preduzetnici koji se ne suočavaju s teškoćama – rekao je Aleks. – Prema Galbrajtu, oni pametniji skupljaju iskustvo i nastavljaju dalje.

– Da li je moguće da je tvoj prijatelj Lorens uključen u tu prevaru, i da te je namerno smestio kraj svoje sestre za vreme zabave?

– Ne – odlučno je kazao Aleks. – Nikad nisam upoznao pristojnijeg, poštenijeg čoveka.

– Žao mi je – rekla je Ana – baš sam nevaspitana. Čak i ne poznajem tvog prijatelja. Ali moram da priznam, volela bih da vidim Louelovu zbirku.

– To je lako – kazao je Aleks – ako bi mogla...

– Vi mora da ste Ana – začuo se neki glas. Aleks je digao pogled i video majku kako stoji iznad njih.

– Baš znaš kad da se pojaviš, majko, braća Marks bi bila ponosna na tebe.

– A on ne prestaje da priča o vama – kazala je Elena ignorišući ga.

– Majko, brukaš me.

– Tako mi je drago što vas je konačno pronašao. Ali zar nije glup što vas nije pratio kad ste izašli iz voza?

– Majko!

Ana je prasnula u smeh.

– Kakva je bila pica? – pitala je Elena.

– Najbolja na svetu – odgovorila je Ana.

– Rekao sam joj da to kaže – rekao je Aleks.

– Da, jeste – priznala je Ana pa se nagla preko stola i uhvatila ga za ruku. – Samo nije morao da se trudi jer jeste najbolja.

– Onda ćemo vas možda ponovo videti?

– Majko, gora si od gospođe Benet.

– A zašto si ti tako malo jeo? – pitala je kao da je i dalje školarac.

– Majko, odlazi.

– Da li vam je Aleks rekao za planove da otvorimo drugi restoran?

– Da, jeste. – Aleks je bio neprijatno svestan da nije ispričao majci čitavu priču. – Zvuči vrlo uzbudljivo, gospođo Karpenko.

– Zovite me Elena, molim vas – kazala je kad je Aleks ustao stežući u ruci nož. – Dobro, bolje da se vratim u kuhinju ili će me šef otpustiti – dodala je osmehujući im se. – Ali nadam se da ćemo se ponovo videti, a onda mogu da ti ispričam kako je Aleks zaradio svoju Srebrnu zvezdu.

Aleks je podigao nož iznad glave, ali ona je već žurno otišla. – Izvinjavam se, obično nije ovako...

– Nema razloga za izvinjavanje, Alekse. Ona je kao njene pice, jednostavno najbolja na svetu. Ali kaži mi kako si dobio Srebrnu zvezdu – kazala je iznenada se uozbiljivši.

– Istina je da je trebalo da je dodele Tenku, a ne meni.

– Tenku?

Aleks joj je ispričao sve što se dogodilo kad je njegova jedinica naišla na patrolu Vijetkongovaca na Bejkon hilu. Kako je Tenk spasao život ne samo Lorensu nego i njemu.

– Volela bih da sam ga upoznala – tiho je kazala Ana.

– A da li bi možda razmislila...

– O čemu?

– Da pođeš sa mnom u Virdžiniju? Odavno želim da posetim njegov grob i...

– Koja bi devojka mogla da odbije takvu ponudu? – Aleks je izgledao postiđeno. – Naravno da ću poći s tobom. – Prasnula je u smeh. – Zašto ne bismo otišli u subotu?

– Lorens se upravo vratio iz Evrope, tako da moram da odem kod njega u Boston, i kažem mu šta je gospodin Rozental rekao o Vorholovoj slici. Ali slobodan sam onog sledećeg vikenda.

– Onda smo se dogovorili.

Aleks je izašao iz voza u Bostonu s putnom torbom i velikom kesom sa slikom. Zaustavio je jedan žuti taksi i dao vozaču Lorensovu adresu.

Sa svakim pređenim kilometrom, Aleks je postajao sve zabrinutiji. Znao je da nema drugog izbora do da prijatelju kaže istinu.

Lorens je stajao na vrhu stepeništa i čekao da pozdravi svog gosta, a taksi je išao dugim prilazom i zaustavio se ispred kuće.

– Vidim da si poneo sliku – rekao je kad su se rukovali. – Hajdemo u moju radnu sobu da obavimo razmenu, a onda možemo da se opustimo preko vikenda.

Aleks nije ništa rekao dok je išao za njim. Kad su ušli u Lorensovu radnu sobu, i dalje je ćutao.

Gotovo svaki pedalj hrastove oplate na zidu bio je prekriven slikama i fotografijama porodice i prijatelja. Aleksov pogled zaustavio se na Nelsonu Rokfeleru, zbog čega se Lorens široko osmehnuo dok je sedao za sto pokazujući Aleksu da sedne s druge strane.

Kad je odmotao sliku, na Lorensovom licu se pojavio širok osmeh.

– Dobro došla kući, *Džeki* – rekao je i odmah otvorio fioku u stolu da izvadi čekovnu knjižicu.

– To ti neće biti potrebno – kazao je Aleks.

– Zašto? Dogovorili smo se.

– Jer to nije Vorhol. To je kopija.

– Kopija? – Lorens je ponovio s nevericom pa bolje zagledao sliku.

– Nažalost. A to nije samo moje mišljenje, već stručna procena Natanijela Rozentala.

Lorens je ostao smiren, ali je gotovo sebi u bradu rekao: – Kako li je samo to uspela?

– Ne znam, ali mogu da nagađam – kazao je Aleks.

Lorens je pogledao sliku. – Ponovo je bila korak ispred mene. – Otvorio je čekovnu knjižicu, skinuo poklopac s nalivpera i ispisao iznos od 500.000 dolara.

– Nema šanse da ću ikad unovčiti tvoj ček – rekao je Aleks. – Zato ne treba da ga potpišeš.

– Moraš – kazao je Lorens. – Jasno je da nas je obojicu prevarila moja sestra.

– Ali ti nisi znao – rekao je Aleks – a to je jedino važno.

– Ali bez tog novca nećeš moći da otvoriš *Elenu dva*.

– Onda će to morati da čeka. U svakom slučaju, naučio sam mnogo više tokom jednog vikenda s tvojom sestrom nego za godinu dana na fakultetu.

– Možda je bolje da smislimo alternativni plan – predložio je Lorens.

– Šta imaš na umu?

– U zamenu za mojih petsto hiljada dolara, dobiću deset odsto tvoje kompanije. One koja će nadmašiti kompaniju mog kuma.

– Pedeset odsto bi bilo poštenije.

– Onda hajde da se dogovorimo. Ja ću uzeti pedeset odsto tvog carstva u nastajanju, ali čim mi vratiš mojih pola miliona, to će pasti na deset odsto.

– Dvadeset pet odsto – rekao je Aleks.

– To je više nego velikodušno od tebe – kazao je Lorens dok je potpisivao ček.

– Ti si previše velikodušan – rekao je Aleks. Kad mu je Lorens pružio ček, rukovali su se i drugi put.

– Sad razumem – rekao je Lorens dok je vraćao čekovnu knjižicu u fioku – zašto je Tod Halidej šmugnuo tako brzo posle večere na moj rođendan. Prvobitno je nameravao da prenoći.

– Carica Katarina bi se ponosila tvojom sestrom – rekao je Aleks. – Znala je da je jedini način da vidim Vorhola da provedem noć s njom.

– Petsto hiljada dolara – kazao je Lorens. – Skupa veza za jednu noć. Ipak, već sam smislio plan kako da vrati svaki novčić. Hajde da večeramo.

Lorens je sačekao da Aleks drugi put pregleda pitanja. Samo je dodao reči *osiguravajuća kompanija?* pre nego što mu je vratio puškicu. Lorens je klimnuo glavom, duboko udahnuo, uzeo telefon i okrenuo broj u inostranstvu.

Ponovo je pogledao spisak dok je čekao da se jedno od njih javi. Pažljivo je odabrao vreme: podne u Bostonu, šest sati posle podne u Nici. Trebalo bi da su se vratili s ručka u *La colombe d'or*, ali nisu krenuli u kazino u Monte Karlu.

– Halo? – kazao je poznat glas.

– Zdravo, Iv, ja sam. Mislio sam da te obavestim kako stoje stvari s Vorholom.

– Da li ga je policija pronašla?

– Jeste, visio je iznad kamina u Karpenkovom stanu u Brajton Biču. Nisu mogli da ga promaše.

– I sad je bezbedno vraćena u Džefersonovu sobu?

– Bojim se da nije. Bostonska policija je odlučila da proceni vrednost slike pre nego što podigne optužnicu i, ko bi to rekao, ispostavilo se da je kopija.

– Zašto si toliko iznenađen? – prebrzo je pitala Ivlin.

– Kako to misliš? – pitao je nedužno Lorens.

– Očigledno je zamenio pravu sliku kopijom. Kladim se da je prokrijumčario original iz zemlje. Sad je verovatno negde u Rusiji.

Negde na jugu Francuske, pre bi se reklo, pomislio je Lorens. – Osiguravajuća kompanija se slaže s tobom, Iv – rekao je Lorens prateći spisak – i zanima ih kad ćeš se vratiti u Boston jer si ti poslednja koja je videla Karpenka pre nego što je otišao u Njujork.

– Nisam nameravala da se vraćam još nekoliko meseci – kazala je Ivlin. – Pretpostavljam da je policija uhapsila tvog prijatelja Karpenka.

– Jeste, ali izašao je uz kauciju. Tvrdi da ti je dao ček na petsto hiljada dolara da ga uložiš s Todom u startap kompaniju, a ti si njemu ponudila sliku kao garanciju.

– To je sasvim suprotno od istine – rekla je Ivlin. – Preklinjao me je da uložim nešto novca u njegovu piceriju, a ja sam odbila i poslala ga kući.

– Ali on je pokazao ček – rekao je Lorens. – Tako da bi bilo dobro da dođeš i ispričaš policiji svoju verziju priče.

– Svoju verziju priče? – podigla je Ivlin glas. – Na čijoj si ti strani, Lorense?

– Na tvojoj, Iv, naravno, ali policija odbija da podigne optužnicu dok ne razgovara s tobom.

– Onda će morati da čekaju, zar ne? – kazala je Ivlin i tresnula slušalicu.

Lorens je spustio slušalicu, okrenuo se ka Aleksu i rekao: – Imam osećaj da se neće vraćati neko vreme – a na licu mu se pojavio širok osmeh.

– Ali izgubio si svog Vorhola – kazao je Aleks.

– Priznajem da će mi nedostajati *Džeki* – rekao je Lorens – ali ne i Ivlin.

– Čuo sam samo jedan deo razgovora – kazao je Tod Halidej dok je supruzi dodavao čašu viskija kad je prekinula vezu. – Jesam li u pravu što mislim da je Lorens sad shvatio da je Vorholova slika kopija, a Karpenko je pokazao ček?

– Da – rekla je Ivlin i iskapila piće. – Zaboravila sam da se čekovi vraćaju banci koja ih je izdala.

– Ali podigli smo gotovinu, tako da neće moći to da povežu s tobom.

– Istina, ali ako Lorens ikad sazna...

– Ako sazna – rekao je Tod – onda ćemo preći na plan B.

Kad se vratio u Njujork, Aleks je morao da objasni majci kako to da se vratio sa čekom na petsto hiljada dolara iako je rekao Lorensu da je Vorhol kopija. Iznenadila ga je jedinim pitanjem.

– Jesi li već zaprosio Anu?

– Mama, poznajem je tek nedelju dana!

– Tvoj otac me je zaprosio dvanaest dana pošto smo se upoznali.

– Onda imam još pet dana – kazao je sa osmehom Aleks.

Nešto posle podneva Aleks je izašao iz voza u Četrnaestoj ulici i krenuo pravo prema *Lombardiju*. Seo je za sto, ali nije ništa naručio. Kad se menadžer pojavio, predao mu je ugovor. Paolo je seo i na miru pogledao svaki član. Nije bilo iznenađenja. Sve što je Aleks obećao bilo je uključeno, tako da je sa zadovoljstvom stavio potpis na isprekidanu liniju.

– Dobro došao, partneru – rekao je Aleks dok su se rukovali. – Bićeš upravnik *Elene jedan*, a ja ću se usredsrediti na pokretanje *Elene dva*.

– Radujem se saradnji s tobom – kazao je Paolo.

– Videćemo se u pet do osam u ponedeljak ujutro, jer je već krajnje vreme da upoznaš moju majku. Nego, verovatno je dobro što je nisi upoznao pre potpisivanja ugovora. Moram da bežim. Idem na ručak na koji ne smem da zakasnim.

– Znači da si je pronašao?

– Nego šta.

Aleks je stigao u *Bernarden* nekoliko trenutaka pre nego što se Ana pojavila.

– Kako je prošlo u Bostonu? – pitala je kad su naručili hranu.

– Nije moglo bolje da prođe – rekao je i objasnio zašto će ipak otvoriti *Elenu dva* na vreme.

– Lorens ti je baš sjajan prijatelj – kazala je Ana. – Gde je Vorhol?

– Pravi ili kopija?

– Pre svega kopija.

– U Džefersonovoj sobi.

– A original?

– Lorens misli da je na jugu Francuske. Što je još jedan razlog zbog koga Ivlin neće žuriti da se vrati u Boston.

– Ne računaj na to – kazala je Ana. – Čovek koga si opisao nikad ne bi dozvolio da njegova sestra ode u zatvor.

– Ti to znaš, ja to znam, ali sme li Ivlin da rizikuje? U svakom slučaju, šta si radila dok sam bio odsutan?

– Ručala sam u *Lombardiju*.

– Izdajice.

– I mada tvoja majka sprema mnogo bolju picu, njihovi jelovnici su znatno otmeniji – kazala je kad su ih poslužili.

– Nisam to primetio.

– Ne zaboravi da mušterija vidi jelovnik mnogo pre nego što vidi hranu. S obzirom na to da je dizajn bio deo mog programa na fakultetu, pomislila sam da bih mogla da smislim nešto primamljivije za *Elenu*. – Izvadila je šest listova papira iz torbe i spustila ih na sto.

Aleks je gledao različite dizajne i rekao: – Opa, vidim na šta si mislila.

– To su samo skice – kazala je Ana. – Imaću konačne verzije pre nego što krenemo u Virdžiniju.

– Jedva čekam – rekao je Aleks dok je konobar odnosio prazne tanjire.

– Ali moraćeš da sačekaš – rekla je Ana pogledavši na sat. – Moram da žurim. Gospodin Rozental će izviti svoju prefinjenu obrvu ako zakasnim i minut.

Dok se Ana vraćala u galeriju, Aleks je metroom otišao do Brajton Biča i svratio u *Elenu* da obavesti majku kako će im se u ponedeljak pridružiti Paolo.

– A Ana? – pitala je Elena.

– Dobro je – odgovorio je Aleks, i brzo krenuo u svoj drugi svet, pre nego što stigne da ga podseti kako ima još samo tri dana da obori očev rekord.

Već je sedeo u prvom redu u slušaonici na *Kolumbiji* svega nekoliko trenutaka pre nego što je profesor Donovan ušao.

– Večeras ćemo razgovarati o značaju Maršalovog plana – rekao je Donovan – i ulozi predsednika Trumana u pomaganju Evropljanima da stanu na noge posle Drugog svetskog rata. Finansijska nestabilnost s kojom se Evropa suočila 1945. bila je takva da...

Kad se Aleks nešto posle deset vratio kući, bio je iscrpljen. Zatekao je majku u kuhinji kako ćaska s Dimitrijem, koji se upravo vratio iz Lenjingrada.

Aleks se svalio na najbližu stolicu.

– Dimitrij mi kaže da je tvoj ujka Kolja upravo postao predsednik sindikata lučkih radnika – rekla je Elena. – Zar to nije divna vest?

Aleks nije ništa rekao. Čvrsto je spavao i tiho hrkao.

30.

Aleks

Boston

– Volela bih da čujem nešto više o tvom životu u Sovjetskom Savezu i kako si došao u Ameriku – kazala je Ana dok je voz izlazio iz stanice *Pen*.

– Prečišćenu verziju ili želiš i krvave pojedinosti?

– Istinu.

Aleks je počeo od očeve smrti i svega što se dogodilo od tog dana do dana kad ju je sreo u metrou u Pedeset prvoj ulici. Samo je izostavio pravi razlog zbog koga je zamalo ubio majora Poljakova i činjenicu da je Dimitrij radio za CIA. Kad je završio, iznenadilo ga je Anino prvo pitanje.

– Misliš li da je moguće da tvoj školski drug odgovoran za smrt tvog oca?

– Često sam razmišljao o tome – priznao je Aleks. – Ne sumnjam da je Vladimir bio sposoban za takvu izdaju i samo se nadam, zbog njega, da se nikad nećemo sresti.

– Kako bi sve bilo drugačije da ste ti i tvoja majka ušli u onaj drugi sanduk.

– Kao prvo, ne bih upoznao tebe – rekao je Aleks i uhvatio je za ruku. – Sad kad si čula moju priču, red je na tebe.

– Rođena sam u logoru u Sibiru. Nikad nisam upoznala oca, a majka mi je umrla i pre nego što sam...

– Dobar pokušaj – rekao je Aleks pa je zagrlio. Okrenula se i prvi put ga poljubila. Bilo mu je potrebno nekoliko trenutaka da se oporavi pre nego što je promrmljao: – Sad mi ispričaj pravu priču.

– Nisam pobegla iz Sibira nego iz Južne Dakote, kad mi je ponuđeno mesto na *Džordžtaunu*. Uvek sam želela da idem na likovnu akademiju, ali nisam bila dovoljno dobra, pa sam se zadovoljila istorijom umetnosti, i na kraju dobila posao u *Rozentalu*.

– Mora da si bila dobra na *Džordžtaunu* – kazao je Aleks – jer gospodin Rozental mi nije izgledao kao neko ko bi „rado podnosio nekog bezumnog".

– Vrlo je zahtevan – saglasila se Ana – ali i genijalan. Nije samo poznavalac umetnosti već i lukav trgovac, zbog čega je veoma cenjen u svojoj profesiji. Učim od njega mnogo više nego na univerzitetu. Sad kad sam upoznala tvoju neumornu majku, ispričaj mi nešto o svom ocu.

– Bio je izuzetan čovek, nisam upoznao takvog. Da je ostao živ, sigurno bi postao prvi predsednik nezavisne Rusije.

– Dok će njegov sin završiti kao predsednik picerije u Bruklinu – zadirkivala ga je.

– Ne ako se pita moja majka. Volela bi da budem profesor, advokat ili lekar. Bilo šta samo ne poslovni čovek. Ali i dalje ne znam šta ću da radim pošto završim studije menadžmenta. Moram priznati da ste mi ti i Lorens promenili život.

– Kako?

– Dok sam te tražio, svratio sam u nekoliko drugih galerija. To je bilo kao da sam otkrio nov svet u kojem sam sreo veoma mnogo lepih žena. Nadam se da ćeš me, kad se vratimo u Njujork, upoznati s još njih.

– Onda ćemo početi od *Muzeja moderne umetnosti*, preći na *Frik*, a ako se ta ljubav nastavi, upoznaću te s nekoliko poleglih žena u *Metropolitenu*. Kad se samo setim da sam pomislila kako si se zagrejao za mene.

– Ana, zaljubio sam se u tebe na prvi pogled. Da si se samo okrenula pošto si izašla iz voza i uputila mi i naznaku osmeha, razbio bih ta vrata i pojurio za tobom.

– Majka me je učila da se nikad ne osvrćem.

– Tvoja mi se majka čini grdnom koliko i moja, ali ume li da sprema kalcone?

– Nipošto. Učiteljica je. Drugacima.

– A tvoj otac?

– Direktor je iste škole, ali niko se ne dvoumi oko toga ko rukovodi tim mestom.

– Jedva čekam da ih upoznam – rekao je Aleks kad mu je Ana spustila glavu na rame.

Aleks nije mogao da poveruje koliko mu je brzo prošlo putovanje. Pričali su svako o svom detinjstvu, ona ga je upoznala s Fra Anđelikom, Belinijem i Karavađom, a on je njoj pričao o Tolstoju, Puškinu i Ljermontovu.

Tek su stigli do sedamnaestog veka kad je voz ušao u stanicu *Junion* nešto posle jedanaest i trideset. Aleks nije progovorio dok su se taksijem vozili do Nacionalnog groblja. Kad su on i Ana krenuli uređenim travnjacima prolazeći pored nizova belih nadgrobnih spomenika bez ukrasa, setio se razgovora s poručnikom Louelom u rovu, a reč „uzaludno" odjeknula mu je u ušima. Nije bilo dana da ne pomisli na Tenka. Nije bilo dana da se ne zahvaljuje svim bogovima koji postoje na sreći što je preživeo.

Zaustavili su se kad su stigli do spomenika razvodniku Samjuelu T. Barouzu. Ana je ćutke stajala, a Aleks nije skrivao suze. Stajali su tu neko vreme pre nego što je izvadio maramicu iz džepa, razvio je, kleknuo i spustio Srebrnu zvezdu na prijateljev grob.

Aleks nije znao koliko dugo je stajao tamo. – Zbogom, stari prijatelju – rekao je kad je konačno krenuo. – Vratiću se.

Ana mu se osmehnula tako nežno da se ponovo rasplakao.

– Hvala ti, Ana – rekao je dok ga je ona grlila. – Tenku bi se svidela, a tebi bi bilo drago da mi on bude kum.

– Ako je to prosidba – kazala je Ana koja se zacrvenela protiv svoje volje – moja majka bi naglasila da se poznajemo svega dve nedelje.

– Dvanaest dana je bilo dovoljno mom ocu – rekao je Aleks, a onda kleknuo i izvadio baršunastu kutijicu iz džepa. Otvorio ju je i pokazao joj verenički prsten svoje babe.

Dok je stavljao prsten na domali prst Anine leve ruke, ona je rekla nešto što će zapamtiti do kraja života.

– Mora da sam jedina devojka koju je neko zaprosio na groblju.

– Kako ti se sviđaju novi jelovnici? – pitao je Aleks.

– Otmeni su, kao tvoja majka – rekao je Lorens. – Da li ih je ona smislila?

– Ne, Ana je, u slobodno vreme.

– Jedva čekam da upoznam tu devojku. Mogao bih da je pozovem u Boston na vikend, da vidi moju umetničku zbirku.

Aleks se nasmejao. – I mogu ti reći da će prihvatiti jer jedva čeka da te upozna i vidi tvoju zbirku. Dakle, Lorense, pošto sumnjam da si došao u Njujork kako bi mi laskao, mogu samo da se nadam da ne želiš da ti vratim pare, jer sam ih već potrošio.

– Ali jesi li spreman na to da uložim još?

– Zašto bi to uradio?

– Jer ako će se *Elena* širiti, a Tod je jedino za to u pravu, potreban ti je dodatni kapital.

– A ti ćeš ga obezbediti?

– Nego šta. U mom je interesu da uradim to jer posedujem pedeset odsto kompanije.

– Dok ti ne vratim pare.

– Što će potrajati ako pristaneš na moj predlog.

Aleks se nasmejao. – Tvoj kum to ne bi odobrio.

– Ne znam zašto ne bi. Jedna od njegovih prvih investicija bila je u *Mekdonalds*, uprkos tome što nikad u životu nije pojeo hamburger. Ali imamo problem.

– Koji? – pitao je Aleks kad je Paolo prišao sa specijalitetom dana.

– Mislim da sam u Bostonu pronašao savršenu lokaciju za *Elenu tri*, ali kako da umnožimo tvoju majku?

– U ponudi će uvek biti njeni recepti – rekao je Aleks. – A bog neka je u pomoći svakom kuvaru koji ne zadovolji njene standarde.

– Šta misliš kako bi reagovala ako bi morala da provede prvi mesec u svakom gradu koji odaberemo da u njemu otvorimo nov restoran?

– Bude li uverena da je to tvoja ideja – rekao je Aleks – mogla bi da pristane.

– Da li vam se sviđa specijalitet dana? – pitao je poznati glas.

Lorens je ustao da pozdravi Elenu. – Vrhunski je – kazao je i prineo dva prsta usnama. Aleks je prepoznao posebni osmeh koji je majka čuvala za omiljene goste. – I pitao sam se, Elena, da li bismo vi i ja mogli kasnije da porazgovaramo nasamo, kad Aleks ne bude tu?

Kad je *Elena tri* otvorila vrata gostima u Bostonu, Aleks je bio iznenađen zanimanjem koje je pokazala mesna i nacionalna štampa. Ali opet, on nije bio političar.

Ted Kenedi, koji ga je svečano otvorio, rekao je okupljenima da je u prošlosti otvarao bolnice, škole, fudbalske stadione, čak i jedan aerodrom, ali nikad piceriju. – No budimo realni – nastavio je – ovo je izborna godina. – Sačekao je da smeh utihne pa dodao: – U svakom slučaju, *Elena* je sjajna picerija. Moj dobar prijatelj Lorens Louel, vaš demokratski kandidat za Kongres, podržavao je ovu firmu od samog početka. Vidi se da veruje u Elenu Karpenko i njenog sina Aleksa, koji su pobegli od komunističke tiranije u uverenju da mogu izgraditi nov život u Sjedinjenim Državama. Oni su oličenje američkog sna.

Aleks se obazreo i ugledao majku kako se krije iza frižidera, a Ana stoji pored nje. Pitao se da li joj je već rekla.

– Dame i gospodo – kazao je Kenedi – veliko mi je zadovoljstvo da zvanično proglasim *Elenu tri* otvorenom.

Kad je aplauz minuo, Lorens je istupio i zahvalio se senatoru pa dodao: – Kad probam specijalitet dana, *kongresmenovu picu* – s mnogo sira i šunke i nešto soli – biću dobro pripremljen da započnem kampanju.

Čekao je da klicanje utihne pre nego što je nastavio: – A imam i jedno važno saopštenje. Pozvao sam Aleksa Karpenka da se pridruži mom timu, kao portparol.

– Ali on nikad ranije nije radio u nekoj kampanji – povikao je jedan od novinara.

– Nisam ni jeo picu pre nego što sam došao u Ameriku – odvratio je Aleks, što je dočekano novim klicanjem.

Kad je Lorens završio govor, Aleks je pogledom potražio senatora Kenedija kako bi mogao da mu se zahvali. Međutim, on je već bio otišao na sledeći sastanak, a Aleks je odmah shvatio kako će izgledati narednih dvanaest nedelja.

– Misliš li da je tvoj brat prijavio policiji krađu slike? – pitao je Tod kad je batler izašao iz sobe.

– Zašto misliš da nije? – pitala je Ivlin i srknula vino.

– Naslovna strana *Glouba* ukazuje na to da nije – kazao je Tod i dodao dnevne novine supruzi.

Pogledala je fotografiju nasmejanog Teda Kenedija koji stoji između Lorensa Louela i Aleksa Karpenka. – Prokletnik – rekla je pošto je pročitala izveštaj o govoru senatora Kenedija prilikom otvaranja *Elene tri*.

– Možda je vreme da se vratimo u Boston i damo svima do znanja kako ćeš prvi put glasati za Republikansku partiju – kazao je Tod.

– Imali bismo sreće ako bi to iko pomenuo na šesnaestoj strani *Heralda*, a mnogi se ne bi ni iznenadili. Ne – rekla je Ivlin – ono što sam spremila svom bratu završiće na naslovnoj strani *Njujork tajmsa*.

Aleks je bio iznenađen koliko ga je opčinio čitav izborni proces i koliko je uživao u svakom aspektu kampanje. Prvi put je shvatio zašto je njegov otac želeo da bude predsednik sindikata.

Voleo je direktan kontakt s biračima na terenu, u fabrikama, na kućnim pragovima. Uživao je u mitinzima i uvek je rado priskakao Lorensu u pomoć kad ovaj kao kandidat nije mogao da bude istovremeno na dva mesta.

Najviše od svega je uživao u nedeljnim posetama prestonici, gde su ga vođe partije obaveštavale kako se odvija nacionalna kampanja, i kakve stavove treba da zastupaju. U stvari, Vašington mu je postao druga kuća. Čak je počeo da se pita, mada to nije pomenuo Ani, da li bi jednog dana mogao da se pridruži Lorensu u Vašingtonu, kao predstavnik Osmog kongresnog okruga iz Njujorka.

Jedina stvar u kojoj nije uživao bili su dugi periodi odvojenosti od verenice, i svakog vikenda je nestrpljivo čekao da mu se ona pridruži u Bostonu. A iako je izgledalo da kampanja beskonačno dugo traje, ona se nikad nije požalila.

Već su odredili datum venčanja – tri dana nakon izbora – i mada to još nije rekao majci, Ana je bila trudna. Dimitrij će biti kum, Lorens stari svat, a nije bilo teško pogoditi ko će biti zadužen za hranu.

– Imaš li fotografski dokaz? – pitala je Ivlin.
– Desetak fotografija – rekao je neki glas na drugoj strani veze.
– I izvod iz matične knjige rođenih?
– To smo nabavili i pre nego što smo ga potpisali.
– I šta će se sad dogoditi?
– Samo sedi, opusti se i čekaj da se tvoj brat povuče iz trke.

– Jedini problem tvog prisustva u mom timu – kazao je Lorens – jeste što mnogo birača kaže da si daleko bolji kandidat od mene. Više ljudi dolazi da sluša tvoje govore nego što dolazi na moje mitinge.

– Ali porodica Louel je imala predstavnika u Vašingtonu preko sto godina – rekao je Aleks. – Ja sam samo prva generacija imigranata, tek nedavno iskrcanih s broda.

– Kao što su i mnogi ljudi koji me podržavaju, zbog čega bi ti bio idealan kandidat. Ako ikad odlučiš da se kandiduješ za bilo šta, od šintera do senatora, rado ću te podržati.

Ivlin i Tod su se tog popodneva vratili avionom u Nicu, jer nisu želeli da budu u Bostonu kad se sutradan jutarnje izdanje novina pojavi na kioscima.

– Da li si poslala onaj paket Hoksliju? – pitao je Tod dok je vezivao sigurnosni pojas.

– Kurir ga je odneo u njegov štab – rekla je Ivlin. – Nisam smela da rizikujem da šaljem poštom posle onog što su mi naplatili za fotografije. – Osmehnula se kad joj je stjuardesa ponudila čašu šampanjca.

– Šta ako Lorens sazna istinu?

– Tad će već biti prekasno.

– Ali sigurno dobijaš na stotine lažnih dojava dnevno – rekao je Blejk Hoksli. – Zašto si ovaj shvatio ozbiljno? – pitao je i pokazao na desetak fotografija na svom stolu.

– Nema mnogo paketa koje mi dostavlja elegantno odevena žena s naglašenim otmenim naglaskom – rekao je njegov menadžer kampanje.

– I šta mi preporučuješ da uradim s tim? – pitao je republikanski kandidat.

– Dozvoli mi da podelim ovu informaciju s dobrim prijateljem iz *Boston glouba* i da vidim šta će reći o tome.

– Ali *Gloub* je uvek podržavao demokrate.

– Možda neće kad budu ovo videli – kazao je Stajner pa skupio fotografije i vratio ih u koverat. – Ne zaboravi da njih pre svega zanima da prodaju novine, a ovo bi moglo da im udvostruči tiraž.

– Kad vide te fotografije, prvo će pozvati mene. Šta da im kažem?

– Kaži da nemaš komentar.

* * *

Aleks je pročitao glavnu priču na naslovnoj strani *Glouba* i drugi put, pa je dao novine Ani. Kad je završila sa čitanjem, pitao ju je: – Da li si znala da je Lorens gej?

– Naravno – rekla je Ana. – Svi su znali. Ovaj, svi osim tebe izgleda.

– Misliš li da će morati da se odrekne kandidature? – pitao je Aleks gledajući fotografije na srednjim stranama.

– Zašto bi? Biti gej nije zločin. To bi čak moglo da mu poveća broj glasova.

– Ali seks s maloletnikom je zločin.

– To je očigledno nameštaljka – rekla je Ana. – Neki petnaesto-godišnji ulični seksualni radnik, koji izgleda kao da mu je trideset, prevari Lorensa, pošto je bez sumnje dobio dobre pare za to. Ne bi me iznenadilo da su republikanci iza toga.

– Jesi li videla šta je Hoksli rekao kad ga je *Gloub* pozvao?

– Nemam komentar. A ti bi trebalo da savetuješ Lorensu da kaže isto.

– Ne mislim da će mu birači dozvoliti da se izvuče tako lako. Bolje da odmah odem do Bikon hila, pre nego što novinarima kaže nešto zbog čega će kasnije zažaliti. – Aleks se tužno osmehnuo dok je ustajao od stola. – Nije dobro ni to što danas za ručkom treba da se obrati udruženju *Ćerke američke revolucije*.

– Prenesi mu moje pozdrave – kazala je Ana – i reci mu da se ne predaje. Možda se iznenadi kad vidi koliko su ljudi saosećajni. Ne živimo svi u Vašingtonu.

Aleks ju je zagrlio i poljubio. – Imao sam sreće što sam ušao u pogrešan voz.

Po Aleksovoj molbi, taksista je nekoliko puta prekršio ograničenje brzine u pokušaju da stigne do Lorensove kuće pre novinara. Međutim taj trud je bio uzaludan, jer kad su stigli do Bikon hila, krvožedni čopor novinara i fotografa već je kampovao na pločniku ispred Lorensove kuće i očigledno nije nameravao da ode dok kandidat ne izađe iz svog zamka i ne dâ izjavu.

Proteklih mesec dana Aleks je pokušavao da pozove makar jednog od njih da prisustvuju Lorensovim mitinzima i objave nešto o njemu, a oni su govorili: – Zašto da se trudimo kad je rezultat izbora poznat? – Sad kad više nisu verovali u to, kružili su iznad kao lešinari kad spaze ranjenu životinju koja pokušava da se sakrije u žbunju.

– Hoće li se gospodin Louel povući? – povikao je jedan od izveštača dok je Aleks izlazio iz taksija.

– Hoćete li vi zauzeti njegovo mesto? – pitao je drugi.

– Da li ste znali da je imao seks s maloletnikom? – viknuo je treći.

Aleks ništa nije rekao dok se probijao kroz raskevtan čopor, gotovo zaslepljen blicevima foto-aparata. Osetio je olakšanje kad je Kakston otvorio ulazna vrata i pre nego što je pokucao.

– Gde je on? – pitao je kad je batler zatvorio vrata za njim.

– Gospodin Louel je i dalje u svojoj sobi, gospodine. Nije izlazio otkako sam mu pre sat vremena doneo doručak i jutarnje novine.

Aleks je potrčao uza stepenice i nije se zaustavljao dok nije stigao do glavne spavaće sobe. Zastao je na tren da povrati dah, a onda tiho pokucao na vrata. Nije bilo odgovora. Kucao je i drugi put, malo glasnije, ali opet ništa. Oprezno je pritisnuo kvaku, otvorio vrata i kročio unutra.

Lorens je visio s grede. Omča mu je bila harvardska kravata.

31.

Saša

Merifild

– Ovo je od mesara – rekla je Čarli. – Mesečni račun.

– Plati ga odmah – kazala je Elena. – Saša insistira da istog dana isplaćujemo sve dobavljače; tako dobijamo najbolje komade, najsvežije povrće i hleb koji su ispekli tog jutra. Ako zakasniš nedelju dana, dobiješ robu od juče. Ako zakasniš dve nedelje daće ti ono što nisu uspeli da prodaju redovnim mušterijama. Ako zakasniš mesec dana, prestaće da ti isporučuju robu.

– Odmah ću ispisati ček – rekla je Čarli. – Saša može da ga potpiše kad se vrati iz izborne jedinice i možemo da ga odnesemo mesaru sutra ujutro, na putu do železničke stanice.

– Lepo je od tebe što si uzela slobodan dan da mi pomogneš oko svega ovog – rekla je Elena, očajnički zagledana u hrpu pisama na stolu pred sobom.

– Saši je samo žao što nije ovde da se sâm pozabavi time, ali u ovom trenutku ne sme da odsustvuje čak ni nekoliko sati.

– Da li to znači da će pobediti? – pitala je Elena.

– Ne, ne znači – odlučno je rekla Čarli. – Merifild je čvrsto uporište torijevaca. Ni Majka Tereza ne bi mogla tamo da pobedi, čak i kad bi se kandidovala protiv samog đavola.

– Ali Saša se upravo i kandiduje protiv đavola – rekla je Elena.

– Fiona nije baš toliko loša.

– Ali ako ne može da pobedi – kazala je Elena dok je Čarli otvarala sledeće pismo – zašto se trudi, kad ovde ima toliko posla?

– Zato što misli da mora da stekne ugled i dokaže se na bojnom polju ako želi da mu jednog dana ponude sigurno mesto u Parlamentu.

– Ali sigurno ljudi iz Merifilda vide da bi Saša bio bolji poslanik nego Fiona Hanter?

– Nema sumnje da bi Saša pobedio da je to neka beznačajna pozicija – rekla je Čarli – ali nije, tako da moramo prihvatiti da će ovde izgubiti.

– Nisam sigurna da ću ikad razumeti englesku politiku. U Rusiji tačno znaju ko će pobediti, bez potrebe da prebrojavaju glasove.

– Samo budite zahvalni što je kuvanje međunarodni jezik – rekla je Čarli – koji ne zahteva prevođenje. A sad, ovo je – kazala je dok je čitala naredno pismo – podsetnik da je mašina za pranje sudova u *Eleni dva* tri godine stara, a kompanija je nedavno napravila nov model koji ima dvostruko veći kapacitet od stare mašine i može sve da opere dvaput brže.

– Kad će se održati ti izbori? – pitala je Elena.

– Za jedanaest dana, a onda možemo da se vratimo normalnom životu.

– Ne, ne možete. Jer će Saša tad postati član Parlamenta i vaš život će biti haotičniji.

– Elena, koliko puta moram da ti kažem da on ne može da pobedi – rekla je Čarli trudeći se da ne zvuči iznervirano.

– Nikad ne potcenjuj Sašu – kazala je tiho Elena, i mada ju je čula, Čarli joj nije odgovorila jer je morala i po drugi put da pročita naredno pismo.

– Šta je bilo? – pitala ju je Elena kad je videla izraz na Čarlinom licu.

Čarli je zagrlila svekrvu predala joj pismo i kazala: – Čestitam! Zašto ne bi pročitala sama dok ja odem da otvorim bocu šampanjca.

KUKAVICA!

glasio je naslov na prvoj strani *Merifild gazeta*.

– Ali ja to nikad nisam rekao – pobunio se Saša.

– Znam da nisi – kazao je Alf – ali novinar je pretpostavio da si to mislio kad si mu rekao da si razočaran što Fiona nije pristala na javnu raspravu.

– Treba li da se žalim uredniku?

– Nipošto – rekao je Alf. – To je najbolji besplatan publicitet koji smo imali godinama unazad, štaviše ona će morati da odgovori, što će nam sutra dati još jedan naslov.

– I ja tako mislim – kazala je Čarli. – Neka se, za promenu, ona brine.

– A vidim da je i tvoja majka dospela u novine – rekao je Alf kad je okrenuo stranicu.

– Još kako je – rekao je Saša – i to sasvim zasluženo, mada sam se čak i ja iznenadio što su oba restorana dobila *Mišlenove zvezdice*.

– Kad se sve ovo završi – kazao je Alf – nameravam da odvedem čitav tim u London kako bi mogli da probaju kuhinju tvoje majke.

– Dobra ideja – rekla je Čarli. – Ali upozoravam te, Alfe, jedino što će je zanimati jeste zašto njen sin nije vaš član Parlamenta.

– Šta imamo isplanirano za danas? – pitao je Saša vraćajući se na posao.

– Postoji još nekoliko sela u izbornoj jedinici koja niste posetili. Samo treba da prođeš glavnom ulicom i rukuješ se bar s jednim meštaninom kako niko ne bi mogao da kaže da se nisi potrudio da ih posetiš.

– Zar to nije pomalo cinično?

– I gledaj da ručaš u lokalnom pabu – nastavio je Alf, zanemarivši opasku – i kaži gazdi kako razmišljaš da kupiš kuću u tom mestu.

– Ali ne razmišljam.

– A onda želim da se vratiš u Rokston i kreneš od vrata do vrata između pola šest i pola osam, kada će se većina ljudi vratiti s posla. Ali možeš da napraviš pauzu između pola osam i osam.

– Zašto tad?

– Zato što ćeš samo izgubiti glasove ako prekineš nekog dok gleda *Koronejšn strit*. – Saša i Čarli su prasnuli u smeh. – Ne šalim se – kazao je Alf.

– A posle toga, da nastavim obilazak od vrata do vrata?

– Ne, nikad ne kucaj nekome na vrata posle osam sati. Organizovao sam ti još jedno javno obraćanje, ovoga puta u YMCA-ju u Rokstonu.

– Ali na poslednjem obraćanju je bilo samo dvanaestoro ljudi. A među njima ste bili ti, Čarli i pas gospođe Kampion.

– Znam – rekao je Alf – ali to je i dalje petoro više nego kod poslednje kandidatkinje. A kad si seo, bar je pas mahao repom.

* * *

Sašu je iznenadio srdačan doček u kućama i na ulicama tokom poslednje nedelje kampanje. Nekoliko ljudi je komentarisalo činjenicu da je Fiona odbila Sašin izazov na javnu raspravu pod izgovorom da ne može da uskladi datume sa svim kandidatima, što je dovelo do još jednog povoljnog naslova: MENI ODGOVARA SVAKI TERMIN, KAŽE LABURISTIČKI KANDIDAT.

– Znaćeš da si uspeo – rekao je Alf – kad reči „laburistički kandidat“ zamene tvojim imenom.

– Posebno ako ga napišu kako treba – kazala je gospođa Kampion.

Alf je glavom pokazao na Čarli, koja je razgovarala s jednim mladićem ispred mesne berze rada. – A uz to – rekao je – da je tvoja supruga kandidat, a tvoja majka pristala da otvori restoran u Merifildu, imali bismo znatno bolje izglede.

Nekoliko poslednjih dana pred izbore Saša nije išao kući već je spavao u Alfovoj gostinskoj sobi, tako da je ujutro uvek mogao da pozdravi ljude kad krenu na posao.

Izborni dan je Saši protekao kao u magli dok je jurio naokolo i kucao na vrata označena na stranačkom spisku kako bi podsetio svoje pristalice da glasaju. Čak je vozio neke starce, hrome i lenjivce do najbližeg biračkog mesta, mada nije bio siguran da su svi oni zaista i glasali za njega.

Kad su se u četvrtak u deset uveče zatvorila biračka mesta, Alf mu je rekao: – Nisi mogao ništa više da uradiš. U stvari, rekao bih da si najbolji kandidat koga smo ikad imali.

– Hvala – odgovorio je Saša, a onda prošaputao Čarli – ovo je bila unapred izgubljena trka.

Kad su Alf, Saša i Čarli ušli u salu, pozdravili su ih ljudi koji su sedeli za dugim stolovima, gde su dobrovoljci razvrstavali glasačke listiće na gomile, a drugi su ih prebrojavali, prvo desetine, pa stotine i onda hiljade.

Proveli su narednih nekoliko sati hodajući po sali, diskretno gledajući gomilice. Alf je više puta rekao Saši kako ne veruje svojim očima. Kad je gradski beležnik, koji je bio predsednik izborne komisije, oko tri ujutro objavio rezultate, konzervativci su ostali bez daha, a laburisti su zapljeskali i tapšali Sašu po leđima.

Alf je zapisao rezultate na poleđini kutije cigareta i s nevericom gledao u njih.

Rodžer Gilkrist (Lib) 2.709
Fiona Hanter (Kon) 14.146
Vrišteći Lord Sač (Nez) 728
Saša Karpenko (Lab) 11.365
Dženet Brili (Nez) 37

– Prema tome, proglašavam da je Fiona Hanter zakonito izabrana za člana Parlamenta u biračkoj jedinici Merifild – izjavio je gradski činovnik.

Fiona je prišla mikrofonu da održi pozdravni govor. Počela je zahvaljivanjem članovima stranke i nastavila rečima koliko se raduje što će predstavljati građane Merifilda u Donjem domu, ali nije pomenula nijednog od protivkandidata. Kad je završila da ustupi mikrofon Saši, dobila je mlak aplauz.

Saša je dostojanstveno prihvatio poraz, čestitao protivnici na dobro vođenoj kampanji i poželeo joj uspeh kao članu Parlamenta. Kad je svih pet kandidata održalo govore, Saša je otišao da se pridruži svom timu, koji je slavio kao da je ubedljivo pobedio.

– Smanjio si razliku s kojom su vodili sa dvanaest hiljada dvesta četrnaest glasova na nešto manje od tri hiljade – rekao je Alf. – To će izgledati dobro u tvojoj biografiji, a bog nek je u pomoći svakom ko posle tebe bude kandidat na opštim izborima.

– Zar ne želiš da se ponovo kandidujem? – pitao je Saša.

– Ne, ne bismo očekivali da to uradiš – rekao je Alf. – I to ne samo zato što imam osećaj da će ti ponuditi nekoliko izbornih jedinica u kojima je moguće pobediti, možda čak i sigurno laburističko mesto.

– Uživao sam u svakom trenutku poslednje tri nedelje – rekao je Saša.

– Pa, ne moraš da budeš šašav da bi bio laburistički kandidat u izbornoj jedinici kakva je Merifild – kazao je Alf – ali to je sigurno od pomoći. Moja poslednja obaveza kao predsednika odbora je da te ispratim na poslednji voz do stanice *Viktorija*.

– Mislim da će to pre biti prvi voz do stanice *Viktorija* – rekla je Čarli.

Kad su poslednji put izašli na peron, Alf je poljubio Čarli u oba obraza, a onda se srdačno rukovao sa Sašom.

– Bio si dobar kandidat, gospodine – rekao je. – Nadam se da ću živeti dovoljno dugo da te vidim u vladi.

Njih četvoro su se sastajali svaka tri meseca. Nije to bilo tako formalno da bi se nazvalo sastankom upravnog odbora, ni sasvim opušteno da bi se smatralo porodičnim skupom. Taj sastanak se uvek odvijao za jednim stolom u separeu u *Eleni jedan*, ponedeljkom u četiri posle podne. Dovoljno kasno da gosti koji su došli na ručak odu, a dovoljno rano da završe sastanak pre nego što stignu prvi gosti za večeru. Saša je uvek predsedavao sastankom, a Čarli je bila zapisničarka, spremala je dnevni red i vodila beleške. Elena, kao glavna kuvarica, i grofica, kao vlasnica pedeset odsto firme, bile su dve preostale članice tog kvarteta.

S obzirom na to da su se redovno viđali, retko je na dnevnom redu bilo nešto što bi ih iznenadilo. Jedan barmen je stalno krao viski, i konačno je dobio otkaz. Elena je nevoljno morala da promeni pekara kad se previše gostiju požalilo na kvalitet hleba. Jednom je u izjavi za časopis *Ketering mantli* rekla da možete spremiti obrok dostojan nagrade, ali ga lako mogu pokvariti bajat hleb ili mlaka kafa.

Razno, poslednja tačka dnevnog reda, obično se sastojala od dogovora kada će održati sledeći sastanak. Ali ne i danas.

– Juče sam saznao nešto – rekao je Saša – što bih želeo da podelim s vama. – Sve tri su postale neobično usredsređene. – *Luini* će objaviti da zatvaraju svoj restoran posle četrdeset sedam godina rada. Izgleda da mladi Toni Luini nije istog kova kao njegov otac, i posle očeve smrti uporno gube mušterije. I zato je porodica ponudila restoran na prodaju. Toni me je pitao da li smo možda zainteresovani.

– Šta tačno prodaje? – pitala je Elena. – Jer ta je firma izgubila dobar glas.

– Zakup na četrnaest godina, s mogućnošću produžetka.

– Iznos zakupnine i poreza na imovinu? – pitala je Čarli.

– Zakupnina je trideset dve hiljade funti godišnje, koje se plaćaju *Zadužbini Grosvenor*, a porez na imovinu je oko dvadeset hiljada funti.

– Koliko je udaljen od *Elene jedan* i *Elene dva*? – pitala je uvek praktična grofica.

– Oko dva kilometra – rekao je Saša. – Desetak minuta taksijem.

– Moj otac je govorio – kazala je grofica – da nikad ne treba da preopterećuješ svoja osnovna sredstva. A kako imamo samo jedno nezamenjivo osnovno sredstvo, mislim da je samo Elenino mišljenje važno. Posebno ako si imao nameru da daš tom restoranu ime *Elena tri*.

– I ja tako mislim – kazala je Čarli. – A ima još nešto o čemu treba razmišljati. Ako na narednim izborima Saša bude izabran za člana Parlamenta, biće mu teško da vodi računa o dva restorana, a kamoli o tri.

– Posebno ako budem izabran negde na severu – rekao je Saša. – Polovinu života bih morao da provodim u vozu ili automobilu. Pozvan sam na razgovor u Vondsvort centar, ali to je tako sigurno mesto za Laburističku partiju, da bih imao sreće ako uđem u uži izbor.

– Smem li da predložim – kazala je grofica – da svi ove nedelje ručamo u *Luiniju*, a onda da nas Elena obavesti da li je ta ideja vredna truda. Jer bismo bez njene čarolije samo gubili vreme.

– I ja tako mislim – kazao je Saša. – A sad proglašavam sastanak završenim.

Njih dvoje su silazili niza stepenice gradske većnice držeći se za ruke.

– Samo se smeškaj – rekao je Saša. – Ne govori ništa dok ne uđemo u kola.

Otvorio je vrata kola i sačekao da Čarli uđe.

– Nisi to odavno radio – zadirkivala ga je Čarli, dok je sedao na vozačko sedište.

Saša je mahnuo Bilu Samjuelu, predsedniku mesnog partijskog odbora, pre nego što je ubacio menjač u prvu brzinu. Ali nije progovorio dok se nisu udaljili od trotoara i uključili u večernji saobraćaj.

– Pa, kako misliš da je prošlo? – pitao ju je dok su išli ka reci.

– Nisi mogao biti bolji – rekla je Čarli. – Uverena sam da će te sledeće nedelje imenovati za svog kandidata.

– Nedelju dana je dugo vreme u politici, kao što nas je Harold Vilson nekad podsećao – kazao je Saša. – Tako da neću da se opuštam.

– Ali večeras samo što te nisu izabrali – rekla je Čarli.

– Kako to možeš da znaš?

– Džeki, žena predsednika odbora, rekla mi je da si dobio sto četrdeset devet glasova, a ostala dva kandidata u užem izboru ukupno sto pedeset jedan. Da si imao još samo dva glasa, kazala je, izabrali bi te večeras. Dakle, za nedelju dana!

– Ovo je jedna od najsigurnijih izbornih jedinica u zemlji – kazao je Saša. – Manje od dvadeset minuta od Donjeg doma i svega petnaest od naše kuće u Fulamu. Šta bi čovek mogao više da traži?

– Trudna sam – rekla je Čarli.

Saša je naglo zakočio. Iza njega se začula kakofonija besnog trubljenja, ali on ga je ignorisao, zagrlio je Čarli i rekao: – To su divne vesti, draga. Ali moramo da se pobrinemo da članovi odbora saznaju to pre naredne nedelje. Možda bi trebalo da pozoveš svoju novu prijateljicu Džeki Samjuel.

– Moram priznati da to nije reakcija koju sam očekivala – kazala je Čarli.

– Čestitam ti, dušo – rekla je Elena kad je čula vesti.

– Hvala ti – odgovorio je Saša. – Ali nisu me još izabrali.

– Ne, budalo. Čestitala sam Čarli. Čemu se nadate, dečaku ili devojčici?

– Devojčici, naravno – kazao je Saša. – U porodici Karpenko u poslednje četiri generacije nismo imali nijednu.

– Svejedno mi je – rekla je Čarli – sve dok dete ne bude želelo da se bavi politikom.

– Ali mogla bi da postane prva laburistička premijerka – kazao je Saša.

– Nije normalno da žena bude premijer – rekla je Elena.

– Nemoj da te Fiona Hanter čuje – kazao je Saša – osim ako ne želiš da te pošalju u tamnicu.

– Ako ta žena ikad postane premijerka, ozbiljno ću razmisliti da se vratim u Rusiju – kazala je Elena. – U međuvremenu, neki od nas moraju da se vrate na posao, posebno ako ćemo imati člana Parlamenta u porodici. Čula sam da nemaju visoke plate.

– I ne dobijaju napojnice – rekla je Čarli.

– Osim što im svi govore kako da upravljaju zemljom – rekao je Saša, dok je gledao spisak večernjih rezervacija i zaustavio se kad je stigao do jednog poznatog imena.

– Nisam znao da je Alf Rajkroft rezervisao sto za večeras.

– Jeste – odgovorila je Elena. – Javio se jutros i kazao je kako se nada da ćete oboje moći da mu se pridružite na večeri jer želi da razgovara s vama o nečem važnom.

– Verovatno se nada da ćeš pristati da se kandiduješ u Merifildu na opštim izborima – kazala je Čarli. – Ali naravno da ne zna da ćeš uskoro biti izabran za sigurno mesto.

– Oduševiće se kad čuje vesti – rekla je Elena – i biće tako ponosan što će njegov štićenik uskoro postati član Parlamenta. Kako se drži ona Hanterova?

– Zapravo prilično dobro – kazao je Saša. – Posle nekoliko godina u zelenim klupama, već je imenovana za parlamentarnog ličnog sekretara ministra poljoprivrede u senci.

– Koliko je to važan položaj? – pitala je Čarli.

– To je prvi korak na lestvici za članove Parlamenta za koje se misli da ih čeka blistava karijera.

– Biće zanimljivo videti ko će od vas dvoje prvi postati ministar – rekla je Elena.

– Ne zalećimo se – kazala je Čarli.

– I ja tako mislim – rekao je Saša. – I dalje moram da sačekam potvrdu da me je odbor iz Vondsvort centra izabrao, i pošto moram da pripremim potpuno nov govor za izbornu sednicu, nećete me često viđati do sledećeg četvrtka. Uzgred, majko, jesi li razmišljala o upravljanju trećim restoranom?

– Jesam – odgovorila je Elena i otišla u kuhinju.

Saša je otvorio bocu šampanjca i sipao Čarli i sebi po čašu. – Moram da odaberem pravi trenutak – kazao je. – Najbolje i pre nego što Alf dobije priliku da pomene Merifild.

– A kako to da uradimo?

– Ponašaću se, za promenu, kao da sam Englez. Pričaću o nečem drugom, čak i o vremenu, pre nego što započnem jedinu temu o kojoj treba da se razgovara.

– On upravo ulazi na vrata – prošaputala je Čarli.

Saša je skočio s barske stolice i brzo otišao na drugi kraj restorana da pozdravi svog bivšeg šefa kampanje.

– Izvoli i pridružite nam se, Alfe. Otvorio sam bocu šampanjca u tvoju čast.

– Slavimo li nešto posebno?

– Postaću otac.

– A ja mislim da ću postati majka – rekla je Čarli široko se osmehujući.

– Predivne vesti – rekao je Alf i poljubio je u oba obraza.

– Hvala ti – kazala je Čarli dok im je konobar pružao jelovnike.

– Šta mi preporučujete? – pitao je Alf i ne otvarajući jelovnik.

– Elenina musaka je specijalitet dana – rekao je Saša. – Mušterije putuju iz velike daljine da bi je probale, da citiram *Spektejtor*.

– To nije časopis koji redovno čitam – priznao je Alf – ali poverovaću im. U svakom slučaju, veoma poštujem tvoju majku, izuzetna je žena.

– Okružen sam izuzetnim ženama – rekao je Saša – i radujem se detetu koje će obožavati mene.

– Mislim da će biti obrnuto – kazao je Alf.

Pošto su naručili, a Saša sipao još tri čaše šampanjca, razgovarali su o televizijskim prenosima parlamentarnih zasedanja, problemima u Severnoj Irskoj i na kraju o vremenu, pre nego što je Saša predložio da pređu za sto.

– Jedva čekam da čujem šta je Fiona smislila – rekao je Saša kad su posedali.

– Sve u svoje vreme – kazao je Alf. – Ali prvo, zanima me kako ti je u *Galeriji Kortold*, Čarli?

– Sediš kraj doktorke Karpenko – rekao je Saša i klimnuo glavom supruzi.

– Čestitam. Mora da si veoma ponosna.

– Ne koliko sam ponosna na Sašu koji će možda postati član Parlamenta posle sledećih izbora – kazala je Čarli, baš kao po dogovoru.

Alf nije mogao da prikrije razočaranje. Prošlo je neko vreme pre nego što je promucao: – Dakle, izabran si kao kandidat u nekoj drugoj izbornoj jedinici?

– Ne još – kazala je Čarli dok je Đino posluživao prvo jelo. – Ali u užem je izboru u Vondsvort centru, a bio je prvi nakon prvog kruga unutarstranačkih izbora, i to sasvim ubedljivo, pa smo prilično sigurni u to.

– Čestitam ponovo – rekao je Alf. – Ne mogu da se pretvaram da sam iznenađen, jer sam bio ozbiljan kad sam rekao da se nadam da ću živeti dovoljno dugo kako bih te video u vladi, mada moram da priznam, nadao sam se da ćeš to postati kao poslanik iz Merifilda.

– Ali rekao si mi kako ne očekuješ da se ponovo kandiduješ u Merifildu. A u svakom slučaju, sad kad je Fiona počela da osigurava pozicije u Donjem domu, možemo pretpostaviti da će torijevci pobediti i na sledećim izborima.

– Obično bih se saglasio s tobom – rekao je Alf – da nema upravo objavljenih preporuka Komisije za određivanje granica izbornih jedinica.

– Da li sam propustila nešto? – pitala je Čarli. – Osećam se kao Alisa na čajanci Ludog Šeširdžije.

– To nije iznenađenje, jer ljudi koji se ne kreću u vladinim krugovima nisu čuli za Komisiju za određivanje granica izbornih jedinica. To je nezavisno telo koje se sastaje kad je potrebno razmotriti parlamentarni pejzaž, tako da se mogu ispraviti anomalije koje su se s godinama pojavile. U svojoj mudrosti, ta Komisija je odlučila da u izbornu jedinicu Merifild treba uključiti i Blandford, udaljen nekoliko kilometara, i napraviti novu izbornu jedinicu koja će zadržati naziv Merifild.

– Da li to znači da će Merifild postati sigurno laburističko mesto? – pitao je Saša.

– Ne, ne mogu to da tvrdim – rekao je Alf – ali izveli smo računicu i sigurno će odlučivati mali broj glasova. U stvari, *Gardijan* je našu izbornu jedinicu svrstao među one koje će odlučiti ishod narednih izbora.

Konobari su odneli tanjire, mada se Sašina supa ohladila. – A kako je Fiona reagovala na tu eksplozivnu vest? – pitao je.

– Žalila se, naravno, i borila se zubima i noktima da ospori odluku Komisije, ali izgubila je, i morala je da odluči da li da potraži bezbedniju izbornu jedinicu ili da ostane i bori se za Merifild. Čuo sam da je predsednik Konzervativne partije jasno rekao Fioni šta se očekuje od nje, tako da je ona upravo najavila kako će braniti svoj mandat.

Iako je glavno jelo posluženo, Sašin pribor za jelo ostao je na svom mestu.

– U svetlu promenjenih okolnosti – kazao je Alf – sinoć sam sazvao sastanak odbora i jednoglasno smo se saglasili da nećemo tražiti drugog kandidata ako ti prihvatiš ponudu.

– Koliko vremena ima da se odluči? – pitala je Čarli.

– Obećao sam komitetu da ću im do kraja nedelje doneti odgovor.

– Pre nego što odbor u Vondsvort centru izabere svog kandidata? – pitao je Saša.

– Saša, savršeno dobro znaš da će onaj koga odbor u Vondsvort centru odabere pobediti ubedljivom većinom, a ja sam uveren da si nam ti najveća nada da osvojimo Merifild, i tako pružimo šansu Laburističkoj partiji da ostane na vlasti.

– To mi zvuči kao nimalo suptilan pokušaj prinude – rekla je Čarli.

– Poznat i kao zakulisna politika – kazao je Alf kad je Elena žurno izašla iz kuhinje.

Alf je odmah ustao. – Ta musaka je bila slasna, draga moja – rekao je. – A tek sledi tvoja čuvena banofi pita.

– Da, ali ne pre nego što svi popijemo po čašu šampanjca – kazala je Elena. – Pretpostavljam da ti je Saša rekao lepe vesti?

– Uglavnom smo samo o tome i razgovarali – odgovorio je Alf.

– I mislim da si shvatio da je već odlučio.

Alf je izgledao razočarano, Čarli iznenađeno, a Saša zbunjeno.

– O, da – kazala je Elena. – Konstantin ako bude dečak, Nataša ako bude devojčica.

Saša, Čarli i Alf su prasnuli u smeh.

– Da li sam rekla nešto smešno? – pitala je Elena.

Dragi predsedniče,

Sa znatnim žaljenjem, i nakon dugog razmišljanja, odlučio sam da povučem svoje ime iz izbora za laburističkog kandidata na parlamentarnim izborima u izbornoj jedinici...

Saša je spustio nalivpero na sto, zavalio se u stolicu i ponovo razmislio o odluci koju su on i Čarli doneli.

Čak i u poslednjem trenutku, razmišljao je da se predomisli. Napokon, to je bila odluka koja može da mu promeni život. A onda je pomislio na Fionu. Uzeo je pero i napisao „Vondsvort centar“.

32.

Aleks

Boston

Katedrala Svetog krsta bila je prepuna za sahranu Lorensa Louela. Taj nežni, skromni i pristojni čovek bio bi dirnut time koliko mu se ljudi očigledno divilo.

Aleks je bio počastvovan kad ga je Lorensova majka, gospođa Rouz Louel, pozvala da održi jedan od tri govora, posebno jer su druga dva govornika bila Ted Kenedi i biskup Lomaks. Gospođa Ivlin Louel Halidej sedela je u prvom redu, ali nijednom nije ni pogledala Aleksa.

Pošto je biskup završio sa obredom i ožalošćeni krenuli, Aleksu su prišla dva muškarca; jednog je poznavao dobro, a drugog nikad nije video.

Bob Bruks, predsednik bostonskog odbora Demokratske stranke, rekao je kako mora da razgovara s njim nasamo. Aleks je nameravao da se tog popodneva vrati u Njujork, ali pristao je da odloži povratak za dvadeset četiri sata, a onda su se dogovorili da se nađu u njegovom hotelu sutradan u deset pre podne. Ispostavilo se da je drugi čovek bio advokat porodice Louel, i da ima sličan zahtev. Međutim, gospodin Harbotl nije bio spreman da razgovara o tako osetljivim temama van svoje kancelarije, tako da je Aleks zakazao sastanak s njim sutradan nakon sastanka s Bruksom.

Aleks se vratio u hotel *Mejflauer* i pozvao Anu da joj kaže kako će se vratiti tek narednog dana. Zvučala je razočarano, ali priznala je da jedva čeka da sazna zašto ta dvojica žele da razgovaraju s njim.

– Uzgred – kazala je – jesi li rekao majci?

– Izabran si jednoglasno – rekao je Bruks.

– Počastvovan sam – kazao je Aleks – ali bojim se da ipak moram da odbijem. *Elena* je nedavno otvorila dve picerije u Denveru i Sijetlu, a osoblje još nije upoznalo svoga gazdu, tako da ćete morati da nađete nekog drugog.

– Ti si jedini kandidat koga je odbor razmatrao – kazao je Bruks.

– Ali ja sam iz Njujorka. Moja jedina veza s Bostonom bio je Lorens.

– Alekse, gledao sam te kako radiš s Lorensom poslednjih šest nedelja, i nakon duge karijere u politici, mogu da kažem da si prirodno nadaren.

– Bobe, zašto se ti ne kandiduješ? Rođen si u Bostonu i svi te znaju i poštuju.

– Mogao bih da te upoznam s desetak ljudi sposobnih da predvode mesni odbor – rekao je Bruks – ali tek povremeno naiđe neko ko je rođen da bude kandidat.

– Moram da priznam – kazao je Aleks – da sam razmišljao o profesionalnom bavljenju politikom, ali bilo bi logičnije da počnem od mesne vlasti u Brajton Biču, gde sam se školovao i osnovao kompaniju... i možda, jednog dana, ako budem imao sreće, postanem kongresmen. Ne, Bobe, moraćete da pronađete nekog meštanina koji će se suprotstaviti Blejku Hoksliju.

– Ali Hoksli ti nije dorastao, a demokratska većina je dovoljno velika da ga lako pobediš. Kad uđeš u Kongres, niko te nikad neće izbaciti, bar ne dok ne poželiš da postaneš senator.

Aleks je oklevao. – Voleo bih da je tako lako, ali nije. Hoćeš li, molim te, da kažeš odboru da ću možda za četiri ili pet godina...

– To mesto, Alekse, neće biti dostupno za četiri ili pet godina. Politika se zasniva na odabiru pravog trenutka i prilike, a te dve stvari se ne poklapaju tako često.

– Znam da si u pravu, Bobe, ali odgovor je i dalje ne. Moram da krenem. Imam sastanak s Lorensovim advokatom. Rekao mi je da svratim do njega na putu do aerodroma.

– Ako se ipak predomisliš...

* * *

– Zovem se Ed Harbotl. Ja sam stariji partner u firmi *Harbotl, Harbotl i Makdauel*. Ova firma ima povlasticu da zastupa porodicu Louel preko sto godina. Moj deda – rekao je Harbotl portret u ulju jednog starijeg gospodina u tamnoplavom, prugastom odelu s dvostrukim zakopčavanjem i zlatnim džepnim satom – upravljao je imanjem gospodina Ernesta Louela, uvaženog bankara i čuvenog kolekcionara umetničkih dela. Moj otac je bio pravni savetnik senatora Džejmsa Louela, a poslednjih jedanaest godina bio sam lični advokat gospodina Lorensa Louela i, voleo bih da mislim, njegov prijatelj.

Aleks je pogledao čoveka s druge strane stola, koji je takođe bio odeven u tamnoplavo prugasto odelo s dvorednim zakopčavanjem i imao zlatan džepni sat, nedvosmisleno isti onaj sa slike. Aleks nije bio siguran i za odelo.

– Gospodine Karpenko, upoznali smo se u tragičnim okolnostima.

– Tragičnim i nepotrebnim okolnostima – rekao je osećajno Aleks. Harbotl je izvio obrvu. – Nadam se da ću doživeti dan kad će se seksualne sklonosti smatrati nebitnim, pa i za ljude koji žele da se bave javnim poslom.

– Nije to razlog zbog koga je gospodin Louel izvršio samoubistvo – kazao je Harbotl – ali kasnije ću o tome – dodao je i namestio polukružne naočari. – Gospodin Louel je ovoj firmi poverio da bude jedini izvršitelj njegovog testamenta i, u tom svojstvu, dužnost mi je da vas obavestim o izvesnom nasledstvu koje vam je ostavljeno.

Aleks je ćutao i trudio se da ne nagađa.

– Samo ću vas obavestiti o jednoj stavci u testamentu koja se odnosi na vas, jer ne smem da otkrijem druge pojedinosti. Imate li ikakva pitanja, gospodine Karpenko?

– Nemam – rekao je Aleks, a imao je desetak pitanja na koja je pretpostavljao da će dobiti odgovor kad gospodin Harbotl bude smatrao da je vreme. Ponovo je stari advokat namestio naočari pre nego što je okrenuo nekoliko stranica debelog dokumenta pred sobom.

– Pročitaću vam četrdeset treći član testamenta – izjavio je konačno prelazeći na stvar. – „Ostavljam Aleksandru Konstantinoviču Karpenku svoj udeo od pedeset odsto u kompaniji *Elena pica*, u kojoj smo bili ortaci.“

Aleks je u trenutku bio zapanjen darežljivošću svog starog prijatelja, a onda je promucao: – Ne mogu da verujem da će njegova sestra to mirno prihvatiti.

– Ne mislim da će gospođa Ivlin Louel Halidej praviti probleme vama ili ikom drugom. Sasvim suprotno.

– Šta je to što mi niste rekli, gospodine Harbotle? – pitao je Aleks gledajući ga preko stola.

Advokat je načas oklevao, zatim je skinuo naočari i spustio ih na sto. – Razlog za njegovo samoubistvo je složeniji nego što javnost shvata, gospodine Karpenko. Lorens nije izvršio samoubistvo zbog objave u novinama.

– A zašto je onda to uradio?

– Lorens je imao mnogo vrlina, uključujući darežljivost, duhovnu i materijalnu, kao i iskrenu želju da služi, zbog čega je bio idealan kandidat za javnu funkciju. Nema sumnje da bi bio dobar kongresmen.

– Ali?

– Ali – ponovio je Harbotl – za upravljanje savremenim finansijskim institucijama potrebne su drugačije veštine i znanja, i mada je Lorens bio predsednik upravnog odbora banke *Louel*, samo je formalno bio na toj funkciji, i dozvolio je drugima da se bave svakodnevnim poslovima banke. Drugima koji nisu bili istih moralnih vrednosti.

– Koliko je loše? – pitao je Aleks nagnuvši se napred.

– Nisam upoznat sa svim pojedinostima trenutne finansijske pozicije banke, ali mogu vam reći da će Daglas Akrojd, izvršni direktor, dati otkaz kasnije posle podne. Osećam olakšanje što ova firma neće zastupati tog gospodina u predstojećim sudskim procesima.

– Mogu li nekako da pomognem? – pitao je Aleks.

– Nisam u položaju da vam govorim o tome, gospodine Karpenko. Ali Lorens me je zamolio da vam dam ovo pismo. – Otvorio je fioku stola, izvadio tanak beo koverat i dao ga Aleksu.

Aleks ga je otvorio i izvadio list papira, ispisan prepoznatljivim Lorensovim jasnim rukopisom.

Dragi moj Alekse,

Dosad si saznao da sam napravio budalu od sebe i, još važnije, ukaljao ugled svoje porodice, sticanstotinama godina a protraćen za mog života.

Izvinjavam se što te opterećujem svojim problemima, ali nekoliko dana nakon moje smrti banka Louel će biti pod istragom Poreske uprave. Neko će dobiti nezavidan zadatak da upravlja imovinom banke i istovremeno će se truditi da verni deoničari i klijenti pretrpe minimalne gubitke.

U tom cilju, stavio sam svoje kuće u Bostonu, Sauthemptonu i na jugu Francuske, kao i Louelovu umetničku zbirku, na slobodno raspolaganje stečajnom upravniku.

Međutim, postavlja se pitanje ko bi trebalo da bude taj upravnik. Ne mogu da se setim nikog u koga imam više poverenja da izvrši taj tegoban zadatak od tebe, a ako se osetiš sposobnim da to uradiš, ostavio bih ti i svojih pedeset odsto vlasništva nad bankom. Ipak, razumeću ako ne budeš spreman da prihvatiš takav zadatak, posebno jer to ne bi bio prvi put da mi priskačeš u pomoć.

Srdačno ti se zahvaljujem za sve što si uradio u prošlosti.

Pozdravljam te,
Lorens

Aleks je pogledao advokata s druge strane stola i kazao: – Da li je još neko video ovo pismo, gospodine Harbotle?

– Ni ja ga nisam pročitao, gospodine.

Aleks je pravo iz kancelarije gospodina Harbotla otišao u hotel i rekao recepcioneru da će sledećeg jutra napustiti sobu. No pre nego što je i pomislio da ode u banku, morao je da obavi neke telefonske razgovore. Prvo je pozvao Anu, da joj kaže da se neće vratiti u Njujork neko vreme. Zatim joj je ukratko preneo pojedinosti Lorensovog testamenta, pre nego što ju je pitao: – Da li biste ti i gospodin Rozental mogli što je pre moguće da dođete u Boston i procenite vrednost Louelove zbirke?

– Videću ima li vremena pa ću te pozvati. Ostaješ li u *Mejflaueru* i narednih nekoliko dana?

– Ne, gospodin Harbotl mi je savetovao da se preselim u Bikon hil što pre mogu, kako Ivlin ne bi ušla u posed kao najbliža srodnica.

– Lorens je bio baš velikodušan što ti je ostavio svojih pedeset odsto *Elene*, posebno s obzirom na to da nije znao hoćeš li pristati da budeš stečajni upravnik.

– I malo mi je olakšao pokušaj da spasem banku tako što mi je, ako pristanem da budem stečajni upravnik, ostavio svoj udeo od pedeset odsto vlasništva. To znači da niko osim Ivlin ne može da ospori moje odluke, jer i ona ima pedeset odsto.

– Ivlin? Zar ti to neće otežati posao?

– Da sam ja savetovao Lorensovog oca, svakako bih mu rekao da su sudovi puni posvađane braće i sestara koji poseduju po pedeset odsto očeve imovine. Ali Harbotl me je uverio da ona neće praviti nikakve probleme sve dok su te deonice bezvredne. Nedostaješ mi – rekao je iznenada promenivši temu. – Kad misliš da ćeš moći da mi se pridružiš?

– Ako si zaboravio, trebalo je da se ti vratiš u Njujork. Doletuću tu u petak ujutro, kako bismo proveli vikend zajedno. Treba da popišem tu zbirku pre nego što nam se gospodin Rozental pridruži.

– Stvarno umeš da učiniš da se muškarac oseća poželjno – nasmejao se Aleks.

Zatim je pozvao jednu lokalnu agenciju za nekretnine i naložio im da procene vrednost Lorensovih nekretnina u Bostonu, Sauthemptonu i u Francuskoj.

Treći razgovor obavio je s Paolom, i obavestio ga da će upravljati kompanijom malo duže nego što je prvobitno mislio.

– Dva jajeta na oko, slanina i kroketi od krompira – rekao je Aleks dok mu je konobarica sipala vrelu kafu. Bilo mu je drago što mu je majka u Bruklinu, udaljena nekoliko stotina kilometara i ne može da ga vidi.

Otpio je gutljaj kafe pre nego što je otvorio finansijsku rubriku *Glouba*. Na naslovnoj strani nalazila fotografija Daglasa Akrojda, iznad njegove sebične izjave koju je dao prethodnog dana.

Mislim da je došlo vreme da dam ostavku na mesto izvršnog direktora banke Louel, na kom sam se nalazio prethodnih dvadeset godina. Posle tragične smrti našeg uvaženog predsednika upravnog odbora Lorensa Louela, verujem da bi banka trebalo da potraži novo vodstvo dok idemo ka dvadeset prvom veku. Rado ću ostati u upravnom odboru i pomagati novom predsedniku u svojstvu koje on bude smatrao prikladnim.

Kladim se da hoćeš, pomislio je Aleks. Ali zašto je Akrojd uopšte želeo da ostane u odboru? Možda je morao da se pobrine da se na

Lorensa svali krivica za propast banke, a on bi iz te katastrofe izašao neukaljanog ugleda. Aleks je stekao utisak da poznaje tog čoveka iako ga nije upoznao.

Čim bude imao vremena da pogleda izveštaj o poslovanju, Aleks je nameravao da izda svoje saopštenje za medije, tako da niko ne posumnja ko je stvarno odgovoran. Presavio je novine i s divljenjem se zagledao u veličanstvenu džordžijansku zgradu koja je dominirala drugom stranom Stejt strita, pitajući se da li bi banka ipak mogla da se proda. Uostalom, preko sto godina je poslovala s besprekornom reputacijom. Ali na takva pitanja nije mogao da odgovori dok ne pogleda poslovne knjige, a to će možda trajati danima.

Aleks je pogledao na sat kad se konobarica vratila s doručkom: 8.24. Namera mu je bila da uđe u zgradu u 8.55. Pogledao je po restoranu i zapitao se koliko ostalih gostiju radi u toj banci, i jesu li svesni da njihov novi upravnik sedi u jednom od separea.

Jedna od mogućnosti koje je već razmotrio bila je da pozove neku od većih bostonskih banaka da učestvuje u spajanju, uz objašnjenje da Lorens nije imao dece, tako da nema prirodnog naslednika. Ali ako bi to bilo nemoguće zbog finansijskih problema, morao bi da pribegne planu B, hitnoj prodaji. U tom slučaju bi se krajem meseca vratio u Njujork da poslužuje pice.

U 8.30 je pogledao na drugu stranu ulice i video elegantno odevenog čoveka u dugačkom zelenom kaputu i sa šapkom kako izlazi iz banke i staje kraj ulaznih vrata. Osoblje je počelo da pristiže u zgradu: devojke u pristojnim belim bluzama i tamnim suknjama ispod kolena, mladići u sivim odelima, belim košuljama i sa ozbiljnim kravatama, a malo kasnije stariji muškarci u odelima na dvoredno zakopčavanje, šivenim po meri, i sa skupim kravatama, samouvereni i dostojanstveni. Koliko će trajati ta samouverenost kad otkriju istinu? Da li će znati odgovor na to pitanje kad se banka bude uveče zatvorila? I hoće li se ta ista vrata otvoriti sutra ujutro?

U 8.50 Aleks je platio račun, izašao iz toplog restorana i polako prešao na drugu stranu ulice. Kad se približio glavnom ulazu, vratar je dodirnuo kapu i rekao: – Dobro jutro, gospodine. Nažalost, banka će se otvoriti tek za nekoliko minuta.

– Ja sam novi predsednik upravnog odbora – kazao je Aleks i pružio ruku. Vratar je oklevao pre nego što ju je prihvatio, pa rekao: – Ja sam Erol, gospodine.

– A koliko dugo radite u ovoj banci, Erole?

– Šest godina, gospodine. Gospodin Lorens me je zaposlio.

– Stvarno? – pitao je Aleks. Ostavio je zabrinutog vratara, ušao u zgradu i otišao do recepcije.

– Kako mogu da vam pomognem, gospodine? – pitala je jedna elegantno odevena devojka.

– Ja sam novi predsednik upravnog odbora banke – rekao je Aleks. – Možete li mi reći gde je moja kancelarija?

– Da, gospodine Karpenko, vi ste na najvišem spratu. Hoćete li da vas otpratim donde?

– Ne, nema potrebe. Sâm ću se snaći.

Otišao je do liftova i pridružio se nekim od službenika koji su razgovarali o svemu, od trećeg poraza u nizu *Boston red soksa* do imenovanja novog predsednika upravnog odbora. Po njihovom mišljenju, sve su to bili gubitnici.

– Čuo sam da Karpenko nije nikad upravljao ničim osim picerijom – kazao je jedan – i da nema nikakvog iskustva u bankarstvu.

– Zapamti šta ti kažem, Akrojd će do kraja nedelje ponovo postati predsednik upravnog odbora – rekao je drugi.

– Spreman sam da se kladim na to koliko dugo će ostati – kazao je treći.

– Možda bi bilo pametno da sačekate i vidite kako će se pokazati, pre nego što odredite kvote – predložio je neki glas. Aleks se osmehnuo za sebe, ali ništa nije rekao.

Lift se zaustavljao nekoliko puta da bi ljudi izašli na raznim spratovima. Kad su se vrata konačno otvorila na dvadeset četvrtom spratu, Aleks je bio sâm. Izašao je u pust hodnik i otvorio prva vrata na koja je naišao, pa video da je to plakar. Iza drugih se nalazio toalet, a iza trećih sekretaričina kancelarija, mada sekretarice nije bilo. Na suprotnom kraju hodnika video je vrata na kojima je izbledelim zlatnim slovima pisalo PREDSEDNIK. Ušao je, i samo jedan pogled mu je bio dovoljan da shvati kako je u toj sobi nekad sedeo Lorens. Mada ne baš često. Kancelarija je bila dobro opremljena i udobna, s dobrim izborom slika, uključujući portrete Lorensovog oca i dede, ali nije izgledala kao da je korišćena. Aleks je zatvorio vrata, otišao do prozora s predivnim pogledom za zaliv.

Seo je u udobnu crvenu kožnu fotelju iza stola od tikovine, na kome su se nalazili upijač za mastilo, telefon, fotografija nekog nepoznatog mladića u srebrnom ramu, za koga je pomislio da ga je video na sahrani. Uzeo je telefon, pritisnuo dugme na kojem je pisalo RECEPCIJA, a kad se začuo glas, rekao je: – Molim vas, zamolite Erola da dođe u predsednikovu kancelariju.

– Vratara, gospodine?

– Da, vratara.

Dok je čekao da se Erol pojavi, Aleks je na listu papira zapisao spisak pitanja. Nije još završio kad je neko tiho pokucao na vrata.

– Uđite – kazao je. Vrata su se polako otvorila i pojavio se Erol, ali nije pokušao da uđe. – Uđite – ponovio je Aleks. – Skinite kapu i kaput i sedite – dodao je, pokazujući na stolicu s druge strane stola.

Erol je skinuo kapu, ali ne i kaput i seo je.

– Dobro, Erole, rekao si mi malopre da u banci radiš šest godina. To znači da imaš nešto što mi je očajnički potrebno. – Erol je izgledao zbunjeno. – Informacije – rekao je Aleks. – Postaviću ti neka pitanja zbog kojih će tebi možda biti neprijatno, ali meni će pomoći da obavim svoj posao, tako da se nadam da ćeš moći da mi pripomogneš. – Erol je utonuo u stolicu sa izgledom nekog ko ne želi da pomogne novom predsedniku. Aleks je promenio pristup. – Kazao si mi da te je zaposlio gospodin Louel.

– Nego šta. Poručnik Louel je govorio na sastanku Udruženja veterana i kad je čuo da sam bio u Vijetnamu...

– U kojoj diviziji?

– Dvadeset petoj, gospodine.

– Ja sam bio u Sto šesnaestoj.

– Diviziji gospodina Lorensa.

– Da, tako smo se upoznali. I meni je, kao i tebi, gospodin Louel dao ovaj posao.

Erol se prvi put osmehnuo. – Ako ste služili uz poručnika Louela – rekao je – uradiću sve što mogu da vam pomognem.

– Drago mi je što to čujem, jer si se, kao i ja, dobro slagao s gospodinom Louelom. A šta je s gospodinom Akrojdom?

Erol je pognuo glavu.

– Tako loše?

– Otvarao sam mu vrata kola svaki dan proteklih šest godina, i još nisam siguran da li mi zna ime.

– A njegova sekretarica? – pitao je Aleks pogledavši spisak s pitanjima.

– Gospođica Bouers. Otišla je s njim. Ali ne brinite, gospodine, nikom neće nedostajati. – Aleks je izvio obrvu. – Bila je malo više od sekretarice ako me razumete. – Aleks je ćutao. – I iskreno, niko nije krivio gospođu Akrojd kad se konačno razvela od njega.

– Poznajete li gospođu Akrojd?

– Ne stvarno, gospodine, nije često dolazila u banku, ali kad jeste, uvek se sećala mog imena.

– Poslednje pitanje, Erole. Da li je gospodin Louel imao sekretaricu?

– Da, gospodine. Gospođicu Robins. Divna žena. Ali gospodin Akrojd joj je dao otkaz prošle nedelje, posle dvadeset godina službe.

– Uđite.

– Tražili ste me, predsedniče?

– Jesam, gospodine Džardine. Moram da vidim izveštaj o poslovanju banke za proteklih pet godina.

– Želite li neku posebnu verziju, predsedniče? – pitao je Džardin, ne mogavši da prikrije podsmeh.

– Kako to mislite, neku posebnu verziju?

– Samo da je gospodin Louel voleo da vidi skraćenu verziju, koju sam mu davao jednom godišnje.

– Siguran sam da jeste. Ali ja nisam gospodin Louel i zahtevam više podataka.

– Završni izveštaj dug je tri strane i mislim da ćete smatrati da je prilično iscrpan.

– A ako ne budem smatrao?

– Pretpostavljam da možete da pogledate detaljni završni izveštaj koji svake godine spremamo za Poresku upravu, ali on ima stotine strana, i biće mi potrebno dva, možda i tri dana da ga spremim.

– Rekao sam da želim da vidim izveštaje od poslednjih pet godina, gospodine Džardine, ne izveštaj za sledeću godinu. Stoga se postarajte da potpuna verzija izveštaja za Poresku upravu – rekao je Aleks naglašavajući „potpuna" – bude na mom stolu za sat vremena.

– Možda će trajati malo duže, gospodine.

– Onda ću morati da pronađem nekoga ko shvata koliko minuta ima u satu, gospodine Džardine.

Aleks nikad nije video nekog da tako brzo napusti neku prostoriju. Nameravao je da pozove gospodina Harbotla kad mu je zazvonio telefon na stolu.

– Pronašla sam gospođicu Robins, predsedniče – rekla je žena sa centrale – i ona je na vezi. Želite li da razgovarate s njom?

– Molim vas.

– Dobro jutro, gospođice Robins. Zovem se Aleks Karpenko i novi sam predsednik upravnog odbora banke.

– Da, znam, gospodine Karpenko. Čitala sam o vašem imenovanju u jutrošnjem *Gloubu* i, naravno, čula sam vaš dirljivi govor na sahrani gospodina Louela. Kako mogu da vam pomognem?

– Čuo sam da vas je gospodin Akrojd otpustio prošlog petka.

– Jeste, i naredio mi je da odnesem svoje stvari pre kraja radnog vremena.

– Pa, nije imao ovlašćenje da to uradi. Vi ste bili Lorensova sekretarica, a ne njegova. Zanima me da li biste se vratili i radili isti posao za mene.

– To je vrlo ljubazno od vas, gospodine Karpenko, ali jeste li sigurni da ne biste voleli neku mlađu osobu da nagovesti novo doba u banci?

– To je poslednje što mi treba. Davim se u moru papira, a imam osećaj da ste vi jedina osoba koja zna gde je čamac za spasavanje.

Gospođica Robins je prigušila smeh. – Kad želite da dođem, predsedniče?

– U devet, gospođice Robins.

– Sutra?

– Ne, danas.

– Ali već je jedanaest i trideset pet, predsedniče.

– Stvarno?

– Zdravo, Alekse, ja sam Rej Fauler, sekretar kompanije. Šta mogu da uradim za vas? – pitao je promolivši glavu.

– Dobro jutro, gospodine Faulere – rekao je Aleks ne trudeći se da ustane ili da mu stisne ispruženu ruku. – Želim kopije zapisnika sa svih sastanaka upravnog odbora u poslednjih pet godina.

– Nema problema, gospodine, poslaću vam ih odmah.

– Ne, donesite ih lično, gospodine Faulere, uz druge beleške koje ste pravili u to vreme.

– Ali možda su zaturene ili uništene posle toliko vremena.

– Siguran sam da ne moram da vas podsećam, gospodine Faulere, da je protivzakonito uništavati materijale koji bi kasnije mogli da se koriste u nekoj krivičnoj istrazi.

– Daću sve od sebe da ih pronađem, predsedniče.

– Izgleda da se sećam kako je predsednik Nikson rekao nešto slično kad mu je naređeno da preda *Votergejt* snimke.

– Mislim da to nije pošteno poređenje, gospodine.

– Obavestiću vas šta mislim o tome, gospodine Faulere, ali ne dok ne pročitam te beleške.

– Šta je uradio? – pitao je Akrojd.

– Tražio je da vidi završne izveštaje banke za poslednjih pet godina i sve zapisnike sa sastanaka upravnog odbora, kao i svaku dodatu rukom pisanu belešku – kazao je Rej Fauler.

– Stvarno? Onda moramo da ga se otarasimo pre nego što se odomaći i počne da stvara prave probleme.

– To je lakše reći nego uraditi – kazao je Fauler. – Nemamo više posla s Lorensom Louelom. Ovaj tip je pametan, čvrst i nemilosrdan. I ne zaboravi da kontroliše pedeset odsto akcija banke.

– A Ivlin drugih pedeset – rekao je Akrojd. – Tako da ne može da uradi ništa bez naše podrške, a sigurno ne dok i dalje imamo većinu u odboru.

– Ali šta ako sazna...

– Dozvoli mi da te podsetim, Reje, da ako Poreska uprava otkrije šta si radio poslednjih deset godina, mogu da ti kažem ko će ispasti kriv, a pošto ja nisam predsednik Truman... to neću biti ja.

Neko je pokucao na vrata.

Aleks je pogledao na sat: pedeset osam minuta i dvadeset sekundi. Osmehnuo se i kazao: – Uđite, gospodine Džardine.

Vrata su se otvorila i finansijski direktor banke je u predsednikovu kancelariju uveo svojih šest službenika, natovarenih kutijama.

– Evo vam nekoliko za početak, predsedniče – kazao je Džardin ne trudeći se da sakrije sarkazam.

– Spustite ih tamo – rekao je Aleks i pokazao na dugačak sto kraj suprotnog zida.

Šest službenika je odmah izvršilo njegovo naređenje, a Džardin je stajao i gledao.

– Da li je to sve, predsedniče? – pitao je samouvereno.

– Ne, nije, gospodine Džardine. Rekli ste da je to nekoliko za početak, kad mogu da očekujem ostatak?

– Bojim se da je to bio moj bedni pokušaj da se našalim, predsedniče.

– Meni nije smešno, gospodine Džardine. Molim vas da niko iz vaše službe ne napusti večeras zgradu pre mene, uključujući i vas. Imam neki osećaj – rekao je gledajući hrpe dokumenata – da ćete morati da mi odgovorite na nekoliko pitanja pre nego što odem kući.

– Ivlin, imamo problem.

– Daglase, očekujem da središ sve probleme u banci, posebno sad kad si predsednik.

– Ali nisam ja predsednik – rekao je Akrojd. – Lorens je pre smrti imenovao nekog tipa Aleksa Karpenka da zauzme njegovo mesto.

– Ne opet on.

– Poznaješ ga?

– Sreli smo se – kazala je Ivlin – i mogu da ti kažem da je nemilosrdan. Ali kako sad posedujem sto odsto akcija banke, mogu da ga uklonim kad god...

– Lorens je Karpenku ostavio pedeset odsto akcija banke. Taj tip je već počeo da kopa, i ako sazna...

– Da li i dalje imamo većinu u upravnom odboru? – pitala je Ivlin.

– Ako se ti pojaviš i glasaš, imamo.

– Onda ću morati da se vratim za sledeći sastanak, zar ne? I, Daglase, prva tačka dnevnog reda biće smenjivanje Karpenka i postavljanje tebe na to mesto. Sve što očekujem jeste da organizuješ sastanak, a da on ne shvati šta smo naumili.

– To možda neće biti tako lako – rekao je Akrojd. – Već je zauzeo kuću tvog brata, a pretpostavljam da je vila u Francuskoj sledeća na spisku.

– Samo preko mene mrtve.

– I naredio je da se čitava Louelova zbirka prebaci u banku, kao obezbeđenje za slučaj da Poreska uprava želi da je proceni.

– To bi mogao da bude problem – priznala je Ivlin.

– Moram da ti kažem da je Karpenko opak tip – rekao je Akrojd. – Očigledno ga ne poznaješ.

* * *

Aleks je ostatak nedelje proveo pregledajući završne izveštaje, iznose dividendi, uplate poreza, čak i plate osoblja. Ali tek je u sredu posle podne naleteo na stavku koju je morao da proveri triput pre nego što se uverio kako je nijedan odgovoran upravni odbor ne bi odobrio.

Ponovo se zagledao u te podatke razmišljajući da sigurno ima još takvih stavki. Ta je bila uredno sakrivena između dva druga slična iznosa, kako ne bi privlačila pažnju. Ponovo je proverio iznos i zapisao ga u svoju beležnicu. Pitao se na koliko li će još takvih stavki naići dok ne stigne do sadašnjeg poslovanja.

Narednog jutra, Aleks je pronašao sličnu isplatu koja se bez objašnjenja pojavila u bilansu. Ponovo je zapisao iznos. Već je pao mrak kad je naišao na treću stavku, ovog puta znatno veću svotu. Dodao je taj iznos na sve duži spisak i zapitao se kako je njoj to moglo da prođe.

Do petka je Aleks zaključio da je banka, kako god da se posmatra, poslovala dok je bila insolventna, ali je odlučio da ne obavesti bankarsku komisiju dok gospodin Rozental ne proceni umetničku zbirku, a on ne proceni svu drugu imovinu koja je u posedu banke.

Kad su ulična svetla zatreptala, Aleks je odlučio da je vreme da ode kući. Jedva je čekao da ponovo vidi Anu. Pogledao je sad već manju hrpu završnih izveštaja koje je morao da pregleda pitajući se hoće li ikad uspeti da se izbori s njom.

Nezgodno je bilo i to što je Lorens u Vijetnamu proveo dve godine, a Daglas Akrojd je dao novo značenje izreci „kad mačke nema, miševi kolo vode“. Ne samo što je isplaćivao sebi po petsto hiljada dolara godišnje nego je podigao još trista hiljada dolara za troškove, a njegova dva pajtaša Džardin i Fauler, putovala su samo prvom klasom otkako im je upala kašika u med. Ali iza svega je očigledno stajala Ivlin, koja je izgleda, sa svojih pedeset odsto akcija banke, davala Akrojdu odrešene ruke da radi šta mu je volja. Sad je otkrio koliko toga je očekivala zauzvrat.

Radovao se vikendu sa Anom koja je tog popodneva stizala iz Njujorka, ali ga to nije sprečilo da uzme još šest fascikli pre nego što je pošao iz kancelarije. Dok je prolazio kraj kancelarije gospođice Robins, primetio je da je svetlo i dalje upaljeno. Promolio je glavu na vrata i kazao: – Hvala vam, i lepo provedite vikend.

– Vidimo se u ponedeljak u šest ujutro, predsedniče – rekla je ne dižući pogled s hrpe dopisa.

Aleks je brzo otkrio zašto ju je Dag Akrojd otpustio. Bila je jedina osoba koja je znala prljave tajne.

Dok je izlazio iz zgrade, Aleks je imao neprijatan osećaj da ga posmatraju; što ga je podsetilo na dane u Lenjingradu. Setio se Vladimira, i pitao se dokle li je dosad dogurao u KGB-u. *Trebalo bi da ga pozovem i vidim bi li mi se pridružio u upravnom odboru* Louela, pomislio je. Bio je siguran da bi Vladimir umeo da natera Akrojda, Faulera i Džardina da otkriju koje bi stavke trebalo pažljivije pogledati.

Aleks je rekao vozaču adresu pre nego što je seo na zadnje sedište taksija i otvorio još jednu fasciklu. Da nije sve čitao veoma pažljivo, možda bi mu promakla još jedna isplata, koju je mogao da odobri samo jedan čovek. Triput je proverio iznos, ali i dalje mu se činilo neverovatnim. Poslednji ček je unovčen dva dana posle Lorensove smrti, i dan pre Akrojdove ostavke, i to je bio dotad najveći iznos.

Aleks je dodao poslednji iznos na svoj dugi spisak, pa sabrao sve iznose koje je Ivlin dobila od očeve smrti i otkad je njen brat postao predsednik banke. Konačan zbir je iznosio nešto preko dvadeset jednog miliona dolara, bez ikakvih napomena o vraćanju pozajmice. Ako se njenoj raskalašnosti doda nečuvena plata koju je Akrojd isplaćivao sebi i svojoj četvorici pomoćnika, kao i njihovi bezbrojni troškovi, nije ni čudo što je banka bila pred bankrotom. Aleks se zapitao da li će morati da proda Louelovu zbirku da bi banka bila dovoljno solventna da smanji dugove i nastavi s poslovanjem.

Razmišljao je o posledicama kad je taksi stao ispred Lorensove kuće. Uvek će o njoj misliti kao o Lorensovoj kući.

Izašao je iz kola i širok osmeh mu se pojavio na licu kad je video Anu na vratima. Nestao je podjednako brzo kad je video izraz na njenom licu.

– Šta se dogodilo, draga? – upitao je grleći je.

– Bolje da popiješ veliku votku pre nego što ti kažem. – Uhvatila ga je za ruku i bez reči ga uvela u kuću. Sipala im je oboma piće i čekala da on sedne pre nego što je rekla: – Nije samo Vorholova slika kopija.

Aleks je iskapio piće pre nego što je pitao: – Koliko?

– Ne mogu da budem sigurna dok gospodin Rozental ne iznese procenu, ali pretpostavljam da najmanje polovinu zbirke čine kopije.

Aleks nije progovarao dok je sipala piće. Posle još jednog velikog gutljaja, priznao je: – Vrednost Louelove zbirke je jedino što sprečava propast banke. Ne mislim da ću moći da zaspim dok gospodin Rozental ne stigne.

– Pozvala sam ga pre dva sata, i već je krenuo.

– A moja majka? – pitao je Aleks. – Kako je ona?

– Tvoja majka me stalno pita zašto pomeramo datum venčanja – rekla je Ana.

– A šta si joj odgovorila?

– Kako i dalje pokušavamo da pronađemo termin između spasavanja banke, otvaranja nove *Elene*, i da po mogućstvu budemo oboje na istom mestu u isto vreme.

– Dotad bismo mogli da imamo unuke – kazao je Aleks.

33.

Saša

Merifild

Saša je uvek uspevao da preživi sa šest sati spavanja noću, ali kad je premijer posetio Bakingemsku palatu i zatražio raspuštanje Parlamenta, naučio je da spava svega četiri.

Ponovo je prihvatio dnevni raspored koji bi zadivio direktora baleta *Boljšoj* teatra, premda je trajao samo tri nedelje. Ustajao je svakog jutra u pet i, s malom grupom dobrovoljaca, stajao ispred Rokstonske stanice znatno pre nego što se pojave prvi putnici. Pozdravljao ih je rečima: – Zdravo, ja sam Saša Karpenko, i ja sam...

U osam ujutro bi doručkovao, svakog jutra u drugom restoranu, i dvadeset minuta kasnije išao bi do sedišta partije u glavnoj ulici – tri prostorije unajmljene na mesec dana – da pročita jutarnje novine. *Merifild gazet* je iznalazio različite načine da kaže kako je borba izjednačena, kako ništa nije rešeno, kako je sve otvoreno, ali naslov tog jutra ga je iznenadio: HANTEROVA IZAZIVA KARPENKA NA JAVNU RASPRAVU.

– Lukav potez – rekao je Alf. – Ovoga puta nije čekala da ti povučeš prvi potez. Moraš odmah da prihvatiš, a kasnije ćemo ugovoriti datum, vreme i mesto.

– Svejedno koje vreme, svejedno koje mesto – kazao je Saša.

– Ne, ne! – rekao je Alf. – Ne žurimo. Taj duel mora da se održi u Rokstonu, i to što bliže izborima.

– Zašto u Rokstonu?

– Zato što tamo ima mnogo više naših pristalica nego u drugim mestima.

– Ali zašto da čekamo do poslednjeg trenutka?

– To će ti dati više vremena da se pripremiš. Ne zaboravi da više protiv sebe nemaš studentkinju nego parlamentarca koji čitavog života živi u ovoj izbornoj jedinici. Zasad pak treba da se vratiš na ulicu i prepustiš nama brigu o pojedinostima.

Pošto je Saša pozvao urednika *Gazeta* da kaže kako će rado prihvatiti poziv gospođice Hanter i da jedva čeka javnu raspravu s njom, otišao je iz štaba i pridružio se ljudima koji su išli u jutarnju kupovinu, uglavnom ženama i maloj deci, i ponekom penzioneru. Naredna tri sata se rukovao sa što je više ljudi mogao, svaki put im prenoseći istu jednostavnu poruku: svoje ime, svoju partiju, datum izbora i podsetnik da je Merifild sad ključna marginalna izborna jedinica.

Zatim je, u jedan sat, napravio četrdesetominutnu pauzu za ručak, kad mu se Alf pridružio u lokalnom pabu i obavestio ga šta je Fiona naumila. Saša je uvek razgovarao s krčmarima o radnom vremenu i porezu na alkohol, a naručivao je samo jedno jelo i kriglu lokalnog piva.

– Uvek se potrudi da platiš ono što si pojeo i popio – rekao je Alf.
– I ne časti nikog ako je ovdašnji birač.

– Zašto ne? – pitala je Čarli u poodmakloj trudnoći i srknula sok od pomorandže.

– Zato što možete da se kladite da će torijevci pokušati da to predstave kao pokušaj podmićivanja birača, a stoga i kršenje izbornog zakona.

Pošto su se rukovali sa svima u pabu, otišli su u posetu fabrici, gde je Saša obično dobijao više klicanja nego zvižduka, a onda su obilazili škole od pola četiri do pola pet – osnovne, srednje i na kraju lokalnu gimnaziju. Tad je Čarli bila u svom elementu, a mnoge majke su joj poverile da će, za razliku od svojih muževa, glasati za Sašu.

– Ona je naše tajno oružje – često je govorio predsednik odbora svom kandidatu – posebno što se, iako Fiona tvrdi da je verena, njen verenik dosad nije pojavljivao. Ali to neću nikom pominjati, naravno – dodao je, uz osmeh.

Vratili su se u štab oko pet sati na kratak sastanak, pre nego što su krenuli da govore na dva, moguće i tri, večernja mitinga.

– Ali tako malo ljudi dolazi – rekao je Saša.

– Ne brini se zbog toga – kazao je Alf. – To će ti dati priliku da uvežbaš nekoliko ključnih tačaka i fraza koje će zvučati spontano kad ih izgovoriš za vreme debate.

Vraćali su se kući oko ponoći i trudio se da zaspi oko jedan. No to nije bilo uvek moguće jer, kao kod pozorišnog glumca, adrenalin se nije prikladno zaustavljao čim se spusti zavesa. Četiri sata spavanja pre budilnika, a onda je sve počinjalo iznova, i jedina dobra strana je bila ta što je ostajao dan manje do izbora.

Onog jutra kad se održavala debata, jedna lokalna anketa dala je Fioni prednost od dva procenta, a druga je smatrala da su kandidati izjednačeni. Saši nije umanjilo nervozu to što su na lokalnoj TV stanici objavili da je zanimanje za debatu tako veliko da će je direktno prenositi u udarnom terminu.

Čarli mu je odabrala odelo (sivo, s jednorednim kopčanjem), košulju (belu) i kravatu (zelenu) koje će Saša obući te večeri. Nije ga prekidala dok je, kad god su bili sami, uvežbavao glavne tačke govora i dobro izbrušene fraze. Ali kad ju je pitao šta misli, bez oklevanja mu je iskreno odgovarala, čak i kad to nije bilo ono što je želeo da čuje.

– Vreme je za polazak – kazala je Čarli pogledavši na sat.

Saša je krenuo za njom iz stranačkog štaba i seo kraj nje na zadnje sedište automobila koji ih je čekao.

– Baš si zgodan – rekla mu je kad su kretali. Saša nije odgovorio. – Ne zaboravi, ona ti nije dorasla. – I dalje nije bilo odgovora. – Sledeće nedelje ćeš ti, a ne ona, sedeti u Donjem domu. – I dalje ništa. – A uzgred – dodala je – možda ovo nije najbolje vreme da ti kažem, ali razmišljam da glasam za Konzervativnu partiju.

– Onda je sreća što ti ne glasaš u ovoj izbornoj jedinici – kazao je Saša dok su se kola zaustavljala ispred rokstonske gradske većnice.

– Ako pobediš u bacanju novčića – rekao je Alf koji ih je dočekao na vrhu stepenica – treba da govoriš drugi. Onda možeš da odgovoriš na sve što Fiona kaže u uvodnoj reči.

– Ne – rekao je Saša. – Ako pobedim u bacanju novčića, govoriću prvi, a onda neka ona odgovara na ono što sam ja rekao.

– Ali tako ćeš joj odmah dati prednost.

– Neću kad znam šta će ona da kaže. Mislim da sam smislio kako će me napasti. Ne zaboravi, poznajem je bolje nego iko drugi.

– To je vrlo rizično – kazao je Alf.

– To je vrsta rizika koji moraš da prihvatiš kad su kandidati ovako izjednačeni.

Alf je slegnuo ramenima. – Nadam se da znaš šta radiš – rekao je kad su došli iza bine gde im je prišao moderator.

– Vreme je za bacanje novčića – kazao je Čester Manro, prekaljeni voditelj *Južnih vesti*.

Saša i Fiona su se rukovali za fotografiju, mada ga ona nijednom nije pogledala u oči.

– Vi birate, gospođice Hanter.

– Glava – rekla Fiona a Manro je bacao srebrn novčić u vazduh. Novčić je odskočio od poda pa se umirio i otkrio sliku najpoznatije žene na svetu.

– Gospođice Hanter – kazao je Manro – birajte hoćete li da govorite prvi ili to prepuštate gospodinu Karpenku?

Saša je zadržao dah.

– Dozvoliću mom protivniku da govori prvi – rekla je Fiona, očigledno zadovoljna što je pobedila u bacanju.

Jedna devojka se pojavila sa strane i napuderisala čelo i vrh nosa gospodina Manroa pre nego što je otišao do sredine bine i bio dočekan srdačnim aplauzom.

– Dobro veče, dame i gospodo – rekao je Manro gledajući prepunu salu. – Dobro došli na debatu između dva glavna kandidata za poslanika iz Merifilda. Fiona Hanter, naša trenutna poslanica, predstavlja Konzervativnu partiju, a njen protivnik Saša Karpenko, kandidat je Laburističke partije.

– I jedan i drugi kandidat će imati tri minuta za uvodno obraćanje, zatim će uslediti pitanja iz publike, a na kraju će oboje dati dvominutne završne izjave. Sad pozivam kandidate da nam se pridruže.

Saša i Fiona su se pojavili sa suprotnih krajeva bine, a njihove pristalice su ih dočekale gromoglasnim aplauzom. Saša je poželeo da je u Fulam roudu i da uživa u majčinoj musaki i crnom vinu, ali tad je primetio kako mu se Čarli i majka smeše iz prvog reda. Uzvratio im je osmeh, a Manro je rekao: – Pozivam gospodina Sašu Karpenka da dâ svoje uvodno obraćanje.

Saša je polako krenuo napred, spustio beleške na govornicu, pa priček ao da se publika smiri. Bacio je pogled na uvodnu rečenicu iako je čitav govor znao napamet. Podigao je pogled, svestan da za ostavljanje trajnog utiska ima samo tri minuta. Međutim, Alf mu je rekao da o tome misli kao o sto osamdeset sekundi, jer tako je svaka sekunda bitna. Prvi put se Saša zapitao da li je Alf možda bio u pravu kad mu je rekao da je u prednosti onaj ko govori drugi.

– Dame i gospodo – počeo je Saša gledajući deseti red publike. – Vidite ovde pred sobom političkog padobranca.

Glasan uzdah začuo se iz publike. Samo Čarli nije izgledala iznenađeno. Ali opet, ona je već nekoliko puta čula taj govor.

– Kao da to nije dovoljno loše – nastavio je Saša – ja sam i prva generacija imigranata. A ukoliko i dalje tražite izgovor da ne glasate za mene, rođen sam u Lenjingradu, a ne u Merifildu.

Alf je nervozno gledao publiku koja je zaprepašćeno ćutala.

– Ali dozvolite mi da vam ispričam nešto o ovom političkom padobrancu. Rođen sam, kao što rekoh, u Lenjingradu. Moj pokojni otac je bio hrabar čovek koji je dobio *Orden odbrane Lenjingrada* za odbranu svoje domovine od nacista tokom opsade tog grada u Drugom svetskom ratu. Posle rata je od lučkog radnika postao poslovođa zadužen za osamsto ljudi. To je položaj na kojem se nalazio dok nije počinio zločin zbog koga je pogubljen.

Publika je sad upijala svaku njegovu reč.

– Naravno, zanima vas kakav je to bio zločin? Ubistvo, možda? Oružana pljačka? Prevara ili, još gore, izdaja zemlje? Ne, zločin mog oca bio je to što je želeo da osnuje sindikat lučkih radnika, kako bi njegovi drugovi mogli da uživaju u istim povlasticama koje se u ovoj zemlji podrazumevaju. Ali KGB nije to želeo, tako da su ga eliminisali.

– Moja hrabra majka, koja večeras sedi među vama, rizikovala je svoj život kako bismo ona i ja pobegli od komunističke tiranije i započeli nov život u ovoj sjajnoj zemlji. Školovao sam se u Londonu i, kao gospođica Hanter, dobio stipendiju za *Kembridž*, gde sam, opet kao gospođica Hanter, postao predsednik Unije, i diplomirao kao prvi u klasi.

Usledio je prvi aplauz koji je Saši obezbedio trenutak da se opusti, pogleda u govor i proveri narednu rečenicu.

– Pošto sam diplomirao na *Kembridžu*, počeo sam da radim u majčinom restoranu i istovremeno da pohađam večernju školu, gde sam studirao knjigovodstvo i menadžment. Moja majka je dobila dve *Mišlenove zvezde* kao jedna od najboljih kuvarica u ovoj zemlji, ali nema pojma o vođenju knjigovodstva.

Smeh i aplauz usledili su nakon njegovih reči.

– Zaljubio sam se u Engleskinju i oženio se njom, a ona sad radi kao naučni saradnik u *Galeriji Kortold*. Naše prvo dete treba da se rodi na dan izbora. – Saša je pogledao uvis i rekao: – Molim te, bože, može li dan kasnije?

Ovog puta aplauz je bio spontan i Saša se osmehnuo svojoj ženi. Zvono se oglasilo da najavi kako je ostalo trideset sekundi. Nije očekivao tako dug aplauz, pa je morao da ubrza.

– Kad sam pre tri godine došao prvi put u Merifild da učestvujem u izborima, zaljubio sam se po drugi put. Ali vi ste odbili ovog udvarača i dali nagradu mojoj suparnici. Doduše, razlika je bila tako mala da sam se ponadao kako ste mi možda stavili do znanja da treba da pokušam ponovo. Sad vas molim da se predomislite. – Nastavio je gotovo šapatom. – Želim da vam odam jednu tajnu, koja će vam, nadam se, dokazati koliko mi je stalo do Merifilda. Pre nego što su ovi izbori raspisani, imao sam priliku da izađem na izbore u jednoj londonskoj izbornoj jedinici gde laburisti imaju većinu od desetak hiljada glasova. Ali odbio sam tu priliku jer imam još nešto zajedničko s gospođicom Hanter. Kao i ona, želim da u Parlamentu zastupam Merifild. Možda i jesam politički padobranac, ali želim da budem vaš politički padobranac.

Pola publike je ustalo da pozdravi svog kandidata, a druga polovina je ostala da sedi, mada su se čak i neki od njih pridružili aplauzu.

Manro je sačekao da se Saša vrati na svoje mesto i da aplauz utihne pre nego što je kazao: – Pozivam gospođicu Hanter da odgovori.

Saša je pogledao Fionu i video kako besno precrtava čitave pasuse spremljenog govora. Konačno je ustala i polako prišla govornici. Nervozno se osmehnula publici.

– Zovem se Fiona Hanter i imala sam čast da vas prethodne tri godine predstavljam u Parlamentu. Nadam se da ćete smatrati kako sam opravdala vaše poverenje. – Podigla je pogled i dočekala aplauz tek svojih najvatrenijih pristalica.

– Rođena sam i odrasla u Merifildu. Engleska mi je domovina, uvek je bila i uvek će biti – odmah je shvatila da je tu rečenicu trebalo da izostavi. Brzo je okrenula stranicu, a za njom još jednu. Saša se samo zapitao koliko li je puta u svom tekstu precrtala reči „politički padobranac“, „nametljivac“, „uljez“, čak i „imigrant“.

Fiona je nesigurno nastavila, s pričom o svom ocu, *Kembridžu* i Uniji, sasvim svesna da je svom rivalu, dozvolivši mu da govori prvi, omogućila da joj ukrade najbolje rečenice. Kad se oglasilo zvono da upozori Fionu kako joj je ostalo još trideset sekundi, ona je brzo okrenula poslednju stranicu govora i kazala: – Mogu samo da se nadam da ćete ovoj meštanki dati drugu priliku da nastavi da vam služi.

Brzo se vratila na svoje mesto, ali aplauz je utihnuo mnogo pre nego što je sela.

Niko nije sumnjao ko je dobio prvu rundu, ali zvono je upravo najavilo drugu, i Saša je znao da ne sme ni na tren da izgubi koncentraciju.

– Kandidati će sad odgovarati na vaša pitanja – rekao je Manro. – Molim vas, neka budu kratka i precizna.

Desetak ruku se odmah podiglo. Manro je pokazao na ženu koja je sedela u petom redu.

– Šta kandidati misle o tome što je veće prodalo rokstonsko igralište za izgradnju supermarketa?

Fiona je ustala i pre nego što je Manro stigao da kaže da ona prva odgovara.

– Na tom igralištu sam naučila da igram hokej i tenis – počela je – zbog toga sam to pitanje pokrenula u Parlamentu kad je bio dan za postavljanje pitanja premijeru. Tad sam osudila taj ugovor i nastaviću da ga osuđujem ako me ponovo izaberete. Nadajmo se da je to još nešto što gospodin Karpenko i ja imamo zajedničko, mada mi ne deluje verovatno, jer je laburistička vlast izdala građevinsku dozvolu za supermarket.

Tog puta je nagrađena dužim aplauzom.

Saša je sačekao potpunu tišinu pre nego što je odgovorio. – Tačno je da je gospođica Hanter, kad je pokrenula tu temu u Donjem domu, govorila protiv predloga veća da se izgradi supermarket na rokstonskom igralištu. Međutim, nije pomenula da je parlamentarni lični sekretar ministra za poljoprivredu u senci, koji je uopšte nije podržao. Zašto nije? Možda zato što bi ministar u senci naglasio gospođici Hanter da se još veći sportski centar gradi pet kilometara dalje u Blandfordu, s terenima za fudbal, ragbi, kriket, hokej, tenis, kao i bazen, i to zahvaljujući laburističkoj vladi. Ako me izaberete za vašeg poslanika, podržaću veće u ovom slučaju, jer su imali dovoljno zdravog razuma da ne dozvole da proizvoljno određene političke granice utiču na njihovu procenu. Budite uvereni da ću uvek podržavati ono za šta mislim da je u najboljem interesu građana Merifilda. Možda gospođica Hanter ne bi trebalo da se kandiduje za Parlament nego za predsednicu Društva „Ne u mom dvorištu“. Oprostite mi što razmišljam o interesima zajednice.

Kad je Saša seo, publika je i dalje aplaudirala.

Manro je zatim odabrao jednog visokog, elegantnog muškarca, odevenog u tvid, s prugastom kravatom.

– Šta konzervativci misle o smanjenju budžeta za odbranu, koje je predložio gospodin Hili kad je pre dve nedelje bio ovde?

Fiona se osmehnula, ali major Benet je bio dobro pripremljen pre nego što je postavio to pitanje.

– Možda bi trebalo vi prvi da odgovorite na ovo, gospodine Karpenko – predložio je Manro.

– Smanjenje budžeta za odbranu je sporno pitanje za svaku vladu – kazao je Saša. – Međutim, ako želimo da gradimo više škola, univerziteta, bolnica i, da, čak i sportskih centara, moramo smanjiti izdatke ili povećati poreze, a to nikad nije lak izbor. Ali ovo se ne može izbeći. Mogu samo da vam obećam da ću kao vaš predstavnik, uvek odmeravati argumente za smanjenje budžeta za odbranu, pre nego što donesem odluku. – Seo je uz slabašan aplauz.

– Ako bi čovek mogao da pobedi u nekoj bici jednostavno pričajući prazne priče, gospodin Karpenko bi bio vrhovni komandant takve vojske – rekla je Fiona. Morala je da sačeka da smeh i aplauz utihnu pre nego što je nastavila. – Zar nas dva svetska rata nisu naučila da nikad ne smemo da se opustimo? Ne, odbrana države mora uvek biti najveći prioritet za svakog člana Parlamenta, i uvek će biti za mene ako me vratite u Vestminster.

Fiona je uživala u produženom aplauzu pre nego što se vratila na mesto, a Saša nije imao dilemu ko je pobedio u toj rundi. Naredno pitanje postavila je žena iz zadnjih redova.

– Koliko dugo ćemo čekati na izgradnju rokstonske obilaznice?

Saša je shvatio da je to još jedno pripremljeno pitanje jer se na Fioninom licu pojavio osmeh, i nije morala ni da pogleda beleške.

– Gradnja te obilaznice mogla bi da započne sutra – počela je Fiona – da trenutna laburistička vlada nije otezala sa izdavanjem građevinske dozvole, a ne moram ni da vas podsećam da vladu kontrolišu socijalisti. Pitam se zašto. Možda će nam gospodin Karpenko objasniti. Ali ako konzervativci pobede, uveravam vas da će ta obilaznica biti prioritet.

Fiona se pobedonosno osmehnula Saši dok je sedala praćena još glasnijim aplauzom nego pre. Ali znala je da će, ako počne izgradnja obilaznice, socijalne stambene zgrade biti srušene da joj naprave mesta, što bi Merifild ponovo pretvorilo u sigurnu izbornu jedinicu za

Konzervativnu partiju. Znala je i to da Saša ne sme da prizna kako je to pravi razlog zbog koga je podržavao veće u ovoj stvari.

– Nimalo ne sumnjam – počeo je – da je Rokstonu potrebna obilaznica. Jedino o čemu treba raspravljati jeste gde će se ona nalaziti.

– *Ne u tvom dvorištu!* – povikala je Fiona i izazvala klicanje i dobacivanje.

– Mogu da vam obećam – rekao je Saša – da ću kao vaš predstavnik uraditi sve što je u mojoj moći da taj proces ubrzam.

Aplauz, ili njegovo odsustvo, svima je u sali rekao da je Fiona pobedila u još jednoj rundi.

Manro je na kraju popustio i pokazao na jednu stariju ženu koja je skakala sa stolice i dizala ruku u svakoj prilici.

– Šta kandidati misle o podizanju starosnih penzija?

– Svaka konzervativna vlada je dizala starosne penzije u skladu sa inflacijom – rekla je Fiona. – Laburistička vlada je uvek propuštala to da uradi, možda zato što je, pod njihovim vođstvom, inflacija rasla prosečno četrnaest odsto godišnje. Stoga kažem svakom penzioneru, ako se nadate održavanju ili poboljšanju životnog standarda, pobrinite se da glasate za Konzervativnu partiju. U stvari, rekla bih isto i onim mlađim, jer svi ćemo jednog dana biti penzioneri. – Taj predlog je naveo torijevske sledbenike da glasno izraze svoju podršku, jer su očigledno mislili da se njihova kandidatkinja oporavila od početnog udarca i da sad vodi na poene.

– Ponekad poželim – počeo je Saša kad je ustao da odgovori – da gospođica Hanter, bar jednom, sagleda stvari dugoročno i na period posle izbora sledeće nedelje. Trenutno je očekivana dužina života u ovoj zemlji sedamdeset tri godine. Do 2000, biće osamdeset jedna, a do 2020, kad ja budem imao šezdeset osam, i sâm budem stekao pravo na državnu penziju, predviđa se da će biti osamdeset sedam. Nijedna vlada – koje god boje – neće imati sredstava da iz godine u godinu podiže penzije. Zar nije došlo vreme da narodni poslanici kažu istinu o ovom tako teškom i važnom pitanju, a ne da nude šuplje fraze, u nadi da će pobediti na narednim izborima? Po profesiji sam ekonomista, nisam advokat kao gospođica Hanter. Uvek ću vam govoriti činjenice, dok će vam ona uvek govoriti ono što misli da želite da čujete.

Kad je seo, aplauz je označio da u ovoj rundi nije bilo jasnog pobednika.

– Imamo vremena za samo još jedno pitanje – kazao je Manro i pokazao na mladića koji je sedeo kraj prolaza.

– Da li ijedno od vas misli da će *Merifild junajted* ikad osvojiti *FA kup?*

Svi prisutni su prasnuli u smeh.

– Navijam za „Merije" od detinjstva – rekla je Fiona – a otac mi je testamentom ostavio svoju sezonsku ulaznicu. Ali iz straha da mi protivnik ne kaže kako želim da jeftino dođem do glasova, priznaću da ćemo teško osvojiti taj kup, mada ne treba gubiti nadu.

Saša je prišao govornici. – Veličanstveno dostignuće za *Merifild* bio je prošlogodišnji plasman u treće kolo kupa – rekao je. – Gol koji je Džoi Batler postigao protiv *Arsenala* bio je neverovatno lep, i niko se nije iznenadio kad su mu Tobdžije ponudile ugovor. Bio sam podjednako oduševljen kad je upravni odbor odlučio da novčanu nagradu za učešće u kupu upotrebi da izgradi nove natkrivene tribine. Ali ako budem imao dovoljno sreće da postanem vaš poslanik, nemojte se iznenaditi ako me i dalje budete viđali na mestima za stajanje kako navijam za domaći tim.

Mladić koji je postavio to pitanje nije sakrio za koga će glasati, i Saša je osećao da su ponovo izjednačeni. Sve je sad zavisilo od završne reči.

– S obzirom na to da je gospodin Karpenko prvi održao uvodnu reč – kazao je Manro – završnu reč će prva održati gospođica Hanter.

Fiona je odložila beleške i pogledala pravo u publiku.

– Izgleda da mi nije dozvoljeno da pominjem činjenicu da sam meštanka i da moj protivnik ne potiče iz ovih krajeva. Takođe ne moram da vas podsećam da sam pobedila gospodina Karpenka u borbi za predsednika kembričke Unije, kao i na lokalnim izborima posle očeve smrti. A kad je pobeda u ovoj izbornoj jedinici postala teža za moju stranku, nisam pobegla. Ali mogu da vam kažem da, izgubi li gospodin Karpenko ove izbore, više ga nikad nećete videti. Otići će da potraži neko sigurno mesto, a za mene znate da ću biti ovde do kraja života. Izbor je vaš.

Pola publike je ustalo da joj kliče, a druga polovina je ostala da sedi i čeka da vidi je li njihovom šampionu ostala još koja strela u tobolcu.

Saša je imao samo nekoliko trenutaka da razmisli kako da se suprotstavi tako sjajnoj i jednostavnoj poruci, iako uopšte nije sumnjao da će Fiona, ako izgubi, potražiti neko sigurno mesto. To ipak nije mogao da kaže, zato što nije mogao da dokaže. Publika je s nestrpljenjem čekala, polovina je želela da on uspe, a druga se nadala da će se spotaći.

– Kao i moj otac – počeo je – uvek sam verovao u demokratiju, uprkos tome što sam odrastao u totalitarističkoj državi. I zato sam srećan što će birači u Merifildu odlučivati ko je od nas najkvalifikovaniji da ih predstavlja u Donjem domu. Samo vas molim da birate na osnovu mišljenja koji je kandidat bolji za taj posao, a ne na osnovu toga ko je duže živeo ovde. Naravno da verujem da sam ta osoba ja. Ali ako je život u Merifildu dokaz posvećenosti, želim da znate da sam prošle nedelje kupio kuću u Aveniji Farndejl i da se, kao i gospođica Hanter, radujem što ću ostatak života provesti u ovoj izbornoj jedinici.

Čester Manro je čekao da aplauz utihne pre nego što se zahvalio kandidatima. – A želim da se zahvalim i publici – počeo je, ali prekinula ga je devojka koja se pojavila iza bine i dodala mu list papira. Otvorio ga je i pročitao sadržaj pre nego što je objavio: – Znam da ćete biti oduševljeni rezultatima ankete koja je sprovedena odmah posle ove debate, i koja pokazuje da gospođica Hanter ima četrdeset dva odsto podrške a i gospodin Karpenko isto ima četrdeset dva odsto podrške. Preostalih šesnaest odsto su neopredeljeni birači ili oni koji će glasati za druge partije.

Kandidati su ustali sa svojih mesta, polako krenuli jedno prema drugom i rukovali se. Oboje su prihvatili da se debata završila bez pobednika, i da sad imaju samo nedelju dana da pobede protivkandidata.

Sledećih sedam dana Saša kao da se ni načas nije zaustavljao, a Alf ga je stalno podsećao da bi konačan ishod mogla da odredi tek šaka glasova. Nije sumnjao da Fioni govore to isto.

Na dan izbora, Saša je ustao u dva ujutro jer nije mogao da spava. Pročitao je sve novine pre nego što je sišao na doručak. U šest ujutro već je bio ispred merifildske železničke stanice i molio putnike da GLASAJU ZA KARPENKA – DANAS.

Kad su u sedam otvorena biral006ta, trčao je iz prostorije u prostoriju u štabu stranke, u časnom pokušaju da se zahvali svojoj legiji vrednih saradnika, koji su odbijali da naprave i najkraću pauzu dok se birališta ne zatvore.

– Hajde da odemo na piće sa ostatkom tima – rekao je Čarli u deset uveče, pošto je *BBC* objavio da su birališta zatvorena i da širom zemlje treba da počne brojanje glasova.

Polako su hodali glavnom ulicom uz povike „srećno, zbogom", pa čak i „mislim da sam vas negde video"? Kad su stigli u *Rokston arms*, Alf i tim su već stajali za šankom i naručivali piće.

– Konačno je piće na tvoj račun – rekao je Alf – sad kad smo nepotkupljivi.

Ostatak tima je oduševljeno zaklicao.

– Vas dvoje niste mogli da uradite ništa više – kazala je Odri Kampion i pružila Čarli sok od paradajza a Saši kriglu piva – prvu posle tri nedelje.

– Tako je – saglasio se Alf. – Ipak, predlažem da svi pojedemo nešto pre nego što odemo do gradske većnice da pratimo brojanje glasova, jer prvi rezultati neće stići pre dva ujutro.

– Smeš li da predvidiš rezultat? – pitao je Saša.

– Predviđanja su za kockare i budale – odgovorio je Alf. – Birači su doneli odluku. Samo možemo da čekamo i vidimo da li su doneli onu pravu. Šta god da sad kažeš, ništa neće promeniti.

– Zatvorio bih mesnu bolnicu, počeo izgradnju obilaznice i smanjio budžet za odbranu za deset odsto – rekao je Saša.

Svi su se nasmejali osim Čarli, koja se zanela napred i oslonila na šank.

– Šta ti je? – pitao je Saša i zagrlio je.

– A šta ti, budalo, misliš da joj je? – upitala je Odri.

– I za to si samo ti kriv – kazao je Alf – jer si molio boga da sačeka do zatvaranja birališta.

– Prekini da blebećeš, Alfe – rekla je Odri – i pozovi bolnicu. Kaži im da dolazi žena koja će se uskoro poroditi. Majkle, idi i pozovi taksi.

Alf je požurio do telefona na drugom kraju bara, a Saša i Odri su pridržavali Čarli dok je polako izlazila iz paba. Majkl je već zaustavio jedan taksi u prolazu i rekao vozaču kuda tačno da vozi pre nego što se Čarli nekako smestila na zadnje sedište.

– Drži se, draga – rekao je Saša kad je taksi krenuo. – Bolnica je blizu – dodao je, iznenada zahvalan što mesna bolnica još nije zatvorena.

Sa upaljenim dugim svetlima, vozač se provlačio kroz večernji saobraćaj. Alf je sigurno obavio svoj posao, jer kad se taksi zaustavio ispred ulaza u bolnicu, čekali su ih dva bolničara i lekar. Lekar je pomogao Čarli da izađe iz kola, a Saša je izvadio novčanik da plati vožnju.

– Kuća časti, gazda – rekao je taksista. – Zato što sam zaboravio da glasam.

Saša mu se zahvalio, ali ga je istovremeno opsovao kad je Čarli sela u invalidska kolica. Ako izgubim za jedan glas... Držao je ženu za ruku dok joj je lekar smireno postavljao niz pitanja. Jedan od bolničara ju je odgurao praznim hodnikom do porođajne sale, gde ju je čekao aku-šerski tim. Saša joj je pustio ruku tek kad su je uveli unutra.

Šetkao se tamo-amo po hodniku i koreći sebe što je toliko forsirao Čarli poslednjih dana kampanje. Alf je bio u pravu, dečji život je važniji od prokletih izbora.

Nije bio siguran koliko je vremena prošlo pre nego što je bolni-čarka konačno izašla iz sale za porođaje, srdačno mu se osmehnula i rekla: – Čestitam, gospodine Karpenko, dobili ste devojčicu.

– A moja supruga?

– Dobro je. Iscrpljena je i mora da se odmori, ali možete da uđete i vidite ih obe na nekoliko minuta. – Saša je krenuo za njom u sobu, gde je Čarli nežno držala novorođenče. Smežurano stvorenjce mutnih pla-vih očiju gledalo je u njega. Zagrlio je Čarli, zahvalio se bogovima na ovom čudu i pogledao svoju ćerku kao da je to prvo dete ikada rođeno.

– Šteta što se to nije dogodilo prošle nedelje – rekla je Čarli.

– Zašto, dušo?

– Zamisli koliko bi više glasova dobio da si mogao da kažeš publici na debati da ti je ćerka rođena u ovoj izbornoj jedinici.

Saša se nasmejao kad mu je medicinska sestra stavila ruku na rame i kazala: – Treba da ostavimo vašu suprugu da se odmori.

– Naravno – rekao je Saša kad je druga medicinska sestra nežno podigla bebu iz Čarlinih ruku i spustila je u krevetac.

Saša je nevoljno napustio sobu, mada je Čarli već bila zaspala. Kad je izašao u hodnik, zastao je da pogleda svoju ćerku kroz staklo na vratima. Okrenuo se i pošao prema stepenicama pa prvi put posle više sati pomislio na ono što se događa u gradskoj većnici. Potrčao je hod-nikom i niza stepenice razmišljajući hoće li uspeti da nađe taksi u to doba noći. Prošao je kroz predvorje i upravo je nameravao da otvori vrata, kad je neki glas iza njega rekao: – Gospodine Karpenko?

Okrenuo se i video jednu bolničarku kako stoji na recepciji. – Če-stitam – kazala je.

– Hvala vam. Oduševljen sam što sam dobio ćerku.

– Nisam vam zato čestitala, gospodine Karpenko. – Saša je izgle-dao zbunjeno. – Želela sam da vam kažem kako sam zadovoljna što ćete biti naš sledeći član Parlamenta.

– Znate rezultate?

– Upravo su javili na radiju. Posle tri ponovna prebrojavanja, pobe-dili ste za dvadeset sedam glasova.

34.

Aleks

Boston

– Žao mi je što moram da kažem da je Ana bila u pravu – rekao je Rozental. – Više od pedeset slika su kopije, a s obzirom na vaše iskustvo s Vorholom, nije teško pretpostaviti kod koga su originali.

– A ona ih je verovatno dosad već prodala – kazao je Aleks. – Što znači da banka ne može da se nada pokrivanju gubitaka.

– Ne bih bio tako siguran u to – rekao je Rozental. – Umetnički svet je mala, bliska zajednica, tako da, kad bi se neka slika iz Louelove zbirke pojavila na tržištu, bila bi gotovo trenutno prepoznata. A ne govorimo o jednoj slici, već o preko pedeset. Ipak, sad kad je gospodin Louel mrtav, njegova sestra bi mogla da se oseti dovoljno sigurnom da ih se otarasi, posebno ako veruje da će joj svi drugi izvori prihoda presušiti.

– Što će se gotovo izvesno dogoditi – rekao je Aleks prilično ljutito.

– Onda prvo moramo da saznamo gde se nalaze te slike.

– Kladim se da su sigurno pohranjene u Ivlininoj vili na jugu Francuske – kazao je Aleks.

– I ja tako mislim – kazala je Ana. – Jer da su u njenom stanu u Njujorku, Lorens bi ih video.

Rozentalovo naredno pitanje oboje ih je iznenadilo. – Koliko dobro poznajete batlera gospodina Louela?

– Ne tako dobro – priznao je Aleks. – Zašto pitate?

– Imate li predstavu kome je odan?

– Kad se govori o porodici Louel – rekao je Aleks – postoje dve frakcije, kao što sam to prilično rano saznao na svoju štetu. Ali nemam razloga da verujem da ne podržava mene.

– Onda bih mu – kazao je Rozental – uz vašu dozvolu, postavio nekoliko pitanja.

– Zašto da ne – odgovorio je Aleks i zazvonio.

Kakston se pojavio nekoliko trenutaka kasnije. – Zvonili ste, gospodine?

– U stvari, Kakstone, ja sam želeo da razgovaram s vama – rekao je Rozental. – Zanimalo me je da li je sestra gospodina Louela boravila u ovoj kući dok je on bio u Vijetnamu.

– Redovno – odgovorio je Kakston. – Ponašala se kao da joj je ovo druga kuća.

– I da li ste uvek bili tu u vreme tih poseta?

– Ne, gospodine, ne uvek. Jednom mesečno moja žena i ja posećujemo ćerku i unuka u Čikagu, i ostanemo tamo preko vikenda. Ponekad je, kad bismo se vratili u nedelju uveče, bilo jasno da su gospodin i gospođa Louel Halidej bili u kući u našem odsustvu.

– Kako možete biti tako sigurni? – pitao je Aleks.

– Trebalo je nameštati krevet, raščišćavati stolove, prati čaše i prazniti mnoge pepeljare.

– Dakle, mogli su da ostanu tu sami najmanje po četrdeset osam sati?

– U nekoliko prilika.

– To nam je veoma pomoglo, Kakstone – rekao je Rozental. – Hvala vam.

– Takođe je veoma važno, Kakstone – kazao je Aleks – da ovaj razgovor ostane poverljiv. Da li me razumete?

– Za dvanaest godina koliko sam služio gospodina Louela – rekao je Kakston – moja diskrecija nikad nije bila dovedena u pitanje.

– Izvinjavam se – rekao je Aleks. – To je bilo netaktično s moje strane.

Niko nije progovorio dok batler nije izašao iz sobe, a onda je Ana rekla: – Pa, baš ti je odbrusio, dragi.

– Zapravo, to je ohrabrujuće – kazao je Rozental. – Nikad ne bi razmišljao da ga tako prekori da je imao ikakvu nameru da obavesti gospođu Louel Halidej.

– Saglasna sam – rekla je Ana. – Ali ako je Ivlin odnela nekoliko slika u Francusku, kako to da dokažemo?

– To ne bi trebalo da bude teško – kazao je Rozental. – Jedna od slika koje je ukrala je Rotkova, dimenzija dva metra s metar. To nije nešto što je mogla da unese kao ručni prtljag.

Rozental je ustao sa stolice i počeo polako da hoda po sobi. Ana koja je već znala tu njegovu naviku, pogledala je Aleksa i stavila prst na usne.

– Po mom mišljenju – kazao je konačno Rozental – ne možete sliku te veličine da prevozite bez pomoći profesionalnog prevoznika umetnina, posebno ako sliku šaljete u inostranstvo, jer moraju da postoje izvozni dokumenti i ostala pripadajuća papirologija. Na Istočnoj obali ima svega nekoliko takvih specijalista, a samo jedan od njih je u Bostonu.

– Poznajete li ih? – pitao je Aleks pun nade.

– Naravno, ali nemam nameru da kontaktiram s njima, jer odmah nakon mog poziva, on bi zvao svoju klijentkinju i obavestio je da se raspitujem.

– Ali on nam je možda jedini trag – kazao je Aleks.

– Nije i isključivo, zato što je druga kompanija morala da preuzme pakete kad su stigli u Nicu, a onda ih dostavi gospođi Louel Halidej u vilu u Sen Pol de Vansu. Ne bi me iznenadilo da ta firma nije imala pojma o sadržaju paketa, jer to je tajna koju gospođa Louel Halidej ne bi želela da podeli ni sa kim, uključujući i Poresku upravu.

– Ali kako da saznamo ko je uzeo slike, a da ne uzbunimo pola sveta umetnina?

– Tako što ćemo se potruditi da budemo blizu – kazao je Rozental. – A mislim da poznajem pravog trgovca umetničkim delima iz Pariza, koji će nam pomoći. Smem li da upotrebim telefon u radnoj sobi?

– Da, naravno – rekao je Aleks, a Rozental je sebi sipao veliku čašu viskija i izašao iz sobe bez reči.

– Šta li je smislio? – pitao je Aleks.

– Nisam sigurna – kazala je Ana. – Ali imam osećaj da će pritisnuti neke ljude, zbog čega ne želi da ga čujemo.

Rozental se pojavio tek posle četrdeset minuta, navodno da dopuni čašu, ali Ani se učinilo da je videla naznaku osmejka na njegovom licu.

– Pjer Žerar će se javiti čim pronađe tu špeditersku kompaniju iz Nice. Kaže da je to jedna od tri, a sve će želeti da i dalje sarađuju s njim. U međuvremenu, Monti Kesler će poći iz Njujorka sutra ujutro, i pretpostavlja da će s nama biti oko podneva.

Aleks je klimnuo glavom. Zanimalo ga je ko je Monti Kesler, ali već je naučio kad da ispituje gospodina Rozentala, a kada to da ne čini.

* * *

Kad je sledećeg jutra Aleks sišao na doručak, zatekao je Rozentala na sredini stepeništa, kako lepi male crvene ili žute nalepnice na sve slike na zidu.

– Biće vam drago da čujete, Alekse, da u zbirci i dalje postoji sedamdeset jedan original, uključujući i neke od najboljih primera apstraktnog ekspresionizma koje sam ikad video. Ipak, ne sumnjam da su pedeset tri slike kopije – rekao je, kad je telefon zazvonio.

– Poziv iz Pariza za gospodina Rozentala – rekao je Kakston.

Rozental je brzo sišao niza stepenice i uzeo slušalicu. – Dobar dan, Pjere. – Malo je govorio narednih nekoliko minuta, ali nije prestajao da zapisuje nešto u beležnicu kraj telefona. – Veoma sam ti zahvalan – na kraju je kazao. – Dugujem ti uslugu. – Nasmejao se. – Dobro, dve. I obavestiću te kad naša pošiljka krene iz Njujorka – dodao je pre nego što je spustio slušalicu. – Imam ime francuskog špeditera – izjavio je. – Gospodin Dominik Dival je u prethodnih pet godina dostavio veliki broj sanduka raznih veličina u rezidenciju gospođe Louel Halidej u Sen Pol de Vansu.

– Ali ako Pjer pozove tog gospodina Divala – rekao je Aleks – zar on neće odmah pozvati Ivlin?

– Neće ako želi da nastavi da radi s Pjerom. U svakom slučaju, Pjer mu je već rekao da mu je spremio još veći posao, samo ako bude držao jezik za zubima.

– Velik, neobeležen kombi približava se kući – rekla je Ana gledajući kroz prozor.

– To je sigurno Monti – kazao je Rozental. – Kakstone, da li biste bili ljubazni da otvorite ulazna vrata gospodinu Kesleru? I spremite se za invaziju profesionalnih kradljivaca umetnina.

– Naravno, gospodine.

Nedugo zatim u predvorje je ušao debeljuškast ćelavko, a za njim šestorica saradnika, odevenih u crne trenerke bez oznaka, od kojih su svi nalikovali na boksere. Svaki je nosio torbu punu opreme neophodne svakom pristojnom provalniku.

– Dobro jutro, Monti – kazao je Rozental. – Hvala ti što si došao ovako brzo.

– Nema problema, gospodine Rozentale. Ali moram vas podsetiti da je subota, i da je cena dvostruka. Odakle želite da počnem? – pitao je dok je podbočen stajao nasred predvorja i s nežnošću gledao slike, kao da su mu deca.

– Želim da spakujete samo one sa žutim nalepnicama na ramovima. A kad to uradite, reći ću vam gde da ih dostavite.

Aleks je s divljenjem gledao kako se sedam muškaraca raštrkalo i počelo da obavlja svoje zadatke efikasno i vešto. Dok je jedan od njih skidao sliku sa zida, drugi ju je pakovao u pucketavu foliju, a treći smeštao u sanduk spreman za odnošenje u kombi. Gospodin Rozental im je prethodne večeri faksom poslao tačne dimenzije, a drugi tim je radio čitave noći kako bi sanduci bili spremni na vreme. Svi su radili po dvostrukoj tarifi.

– Izgleda da su ovo radili i ranije – kazao je Aleks.

– Jesu, Monti je specijalizovan za razvode i smrtne slučajeve. Za supruge koje moraju da uklone vredne stvari čim njihovi muževi odu na posao i pre nego što se uveče vrate.

Aleks se nasmejao. – A smrtni slučajevi?

– Deca koja žele da uzmu slike i nameštaj za koje su se s roditeljima dogovorili da se ne pominju u testamentu. To je posao koji dobro ide, i Monti gotovo uvek naplaćuje dvostruku dnevnicu.

– Mogu li nekako da pomognem?

– Treba da odete do banke i pobrinete se da sve bude spremno kad Monti i njegov tim dođu, što će biti negde oko četiri posle podne. Neko će morati da ih čeka na zadnjem ulazu i otprati Montija do trezora dovoljno velikog da se u njega smesti sedamdeset jedna slika. Kad to bude završeno, molim vas, vratite se pravo kući.

– A hoće li se i kombi vratiti u Bikon hil?

– O, da. Uostalom, dotad će obaviti samo pola posla.

– Onda je bolje da krenem. – Aleks je imao nekoliko pitanja koja bi voleo da postavi gospodinu Rozentalu, ali prihvatio je da je „obavestiću vas ako bude potrebno“ sigurno njegov porodični moto. Kad je Aleks pošao od kuće, prva slika je utovarivana u kombi.

– A šta želite da ja radim, gospodine Rozentale? – pitala je Ana.

– Proveri inventar i pobrini se da spakuju samo slike sa žutim nalepnicama. Naš pravi posao će početi tek kad se vrate iz banke, i kad ostale pedeset tri slike budu utovarene u kombi i odvezene u Njujork.

– Ali to su samo kopije – kazala je Ana.

– Istina – odgovorio je Rozental. – Ali i dalje ih treba vratiti pravom vlasniku.

– Vorhol je bezbedno otputovao – kazala je Ana dok je avion uzletao. – Da li je ostatak zbirke stigao u Nicu?

– Da – rekao je Rozental. – Opet sam zvao Pjera Žerara čim sam se u nedelju uveče vratio u Njujork. On je jedan od vodećih prodavaca apstraktnih slika u Parizu i moj stari prijatelj, upoznat s Louelovom zbirkom jer je njegov deda prodao tri slike ocu gospodina Louela kad je ovaj bio u Evropi 1947. Rekao sam mu da je velika pošiljka slika na putu ka Nici, i zamolio ga da ugovori da ih gospodin Dival pokupi i smesti u skladište dok mi ne stignemo. Juče mi se javio da su Ivlin i gospodin Halidej primećeni tog jutra kako se ukrcavaju na let *Er Fransa* za Boston. Tad sam ga pozvao da ga podsetim na Vorhola. Kad sletimo u Nicu, sve bi trebalo da bude spremno. Pjer i gospodin Dival će nas sačekati na aerodromu.

– Sad samo treba da odnesemo ostatak zbirke u banku – kazala je Ana.

– Što nije mali poduhvat. Bar radimo s profesionalcima. Ali ako ne uspemo...

– Aleks mi kaže da će banka bankrotirati i da ćemo ostati bez para.

– Dakle, nema pritiska – kazao je Rozental. – Nego, uvek mogu da ponudim Aleksu posao menadžera galerije. Bio bi prilično dobar u tome.

– Ili može da preuzme moj posao jer će vam biti potreban neko kad se porodim.

– Ne, on nije tako dobar – rekao je Rozental kad je avion dostigao visinu od dvanaest hiljada metara i krenuo ka istoku.

– Koliki je rok za najavu? – pitao je Akrojd.

– Statut banke predviđa rok od četrnaest dana – kazao je Fauler – tako da sam mislio da ovog jutra pošaljem pisma svim direktorima.

– Ali čim gospođica Robins otvori poštu, uznemiriće se i obavestiti Karpenka o vanrednom sastanku upravnog odbora, a ako je i upola pametan koliko kažu da jeste, brzo će shvatiti šta smeramo.

– Mislio sam na to – rekao je Fauler – i nameravam da pošaljem Karpenku pismo na adresu stana u Bruklinu. Sad kad boravi u Bostonu, ležaće na njegovom pragu dok se ne vrati.

– A predlog da ga smenimo s mesta predsednika biće izglasan pre nego što stigne išta da uradi. Zašto onda ne pošalješ ta pisma, Reje?

Ana je izašla iz aviona čim je sleteo u Nicu, gde ju je dočekao topao povetarac. Želela je da je Aleks s njom prilikom te prve posete Francuskoj. Ali znala je da on ne sme da se udaljava od svog stola ni na nekoliko sati.

Kad su prošli pasošku kontrolu i otišli u salu za dolaske, jedan muškarac, u raskopčanoj cvetnoj košulji i u trenutno najmodernijem svetloplavom odelu, pritrčao je Rozentalu i poljubio ga je u oba obraza.

– Dobro došao, *mon ami*. Dozvoli mi da ti predstavim Dominika Divala, koga sam odabrao za planera ove operacije.

Kad se njegov sitroen uključio u ranovečernji saobraćaj koji vodi prema Nici, Dival je počeo da obaveštava svoje suzaverenike.

– Čim su gospodin i gospođa Louel Halidej napustili vilu, pozvao sam Pjera da mu kažem da idu u Boston.

– Kako ste mogli da budete sigurni da idu na aerodrom? – pitala je Ana.

– Tri kofera su pomogla u tome – rekao je Dival.

– A to nagoveštava – ubacio se Rozental – kako Ivlin namerava da ostane u Bostonu izvesno vreme.

– Onda sam pozvao Natanijela – rekao je Pjer – Ana je prvi put čula da neko zove gospodina Rozentala po imenu – da mu kažem da su krenuli, i odmah sam doleteo u Nicu kako bih se uverio da smo spremni za sutrašnju razmenu.

– Zašto tako brzo? – pitao je Rozental.

– Moramo da iskoristimo činjenicu da je četvrtak batlerov slobodan dan. Inače bismo morali da čekamo do naredne nedelje. A gospođa Louel Halidej bi dotad mogla da se vrati.

– Da li je vaš tim na mestu?

– Spreman i čeka – odgovorio je Dival. – Sutra ujutro ću pozvati vilu i reći služavki da moram da isporučim važan paket.

– Znamo li išta o toj služavki? – pitao je Rozental.

– Zove se Marija – kazao je Dival. – Radi tamo već nekoliko godina i ona je jedina u kući kad batler ima slobodan dan. Nije posebno bistra, ali je dobrodušna.

– A kako imamo veliki broj slika koje treba zameniti, trebalo bi da obavimo sve za manje od sat vremena – rekao je Pjer.

– Ali ne možete da spakujete pedeset tri vredne slike za manje od sat vremena – kazao je Rozental. – Nisu to limenke pasulja. Sigurno će vam biti potrebna tri ili četiri sata.

– Nemamo čak ni pun sat – odgovorio je Dival. – Iznećemo ih iz vile što je pre moguće, a onda ih spakovati u našem skladištu koje je udaljeno svega sedam kilometara, gde možemo propisno da ih spakujemo za let. Ne zaboravite, već imamo sanduke u kojima su kopije.

– Impresivno – rekao je Rozental – ali i dalje se brinem da bi služavka mogla da napravi problem.

– Imam ideju – kazala je Ana.

– Izgleda da ne mogu da boravim u svojoj kući – rekla je Ivlin – moraćemo da iznajmimo apartman u *Fermontu*, a to nije jeftino, tako da se nadam, Daglase, da si spremio sve za sastanak u ponedeljak.

– Sve je spremno – rekao je Akrojd. – Mada je odbor podeljen, uz tvoj glas imaćemo većinu, tako da će u ovo doba naredne nedelje Karpenko biti na putu za Njujork, gde će se brinuti za pice, a ja ću biti predsednik upravnog odbora ove banke.

– A ja ću moći da se uselim u Bikon hil i uklonim ostatak slika, pre nego što Poreska uprava otkrije da u banci *Louel* ima manje para nego u kasici-prasici.

Telefonom je pozvao vilu narednog jutra u osam i deset.

– Zdravo, Marija, ovde Dominik Dival – kazao je. – Imam isporuku za gospođu Louel koja mora da se donese u vilu.

– Ali gospođa Louel nije ovde, a batler ima slobodan dan.

– Moja uputstva ne mogu biti jasnija – kazao je Dival. – Gospođa je insistirala da se paket isporuči pre nego što se ona vrati iz Amerike, ali ako sumnjaš u to, pozovi je u Boston, mada te moram upozoriti da je tamo sad dva ujutro. – Njegov prvi rizik.

– Ne, ne – rekla je služavka. – Kad da vas očekujem?

– Za otprilike jedan sat. – Dival je spustio slušalicu i pridružio se ostatku tima koji ga je čekao u kombiju.

– A kako je moja žena? – rekao je kad je seo kraj Ane. Ona mu se kiselo osmehnula.

Dival je izvezao kombi iz skladišta na glavni put. Držao se unutrašnje trake i nikad nije prekoračivao dozvoljenu brzinu. Za vreme putovanja je objasnio poslednji put svakom članu svog tima koja je njegova uloga, posebno Ani, Pjeru i Rozentalu.

– I ne zaboravite – kazao je – samo Ana i ja smemo da izađemo iz kombija kad stignemo tamo.

Četrdeset minuta kasnije, prošli su na kapiju i krenuli prilazom, pa se zaustavili ispred veličanstvene vile. Ana bi volela da se prošeta tim živopisnim, dobro održavanim vrtovima, ali ne i tog dana.

Držeći se s Divalom za ruke otišla je do ulaznih vrata. Dival je pritisnuo zvono, a služavka se ubrzo pojavila. Osmehnula se kad je prepoznala kombi.

– Jedan paket za gospođu Louel – kazao je Dival. – Potpiši ovde, Marija, a ja ću doneti sanduk iz kombija.

Marija se osmehnula, ali izraz lica joj je postao zabrinut kad se Ana srušila na zemlju kraj nje i uhvatila za stomak.

– O, *ma pauvre femme* – rekao je Dival. – Moja supruga je trudna, Marija. Može li da legne negde na nekoliko minuta?

– Naravno, gospodine. Pođite sa mnom.

Dival je pomogao Ani da ustane pa su krenuli za služavkom u kuću i uz široke stepenice do gostinske spavaće sobe na prvom spratu, a on je usput gledao slike.

– Žao mi je što vas gnjavim – kazala je Ana dok joj je Dival pomagao da legne.

– Nema problema, gospođo – rekla je Marija. – Da pozovem lekara?

– Ne, sigurna sam da će mi biti dobro kad se odmorim nekoliko minuta. Ali, dragi – rekla je Divalu – hoćeš li mi doneti torbu iz kombija, tamo su pilule koje moram da popijem.

– Naravno, draga, odmah dolazim – kazao je zagledavši sliku iznad kreveta.

– Tako ste ljubazni – rekla je Ana držeći Mariju za ruku.

– Ne, ne, gospođo, i sama imam četvoro dece. A muškarci su tako beskorisni u ovakvim situacijama – dodala je dok je Dival izlazio iz sobe.

Strčao je niza stepenice i video kako njegov tim uveliko radi, Rozental igra ulogu glavnokomandujućeg, a Pjer maše korbačem. Remek-dela su, jedno po jedno, skidana sa zidova i zamenjivana kopijama.

– Matis se nalazi iznad kamina u salonu – rekao je Rozental jednom od nosača. – Pikaso pripada glavnoj spavaćoj sobi – kazao je drugom – a Raušenberg ide tamo – rekao je pokazujući na velik prazan prostor na zidu pred sobom.

– Tražim Dalija – rekao je Dival. – Ide u gostinsku spavaću sobu – dodao je dok je De Koning nestajao na ulazna vrata.

– Ovde su tri Dalijeve slike – kazao je Pjer pošto je pregledao inventar. – Koji je motiv?

– Žut sat koji curi preko stola.

– Ulje na platnu ili akvarel? – pitao je Pjer.

– Ulje – odgovorio je Dival dok je išao ka stepenicama.

– Imam ga. I ne zaboravi ženinu torbu – rekao je Rozental.

– *Merde!* – kazao je Dival i istrčao iz kuće gotovo se sudarivši s dva nosača koja su mu išla u susret.

Otvorio je suvozačka vrata kombija, uzeo Aninu tašnu i otrčao u kuću i uza stepenice, preskačući po dva stepenika. Pjer je bio korak iza njega, s Dalijem. Dival se smirio, otvorio vrata i ušao, zabrinutog izgleda, dok je Pjer čekao u hodniku ispred.

– A problem s Beatris – govorila je služavka – jeste što joj je četrnaest, a ponaša se kao da su joj dvadeset tri.

Ana se nasmejala dok joj je Dival dodavao torbu. – Hvala ti, dragi – rekla je, otvorila torbu i izvadila bočicu pilula. – Žao mi je što te gnjavim, Marija, ali možeš li mi doneti čašu vode?

– Naravno – kazala je služavka i otišla u kupatilo.

Ana je skočila na noge, stala na krevet i brzo skinula Dalija s kuke. Dodala ga je Divalu koji je otrčao do vrata i uzeo kopiju od Pjera, pa je dodao Ani nekoliko sekundi kasnije. Njihov drugi rizik. Imala je tek toliko vremena da je okači na kuku i padne na krevet pre nego što se Marija ponovo pojavila sa čašom vode. Zatekla ih je kako se drže za ruke.

Ana je polako progutala dve pilule, a onda kazala: – Tako mi je žao što te zadržavam. – Njen dobro uvežbani muž oglasio se na vreme.

– Marija, gde da spustim paket za gospođu Louel?

– Ostavite ga u predvorju, a batler može da se pozabavi time kad se sutra vrati.

– Naravno – rekao je Dival – a kad se vratim, draga, možda ćeš se dovoljno oporaviti da te odvedem kući.

– Nadam se – odgovorila je Ana.

– Ne brinite – kazala je Marija – ostaću s gospođom dok se ne vratite.

– Baš ste ljubazni – rekao je Dival i izašao iz sobe. Strčao je niza stepenice, ugledao Pjera kako daje Dalijevu sliku nosaču. – Koliko još? – pitao je, kad se pridružio Rozentalu u predvorju.

– Pet minuta, najviše deset – rekao je Rozental dok mu je nosač pokazivao Poloka. – Drugi kraj salona – kazao je bez oklevanja.

Dival je stalno motrio vrata spavaće sobe. Pitao je: – Ima li nekih problema?

– Ne mogu da pronađem Vorholovu sliku *Tužna Džeki*. Suviše je važna da ne bi bila u jednoj od glavnih prostorija. Ali bolje da se vratiš gore pre nego što služavka postane sumnjičava.

Dival se vratio na sprat i otišao u spavaću sobu, gde je služavka i dalje zabavljala Anu pričama o svojoj deci. Podigao je pet prstiju, a kad je ona klimnula glavom, primetio je da Dalijeva slika visi ukrivo.

– Dragi, Marija mi je upravo pričala o nevoljama koje je imala sa svojom ćerkom Beatris.

– Ne može biti gora od Marsela – kazao je Dival i seo na rub kreveta.

– Ali učinilo mi se da ste rekli kako vam je ovo prvo dete? – zbunjeno je pitala Marija.

– Dominik ima sina s prvom ženom – brzo je rekla Ana – koja je tragično umrla od raka, a mislim da je to jedan od uzroka Marselovih problema.

– O, tako mi je žao – kazala je Marija.

– Mislim da mi je sad malo bolje – rekla je Ana, polako se uspravila i spustila noge na tepih. – Bili ste tako ljubazni. Ne znam kako da vam se zahvalim. – Nesigurno je ustala i, uz Marijinu pomoć, pošla polako prema vratima, a Dival je kleknuo na krevet i ispravio Dalija. Njegov treći rizik. Sustigao ih je taman na vreme da otvori vrata.

– Idem ispred vas da ti otvorim vrata kombija – rekao je – to nije bio deo dobro uvežbanog scenarija – i bio je nasred stepeništa kad je video da su Rozental i Pjer i dalje u predvorju.

– Gde je Vorhol? – Pjer je pitao.

– Dođavola s Vorholom – kazao je Dival. – Idemo odavde.

Pjer je brzo otišao, a za njim i Rozental psujući sebi u bradu.

Kad su Ana i Marija stigle do predvorja nekoliko trenutaka kasnije, zatekle su Divala kako stoji kraj ulaznih vrata, s rukom na sanduku.

– Hvala vam što ste bili tako ljubazni prema mojoj ženi – rekao je. – Evo paketa koji mi je rečeno da dostavim, uz pismo za gospođu Louel.

– Pobrinuću se da gospođa dobije i jedno i drugo kad se vrati.

Dival je nežno uhvatio Anu za ruku i izveo je iz kuće, gde je zatekao suvozačka vrata kombija već otvorena. Rozental je imao smisla za takve sitnice.

Dok je kombi polako išao ka kapiji, Dival se pitao da li će Mariji biti čudno što je koristio tako veliki kombi da dostavi jednu sliku.

– Da li je bilo problema, Ana? – pitao je Rozental iz zadnjeg dela kombija.

– Osim što sam trudna, imam dva muža, a ni za jednog nisam udata, i pastorka koga nisam upoznala, nemam neke veće probleme.

– Moraš da voziš polako, Dominiče – rekao je Rozental. – Ne smemo da zaboravimo da imamo dragocen teret.

– Baš lepo od vas – kazala je Ana i dodirnula stomak.

Rozental je bio dovoljno ljubazan da se osmehne, a Ana se nagnula kroz prozor i mahnula Mariji. Ona joj je odmahnula, zbunjenog izraza lica.

35.

Aleks

Boston

Aleks je narednog jutra stigao u banku tako rano da Erol još nije bio na svom mestu, pa je noćni čuvar morao da ga pusti. Još neko koga treba uveriti da je on novi predsednik.

Sâm se vozio liftom, a kad je izašao u hodnik na dvadeset četvrtom spratu, obradovao se kad je video da je gospođica Robins zaboravila upaljeno svetlo. *Traćite struju*, zadirkivaće je. Otvorio je vrata s namerom da ugasi svetlo, a dočekalo ga je: – Dobro jutro, predsedniče.

– Dobro jutro – rekao je brzo Aleks. – Jeste li bili ovde čitave noći?

– Ne, gospodine, ali želela sam da sredim poštu pre nego što stignete.

– Ima li ičeg zanimljivog?

– Jedno pismo i jedan paket za koje mislim da morate odmah da ih vidite. Na vrhu su hrpe na vašem stolu.

– Hvala vam – rekao je Aleks, radoznao da sazna šta je gospođica Robins smatrala zanimljivim. Ušao je u svoju kancelariju i zatekao obećanu hrpu pošte.

Uzeo je pismo s vrha i polako ga pročitao. Zatim je otvorio paket i s nevericom se zagledao u tu stvar. Ruke su mu se i dalje tresle dok ju je vraćao u paket. Morao je da se saglasi s gospođicom Robins, pismo jeste bilo zanimljivo, i ona je to primetila, ne znajući šta je u paketu.

Drugo pismo je bilo od Boba Andervuda, direktora banke koji je smatrao kako je došlo vreme da se penzioniše, ne samo zato što je imao sedamdeset godina. Rekao je da je vanredni sastanak upravnog odbora u ponedeljak ujutro idealan trenutak da obavesti odbor o svojim namerama. Aleks je opsovao, jer Andervud je bio jedan od retkih ljudi za koje se nadao da će ostati u odboru. Izgledao je savršeno zadovoljno s deset hiljada dolara godišnje koje je dobijao kao niži direktor, retko je podizao novac za troškove i niste morali da čitate između redova zapisnika da biste shvatili da je on jedan od retkih članova odbora spremnih da se suprotstave Akrojdu i njegovim pajtašima. Aleks će morati da pokuša da ga ubedi da ostane.

A onda je ponovo pogledao reči *vanredni sastanak upravnog odbora u ponedeljak ujutru*. Zašto ga gospođica Robins nije ranije obavestila o tome?

Neko je tiho pokucao na vrata i gospođica Robins se pojavila sa šoljom kafe, crne, bez šećera, i tanjirićem integralnog keksa. Kako je znala da mu je to omiljeni keks?

– Hvala vam – rekao je Aleks dok je spuštala srebrni poslužavnik, verovatno deo Lorensovog porodičnog nasleđa, na sto pred njega. – Smem li da vam postavim osetljivo pitanje, gospođice Robins? Sigurno imate neko ime?

– Pamela.

– A ja sam Aleks.

– Znam to, predsedniče.

– Slažem se s tobom, Pamela, da je pismo gospođe Akrojd zanimljivo. Ali pošto ne poznajem tu damu, šta misliš, kako da odgovorim na njenu ponudu?

– Ja bih to prihvatila kao dobronamernu ponudu. Uostalom, svi znaju da je njihov nedavni razvod bio mučan... – Gospođica Robins je oklevala.

– Mislim da nemamo vremena da se bavimo bontonom, Pamela, zato kaži šta ti je na umu.

– Samo sam iznenađena što je tako malo žena navedeno kao razlog za razvod.

– To je sigurno rečeno bez uvijanja – kazao je Aleks. – Nastavi.

– Njegova poslednja sekretarica, gospođica Bouers, možda je imala neke skrivene kvalitete koji su mi promakli, ali sigurno nije znala pravopis.

– I misliš da bi trebalo ozbiljno da shvatim ovo što je rekla gospođa Akrojd?

– Ja sigurno shvatam, predsedniče, a posebno sam uživala u poslednjem pasusu pisma.

Aleks ga je ponovo pročitao i osmehnuo se.

– Još nešto, predsedniče?

– Da – kazao je Aleks – pre nego što odeš, Pamela. Pročitao sam i pismo gospodina Andervuda, i on ima utisak da je za naredni ponedeljak zakazan vanredni sastanak upravnog odbora. Ako je tako, ja nisam znao za to.

– Ni ja – odgovorila je gospođica Robins. – I zato sam se diskretno raspitala i ispostavilo se da je gospodin Fauler poslao obaveštenje o sastanku pre dva dana.

– Meni nije.

– Jeste. Ali poslao je predlog dnevnog reda u vaš stan u Njujorku, koji je u kompaniji zabeležen kao vaša kućna adresa.

– Ali Fauler savršeno dobro zna da ću boraviti u kući gospodina Louela izvesno vreme. Šta li je naumio?

– Ne znam, predsedniče, ali mogu da se raspitam.

– Molim te. I pobrini se da se dokopaš tog dnevnog reda, a da Fauler ne sazna za to.

– Naravno, predsedniče.

– U međuvremenu, baviću se ovim dokumentima dok gospodin Harbotl ne stigne na sastanak u jedanaest. – Dok se spremala da ode, Aleks se nije uzdržao da je ne pita: – Pamela, šta misliš o gospodinu Harbotlu?

– On je uštogljen, ekscentričan matori podlac, kao iz Dikensovih romana, ali bar treba da vam je drago što je u vašem timu jer ga se neprijatelji plaše, i još važnije, on je kao Cezarova žena.

– Cezarova žena?

– Kad budete imali više vremena, predsedniče.

– Pre nego što odeš, Pamela, kad bih ti tražio samo jedan savet kako da održim ovaj brod na površini, kako bi on glasio?

– Ne kako, nego ko. Održala bih privatan sastanak, veoma privatan, sa Džejkom Kolmanom, koji je do pre šest meseci bio finansijski direktor banke.

– Zašto mi je to ime poznato? – pitao je Aleks. – Možda se pominje u zapisnicima?

– Dao je ostavku nakon vatrene rasprave s gospodinom Akrojdom, i kao i meni, rečeno mu je da očisti svoj sto do kraja dana.

– Oko čega su se raspravljali?

– Ne znam. Gospodin Kolman je suviše veliki profesionalac da bi raspravljao o tome sa zaposlenima.

– Za koga sad radi?

– Nije mogao da pronađe nov posao, predsedniče, jer svaki put kad bi ušao u najuži izbor za neku poziciju, oni su zvali gospodina Akrojda, a on je govorio sve najgore o njemu.

– Zakaži što je pre moguće sastanak s njim.

– Odmah ću ga pozvati, predsedniče – rekla je gospođica Robins pa zatvorila vrata za sobom.

Dok je Aleks čitao zapisnike s prošlogodišnjih sastanaka upravnog odbora, postajalo mu je sve jasnije da je Lorensa, iako je prisustvovao, čak i predsedavao, nesveto trojstvo Akrojd, Džardin i Fauler, jednostavno vuklo za nos. Stigao je do septembra, kad je neko pokucao na vrata. Da li je moguće da je već jedanaest?

Vrata su se otvorila i pojavila se prepoznatljiva pojava gospodina Harbotla. – Dobro jutro, predsedniče – kazao je stari savetnik.

– Dobro jutro, gospodine – rekao je Aleks, ustao i pričekao da Harbotl sedne. Zastao je da dopusti gospodinu Harbotlu da predloži da se odsad oslovljavaju po imenima, ali takav predlog nije došao.

– Smem li da počnem zahvalnošću na vašem sjajnom jučerašnjem savetu – rekao je Aleks. – Omogućio mi je da budem korak ispred Akrojda i Džardina, ali samo korak, jer sam upravo saznao da je Fauler sazvao hitan sastanak upravnog odbora za ponedeljak.

– Stvarno? – začudio se Harbotl. Namestio je naočari pre nego što je nastavio. – Onda pretpostavljam da im je namera da vas smene s mesta predsednika. I ne bi sazivali sastanak da nisu uvereni kako imaju većinu u odboru.

– Ako je imaju, postoji li išta što mogu da uradim?

– Neću znati odgovor na to, predsedniče, dok ne budem ponovo pogledao statut banke.

– Ponovo?

– Da, jer sam možda pronašao nešto što bi vam moglo pomoći.

Aleks se zavalio u stolici, svestan da Harbotl neće žuriti.

– Dok ste se upoznavali sa zapisnicima i godišnjim izveštajima, ja sam se bavio statutom kompanije – sjajno štivo za pred spavanje – i mislim da sam pronašao nešto što će vas zanimati. – Izvadio je fasciklu iz svoje aktovke.

– Paragraf 33b, bez sumnje.

Harbotl je dopustio sebi da se osmehne. – Ne, u stvari – rekao je, otvarajući fasciklu – član 9, tačka 2. Dozvolite mi da vam objasnim, predsedniče – kazao je, i počeo da čita pasus koji je podvukao.

– Nijedan zaposleni ili direktor kompanije ne može da bude plaćen više nego predsednik.

Aleks je počeo brzo da razmišlja, ali uskoro je postalo jasno da je Harbotl ovo dobro proučio.

– Akrojd je isplaćivao sebi nečuvenu svotu od petsto hiljada dolara godišnje kao generalnom direktoru, što mu je dozvoljavalo da nagrađuje svoje saradnike naduvanim platama i tako obezbedi većinu u odboru.

– Dakle, ako ja dam sebi neku realniju platu – rekao je Aleks – recimo...

– Šezdeset hiljada dolara godišnje – predložio je Harbotl – dok istovremeno insistirate na otpisu svih budućih troškova, pretpostavljam da će njih trojica ubrzo podneti ostavke.

– Ali pod uslovom da ostanem predsednik.

– Slažem se – kazao je Harbotl. – A posle onoga što imam da vam kažem, možda nećete želeti da ostanete na tom mestu. – Aleks se ponovo zavalio. – Zamolili ste me da posetim predsednika Bankarske komisije, što sam uradio juče posle podne. Ne mogu da se pretvaram da je bio popustljiv. U stvari, pošto je pogledao poslednji finansijski izveštaj, sasvim jasno mi je rekao da čitava Louelova zbirka treba da bude zvanično procenjena i pohranjena u sef banke, da bi je uopšte smatrao imovinom. Odobriće vam dvadeset osam dana da ispunite tu obavezu, a ja moram lično da ga obavestim ako to ne uradite.

Aleks je glasno uzdahnuo. – Još nešto?

– Da, nažalost. Jasno je rekao i to da gospodin Louel nije imao pravo da vam ostavi pedeset odsto akcija banke, niti pedeset odsto *Picerije Elena*, i insistirao je da te akcije takođe budu zadržane kao imovina banke. Zatim je predložio da biste mogli da uložite i svojih pedeset odsto *Elene*, kako biste pokazali privrženost banci. Ipak, dodao je da nemate obavezu da to uradite.

– Baš velikodušno – rekao je Aleks. – Da li je rekao nešto pohvalno?

– Da. Zapisao sam njegove reči. – Harbotl je okrenuo stranicu u svojoj beležnici. – Uveren sam da neko ko je pobegao KGB-u u sanduku sa šest boca votke, a kasnije zaslužio *Srebrnu zvezdu* sigurno može da prevaziđe trenutne probleme ove banke.

– Kako on zna za to? – pitao je Aleks.

– Očigledno niste imali vremena da pročitate današnji *Boston gloub*. U poslovnoj rubrici je objavljen vaš blistav profil. Zvučite kao mešavina Abrahama Linkolna i Džejmsa Bonda.

Aleks se prvi put tog dana nasmejao.

– Ali pazite. Akrojd je podjednako surov i snalažljiv kao Blofeld, a ne bi me iznenadilo da svoju mačku hrani živim zlatnim ribicama.

– Ne mogu da verujem da vi...

– O, priznajem da sam poštovalac gospodina Fleminga. Pročitao sam sve njegove knjige, mada nikad nisam gledao filmove.

Advokat je skinuo naočari, vratio fasciklu u aktovku i prekrstio ruke; znak da će reći nešto nezvanično.

– Smem li da vas pitam kako je prošao put gospodina Rozentala u Nicu?

– Nije mogao bolje – rekao je Aleks. – Uz izuzetak jedne slike, čitava Louelova zbirka uskoro će biti u sefu, čiju šifru znamo samo ja i šef obezbeđenja banke, a koji se ne može otvoriti bez prisustva obojice, s ključevima.

– To su stvarno dobre vesti – kazao je Harbotl. – Ali jeste li rekli, uz jedan izuzetak?

– A sad se i ona nalazi kod mene – rekao je Aleks, pa mu je dodao pismo gospođe Akrojd. Kad ga je advokat pročitao, Aleks je dodao malu sliku gospodinu Harbotlu.

– Vorholova *Tužna Džeki* – kazao je Harbotl. – Moram da kažem, ovo vraća veru u čoveka.

– Ili čak ženu – rekao je Aleks, sa osmehom.

– Ali kako se gospođa Akrojd dokopala te slike? – pitao je Harbotl.

– Kaže da joj ju je Akrojd dao kao deo nagodbe nakon razvoda.

– A kako je se on dokopao?

– Kladim se da mu ju je dala Ivlin Louel Halidej – rekao je Aleks. – Nagrada za pružene usluge, bez sumnje.

– Što mi je dalo jednu ideju – kazao je Harbotl. Zastao je na tren pre nego što je rekao: – Ali ako želim da to uspe, moraću da pozajmim *Džeki* na nekoliko dana.

– Naravno – rekao je Aleks, sasvim svestan da ne bi imalo smisla da ga pita zašto.

Harbotl je umotao sliku i pažljivo je spustio u svoju aktovku. – Protraćio sam dovoljno vašeg vremena, predsedniče – rekao je i ustao sa stolice – moram da krenem.

Aleks je morao da se osmehne dok ga je pratio do vrata. Ali ponovo ga je stari gospodin iznenadio.

– Sad kad se malo bolje poznajemo, mislim da treba da me zovete Harbotl.

* * *

Aleksu nije bilo teško da shvati zašto Džejk Kolman i Dag Akrojd nisu mogli da rade zajedno. Kolman je tako očigledno bio pošten, pristojan i iskren čovek, koji je verovao da je tim mnogo važniji od pojedinca. A Akrojd...

Njih dvojica su se dogovorili da ručaju u *Eleni tri*, jer je Aleks bio uveren da je to jedino mesto u Bostonu u koje Akrojd i njegovi pajtaši nikad ne bi došli.

– Zašto ste napustili banku *Louel*? – pitao je Aleks, kad su naručili specijalnu *kongresmenovu picu*.

– Nisam napustio banku – rekao je Džejk. – Otpušten sam.

– Smem li da pitam zbog čega?

– Mislio sam da neko treba da obavesti predsednika da se kockarska zavisnost njegove sestre otrgla kontroli i da će, bude li mogla da uzima novac kad god joj se prohte, banka propasti.

– Kako je Akrojd reagovao? – pitao je Aleks, dok su dve vrele pice spuštali ispred njih.

– Rekao mi je da gledam svoja posla ako znam šta je dobro za mene.

– A vi očigledno niste znali.

– Nisam. Upozorio sam Akrojda da ću, ako on ne obavesti predsednika šta mu se događa iza leđa, ja to uraditi. Što je bilo kao da sam potpisao sebi smrtnu presudu, jer sam narednog dana dobio otkaz.

– I jeste li rekli Lorensu istinu?

– Odmah sam mu pisao – rekao je Džejk – čak sam i zakazao sastanak s njim. Ali pitao je mogu li da sačekam dok ne prođu izbori, a kako je to bilo za svega nekoliko nedelja, spremno sam pristao.

– I otad niste uspeli da nađete prikladno zaposlenje?

– Ne. Makar ne na istoj poziciji kao u *Louelu*. Akrojd se pobrinuo za to.

– Iznenađen sam što i dalje ima takav uticaj u bankarskim krugovima.

– Ima neprijatelje, naravno, ali kad god sam se prijavio za neki posao, prva osoba koju su kontaktirali bio je moj prethodni poslodavac.

Aleks je gotovo mogao da čuje kako Akrojd šapuće u poverenju: *Među nama, tom čoveku se ne može verovati.* To je bila rečenica koja je zatvarala sva vrata u bankarstvu.

– Dakle, ako bih vam ponudio posao, da li biste razmišljali o povratku?

– Ne. Makar ne dok je Akrojd u upravnom odboru. Ne želim da budem otpušten dvaput.

– Ali kad bi Akrojd podneo ostavku?

– Nema te sile koja bi ga odvukla odatle dok ima većinu u odboru, a pošto Ivlin ima pedeset odsto akcija, čemu trud?

– Možda ste u pravu – rekao je Aleks – jer ne mogu da se pretvaram da je i moja pozicija previše sigurna. A ako se i to promeni, ne mogu da garantujem da će banka preživeti. Ipak, uveren sam da ćemo, ako se vratite, imati mnogo bolje izglede.

– Zašto ste toliko uvereni u to, kad me čak i ne poznajete?

– Ali poznajem Boba Andervuda i Pamelu Robins, a ako su oni spremni da garantuju za vas, meni je to dovoljno.

– To je stvarno kompliment. Ako se otarasite Akrojda i njegovih pajtaša, rado ću preuzeti svoj stari posao finansijskog direktora.

– To nije ono što sam imao na umu – kazao je Aleks. Džejk je izgledao razočarano. – Nadao sam se da ćete biti spremni da preuzmete Akrojdovo mesto, i vratite se kao generalni direktor banke.

– Dobro jutro, gospodo – rekao je Aleks, videvši da je samo jedna stolica prazna. – Zamoliću gospodina Faulera da pročita zapisnik s prethodnog sastanka.

Sekretar kompanije je ustao i otvorio zapisnik. – Odbor se sastao osamnaestog marta – počeo je – i između ostalog je razgovarao...

Aleksove misli odlutale su do na brzinu sazvanog sastanka održanog prethodne večeri u Harbotlovoj kancelariji, a koji je trajao do rano ujutro. Obojica su nevoljno zaključila da su izgledi protiv njih, sasvim svesni da je Ivlin u Bostonu. Pogledao je u praznu stolicu. Ali ako se Ivlin ne pojavi, možda ipak bude imao neke šanse.

Kad se Aleks vratio kući, Ana je čvrsto spavala. Odlučio je da je ne budi i ne opterećuje je vestima. Spustio je ruku na budućeg sina ili ćerku, grudvicu budućeg života spremnu da izađe i pridruži se ostatku sveta. Legao je u krevet očajnički želeći da zaspi, ali mozak mu nije mirovao, ni na tren, kao kod osuđenog ubice noć pre nego što ga privežu na električnu stolicu.

Vratio se u stvarni svet kad je Fauler rekao: – I to je kraj zapisnika s prethodnog sastanka. Ima li nekih pitanja?

I dalje nije bilo Ivlin.

Nije bilo ni pitanja, pre svega zato što su svi za stolom znali koja je prva tačka dnevnog reda.

– Prva tačka dnevnog reda je izbor novog predsednika – rekao je Aleks kad su se vrata otvorila i Ivlin uletela u sobu. Aleks je opsovao dok je gledao tu ženu koja ga je onako zavela tek što su se upoznali. Jasno mu je bilo zbog čega muškarci lako potpadaju pod njene čari, makar samo nakratko. Džardin i Akrojd su ustali da je pozdrave, a ona je sela na prazno mesto između njih.

– Izvinjavam se što kasnim – rekla je Ivlin – ali morala sam da razgovaram sa advokatom o jednoj privatnoj stvari pre ovog sastanka.

Kojim advokatom, pitao se Aleks, *i koja je to privatna stvar?*

– Nameravao sam da pozovem prisutne da daju predloge za novog predsednika – kazao je Fauler – nakon tragične smrti vašeg brata.

Ivlin je klimnula glavom. – Ne dozvolite da vas zadržavam – rekla je srdačno se smešeći sekretaru.

Gospodin Džardin je brzo ustao. – Voleo bih da se u zapisnik unese moje divljenje prema načinu na koji je gospodin Karpenko privremeno popunjavao prazninu dok smo tražili nekog kvalifikovanijeg kandidata za narednog predsednika. Verujem da je, za dugoročan uspeh kompanije, najbolja osoba Dag Akrojd. Svi se sećamo kako je sjajan posao obavljao dok je bio generalni direktor banke.

– Gotovo je uništio kompaniju – promrmljao je Bob Andervud, dovoljno glasno da ostali članovi odbora čuju.

Džardin je prenebregao tu tihu opasku i nastavio. – Stoga, bez oklevanja, predlažem našeg bivšeg generalnog direktora, gospodina Daglasa Akrojda, za narednog predsednika upravnog odbora banke *Louel*.

– Imamo li još nekoga ko podržava ovog kandidata? – pitao je Fauler.

– Ja ću rado biti drugi – kazao je Alan Gejts, tačno na vreme.

– Još jedan iz brigade koja troši pedeset hiljada dolara godišnje na lične troškove – rekao je Andervud – trudi se da sekira ostane u medu.

– Hvala – kazao je Fauler. – Ako nema drugih kandidata, ostalo je samo da vas pozovem na glasanje. Oni koji su da gospodin Daglas Akrojd bude izabran za našeg sledećeg predsednika, neka dignu ruke.

Podiglo se šest ruku.

– Kad govorimo o poštovanju statuta, gospodine predsedniče. – Dobro podmazana kola nepredviđeno su se zaustavila. – Mislim da treba da istaknem – rekao je Andervud – da prema članu 7.9 statuta banke niko ko se kandiduje za predsednika upravnog odbora ne može da glasa za sebe.

Aleks se osmehnuo. Očigledno da Harbotl nije bio jedina osoba koja je ostala do kasno da pregleda statut. Čulo se nešto mrmljanja među članovima odbora dok je Fauler proveravao pomenuti član.

– To mi izgleda tačno – napokon je procedio.

– Ha, ko bi to rekao? – kazao je Andervud. – Naši osnivači ipak nisu bili glupi.

– Ipak – rekao je Fauler – gospodin Akrojd ima pet glasova. Sad ću pitati da li neko želi da glasa protiv?

Pet direktora je odmah podiglo ruke.

– Ima li uzdržanih?

– Samo ja – rekla je Ivlin, najnedužnijim glasom.

Akrojd je bio zbunjen, a Aleks nije mogao da sakrije iznenađenje.

– Onda su oba kandidata dobila po pet glasova, uz jednog uzdržanog – objavio je Fauler.

– Šta ćemo sad? – pitao je Tom Rouds, direktor koji je retko govorio.

– Predlažem da gospodin Fauler pročita član 7.10 – kazao je Andervud – i možda ćemo saznati.

Fauler je nevoljno okrenuo stranicu i pročitao: – U slučaju nerešenog rezultata, predsednik odbora ima odlučujući glas.

Svi su se okrenuli ka Aleksu, koji je bez oklevanja rekao: – Protiv. – Još glasnije mrmljanje začulo se među članovima odbora.

Prošlo je neko vreme pre nego što je Fauler, nakon što je ponovo pogledao statut, pitao: – Ima li nekih drugih nominacija?

– Da – rekao je Bob Andervud. – Predlažem da gospodin Aleks Karpenko nastavi da radi kao naš predsednik, jer niko ne može izraziti sumnju u izuzetan doprinos koji je ostvario otkako je preuzeo to mesto.

– Ja podržavam tu nominaciju – kazao je Rouds.

Fauler je nastavio da vodi sednicu. – Oni koji su za, molim neka podignu ruke. – Podiglo se samo pet ruku, jer Aleks nije mogao da glasa za sebe.

Baš kad je Fauler nameravao da pita ko je protiv, Ivlin je polako podigla ruku i pridružila se ostaloj petorici. Fauler nije mogao da zvuči zbunjenije kad je objavio: – Proglašavam da je gospodin Aleks Karpenko izabran za predsednika upravnog odbora banke *Louel*.

Nekoliko članova odbora je spontano zapljeskalo, a Akrojd nije mogao da sakrije nevericu i bes. On i ostala četiri direktora odmah su ustali sa svojih mesta.

– Judo – kazao je Akrojd prolazeći pored Ivlin.

– Više je dobra Samarićanka! – povikao je Andervud pre nego što su se vrata zatvorila.

– Vratiće se oni – kazao je Aleks i uzdahnuo.

– Ne bih rekla – tiho je kazala Ivlin. Nije ponovo progovorila dok nije videla da je svi slušaju.

– Razlog zbog koga sam zakasnila na sastanak, gospodo – rekla je – jeste što me je jutros rano posetio visoki službenik bostonske policije. – Svi su je gledali.

– Izgleda da je *Tužna Džeki* Endija Vorhola ukradena iz Louelove zbirke dok je Lorens bio u Vijetnamu. – Zastala je da popije malo vode, a po drhtanju ruke videlo se koliko je uznemirena.

– Kad mi je policajac rekao ime krivca, bila sam tako zaprepašćena da sam odmah pozvala svog advokata, koji me je savetovao da prisustvujem ovom sastanku i pobrinem se da gospodin Karpenko nastavi da radi kao predsednik upravnog odbora banke. Takođe sam smatrala svojom dužnošću da uverim šefa policije da ću se, kad budu sudili gospodinu Akrojdu, rado pojaviti kao svedok optužbe.

Neki od direktora su zaklimali glavama, a Aleks je i dalje bio zbunjen.

– Čestitam – rekao je Andervud. – Uspeli ste jednom lopatom da uklonite pet govana odjednom.

– Ali ne razumem – kazao je Aleks, kad je smeh zamro. – Zašto si pristala da me podržiš?

– Kako bih mogla da se suprotstavim izboru koji je napravio moj brat? – Niko od prisutnih joj nije poverovao ni na tren, a bili su još više iznenađeni narednom izjavom. – A u tom smislu, volela bih da se u zapisnik unese da sam spremna da prodam svojih pedeset odsto akcija za milion dolara.

Sad je Aleks shvatio zašto joj je bilo potrebno da se tako otarasi Akrojda. Upravo je nameravao da odgovori na njenu ponudu, kad je gospođica Robins utrčala u prostoriju i dala mu list papira. Razvio ga je, pročitao poruku i osmehnuo se pre nego što je ustao.

– Nema te sile koja bi mogla da me odvuče sa ovog sastanka – rekao je – ali reči „žena ti se porađa" sigurno mogu i hoće. – Već je krenuo.

Usledila je druga tura aplauza, a kad je Aleks stigao do vrata, okrenuo se i kazao: – Bobe, hoćete li predsedavati umesto mene? Mislim da se danas neću vraćati.

– Taksi vas čeka – rekla je gospođica Robins dok su se spuštali liftom.

Taksi je pojurio kao da kreće sa starta trke u Dejtoni. Aleks je morao da se uhvati za sedište dok je vozač naglo menjao trake. Očigledno su reči „porađa se" dodale još jednu brzinu.

Kad se petnaest minuta kasnije, uz škripu guma, taksi zaustavio ispred ulaza u bolnicu, dva policijska motocikla bila su mu za petama. Aleks se molio da su obojica očevi. Izvadio je novčanik, dao vozaču novčanicu od sto dolara, i utrčao u bolnicu.

– Kusur! – povikao je vozač, ali Aleksa već odavno nije bilo.

Otišao je do recepcije i rekao recepcionerki svoje ime.

– Porodilište, soba 6B, četvrti sprat – kazala je, pogledavši na ekran pa se nasmešila. – Vaša supruga je stigla taman na vreme.

Aleks je otrčao do lifta, ušao i pritisnuo broj četiri nekoliko puta, a onda je shvatio da zbog toga ne ide ništa brže. Kad su se vrata konačno otvorila na četvrtom spratu, brzo je pošao hodnikom dok nije stigao do vrata 6B. Uleteo je i zatekao Anu kako sedi u krevetu i u naručju drži zamotuljak. Podigla je pogled i osmehnula se.

– A, evo tvog oca. Zašto li se toliko zadržao?

– Žao mi je što nisam stigao na vreme – rekao je Aleks i zagrlio je. – Dogodilo se nešto neočekivano na poslu. Znam da to nije neki izgovor, ali je istina.

– Upoznaj svog sina i naslednika – kazala je Ana i pružila mu ga.

– Zdravo, mališa. Jesi li dosad imao lep dan?

– Dobro mu je – rekla je Ana. – Ali se brine zbog onog što se dogodilo na sastanku upravnog odbora.

– Ne mora, otac mu je i dalje predsednik banke *Louel*.

– Kako to?

– Ivlin je glasala za mene.

– Zašto bi to uradila?

– Zato što je morala da prihvati da banka više ne može da joj daje novac i, možda još važnije, sad neće moći da se dokopa Louelove zbirke.

– Ali zašto je tako lako popustila? – pitala je Ana.

– *Džeki Kenedi* nas je spasla – odgovorio je Aleks.

– Ne shvatam.

– Izgleda da je policija odlučila da uhapsi ili Akrojda ili Ivlin zbog krađe Vorhola, a onom drugom je ponudila priliku da bude svedok optužbe. Nema nagrade ako pogodiš koju je ulogu Ivlin sebi namenila. U stvari, toliko je očajna da je čak ponudila da mi proda akcije.

– Za koliko novca?

– Milion dolara. Prava je šteta što sad nemam toliko novca.

– Nadajmo se da nećeš zažaliti zbog toga – kazala je Ana.

Neko je pokucao na vrata i bolničarka je promolila glavu. – Žao mi je što vas ometam, gospodine Karpenko, ali ispred je jedan saobraćajac koji kaže da mora da vidi dokaz.

ČETVRTA KNJIGA

36.

Saša

Vestminster, 1980.

Bilo bi bolje da član Parlamenta gospodin Saša Karpenko nikad nije napustio Sovjetski Savez, bila je uvodna rečenica u tekstu u jutrošnjem *Tajmsu.*

Saša se zaljubio u Vestminstersku palatu od trenutka kad je prošao kroz ulaz Sent Stivens i pridružio se novim kolegama u poslaničkom salonu. Njegova se majka rasplakala kad je polagao zakletvu pre nego što je otišao u zadnje klupe za opoziciju. Dok je držao *Bibliju* u ruci, pred pripadnicima obe partije koji su zurili u njega kao da je pao s druge planete, Saša se osećao kao novi dečak u školi.

Majkl Koks, šef Poslaničkog kluba laburista, rekao mu je da prvih nekoliko godina ne privlači pažnju na sebe. Ipak, uskoro je postalo jasno da imaju veoma talentovanog mladića koga neće biti uvek lako kontrolisati. I kad je Saša ustao da održi prvi govor, čak su poslanici iz prva dva reda klupa ostali na mestima da bi čuli mladića iz Moskve, kako su ga konzervativci zvali. Ali Saša je već odlučio da u korenu saseče taj problem.

– Gospodin Saša Karpenko – rekao je gospodin predsedavajući Tomas. Poslanici su zaćutali, kao što je bila tradicija kad neki član Donjeg doma drži svoj prvi govor.

– Gospodine predsedavajući, smem li da počnem rečima kako mi je čast da, kao ruski imigrant, postanem član britanskog Donjeg doma. Da ste mi rekli, pre svega dvanaest godina, kad sam bio učenik u Lenjingradu, da ću pre tridesetog rođendana sedeti u ovim klupama, samo bi moja majka poverovala u to, posebno jer sam najboljem školskom drugu rekao da ću postati prvi demokratski izabrani predsednik Rusije.

Tu izjavu su klicanjem pozdravili pripadnici obe partije.

– Gospodine predsedavajući, imam čast da predstavljam izbornu jedinicu Merifild u okrugu Kent, čiji su mudri birači odlučili da zamene konzervativku laburistom. – Pogledao je u premijerku koja je sedela na klupi sa suprotne strane i kazao: – A to je nešto što moja partija namerava da ponovi na narednim opštim izborima.

Margaret Tačer se naklonila, a oni koji su sedeli na suprotnoj strani glasno su izrazili svoje slaganje.

– Moja protivnica Fiona Hanter obavljala je dužnost u ovom Domu tri godine i nedostajaće u Merifildu... konzervativcima. Nema sumnje da će se na kraju vratiti u klupe na suprotnoj strani, ali ne iz moje izborne jedinice. – Svi oko njega su povikali „tako je", a kad je Saša podigao pogled s beleški, nije bilo sumnje da je privukao pažnju svih prisutnih.

– Neki poslanici sa obe strane sale sigurno se pitaju kome sam odan. Vestminsteru? Lenjingradu? Merifildu? Ili Moskvi? Reći ću vam. Odan sam građanima svake zemlje koja veruje da je moć demokratije sveta, a pravo na život u slobodnom društvu univerzalno.

– Gospodine predsedavajući, nemam vremena za političke etikete kao što su „levičar" ili „desničar". Divim se Vinstonu Čerčilu i Klementu Atliju, a moji junaci za vreme studija bili su Aneurin Bevan i Ijan Makleod. Imajući njih na umu, uvek ću o svakom argumentu pokušavati da sudim na osnovu njegove vrednosti, a o svakom poslaniku na osnovu iskrenosti njegovih stavova, čak i kad se nimalo ne budem slagao s njima. Možda ću povremeno vikati s planinskih vrhunaca, ali nadam se da ću biti dovoljno razložan da se povremeno spustim u nizinu i da slušam.

– Prve reči šefa poslaničkog kluba kad sam stigao ovamo učinile su da se osećam kao Šekspirov uplakani osnovac, s torbom i rumenim licem, koji se nevoljno kao puž prikrada školi. – Začuo se smeh sa obe strane sale. – O, sad vidim da nisam prvi – kazao je. To je dočekano klicanjem, a samo je predsednik Poslaničkog kluba laburista ostao nem. – Savetovao mi je da govorim samo kad se priča o temama o kojima znam mnogo... tako da u budućnosti nećete imati mnogo prilike da me čujete.

Saša je čekao da smeh zamre, pa nastavio.

– Kakav je to kompliment za građane Merifilda što su mogli da izaberu jednog ruskog imigranta da sedi u ovim svetim klupama, gde može da izražava svoje mišljenje o svakoj temi, bez straha ili predrasuda. Da li iko u ovoj sali veruje da bi jedan Englez mogao da zauzme svoje mesto u Kremlju, pod istim uslovima? Ne, naravno da ne bi. Ali samo se nadam da ću živeti dovoljno dugo da se dokaže kako niste u pravu.

Seo je uz klicanja sa obe strane sale. Na iznenađenje svih, jedan muškarac s naočarima i čupavom sedom kosom ustao je s mesta u prednjim klupama.

– Vođa opozicije – najavio je predsedavajući.

– Gospodine predsedavajući, ustajem da čestitam uvaženom poslaniku iz Merifilda na izuzetnom prvom govoru. – Tako je, tako je, odjeknulo je salom. – Ipak, treba da mu ukažem na to da mnogi od onih koji sede na suprotnoj strani već misle da sam ja poslanik iz Moskve. – Oduševljeni poklici ispunili su salu. – Svejedno, siguran sam da govorim u ime svih kad kažem da se svi radujemo narednom govoru uvaženog poslanika.

Saša je pogledao prema galeriji za posetioce i video Čarli, svoju majku, Alfa i groficu, kako ga gledaju s neprikrivenim ponosom. Ali tek kad je narednog jutra pročitao članak u *Tajmsu*, počeo je da shvata kakav je utisak ostavio u tih kratkih nekoliko minuta.

Bilo bi bolje da gospodin Saša Karpenko nikad nije napustio Sovjetski Savez, jer je mogao da odigra važnu ulogu pomažući toj zemlji da prihvati demokratske vrednosti.

– Ja sam kriv – kazao je Saša. – Trebalo je da shvatim da sam preterao.

– Niko nije kriv – rekla je Elena. – Glasali smo, a jedino je grofica bila uzdržana.

– Samo sam mislila da bi bilo previše za Elenu da se bavi i tim – kazala je grofica.

– A bili ste u pravu – rekao je Saša – jer moram da vas upozorim da najnovije brojke nisu sjajne.

Ostatak odbora spremio se za najgore.

– *Elena tri* je poslovala s gubitkom sedmi uzastopni kvartal. Iako sam rođeni optimista, ovo je trend koji mislim da nećemo moći da promenimo.

– Kakav je finansijski uticaj na poslovanje? – pitala je grofica.

– Ako saberemo cenu zakupnine, troškove otvaranja i gubitke koje smo zasad zabeležili – Saša je zastao da sabere iznose – u gubitku smo od oko sto osamdeset tri hiljade funti.

Čarli je prva progovorila. – Možemo li preživeti takve gubitke?

– Verujem da možemo – odgovorio je Saša – ali biće nategnuto.

– Šta kažu u banci? – pitala je Elena.

– I dalje su spremni da nas finansiraju pod uslovom da odmah zatvorimo *Elenu tri* i usredsredimo se na *Elenu jedan* i *Elenu dva*. Iako oba ta restorana ostvaruju profit, i oni trpe posledice moje odluke.

– Dobro, pogledajmo to s vedrije strane – rekla je Elena. – Makar možeš da se osloniš na svoju poslaničku platu.

– Ne zadugo, nažalost – kazao je Saša – jer ako Margaret Tačer nastavi da vodi u anketama, biće mi vrlo teško da zadržim Merifild na narednim izborima.

– Zar tvoji birači ne mogu ipak da glasaju za tebe ako smatraju da si dobro radio? – pitala je grofica.

– To retko donosi više od nekoliko stotina glasova, i obično je rezervisano za buntovnike koji glasaju protiv svoje partije. A ako kompanija bankrotira, morao bih da dam ostavku i ostavim Fionu da se pobedonosno vrati na teren.

– Nikad ne treba zaboraviti – kazala je grofica – da se do uspeha mukotrpno penješ, a u propast slobodno padaš.

– Onda ćemo naprosto morati da počnemo ponovo da se penjemo – rekla je Elena.

Saša je shvatio da je porez njegov najveći problem ako želi da *Elena* preživi. Ako Poreska uprava bude zahtevala ono što joj sleduje, kompanija će morati da ode u stečaj i proda svu imovinu. A ako bi iznenada bile iznete na tržište *Elena jedan* i *Elena dva*, svi u tom poslu bi znali da je situacija kritična.

Saša je znao da će, dođe li do toga, morati da napusti političku karijeru i potraži posao. Kakvu je samo budalu napravio od sebe, baš kad je pomislio da ništa ne može da ga osujeti.

Nije imao koga drugog da krivi, tako da je odlučio da se suoči s problemom. Pozvao je Poresku upravu i zakazao sastanak kod svog referenta gospodina Darka. Čak ga je i to ime ispunilo zlim slutnjama. Već je mogao da zamisli tog prokletnika. Nizak, ćelav, gojazan, pred kraj bedne karijere mastiljare, čije je jedino zadovoljstvo da uništava tuđe živote. Verovatno glasa za konzervativce i neće odoleti da kaže kako mu je žao, ali posao je posao i nema izuzetaka.

Saša je parkirao svoj mini u Tinsdejl stritu, petnaest minuta pre zakazanog sastanka, prešao ulicu i ušao u bezličnu zgradu od crvene cigle. Kraljevski grb visio je iznad ulaza, a slobodno je moglo i da piše: ZABORAVITE NA SVAKU NADU, VI KOJI ULAZITE. Rekao je svoje ime gospođi na recepciji.

– Gospodin Dark vas očekuje – kazala je zlokobno. – Njegova kancelarija je na trinaestom spratu.

A gde bi drugde bila?, pomislio je Saša.

Čak je i lift naizgled nerado išao gore pre nego što je izbacio svog jedinog putnika. Saša je zakoračio u siv i turoban hodnik i krenuo da traži kancelariju gospodina Darka.

Pokucao je na vrata i ušao u prostoriju bez prozora, sa stolom prekrivenim crvenim fasciklama. Za tim stolom sedeo je jedan njegov vršnjak – prvo iznenađenje – i pozdravio ga srdačnim osmehom – drugo iznenađenje. Ustao je i rukovao se sa Sašom.

– Jeste li za šolju čaja, gospodine Karpenko?

Engleski način da te opuste pre nego što ti daju kašičicu cijanida.

– Ne, hvala – rekao je Saša želeći da dželat obavi svoj posao.

– Ne mogu reći da vam zameram – kazao je Dark pa seo. – Znam da ste zauzet čovek, gospodine Karpenko, tako da ću se truditi da vam ne tračim vreme. – Otvorio je gornju fasciklu i nekoliko trenutaka proučavao dokumente da se podseti važnih podataka. – Pregledao sam vaše poreske prijave iz poslednjih pet godina – nastavio je Dark – i nakon dugog razgovora s direktorom vaše banke, koji ste vi odobrili – Saša je klimnuo glavom – mislim da smo možda pronašli rešenje za vaš problem.

Saša je nastavio da zuri u tog čoveka pitajući se koje li će biti naredno iznenađenje.

– Ovog trenutka dugujete Upravi prihoda sto dvadeset šest hiljada funti, što vaša kompanija očigledno trenutno ne može da plati. Ipak, suprotno mišljenju javnosti, mi poreznici volimo da spasavamo kompanije, a ne da ih gasimo. Uostalom, to nam je jedina nada da dobijemo novac.

Saša je želeo da se nasmeje, ali se nekako odupro iskušenju.

– U skladu s tim, gospodine Karpenko, odobrićemo vam grejs period od godinu dana, tokom koga ne morate da plaćate porez. Nakon toga, moraćete da nam vratite pun iznos – pogledao je svotu – od sto dvadeset šest hiljada funti u periodu od četiri godine. Međutim, ako kompanija u tom periodu bude ostvarila profit, svaki peni će biti uplaćen Upravi prihoda. – Zastao je pre nego što je pogledao u Sašu i odlučno dodao: – Svestan sam da narednih pet godina vama i vašoj porodici neće biti lako, ali ako se ne osećate spremnim da prihvatite ovu ponudu, nećemo imati drugog izbora do da vam zaplenimo svu imovinu, jer poreznici se naplate pre ostalih poverilaca. – Ponovo je zastao i pogledao svog posetioca. – Možda ćete želeti da nekoliko dana razmislite o svojoj poziciji, gospodine Karpenko, pre nego što donesete konačnu odluku.

– To neće biti potrebno, gospodine Dark – rekao je Saša. – Prihvatam vaše uslove, i veoma sam vam zahvalan što ste mi dali drugu priliku.

– Čestitam vam na odluci. Toliko mojih klijenata bankrotira, a onda sutradan otvori novu firmu ne razmišljajući o dugovima ili tuđim problemima. – Gospodin Dark je otvorio drugu fasciklu i izvadio još jedan dokument. – Onda vam je, gospodine Karpenko, samo preostalo da potpišete ovde, ovde i ovde. – Čak je ponudio Saši hemijsku olovku.

– Hvala vam – kazao je Saša pitajući se kad će da se probudi.

Kad je Saša potpisao sporazum, gospodin Dark je ustao sa stolice i ponovo se rukovao s njim.

– Ne pratim politiku, gospodine Karpenko – kazao je Dark dok je pratio Sašu iz kancelarije i hodnikom do lifta – ali da živim u Merifildu, glasao bih za vas, i mada sam večerao u *Eleni* samo jednom, neverovatno sam uživao u tome.

– Morate da dođete ponovo – kazao je Saša kad su se vrata lifta otvorila i on ušao.

– Ne dok u potpunosti ne isplatite dug, gospodine Karpenko.

Vrata lifta su se zatvorila.

Sašini izgledi da zadrži poslaničko mesto nisu se poboljšali nakon mnogo hvaljenog trijumfa gospođe Tačer na Foklandskim ostrvima i tvrdoglavog odbijanja Majkla Futa da zauzme središnju poziciju.

Ali tad se ukazala okolnost koja može da promeni karijeru svakog političara. Ser Majkl Forester je umro od srčanog udara, zbog čega su zakazani vanredni izbori u obližnjoj izbornoj jedinici Endlsbi. Prilika da dobije sigurno torijevsko mesto do kraja života bila je previše privlačna za Fionu Hanter, i gotovo da se niko nije iznenadio kad je pristala da se njeno ime pojavi na spisku kandidata. Uostalom, tvrdila je, Endlsbi predstavlja polovinu njene stare izborne jedinice.

Fiona je pobedila na vanrednim izborima s prednošću od preko deset hiljada glasova, i ponovo zauzela mesto u zelenim klupama, a Saša je pretpostavio da će se tu nastaviti njihovo rivalstvo. Druga srećna okolnost za Sašu dogodila se kad su se pripadnici Udruženja konzervativaca Merifilda međusobno zavadili oko toga ko će biti njihov kandidat na narednim izborima i na kraju odabrali jednog mesnog odbornika koji nije imao nepodeljenu podršku ni u svojoj partiji.

Posle opštih izbora, Margaret Tačer se vratila u Donji dom s nadmoćnom većinom, uprkos tome što su protiv nje glasali birači iz Merifilda, koji su odlučili da zadrže svog poslanika, makar samo s većinom od devedeset jednog glasa. Ali kako je Alf istakao Saši, Vinston Čerčil je kazao: – Jedan je sasvim dovoljan, dragi dečače.

Nil Kinok, novi vođa laburističke partije, pozvao je Sašu da se pridruži opozicionarima u prvim klupama kao niži portparol tima za spoljnu politiku, s posebnom odgovornošću za zemlje Istočnog bloka.

Sašin ugled u Parlamentu i van njega stalno je rastao, a pripadnici obe partije su bili svesni da će, kad ustane i ode do govornice, nepripremljeni zažaliti.

Fiona je postala državni podsekretar u Forin ofisu i činila se spremnom za dugu parlamentarnu karijeru. Ipak, drugi novoizabrani poslanik Konzervativne partije naveo je Sašu da poskoči od radosti – makar samo u privatnosti svog doma.

Saša je prihvatio da među njima neće biti popustljivosti kad se suoče u Donjem domu, ali to ga nije sprečilo da povremeno popije kriglu piva u *Eninom baru* sa uvaženim članom Parlamenta Benom Koenom.

37.

Saša

London i Moskva

Kad je vlada najavila da će posle izbora Mihaila Gorbačova za generalnog sekretara poslati višepartijsku delegaciju u Moskvu na pregovore o anglo-ruskim odnosima, niko se nije iznenadio kad je Saša izabran da predstavlja Laburističku partiju.

Ipak, Saša se nije obradovao kad je video da su konzervativci pozvali Fionu Hanter da predvodi delegaciju. Je li razlog za to naprosto to što joj ništa nije bilo draže nego da se u svakoj prilici suprotstavi Saši?

– Koliko ćeš vremena provesti s tom odvratnom ženom? – pitala je Čarli kad joj je Saša rekao vesti.

– Tri, najviše četiri dana, i nećemo se baš družiti.

– Ne opuštaj se ni na tren, jer Fioni ništa ne bi bilo draže nego da ti uništi karijeru.

– Mislim da je trenutno više zanima da pogura svoju. Nada se da će postati ministarka u narednoj rekonstrukciji – rekao je Saša kad je izašao iz kupatila.

– Ne veruj u to – kazala je Čarli. – A pre nego što me napustiš, jesi li razmišljao o imenima za naše dete, koje će nam se pridružiti za šest nedelja?

– Ako bude dečak, već sam izabrao ime – rekao je Saša i naslonio uvo na Čarlin stomak.

– Imam li i ja pravo da glasam, ili je to partijska direktiva? – pitala je.

– Samo predlog. Možeš da biraš između Konstantina, Sergeja i Nikolaja.

– Konstantin – bez oklevanja je kazala Čarli.

* * *

Fiona se ukrcala u avion *Britiš ervejza* do Moskve u pratnji male grupe vladinih zvaničnika. Seli su u prednji deo aviona, a Saša je sedeo sâm pozadi, blizu repa. Bilo mu je žao što nije vođa delegacije već samo njen deo.

Kad se isključio znak za vezivanje pojaseva, naslonio se udobnije, zatvorio oči i počeo da razmišlja o tom povratku u Sovjetski Savez posle gotovo dvadeset godina. Koliko li se zemlja promenila? Da li je Vladimir sad visoki oficir KGB-a? Da li je Poljakov i dalje u Lenjingradu? Da li je ujka Kolja sindikalac na dokovima i hoće li moći da ga vidi?

Kad je nekoliko sati kasnije avion sleteo na *Šeremetjevo*, Saša je pogledao kroz prozor i video malobrojnu delegaciju kako ih čeka na pisti. Fiona je prva izašla iz aviona i iskoristila najviše prilika za fotografisanje, u nadi da će britanska štampa preneti te fotografije.

Polako je silazila niza stepenice i mahala grupi meštana okupljenih iza metalne barijere, ali oni joj nisu uzvratili pozdrav. Tek kad se Saša pojavio, spontano su zapljeskali i počeli da mašu. Hodao je nesigurno prema njima, ne mogavši da poveruje da je taj doček spremljen za njega sve dok jedan nije podigao tablu s nažvrljanim prezimenom KARPENKO. Fiona nije mogla da sakrije nezadovoljstvo kad je jedan službenik ambasade prišao da je pozdravi.

Nekoliko buketa cveća gurnuto je Saši u ruke dok je hodao ka okupljenima. Onda je pokušao da odgovori na brojna pitanja koja su mu postavljena na maternjem jeziku.

– Hoćete li se vratiti da vodite našu zemlju?

– Kad ćete smeti da se kandidujete na izborima?

– Kakvi su izgledi da sledeći put imamo slobodne i poštene izbore?

– Polaskan sam što mi znate ime – rekao je Saša jednoj devojci koja sigurno nije bila rođena kad je on napustio Sovjetski Savez.

Obazreo se i video da su Fionu odveli u ambasadorovu limuzinu, na čijem prednjem kraju se vijorila britanska zastava.

– Mogu li da idem do grada autobusom? – pitao je.

– Svako od nas bi bio ponosan da vas odveze do hotela – kazao je jedan mladić koji je stajao ispred okupljenih. – Zovem se Fjodor – rekao je – a zanima nas da li ćete hteti večeras da govorite na jednom skupu. Izgleda da je to jedino vreme kad ćete biti slobodni pre sutrašnjeg otvaranja konferencije.

– Bio bih počastvovan – kazao je Saša pitajući se da li će u Moskvi privući više ljudi nego u Rokstonskom radničkom klubu.

Za vreme putovanja do grada u kolima koja nisu izgledala ni zvučala kao da će uspeti da stignu na svoje odredište, Fjodor je ispričao Saši da su njegovi govori često prenošeni u *Pravdi*, a povremeno čak i na sovjetskoj televiziji, kao deo otvorenije politike novog režima.

Saša je bio iznenađen, mada je vrlo dobro znao da bi vlasti odmah prekinule s tim ako bi mislile da postoji i najmanja šansa da se on vrati u Rusiju. U svakom slučaju, Gorbačov izgleda nije radio toliko loše. Dogod je zanimljivost koju Komunistička partija može da upotrebi kao propagandno oruđe da pokaže kako se njihova filozofija širi svetom, Saša nije bio u opasnosti. Gotovo ih je čuo kako govore: *Ne zaboravite da je Karpenko došao s lenjingradskih dokova, da je osvojio stipendiju za* Kembridž *i postao engleski parlamentarac... zar to nije dovoljan dokaz da naš sistem funkcioniše?*

Kad su stigli do hotela, čekala ga je još jedna grupa ljudi na čiči zimi. Saša je prihvatio još mnogo ispruženih ruku i odgovorio na nekoliko pitanja. Konačno se prijavio u hotel i otišao liftom do sobe. Možda nije bio *Savoj*, ali bilo je jasno da su njegovi zemljaci konačno prihvatili koncept da, ako žele da im stranci dolaze u Moskvu, moraju da obezbede makar neke od uslova koji se na Zapadu podrazumevaju. Istuširao se i obukao drugo odelo, čistu košulju i vezao crvenu kravatu pre nego što je sišao u prizemlje, gde su ga čekali isti automobil i vozač.

Saša je seo na suvozačko sedište i ponovo se zapitao hoće li kola izdržati. Zagledao se kroz prozor dok su prolazili kraj Kremlja.

– Jednog dana ćete živeti tamo – rekao je Fjodor dok su se udaljavali od Crvenog trga i vozili praznim ulicama.

– Koliko ljudi očekujete večeras? – pitao je Saša.

– Ne znamo unapred jer nikad nismo radili nešto ovakvo.

Saša nije mogao da se ne zapita hoće li ruski Alf uspeti da okupi više od desetak ljudi i jednog uspavanog psa. Počeo je da razmišlja o tome šta će reći publici. Ako ih bude malo, rešio je, posle nekoliko uvodnih reči samo će odgovoriti na pitanja i vratiti se u hotel na večeru.

Kad su se kola zaustavila ispred radničke hale, u mislima je imao nekoliko spremnih rečenica. Izašao je na trotoar, gde ga je dočekala žena u ruskoj narodnoj nošnji koja ga je poslužila hlebom i solju iz korpice. Zahvalio joj se i duboko poklonio, pa krenuo za Fjodorom uskom uličicom do sporednog ulaza. Kad je ušao u zgradu, začuo je povike: – Kar-pen-ko! Kar-pen-ko! – Dok je išao ka bini, preko tri hiljade ljudi je poustajalo i nastavilo da skandira: – Kar-pen-ko! Kar-pen-ko!

Saša je pogledao prepunu salu i shvatio da je njegovo mladalačko hvalisanje, namenjeno samo ušima njegovog prijatelja Vladimira, postalo borbeni poklič za bezbrojne ljude koje nikad nije upoznao i koji su, pokolenjima, ćutali o tome kako se osećaju.

Njegov govor je trajao duže od jednog sata, mada je tako često bio prekidan klicanjem i aplauzima, da je zapravo govorio svega petnaest minuta. Kad je konačno sišao s bine, zgrada je odjekivala od ponovljenih povika: – Kar-pen-ko! Kar-pen-ko!

Ponovo na ulici, video je da su njegova kola okružena ljudima, a Fjodor je gotovo kilometar i po morao da vozi u prvoj brzini. Saša je pretpostavio da mu Čarli i Elena ne bi poverovale kad bi pokušao da im objasni šta se upravo dogodilo.

Saša se uvek nadao da će moći da igra neku ulogu, koliko god mala ona bila, u obaranju komunizma i uvođenju perestrojke, ali tad je prvi put poverovao da će doživeti taj dan. Da li će zažaliti što nije ostao u domovini i kandidovao se za Dumu? I dalje zaokupljen tim mislima, ušao je u predvorje hotela i brzo se vratio u stari svet. Prva osoba koju je ugledao bila je Fiona.

– Jesi li provela zanimljivo veče? – pitao ju je.

– Ambasada nam je nabavila ulaznice za *Boljšoj* – odgovorila je. – Zvali smo tvoju sobu, ali nije te bilo. Gde si bio?

Ona je još neko ko mu ne bi poverovao ako bi rekao gde je bio i, možda još važnije, ko ne bi želeo da poveruje.

– Posetio sam neke stare prijatelje – rekao je, uzeo ključ i pošao s Fionom prema liftu.

– Koji sprat? – pitao je, kad su ušli.

– Poslednji.

Pomislio je da joj kaže kako je u Sovjetskom Savezu to uvek najgori sprat, ali zaključio je da ona to ne bi razumela. Pritisnuo je dva dugmeta, pa su ćutali dok nisu stigli do četvrtog sprata, gde joj je poželeo laku noć.

– Nemoj da kasniš ujutro na autobus. Polazi tačno u devet i petnaest – rekla je Fiona kad su se vrata otvorila. Saša se osmehnuo. Jednom predvodnica, uvek predvodnica.

– Rusi su poznati po kašnjenju – kazao je i izašao u hodnik.

Stavio je ključ u bravu i ušao u sobu koja je verovatno bila upola manja od Fionine. Jedina uteha mu je bila što ima upola manje buba. Iznenada je shvatio da nije jeo i na trenutak je pomislio da zatraži da mu donesu hranu u sobu, ali samo na trenutak. Obukao je pidžamu i legao u krevet, a dok je spuštao glavu na jastuk i navlačio ćebe, u ušima mu je i dalje odjekivalo skandiranje *Kar-pen-ko* i gotovo odmah je utonuo u dubok san.

Da li je to uporno kucanje na vrata deo njegovog sna, pitao se, ali kako nije prestajalo, konačno se probudio. Pogledao je na sat: 3.07. To svakako nije Fiona. Ustao je iz kreveta, obukao kućni ogrtač i nevoljno otišao do vrata.

– Ko je?

– Usluga u sobi – kazao je senzualan glas.

– Nisam naručio uslugu u sobi – kazao je Saša kad je otvorio vrata.

– Ja nisam bila na meniju, dušo – rekla je dugonoga riđokosa, koja je i sama bila u pidžami i kućnom ogrtaču, ali njen je bio od blistave crne svile i raskopčan. – Ja sam večerašnji specijalitet – kazala je i podigla bocu votke u jednoj ruci i dve čaše u drugoj. – Došla sam u pravu sobu, zar ne, dušo? – prela je na savršenom engleskom.

– Ne, bojim se da niste – odgovorio je Saša na savršenom ruskom. – Ali dođite opet u sedam i trideset jer sam zaboravio da naručim buđenje na recepciji. – Srdačno joj se osmehnuo i kazao: – Laku noć, dušo – pa tiho zatvorio vrata.

Vratio se u krevet s mišlju kako je KGB prilično površno obavio istraživanje. Neko je trebalo da im kaže da nikad nije voleo riđokose. Doduše, bili su u pravu u vezi s votkom.

Saša je sutradan ujutro među prvima ušao u autobus, a Fiona je kad se ukrcala, na njegovo iznenađenje, napustila svoje pratioce i sela kraj njega.

– Dobro jutro, drugarice ministarko – zadirkivao ju je. – Nadam se da si lepo spavala.

– U stvari, provela sam prilično lošu noć – prošaputala je Fiona. – U salonu sam upoznala šarmantnog mladića Džeralda, koji mi je rekao da radi za ambasadu. Odmah posle ponoći je došao u moju sobu i trebalo je da mu zalupim vrata pred nosom. Ali bojim se da sam popila previše šampanjca.

– Nema ničeg lošeg u tome – rekao je Saša. – Ti si privlačna neudata žena, pa zašto ne bi uživala u društvu nekog kolege u slobodno vreme? Ne mogu da zamislim da bi to ikoga interesovalo, osim nekoliko perverznjaka u centru za prisluškivanje u Kremlju.

– Ne brinem se zbog seksa – rekla je Fiona – nego zbog onog što sam možda rekla *après* seksa.

– Na primer? – pitao je Saša uživajući u svakom trenutku.

Fiona je zarila glavu u ruke i prošaputala: – Tačerova je diktatorka bez smisla za humor. Džefri Hau je takav slabić da ga možeš zgaziti, a možda sam pomenula i dva-tri ministra kojima su sekretarice ljubavnice.

– Ne liči na tebe, Fiona, da budeš tako indiskretna. Ali nijednu od tih stvari ne bih opisao kao vest za naslovnu stranu.

– One to jesu kad ležiš u naručju agenta KGB-a.

– Ne znaš to.

– Ali znam da niko po imenu Džerald ne radi za britansku ambasadu. Ako se novinari dokopaju te priče, sa mnom je završeno.

– Možda ne završeno – kazao je Saša – mada bi moglo da odloži taj mnogo najavljivan prelazak na višu funkciju koju pominju novine. Ali tek kad Blagoslovena Margaret bude smenjena, što, priznajem, ne izgleda da će se dogoditi skoro. Ali zašto meni govoriš sve ovo?

– Ma, daj, Saša. Svi znaju da imaš sjajne veze u Sovjetskom Savezu. Misliš li i na trenutak da je tvoj sinoćni skup prošao neprimećeno? Mora da imaš neke uticajne prijatelje u KGB-u.

– Nažalost nemam. Možda nisi primetila, Fiona, ali oni su negativci.

– Ministarka? – rekao je neki od vladinih službenika kad je došao do njih.

– Dolazim za minut, Gase – kazala je Fiona. Okrenula se Saši i prošaputala: – Ako možeš nekako da mi pomogneš, biću ti večno zahvalna.

A svi znamo kako ti zamišljaš večnost, pomislio je Saša kad se autobus zaustavio na Crvenom trgu.

Fiona je povela svoju grupicu do ruskog domaćina koji na osnovu njenog ponašanja nikad ne bi pogodio da je išta muči. *Impresivno*, pomislio je Saša dok je išao za njom.

Delegacija je uvedena na velika gvozdena vrata ukrašena prizorima Bitke za Moskvu. Dva uniformisana čuvara stajala su mirno dok su oni prolazili. Delegaciju su zatim poveli stepenicama prekrivenim crvenim tepihom do prvog sprata, gde su je uveli u ogromnu, bogato ukrašenu prostoriju kojom je dominirao dugačak hrastov sto okružen crvenim kožnim stolicama s visokim naslonom, dostojnim palate, gde su verovatno nekad i bile. Pozvali su ih da zauzmu svoja mesta s jedne strane stola, a Saša je video svoje ime na kartici tri stolice od suprotnog kraja stola. Kad je britanska delegacija sela, čekali su neko vreme pre nego što su Rusi došli i zauzeli mesta naspram njih.

Domaćin je održao dug i predvidiv govor, koji nije bilo potrebno prevoditi. Saša je smatrao da Fionin odgovor nije bio na njenom uobičajenom nivou. Mada to nije bilo važno. Šta god ko bude rekao narednih nekoliko dana, glavešine su već pripremile nacrt završnog saopštenja koje će biti objavljeno poslednjeg popodneva konferencije.

Za jutarnju sesiju su napravili radne grupe koje su raspravljale o razmeni studenata, viznim ograničenjima i pozajmici Volpolove zbirke iz *Ermitaža* koja bi trebalo da bude izložena u Hauton holu. Rusi su se izgleda brinuli da li će dobiti svoje slike natrag.

U vreme pauze za ručak, Saša ga je uočio kako stoji sâm na drugom kraju prostorije. Bio je odeven u tamnozelenu uniformu ukrašenu nizom odlikovanja, a zlatne epolete su ukazivale na to da je brzo napredovao. Saša bi uvek prepoznao te proračunate, ledene plave oči. Vladimir se osmehnuo i odlučno krenuo ka njemu. Kad je bio udaljen još nekoliko koraka, naglo se zaustavio, kao bokser koji se suočava s protivnikom nasred ringa i čeka da vidi ko će uputiti prvi udarac.

Saša je već spremio početni potez, mada je pretpostavljao da se i Vladimir neko vreme spremao, jer se taj susret sigurno nije dogodio slučajno.

– Moram da kažem, Vladimire – počeo je na ruskom – da sam iznenađen što si našao vremena da posetiš ovako beznačajan skup.

– Ne bih se inače trudio – odgovorio je Vladimir – ali radovao sam se što ću te videti, Saša.

– Dirnut sam što je Ares sišao sa Olimpa.

– Kao prvo, dozvoli mi da ti čestitam na uspehu otkako si pobegao iz naše zemlje – rekao je Vladimir zanemarujući aluziju. – Ipak, moram da te posavetujem da ne ideš u Lenjingrad. Tvoj stari prijatelj pukovnik Poljakov mogao bi da te sačeka. On nije čovek koji veruje u oproštaj i zaborav.

– Kakve si vrtoglave visine dosegao, Vladimire? – pitao je Saša trudeći se da uzvrati udarcem.

– Bedni pukovnik KGB-a, stacioniran u Drezdenu.

– Bez sumnje odskočna daska za veće stvari.

– Zbog toga sam i želeo da te vidim. Neki od mojih ljudi su sinoć bili na skupu. Izgleda da bi, kad bi se vratio i kandidovao za predsednika, bio ozbiljan kandidat, što je, uostalom, ono što si oduvek želeo.

– Ali gospodin Gorbačov me je već pretekao, tako da nema razloga da se vraćam. U svakom slučaju, sad sam Englez.

Vladimir se nasmejao. – Ti si Rus, Aleksandre, i uvek ćeš biti. Baš kao što si sinoć rekao svojim obožavaocima. A u svakom slučaju, Gorbačov neće biti zauvek predsednik. U stvari, možda će pasti mnogo ranije nego što misli.

– Šta mi predlažeš?

– Da ostanemo u vezi. Niko bolje od tebe ne zna da je u politici odabir pravog trenutka najvažniji. Samo zauzvrat tražim da me postaviš za šefa KGB-a. Što je upravo ono što si mi obećao pre mnogo godina.

– Vladimire, kao što dobro znaš, nisam obećao ništa slično. U svakom slučaju, moje mišljenje o nepotizmu nije se promenilo otkako smo poslednji put razgovarali o tome – kazao je Saša. – A tad smo još bili prijatelji.

– Možda više nismo prijatelji, Aleksandre, ali to nas ne sprečava da imamo zajedničke interese.

– Poverovaću ti na reč – rekao je Saša – čak ću ti pružiti priliku da to i dokažeš.

– Kako to misliš?

– Tvoji momci su sinoć prisluškivali moju ministarku.

– Da, glupača je bila indiskretna.

– Ona je samo mlađi ministar, i možda će ti kasnije biti korisnija.

– Ali ona čak nije ni članica tvoje partije.

– Shvatam, Vladimire, da ti je teško to da razumeš.

Vladimir nije odgovorio odmah, a onda je slegnuo ramenima i kazao: – Snimak će biti u tvojoj hotelskoj sobi za sat vremena.

– Hvala ti. I kaži svojim operativcima da provere podatke. Nikad mi se nisu dopadale riđokose.

– Rekao sam im da gube vreme s tobom. Ti si nepotkupljiv, zbog čega će mi posao biti mnogo lakši kad me budeš imenovao za šefa KGB-a. – Vladimir je otišao bez pozdrava, a Saša bi se vratio svojoj radnoj grupi da mu neko drugi nije prišao.

– Ne poznajete me, gospodine Karpenko – rekao je neki muškarac naizgled njegovih godina, odeven u odelo koje nije bilo šiveno u Moskvi – ali s velikim zanimanjem sam pratio vašu karijeru.

Da su u Engleskoj, Saša bi se osmehnuo i poverovao tom čoveku, ali u Rusiji... ostao je ćutljiv i sumnjičav.

– Zovem se Boris Nemcov, i mislim da ćete videti da nam je nekoliko stvari zajedničko. – Saša i dalje nije odgovarao. – Ja sam član Dume, a verujem da obojica imamo vrlo visoko mišljenje o izvesnom čoveku – rekao je Nemcov i pogledao prema Vladimiru.

– Neprijatelj mog neprijatelja je moj prijatelj – rekao je Saša i rukovao se s Nemcovim.

– Nadam se da ćemo s vremenom postati prijatelji. Uostalom, biće drugih konferencija i zvaničnih susreta gde se možemo sastajati i razgovarati u poverenju, a da niko ne otvori dosijea.

– Mislim da ćete videti da je neko već otvorio dosije – kazao je Saša. – Stoga hajde da mu damo prvi podatak. Ne slažem se s vama – viknuo je dovoljno glasno da se svi okrenu kako bi čuli razgovor.

– Onda nemamo više o čemu da razgovaramo – kazao je Nemcov pa odjurio bez ijedne reči više.

Saša je poželeo da se osmehne dok se Nemcov udaljavao, no ipak se uzdržao.

Vladimir je zurio u njih dvojicu, ali Saša je sumnjao da su ga zavarali.

38.

Aleks

Boston, 1988.

Kad je u ponedeljak ujutro ušao u banku, Aleks nije primetio čoveka koji je sedeo u uglu predvorja. U utorak je načas primetio usamljenu priliku, ali pošto je imao sastanak sa Alanom Grinspanom, predsednikom Centralne banke, da bi razgovarali o najnovijem zahtevu OPEC-a za povećanje cena i o jačanju dolara u odnosu na funtu, nije mnogo razmišljao o toj usamljenoj figuri. U sredu je bolje pogledao tog čoveka pre nego što je ušao u lift. Da li je moguće da sedi tamo tri dana? Pamela će znati.

– S kim imam prvi sastanak, Pamela? – pitao je čak i pre nego što je skinuo kaput.

– Sa Šeldonom Vudsom, novim predsednikom mesnog odbora Demokratske stranke.

– Koliko smo im dali prošle godine?

– Pedeset hiljada dolara, predsedniče, ali ovo je izborna godina.

– Izbori me uvek podsete na Lorensa. Ovog puta im dajte sto hiljada dolara.

– Naravno, predsedniče.

– Još neko?

– Ne, ali imate ručak s Bobom Andervudom u *Parker hausu*, i ne zaboravite, on nikad ne kasni.

Aleks je klimnuo glavom. – Znate li šta želi?

– Da dâ otkaz. „Vreme je da kopačke okačim o klin“, ako se tačno sećam njegovih reči.

– Nikad. Ostaje u odboru dok ne umre.

– Mislim, predsedniče, da se upravo toga i boji.

– A ovog popodneva?

– Nemate nikakve obaveze do odlaska u vežbaonicu u pet. Vaš trener mi je rekao da ste propustili poslednja dva treninga.

– Ali i dalje mi naplaćuje i kad se ne pojavim.

– Nije stvar u tome, predsedniče.

– Još nešto?

– Samo da vas podsetim da vam je danas godišnjica braka, i da vodite ženu na večeru.

– Naravno. Bolje da posle ručka odem do centra i kupim joj neki poklon.

– Ana je već odabrala poklon koji želi – kazala je gospođica Robins.

– Smem li da znam šta je to?

– Tašna brenda *Kloe*, iz robne kuće *Bonvit Teler*.

– Dobro, kupiću jednu po podne. Koje boje?

– Sive. Već je juče dostavljena u moju kancelariju, uvijena u ukrasni papir. Samo treba da potpišete ovo. – Spustila je čestitku na njegov sto.

– Ponekad pomislim, Pamela, da bi ti bila bolja predsednica od mene.

– Ako vi tako kažete, predsedniče. Ali u međuvremenu, možete li se postarati da potpišete sva pisma iz fascikle za prepisku pre nego što stigne gospodin Vuds?

To što sam ponovo zaposlio Pamelu najpametnija je odluka koju sam ikada doneo, mislio je Aleks dok je otvarao fasciklu s prepiskom. Pročitao je pažljivo svako pismo, povremeno unosio izmene i ponekad dodavao rukom pisan postskriptum. Čitao je pismo predsednika *Poslovne škole* na *Harvardu*, s pozivom da na jesen održi govor apsolventima kad se začulo kucanje na vrata.

– Gospodin Vuds – kazala je gospođica Robinson.

– Šeldone – rekao je Aleks skočivši sa stolice. – Zar je stvarno prošlo godinu dana? Mogu li ti ponuditi kafu?

– Ne, hvala – odgovorio je Vuds.

– Dobro, pre nego što išta kažeš, da, svestan sam da je izborna godina i već smo odlučili da udvostručimo prilog partiji u znak uspomene na Lorensa.

– To je vrlo velikodušno, Alekse. On bi bio sjajan kongresmen.

– I te kako – kazao je Aleks. – U stvari, ne prođe ni dan da ne žalim zbog njegove smrti. Taj čovek mi je doslovno promenio život, a nisam imao pravu priliku da mu se odužim.

– Da je Lorens živ, on bi se zahvaljivao tebi – rekao je Vuds. – Svi u Bostonu znaju da je banka bila u ozbiljnim problemima pre nego što si preuzeo da upravljaš njom. Kakav preokret. Čujem da ćeš biti proglašen bankarom godine.

– Mnogo zasluga za to pripada Džejku Kolmanu, koji je potpuno drugačiji od svog prethodnika.

– Da, to je bio pravi prevrat. Pretpostavljam da si čuo da je Akrojd prošle nedelje izašao iz zatvora?

– Jesam, i ne bih razmišljao o tome da se sutradan nije ukrcao u avion za Nicu.

– Ne shvatam – rekao je Vuds.

– I bolje da ostane tako – kazao je Aleks, potpisao ček na sto hiljada dolara i dao ga Vudsu.

– Veoma sam zahvalan – rekao je. – Ali nije to razlog što sam te posetio.

– Zar sto hiljada nije dovoljno?

– Više nego dovoljno. Samo smo se mi, hoću reći moj komitet, nadali da ćeš se kandidovati za sledećeg demokratskog senatora ovde u Masačusetsu.

Aleks nije mogao da sakrije iznenađenje. – Kad si me pitao da se kandidujem za Kongres posle Lorensove smrti – konačno je rekao – nevoljno sam odbio tu ponudu kako bih preuzeo upravljanje bankom. Ipak, moram priznati da sam se često pitao da li sam doneo pravu odluku i da nije politika moj pravi poziv.

– Onda je možda vreme da staviš pred sebe još veći izazov.

– Nažalost nije – odgovorio je Aleks. – Mada je banka ponovo stala na noge, sad želim da je podignem na viši nivo i uđem među velike igrače. Koliko misliš da će *Američka banka* donirati Demokratskoj stranci?

– Već su dali četvrt miliona za kampanju.

– Znaću da smo na istom nivou kad i od mene budeš zahtevao taj iznos, i što je još važnije, kad se ne budem premišljao o tome.

– Radije bih uzeo sto hiljada i tebe kao kandidata.

– Polaskan sam, Šeldone, ali odgovor je i dalje ne. Ipak, hvala ti što si me pitao. – Aleks je dodirnuo dugme ispod stola.

– Šteta. Bio bi izuzetan senator.

– To je veliki kompliment, Šeldone. Možda u nekom drugom životu. – Rukovali su se kad je gospođica Robins ušla u sobu da isprati gospodina Vudsa do lifta.

Aleks je ponovo seo i razmišljao koliko bi mu život bio drugačiji da Lorens nije umro... ili samo da su on i majka ušli u drugi sanduk. Ali ubrzo se trgnuo iz sanjarenja i vratio u stvarni svet, pa stavio štriklu na vrh pisma predsednika *Poslovne škole* na *Harvardu*.

Gospođica Robins je upravo zatvorila vrata za sobom kad je zazvonio telefon. Aleks se javio i odmah prepoznao glas na drugoj strani linije.

– Zdravo, Dimitrij – kazao je. – Odavno se nismo čuli. Kako si?

– Dobro, hvala, Alekse – odgovorio je Dimitrij. – Kako si ti?

– Nikad bolje.

– Drago mi je što to čujem, Alekse, ali mislio sam da treba da znaš kako je Ivan Donokov pušten iz zatvora, i da je na putu za Moskvu.

– Kako je to moguće? – pitao je Aleks ukočivši se od straha. – Mislio sam da je osuđen na devedeset devet godina, bez prava na uslovni otpust.

– CIA ga je razmenila za dva naša agenta koji su preko deset godina trunuli u moskovskom zatvoru.

– Nadajmo se da neće zažaliti zbog toga. No hvala ti što si me obavestio.

– Samo se nadam da ti nećeš zažaliti zbog toga – rekao je Dimitrij, ali tek kad je spustio slušalicu.

Aleks je pokušao da izbaci Donokova iz misli, pa je nastavio da potpisuje pisma. Razmišljanje mu je prekinula gospođica Robins, koja je ušla da uzme fasciklu s prepiskom. – Pre nego što zaboravim, Pamela, na recepciji već tri dana sedi neki muškarac. Znaš li ko je on?

– Gospodin Puškin. Doleteo je iz Lenjingrada u nadi da ćete pristati da se sastanete s njim. Tvrdi da je išao u školu s vama.

– Puškin – ponovio je. – Sjajan pisac, ali ne sećam se nikog iz škole ko se tako prezivao. Ali ako je već tako rešen da me vidi, možda bi trebalo da mu posvetim nekoliko minuta.

– Kaže da mu je potrebno nekoliko sati. Pokušala sam da mu objasnim da vi pre Božića nemate nekoliko sati, ali to ga nije obeshrabrilo, zbog čega sam se zapitala da ne radi za KGB.

– KGB ne sedi dangubeći na nekoj recepciji tri dana, posebno kad svi mogu da ih vide. Hajde prvo da vidimo šta je posredi. Ali pobrini se da me izbaviš posle petnaest minuta... kaži mu da imam sledeći sastanak.

– U redu, predsedniče – rekla je gospođica Robins, nimalo ubeđeno.

Aleks je i dalje potpisivao pisma kad je začuo tiho kucanje na vrata. Gospođica Robins je ušla u kancelariju u pratnji čoveka koji mu je izgledao poznato, a onda ga se i setio.

– Mišo, baš mi je drago što te, posle mnogo vremena, ponovo vidim – rekao je Aleks kad je gospođica Robins izašla.

– I meni je drago što tebe vidim, Aleksandre. Iznenađen sam što me se sećaš.

– Kapetan juniorskog šahovskog tima. Da li i dalje igraš?

– Povremeno, ali nikad nisam dosegao tvoje zvezdane visine, tako da se ne trudi da me izazivaš.

– Ne mogu da se setim kad sam poslednji put igrao šah – priznao je Aleks što ga je samo podsetilo na Donokova. – Pre nego što mi kažeš šta te dovodi u Boston, kako je u mom rodnom gradu?

– Setićeš se da je Lenjingrad uvek lep u ovo doba godine – kazao je Puškin na Aleksovom maternjem jeziku. – Čak se priča da će uskoro ponovo vratiti ime Sankt Peterburg. Još jedan simbol za podsticanje mita da je stari režim zamenjen.

Kad je čuo Puškina kako govori na ruskom, Aleks se iznenada rastužio, čak i osetio krivicu, jer je izgubio naglasak i sad je zvučao kao bilo koji bostonski beli protestant. Bolje se zagledao u svog posetioca. Puškin je bio visoko oko metar i sedamdeset pet, gustih smeđih brkova koji su Aleksa podsetili na oca. Bio je odeven u debelo odelo od tvida sa širokim reverima, što je govorilo ili da ne prati modu ili da je prvi put otputovao van Sovjetskog Saveza.

– Moj otac je radio u luci kad je tvoj otac bio poslovođa – rekao je Puškin. – Mnogi momci ga se još sećaju s poštovanjem i naklonošću.

– A moj ujka Kolja?

– Sad je on poslovođa. Zamolio me je da pozdravim tebe i tvoju majku.

Dugujem mu život, nameravao je da kaže Aleks, ali zaustavio se kad se setio da, ako je major Poljakov i dalje živ, to nije pametno.

– Molim te prenesi mu moje najbolje želje i kaži mu da se nadam da ćemo se uskoro ponovo videti.

– Nadam se da će to biti i ranije nego što misliš – kazao je Puškin. – Viđam ga povremeno, obično subotom, na fudbalskoj utakmici.

– Vas dvojica, bez sumnje, stojite na tribinama i navijate za FK *Zenit*.

– Nema više tribina za stajanje. Svi imaju sedišta.

– Mogu li da pretpostavim da je moj stari prijatelj Vladimir pronašao put do svečane lože?

– Godinama ga nisam video – odgovorio je Puškin. – Poslednji put sam čuo da je pukovnik KGB-a, stacioniran negde u Istočnoj Nemačkoj.

– Ne mogu da zamislim da mu je to deo dugoročnih planova – kazao je Aleks. – Ipak, siguran sam da nisi doputovao u Boston da evociramo uspomene. Šta si mislio kad si rekao da bih mogao da vidim ujaka i pre nego što mislim?

– Vrlo brzo ćeš shvatiti da se novi sovjetski režim veoma razlikuje od starog. Srp i čekić su skinuti sa zastave i zamenjeni znakom dolara. Jedini problem je što, posle toliko vekova tlačenja, prvo carskog pa komunističkog, mi Rusi nemamo tradiciju slobodnog tržišta. – Aleks je klimnuo glavom, ali nije ga prekidao. – Dakle, ništa se u tom smislu nije promenilo. Kad je vlada odlučila da proda neka od profitabilnijih državnih preduzeća, nije bilo iznenađujuće što niko nije bio kvalifikovan da sprovede tako dramatične promene. A ispostavilo se da su dramatične, što sam saznao kad je moje preduzeće ponuđeno na prodaju – kazao je Puškin i pružio mu posetnicu.

– *Lenjingradska naftna i gasna industrija* – rekao je Aleks.

– Ko god da su novi vlasnici *LNG*-a, postaće milijarderi preko noći.

– A ti bi voleo da budeš jedan od njih?

– Ne. Kao i tvoj otac, verujem da bi bogatstvo trebalo da bude podeljeno onima koji su tu kompaniju učinili uspešnom, a ne samo predato nekom ko je slučajno prijatelj predsednikovog prijatelja.

– Koja je početna cena? – pitao je Aleks trudeći se da otkrije hoće li taj sastanak trajati duže od petnaest minuta.

– Dvadeset pet miliona dolara.

– A koji je bio prihod *LNG*-a prošle godine?

Puškin je otvorio staru plastičnu torbu, izvadio neke papire i spustio ih na sto. – Malo preko četiristo miliona dolara – kazao je bez potrebe da pogleda papire.

– A zarada?

– Trideset osam miliona, šeststo četrdeset hiljada dolara.

– Da li mi je nešto promaklo? – pitao je Aleks. – S tolikim profitom, ta kompanija sigurno vredi preko četiristo ili petsto miliona.

– Ništa ti nije promaklo, predsedniče. Samo se radi o tome da ne možeš očekivati da preko noći zameniš komunizam kapitalizmom tako što ćeš se presvući iz radničkog kombinezona u *bruks braders* smoking. Sovjetski Savez možda i ima neke od najboljih univerziteta na svetu ako želiš da studiraš filozofiju, čak i sanskrit, ali ima vrlo malo ozbiljnih poslovnih škola.

– Sigurno bi ti svaka velika ruska banka pozajmila novac ako možeš da garantuješ tolike prihode – rekao je Aleks netremice gledajući zemljaka.

– Istina je – kazao je Puškin – da banke ništa ne znaju o tome, baš kao i svi drugi. Ali ipak ne žele da pozajme dvadeset pet miliona dolara nekome ko zarađuje pet hiljada dolara godišnje, i ima manje od hiljadu dolara na štednoj knjižici.

– Koliko imaš vremena pre nego što treba da donesem tu odluku? – pitao je Aleks.

– Krajnji rok je trideset prvi oktobar. Posle toga kupiće je svako ko ima novac.

– Ali to je za samo mesec dana – rekao je Aleks kad je gospođica Robins ušla u sobu, spremna da gospodina Puškina otprati do lifta.

– Što odgovara KGB-u, jer znam da su već bacili oko na to.

– Pamela, otkaži moj ručak, a onda pozovi sve direktore i investicioni tim i kaži im da ostave ono što rade i odmah se jave u moju kancelariju.

– Naravno, predsedniče – rekla je gospođica Robins kao da to nije ništa neobično.

– Naruči i da nam u jedan donesu šest pica. A pre nego što me išta pitaš, tu odluku može da donese moja majka.

Gospođica Robins je ušla u predsednikovu kancelariju tek kad je sastanak završen, pet sati kasnije.

– Propustili ste popodnevni termin u vežbaonici, predsedniče.

– Znam. Sastanak je predugo trajao.

– Hoćete li uspeti da stignete na večeru sa svojom ženom? – pitala je gospođica Robins spuštajući poklon za godišnjicu na sto.

– Dođavola – kazao je Aleks. – Reci Džejku da ipak ne mogu da odem na večeru s njim i gospodinom Puškinom. Objasni im da je iskrslo nešto važnije.

39.

Aleks

Boston

Ivlin je podigla slušalicu i čula poznati glas nekoga s kim odavno nije razgovarala.

– Moram da se vidim s tobom.

– Zašto bi želeo da se vidiš sa mnom? – pitala je.

– Zato što vrlo dobro znam da nisam ukrao onog Vorhola – rekao je Akrojd.

– Da li se ovaj razgovor snima?

– Ne, jer sigurno ne bih želeo da iko čuje ono što ću ti reći.

– Slušam.

– Nisam gubio vreme dok sam bio u zatvoru, i smislio sam način da zaradiš pola milijarde dolara i istovremeno poniziš Karpenka.

Usledila je kratka pauza pre nego što je Ivlin kazala: – Šta treba da uradim?

– Samo potvrdi da ću, ako to izvedemo, dobiti deset odsto od zarade.

– I dalje slušam.

– Neću reći ni reč više, Ivlin, dok ne dobijem tvoj potpis. Nisam zaboravio da sam, kad smo se poslednji put nešto dogovorili, ja završio u zatvoru.

– U tom slučaju, Daglase, moraćeš da dođeš na jug Francuske i poneseš ugovor.

Aleks je stigao u *Marliav* deset minuta ranije, pa je računao nešto na poleđini jelovnika kad je Ana stigla.

– Srećna godišnjica, draga – kazao je i ustao da je poljubi.

– Hvala ti. A evo i teškog pitanja za tebe – rekla je Ana kad je sela za njihov omiljeni sto u uglu. – Koliko godina smo u braku, ili si pokušavao to da sračunaš na poleđini jelovnika? – Srećom, gospođica Robins ga je podsetila pre nego što je pošao.

– Trinaest, ali bilo bi četrnaest da mi Lorens nije prepisao svojih pedeset odsto akcija banke.

– Doživećeš još jednu godinu. A šta je ovo? – stidljivo je pitala.

– Otvori pa ćeš videti.

– Pretpostavljam da će to biti veće iznenađenje za tebe nego za mene.

Aleks se nasmejao. – Pretvaraću se da sam to video i pre.

Ana je polako odvezala crvenu mašnu, razmotala paket i podigla poklopac kutije u kojoj se nalazila elegantna svetlosiva *kloe* tašnica, istovremeno praktična i moderna.

– Baš je u tvom stilu, pomislio sam čim sam je video.

– Što je upravo sad – kazala je Ana, pa se nagnula preko stola i ponovo ga poljubila. – Možda bi mogao da zapamtiš da se zahvališ Pameli u moje ime – dodala je, kad se šef sale pojavio kraj njihovog stola.

– Znam tačno šta želim, Fransoa – kazala je. – Salatu *nisoaz* i ribu list na doverski način.

– I ja ću isto – rekao je Aleks. – Danas sam doneo već dovoljno odluka.

– Smem li da pitam kakvih?

– Trenutno ne smem mnogo da pričam jer bi to moglo da bude ili potpuno gubljenje vremena ili najveći posao koji sam ikad sklopio.

– Kad ćeš znati šta je od ta dva?

– Najverovatnije sledeće nedelje. Tad ću se već vratiti iz Lenjingrada.

– Ali zar nisi uvek govorio da se ni pod kakvim okolnostima nećeš vraćati u Rusiju, posebno ne u Lenjingrad?

– To je proračunat rizik – kazao je Aleks. – Ipak, mislim da je razumno što pretpostavljam da se, posle svih ovih godina, Poljakov penzionisao.

– Tvoja majka mi je jednom rekla da oficiri KGB-a nikad ne idu u penziju, pa šta ona misli o tome?

– Neće se opustiti dok ne bude prisustvovala njegovoj sahrani. Ali kad sam joj obećao da ću se videti s njenim bratom Koljom, saznati šta je sa ostatkom porodice i otići na očev grob, nevoljno je pristala.

– Ne želim da ideš – tiho je rekla Ana. – Neka Džejk Kolman zauzme tvoje mesto. On je podjednako dobar pregovarač.

– Možda, ali Rusi uvek očekuju da pregovaraju s predsednikom. Uzgred, postoji još jedno slobodno mesto u avionu ako želiš da pođeš.

– Ne, hvala. A pre svega zato što imam otvaranje u sredu.

– Neko koga poznajem? – pitao je Aleks, zadovoljan što su promenili temu.

– Robert Indijana.

– O da, volim njegove radove. Žao mi je što ću propustiti otvaranje.

– Izložba će i dalje trajati kad se budeš vratio. Ako se budeš vratio.

– Nije tako loše, draga. Smem li da vidim svoj poklon za godišnjicu? – pitao je Aleks nadajući se da će to popraviti raspoloženje. – Jer ne vidim nikakav paket.

– Bio je preveliki da bih ga ponela – rekla je Ana. – To je dva metra visoka bronzana Indijanina skulptura pod nazivom *Ljubav.* – Nacrtala je sliku na poleđini jelovnika.

LO
VE

– Koliko će me to koštati?

– Uz uobičajeni popust, oko šezdeset hiljada. A ako je pokloniš Konstantinu, on će izbeći državni porez.

– Da vidim da li sam dobro razumeo, ljubavi moja – počeo je Aleks. – Moj poklon za godišnjicu koštaće me šezdeset hiljada dolara, ali Konstantin će biti njegov vlasnik?

– Da, dragi. Mislim da si shvatio suštinu. Ali dobra vest je što postoje izvesni izgledi da ćeš otići u raj. – Ana je zastala. – Mada ti tamo ne bi uživao.

– Zašto? – hteo je da zna Aleks.

– Zato što nikog tamo ne bi poznavao – rekla je, a tad je došao konobar s njihovim prvim jelom.

– I šta ja imam od toga?

– Priliku da gledaš tu skulpturu do kraja života.

– Hvala – kazao je Aleks. – A gde je vlasnik?

– Ostaće da prenoći kod babe.

– Znači li to da je moja majka uzela slobodno veče? – pitao je Aleks glumeći nevericu.

– Pola večeri. Konstantin voli Elenine margarite više od ičeg što mu ja spremam – kazala je Ana dovršavajući salatu. – I sklanjaj taj pogled u stilu *i ja*. Šta si još radio danas?

– Šeldon Vuds je jutros bio kod mene i pitao me da li sam zainteresovan da se kandidujem za Senat.

– Koliko ti je vremena trebalo da odbiješ tu primamljivu ponudu? – pitala je Ana dok je konobar odnosio prazne tanjire.

– Ozbiljno sam o tome razmišljao čitavih dvadeset sekundi.

– Sećam se da si, ne tako davno, bio opčinjen politikom – kazala je Ana. – Jedino što si oduvek želeo jeste da budeš prvi demokratski izabran predsednik nezavisne Rusije.

– I priznajem da bi mi to bilo znatno primamljivije od Senata – rekao je Aleks. – Ali sve se to promenilo onog dana kad je Lorens umro – dodao je kad se konobar ponovo pojavio i doneo im dva lista na doverski način.

– S kostima ili bez kostiju, gospođo?

– Bez kostiju, molim vas, Fransoa, za oboje. Moj muž večeras ne donosi nikakve važne odluke.

– A uprava se nadala da ćete u ovoj posebnoj prilici uživati u boci *šablija boregar*, na račun kuće.

– Trebalo je da se udam za vas, Fransoa, jer je očigledno da vi ne biste nikad zaboravili našu godišnjicu venčanja, i da biste tačno znali šta da mi poklonite.

Fransoa se naklonio i otišao.

– Ali kad ti je Lorens ostavio svojih pedeset odsto akcija banke, one su bile bezvredne – kazala je Ana – a sad sigurno vrede mnogo.

– Moguće je, ali ne smem da prodajem svoje akcije dok Ivlin i dalje poseduje drugih pedeset odsto jer bi onda ona imala svu kontrolu.

– Možda bi ona razmislila o prodaji svojih akcija? Uostalom, njoj uvek nedostaje novac.

– Sasvim moguće, ali trenutno nemam toliko novca – rekao je Aleks.

– Ali ako se dobro sećam – kazala je Ana – na dan kad nam se sin rodio Ivlin je ponudila da ti proda svoje akcije za milion dolara, i rekla sam ti da ćeš možda zažaliti što ih nisi kupio.

– *Mea culpa* – rekao je Aleks. – A u to vreme sam čak razmišljao da prodam restorane kako bih otkupio te akcije, ali to bi bio preveliki rizik, jer da je banka propala, ostali bismo bez svega što imamo.

– Lako je sad govoriti – kazala je Ana. – Ali smem li da pitam koliko trenutno vrede te akcije?

– Oko trista miliona dolara.

Ana je zastenjala. – Hoće li banka na kraju morati da joj isplati kompletan iznos?

– Možda, jer ne možemo da dopustimo da neka druga banka kupi pedeset odsto naših akcija, inače bi nam virili preko ramena do kraja života, posebno ako bi im Dag Akrojd bio savetnik.

– Možda je trebalo da se kandiduješ za Senat. Znatno manje gnjavaže, i garantovana plata – kazala je Ana.

– Samo što bih morao da slušam milione glasača, umesto desetak članova upravnog odbora.

– Bilo bi ih i više, kad bi ispunio svoj dugogodišnji san i kandidovao se za predsednika.

– Amerike?

– Ne, Rusije.

Aleks nije odmah odgovorio.

– Ah – počela je Ana – dakle i dalje misliš da postoji mogućnost.

– Svestan sam da ću se, kao i iz svakog drugog sna, probuditi – kazao je Aleks kad se Fransoa ponovo pojavio kraj stola.

– Smem li vam ponuditi desert, gospođo? – pitao je.

– Naravno da ne – odgovorila je Ana. – Oboje smo dovoljno jeli. Godišnjice ne smeju da budu izgovor za gojenje. – A on – kazala je pokazujući na muža – danas nije išao u vežbaonicu. Stoga svakako ništa za njega.

Fransoa im je dopunio čaše i odneo praznu bocu.

– Za još jednu zajedničku godinu za pamćenje, gospođo Karpenko – rekao je Aleks i podigao čašu.

– Volela bih da ne ideš u Rusiju.

– Volela bih da ne ideš u Rusiju – kazala je Elena i spustila dve pice ispred njih.

– I ti i Ana – rekao je Aleks kad je konobar žurno prišao i rekao: – Veoma mi je žao što vas uznemiravam, gospodine Karpenko, ali vaša sekretarica je upravo zvala da vam kaže kako je došlo do problema s vizama, i pitala možete li odmah da se vratite u kancelariju.

– Bolje da odem i vidim kakvi su to problemi – kazao je Aleks. – Vratiću se što brže mogu.

Ostavio je majku i zabrinutog Puškina da dovrše pice, a sâm je brzo otišao do kancelarije, gde ga je čekala gospođica Robins.

– Da li sve ide po planu? – pitala je.

– Da, Miša i moja majka su delili picu kad sam ih ostavio. Možda ne zna mnogo o bankarstvu ili poslovanju, ali kad se baviš ugostiteljstvom onoliko dugo koliko ona, naučiš mnogo o ljudima. Ima li nečeg važnog pre nego što se vratim?

– Pomoćnica Teda Kenedija se javila i potvrdila da će svih pet viza biti na vašem stolu do četiri sata, a i podsetila me je da će se senator ponovo kandidovati naredne godine.

– To će me koštati još sto hiljada dolara.

– Podigla sam vam i hiljadu dolara u gotovom i isti iznos u rubljama jer se čekovi i kreditne kartice ne koriste često u Sovjetskom Savezu. Rezervisali smo vam sobe u hotelu *Evropa* za pet noćenja.

– Možda će se ispostaviti da je i jedno dovoljno.

– A kapetan Fulerton vas očekuje na *Loganu* večeras oko jedanaest. Vreme leta je u jedanaest i trideset. Dopunićete gorivo u Londonu, pa nastaviti za Lenjingrad. Sad možete da se vratite i vidite šta vaša majka misli o gospodinu Puškinu.

Aleks nije žurio da se vrati u *Elenu*, a kad je stigao, video je da majka pažljivo sluša svaku Mišinu reč. Kad im se Aleks pridružio, na Rusovom licu ponovo se pojavio zabrinut izgled.

– Problem s vizama? – pitao je.

– Ne, sve je rešeno. Nadam se da si uživao u pici.

– Nikad je ranije nisam jeo – priznao je Puškin – i već sam rekao tvojoj majci da znam idealno mesto za otvaranje prve *Elene* u Lenjingradu. Izvinite me na trenutak, moram da idem i „osvežim se“, kako vi Amerikanci kažete.

Čim je sišao niza stepenice, Aleks je upitao: – Kakva je tvoja presuda, mama?

– On je zlatan momak – rekla je Elena. – Ne samo pozlaćen. Ne znam ništa o gasu osim kako da ga uključim i isključim, i priznajem da sam tek upoznala Mišu, ali imam potpuno poverenje u njega.

– Porodica? – pitao je Aleks ne želeći da gubi vreme pre nego što se Miša vrati.

– Ima suprugu Olgu i dvoje dece, Jurija i Tatjanu, koji se nadaju da će pohađati univerzitet, ali misli da ćerka ima više izgleda nego sin, koji se zanima samo za motocikle. Iskreno, Alekse, ne mislim da bi Miša mogao da te obmane, čak i da čvrsto spavaš.

Puškin se ponovo pojavio na vrhu stepeništa.

– Hvala ti, mama. Onda izgleda da putujem u Lenjingrad.

– Molim te, ne zaboravi da posetiš očev grob i pronađi ujka Kolju. Jedva čekam da čujem sve o njemu.

40.

Aleks

Boston i Lenjingrad

Aleks je okupio tim od četiri direktora, predvođen Džejkom Kolmanom, da ga prati u Rusiju. Svi su bili stručnjaci u svojoj oblasti: bankarstvo, energetika, privredno pravo i računovodstvo. Dik Baret, načelnik odeljenja za energetiku, već je proveo nekoliko sati s Puškinom i priznao da je veoma zadivljen.

– Taj čovek zna mnogo više o toj oblasti od takozvanih stručnih konsultanata, a zarađuje svega nekoliko hiljada dolara godišnje. Za njega je ovo doslovno životna prilika. Podsetio me je da se u Rusiji nalazi dvadeset četiri odsto svetskih rezervi prirodnog gasa, kao i dvanaest odsto nafte. Moraću da sedim kraj njega dok budemo leteli u Lenjingrad, kako bih dok ne stignemo bio dovoljno obavešten o svemu.

Endi Harbotl, novoimenovani kompanijski advokat, poznat kao „Gospodin Pesimista", napraviće nacrt konačne verzije ugovora. Samo ne i dok njegov otac ne odobri taj dokument.

Džejk se uverio da Puškin ne poznaje finansije baš najbolje, i upozorio je Aleksa da neće znati kako stoje stvari dok ne stignu u sedište *LNG*-a i pogledaju poslovne knjige.

– Kako bi i mogao da poznaje nešto tako složeno? – pitao je Aleks. – Niko nikad nije nudio poslove u kojima možeš preko noći da ostvariš zaradu od hiljadu odsto. To što se sad događa u Rusiji liči na zlatnu groznicu u Kaliforniji polovinom devetnaestog veka, a mi moramo to da iskoristimo pre konkurencije.

– Saglasan sam – kazao je Harbotl. – I mada sam po prirodi oprezan...

– Kao i tvoj otac – dodao je Aleks.

– Nikad nisam video nekoga ko koristi prilike kao ti, a ovo bi mogao da bude taj proboj o kojem si tako često govorio, koji će nam omogućiti da uđemo među velike igrače.

– Ili nas oterati u bankrot.

– Ne bih rekao – kazao je Harbotl. – Ne zaboravi da imamo veliku prednost nad suparnicima. Naš predsednik je Rus, i rođen je u Lenjingradu.

Aleks nije dodao, *i izbegao odatle pošto umalo nije ubio visokog oficira KGB-a.*

Šest putnika se ukrcalo u avion koji je leteo za Lenjingrad jureći ono što je Džejk prozvao „gasnom groznicom". Niko od njih nije znao šta da očekuje. Avion je sleteo na *Hitrou* da dospe gorivo, i tu su putnici izašli da protegnu noge i pojedu nešto na aerodromu. Aleks je želeo da ode do grada i poseti galeriju *Tejt*, Narodno pozorište i Donji dom, ali nije imao vremena.

Aleks se naglo probudio kad je kapetan objavio da počinju spuštanje ka aerodromu *Pulkovo* i rekao putnicima da vežu pojaseve. Mislio je na grad koji je napustio pre mnogo godina, na svog oca, ujaka, čak i na Vladimira, koji će pre biti u Moskvi nego u Lenjingradu. Pokušao je da izbaci majora Poljakova iz misli i usredsredi se na posao koji bi mogao da odvede banku među velike igrače. Ili će ga uhapsiti pre nego što prođe pasošku kontrolu?

Pogledao je kroz prozor, ali video je samo svetla na pisti i nebo puno zvezda koje nije video otkako je bio dečak.

Osećanja su mu bila pomešana. Nije bio siguran da li mu je drago što se vratio, ali čim se iskrcao setio se kako se sve radi u Rusiji. Sporo, sporije, a ako si dovoljno glup da se žališ, još sporije. Čekali su preko dva sata da im pregledaju pasoše, a onda je shvatio koliko je stvari uzimao zdravo za gotovo otkad živi u SAD. Da li mu se učinilo ili je policajac počeo da radi još sporije kad je video ime Karpenko? Onda su morali da čekaju još sat vremena pre nego što su podigli prtljag i konačno mogli da odu.

Puškin ih je izveo iz zgrade aerodroma na trotoar. Podigao je ruku i pet automobila je odmah krenulo s druge strane ulice, zaustavljajući se ispred njih. Aleks i njegov tim su s nevericom gledali dok je Puškin odabirao tri automobila. Objasnio im je da sve što ide na četiri točka u Lenjingradu može biti taksi.

– *Astorija* – kazao je svakom od odabranih vozača. – Pobrinite se da ne naplatite više od jedne rublje – dodao je dok su njegovi novi saradnici ulazili u kola.

– Ali to je samo oko jednog dolara – rekao je Aleks kad mu se Miša pridružio na zadnjem sedištu.

– To je više nego dovoljno – odgovorio je ovaj, a kola su pojurila ka centru grada. Još jedno dugo putovanje.

Kad su se prijavili u hotelu, svi su bili iscrpljeni.

– Dobro se naspavajte – rekao je Džejk – jer sutra ste mi potrebni u najboljoj formi.

Sastali su se sledećeg jutra na doručku i, premda su neki od njih izgledali kao da se još bore s vremenskom razlikom, nakon što su iskapili po dve šolje crne kafe i kofein im ušao u krvotok, bili su spremni za prve zadatke.

Džejk i Aleks su krenuli do *Komercijalne banke* i pokušali da otkriju mogu li brzo da prebace dvadeset pet miliona dolara u Lenjingrad. Posle iskustva od prethodne večeri na aerodromu, Aleks je bio pomalo pesimista. Dik Baret je otišao s Mišom do pogona *LNG-a* na obodu grada, a Endi Harbotl je otišao na sastanak s kompanijskim advokatima da razgovaraju o ugovoru za najveći i najsloženiji posao u kojem je ikada učestvovao. Njegov otac bi smatrao da je tu bilo previše nula da bi posao bio uverljiv.

Endi je već pripremio predlog ugovora, ali je upozorio Aleksa: – Čak i da ga Rusi potpišu, ko nam garantuje da će biti ikakvih uplata? Ovo je možda nova zlatna groznica, ali uz nju su išli i kauboji, a ovi ljudi čak i nisu naši kauboji.

Jedini statistički podatak koji je mogao da potvrdi glasio je da Amerikanac koji tuži Rusa u SSSR-u ima četiri odsto izgleda da pobedi na sudu.

Tim se okupio u Džejkovoj hotelskoj sobi u šest sati tog popodneva. Džejk i Aleks su ih obavestili da je, iako imaju pune ruke posla zbog nedavnog naglog političkog zaokreta, ruskim bankama jasno da treba pomoći stranim investitorima, koje su, za razliku od Olivera Tvista, ohrabrivale da dođu po repete.

Baret je potvrdio da je tačno sve što je Puškin tvrdio o radu kompanije, mada je smatrao da su im bezbednosne mere pomalo manjkave. Aleks je sve zapisivao.

– A finansijski izveštaj? – pitao je Džejk kad se okrenuo prema njihovom finansijskom savetniku.

– Izgleda da ne shvataju osnovna načela savremenog računovodstva – kazao je Mič Blejk. – Što nije iznenađujuće jer su njihovu ekonomiju decenijama vodili partijski šarlatani. Ali to je i dalje najbolji završni račun koji sam ikad video.

– Hajde da malo sagledamo stvari i iz drugog ugla – rekao je Aleks. – Koje su loše strane?

– Mogli bi da ukradu naših dvadeset pet miliona – rekao je Endi Harbotl. – Ipak, ne mislim da bi trebalo odmah da spakujemo kofere.

Aleks je bio zadovoljan što se tim za večerom prvi put opustio.

– Ostaje li dogovor da sutra ručaš sa ujakom? – pitao je Džejk.

– Naravno. Nadam se da će moći da mi dâ neke savete o tome kako da se ophodim prema sadašnjem režimu.

– Znaš li šta treba ovoj zemlji? – pitao je Džejk dok je sekao tvrd odrezak.

– Da moja majka otvori piceriju u Aveniji Nevski – *Elena trideset sedam.*

– To prvo, a onda da se ti kandiduješ za predsednika. Iskren Rus koji razume da je tržišna ekonomija tačno ono što je ovoj zemlji potrebno.

– To mi je oduvek bio san – rekao je Aleks. – Da moj otac nije ubijen, onda možda...

– Možda šta? – pitao je Džejk, ali Aleks nije odgovorio jer je gledao pravo pred sebe. Upravo je primetio ta tri muškarca koja su sedela za jednim stolom na drugom kraju restorana. Strah koji je potisnuo iz misli iznenada se vratio. Nije nimalo sumnjao ko je stariji muškarac ni zbog čega su tamo kraj njega dvojica siledžija.

Gadni ožiljak koji se protezao preko leve strane čovekovog lica i vrata odmah je podsetio Aleksa gde su se poslednji put videli. Poljakovljeve jezive reči: „Visićeš zbog ovog", odjekivale su mu u ušima. Ana je bila u pravu, nije trebalo da dolazi. Džejk i njegov tim bili su sasvim sposobni da zaključe posao bez njega. Ali dozvolio je uzbuđenju da nadjača zdrav razum.

Taj čovek je nastavio da zuri u Aleksa ne skidajući pogled s njega. Aleks nije sumnjao u njegove namere. Dok je ostatak tima diskutovao o taktici za sutradan, Aleks je sedeo kao na iglama, napet i uznemiren dok je čekao da major povuče prvi potez u šahovskoj partiji koja se verovatno neće završiti patom.

Aleks je dodirnuo Džejkov lakat. – Slušaj me pažljivo – prošaputao je. – Čovek koga sam zamalo ubio onog dana kad sam pobegao iz Lenjingrada sedi tačno naspram nas, i ne verujem da je to slučajnost.

Džejk je pogledao onu trojicu i kazao: – Ali, Alekse, to je bilo pre dvadeset godina.

– Pogledaj mu ožiljak, Džejk. Da li bi ti zaboravio?

– A ona dvojica s njim?

– KGB. Zakon ne važi za njih. Ne zanima ih kako ću umreti, samo kad.

– Moramo te što pre odvesti u američki konzulat.

– Ne bih stigao ni do kapije – kazao je Aleks. – Najvažnije je da se ponašate kao da se ništa nije dogodilo. Ako iko pita, kaži im da sam na nekom sastanku ili sam otišao kod ujka Kolje. Samo odugovlači. Ja ću te obavestiti kad budem na bezbednom.

– Zar ne bi trebalo da pozovemo konzulat i zatražimo savet?

– Pogledaj ponovo onu trojicu, Džejk, i zapitaj se da li bi ih pozvao na ručak. Ovo nije vreme za diplomatske pregovore.

– Šta ćeš da uradiš?

– Umešaću se među meštane. Ne zaboravi da sam rođen i odrastao u ovom gradu. Ti se usredsredi na sklapanje ugovora. A ja ću se pobrinuti za sebe.

Dok je Aleks govorio, grupa od šestoro upravo je išla ka svom stolu u restoranu. Kad su prošli između njega i Poljakova, kao oblak ispred sunca, Aleks se iskrao. Džejk se okrenuo i rekao: – Jesi li primetio... – ali on više nije bio tamo.

Aleks nije gubio vreme na čekanje lifta, već je krenuo pravo prema stepenicama. Preskakao je po tri stepenika i stalno se osvrtao. Kad je stigao do šestog sprata, brzo je otključao vrata svoje sobe, zatim se zaključao unutra, ne trudeći se da stavi znak NE UZNEMIRAVAJ. Uneo je šestocifrenu šifru i otvorio mali sef u plakaru, iz koga je uzeo pasoš i nešto gotovine. Opipao je džep sakoa da se uveri je li mu tu novčanik s rubljama koje mu je spremila gospođica Robins.

Kad je čuo glasove u hodniku, otrčao je do prozora i otvorio ga. Dok je izlazio na požarne stepenice, neko je počeo da lupa na vrata. Sišao je gledajući ispod i iznad sebe, nesiguran odakle je verovatnije da će doći opasnost. Kad je stigao do poslednjeg stepenika, video je kako jedan od grubijana viri u njega s prozora sobe.

– Eno ga! – povikao je taj čovek, dok je Aleks silazio na trotoar.

Još trojica su se osvrtala na ulazu u hotel, tako da je brzo krenuo u suprotnom smeru. Pogledao je preko ramena i video da jedan od njih pokazuje prstom i onda trči niz hotelske stepenice prema njemu.

Aleks je skrenuo u sporednu ulicu i potrčao, svestan da mu je progonitelj za petama. Video je da se pred njim pomalja veća ulica, ali nije prestao da trči i zamalo je izbegao da ga udari tramvaj. Trčao je za vozilom u pokretu i molio se da se ono zaustavi. Stotinak metara dalje tramvaj je stao uz škripu kočnica i varnice. Zažalio je što je propustio tako mnogo treninga.

Gledajući iza sebe, Aleks je video da se progonitelji pojavljuju iza ugla. Uskočio je u tramvaj delić sekunde pre nego što su se vrata zatvorila, dobacio kopejku vozaču jer se setio koliko je platio za taksi s aerodroma, pa se srušio na prazno sedište pozadi. Gledao je kroz prozor i video progonitelja koji se, povijene glave, s rukama na kolenima, trudio da povrati dah. Aleks je dobro znao da će za nekoliko minuta paukova mreža KGB-ovih operativaca biti raširena širom grada u potrazi za Amerikancem u *bruks braders* odelu, beloj košulji, s plavom kravatom i u mokasinama. Toliko o mešanju s meštanima.

Svalio se na stolicu, svestan da ga drugi putnici krišom posmatraju – u Rusiji su svi špijuni – dok je prolazio kraj delova grada koje je pamtio iz detinjstva. A onda se setio da će za nekoliko stanica stići do glavne železničke stanice – odnosno do kraja linije.

Kad se tramvaj zaustavio kraj stanice *Moskovski*, pridružio se reci putnika koji su izlazili. Oprezno je otišao ka ulazu, zazirući od svakog odevenog u uniformu, ili svakoga ko mirno stoji. Čim je stigao do jednog velikog luka, sakrio se u senku, u nadi da će moći da ugrabi nekoliko trenutaka da smisli neki plan.

– Tražite nekog?

Aleks se uspaničeno okrenuo i video jednog nasmešenog mršavog momka.

– Koliko? – pitao je Aleks.

– Deset dolara.

– Gde?

– Imam jedno mesto u blizini. Ako vas zanima, pođite za mnom.

Aleks je klimnuo glavom, ali trudio se da ostane nekoliko koraka iza tog mladića dok su hodali slabo osvetljenom uličicom. A onda, bez upozorenja, ušao je u jednu oronulu, predratnu stambenu zgradu, veoma nalik onoj u kojoj je Aleks odrastao. Aleks se prljavim stepeništem popeo na treći sprat, pre nego što je momak otvorio jedna vrata i pozvao ga unutra.

Dečak je ispružio ruku i Aleks mu je dao deset dolara.

– Tražite li neku posebnu uslugu? – pitao je dečak, kao konobar koji mu nudi meni.

– Ne. Samo se svuci.

Dečak je izgledao iznenađeno, ali izvršio je nalog, sve dok nije ostao samo u donjem vešu. Aleks je skinuo sako, pantalone i kravatu, i navukao dečakove farmerke, ali je shvatio da ne može da ih zakopča do kraja.

– Imaš li neku jaknu?

Dečak je izgledao zbunjeno, ali odveo ga je do spavaće sobe, otvorio plakar i stao sa strane. Aleks je odabrao širok gornji deo trenerke koji je smrdeo na marihuanu, a odbio je kačket s logom njujorških *Jenkija*. Nije bilo ogledala da proveri kako izgleda, ali sigurno je bolje od *bruks braders* odela.

– Sad me dobro slušaj – rekao je Aleks, vadeći sto dolara iz novčanika. Dečak nije mogao da skine pogled s novca. – Večeras nema više poslova. Kad odem, zaključaj vrata i čekaj dok se ne vratim, a onda ćeš dobiti još novca. – Mahnuo mu je novčanicom ispred nosa. – Razumeš?

– Da, gospodine.

– Samo budi ovde kad se vratim.

– Biću, biću.

Aleks mu je dao novac i bez reči ostavio dečaka da stoji u gaćama, sa izgledom nekoga ko je dobio na lutriji. Čekao je dok nije čuo okretanje ključa u bravi pre nego što je oprezno sišao niza stepenice i izašao na ulicu, pa se pomeša s meštanima koji su ulazili u prepunu stanicu. Ali kad je odmakao svega nekoliko metara od ulaza, Aleks je uočio policajca koji se osvrtao na sve strane. Nije mu bilo teško da shvati koga onaj traži. Okrenuo se i polako otišao prema glavnoj ulici. Policajca nije zanimao niko ko napušta stanicu.

Video je jedan taksi u daljini koji je išao ka njemu, i podigao ruku zaboravivši šta se dogodilo na aerodromu kad je stigao u Lenjingrad. Taj taksi, tri druga automobila i jedna kola hitne pomoći odmah su se zaustavili i svi su želeli da ga prevezu. Aleks je zaključio da su kola hitne pomoći najbezbednija. Otvorio je suvozačka vrata i seo kraj vozača.

– Kuda idete? – pitao je taj mladić na ruskom.

– Na aerodrom.

– To će dosta koštati.

Aleks je izvadio novčanicu od sto dolara.

– Biće dovoljno – rekao je vozač, ubacio menjač u prvu brzinu, napravio polukružno okretanje ignorišući kakofoniju nezadovoljnih sirena i krenuo brzo u suprotnom smeru.

Aleks je razmišljao o narednom problemu. Sigurno će na aerodromu biti podjednako opasno kao i na stanici, ali razmišljanje su mu prekinula policijska kola koja su blokirala put ispred, i dva policajca koja su pregledala dokumenta.

– Stani! – dreknuo je Aleks.

– U čemu je problem? – pitao je vozač i stao uz ivičnjak.

– Ne želiš da znaš. Bolje je da nestanem.

Vozač ništa nije rekao, ali kad je Aleks iskočio, video je da su zadnja vrata kola hitne pomoći otvorena i da ga doziva jedna pružena ruka. Ušao je i pridružio se čoveku odevenom u zelenu bolničarsku uniformu koji je držao ispruženu levu ruku. Aleks je znao taj pogled i izvadio je još jednu stotku.

– Ko te progoni?

– KGB – kazao je Aleks znajući da su podjednaki izgledi da ih taj čovek prezire i da radi za njih.

– Lezi – kazao je bolničar i pokazao na nosila. Aleks ga je poslušao i brzo se pokrio ćebetom. Čovek se okrenuo prema vozaču i rekao: – Uključi sirenu, Leonide, i ne usporavaj. Samo vozi.

Vozač je poslušao kolegino naređenje i osetio olakšanje kad je jedan od policajaca ne samo pomerio prepreku nego im i rukom dao znak da prođu. Da su zaustavili kola hitne pomoći, videli bi pacijenta na nosilima, glave umotane zavojima, koji ih gleda samo jednim okom.

– Kad stignemo do aerodroma – kazao je bolničar – kuda želiš da odeš?

Aleks nije razmišljao o tome, ali taj čovek je sâm odgovorio na svoje pitanje. – Helsinki je najbolje rešenje – rekao je. – Verovatno će prvo proveravati letove ka zapadu. Tvoj ruski je dobar, ali pretpostavljam da odavno nisi bio u Lenjingradu.

– Onda neka bude Helsinki – rekao je Aleks dok su kola hitne pomoći jurila k aerodromu. – Ali kako da nabavim kartu?

– Prepusti to meni – rekao je bolničar. Ponovo se pojavio otvoren dlan i nestalo je još sto dolara. – Imaš li rublje? – pitao je. – Ne bih hteo da privučem pažnju na sebe.

Aleks se osmehnuo i izvadio iz novčanika sve rublje koje mu je gospođica Robins obezbedila, što je izazvalo još širi osmeh. Niko nije ništa govorio dok nisu stigli do aerodroma, kad su kola hitne pomoći stala, ali vozač nije ugasio motor.

– Vratiću se što brže mogu – rekao je bolničar, pre nego što je otvorio zadnja vrata i iskočio. Aleksu se činilo da je prošao čitav sat, mada su se vrata ponovo otvorila nekoliko minuta kasnije. – Kupio sam ti kartu za Helsinki – rekao je i pobedonosno mahnuo kartom. – Čak znam i s kog izlaza poleće avion. – Okrenuo se Leonidu i kazao: – Kreni prema ulazu za hitne slučajeve i ostavi upaljeno rotaciono svetlo.

Kola hitne pomoći su ponovo pojurila, ali Aleks nije znao kuda idu. Prošlo je svega nekoliko minuta pre nego što su se zaustavili, a onda je zadnja vrata otvorio jedan čuvar u blistavoj sivoj uniformi. Provirio je unutra, klimnuo glavom pa zatvorio vrata. Drugi čuvar je podigao rampu da propusti kola hitne pomoći.

– Idi ka *Aeroflotovom* avionu parkiranom kraj izlaza četrdeset dva – uputio je bolničar kolegu.

Aleksu se nije svideo zvuk reči *Aeroflot* i pitao se da li će upasti u klopku, ali nije se pomerio dok se vrata nisu ponovo otvorila. Seo je, uplašen, zabrinut, na oprezu, ali bolničar se samo široko osmehnuo i dao mu štake.

– Moraću da nabavim nove – rekao je i pustio je štake tek kad je dobio još sto dolara, gotovo kao da je znao koliko je Aleksu para ostalo.

Bolničar je otpratio pacijenta uza stepenice i u avion. Predao je kartu i svežanj novčanica stjuardu, koji je prebrojao rublje pre nego što je pogledao kartu. Stjuard je pokazao na jedno sedište u prvom redu.

Bolničar je pomogao Aleksu da sedne, sagnuo se i dao mu poslednji savet, a onda izašao iz aviona pre nego što je ovaj stigao da mu se zahvali. Gledao je kroz prozor aviona kako kola hitne pomoći polako idu ka izlazu, bez upaljenih rotacionih svetala, bez sirene. Gledao je u otvorena vrata aviona, moleći boga da se uskoro zatvore. Ali tek kad je avion uzleteo, Aleks je osetio olakšanje.

Kad je avion sleteo u Helsinki, Aleksov puls je bio gotovo normalan, a čak je u glavi imao i plan.

Poslušao je bolničarev savet, tako da, kad je stigao do šaltera i predao svoj pasoš, u njemu se nalazila novčanica od sto dolara, na mestu gde je trebalo da se nalazi viza. Službenikovo lice ostalo je bezizrazno dok je uzimao Bendžamina Frenklina i udarao pečat na praznu stranicu.

Kad je prošao carinsku kontrolu, Aleks je krenuo ka najbližem toaletu, gde je skinuo zavoje i bacio ih u kantu. Obrijao se, oprao najbolje što je mogao i kad se obrisao, nevoljno je ponovo obukao mladićevu odeću i izašao da potraži neku prodavnicu koja će mu rešiti taj problem. Izašao je iz prodavnice odeće pola sata kasnije, odeven u pantalone, belu košulju i blejzer. Mokasine su bile jedino što je zadržao.

Sat kasnije Aleks se ukrcao u avion *Ameriken erlajnsa* za Njujork i uživao u votki i toniku, a u isto vreme je prodavačica u kabini za presvlačenje pronašla stare farmerke, majicu i štake.

Pošto je avion uzleteo, stjuard nije pitao putnika prve klase šta želi za večeru ili koji film bi gledao, jer je Aleks već spavao. Stjuard je oprezno oborio sedište i prekrio Aleksa ćebetom.

Kad je sledećeg jutra sleteo na aerodrom *DžFK*, Aleks je pozvao gospođicu Robins i zamolio je da mu obezbedi kola i vozača koji će ga dočekati čim sleti na *Logan*.

Za vreme kratkog leta do Bostona, odlučio je da ode pravo kući i objasni Ani i Konstantinu zašto se više neće vraćati u Sovjetski Savez.

Pošto je sleteo, obradovao se kad je video gospođicu Robins koja ga je čekala ispred ulaza sa zbunjenim izrazom lica.

– Divno je vratiti se kući – rekao je dok je sedao na zadnje sedište svoje limuzine. – Ne bi verovala šta sam preživeo, Pamela, i koliko sam sreće imao što sam pobegao.

– Čula sam deo priče, predsedniče, ali jedva čekam da čujem vašu verziju.

– Čula si da su me major Poljakov i njegove propalice čekali u hotelskom restoranu?

– Da li je to isti pukovnik Poljakov koji je umro prošle godine? – pitala je nedužno gospođica Robins.

– Poljakov je mrtav? – s nevericom je rekao Aleks. – Ko je onda bio čovek u restoranu s dva telohranitelja?

– Jedan slep čovek, njegov brat i njihov prijatelj. Prisustvovali su nekoj konferenciji u Lenjingradu. Džejk je taman hteo da vam kaže kako je primetio beli štap, ali tad ste vi već bežali.

– Ali onaj ožiljak? Prepoznao sam ga.

– Mladež.

– Ali provalili su u moju sobu... Čuo sam ga kako viče: „Eno ga!"

– To je bio noćni portir. I nije provalio u vašu sobu jer je imao ključ. Džejk je stajao iza njega i video vas je.

– Ali neko me je jurio, i uskočio sam u tramvaj u poslednjem trenutku.

– Dik Baret je kazao da nije znao da možete da trčite tako brzo...

– A kola hitne pomoći, blokada puta, da ne pominjem...

– Jedva čekam da čujem sve o kolima hitne pomoći, blokadi puta i zašto niste ušli u svoj lični avion, predsedniče, gde biste pronašli Džejkovu poruku u kojoj vam je sve objasnio – kazala je gospođica Robins, dok je limuzina prolazila kroz kapiju na kojoj je pisalo PRIVATAN POSED. – Ali to će morati da sačeka dok se ne vratite.

– Kuda to idemo?

– Ne mi, predsedniče, samo vi. Džejk se javio rano jutros da kaže kako je sklopio ugovor s gospodinom Puškinom, ali nastao je problem jer ste direktoru *Komercijalne banke* u Lenjingradu rekli da ugovor neće biti važeći bez vašeg potpisa.

Limuzina se zaustavila kraj stepenica bančinog privatnog aviona, koji je čekao svog jedinog putnika.

– Prijatan let, predsedniče – kazala je gospođica Robins.

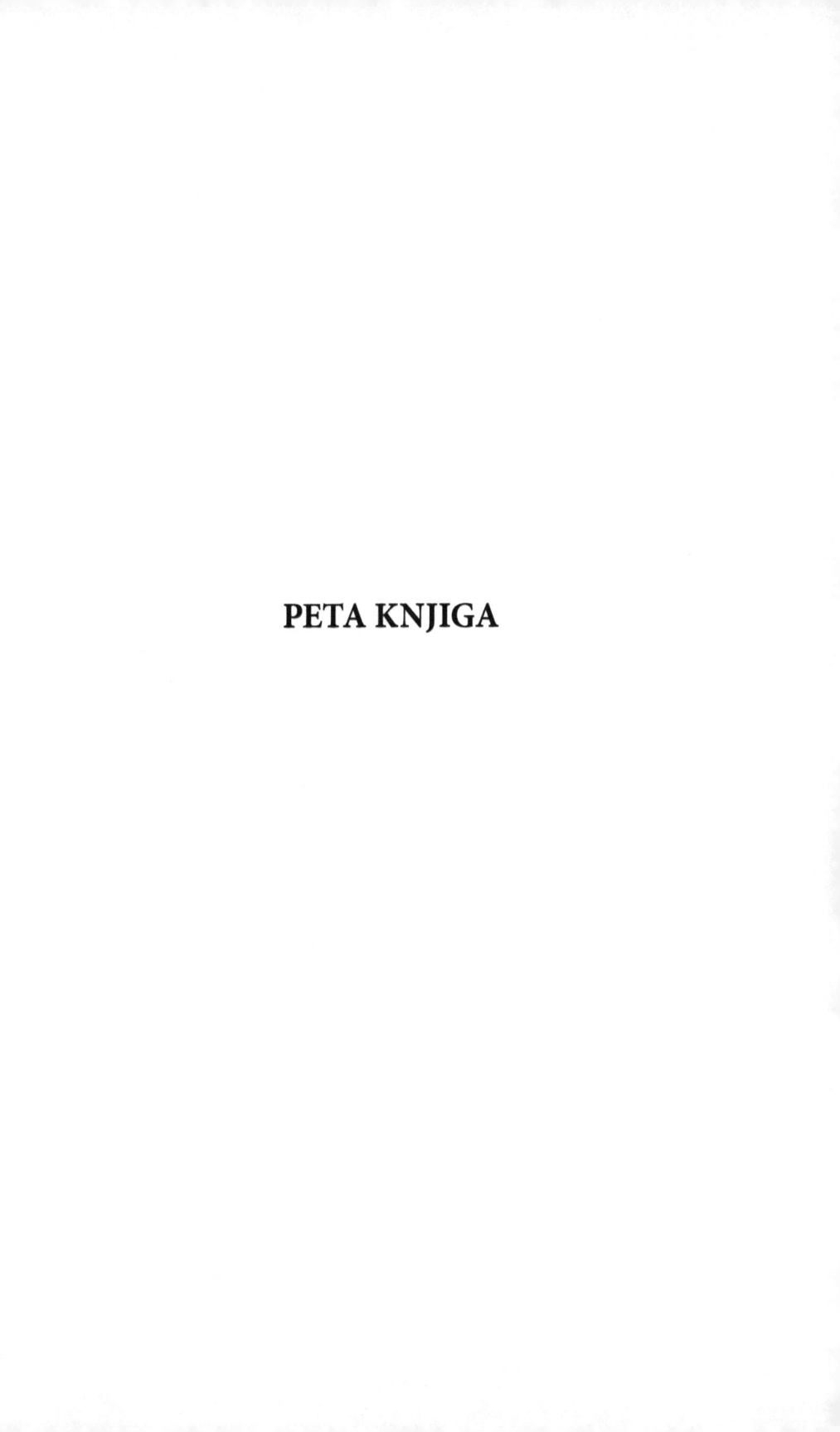

PETA KNJIGA

41.

Saša

London, 1994.

– Mir! Mir! – vikao je predsedavajući. – Pitanja za ministra spoljnih poslova. Gospodin Saša Karpenko.

Saša je polako ustao sa svog mesta na opozicionoj strani sale i pitao: – Može li ministar spoljnih poslova da potvrdi da će Britanija konačno potpisati Peti protokol Ženevske konvencije, jer smo jedina evropska zemlja koja to nije uradila?

Gospodin Daglas Herd je ustao da odgovori na pitanje, kad se jedan kurir pojavio kraj stolice predsedavajućeg i predao cedulju predsedniku Laburističkog poslaničkog kluba. Ovaj je pročitao ime pa ju je prosledio do prednje klupe, do ministra u senci. Saša je razmotao cedulju, pročitao poruku i odmah ustao pa nesigurno pošao duž opozicione klupe, povremeno gazeći stopala svojih kolega, kao neko ko napušta gledalište usred pozorišne predstave. Zastao je kod predsedavajućeg da mu objasni svoj postupak. Predsedavajući se osmehnuo.

– Prigovor zbog kršenja poslovnika, gospodine predsedavajući – rekao je ministar spoljnih poslova i poskočio – zar ne bi uvaženi poslanik trebalo da makar ima toliko pristojnosti da ostane ovde i sasluša odgovor na svoje pitanje?

– Tako je, tako je – povikalo je nekoliko poslanika vladajuće partije.

– Ne i u ovoj prilici – rekao je gospodin predsedavajući, bez objašnjenja. Poslanici sa obe strane sale su zažamorili pitajući se zašto je Saša tako naglo otišao.

– Drugo pitanje – kazao je predsedavajući smešeći se za sebe.

Robin Kuk je ustao u trenutku kad je Saša stigao do službenog ulaza.

– Taksi, gospodine? – pitao je vratar.

– Ne, hvala – rekao je Saša koji je već odlučio da trči do bolnice *Sent Tomas* umesto da čeka na taksi koji bi morao da vozi oko Parlamentarnog trga i prođe kroz desetak semafora pre nego što stigne do bolnice. Bio je zadihan kad je stigao do polovine Vestminsterskog mosta jer je sve vreme morao da izbegava turiste natovarene fotografskim aparatima. Sa svakim korakom je bio bolno svestan koliko se fizički zapustio u poslednjih nekoliko godina.

Čarli je imala dva spontana pobačaja posle rođenja njihove ćerke, a doktor Radli im je rekao da im je ovo možda poslednja prilika da dobiju još jedno dete.

Kad je Saša stigao do južnog kraja mosta, sišao je niza stepenice i trčao uz Temzu dok nije stigao do ulaza u bolnicu. Nije pitao recepcionerku na kom spratu je njegova supruga jer su zajedno bili kod doktora Radlija prethodne nedelje. Izbegao je prepun lift i produžio stepenicama do porodilišta. Ovoga puta se zaustavio na šalteru i rekao bolničarki svoje ime. Proverila je u računaru a on je pokušavao da povrati dah.

– Gospođa Karpenko je već u sali za porođaje. Sedite, ne bi trebalo još dugo da traje.

Saša nije ni pogledao stolicu već je počeo da hoda tamo-amo po hodniku, dok se u sebi molio za nerođenog sina. Elena nije bila zadovoljna što su želeli da saznaju pol deteta pre rođenja. Mogao je samo da se zapita zašto se uvek molio u ovakvim situacijama, kad to u drugim prilikama nije radio. Dobro, možda za Božić. Sigurno je zaboravljao da se zahvali Svemogućem kad su stvari išle dobro. A trenutno nisu mogle da idu mnogo bolje. Nataša, koju je obožavao, navela ga je da poslednjih petnaest godina poštuje svaku njenu zapovest.

– Čemu bi inače služili očevi? – čula ju je Čarli kako kaže nekoj drugarici.

Iako su morali da stegnu kaiš – još jedna od izreka njegove majke – nakon zatvaranja *Elene tri*, bile su im potrebne četiri godine pre nego što su ponovo počeli da rade s profitom i u potpunosti isplatili poreski dug. *Elena jedan* i *Elena dva* sad su donosile dovoljno profita, mada je Saša bio svestan toga da je mogao da zarađuje znatno više da se nije opredelio za političku karijeru. Izgledi da će imati drugo dete naveli su ga da razmišlja o budućnosti. Ministar u kraljevskoj vladi? Ili će mu birači uskratiti poverenje? Na kraju krajeva, Merifild je i dalje bio izborna jedinica u kojoj je odlučivalo nekoliko glasova, i samo bi budala mogla da smatra kako je poslanički mandat tamo siguran. Možda se nikad neće obogatiti, ali vodili su pristojan i udoban život, i nisu imali razloga da se žale. Saša je odavno prihvatio da onaj ko se bavi politikom neće uvek moći da putuje prvom klasom.

Oduševio se kad su ga imenovali za državnog sekretara u senci pri Forin ofisu, kad je Toni Bler preuzeo upravljanje opozicijom. On je bio čovek s neobičnom manom za vođu Laburističke partije: stvarno je želeo da vlada.

Robin Kuk, ministar spoljnih poslova u senci, zalagao se za etičku spoljnu politiku, i rekao je Saši kako očekuje od njega da stalno podseća svoje ruske parnjake da novostečeno državno bogatstvo treba da se podeli narodu, ne da se preda grupi oligarha koji to ničim nisu zaslužili, od kojih su se mnogi naselili u Mejferu, ali nisu plaćali porez.

Saša je u četiri oka rekao Kuku kako ne samo da se slaže s tim stavom nego je i razmišljao da se vrati u domovinu i kandiduje se na predsedničkim izborima ako se stvari ne promene. Mada je bio oduševljen što vidi kraj komunizma, nije mu se mnogo dopadalo ono što ga je zamenilo.

Dobijanje pouzdanih informacija iz Rusije nikad nije bilo lako, čak ni u najboljim okolnostima, ali Saša je postao blizak prijatelj Borisa Nemcova, koji je sad bio pomoćnik ministra u Dumi, i stekao uzak krug prijatelja među mlađim diplomatama u ambasadi. Redovno su se sastajali na službenim okupljanjima, konferencijama i zabavama u drugim ambasadama, a Saša je brzo otkrio da je jedan mladi pomoćnik sekretara, Ilja Resinev, čak spreman da prenosi informacije od svog strica.

Kad je predsednika Gorbačova zamenio Jeljcin, Ilja je obavestio Sašu da je njegov stari školski drug Vladimir veoma blizak novom predsedniku, i da očekuje unapređenje. Vladimir je nedavno, kad je KGB raspušten, napustio dužnost pukovnika, pa se pridružio svom starom univerzitetskom profesoru Anatoliju Sobčaku koji je postao prvi demokratski izabran gradonačelnik Sankt Peterburga. Vladimir je bio jedan od prvih ljudi kojima je dodelio zaduženje na čelu gradskog komiteta za međunarodne i ekonomske odnose. Ilja je rekao Saši da nijedan ugovor u vezi s naftom i gasom u toj oblasti ne može da bude sklopljen bez Vladimirovog odobrenja, iako je retko potpisivao konačni dokument, a niko se nije iznenadio kad se triput selio u tri godine, svaki put u sve raskošniju kuću, uprkos tome što je primao činovničku platu.

Ilja je upozorio Sašu da, ako Sobčak bude ponovo izabran, neće biti teško pogoditi ko će ga naslediti na mestu sledećeg gradonačelnika Sankt Peterburga. – A posle toga, ko zna gde će Vladimir završiti?

Saša je prestao da hoda i zagledao se u vrata sale za porođaje, ali ona su tvrdoglavo ostajala zatvorena. Misli su mu odlutale do Rusije i predstojećeg sastanka s Borisom Nemcovim, koji je, kao perspektivan ministar, nameravao da te jeseni poseti London, pa će tad obavestiti Sašu da li je uopšte moguće da razmišlja o kandidaturi za predsednika. Jeljcin je razočarao čak i najvatrenije pristalice, koje su otkrile da mu nedostaje reformski potencijal kojem su se nadali. A previše svetskih vođa se privatno žalilo da s ruskim predsednikom ne mogu da održe sastanak posle četiri posle podne. Tad već nije bio u stanju razgovetno da govori ni na jednom jeziku. Tokom nedavnog zaustavljanja u Dablinu, Jeljcin čak nije mogao da izađe iz aviona, zbog čega je njegov irski domaćin uzalud stajao na pisti i čekao da ga pozdravi.

Saša je već milioniti put pogledao na sat i pitao se šta li se događa iza tih zatvorenih vrata, kad su se ona iznenada širom otvorila i doktor Radli, i dalje u hirurškoj uniformi, izašao u hodnik. Saša je nestrpljivo pošao prema njemu, ali kad je doktor skinuo masku, nije morao da mu kaže kako nikad neće imati sina.

Saša se pitao da li će se ikad pomiriti s Konstantinovom smrću. Držao je bebu u rukama samo nekoliko trenutaka pre nego što su je odneli.

Njegove kolege u Parlamentu bile su pune razumevanja i saosećanja. Međutim, čak su i one počele da se pitaju da li je Saša izgubio strast prema politici jer je propustio nekoliko partijskih uputstava za glasanje, a nekoliko puta se nije pojavio na zasedanjima.

Vođa opozicije je razgovarao s ministrom spoljnih poslova u senci, i saglasili su se da ništa ne rade do početka jesenjeg zasedanja Donjeg doma posle dugačke letnje pauze.

Elena je predočila kako im je oboma potreban odmor, što dalje od Vestminstera.

– Zašto ne biste posetili Rim, Firencu i Milano – predložio je Đino – gde možete uživati u najboljim operama, umetničkim galerijama i restoranima na svetu. Pavaroti i Bernini, uz neograničene količine testenine i sicilijansko crno. Šta bi čovek mogao više da poželi?

– Njujork, Njujork – predložio je drugi Italijan s radija u automobilu. Čarli i Saša su odlučili da poslušaju Sinatrin savet.

– Ali šta da radimo s Natašom?

– Jedva čeka da vas se otarasi – uveravala ih je Elena. – U svakom slučaju, nadala se da će sa školskim drugaricama ići na koncert benda *Fol* u Edinburg.

– Onda je sve dogovoreno.

Saša je odlučio da isplanira godišnji odmor koji Čarli nikad neće zaboraviti. Provešće pet dana na brodu *KE2*, a kad stignu u Njujork odsešće u *Plazi*. Posetiće *Metropoliten*, *Muzej savremene umetnosti* i *Frik*, a čak je uspeo da obezbedi ulaznice za nastup Lajze Mineli u *Karnegi holu*.

– A onda se vraćamo kući *konkordom*.

– Oteraćeš nas u bankrot – rekla je Čarli.

– Ne brini, konzervativci još nisu vratili dužničke zatvore.

– To će im verovatno biti u narednom izbornom programu – kazala je Čarli.

Petodnevno putovanje brodom bilo je idilično, i stekli su nekoliko novih prijatelja, a neki od njih su čak mislili da bi Laburistička partija mogla da pobedi na narednim izborima. Svakog jutra su išli u vežbaonicu, ali su ipak oboje uspeli da se ugoje dva i po kilograma za pet dana. Poslednjeg jutra su ustali pre zore i stajali na palubi odakle su videli Kip slobode i solitere na Menhetnu, koji su iz minuta u minut postajali sve viši.

Kad su se prijavili u hotel – Čarli ga je nagovorila da odustane od predsedničkog apartmana i uzme dvokrevetnu sobu nekoliko spratova niže – nisu gubili vreme.

Muzej *Metropoliten* je opčinio Čarli bogatom zbirkom radova iz velikog broja kultura. Od Vizantije do Italijana Karavađa, preko holandskih majstora, Rembranta i Vermera, dok su francuski impresionisti zahtevali drugu posetu. *Muzej savremene umetnosti* takođe ju je oduševio i iznenadio Sašu, koji nije uvek mogao da razlikuje Pikasa i Braka iz kubističkih perioda. Ipak im je *Frik* postao druga kuća, s Belinijem, Holbajnom i Mari Kasat, koji su ih terali da iznova dolaze. A Lajza Mineli ih je navela da ustanu i viču „Bis!" pošto je otpevala „Maybe This Time".

– Šta ćemo raditi poslednjeg dana? – pitao je Saša dok su uživali u kasnom doručku u restoranu.

– Hajde da gledamo izloge.

– Zašto ne bismo otišli do *Tifanija* i kupili sve što vidimo?

– Zato što smo već probili budžet.

– Siguran sam da nam je ostalo dovoljno da kupimo nešto za obe babe i Natašu.

– Onda ćemo razgledati izloge u Petoj aveniji, ali ćemo kupovati u *Mejsiju*.

– Kompromis – rekao je Saša i presavio novine. – *Blumingdejl*.

Čarli je odabrala par kožnih rukavica za svoju majku, a Saša jedan *svoč* za Elenu, jer mu ga je često pominjala. *I cene su im tako razumne*, podsećala ga je.

– A za Natašu? – pitao je Saša.

– Par onih *leviski*. Sve prijateljice će joj zavideti.

– Ali izbledele su i pocepane čak i pre nego što ih kupiš – pobunio se Saša kad ih je video u izlogu.

– A ti tvrdiš da si čovek iz naroda.

Krenuli su natrag prema *Plazi*, natovareni kesama, kad se Čarli zaustavila da pogleda jednu sliku u izlogu galerije na Aveniji Leksington. – To je ono što želim – kazala je diveći se opčinjavajućim bojama i potezima četkice.

– Onda si se udala za pogrešnog čoveka.

– O, u to nisam baš tako sigurna – rekla je Čarli. – Ali i dalje nameravam da vidim koliko će te to koštati – dodala je i ušla.

Zidovi galerije bili su prepuni apstraktnih dela, a Čarli se divila jednoj slici Džeksona Poloka kad joj je prišao neki stariji gospodin.

– Predivna slika, gospođo.

– Da, ali to je tako tužno.

– Tužno, gospođo?

– Tužno je što je umro tako mlad, kad još nije ostvario svoj potencijal.

– Tako je. Imali smo povlasticu da ga zastupamo dok je bio živ, a ova slika je prošla kroz moje ruke triput u poslednjih trideset godina.

– Smrt, razvod i porez?

Starac se osmehnuo. – Da se, kojim slučajem, ne bavite umetnošću?

– Radim kao konzervator Tarnerove zbirke.

– Ah, onda, molim vas, pozdravite Nikolasa Serotu – kazao je i dao joj svoju posetnicu.

Saša im je prišao. – Smem li da pitam za cenu one slike u izlogu?

– Rotko? – upitao je gospodin Rozental i okrenuo se prema mušteriji. – Alekse, nisam znao da si u gradu. Ali moram ti reći da je tvoja žena već kupila tu sliku za zbirku.

– Moja žena ju je kupila?

– Pre nekoliko nedelja.

– Sigurno nije od moje poslaničke plate.

Rozental je namestio naočari, bolje se zagledao u mušteriju i rekao: – Izvinite. Trebalo je da shvatim da sam pogrešio čim ste progovorili.

– Kazali ste „zbirka" – rekla je Čarli.

– Da, Louelova zbirka u Bostonu.

– E, to je zbirka koju sam oduvek želela da vidim – kazala je Čarli – ali čula sam da je u sefu neke banke.

– Više nije – rekao je Rozental. – Slike su pre nekog vremena vraćene u kuću u Bostonu u kojoj su ranije bile. Biće mi zadovoljstvo da vam organizujem privatno razgledanje, gospođo. Kustos te kolekcije nekada je radila ovde, i znam da bi uživala da vas upozna.

– Nažalost, imamo let za London večeras – kazala je Čarli.

– Kakva šteta. Možda sledeći put – rekao je Rozental i poklonio se oboma.

– Neobično – kazala je Čarli, kad su izašli na ulicu. – Očigledno te je pomešao s nekim.

– I to s nekim ko može da priušti Rotka.

– Hajde, bolje da krenemo ako želimo da stignemo na aerodrom pre pet – kazala je Čarli. Poslednji put je pogledala sliku u izlogu. – Možeš li zamisliti kako je to kad poseduješ Rotka?

– Znam, znam – kazao je Saša. – Da je bog želeo da letimo, dao bi nam krila.

– Ne rugaj se – rekla je Čarli. – Ovaj avion ide prebrzo.

– Napravljen je da putuje tom brzinom. Samo sedi, opusti se i uživaj u šampanjcu.

– Ali čitav avion se trese. Osećaš li to?

– To će prestati čim probijemo zvučni zid, a onda ćeš se osećati kao u bilo kom avionu, osim što ćeš putovati hiljadu i po kilometara na sat.

– Ne želim da mislim o tome – kazala je Čarli i zažmurila.

– I nemoj da zaspiš?

– Zašto?

– Zato što ti je ovo prvi i poslednji put da putuješ *konkordom*.

– Osim ako ne postaneš premijer.

– To se neće dogoditi, ali...

Čarli ga je stegla za ruku. – Hvala ti, dragi, za najlepši godišnji odmor u životu. Mada, moram da priznam, jedva čekam da se vratim kući.

– I ja – priznao je Saša. – Jesi li pročitala udarnu vest u jutrošnjem *Njujork tajmsu*? Izgleda da čak i Amerikanci veruju da ćemo pobediti na narednim izborima. – Saša je bacio pogled i video da je Čarli zaspala. Voleo bi da je i on mogao da uradi to. Okrenuo se i pogledao po avionu, pa spazio nekoga koga je odmah prepoznao. Voleo bi da se upozna s njim, ali nije želeo da ga uznemirava. Taj čovek se okrenuo i pogledao prema njemu.

– Ovo je prava sreća, gospodine Karpenko – rekao je Dejvid Frost. – Upravo sam jutros govorio svom producentu kako treba što pre da vas pozovemo u jutarnji program. Posebno me zanimaju vaši stavovi o Rusiji, i koliko dugo mislite da će Jeljcin ostati na vlasti.

Prvi put u životu Saša je poverovao da je samo pitanje vremena kad će postati ministar.

Saša je prvi put posle mnogo godina uživao u partijskoj konferenciji u Blekpulu. Više nije bilo beskrajnih govora u kojima se zahtevaju promene koje vlada mora da sprovede, jer su ovoga puta ministri u senci nabrajali promene koje će sigurno napraviti kad torijevci skupe hrabrost da raspišu izbore.

Kad god bi izašao iz hotela i pošao u konferencijski centar, prolaznici su mu mahali i vikali: „Srećno, Saša!" Nekoliko novinara koji ranije nisu imali vremena da odu na piće s njim u *Enin bar* sad su ga pozivali na ručkove ili večere koje nije mogao da uklopi u svoj raspored. Snažna poruka vođinog završnog govora nije mogla biti jasnija. Spremite se za laburističku vladu. Kao i svi ostali u prepunoj sali, Saša je jedva čekao da Džon Mejdžor raspiše opšte izbore.

Sašu je pekla savest što već dugo nije posetio groficu. Njegova majka je jednom nedeljno išla na čaj s njom, pa su s godinama postale bliske prijateljice. Elena ga je redovno podsećala da je grofičino Faberžeovo jaje promenilo život svima njima. Međutim, prošli su meseci otkako je starica prisustvovala sastanku odbora, uprkos tome što je i dalje posedovala pedeset odsto kompanije.

Kad je Saša pokucao na vrata njenog stana na Loundesovom trgu, otvorila mu je ista verna služavka, i prvi put ga je odvela u gospodaričinu spavaću sobu. Saša se zaprepastio kad je video koliko je grofica ostarila otkad ju je poslednji put video. Njena proređena seda kosa i duboke bore izgledali su mu kao vesnici smrti. Slabašno mu se osmehnula.

– Dođi, Saša, i sedi kraj mene – rekla je tapšući rukom ivicu kreveta. – Moram nešto da ti kažem. Znam koliko si zauzet, tako da ću pokušati da ti ne tracim previše vremena.

– Ne žurim – kazao je Saša i seo pored nje – zato se ne žurite. Samo mi je žao što vas tako dugo nisam video.

– To nije važno. Tvoja majka me obaveštava o svemu što radiš. Kompanija ponovo dobro radi i samo se nadam da ću živeti dovoljno dugo da vidim kako postaješ ministar.

– Naravno da hoćete.

– Najdraži Saša, stigla sam do godina kad mi je smrt na pragu, što je razlog zbog koga sam te zvala da te vidim. Ti i ja imamo mnogo toga zajedničkog, a pre svega odanost i ljubav prema rodnoj zemlji. Dugujemo mnogo toga britanskim domaćinima što su bili tako uljudni i uviđavni, ali ruska krv i dalje teče našim venama. Kad umrem...

– Što se, nadam se, neće dogoditi tako skoro – kazao je Saša i uzeo je za ruku.

– Moja jedina želja je – nastavila je ne obraćajući pažnju na upadicu – da budem sahranjena kraj oca i dede u Crkvi Svetog Nikole u Sankt Peterburgu.

– Onda će vam želja biti ispunjena. Ne mislite više o tome.

– To je tako ljubazno od tebe, i zauvek ću ti biti zahvalna. Sad, da pređemo na veselije teme, dragi momče, malo istorije koja će te razveseliti. Kad sam bila dete, car Nikolaj Drugi je došao u moju sobu i, baš kao ti, seo na ivicu mog kreveta. – Saša se osmehnuo i nastavio da je drži za ruku. – Pretpostavljam da ću biti jedina osoba u istoriji naše zemlje kojoj su na krevetu sedeli i car i budući predsednik Rusije.

42.

Saša

Vestminster, 1997.

Džon Mejdžor je izdržao do poslednjeg trenutka, i na kraju proglasio izbore poslednjeg dana petogodišnjeg mandata. Tad već niko nije pričao o tome da li će laburisti pobediti na opštim izborima već samo s koliko glasova više.

Sašina izborna jedinica u Merifildu više nije smatrana marginalnom, tako da su ga slali širom zemlje da govori na mitinzima u izbornim jedinicama u kojima se dotad retko viđao neko s crvenim bedžom. Čak je i Fiona Hanter, s većinom od 11.328 glasova u susednoj izbornoj jedinici, kucala na vrata i držala mitinge kao da se kandiduje u izbornoj jedinici s neizvesnom većinom.

Saša je poslednju nedelju kampanje proveo među prijateljima i pristalicama u Merifildu dok su čekali da saznaju presudu nacije. U petak ujutro, drugog maja, predsednik izborne komisije za Merifild objavio je da je gospodin Saša Karpenko pobedio na izborima s prednošću od 9.741 glas. Alf ga je podsetio na dane kad je ta prednost bila dvocifrena, i to tek nakon tri prebrojavanja.

Tog jutra je na naslovnim stranama gotovo svih dnevnih novina pročitao iste dve reči: UBEDLJIVA POBEDA.

Kad je proglašen i poslednji mandat u Severnoj Irskoj, Laburistička partija je osvojila većinu od 179 mandata. Saša je bio razočaran što je Ben Koen izgubio svoj mandat, ali morao je da prizna, makar u sebi, da je bio zadovoljan što je Fiona opstala za nekoliko hiljada glasova. Pozvaće Bena kasnije da izrazi svoje žaljenje.

Uključio je televizor dok je Čarli kuvala jaja.

– Nema televizije dok ne završiš domaći – prekorila ga je Nataša i pripretila prstom.

– Ovo je moj domaći, mlada damo – rekao je njen otac dok su gledali kako crni jaguar lagano vozi Malom prema Bakingemskoj palati, a u njemu sedi putnik koji ima sastanak s kraljicom. Svi su znali da će Njeno veličanstvo pitati gospodina Blera može li da sastavi vladu, a on će je uveriti da može.

Kad je četrdesetak minuta kasnije taj automobil prošao kapiju palate, otišao je pravo u Dauning strit 10, gde će njegov putnik boraviti narednih pet godina s titulom premijera i počasnog ministra finansija.

– I šta je sledeće? – pitala je Čarli.

– Kao i mnoge moje kolege, sedeću kraj telefona s nadom da će me premijer pozvati.

– A ako ne pozove? – pitala je Nataša.

– Narednih pet godina ću sedeti u zadnjim klupama.

– Ne bih rekla – kazala je Čarli. – U međuvremenu, neki od nas moraju da idu na posao. Pozovi me istog trena kad saznaš nešto. I ne zaboravi da ti ovog jutra voziš Natašu u školu – dodala je pa se uputila ka metrou, odakle će se voziti do stanice *Viktorija*.

Saša je razbio vrh kuvanog jajeta i video da se već stvrdlo. Kad je Nataša otišla u svoju sobu da uzme torbu, pokušao je da čita jutarnje novine. Istorija. Sad je želeo da ima sutrašnje novine i otkrije da li je dobio posao.

Nataša je promolila glavu na vrata. – Idemo, tata, vreme je. Ne smem da zakasnim.

Saša je ostavio napola pojedeno jaje, uzeo s kredenca ključeve kola i brzo izašao na ulicu za ćerkom.

– Jesam li ti rekla da ću glumiti Porciju u ovogodišnjoj školskoj predstavi, tata? – pitala je Nataša dok je vezivala pojas.

– Koju Porciju? – odvratio je Saša i krenuo.

– *Julije Cezar.*

– *Ti si moja verna, moja časna žena, draga si mi kao te rumene kapi što moje tužno srce pohode.*

Nataša je zastala, pa izgovorila sledeću repliku: – *Da je tako, znala bih tu tajnu. Jesam žena, ali žena slavnog Bruta.*

– Nije loše – rekao je Saša.

– Za slučaj da nemaš pametnija posla, tata, još tražimo Bruta – kazala je Nataša kad su se zaustavili pred ulazom u školu.

– Nije to loša ponuda. Obavestiću te večeras da li sam dobio bolju.

– Uzgred – počela je Nataša dok je izlazila iz kola – rekao si jednu pogrešnu reč.

– Koju reč?

– Zar mi nisi uvek govorio: ne budi lenja, dete, pogledaj sama. Želim ti lep dan, tata, i sve najbolje!

Saša je pustio da telefon zazvoni triput pre nego što se javio.

– Saša, Ben je ovde. Samo te zovem da ti poželim sreću.

– Žao mi je što si izgubio mandat, stari druže. Ali siguran sam da ćeš se vratiti.

– Sumnjam u to. Mislim da će tvoja partija dugo ostati na vlasti.

– Možda će te poslati u Gornji dom?

– Premlad sam. U svakom slučaju, postoji dug red ispred mene.

– Hajde da ostanemo u vezi – kazao je Saša, svestan da to više neće biti tako lako.

– Oslobodiću vezu – rekao je Ben. – Znam da sigurno čekaš poziv iz broja 10. Srećno.

Saša nije uspeo ni da sedne, a telefon je ponovo zazvonio. Podigao je slušalicu pre nego što je zazvonio drugi put.

– Ovde broj 10 – kazao je glas s telefonske centrale. – Premijera zanima možete li da dođete na sastanak s njim danas u tri i dvadeset.

Pogledaću rokovnik i videti da li mi to odgovara, poželeo je da kaže Saša. – Naravno – odgovorio je.

Narednih sat vremena pretvarao se da gleda vesti, čita novine, pa čak i da ruča. Javilo mu se nekoliko kolega, koji su takođe bili pozvani ili su nestrpljivo čekali, a i mnogi drugi, uključujući Alfa Rajkrofta, koji su mu poželeli sreću. U međuvremenu je nahranio mačku, koja je čvrsto spavala, i pročitao drugi čin *Julija Cezara* da otkrije koja je to reč koju je pogrešio.

Odvezao se do Donjeg doma nešto posle pola tri i parkirao na parkingu za poslanike. Policajac na kapiji je salutirao čim ga je video. Da li zna nešto što Saša ne zna? Napustio je Vestminstersku palatu nešto posle tri i polako pošao preko Parlamentarnog trga do Vajthola, pored Forin ofisa. Da li ga moćnici čekaju unutra? Dežurni policajac u Dauning stritu nije morao da gleda spisak.

– Dobar dan, gospodine Karpenko – rekao je i otvorio mu kapiju.

– Dobar dan – uzvratio je Saša, krenuvši tom dugom mukotrpnom stazom duž Dauning strita kako bi saznao svoju sudbinu.

Iznenadio se kad su se vrata broja 10 otvorila dok je bio udaljen nekoliko koraka. Ušao je prvi put tamo i zatekao devojku koja ga je čekala.

– Dobar dan, gospodine Karpenko. Hoćete li biti ljubazni da pođete za mnom? – Povela ga je uza stepenice, pored portreta bivših premijera. Slika Džona Mejdžora već je bila tu.

Kad su stigli do prvog sprata, zaustavila se ispred jednih vrata i tiho kucnula, otvorila ih i pomerila se u stranu. Saša je ušao i zatekao premijera kako sedi naspram prazne stolice, u kojoj je izgleda već sedelo nekoliko ljudi. Iza njega je sedela sekretarica sa olovkom u ruci.

– Siguran sam da vas ovo neće previše iznenaditi – počeo je premijer kad je Saša seo – ali voleo bih da se pridružite Robinu u Forin ofisu, kao njegov državni sekretar. Nadam se da ćete biti u prilici da prihvatite tu ponudu.

– Biću počastvovan – rekao je Saša. – I oduševljen što služim u vašem prvom mandatu.

– Uz to bih voleo da me obaveštavate o onome što se događa u Rusiji – kazao je premijer – posebno ako se vaša lična situacija promeni.

– Moja lična situacija, premijeru?

– Naš ambasador u Moskvi kaže da biste, da odete u Rusiju i kandidujete se protiv Jeljcina, pobedili ubedljivije nego ja ovde. U tom slučaju, ja bih morao da zakazujem sastanak s vama.

– Ali Jeljcin neće raspisati izbore još tri godine.

– Da, ali ankete pokazuju da trenutno ima jednocifrenu podršku izraženo u procentima, koja i dalje opada.

– Ankete su nebitne, premijeru. U Rusiji je važnije koliko glasova će završiti u biračkim kutijama, ko ih tamo stavlja, i još važnije – ko ih broji.

– Toliko o *glasnosti* – rekao je Bler. – Ali čini mi se da će doći vaše vreme, Saša, tako da me obaveštavajte, a u međuvremenu, želim vam sreću na novom poslu.

Sekretarica se nagnula i prošaputala nešto premijeru na uvo. Saši niko nije morao da kaže da je sastanak završen, i nameravao je da ode, kad je premijer dodao: – Vaše ime se takođe nalazi na spisku članova Državnog saveta.

– Hvala vam, premijeru – rekao je Saša i ustao pa su se njih dvojica rukovali.

Kad je Saša izašao iz premijerove kancelarije, zatekao je istu onu devojku kako stoji u hodniku. – Ako biste pošli sa mnom, državni sekretare, pa ćete ispred zateći kola koja čekaju da vas odvedu u Forin ofis.

Denis Hili je jednom rekao Saši da nikad ne zaboravi prvu osobu koja ga je nazvala ministrom. Do kraja nedelje, mislićeš da ti je to kršteno ime.

Dok je izlazio iz broja 10, Saša se mimoišao s Krisom Smitom, koji je ulazio, i zapitao se koji će njemu posao biti ponuđen. Izašao je na ulicu, gde mu je prišao krupan muškarac nalik ragbisti. – Dobar dan, državni sekretare, zovem se Artur, i ja sam vaš vozač – kazao je i otvorio zadnja vrata kola koja su čekala.

– Više volim da sedim napred – rekao je Saša.

– Nažalost, ne možete, gospodine. Bezbednosni razlozi.

Saša je seo na zadnje sedište. Morao je da se zapita zašto mu je potreban auto jer je Forin ofis svega nekoliko stotina metara dalje. – Bezbednosni razlozi – čuo je Arturov glas.

– Smem li da telefoniram?

– Telefon je u naslonu, državni sekretare. Samo podignite slušalicu i odmah ćete biti prebačeni na centralu Forin ofisa. Kažite im šta želite i oni će odmah prebaciti vezu.

– Pretpostavljam da moram da im dam broj?

– To neće biti neophodno, gospodine.

Saša je otvorio poklopac naslona za ruke i podigao slušalicu. – Dobar dan, državni sekretare – rekao je neki glas – kako mogu da vam pomognem?

– Voleo bih da razgovaram sa svojom suprugom.

– Naravno, gospodine, odmah ću vas spojiti.

Fiona mu je jednom rekla da je potrebno malo vremena da se navikneš na iznenadnu promenu načina života kad od opozicije postaneš vlast.

– Halo? – rekao je neki glas na drugom kraju linije.

– Dobar dan, ovde uvaženi gospodin Saša Karpenko, državni sekretar ministarstva spoljnih poslova njenog veličanstva.

Čekao je da Čarli prasne u smeh. – Izvinite, državni sekretare – kazao je neki glas – ali vaša supruga nije trenutno u kancelariji. Obavestiću je da ste je zvali.

– Izvinite... – počeo je Saša, ali veza je već bila prekinuta.

– Upravo sam napravio prvu brljotinu, Arture.

– I sigurno vam neće biti poslednja. Ali moram da priznam, vi ste prvi od mojih državnih sekretara koji je uspeo da zabrlja pre nego što je i stigao do Forin ofisa.

43.

Aleks

Boston i Davos, 1999.

Sastanak upravnog odbora je protekao prilično glatko, dok Džejk nije pomenuo poslednju tačku dnevnog reda: – Razno.

– Šta želi Ivlin? – pitao je predsednik i s nevericom se zagledao u generalnog direktora.

– Da proda svojih pedeset odsto akcija banke. Nudi nam pravo preče kupovine.

– Koliko njene akcije vrede na tržištu? – pitao je Bob Andervud.

– Četiristo, možda petsto miliona.

– A koliko ona traži? – pitao je Mič Blejk.

– Milijardu.

Grupa ljudi koji su bili u stanju da satima igraju poker bez ikakve grimase, zastenjala je od neverice.

– Ivlin je sasvim svesna da, dokle god poseduje pedeset odsto kompanije, može da nam drži pištolj na slepoočnici.

– Onda može i da povuče obarač – rekao je Aleks – jer toliko novca nemamo.

– Kao što je Džordž Soros jednom rekao, ako poseduješ pedeset jedan odsto kompanije, ti si njen gospodar, ako poseduješ četrdeset devet odsto, ti si njen sluga.

– Ima li neko neku ideju? – pitao je Aleks gledajući okupljene.

– Ubijmo je – rekao je Bob Andervud.

– To ne bi rešilo problem – bio je praktičan Džejk – jer bi njen muž Tod Halidej nasledio akcije pa bismo imali posla s njim.

– Mogli bismo da iznesemo kontraponudu – rekao je Andervud. – Brzo bi saznala da niko nije spreman da plati tako nečuven iznos.

– Ne bih bio tako siguran u to – rekao je Džejk. – *Bostonska banka* bi volela da se dokopa našeg ruskog portfolija koji je sad nadmašio sve konkurente, pa pretpostavljam da bi bili spremni da plate i više od tražene cene.

– Zašto samo ne ignorišemo tu prokletu ženu – predložio je Blejk – pa će možda sama otići.

– Ona je to već predvidela – rekao je Džejk – i odlučila da uperi svoje tenkove u nas.

– A koju municiju namerava da koristi? – pitao je Aleks.

– Uredbe kompanije.

– Koju posebno? – pitao je Endi Harbotl koji je mislio da zna statut napamet.

– Broj devedeset dva.

Ostatak odbora je sačekao da Harbotl prelista ofucanu knjigu u kožnom povezu. Kad je naišao na potrebnu uredbu, pročitao ju je naglas. – Ako jedan od akcionara ili grupa akcionara poseduje pedeset ili više odsto akcija kompanije, imaće pravo da spreči sprovođenje bilo koje odluke odbora u roku od šest meseci.

– Navela je jedanaest odluka koje smo doneli prošle godine, a koje namerava da ospori – rekao je Džejk. – To bi zaustavilo poslovanje banke na šest meseci, a ona kaže da će, ukoliko joj ne platimo, doći na godišnji sastanak akcionara narednog meseca i lično sprovesti svoje pretnje.

– Ko ju je nagovorio na to? – pitao je Andervud.

– Kladim se da je Akrojd – rekao je Džejk. – Ali pošto ima krivični dosije, ne sme da se pojavljuje u javnosti. Tako da ćemo morati da poslujemo sa Ivlin lično.

– Ali s obzirom na njen prethodni odnos sa Akrojdom – kazao je Andervud – zašto joj ne ponudimo četiristo miliona i vidimo kako će da reaguje?

– Možemo da pokušamo – rekao je Džejk. – Ali imam li manevarskog prostora?

– Šeststo miliona, a čak je i to preterano – rekao je Aleks.

– Mislim da, kao odbor, možemo pretpostaviti da će ona izvršiti svoju pretnju – kazao je Džejk. – U tom slučaju će joj Akrojd savetovati da svoje akcije ponudi *Bostonskoj banci* za sedamsto miliona.

– Trebalo bi je obesiti na najbližu gredu, kako je urađeno s mnogim njenim engleskim precima – rekao je Andervud.

– Mene bi trebalo obesiti – kazao je Aleks. – Ne zaboravite da je jednom ponudila svojih pedeset odsto za milion dolara, a ja sam je odbio.

– Izvaditi utrobu i raščerečiti – dodao je Andervud.

– Ne još – kazao je Džejk. – Imamo još jednog keca u rukavu.

– Čestitam – rekla je Ana. – Uvek je nešto posebno kad ti kolege odaju priznanje.

– Hvala ti – kazao je Aleks. – Naročito zato što u Davos dolaze svi oni koji zaista nešto znače u svetu finansija.

– O čemu žele da govoriš?

– O ulozi Rusije u novom svetskom poretku. Jedini problem je što je to došlo u najgore moguće vreme za banku.

– Ivlin ponovo izaziva probleme?

– Preti da će uzurpirati godišnji sastanak akcionara ako ne pristanemo na njene nečuvene zahteve.

– Možda bi trebalo da otkažemo putovanje u London za vikend i odmah otputujemo u Davos?

– Ne, oboma nam je potreban odmor, a ti si se mesecima radovala tom putovanju.

– Godinama – rekla je Ana – otkako mi je gospodin Rozental rekao da nikad neću shvatiti značaj engleskih akvarelista dok ne vidim Tarnerove slike u *Tejtu*.

Pošto je diskretno posetio najboljeg bostonskog vlasuljara, rezervisao je povratni let za Nicu i platio gotovinom. U turističkoj agenciji su mu rezervisali sobu u *Otel de Pari* na neodređeno vreme, jer nije bio siguran koliko će mu vremena biti potrebno da izvede svoj plan.

Po obuci je bio mikromenadžer, opsednut pojedinostima. Njegov junak, general Ajzenhauer, u svojim memoarima je napisao da, ako su snage izjednačene, planiranje i priprema odlučuju ko će pobediti u bici. Kad se ukrcao u avion za Nicu, bio je potpuno spreman da se sukobi s njom na svakom bojnom polju koje ona izabere.

Gospođica Robins im je rezervisala sobu u *Konotu*, Lorensovom omiljenom hotelu u Londonu. Kako su imali samo produženi vikend pre nego što odlete u Davos, svaki minut boravka morao je da bude isplaniran.

Nacionalna galerija, Volasova zbirka, *Kraljevska akademija* bili su obavezne stanice, i nisu ih razočarale. *Avetinjski Šajlok* Henrija Gudmana naveo ih je da požele da produže posetu i pogledaju sve druge predstave u *Nacionalnom teatru*. A kako da se čovek opredeli da li da ode u *Prirodnjački muzej, Muzej Viktorije i Alberta* ili u *Muzej nauke*, osim ako ne odluči da ih sve redom poseti?

Ana je ostavila posetu Tarnerovoj zbirci u *Tejtu* za poslednje jutro pa su oboje stajali pred ulazom i pre nego što je galerija otvorila vrata. *Pogled na nadbiskupovu palatu*, naslikan kad je umetnik imao svega petnaest godina, nije ostavljao nikakvu sumnju u Tarnerovu genijalnost. Ali kad su videli *Brodolom* i *Veneciju*, Ana je poželela da kaže Aleksu: *Zašto ne bi otišao u Davos bez mene?*

Okrenula se i videla ga kako ćaska sa ženom koja nije ličila na turistu, a na osnovu bedža na reveru izgledalo je da radi u *Tejtu*. Ana je već neko vreme želela da pita nekog o Tarnerovom neskladnom odnosu s Konstablom, njegovim velikim savremenikom i rivalom, i zato je pošla prema njima.

– Molim vas izvinite – kazala je ta žena. – Na trenutak sam pomislila da ste moj... Baš sam glupa. – Žurno se udaljila posramljenog izgleda.

– Šta se dogodilo? – pitala je Ana.

– Nisam siguran, ali mislim da me je zamenila s nekim.

– Vodiš dvostruki život, ha, dragi? – zadirkivala ga je. – Jer ona je baš tvoj tip, tamne oči, tamna kosa, i deluje veoma inteligentno.

– Pronašao sam odavno jednu takvu – rekao je Aleks i zagrlio suprugu – i iskreno, jedna mi je sasvim dovoljna.

– Da li to osećam da te pomalo hvata nervoza zbog govora?

– Možda si u pravu.

– Onda hajde da se vratimo u hotel i još jednom ga pročitamo.

Ni jedno ni drugo nije primetilo da ih glavni konzervator gleda s prozora svoje kancelarije dok su izlazili na Milibenk, gde su zaustavili crni taksi. Da nije bilo tog *bruks braders* odela i američkog naglaska, Čarli bi se zaklela... a onda se setila. Da li je moguće da je to žena koja je radila u galeriji *Rozental*, a sad je kustos Louelove zbirke?

* * *

Seo je na svoje sedište u prvoj klasi i osetio olakšanje što nije prepoznao nikog od ostalih putnika. Iskoristio je dugo putovanje preko Atlantika da razmisli o svojoj strategiji, mada je znao da će morati da izgleda iznenađeno kad se sretnu. Kao svaki iskusan govornik, morao je da uvežba čak i improvizovane opaske.

Okrenuo se njenom privatnom životu iako je pretpostavljao da o njoj već zna više nego i njeni najbliži prijatelji. Kad je avion sleteo, zapitao se šta bi moglo da pođe po zlu. Jer uvek postoji nešto što nisi predvideo. Ajzenhauer.

Kad je prošao pasošku kontrolu i uzeo dva velika kožna kofera, otišao je taksijem do *Otela de Pari*, prijavio se i u pratnji nosača otišao do svog apartmana. Dao je nosaču veliku napojnicu, što je bio deo plana. Morao je da se pobrine da ga zapamte. Nikad nije mogao da spava u avionu, tako da je otišao pravo u krevet i spavao do osam sati sledećeg jutra.

Proveo je dan upoznajući se s tlocrtom hotela, kao i kazina s druge strane trga, mada se uopšte nije kockao. Bilo je važno da izgleda i zvuči kao redovna mušterija pre nego što nalete jedno na drugo. A najvažnije od svega bile su večeri koje je trebalo isplanirati do delića sekunde.

U ponedeljak uveče je večerao sâm u hotelskom restoranu, gde je polako sticao poverenje šefa sale Žaka, čemu je doprinelo i to što je, pre odlaska u sobu, ostavio još jednu neverovatno visoku napojnicu. U utorak je Žak potvrdio da ona i njen muž svakog petka večeraju u hotelskom restoranu, pa odu na drugu stranu trga gde se kockaju do zore.

U sredu ga je Žak premestio za sto pored njihovog uobičajenog, a on je odabrao da sedi tako da njoj bude okrenut leđima. U četvrtak je Žak već bio svestan uloge koju treba da odigra. Uostalom, gospodin mu je ostavio nekoliko velikih podsticaja, a nadao se da će, ako dobro odigra svoju ulogu, biti još toga sa istog izvora.

U petak uveče je sedeo na svom mestu trideset minuta pre nego što je trebalo da se podigne zavesa. Naručio je hranu, ali rekao je Žaku da ne žuri.

Odmah posle osam njih dvoje su ušli u restoran, a Žak nije ni pogledao prema njemu dok je pratio goste do njihovog uobičajenog stola. On je nastavio da čita međunarodno izdanje *Vol strit žurnala*, jer je bilo potrebno da ona shvati kako je sâm.

Žak je pričekao da se odnesu tanjiri od glavnog jela pre nego što se podigne zavesa za drugi čin, a onda se vratio na pozornicu da odigra svoju značajnu kratku ulogu. Sagnuo se i prošaputao joj je na uvo.

– Gospođo, jeste li primetili ko sedi za susednim stolom?

– Ako mislite na starijeg gospodina meni okrenutog leđima, moram reći da nisam.

– To je Džordž Soros. Kad god odsedne ovde dâ mi savet za akcije i do njegovog sledećeg dolaska one se obično udvostruče.

– Znači, redovan je gost?

– Dolazi jednom godišnje, gospođo, i ostaje samo nedelju dana. To mu je prilika da se opusti na mestu gde ga niko ne prepoznaje.

– Večeras neću desert, Žak – kazala je. – A neće ni moj muž.

Tod je izgledao razočarano jer je uvek uživao u rolatu od gorke čokolade, ali znao je onaj pogled.

– Kako želite, gospođo – rekao je Žak. Dok je prolazio kraj susednog stola, dopunio je gostu čašu vodom, što je bio znak da je odigrao svoju ulogu i da napušta pozornicu.

Nekoliko trenutaka kasnije Tod je ustao i diskretno napustio restoran. Gost za susednim stolom okrenuo je stranicu novina i nastavio da čita. Ivlin je ustala, pa gurala stolicu unatrag sve dok nije udarila u njegovu.

– Oh, oprostite mi molim vas – rekla je kad se on okrenuo.

– Nema problema – kazao je pa ustao i naklonio joj se.

– Zaboga, jeste li vi onaj koji mislim da jeste?

– To zavisi od toga ko želite da budem – rekao je srdačno se osmehujući.

– Gospodin Soros?

– Onda je, gospođo, moja maska pala.

– Ivlin Louel – rekla je uzvraćajući mu osmeh.

Ponovo se naklonio. – Imao sam privilegiju da poznajem vašeg oca – rekao je. – Dobar čovek od koga sam mnogo naučio.

– Da, dragi tatica, volela bih da je živ kako bih mogla s njim da se posavetujem oko problema koji imam.

– Možda bih mogao ja da pomognem?

– O ne, ne bih da se namećem...

– Draga damo, bila bi mi čast da pomognem ćerki Džejmsa Louela i da se bar delimično odužim za njegovu dugogodišnju ljubaznost. Izvolite, sedite – rekao je pa izvukao stolicu pored svoje.

– Veoma ste ljubazni – kazala je Ivlin i sela.

– Žak, čašu šampanjca za damu, a ja ću uobičajeno. – Šef sale je brzo otišao. – Dobro, kako mogu da vam pomognem, gospođice Louel?

– Ivlin, molim vas.

– Onda me zovi Džordž – kazao je kad se udobno namestio i dopustio Ivlin da mu, između gutljaja šampanjca dok je on uživao u brendiju, polako ispriča ono što je već znao.

– To nije neuobičajen problem kad se govori o nasledstvu – rekao je čim je došla do kraja priče. – Posebno kad se radi o suparništvu među braćom i sestrama. To je poznato kao fifti-fifti dilema.

– Baš zanimljivo – rekla je upijajući svaku njegovu reč.

– Naravno, postoji jednostavno rešenje.

– A koje bi ono bilo?

– Prvo, moram da te pitam, Ivlin, umeš li da čuvaš tajnu?

– Sasvim sigurno umem – kazala je i spustila ruku na njegovu butinu.

– Zato što će biti potrebno da blisko sarađujemo narednih nekoliko dana, a ja ne bih želeo da iko, ponavljam niko, čak ni tvoj muž, sazna izvor ovoga što ću ti upravo otkriti.

– Onda je možda bolje da odemo do tvoje sobe, gde nas niko neće uznemiravati – kazala je i pomerila ruku malo više uz njegovu butinu.

To svakako nije nešto što je Bob predvideo, ali što se mora...

Aleks je poslednji put bio jednako nervozan pred bitku u Vijetnamu. A baš kao i onda, čekanje je bilo najgore.

Prvo što ga je brinulo jeste da se niko neće pojaviti dok bude govorio. Kad su među govornicima Nelson Mandela, Džordž Soros i Henri Kisindžer, moraš prihvatiti da si u najboljem slučaju poslastica za kraj. Ipak, organizatori su ga uverili da će „Uloga Rusije u novom svetskom poretku“ biti desert dana koji je većina delegata već naručila.

Kad je hostesa pokucala na vrata govorničke sobe i rekla mu da je vreme za izlazak na binu, Aleks nije imao hrabrosti da je pita koliko ljudi je prisutno. Kad više nije mogao da izdrži, provirio je kroz otvor između zavesa i video da organizatori nisu preterali. Sala je bila tako puna da su neki posetioci sedeli na prolazima između redova.

Klaus Švab je ustao da ga predstavi i počeo time što je rekao delegatima kako je poslednje decenije Aleks Karpenko jedan od vodećih investicionih bankara u mladoj ruskoj republici, i da je sklapao poslove zaprepašćujuće za njegove opreznije suparnike koji su zaostali za njim. Banka *Louel* je dala novo značenje rečima „odnos rizika i profita“ jer je obezbedila najmanje jedan posao koji im je doneo profit od hiljadu odsto već prve godine, a istovremeno je povećala plate svima zaposlenim u kompaniji.

– U danima zlatne groznice – kazao je Švab – morali ste da se popnete na kola sa arnjevima i krenete na zapad. U današnjoj Rusiji, to je privatni avion i morate da idete na istok.

Aleks je osetio olakšanje što Švab nije pomenuo da je pobegao iz Sankt Peterburga u kolima hitne pomoći, ali ne pre nego što su mu novčanik ispraznili jedan žigolo i jedan bolničar van dužnosti.

Kad se pojavio iza zavese i zauzeo Švabovo mesto na bini, dočekao ga je prijateljski aplauz. Bila je to vrsta prijema koja nagoveštava da će sačekati i videti kako i šta govori pre nego što donesu zaključak.

Aleks je gledao redove pune radoznalih lica i naterao ih da još malo sačekaju pre nego što je započeo svoje izlaganje.

– Kad god govorim u svom mesnom *Lajons* klubu, na nekom studentskom forumu pa čak i na poslovnoj konferenciji, obično sam prilično uveren da sam bolje informisan od ostalih ljudi u prostoriji. Prihvatio sam ovaj poziv ne shvatajući da su svi prisutni bolje informisani od mene.

Smeh koji je usledio omogućio mu je da se malo opusti.

– Banka *Louel* u Rusiji radi već deset godina s domaćim stanovništvom, a gospodin Švab nas je ljubazno opisao kao jedne od vodećih u tom polju. Ta ista banka u Bostonu radi preko sto godina, a i dalje nas smatraju nekim ko se tek probija. U kontekstu ruskog investicionog bankarstva, smatraju nas pak delom establišmenta posle samo deset godina. Kako je to moguće?

– Pre manje od pedeset godina, Staljin je vladao jednim od najvećih carstava na svetu. Kad je umro 1953, ožaljen je kao narodni heroj i njegovi spomenici su podizani čak i u najmanjim varošicama. Ljudi su ga od milja zvali Ujka Džo, a širom sveta je njegovo ime pominjano uvek uz Ruzveltovo i Čerčilovo. Ali danas je teško pronaći neki spomenik Staljinu bilo gde u bivšem SSSR-u, osim u njegovom rodnom gradu.

– Posle Staljina usledio je niz neizabranih despota koji su se godinama zaklanjali njegovom senkom: Hruščov, Kosigin, Brežnjev, Andropov i Černjenko, i svi su ostali na vlasti do smrti ili nasilne smene. A onda se iznenada, gotovo bez najave, preko noći sve promenilo kad se pojavio Mihail Gorbačov i najavio rađanje *glasnosti*. Jednostavan prevod bio bi politika ili način rada otvorenije i demokratskije vlade i slobodnije širenje informacija.

– Od marta 1990, kad je Gorbačov postao prvi izabrani predsednik Sovjetskog Saveza, ta zemlja je počela ubrzano da se menja, i prvi put su preduzetnici mogli da rade bez ograničenja centralizovane ekonomije.

– Međutim, ljudi koji su nadgledali ovu transformaciju bili su iz iste bande propalica koja je upravljala starim režimom. Kako biste se osećali kad bi neko predsedniku Komunističke partije Amerike dao ključeve Fort Noksa? I to uprkos činjenici da je Sovjetski Savez imao jedan od najboljih obrazovnih sistema na svetu, to jest ako ste želeli da budete filozof ili pesnik, ali ne i ako ste želeli da budete biznismen. U to vreme ste imali veće izglede da studirate sanskrit na *Moskovskom univerzitetu* nego da rastumačite završni račun.

– Rusija poseduje dvadeset četiri odsto svetskih rezervi gasa, dvanaest odsto nafte, i više drvne građe nego ijedna druga država. Ali iako prosečan radnik sebe više ne smatra drugom, i dalje zarađuje manje od petnaest dolara nedeljno, a retki su ljudi koji zarađuju više od pedeset hiljada dolara godišnje. Manje od moje sekretarice. I zato tranzicija iz komunizma u kapitalizam neće biti laka.

– Svi smo svesni da je prvi utisak najvažniji, tako da nije trebalo da se iznenadim kada sam, svega nekoliko sati po ponovnom dolasku u domovinu, video neke od problema Rusije. Stajao sam na ulici i pokušavao da zaustavim taksi, i morao sam da primetim da, iako ima mnogo BMW-a, mercedesa i jaguara, gotovo da nema vozila ford fijesta ili folksvagen polo. Razlika između bogatih i siromašnih je izraženija u Rusiji nego igde drugde na svetu. Dva odsto Rusa poseduje devedeset osam odsto nacionalnog bogatstva, tako da ko bi mogao da krivi obične građane što odbijaju kapitalizam i žele da se vrate u ono što sad smatraju dobrim starim vremenima komunizma? Da bi zapadnjačke vrednosti preovladale, Rusiji je najviše potrebna srednja klasa koja vrednim radom i marljivošću može da ima koristi od zaprepašćujućeg nacionalnog bogatstva i prirodnih resursa.

– To ne znači da u Rusiji nema sjajnih prilika za poslovanje. Naravno da ima. Ipak, ako misliš da odeš na istok, mladiću, čuvaj se... to nije za strašljive.

– Gospodin Švab je rekao da je *Louel* sklopio ugovor zbog kog je moja banka ostvarila profit od hiljadu odsto za godinu dana. Ali nije vam rekao da smo potpisali i tri druga ugovora, s kojima smo izgubili sav uloženi novac, a u jednom slučaju i pre nego što se mastilo osušilo na papiru. Stoga je za svaku kompaniju koja namerava da otvori predstavništvo u Rusiji zlatno pravilo da mudro odabere partnera. Tamo gde postoji mogućnost za ostvarivanje profita od hiljadu odsto godišnje, kao bubašvabe ispod dasaka patosa pojaviće se glupi, gramzivi i potpuno nepošteni. A ako vaš partner prekrši ugovor, ne trudite se da ga tužite, jer je gotovo sigurno da je sudija na njihovom platnom spisku.

– Može li doći do poboljšanja? Može. Godine 2000, Rusi će izaći na izbore za novog predsednika. Možemo s priličnom sigurnošću pretpostaviti da neće ponovo izabrati Borisa Jeljcina, koji bi dosad već bio opozvan u Vašingtonu i strpan u tamnicu u Londonu.

Usledio je smeh jer je humor često naglašavao istinu. Aleks je okrenuo stranicu.

– Komunistička partija, koja je pre desetak godina izgledala mrtva i sahranjena, ponovo je podigla glavu i sad ubedljivo vodi u anketama. Ali ako bi se pojavio neki kandidat za predsednika čiji je prvi interes demokratija, a ne punjenje sopstvenih džepova, ko zna šta bi se moglo postići?

– Pred sobom vidite Rusa koji je pre trideset godina pobegao u Ameriku, ali koji se odnedavno redovno vraća u svoju domovinu, jer banka *Louel* misli na budućnost. Nadam se da će za sto godina Amerika i dalje biti najveći rival Rusije. Ne na bojnom polju, već u sali za sastanke. Ne u trci u nuklearnom naoružavanju, nego u trci za pronalaženje lekova za bolesti. Ne na ulicama, nego u učionicama. Ali to se može postići samo ako glas svakog Rusa bude imao jednaku težinu.

Usledio je dug aplauz, a Aleks je ponovo okrenuo stranicu.

– Pre dvesta godina Amerika je bila u ratu s Britanijom. U ovom veku su se te dve nacije dvaput ujedinile protiv zajedničkog neprijatelja. Zašto Amerika i Rusija ne bi imale sličan cilj? – Aleks je govorio skoro šapatom. – Nadam se da među vama ima onih koji će mi se pridružiti i pokušati da ostvare taj ideal izgradnjom mostova, a ne njihovim rušenjem, i verom, kao što dolikuje civilizovanom društvu, da su svi muškarci i žene rođeni jednaki, bez obzira na to u kojoj su zemlji rođeni. Mogu samo da se nadam da će naredna generacija Rusa, baš kao i naredna generacija Amerikanaca, to smatrati normalnim.

Publika koja je rešila da će sačekati i saslušati Aleksa pre nego što ga proceni, ustala je kao jedan, i navela ga da se zapita, ne prvi put, da li bi trebalo da zauzme Lorensovo mesto ne u sali za sastanke nego u političkoj areni.

– Bio si veličanstven, dragi – kazala je Ana kad je sišao s bine. – Ali ne sećam se tih poslednjih rečenica kad sam te slušala kako jutros u kupatilu vežbaš govor.

Aleks ništa nije rekao. A sledećih nekoliko dana nije bilo od pomoći ni to što su ga, kad god bi mu neko prišao u sali za konferencije, u hotelu, na ulici, čak i na aerodromu, ljudi uvek pitali: – Možda ste vi taj čovek koji bi trebalo da se kandiduje za predsednika svoje zemlje? – A nisu mislili na Ameriku.

– Šta si uradila? – pitao je Dag Akrojd.

– Prodala sam jedan odsto svojih akcija *Louelu* za dvadeset miliona dolara – rekla je ponosno Ivlin.

– Zašto bi uradila nešto tako glupo?

– Jer sam prodajom jednog procenta za dvadeset miliona odredila da je prava vrednost mojih pedeset odsto milijardu dolara.

– A istovremeno si predala kontrolu nad bankom Karpenku – kazao je Akrojd kipteći od besa. – Sad poseduju pedeset jedan odsto kompanije, a ti imaš četrdeset devet.

– Ne – pobunila se Ivlin. – Nisam prodala svoj jedan odsto banci.

– Kome si ga onda prodala ako smem da pitam?

– Džordžu Sorosu, za koga sam sigurna da ćeš se složiti da zna mnogo više o bankarstvu i investicijama nego ti i ja.

– I te kako zna – rekao je Akrojd. – Ali kako si, ako smem da pitam, nabasala na tog velikana?

– Srela sam ga pre dve nedelje u Monte Karlu. Srećna slučajnost, zar ne?

– Ne, mislim da to nije bila srećna slučajnost, Ivlin. To je bila dobro planirana nameštaljka, a ti si nasela.

– Kako možeš to da kažeš?

– Tako što je pre dve nedelje Džordž Soros bio u Davosu i održao predavanje o mehanizmima deviznog kursa. Znam to, jer sam sedeo u publici.

Ivlin su klecnula kolena pa se svalila na najbližu stolicu. Ćutala je neko vreme, a onda upitala: – I šta sad da radim?

– Prihvati bančinu ponudu od šeststo miliona dolara pre nego što se predomisle.

– Gospođa Louel Halidej je prihvatila bančinu ponudu na šeststo miliona dolara za svoje akcije – rekao je sekretar kompanije. – Ali potrebno mi je odobrenje upravnog odbora pre nego što obavim kupovinu.

– Ali to je bila cena iz vremena kad je ona posedovala pedeset odsto akcija banke – rekao je Džejk. – Zahvaljujući Bobovoj genijalnoj šemi, sad poseduje samo četrdeset devet odsto, a mi imamo kontrolu.

– Ponudite joj trista miliona – rekao je Aleks – a pristanite na četiristo.

– Misliš li da će pristati na to? – pitao je Mič Blejk.

– Bez sumnje – odgovorio je Aleks. – Akrojd će je savetovati da neće dobiti bolju ponudu od te, a ako pristane, dobra vest je što na kraju banka neće morati da joj isplati ni cent.

– Kako to? – pitao je Alan Gejts.

– Sasvim jednostavno, ali možda je došlo vreme da Džejk kaže odboru malo više o kecu koga smo oduvek imali u rukavu.

Džejk je otvorio jednu fasciklu i okrenuo nekoliko stranica pre nego što je pronašao potpisan sporazum. – Gospođa Louel Halidej je uzela nekoliko pozajmica u prethodnim godinama, dok je njen brat Lorens bio predsednik upravnog odbora banke. Akrojd je, kao generalni direktor, odobravao te isplate, a kako bi tom sporazumu dala prividlegitimnosti, Ivlin je pristala da plaća kamatu od pet odsto godišnje dok ne vrati dug. Nažalost po nju, a srećom po banku, nije vratila ni cent, što nikad nije ni nameravala. – Džejk je okrenuo stranicu pa nastavio. – Posledica toga je da, posle više od dvadeset godina neplaćanja i kamata na kamatu, trenutno duguje banci preko četiristo pedeset jedan milion dolara. – Džejk je zatvorio fasciklu. Usledila je duga tišina, a onda aplauz.

– Ali i dalje će dugovati banci pedeset miliona – rekao je Bob – čak i ako prihvati ponudu.

– Njih ćemo otpisati u zamenu za njenih četrdeset devet odsto akcija banke – kazao je Džejk.

– Bravo – rekao je Aleks i pogledao prisutne. – Ipak jedva čekam da čujem pojedinosti kako je Bob uspeo sve ovo da ostvari.

Ostali direktori su pogledali najstarijeg člana upravnog odbora, koji više nije imao bujnu sedu kosu.

– Džentlmen nikad ne priča indiskretno o damama – rekao je Bob – ali mogu da obavestim odbor da gospođa Ivlin Louel Halidej ne zna razliku između toga kad je neko povali ili joj podvali. Uzgred, predsedniče, smem li sad da podnesem ostavku?

44.

Saša

London, 1999.

– Da li uvaženi gospodin u bliskoj budućnosti namerava da poseti svoju drugu izbornu jedinicu?

Saša se osmehnuo, a neki su se nasmejali tom bockanju, ali on je već spremio odgovor.

– Mogu da kažem uvaženom poslaniku da u bliskoj budućnosti nemam nameru da posećujem Rusiju. Ali radujem se premijeri *Labudovog jezera* u *Kraljevskoj operi*, u izvođenju *Boljšoj teatra*. – Nameravao je da doda i da je to najveća baletska trupa na svetu, ali uzdržao se.

– Gospodin Kenet Klark – najavio je predsedavajući.

– Da li bi uvaženi gospodin, kad bude sledeći put išao u Moskvu, mogao da prenese predsedniku Jeljcinu kako, za naciju koja nastupa kao demokratska, stanje ljudskih prava nije baš najsjajnije.

Ovoga puta su uzvici odobravanja bili glasni i bez imalo poruge.

Saša je ponovo ustao. – Ako bi uvaženi gospodin bio dovoljno ljubazan da mi ukaže na konkretne primere koje ima na umu, sigurno ću ih razmotriti. Ipak, članove Donjeg doma bi možda zanimalo da gospodin Boris Nemcov, bivši potpredsednik vlade Rusije, sedi na Galeriji za uvažene goste, i siguran sam da je čuo pitanje uvaženog gospodina.

Saša je pogledao prema galeriji i osmehnuo se prijatelju, koga je izgleda zabavljao taj trenutak slave.

Kad su poslanici završili s pitanjima za ministra spoljnih poslova, a predsedavajući označio kraj zasedanja, Saša je brzo izašao iz sale i otišao do glavnog predvorja, gde se dogovorio da se nađe s Nemcovim.

– Dobro došao u Vestminster, Borise – rekao je dok su se srdačno rukovali.

– Hvala ti – odgovorio je Nemcov. – Oduševljen sam što vidim da se suprotstavljaš rulji. Mada se moram složiti da naše poštovanje ljudskih prava ne bi izdržalo detaljnu proveru, a biće mi veliko zadovoljstvo da prenesem kolegama kod kuće da se o toj temi govori čak i u Donjem domu.

– Imaš li vremena da popijemo čaj na terasi? – pitao je Saša na maternjem jeziku.

– Jedva čekam – rekao je Nemcov. Saša je poveo gosta niza stepenice prekrivene zelenim tepihom na terasu, gde su seli za sto koji gleda na Temzu.

– Dakle, šta te dovodi u London? – pitao je Saša kad se konobar pojavio kraj njih. – Samo dva čaja, hvala.

– Zvanično sam ovde u poseti gradonačelniku Londona, povodom razgovora o zaštiti životne sredine u prenaseljenim gradovima, ali glavna namera mi je bila da vidim tebe i da te izvestim šta se događa na političkom frontu u domovini.

Saša se zavalio i pažljivo slušao.

– Kao što znaš, predsednički izbori će biti održani naredne godine.

– Ne mnogo pre sledećih opštih izbora u Britaniji – rekao je Saša.

Konobar se vratio i spustio poslužavnik s čajem i keksom na sto.

– Jeljcin je već najavio da se neće ponovo kandidovati, možda pod uticajem najnovijeg istraživanja javnog mnjenja, koje pokazuje da ga podržava manje od četiri odsto građana.

– Bogami je to teško postići – rekao je Saša i obojici sipao čaj.

– Nije ako se ujutro probudiš mamuran i ponovo napiješ pre ručka.

– Ima li Jeljcin nekog miropomazanog naslednika?

– Koliko mi je poznato, nije. Ali i da jeste, taj ne bi imao izgleda za uspeh. Ne, jedini koji se trenutno pominje je Genadij Zjuganov, predsednik Komunističke partije, a većina ljudi smatra da bi bila propast vratiti se u prošlost, mada se ta mogućnost ne može odbaciti. Iskreno, Saša, možda nikad nećeš imati bolju priliku da postaneš predsednik.

– Ali možda bi i mene podržavalo manje od četiri odsto građana.

– Drago mi je što si pomenuo to – rekao je Nemcov pa izvadio list papira iz džepa – jer sam sproveo privatno istraživanje koje je pokazalo da si trenutno na četrnaest odsto. Međutim, dvadeset šest odsto ljudi nije ni čulo za tebe, a trideset jedan odsto je neodlučno. To nas je ohrabrilo. Ako dođeš u Sankt Peterburg i zvanično izraziš nameru da se kandiduješ, nema sumnje da će se ti procenti promeniti preko noći.

– Priznajem da sam u dilemi – kazao je Saša. – Prošle nedelje je u uvodniku *Tajmsa* pisalo da ću, ako Laburistička partija ponovo pobedi, što izgleda vrlo verovatno, postati novi ministar spoljnih poslova.

– A pošto sam čuo tvoj današnji govor u Donjem domu i tvoje poznavanje mnogih tema, iskreno nisam iznenađen. Ipak ću te podsetiti da je predsednik Rusije mnogo značajnija funkcija za nekog ko je rođen i odrastao u Sankt Peterburgu.

– Slažem se – prošaputao je Saša – ali ne mogu da kažem to svojim kolegama. Pored toga, morao bih da budem uveren da imam realne izglede da pobedim pre nego što se odreknem svega za šta sam vredno radio.

– To je razumljivo – rekao je Nemcov – ali nećemo moći da procenimo tvoje izglede dok ne saznamo ko ti je glavni protivnik.

– Ali ti si bio potpredsednik vlade – kazao je Saša – zašto se ne kandiduješ?

– Zato što moja podrška nije mnogo veća od Jeljcinove. Ipak, siguran sam da uz moju podršku ti možeš da pobediš.

– Lepo od tebe što to kažeš. Ali Vladimir bi i dalje mogao da bude problem. Uostalom, bio je zamenik gradonačelnika Sankt Peterburga, i neće mu se svideti ideja da se ja kandidujem za predsednika.

– Ne treba da se brineš za Vladimira. Napustio je Sankt Peterburg nekoliko minuta pre nego što su ga uhapsili za proneveru državnog novca. Otišao je u Moskvu i poslednji put je viđen u Kremlju.

– A šta tamo radi?

– Priča se da blisko sarađuje s Jeljcinom, ali niko ne zna u kom svojstvu.

– Vladimira zanima samo jedna stvar, a to je da postane direktor FSB-a.

– Koga li su mislili da zavaraju kad su ukinuli KGB i preimenovali ga u Federalnu službu bezbednosti? Iste propalice rade isti posao, čak i u istoj zgradi. – Nemcov je razmišljao naglas. – Ali ako je Vladimir uspeo to da izvede, bolje bi ti bilo da ne praviš neprijatelja od njega. U stvari, kad bi bio na tvojoj strani, to bi čak moglo da ti koristi.

– Ali kad bi on bio na mojoj strani – rekao je Saša – to bi samo moglo da mi naškodi. Ne bih mogao da se nadam da ću postići išta vredno dok mi on neprestano viri preko ramena. U stvari, on bi se protivio svim onim promenama koje bih želeo da uvedem kad bih postao predsednik.

– Ali u politici – rekao je Nemcov – moraš povremeno da praviš kompromise...

– Kompromisi su za kukavice, nemoralne i neprincipijelne.

– Ne moraš mene, Saša, da uveravaš da si pravi čovek za taj posao, ali prvo moramo da obezbedimo da te izaberu.

– Žao mi je što sam tako negativan, ali ne bih želeo da postanem predsednik i otkrijem da neko drugi povlači konce.

– Shvatam. Ali kad dobiješ posao, moći ćeš te konce da presečeš. Zapamti, nema moći bez funkcije.

– Naravno da si u pravu – kazao je Saša. – I obavestiću te čim odlučim.

– Imaš li predstavu kad bi to moglo da bude?

– Nećeš čekati dugo, Borise. Ali postoje neki ljudi s kojima moram da razgovaram pre nego što donesem konačnu odluku.

– Sigurno te majka pritiska da se kandiduješ? Napokon, tvoj otac bi želeo da postaneš predsednik.

– Ona je jedina u porodici koja je sto odsto protiv te ideje – rekao je Saša. – Ona veruje u „vrapca u ruci“...

– Nije mi poznata ta izreka – kazao je Nemcov. – A šta je s tvojom ženom?

– Čarli neće da se privoli nijednom carstvu.

– E, to je izraz koji svaki političar na svetu zna.

Saša se nasmejao. – Ali podržala bi me ako bih stvarno želeo taj posao i verovao da mogu da pobedim.

– A šta je s tvojom ćerkom?

– Natašu trenutno zanima samo neko ko se zove Bred Pit.

– Političar u usponu?

– Ne, američki glumac za kog je Nataša ubeđena da bi se zaljubio u nju samo kad bi se sreli. I ne razume zašto državni sekretar ministra spoljnih poslova ne može to da sredi. *Koliko si ti tačno važan, tata?*, stalno me pita.

Nemcov se nasmejao. – Isto je i kod mene. Moj sin želi da bude bubnjar u lokalnom džez orkestru i ne zanima ga da studira.

U pozadini je Big Ben otkucao četiri puta.

– Bolje da se vratim i pridružim kolegama – rekao je Nemcov – pre nego što shvate zašto sam stvarno došao u London.

– Hvala ti što si mi posvetio toliko vremena, Borise, i na tvojoj neprestanoj podršci – rekao je Saša dok su se zajedno vraćali u predvorje.

– Svaki put kad te vidim, Saša, sve sam uvereniji da si ti pravi čovek za naše narednog predsednika.

– Zahvalan sam ti na podršci, i obavestiću te istog časa kad se odlučim.

– Ako se budeš vratio u Sankt Peterburg – kazao je Boris – možda će te iznenaditi dobrodošlica.

– Drago mi je što ne moram ja da donesem tu odluku – rekla je Čarli.

– Ali moraš, draga – kazao je Saša. – Zato što neću ni razmišljati da se upustim u tako rizičan poduhvat bez tvog blagoslova.

– Jesi li razmišljao o tome koliko možeš da izgubiš?

– Naravno da jesam. A kako će Laburistička partija gotovo sigurno pobediti na narednim izborima, bilo bi mi lako da sedim i čekam da me imenuju za ministra spoljnih poslova. Mnogo veći rizik je odricanje od poslaničkog mandata, povratak u Rusiju i provođenje godinu dana u predsedničkoj kampanji, a da onda neko drugi postane predsednik.

– Posebno ako se ispostavi da je taj neko tvoj stari prijatelj Vladimir.

– Sve dok je Jeljcinov potrčko, veći su izgledi da završi u zatvoru nego u Kremlju.

– Dozvoli mi onda da ti postavim jednostavno pitanje – kazala je Čarli. – Kad bih mogla da ti na tanjiru ponudim, predsednik Rusije ili britanski ministar spoljnih poslova, šta bi izabrao?

– Predsednik Rusije – bez oklevanja je kazao Saša.

– Eto ti odgovora – rekla je Čarli – a i meni. Inače bi proveo ostatak života pitajući se da li si pogrešio.

– Misliš li da postoji još neko s kim bi trebalo da se posavetujem pre nego što donesem neopozivu odluku?

Čarli je dugo razmišljala pre nego što je kazala: – Nema svrhe da pitaš majku, jer oboje znamo šta ona misli. Ni ćerku, koju zanimaju druge stvari. Ali ja bih rado čula mišljenje Alfa Rajkrofta. On je lukav matori lisac koji te poznaje više od dvadeset godina i ima retku sposobnost da razmišlja nesputano. A što je verovatno još važnije, on će misliti samo na ono što je najbolje za tebe.

* * *

– A čemu dugujem ovu veliku čast, državni sekretare? – pitao je Alf, dok je vodio Sašu u dnevnu sobu.

– Potreban mi je tvoj savet, Alfe.

– Onda sedi. Verovatno nas niko neće uznemiravati jer je moja žena Milisent otišla da se bavi humanitarnim radom. Mislim da danas pomaže u bolnici kao nadzornica biblioteke.

– Ona je svetica.

– Kao i Čarli. Istina je, obojica smo imali sreće u bračnoj lutriji. Kako mogu da ti pomognem, mladiću?

– Imam četrdeset šest godina – kazao je Saša. – Počeo si da me zoveš mladiću kad sam došao ovde pre dvadeset godina. Sad me više niko tako ne zove.

– Čekaj da stigneš u moje godine – rekao je Alf – bićeš presrećan ako te iko nazove mladićem. Elem, kad si me pozvao i rekao da želiš da razgovaraš o nekom privatnom problemu, nije bilo teško zaključiti šta te muči.

– I šta si zaključio?

– Naravno, voleo bih da postaneš ministar spoljnih poslova, a onda da provedem ostatak života govoreći prijateljima u kuglani kako sam prvi uočio tvoj potencijal.

– Što je čista istina – kazao je Saša.

– Znao sam da si poseban onog dana kad smo s tobom razgovarali o Merifildu. I ovo što ću ti reći, Saša, možda će te pomalo iznenaditi. Mislim da bi trebalo da daš ostavku na mesto poslanika, vratiš se u Rusiju i, ako ovo nije previše dramatična izjava, ispuniš svoju sudbinu.

– Ali to bi značilo stavljanje svega na kocku, a preda mnom je i dalje laka opcija.

– Tako je, ali ti nikad nisi birao lake opcije. Kad si imao priliku da dobiješ siguran mandat u Londonu, odabrao si da se vratiš u Merifild i boriš se za marginalno mesto.

– Ovog puta je na kocki mnogo više – kazao je Saša.

– Kao što je bilo za Vinstona Čerčila kad je prešao na drugu stranu Donjeg doma i pridružio se konzervativcima, jer sigurno ne bi postao premijer da je ostao u liberalnim klupama.

– Ali poslednjih trideset godina proveo sam u ovoj zemlji – rekao je Saša. – Tako da u poređenju s prelaskom na drugu stranu Donjeg doma, odlazak u Moskvu iziskuje veći put.

– Lenjin nije tako mislio, i ne zaboravi da je bio u Švajcarskoj kad je revolucija počela.

– Možeš li da smisliš neki bolji primer? – pitao je Saša smejući se.

– Gandi je bio advokat u Južnoj Africi kad je osetio da se sprema revolucija, i vratio se u Indiju da postane njen duhovni vođa. Moj savet ti je, Saša, da se vratiš kući, jer tvoj narod će u tebi videti ono što sam ja uočio pre dvadeset godina, jednog pristojnog, poštenog čoveka, nepokolebljivih uverenja. I prihvatiće ta uverenja sa olakšanjem i poletom. Ali moje mišljenje je samo staračko naklapanje.

– Još je moćnije – rekao je Saša – jer nije ono što sam očekivao.

Saša je uvek uživao u posetama ruskoj ambasadi, a pre svega zato što niko nije organizovao bolje zabave od njihovog ambasadora, Jurija Fokina. Prošli su dani kad je ta zgrada bila okružena neprobojnim preprekama, a retki ljudi znali šta se odvija iza njenih zatvorenih vrata.

Saša se sećao vremena kad bi ti ruski diplomata, ako ga pitaš koliko je sati, kazao koliko je sati u Moskvi. Sad je ambasador spremno odgovarao na sva postavljena pitanja. Samo je trebalo odrediti kad govori istinu.

Ovom prilikom Saša nije posetio ambasadu da bi uživao u opuštenoj i prijatnoj večeri. Biće mu to poslednja prilika da proceni svoje izglede ako se kandiduje za predsednika. Među gostima će biti pet-šest Rusa koji mogu da utiču na njegovu odluku na jedan ili drugi način, i morao je da se pobrine da razgovara sa svakim od njih. Ostali gosti biće uobičajena mešavina političara, biznismena i grebatora, koji dolaze na svaku zabavu sve dok ima besplatnog pića i dovoljno kanapea da posle ne moraju da večeraju.

Sašin vozač je skrenuo desno iz Kensington haj strita i zaustavio se ispred rampe koja vodi u Ulicu Kensington palas gardens, poznatiju kao ulica ambasada. Dugu pravu ulicu prepunu otmenih kuća koje su retko bile na prodaju.

Stražar je salutirao, a rampa je podignuta čim je video sekretarova kola. Prošli su pored Indije, Nepala i Francuske, pa stigli do Rusije. Jedan sluga je potrčao da otvori zadnja vrata limuzine. Državni sekretar je izašao, zahvalio mu se i ušao u ambasadu.

Ta ambasada je izgledala kao neka engleska vlastelinska kuća s početka veka, s hrastovim panelima na zidovima u predvorju, podnim satom i portretima istorijskih ličnosti. Saši je uvek bilo zanimljivo što nigde nije bilo ni traga nijednom caru, pa ni Lenjinu ili Staljinu.

Kao da je u jednom od najstarijih carstava na svetu istorija počela tek od 1991.

Kad je ušao u salon, Saša je primetio da su neki od gostiju prekinuli razgovor i okrenuli se da ga pogledaju; na to se još nije bio navikao, i pitao se da li će se ikad navići.

Pogledao je brojne ljude u prostoriji i ubrzo uočio svoje četiri mete. Jedan od njih, Anatolij Savnikov – diplomatski ataše mu je bila zvanična titula, a šef ruske tajne službe u Londonu njegov pravi posao – razgovarao je s Fionom. Da nisu bili u ruskoj ambasadi, Saša bi pomislio da joj se on nabacuje. Bez sumnje je u prostoriji bilo i desetak drugih špijuna koje će biti znatno teže uočiti. Pravilo Forin ofisa bilo je sasvim jednostavno: pretpostavite da je svako špijun.

Kad se Saša okrenuo, primetio je da je ambasador zadubljen u razgovor s Čarlsom Murom, urednikom *Dejli telegrafa*. Moraće da sačeka pre nego što progovori nekoliko reči s Jurijem, i to reči koje je brižljivo pripremio.

Otišao je do Leonida Bubke, ministra trgovine, nadajući se da će od njega saznati nešto, ali Bubka je menjao temu svaki put kad bi pomenuo reč „izbori“. Saša nije lako odustajao, ali Bubka je nastavio da blokira svaki pokušaj postizanja pogotka, u stilu Lava Jašina. Kad mu je stari prijatelj, Ilja Resinev, drugi sekretar ambasade, dodirnuo lakat, Saša se diskretno pomerio u stranu i napeto slušao šta ovaj ima da mu kaže.

– Jesi li čuo ko je postavljen za načelnika FSB-a? – prošaputao je Ilja.

– Nemoj mi reći da je Vladimir konačno uspeo?

– Bojim se da jeste – odgovorio je Ilja.

– Stari KGB s drugim imenom – rekao je Saša – koji predvodi grupa propalica odevena u odela umesto u uniforme. Koga li je ucenio ovoga puta?

– Jeljcina izgleda – kazao je Ilja. – Vladimir mu je obećao da će se, ko god da pobedi na narednim predsedničkim izborima, pobrinuti da Jeljcin i njegova porodica ne budu krivično gonjeni za korupciju ili zloupotrebu.

– Onda bi prva stvar koju bih uradio kao predsednik – rekao je Saša – bila da smenim Vladimira i pobrinem se da niko ko je počinio ijedan ozbiljan zločin protiv države ne dobije imunitet.

– Ako uradiš to, Saša, moraćeš da sagradiš mnogo zatvora.

– Ako je potrebno.

– Ali pazi kome to govoriš, jer njegov zamenik je večeras ovde.

– Koji je on?

– Onaj visok krupan muškarac koji razgovara s Fionom Hanter.

Saša je pogledao preko Iljinog ramena i video kako jedan muškarac daje Fioni svoju posetnicu. Neko koga treba izbegavati. Kad se okrenuo, primetio je da ambasador stoji sâm kraj kamina i pali cigaru.

– Oprosti, Ilja. Moram nasamo da razgovaram s tvojim šefom. Ali hvala ti na informacijama, veoma su vredne. – Saša je brzo otišao na drugi kraj sobe.

– Dobro veče, Jurij – rekao je. – Još jedna nezaboravna zabava. – Saša je okrenuo leđa zidu, kako bi ambasador morao da okrene leđa gostima, tako da bi samo oni najodlučniji, ili najnevaspitaniji, pomislili da ih prekinu.

– Video sam te prošle nedelje na baletskom nastupu *Boljšoj teatra* – rekao je ambasador. – I dalje jedan od naših najboljih izvoznih proizvoda.

– Gudanov je bio veličanstven – kazao je Saša.

– Imamo problem s njim o kome ćemo možda morati kasnije da razgovaramo, ali sad nije vreme za to. Ono što me zanima, Saša, jeste da li si doneo odluku?

– Pre nego što ti odgovorim na to pitanje, Jurij, zanima me da čujem tvoje mišljenje o tome kakvi su mi izgledi.

– Kao što vrlo dobro znaš, državni sekretare, ne smem da izražavam lično mišljenje. Ja sam samo skromni službenik svoje vlade. Ali – nastavio je Jurij promenivši jezik na kom govori – da sam kockar, kao što nisam, uložio bih manju sumu na to da ćeš dogodine biti moj šef.

– Samo manju sumu?

– Ambasadori uvek moraju da ograničavaju svoje opklade – rekao je Jurij bez i naznake osmeha.

Saša se nasmejao i zapitao kojim je sve političarima rekao isto to u prethodnih šest meseci.

– A molio bih te i za malu uslugu – rekao je Jurij. – Bilo bi lepo da me obavestiš pre nego što izdaš zvanično saopštenje.

– Ako odlučim da se kandidujem, pobrinuću se da vidiš objavu mnogo pre nego što se pojavi u medijima.

– Hvala ti – kazao je Jurij. – Moram da te pitam samo još nešto pre nego što...

– Ambasadore, kakva fantastična zabava – rekao je muškarac koji izgleda nije primetio da su njih dvojica udubljeni u razgovor i da možda ne žele da ih neko prekine.

– Hvala vam, Pirse – rekao je ambasador. – Drago mi je što ste došli. – Trenutak je prošao, pa se Saša udaljio jer urednik *Dejli mirora* nije bio jedan od četvorice ljudi s kojima je želeo da razgovara. Polako je pošao prema izlazu i usput zastajao da razgovara s nekoliko drugih gostiju i posebno ukazujući pažnju onima koji su mu se obratili na ruskom, jer će se granice njegove izborne jedinice možda promeniti. Kad je bacio pogled prema salonu, video je kako muškarac kojeg je izbegavao zuri u njega.

Sat u predvorju je otkucao jednom i podsetio Sašu da za trideset minuta ima glasanje u Donjem domu. Ubrzo će sa zabave političari svih boja otići i vratiti se u Donji dom da glasaju po direktivi, mada Saša nije imao pojma za koji će zakon tog dana glasati.

Samo što je izašao na glavni ulaz ambasade, niotkud su se pojavila njegova kola, a Artur je iskočio da mu otvori zadnja vrata. Saša je nameravao da uđe, kad ga je pozvao poznat glas.

– Saša! – Okrenuo se i video Fionu kako trči niza stepenice. – Hoćeš li da me povezeš?

– Naravno – rekao je Saša i pomerio se u stranu da bi mu se stara suparnica pridružila na zadnjem sedištu.

– Dobro veče, Arture.

– Dobro veče, gospođice Hanter.

– Volela bih da sam ostala malo duže – kazala je Fiona kad su kola krenula – ali šefu ne bi bilo drago da propustim glasanje po direktivi. Ali ono što je još važnije, Saša, kad ćeš odgovoriti na pitanje koje zanima sve u partiji?

– A šta oni kažu o mojim izgledima? – pitao je Saša primenjujući stari politički trik da na pitanje odgovori pitanjem, mada je znao da Fionu ne može da obmane.

– Svi koji govore engleski podržavaju tvoju kandidaturu, kao i polovina Rusa, mada jedan od njih, Ivan Donokov, sigurno nije tvoj obožavalac. Postavio mi je najčudnije pitanje: jesi li ikad živeo u Americi? – Saša je izgledao zbunjeno. – Rekla sam mu da nisi, koliko mi je poznato. Onda sam ga pitala šta misli o tvojim izgledima ako uđeš u ring.

– I kako je odgovorio?

– Priznao je da si verovatno najozbiljniji kandidat, ali rekao je da postoji favorit iz senke koji se priprema.

– Da li je rekao njegovo ime? – pitao je Saša trudeći se da ne zvuči zabrinuto.

– Mislio je da jedan tvoj stari prijatelj, po imenu Vladimir...

– On mi nije prijatelj – kazao je Saša. – U svakom slučaju, tog čoveka jedino zanima da bude načelnik FSB-a, a sad kad je to postigao, neće želeti ništa više, samo će hteti da zadrži taj posao.

– Donokov ne misli tako. U stvari, bio je prilično siguran da Vladimir takođe gleda ka drugoj strani Crvenog trga, pravo u Kremlj.

– Ali to nije ostvarivo.

– Zašto nije, zar ga Jeljcin ne podržava?

– Ali zašto bi Jeljcin i razmišljao da podrži takvu ništariju?

– Izgleda da je trebalo da Jeljcinova ćerka i zet budu uhapšeni zbog pronevere, ali je Vladimir nekako uspeo da reši taj problem. Rekli su mi da je snimak prostitutke koja primenjuje svoje veštine na stolu u kancelariji glavnog tužioca veoma zanimljiv.

– Ali to nije razlog da na predsedničkim izborima podržiš nekog ko je potpuno neprikladan za taj posao.

– Kako bi se ti osećao, Saša, da si predsednik, a tvoja ćerka bi mogla da ode u zatvor na nekoliko godina?

– Dozvolio bih da pravosudni organi rade svoj posao.

– Verujem da bi – kazala je Fiona – što samo dokazuje koliko bi oni imali sreće da te dobiju. Ali da li si spreman da žrtvuješ Forin ofis ako bi na kraju mogao da ostaneš bez ičega?

– Da li ti je Donokov rekao šta misli? – pitao je Saša i ponovo joj odgovorio pitanjem.

– Nije. Ali ako je zamenik načelnika FSB-a, sigurno će podržati svog šefa.

– U Rusiji nije uvek tako. Da li je rekao nešto o mojim izgledima? – ponovio je Saša i dalje ne odustajući.

– Ne, ali je kazao da ako se ne kandiduješ, nimalo ne sumnja ko će biti sledeći predsednik.

– Ne mogu da smislim bolji razlog za kandidaturu – rekao je Saša i opustio se. Ni na trenutak nije pomislio da bi Vladimir mogao biti ozbiljan kandidat, ali prihvatio je činjenicu da će ako se kandiduje, to biti takmičenje bez zabrana, jer je rvanje jedini sport u kom je Vladimir ikada bio dobar.

– Ako odlučiš da se kandiduješ – rekla je Fiona i prekinula ga u sanjarenju – mogu samo da se nadam da ćeš pobediti. Nedostajaćeš nam u Donjem domu, a bio bi i veoma dobar ministar spoljnih poslova. Ipak, Rusija je znatno veći izazov. A ako postaneš predsednik, odnosi sa Zapadom će se poboljšati preko noći, što može biti samo dobro za sve strane, uključujući i ruski narod.

– Baš si ljubazna, Fiona. A sad kad znam protiv koga ću se najverovatnije boriti, koristile bi mi neke od tvojih posebnih političkih veština.

– Prihvatiću to kao kompliment – rekla je Fiona dok su kola prolazila kroz službeni ulaz u Old palas jard. Kad je Saša izašao iz kola, zvono je zazvonilo, tako da su se rastali i krenuli svako na svoju stranu.

Dok je ulazio u predvorje, Saša je razmišljao kako je zanimljivo to što konačnu odluku nije doneo na osnovu onoga što je napabirčio na zabavi u ambasadi, već na osnovu informacije koju je čuo na zadnjem sedištu kola, iz najneverovatnijeg izvora.

Kad je Saša rekao Eleni da će se vratiti u domovinu da se kandiduje za predsednika, ona kao da ga nije čula.

– Naravno, mama, razumeću ako ne budeš želela da ideš sa mnom.

– Ići ću s tobom – kazala je tiho.

Saša se prvo iznenadio, pa oduševio, i na kraju rastužio kad mu je rekla razlog što se predomislila. – Tako mi je žao – kazao je grleći majku. – Ujka Kolja je bio tako dobar čovek, i oboje mu mnogo dugujemo.

– Porodica je pitala da te zamolim da održiš govor na njegovoj sahrani.

– Naravno da hoću. Molim te, kaži im da ću biti počastvovan.

– Njegova žena mi je prenela Koljine poslednje reči – rekla je Elena. – „Kaži Saši da će, ako je povukao na oca, biti sjajan predsednik.“

Sutradan u deset ujutro Saša je izdao kratko saopštenje za javnost novinarima u predvorju Parlamenta.

Uvaženi gospodin Saša Karpenko podneo je ostavku na poziciju državnog sekretara Forin ofisa. Takođe je podneo ostavku na mesto poslanika za Merifild jer namerava da se vrati u svoju domovinu Rusiju i kandiduje se za predsednika na narednim izborima.

Premijer, koji se obratio iz Dauning strita, odgovorio je: „Vlada je izgubila izuzetnog službenika i sjajnog parlamentarca. Nadam se i verujem da će iste veštine upotrebiti na najbolji način kad se vrati u svoju rodnu zemlju. A ako bude izabran za najvišu funkciju kojoj teži, svi se možemo radovati novom pozitivnom dobu u anglo-ruskim odnosima."

Lord Koen je bio među prvima koji su ga pozvali. – Ako tražiš šefa kampanje, Saša, i dalje sam slobodan.

– Neću pronaći boljeg, Bene, to je sigurno.

Sledećeg jutra dok se brijao pozvao ga je bivši potpredsednik ruske vlade.

– Oduševljen sam vestima – rekao je Nemcov. – Mediji su poludeli, a prve ankete u jutarnjim novinama kažu da imaš podršku od dvadeset devet odsto.

– A kako stoji Vladimir? – pitao je Saša.

– Dva procenta, a pre samo nedelju dana bio je na četiri.

Možda je najveći šok za Sašu bio taj što su ga u narednih četrdeset osam sati brojni predsednici i premijeri iz čitavog sveta pozivali da kažu, prilično otvoreno, *Žao mi je što ne mogu da glasam za vas.*

Noć pre polaska u Sankt Peterburg, pozvao ga je ruski ambasador.

– Saša, pokušavao sam da te pozovem prethodnih nekoliko dana, ali telefon ti je stalno bio zauzet. Jesam li nešto propustio? – Saša se nasmejao. – Moji šefovi su mi rekli da se pobrinem da tvoje putovanje u Sankt Peterburg protekne što prijatnije. Organizovali smo kola koja će tebe i tvoju porodicu odvesti do aerodroma, i naložili *Aeroflotu* da fizički odvoje sedišta u prvoj klasi od ostatka aviona, kako vas niko ne bi uznemiravao.

– Hvala ti, Jurij, to je vrlo ljubazno jer moram da spremim dva važna govora.

– Da li prvo želiš da čuješ dobru ili lošu vest?

– Dobru vest – prihvatio je Saša igru.

– Preko pedeset odsto Ruskinja misli da izgledaš bolje od Džordža Klunija.

Saša se nasmejao. – A loša vest?

– Neće ti biti drago kad čuješ koga je Jeljcin imenovao za premijera.

ŠESTA KNJIGA

45.

Aleks i Saša

Na putu za Amsterdam, 1999.

Aleks je podigao slušalicu telefona na svom stolu.

– Na vezi je neki Dimitrij – kazala je gospođica Robins. – Kaže da vam je stari prijatelj i da vas ne bi ometao da nije hitno.

– Poznajem ga duže nego tebe, Pamela, i stvarno mi je stari prijatelj.

– Da li si to ti, Alekse?

– Dimitrij, drago mi je što te čujem posle toliko vremena. Zoveš li me iz Njujorka?

– Ne, iz Sankt Peterburga, mislio sam da ćeš želeti da čuješ tužnu vest da ti je ujka Kolja umro. – Aleks je zanemeo. Osećao je krivicu što nije posetio ujaka kad je poslednji put bio u Sankt Peterburgu. – Pozvao bih Elenu, umesto što gnjavim tebe – nastavio je Dimitrij – ali nisam znao kako da stupim u kontakt s njom dok je na poslu.

– Možeš da me pozoveš kad god želiš, Dimitrij. Obavestiću majku jer će sigurno želeti da ode na sahranu. Znaš li kad se održava?

– Sledećeg petka, u Crkvi Apostola Andrije. Znam da je rok kratak, ali ako budeš mogao da dođeš, porodica se nada da ćeš da održiš jedan od govora.

– Nema kratkog roka za nekog ko mi je spasao život – kazao je Aleks. – Kaži im da će mi biti čast.

– Porodici će biti veoma drago. Ti si neka vrsta junaka u ovom gradu, zato se spremi za svečan doček.

– Hvala ti, Dimitrij. Jedva čekam da te vidim.

Aleks je spustio slušalicu i pritisnuo dugme ispod stola. Gospođica Robins se pojavila trenutak kasnije, s beležnicom u ruci i spremnom hemijskom olovkom. – Otkaži sve sastanke. Idem u Sankt Peterburg.

– U ovakvim trenucima – rekla je Čarli uz glasan uzdah – volela bih da imaš privatni avion, kako ne bismo morali satima da čekamo u redovima.

– Molim vas, gospođo, otvorite torbu.

– Da li si prolazio kroz ovakvu gnjavažu kad si bio državni sekretar, tata? – pitala je Nataša dok je otvarala rajsferšlus na torbi.

– Nisam, ali uvek sam mislio na to da ću biti u vladi samo određeno vreme. Margaret Tačer je jednom rekla da samo kraljica može sebi dozvoliti da se navikne na to.

– Ali ako postaneš predsednik...

– Čak i tu je mandat ograničen na maksimalno osam godina – rekao je Saša i prihvatio svoju torbu. – Duma je nedavno donela odluku da predsednik može da bude biran samo na dva uzastopna četvorogodišnja mandata, a i ko bi mogao da krivi Ruse posle viševekovnih diktatura. Pored toga, iskreno, osam godina je više nego dovoljno za svaku razumnu osobu.

– Baka izgleda pomalo snuždeno – prošaputala je Nataša dok su prolazili kroz fri-šop. – Nisam znala da nikad ranije nije putovala avionom.

Saša se okrenuo, a majka mu se slabašno osmehnula. – Ne mislim da je to pravi razlog njene nervoze – rekao je. – Ne zaboravi, nije bila u Rusiji više od trideset godina, a njen brat nam je omogućio da pobegnemo i započnemo novi život u Engleskoj.

– Da li nekad žališ što nisi ušao u drugi sanduk, tata – pitala je Nataša – i živeo u Americi?

– Naravno da ne žalim – kazao je Saša i zagrlio je. – Da se to dogodilo, ne bih imao tebe da mi ulepšavaš život. Mada priznajem da sam povremeno razmišljao o tome.

– Dosad si mogao da budeš kongresmen. Ili čak senator.

– Ili bi mi se život odvijao potpuno drugačije i ne bih se bavio politikom. Ko zna?

– Možda bi imao taj privatni avion za kojim mama toliko žudi.

– Ne žalim se – rekla je Čarli i uhvatila Sašu podruku. – Odabir tog sanduka promenio je i moj život.

– Molimo sve putnike leta BA 017 za Amsterdam da krenu ka izlazu četrnaest, gde će uskoro početi ukrcavanje.

Ana je pogledala kroz prozorčić kabine i videla Aleksa kako hoda preko piste, s neizostavnim telefonom smeštenom između uveta i ramena koje kao da mu je treća ruka.

– Izvini, izvini – rekao je čim je ušao u kabinu. – Ponekad poželim da nisu izmislili mobilne telefone.

– Ali ne tako često – rekla je Ana dok je on sedao kraj nje. Samo što je vezao pojas, teška vrata su se zatvorila i nekoliko minuta kasnije, avion je počeo da rula prema južnoj pisti, rezervisanoj za privatne avione.

– Tvoja majka jedva da je progovorila otkako se ukrcala – prošaputala je Ana.

Aleks je pogledao Elenu pored Konstantina, koji ju je držao za ruku. Slabašno mu se osmehnula dok je avion *galfstrim* ubrzavao pistom.

– Ne zaboravi da joj je moj ujak bio jedini brat, i odavno bi se vratila da ga obiđe da nije mislila kako će je major Poljakov dočekati na pisti.

– Ali mora da je uzbuđena što se vraća u Rusiju nakon toliko godina?

– Pretpostavljam da je istovremeno i zabrinuta. Verovatno je rastrzana između straha i uzbuđenja, što je gadna kombinacija.

– Koliko bi ti život bio drugačiji da je Poljakov tog popodneva otišao na fudbalsku utakmicu – rekla je Ana – a ti odlučio da ostaneš u Sankt Peterburgu.

– Svakom od nas se može ukazati na trenutak u životu kad se dogodi nešto što nas usmeri na sasvim drugu stranu. To može biti nešto sasvim jednostavno, kao kad si ti ušla u voz i odlučila da sedneš pored mene.

– U stvari, ti si ušao u voz i odlučio da sedneš pored mene – kazala je Ana, a avion je uzletao.

– Ili biraš u koji sanduk da uđeš – rekao je Aleks. – Često se pitam...

– Tata, gde ćemo se zaustaviti da dospemo gorivo? – pitao je Konstantin.

Aleks je pogledao preko ramena i kazao sinu: – U Amsterdamu. Tamo ćemo napraviti kratku pauzu pre nego što odletimo za Sankt Peterburg.

* * *

– Koliko dugo ćemo biti u Amsterdamu? – pitala je Nataša dok su ulazili u salon za putnike u tranzitu.

– Dva sata, pa presedamo na let *Aeroflota*.

– Hoćemo li imati dovoljno vremena da odemo taksijem do *Rajks muzeja*? – pitala je Čarli. – Uvek sam želela da vidim *Noćnu stražu*.

– Ne bih da rizikujem – kazao je Saša. – Gradonačelnik Sankt Peterburga mi je rekao da očekuje veliki broj ljudi na aerodromu, ako propustimo avion...

– Naravno – rekla je Čarli prisetivši se koliko joj je muž nervozan. – U svakom slučaju, uvek mogu da idem u *Ermitaž* dok se ti baviš politikom, a u *Rajks* možemo neki drugi put.

– Kad se budemo vraćali kući, možda – kazala je Nataša široko se osmehujući.

– Misliš za osam godina – rekla je Čarli.

– Evo kako ćemo – kazao je Saša. – Ako postanem predsednik, svi ćemo ići na odmor u Amsterdam, a onda ćemo pored *Rajksa* obići i *Muzej Van Gog*.

– Ruski predsednici ne idu na godišnje odmore – rekla je Elena. – Jer kad bi išli, po povratku bi za svojim stolom zatekli nekog drugog, a sami bili na putu prema izlazu.

Saša se nasmejao. – Mislim da ćeš videti kako se sve to promenilo, mama.

– Ne bih računala na to dok je tvoj stari prijatelj Vladimir još živ.

– Kako se Elena oseća? – pitala je Ana kad se Aleks vratio na svoje sedište.

– Žali što nije otišla u Sankt Peterburg pre mnogo godina i zahvalila se Kolji što je rizikovao život da nas spase.

– Pozvala ga je nekoliko puta da dođe u Boston – podsetila ga je Ana – ali nikad nije prihvatio tu ponudu.

– Pretpostavljam da se Poljakov pobrinuo da Kolja ne dobije vizu – rekao je Aleks. – Elena je uvek govorila kako bi rado otišla kući da prisustvuje sahrani tog čoveka.

– Posle svih tih godina ona i dalje smatra Sankt Peterburg kućom – kazala je Ana. – Da li se i ti osećaš tako?

Aleks nije odgovorio.

– Molim vas, vežite pojaseve – kazao je kapetan – za dvadeset minuta ćemo sleteti u Amsterdam.

– Prava je šteta što nemamo dovoljno vremena da posetimo *Rajks* muzej – rekla je Ana dok se avion spuštao kroz oblake.

– Poslednji put kad smo uradili tako nešto – kazao je Aleks – vraćali smo se iz Davosa i posetili *Tejt*.

– To je bilo pre Davosa, a ne posle – podsetila ga je Ana. – Najviše se sećam toga kako si ležao u hotelskoj kadi i vežbao govor.

– Kad sam ispustio papire u vodu a ti morala da ih prekucaš.

– A onda si zaspao – zadirkivala ga je Ana – dok sam ja i dalje kucala.

– To mi izgleda kao pravedna podela rada – rekao je Aleks.

– Šta bi trebalo da uradimo sad, o gospodaru – kazala je Ana kad je avion sleteo. – Da obiđemo aerodromsku piceriju i vidimo šta nudi konkurencija?

– Ne, već sam otkrio da u Amsterdamu niko ne može da se meri sa *Elenom*. Ali kad sletimo čekaće nas kola koja će nas odvesti u *Rajks muzej*, a zatim u *Muzej Van Gog*. Ali možemo da provedemo samo po sat vremena u svakom, jer ne smemo da propustimo termin za poletanje.

Ana ga je zagrlila. – Hvala ti, dragi, to su dve galerije za koje je gospodin Rozental rekao da moraš da ih vidiš pre nego što umreš.

– Ne nameravam da umrem uskoro – rekao je Aleks, a avion se zaustavio kraj parkirane limuzine.

Tek što je prošlo podne Saša i njegova porodica su se ukrcali u *Aeroflotov* let 109 do Sankt Peterburga. Kapetan je izašao iz kokpita da ih pozdravi.

– Samo sam želeo da kažem da nam je čast što ste u avionu, gospodine Karpenko, a ja i moja posada vam želimo sreću na izborima. Sigurno ću glasati za vas.

– Hvala vam – odgovorio je Saša, a predusretljiva stjuardesa im je pokazala sedišta i ponudila im piće. Čak je i Elena bila zadivljena.

Avion je uzleteo u 12.21, i dok je ostatak porodice dremao, Saša je proračivao govor koji će održati po dolasku na aerodrom. Morao je da pripremi i govor u čast svog ujaka da ga održi na njegovoj sahrani, ali to će morati da sačeka dok ne stignu u hotel.

– Dozvolite mi da vam se, na početku, zahvalim na dobrodošlici... – Saša se udobnije smestio i zapitao šta li je Nemcov podrazumevao pod velikim brojem ljudi. Pogledao je beleške.

– *Možda sam neko vreme bio odsutan, ali u srcu sam uvek...*

Aleks i njegova porodica stigli su na aerodrom nešto posle 11.30, pošto su posetili i *Rajks muzej* i *Muzej Van Gog.*

– *Noćna straža* i *Suncokreti* za manje od dva sata – kazala je Ana zagledana u razglednice koje je kupila.

Kapetan Fulerton je obezbedio termin za poletanje koji će im omogućiti da stignu u Sankt Peterburg tok popodneva oko pola šest po lokalnom vremenu. Osetio je olakšanje kad je video limuzinu gospodina Karpenka kako prolazi kroz bezbednosnu kapiju nekoliko minuta pre dogovorenog vremena.

Kad se porodica udobno smestila, kapetan je polako zarulao prema istočnoj pisti, a onda se zaustavio i čekao da *Aeroflotov* let ode, pre nego što mu kontrola leta izda dozvolu za uzletanje.

SEDMA KNJIGA

46.

Aleksandar

Na putu za Sankt Peterburg

Bili su na sto kilometara od svog odredišta kad je avion počeo da podrhtava. Na početku samo malo, a onda jače. Aleksandar je prvo pomislio da je to samo jaka turbulencija, ali kad je pogledao kroz prozor, video je da vrlo brzo gube visinu. Obazreo se da vidi kako se drži ostatak porodice i shvatio da svi čvrsto spavaju, naizgled nesvesni problema. Želeo je da ode do kokpita i razgovara s kapetanom, ali samo se držao za naslone stolice i molio.

– Uzbuna, uzbuna, uzbuna. Alfa fokstrot četiri nula devet. Kvar drugog motora, ne možemo da zadržimo visinu, spuštamo se na tri hiljade metara, zahtevam radarske vektore za *Pulkovo*.

– Prijem, Alfa fokstrot četiri nula devet. Smer kretanja trista trideset stepeni, aerodrom je šest kilometara ispred, pista deset je očišćena za sletanje, raspoloživo je tri hiljade metara. Da li će vam biti potrebna hitna intervencija?

– Budite spremni. Ne mogu da održim smer kretanja niti visinu. Vidim lanac brda pred sobom.

– Udaljeni ste oko četrdeset dva kilometra. Za vas je raščišćena pista deset levo. Istočni vetar duva brzinom od pet metara u sekundi.

– Četiri nula devet, kvar prvog motora – rekao je kapetan trudeći se da ne zvuči očajno. – Ne mogu da pokrenem nijedan motor. Sad letim bez motora.

– Udaljeni ste trideset kilometara od piste. Kad pređete ta brda, pred vama će se pružati samo travnata ravnica. Hitne službe su u pripravnosti.

– Prijem. Vidim razmak između brda. Ako ne budem mogao da stignem do piste, obaviću prinudno sletanje. – Pritisnuo je dugme da spusti točkove za sletanje, ali ništa se nije dogodilo. Ponovo je pritisnuo dugme, ali ostali su tvrdoglavo zaglavljeni. Pritisnuo je još jedan prekidač dok je avion nastavljao da se spušta.

– Pažnja, govori kapetan. Uskoro ćemo prinudno sleteti. Vežite pojaseve i zauzmite potporni položaj tela.

Aleksandar se okrenuo da pogleda svoju porodicu i osetio grižu savesti što je dozvolio da njegove ambicije ugroze njihovu bezbednost. No čak ni on nije shvatio koliko bi daleko Vladimir otišao kako bi se pobrinuo da nema ozbiljnog protivkandidata na predsedničkim izborima.

Avion se sad nekontrolisano vrteo, niže, niže, niže, u sve manjim krugovima, sve dok na kraju nije udario u brdo, zapalio se i ubio posadu i sve putnike.

Elitni tim ruskih padobranaca došao je na lice mesta u roku od nekoliko minuta, ali morali su da čekaju nekoliko sati. Kad su pronašli crnu kutiju, vratili su se u šumu.

Još jedan avion je nastavio da leti prema Sankt Peterburgu, nesvestan tragedije.

Kad je avion sleteo na aerodrom *Pulkovo*, Aleksandar je provirio kroz prozor i video hektare travnate ravnice. U daljini su visoke sive betonske zgrade dominirale horizontom.

Avion se okrenuo i zaustavio ispred terminala, ali tek kad su motori ugašeni, čuo je povike: – Kar-pen-ko! Kar-pen-ko! Kar-pen-ko!

Pogledao je svoju porodicu i uputio im ohrabrujući osmeh koji Elena nije uzvratila. Vrata kabine su se otvorila, a stepenice se spustile. Aleksandar je izašao na bledu svetlost sunca na zalasku. Ništa nije moglo da ga pripremi za ono što će se dogoditi.

Dočekala ga je gomila ljudi koja je sezala dokle pogled dopire, i svi su skandirali: Kar-pen-ko! Kar-pen-ko! – Instinktivno je podigao ruku da ih pozdravi, a more ruku mu je otpozdravilo.

U dnu stepeništa stajao je odbor za doček koji su predvodili gradonačelnik i njegovi saradnici. Dok je Aleksandar silazio niza stepenice, buka je dostigla vrhunac, i nije bio siguran kako da reaguje na takav neobuzdan zanos. Osvrnuo se i video da ga porodica prati, majka bojažljivo, supruga zbunjeno, a njegovo jedino dete je izgleda uživalo u svakom trenutku.

Kad je kročio na pistu, začulo se klicanje kakvo nijedan ruski predsednik nikad nije doživeo. Gradonačelnik je istupio i srdačno se rukovao s bludnim sinom.

– Dobro došao u Sankt Peterburg, Aleksandre. Nismo ovo očekivali čak ni u najluđim snovima. Šef policije procenjuje da se oko sto hiljada tvojih zemljaka okupilo da ti poželi prijatan povratak u domovinu. Ovakva podrška pokazuje koliko ljudi želi da budeš naš naredni predsednik.

– Hvala vam – rekao je Aleksandar ne mogavši da nađe reči kojim bi izrazio svoja osećanja.

– Možda bi voleo da kažeš nekoliko reči svojim odanim pristalicama – predložio je gradonačelnik. – Većina njih čeka nekoliko sati.

– Nisam bio pripremljen za ovakav doček – priznao je Aleksandar, ali njegove reči se nisu čule od skandiranja „Kar-pen-ko! Kar-pen-ko!"

Gradonačelnik ga je odveo prema malom podijumu podignutom na rubu piste. Mada ga je okruživalo sto hiljada ljudi koji izvikuju njegovo ime, Aleksandar se nikad u životu nije osećao usamljenije. Morao je da čeka nekoliko minuta pre nego što su se okupljeni dovoljno smirili da mu omoguće da im se obrati, što mu je bar pružilo nešto vremena da se sabere.

– Dragi zemljaci – počeo je – kako da vam se uopšte zahvalim na ovako srdačnom dočeku? Dočeku koji me je nadahnuo da sanjam u vaše ime. Ali da bi taj san postao stvarnost, biće mi potrebno da svako od vas radi u moje ime.

Ponovo je došlo do erupcije skandiranja i povika kojima su ljudi potvrđivali svoju spremnost da to rade. Nije pokušavao da nastavi dok gomila nije ponovo zaćutala.

– Dugo sam verovao da je Rusija sposobna da zauzme svoje zasluženo mesto među vodećim svetskim nacijama, ali da bi to postigla, mora konačno da skine okove diktature i osigura da nacionalno bogatstvo dele mnogi, a ne da ono završava u džepovima manjine. Hajde da napokon oslobodimo svoju uspavanu genijalnost, kako se svet više ne bi plašio naše vojne moći nego se divio našim mirnodopskim dostignućima. Zašto su Britanci opisani kao vladari sveta kad su manji od naše najmanje države? Zato što rade stvari koje prevazilaze njihovu veličinu. Zašto Ameriku uvek opisuju kao predvodnika slobodnog sveta? Zato što mi nismo slobodni. Ta sloboda nam je sad nadohvat ruke, pa hajde da je uhvatimo zajedno. – Podigao je visoko ruke i ponovo je prošlo nekoliko minuta pre nego što je mogao da nastavi.

Dok je gledao u lica puna iščekivanja i zagledana u njega, trudio se da ne dopusti da mu njihovo uzdizanje pomuti rasuđivanje, premda je znao da mu se takva prilika možda nikad više neće ukazati i morao je da je iskoristi. Nagnuo se napred dok usnama gotovo nije dodirnuo mikrofon, a onda je usledila tišina za koju je znao da će trajati svega nekoliko trenutaka pre nego što se čarolija razbije.

– Ne bi trebalo da ja već moj otac stoji ovde i sluša vaše klicanje. Rizikovao je život braneći ovaj grad od našeg zajedničkog neprijatelja, za šta mu je zahvalna nacija dodelila *Orden odbrane Lenjingrada*. Ali sad smo suočeni s mnogo podmuklijim neprijateljem, koji je nemoralan, beskrupulozan i koji samo gleda svoje interese. To su bili ljudi koji su ubili mog oca samo zato što je želeo da osnuje sindikat kako bi zaštitio svoje kolege radnike. Pohlepni, sebični ljudi koji predstavljaju samo sebe same.

Tišina koja je zavladala među ljudima bila je gotovo opipljiva.

– Dragi zemljaci, nisam se vratio u rodnu zemlju da tražim osvetu, već da idem očevim stopama. Nadahnut vašom verom u mene, jedino želim da vam služim. I stoga ću se kandidovati za najvišu funkciju u zemlji i pokušati da postanem vaš predsednik.

Tutnjava aplauza i klicanja koja je usledila sigurno se čula i u centru Sankt Peterburga. Ali kao i Marko Antonije, Aleksandar je znao da više ništa nije mogao da kaže, jer je došlo vreme da krene na bojno polje. Posejao je seme revolucije, i sad će morati da čeka da ono pusti korenje. Dok je tiho napuštao podijum, njegove pristalice su nastavile da skandiraju: – Kar-pen-ko! Kar-pen-ko!

Iza gomile je stajao jedan otmeno odeven, krupan muškarac koji se nije pridružio aplauzu. Nedavno postavljeni načelnik tajne službe ukucao je jedan broj u mobilni telefon, ali morao je da čeka neko vreme pre nego što je čuo glas na drugoj strani veze.

Donokov je visoko podigao telefon kako bi njegov šef mogao bolje da čuje klicanje gomile.

– Nameravao sam da izdam saopštenje za javnost – rekao je premijer – u kojem izražavam duboko žaljenje zbog tragične smrti Aleksandra Karpenka i njegove porodice. Pravi junak, koji bi sigurno postao naš sledeći predsednik, i koji bi igrao ključnu ulogu u izgradnji nove Rusije, ako se sećam svojih reči.

– Malo preuranjeno, rekao bih – kazao je Donokov. – Ali budite uvereni, premijeru, da je sve pod kontrolom. Neću drugi put napraviti istu grešku.

– Nadajmo se za tvoje dobro – rekao je premijer i nastavio da sluša oduševljene povike.

– Siguran sam – kazao je Donokov – da ćete uskoro moći da izdate tačnije saopštenje.

– Drago mi je što to čujem. Ali ipak ću sačekati da održim govor na sahrani svog starog školskog druga, pa da najavim da ću se kandidovati za predsednika – rekao je Vladimir Putin.

Beleška o autoru

Džefri Arčer je jedan od najprodavanijih i najčitanijih pisaca na svetu, sa preko 275 miliona prodatih knjiga u devedeset sedam zemalja. Poznat je po posvećenosti i metodičnosti u svom pisanju, jer svaki njegov roman ima i do četrnaest verzija do one konačne. Takođe, Džefri u svoje knjige unosi ogromno insajdersko poznavanje stvari. Bilo da je u pitanju njegova sopstvena politička karijera, njegova strast prema umetnosti ili čitavo bogatstvo pozadinskih detalja – inspirisanih neverovatnom mrežom prijatelja koju je izgradio tokom čitavog života provedenog u srcu britanskog establišmenta – njegovi romani nude fascinantan uvid u mnoge zatvorene svetove.

Ovaj autor je član Doma lordova, oženjen je ledi Meri Arčer, i imaju dvojicu sinova, dve unuke i tri unuka, a vreme provodi između Londona, Grančestera u Kembridžu i Majorke, gde uvek piše prvu verziju svakog svog sledećeg romana.

www.ingramcontent.com/pod-product-compliance
Lightning Source LLC
Chambersburg PA
CBHW030930020726
47498CB00001B/189